目 录

自　序　1

童年及青少年时期　1

第一章　童年的家庭生活　3
一　贫困　3
二　读书才有出路　9

第二章　初识人世艰辛　14
一　借贷无门　14
二　我的新年　17

第三章　迫入青楼　21
一　只有这条出路　21
二　顶用别人的姓名　23
三　卖唱生涯　26
四　孟阿姨谈底层女人惨事　29

第四章　新见闻　35
一　爱听国事　35

二　观察来客　36

三　夏之时简述身世　39

第五章　梦寻出路　42

一　苦恼　42

二　怕玷污，求归宿　43

三　犹豫　45

四　我也喜欢他了　48

逃出火坑　53

第六章　求学日本　55

一　逃跑　55

二　结婚　58

三　在日本读书时　61

四　当年我眼里的日本　68

第七章　国事如斯　74

一　国内外形势　74

二　扩大了革命视野　77

第八章　从日本去四川　78

一　师友饯行　78

二　听双亲叙别情　80

三　到达四川重庆　81

四　在重庆打抱不平　82

五　丫头叙述夏家情况　83

在封建大家庭中　87

第九章　如此老家　89
　　一　回家准备　89
　　二　轿夫如牛马　89
　　三　拜见家人　91
　　四　丈夫的职位　93
　　五　复杂而沉重的生活　94
　　六　再次婚礼　97

第十章　四川局势与家庭状况　100
　　一　丈夫失兵权·川局的紊乱　100
　　二　幸福的幻想·东胜街住宅　102
　　三　一副重担在一身　105
　　四　将军街住宅　110
　　五　使女珮琼的遭遇　115

第十一章　夫妇思想对立　118
　　一　五四运动启发了我　118
　　二　丈夫意志消沉·戴季陶投长江得救　119
　　三　裂痕日深　121

第十二章　我还想齐家立业　126
　　一　官场太太谈官场　126
　　二　办女子织袜厂与黄包车公司　128
　　三　四川春节的耍龙灯　130

脱离深渊 133

第十三章　出　走 135
一　苦劝丈夫 135
二　国内形势概述 136
三　丈夫携侄东下 137
四　营救文兴哲脱险 139
五　川局紊乱、暂时离川 142

第十四章　决　裂 147
一　忍无可忍 147
二　分居 151
三　在沪正式离婚 158

摒弃荣华　甘自奋斗 179

第十五章　困　境 181
一　进当铺 181
二　紧跟真理走 183
三　上海的"打花会" 188
四　上海的"181"号总会 189
五　上海的鸦片烟馆 192

第十六章　创办群益纱管工厂 194
一　苦筹资本 194
二　艰辛经营 196

三　在"九·一八"事件时　204

四　在"一·二八"事件时　207

第十七章　上海监狱内外　210

一　被捕　210

二　赴杭州避风　219

三　火车开了，急哑琼女　224

四　对女儿教育点滴　224

第十八章　山穷水尽　228

一　遇翻戏党　228

二　失业、母亡、债逼、父病　233

第十九章　绝路逢生　240

一　继续奋斗　240

二　信心百倍　岁月苦度　241

三　父亲逝世　义士临门　245

风雨中创业　249

第二十章　锦江川菜馆诞生　251

一　创办动机和目的　251

二　"锦江"命名与店徽　253

三　"锦江"开幕　254

四　扩大发展　255

五　装修设计、室内布置　257

六　菜肴改革、菜价　268

七　培训人员与检查工作　269

　　八　职工福利　271

　　九　一张 A 字执照　273

　　十　治病　273

第二十一章　分设锦江茶室　275

　　一　动机、装修布置　275

　　二　女招待员　281

　　三　"锦江"的社会影响　282

第二十二章　遭波折、遇名人　286

　　一　执照问题　286

　　二　厨师问题　286

　　三　杨虎来锦江·田淑君　288

　　四　当时的局势　292

　　五　局票、胡琴　292

　　六　红人郑毓秀　294

　　七　可气、可笑的诬蔑　297

　　八　房东敲竹杠　298

　　九　忆刘良律师　299

　　十　艰苦挣持　300

　　十一　两颗炸弹　301

　　十二　突然的一件事　302

第二十三章　革命活动　306

　　一　资助、掩护　306

　　二　捐献抗日前线　309

三　独资创办《上海妇女》杂志　309

　　四　支援、启发　311

　　五　女作家白薇的两三事　316

第二十四章　在敌伪时期的上海　321

　　一　汉奸潘三省　321

　　二　被迫离沪　322

第二十五章　流亡菲律宾　325

　　一　到达马尼拉　325

　　二　美丽的菲律宾　327

　　三　当年我所知的菲人和华侨　328

　　四　第二次世界大战前夕二三事　333

第二十六章　战火笼罩菲律宾　336

　　一　日军侵占马尼拉　336

　　二　我母女逃难　337

　　三　困菲日子里　343

第二十七章　一个机会返国　348

　　一　乘所谓难民船离菲　348

　　二　在苏门答腊险遭鱼吞　349

　　三　困在日本九州　350

　　四　险渡朝鲜海峡　354

　　五　朝鲜——东北——天津　355

　　六　南京——上海　357

　　七　琼、璙女归国叙别情　359

　　八　唯一的团圆照　360

九　空军送狗　362

　　十　德国犹太人　364

由菲回国之后　365

　第二十八章　整顿两店　367

　　一　代理人的贪污　367

　　二　五子登科·房东的麻烦　369

　　三　交易所的滋味　371

　　四　锦江险遭金圆券的吞没　372

　　五　所谓"应变费"　374

　第二十九章　回国后的地下工作　376

　　一　和杨虎的一次谈话　376

　　二　送青年参加新四军　376

　　三　启发林有泉医生　377

　　四　虎口救出革命同志　378

　第三十章　抗战胜利后的地下工作　381

　　一　营救儿子大明回家　381

　　二　独资创办永业印刷所、协森印刷局　383

　　三　田云樵、张执一同志先后到沪　384

　　四　租房掩护工作与革命同志　385

　　五　邓大姐的关怀、鼓励　386

　　六　增资开办美文印刷厂　393

　　七　上海发电厂"索夫团"事件　396

八　独资开办美化纸品厂　397

九　印《告上海全市人民书》　398

十　合资开办锦华进出口公司　399

十一　设台湾锦华分公司　400

十二　营救任百尊同志脱险　401

十三　"美文"、"锦华"先后停业　403

十四　投资中国文化投资公司及美化服装公司　404

十五　营救孟秋江、谢雪红同志脱险　404

十六　策反工作点滴　407

全国解放前后　409

第三十一章　迎来了解放　411

一　黎明之前　411

二　上海解放　412

三　终于迎来了全国解放　416

四　劳资纠纷　418

五　任职　421

六　夏述禹来信　423

七　百思不解的诬告　426

八　两店奉公，扩为锦江饭店　429

九　突然被排挤　434

十　割断锦江前身历史·上海市委的三条决议　436

第三十二章　到北京看看 443
　　一　周总理、邓大姐招宴 443
　　二　杨虎离婚、复婚 444
　　三　杨虎自投罗网 446
　　四　迁居北京 447
　　五　上海招商局陈天骏先生 449
　　六　上海商务印书馆黄警顽先生 451

牢狱五年话沧桑 453

第三十三章　史无前例的文化大革命 455
　　一　运动前夕 455
　　二　一封上海来信 457
　　三　上海红卫兵起来了 459
　　四　在上海的遭遇 460
　　五　仓皇返京 469

第三十四章　回到北京 472
　　一　回到家中 472
　　二　骇人听闻的消息 474
　　三　避居和平里 478
　　四　大祸临头 482
　　五　被押去公安部 484

第三十五章　秦城监狱四个月 486
　　一　秦城监狱的"号子"里 486

二　隔离审查罪何来？　489

三　残暴逼供　496

四　暖情一丝重泰山　497

第三十六章　功德林监狱九个月　499

一　功德林印象　499

二　笑寒无薪火　500

三　梦寻自慰　503

四　狱中新友　505

第三十七章　"半步桥"监狱四年　508

一　押往"半步桥"监狱　508

二　新"号子"与大演习　511

三　频繁换"号子"　514

四　我的七十岁生日　516

五　学习、劳动、难友情　517

第三十八章　又悲又喜　520

一　泪贺我国入联合国　520

二　忧国事——大哭　520

三　出了什么事　521

四　悲喜交集　523

五　回家监外就医　524

六　家人受害　友人受株连　527

七　正式释放、平反结论　532

八　难以理解的政治学习　532

九　美国和平战士　534

历尽忧患　祖国重光 539

第三十九章　难忘的一九七六年 541
　　一　敬爱的周恩来总理逝世 541
　　二　七件大事 543
　　三　"四五"运动大悲剧 545
　　四　大快人心 546

第四十章　春回大地 550
　　一　鼓舞人心的大游行 550
　　二　十一届三中全会 552
　　三　出席公审"四人帮" 552
　　四　见锦江新老职工有感 554
　　五　赴美探亲 555
　　六　祝贺国庆三十五周年 571
　　七　有意义的音乐会 574

吃手板心里煎的鱼 579

第四十一章　兴奋的眼泪 581
　　一　国琼钢琴演奏成功 581
　　二　国琼在四川学琴情况 589
　　三　普希金音乐会国琼钢琴伴奏 591
　　四　国琼解放前参加开封市救灾音乐会 592
　　五　我的第三、第四代孩子们 593

六　国璋贺年片中的附言　595

尾　声 597

　　第四十二章　感　想 599
　　　　一　哀悼邓颖超大姐　599
　　　　二　诗六首　601
　　　　三　接受"东方时空"采访　603
　　　　四　结束语　605
　　后　记　609

附　录 611

　　　　送董竹君远行　范用　613
　　　　我和董竹君女士一起经历的狱中生活　川边爱子　617
　　　　主雅客来勤　张浩青　624

　　董竹君年谱 632

自 序

我生于1900年2月（即旧历庚子年正月）。这年是清光绪二十六年，一个很不平凡的年头：义和团反帝起义、八国联军攻占北京，慈禧太后挟光绪帝逃往西安……我一生中经历了清朝晚期、辛亥革命、北洋军阀统治、五四运动、北伐战争、十年内战、八年抗日战争，其中还经历了两次世界大战，最后是解放战争胜利，成立了新中国，经十年"文革"，进入了改革开放的新时期。

自鸦片战争开始，几千年封建闭关自守的旧中国，沦为半封建半殖民地的国家，从此内忧外患、国弱民贫、天灾人祸、哀鸿遍野，农村更是千疮百孔。辛亥革命推翻了清王朝，但又陷于连年军阀混战。从1912年至1928年，十七年间，中华民国如走马灯似的共变换了十三届总统、四十六届总理。有的总统、总理仅当了几个月甚至几天！袁世凯则做了八十三天皇帝梦。

1928年蒋介石军队到了华北，张学良在东北易帜，蒋介石在表面上统一了中国。但又发生蒋、冯、阎混战，十年国共内战，八年抗日战争，祖国大地连年战火。在中国共产党的领导下，无数英烈舍身流血，经过三年解放战争，打败了蒋介石，推翻了三座大山，才彻底结束了战乱。1949年10月1日五星红旗在天安门广场冉冉升起，毛主席在天安门城楼庄严地宣布中华人民共和国成立了，中国人民站起来了……至此中国人民才有了真正统一独立的国家！我则犹如一叶小小扁舟，随着风云激荡的时代洪流进入了一个崭新的伟大的历史时代——新中国。

过去我总觉得个人生活的历史是无可称道的。故郭（沫若）老和《大公报》著名记者、老友杨纪（真名张蓬舟）热心地要为我代劳写回忆录，我均未同意，殊深抱歉！

1958年初秋，中共中央统战部副部长张执一同志到沪来家探望时说："徐冰同志（中共中央统战部部长）和大家早就要你写回忆录，待你把素材完成后，再请人进行文字加工，此事由全国政协文史资料研究委员会负责。"他的口气似乎给我一个任务，使我逐渐认识到，个人的命运与其所处的时代有所联系，客观上反映了社会的演变。因此，我就很高兴地写起我的回忆录了。但我从未写过长篇文章，要理顺浸透在泪水里的一把乱麻，确实感到是个棘手的难题。

1961年初，我从上海迁来北京，一时找不到合适房屋，暂住金鱼胡同和平宾馆。这段时间较有闲暇，几经考虑，决心动笔试试，便开始草就了回忆录的一小部分。此后，迁居王府大街报房胡同后又写了些，政协文史组认为满意，嘱我继续写下去。到1963年全国政协三届四次会议后，由于形势的变化，以及文化大革命中横遭入狱隔离审查五年余，到1973年5月才彻底"解放"。接着政治学习几年……总之，客观的种种干扰和主观上身体不好，实无时间和精力再行执笔了。

以后见《革命史资料》第五期及《上海党史资料》第四期，张执一同志写的《我所知道的中共中央上海局》的文章里，有关我的一节和田云樵同志（解放后上海机电局党委书记）在《统战工作史料》选辑第四期里《奋斗一生的董竹君》一文给我以很大的鼓舞，亲友们亦热诚勉励，使我体会到继续将自传体回忆录写成的必要性,遂于1978年在北京香山居处及1981年在美国女儿家又写下了一部分。

由于我童年、青年时的遭遇,在我心灵中曾播下一颗种子:我恨世间贫富不公平。我虽曾有过一段"荣华富贵"的生活,但是,我看到的始终是国内外劳苦大众和苦难深重的双亲以及许多亲友们的悲惨生活。想为他们干些事,是我从青年时起一直追求的目标。

我憎恨邪恶,同情弱小,反对压迫剥削,渴望平等自由,不断地追寻人生的价值、意义和真理。我恨人们头脑里的"私心",人类应该换上"公心",同心同德走向世界大同,齐心协力向大自然索取,以谋求人类真正的幸福生活!人间乐园并非蜃楼,我憧憬着人类未来的美好世界,认识到应自我奋发图强。

以我一种美好的憧憬和个人倔强的个性,看到国家的内忧外患,以及五四运动的影响启发和阅读了进步书刊,接触了进步人士等原因,使我能毅然摒弃荣华,先后跳出两个火坑。其后阅读了马克思主义的理论著作,认识到自己做人的信念和人生追求是和共产主义的革命理论相吻合的。它激励我同情革命,趋向革命,支持革命,参与革命,在革命浪潮中奋斗,强化自己对社会主义、共产主义真理的信仰。一生中运用唯物辩证法处理矛盾,从而能在复杂的事物面前保持着清醒的头脑,并有了克服困难的精神支柱。所以,我从不因被曲解而改变初衷,不因冷落而怀疑信念,亦不因年迈而放慢步伐。

1927年国共第一次分裂,蒋介石发动"四·一二"事件时,我营救了四川成都师范大学学生文兴哲。1930年秋至1935年我创办群益纱管厂、锦江川菜馆和茶室,直至解放。在这段时期为党的事业出资、出力,开展了革命的地下工作。

1950年,上海市委和上海公安局,为了中央领导同志在刚解放的上海工作方便及国际友人来访时有个安全的食宿场所，我就奉命将锦江餐馆和锦江茶室迁移扩大为锦江饭店。1951年6月9日，我主持举行了正式扩大的开幕典礼。我任董事长兼经理。

自从1930年在沪开始参与党的地下工作后，我对党的事业是忠心耿耿，即使在"一·二八"事件，在沪被捕入狱四个月及在十年浩劫身陷囹圄五年余，对党的信念亦从未有过动摇。我的子女们与我血肉相连，患难与共，他们的爱国思想与我一脉相通，也曾做过不少有益于人民的工作。

严格地说，几十年为党的事业所做的一切工作是微不足道的，它在革命的洪流中不过是一朵小小的浪花而已。新中国成立后，我和子女们原想为振兴中华大干一番，但因客观原因与个人能力所限，扪心自问又能在多大程度上符合初衷愿望呢？

春秋代序，九十余年的时光转瞬飞逝。回首自己过去的各个阶段：从幼年起，自己像是在梦魇中度过；童年时代就失去了欢乐；尤其是青年时期，抚育后代、孝养双亲的重担压在身上，真可谓历尽人间忧患了。当我在颠沛流离的生活中步步维艰的时候，怎么也想不到会在晚年的岁月里坐下来从头至尾写下自己的一生。因此，无论在革命工作或其他方面，就极少留存什么有助于写这份回忆的材料（原存照片、少许资料、书、画都在"文革"中被抄走及烧掉了）。在十年浩劫中被强押入狱隔离审查时，勒令我从有记忆力开始写到入狱为止，同样材料连写好几次，这逼使我比较有系统地回忆自己以往走过的道路。我不得不靠自己残缺不全的记忆一点一滴地把它记述下来。坏事变好事，它给我写这份回忆录大有帮助。这份回忆录断断续续地总算勉强草成。由于外来事务的干扰和自己体弱多病，以致花费的时间不短，但对于初出茅庐就写作长篇文字的我来说，自以为是竭尽心力了。

另外，为了叙述的方便，有些地方采取了对话，当时的遣词用语与我的记述难免有出入，但我深信这样做是无损原意的。

执笔之初，我原想以批评的角度来回叙过去，一方面限于时间和精力，更主要的是我考虑到还是首先应该把当时的想法和做法如实地记述下来较好。这样虽有它的不足之处，但能看清楚我过去步履的痕迹。无论是对的或是错的，都是一生中的实情。基于这理由，我就不愿放弃纪实的写法，因而就这样粗线条地写下去了。写得极其粗糙，故这份自传体回忆录只能说是概括性的，并因事近百年，年迈体弱，记忆力衰退，时序的前后，记错或遗漏的事情肯定是不少的。希望过去工作上有关系的同志们及亲友们予以补充校正，使这份回忆渐臻完整，这是我诚恳的愿望。同时我也深切地希望今日沐浴于阳光下的青年们，尤其是我的子孙后代，能从这份仅如沧海之一粟的自传体回忆录中看出旧时代里国家不独立、民族不解放、人民无自由、妇女更无起码的权益、中国人被称为东亚病夫、长期遭受剥削、蹂躏和旧社会的魑魅搏人是多么狰狞可怕啊！

解放后，虽由于在一些重大政策问题上失误，影响了建设的速度，尤其是在"文革"中，使精神、物质两个文明大伤元气。但自十一届三中全会以改革开放为决策后，国家建设逐步走上正轨，人民的生活能够温饱，渐次改善，农村更是面貌一新。妇女亦得到彻底解放。在安定团结的政治局面下，全国进行着宏伟壮观的新建设。国际地位日益提高。现在又深化改革扩大开放，并以经济建设为中枢的宏大决策深入人心，全国的面貌更是一展新颜。因而希望同胞们，尤其是青年们通过今昔对比，认识到今日幸福生活的来之不易，应更加自强不息，为振兴祖国、为建设有中国特色的社会主义现代化强国和为人类造福、为世界和平而努力奋斗，笔者将引以为最大的欣慰！

回首往事抚今追昔、新旧对比，在我一生中的夕阳西下时刻，更坚定了自己对社会主义和共产主义的信念。另外，承同志们和亲友们关心、支持、协助，在此致以真诚的感谢！

董竹君　现年九十七岁
一九九七年春于北京家院

我的一个世纪

童年及青少年时期

第一章　童年的家庭生活

一、贫　困

我的出生地　我生于1900年，阴历庚子年正月初五。今年2月我满九十七岁。小时候名字叫"毛媛"，双亲叫我"阿媛"，人们称我"小西施"。

我生长在很贫苦的家庭里。当时我家在上海洋泾浜边上、沿马路坐南向北一排破旧矮小的平房中，租了一间居住。邻居都是在各行业当小工的。这条浜未听说过发源于什么地方，这是一条黑得如墨汁、稠得如柏油、看不见流动的污水浜。浜里有死猫、死狗、死老鼠、垃圾，也有用草席、麻袋装盖的婴儿尸体。据说这些婴儿多半是当时社会不允许出生的私生子，这些私生子有时碰上过路的好心人，就给送去育婴堂接婴处。

夏季到来，污水发酵，臭气上升，四处飘散，再加上蚊虫乱飞，真叫人受不了。这条臭水浜，位于当时英、法租界线上。"义和团"运动以后，帝国主义扩大租界，就把这条臭水浜划入租界范围。

后来臭水河浜被填塞改称六马路，以后又改称爱多亚路。爱多亚路南为法租界，北面为英租界及英美公共租界。解放后改称延安路，分东西两段，即延安东路、延安西路。

父亲与叔叔　父亲在兄弟三人中，排行老大，二位妹妹分别嫁到江家、何家。我父亲姓东，后来改姓董名同庆，江苏南通县六甲乡人（现南通市海门区包场镇闸桥村2组），贫农还是中农出身我记不清了。父亲中等身材，五官端正，长圆形脸、额宽、双眼皮、大眼睛、鼻直有肉、下巴丰满……若不是过度劳累，营养能够充足些，再穿上整齐点的衣履，必然会显得英俊有神。人们都说我像父亲。父亲为人忠厚善良，性格和蔼，是一位克勤克俭的人。他的职业先是拉塌车，后改拉黄包车（又叫人力车）。

父亲本姓东，为了什么原因改为姓董？多年之事，对此我已无印象。姓名本是个代表符号。改姓董在社会上已流传七八十年了，人世间，改名换姓亦是常事。祠族人中，据我知道的几位早已改姓董了。故在1986年为双亲设建的墓碑上未改回姓东。

父亲的贫苦亲戚蛮多，彼此很少往来。父亲的二弟名文选，我的这位二叔极其仁慈勤劳。30年代时和二婶俩住上海蒲石路渔阳里一号（现名长乐路铭德里33号）。二婶未生育，领一养女名国祯，小名根娣。根娣聪明能干，长大招赘女婿。女婿人很忠厚，生一男一女，以后迁居陶尔斐斯路（现名南昌路）43弄37号。全家以卖报为生。不论冰天雪地、狂风暴雨、炎炎烈日，每天必须在天亮前到报馆批发处门口等候买报。领回整理后，全家再出动分送订户，每份可赚买价的百分之二十，以此糊口。

在1947年春，住房着火，二叔的八岁外孙和四岁外孙女，因家人卖报未归，邻居未及搭救，不幸被活活烧死了。当时我送去二百元济其眉急。两个天真无辜的孩子被夺去生命，我特别心痛。他们的惨死使我久久不安！

二叔疼我，帮助我不少，可惜很早病故。二婶于1981年夏去世。国祯妹后来领养丈夫的侄女为女，之后又生了一女二男。夫妇俩在解放后转入邮局工作。不几年退休了，现在全家生活很好。

三叔无正式名字，因脸上有几颗麻子，人都叫他"小麻子"。我和他很少见面，见面时他的举止动作总是冷静的，话不多。因贫困而无家室，他推鸡公车为生[1]，后因劳累过度去世，据说不知死在何处。

母亲·姨母·舅舅 母亲姓李，江苏吴县娄门外太平桥镇人，贫农家庭出身，共姐弟三人。母亲是中等身材，额骨高，宽脸庞带扁形，嘴较大，一双大脚，没有父亲漂亮。我从未听到有人叫过她的名字，只记得别人叫她"二阿姐"（也许是排行老二之故），我叫她"姆妈"。母亲性格直爽，待人忠诚，但脾气急躁，一点也受不得别人的气。她生性勤俭，动作快，又非常爱清洁，虽然我们一家人挤住在一个小房间里，但总是打扫得干干净净、整整齐齐的。衣服用具洗擦得特别干净，一件破旧的白洋布衫还洗得雪白雪白。她总喜欢手拿一个用碎布扎成的小帚子，从早到晚，有空便到处拍灰尘，终日劳作不息。

母亲曾嫁给苏州泥头巷一个名叫何严桥的男子，生一女。丈夫去世后，率女到上海给人洗衣度日，后来遇到父亲再次成婚。前房女儿长大出嫁后，很少往来。

母亲和父亲结婚后，母亲就去给人家当"粗做"娘姨。[2]尽管母亲一天拼命地干活，仍不得温饱。

母亲生我以后，又生过一个女孩和一个男孩，由于生活的困窘，产后身体瘦弱，营养不足，孩子没有奶水，有病无钱医，眼巴巴地看着他们夭折了。因此我无亲兄弟姐妹。记得出生仅仅四个月的弟弟，由于奶水不够，每天都是吃些米糕。初夏的一天下午，弟弟因病老哭，母亲要烧晚饭，叫我抱他在房里走走、哄哄。我嫌屋里热，便抱着弟弟出房门在屋檐下来回走，哄他，他还是哭啼不止。刹那间，见他双眼向上翻了几翻，脸色也变得青白，哭声停止了，四肢不动了。吓得我立刻大叫："姆妈，快出来呀！弟弟不好了！"母亲穿着不合身的衣裤疾步出来，见状急得满头大汗，指责我道："你怎么抱他在屋檐下走来走去呢？"边说边赶紧进屋，拿了碗碟出来，把它往地下用劲一掷，嘴里念着："求求菩萨保佑！求求菩萨保佑！"可是小弟还是没有活过来。母亲哭着说："吃奶的孩子，哪怕没有奶吃，身上还是有一股奶花香，屋檐下有野鬼，闻香味就抢走了。我掷碗碟是为了抢恶，有时候很灵，鬼闻碗碟声会吓跑的，孩子也会转过气来。"当时我心里非常难过，和母亲一起伤心痛哭，心想只有这一个弟弟呀！而且出生仅仅四个月！

我仅有的姨母，相貌清秀、体弱，说话轻声细气的，性格比较懦弱。她很疼爱我。她在苏州时，先嫁给当地的周家，生一子取名金生，脸上有些麻子，有时叫他"小麻子"。丈夫去世后带子来上海，再嫁给道教法师张连卿[3]。金生不愿随母改嫁，去外地当临时工。据说不几年生活无着流落街头，忧郁凄凉而死在上海某弄堂里。姨母嫁给张家后，随夫也吸上了鸦片烟。

张连卿发妻所生的儿子小名阿宝，学名燮荣。他是我姨母养大的，我们相处很亲密。姨母夫妇去世后，燮荣与钱女士结婚。婚后在上海五马路和浙江路口拐角开设电料商店，店名张宝记。他们生两个男孩，长子取名树基，聪明、忠厚、好学不多语。1935年在上海格致中学毕业后，协助我开办锦江茶室。在店内工作年余，便不辞而别离家出走，不知去向。大概是男儿志在四方吧！次子名龙生，亦聪明伶俐，九岁时不幸患肺病，不治夭折。

燮荣表哥中年时患伤寒症病故。他去世后家境逐渐中落，寡嫂变产迁居乡间，不多年亦病故。至此，张家和我家便无音信了。

母亲的唯一胞弟也无名字，大概是排行最小之故，大家叫他"小娘舅"。生一子名金坤，人极善良，金坤妻子聪明能干。1935年锦江茶室开张后，表弟金坤担任管理货物工作，直到在锦江饭店工作多年退休。因他一家几口多年住房狭窄，1966年夏，我在徐汇区给他换了适当的住房，他不喜欢。1987年由锦江饭店给他们夫妇换成一套颇为舒适的住房，他们很满意。可惜他住不几年就病故了。金坤去世我很难过！我只有这个亲表弟！

小娘舅的五官还端正，身材不高，不胖，皮肤白里带红，一口苏州话，动作灵巧，不过一看就知不是很老实的人。谈起话来，往往是指手画脚，面红耳赤，劲头十足，显得他是头脑最灵、最聪明似的。我幼时，见他经常从苏州来上海，向母亲要钱，母亲没钱给他的时候，急得只是哭泣。因此，我很讨厌舅舅的自私自利。虽然如此，当我后来在沪创办群益纱管厂时，有天，母亲进家来，神态异常着急，说不出话。我问她出什么事了，她含泪告诉我："小娘舅要钱怎么办？阿媛，帮帮忙吧！"我为免除母亲的焦急，还是设法由母亲转给他一百元，满足了他的要求。

搬家后的生活　后来六马路房子被火烧了，我们就迁居五马路，沿马路坐北向南一幢破旧矮小的二层房屋。这幢房子的格局是一进门就有一个小天井，然后，当中一间小客堂，客堂后面又有一间小屋，一般叫它"客堂背后"。房门外还有一狭窄的过道，经过楼梯，通到后面去便是烧饭的小间。开头我们住在二楼的前楼，后来因紧缩开支，又移住后楼。后楼房租二元，比前楼便宜一元。后来，父母亲工资所得入不敷出，再一次从后楼搬住楼下的"客堂背后"，楼下这间只要一元五角房租，每月又可省五角哩。

我每天帮助母亲做家务，如扫地、擦桌、上街买粮食、买油盐酱醋等。母亲烧饭时，我蹲在柴灶洞前添加柴火和稻草结，饭后洗刷碗筷，洗洗自己的衣裤，半夜把马桶提到行人道边的屋檐下放着。记得当时一家家的马桶排满在路边，天刚蒙蒙亮，倒粪工人挨个将马桶里的粪倒在粪车里。如发现短缺几家马桶，就会扯着嗓门带着他那固有的腔调喊叫："倒马桶喽！倒马桶喽！快点！"每天清晨，整条街上列成一排的人群，都在哗哗地刷马桶，到处是一片刷马桶声。倒马桶的事母亲做的多，她嫌我刷不干净。

我那时候不懂事，每当黄昏就站在门口张望，等候我的父亲，看他有没有带什么东西回来吃。我父亲那时梳条辫子拖在背后，穿着一双草鞋，上下衣裤都补了好多块补丁，臂上总搭着一条擦汗的毛巾。他远远走近家时，如果一只手里拿着几根稻草，稻草上绑一点菜或者几两肉，另一只手拿着一个小瓶子装点高粱酒的话，我就晓得他今天一定是多拉了些钱，所以才能买点酒菜回来。我就高兴地跳起来，马上迎上去替父亲拿东西。如果看见父亲空着手没带什么东西，自己想吃又吃不到，就很不高兴，撅着嘴。父亲也往往板起面孔唉声叹气，脾气也会大一些。有时候父亲不但空着手回家，并且连当天的开支都拿不出来。碰到这种情况，一进门就会沮丧地说："今天倒霉，又犯了交通规则，让巡捕把坐垫拿走了。当时，我身边没有足够的钱塞给他，垫子不还我，待我回公司借到钱去捕房赎出坐垫，已经快到换班的时候了。跑了一整天，车租都交不出，真倒霉！"他说着就往床上一躺，不住地叹气。母亲则一面埋怨，一面安慰父亲。我根本不敢挨近他，和他说话。母亲的脾气也比较大。她嘴里时常叫苦连天，喊穷喊冤，常常要骂我，还要弯着指头敲我的头。例如，她给我梳头，我爱好看，喜欢用绒线扎辫子，她呢，却偏偏用红粗头绳给我扎。粗头绳扎的又硬、又翘，头发梢也留得短短的，不合时髦。既不好看，又不舒服。有时我撅着嘴，不喜欢这样梳扎，她就说："你真是，粗头绳一年只要一两根就行了，绒线经常要买，要花钱。粗头绳牢，绒线不牢。"每逢我还要她这样那样梳的时候，她就拿起梳子在我头上笃笃敲几下，说："还要爱漂亮哩？钱哪里来？你去买呀！有粗头绳扎已经很好了，还要细绳绒线！"有时候她敲了我，我就赌气跑到姨母家去住，好几天不回家。

我们因贫寒经常素食，即使是青菜、萝卜，也只买得起下市的便宜菜。每天在下午吃点心时间，小贩总爱把馄饨担停在我家门口。偶尔得到母亲的许可，我拿一只小汤碗，盛大半碗米饭，去买碗馄饨来拌饭吃。我因开心，边吃边摇晃，母亲就要说："看你，吃东西没个吃相。知道吗？吃了馄饨，明天菜钱就不够了！"我心想，馄饨担天天来，我难得吃上一次嘛，还受母亲的指责，心里颇感苦恼。

二、读书才有出路

父母的希望 在如此贫困的生活中，双亲为何还让我读书呢？因为母亲不识字，父亲识字不多，他们感到一个人不读书没有出头的日子。见我虽然是个女孩，长相还不错，又聪明、灵活，所以再苦也很重视我的读书问题。希望我念成后嫁个好丈夫，他二老日后有个出头日子。于是在我六岁那年，父母亲就把我送到附近举人刘老先生办的私塾里念书。

学费 学费完全是依靠母亲做娘姨和父亲拉黄包车挣的钱。我在私塾里念书的学费是一年分三节付（端午、中秋、过年）。每一节送刘老先生两三块钱，家境好的学生也有送四五块钱的。没有钱的少送，有钱的就多送，老先生全不在乎。我父母亲虽然这么穷苦，但总是尽量设法凑钱，哪怕是借债，也总是按时送给私塾先生，好让我安心读书。

那时，我是睡在一张小床上，床上有一顶破旧的白布蚊帐，床头右端有一张小茶几。每天清早我睡觉醒来，撩起帐子就要用手摸摸它，看看上面有没有十文、二十文的铜钱。摸到了一两个铜钱，就晓得有点心钱了。马上翻起身来，洗洗脸，请母亲梳好头，然后背起绿布红带的书包，蹦蹦跳跳地到马路上去买两个铜钱的白糖芝麻芯子的糯米粢饭团，里面再夹根油条，把它揉压得紧紧的，真是又香又好吃。我一面吃，一面就摇摇摆摆地上学去了。

闹学 在私塾里，我是比较顽皮的。老师刘举人大约六十几岁，有些秃顶，后面有条小辫子，穿着长袍马褂，头上戴顶有红结的瓜皮帽，脚穿黑色双梁白色厚底布鞋，白布袜子，还扎了裤脚。身材矮胖，颏下有五六寸长的胡子，说起话来总是口水、鼻涕流个不停的。脾气蛮好，手里经常拿着一串佛珠。他上课的规矩是：第一堂课先背书，背完书再上新课，上完了大家念。如果两三次都背不出来，就要用"戒尺"打手心。

在大家念书的时候，刘老师就打瞌睡了。桌上点了一根香，他一面手里数着佛珠，一面嘴念着阿弥陀佛，边念边打瞌睡，鼻涕就这么吊着。我常带头和另外两个同学拿着抽水烟袋点火用的长纸捻，偷偷地从他身后戳进他的鼻孔，弄得先生不住地打喷嚏，同学们看了都哄堂大笑。等他惊醒过来，我们都跑回座位了。我们喜欢和先生开玩笑，但是我们也很爱他。因为他脾气好，很少打骂人，有时候先生要出去，叮嘱我们："好好温书！我有事要出去一趟。"可是他一走，我们就闹翻天了。十几个小学生，男男女女搭起桌子板凳，化妆打扮唱起戏来，乒乒乓乓搞得乱七八糟。一不对头，学生和学生之间便打起架来，有的还打伤了。一会儿工夫先生回来了，屋子里已经乱得不像话，桌子板凳全搬了家。我当时就溜掉了，经常机警地逃过先生的责罚。第二天上学，先生问我，"昨天是不是你带的头？"我索性不承认。我很调皮，知道先生很喜欢我，因为我背书背得最好，从未挨过打手心。我和先生七说八说的，先生总是最多嘟哝一句："下次不可以再这样了，再这样就要处罚你了。就是你在当中捣鬼，我晓得的！"我听了暗自得意，缩缩肩膀了事，但有些同学却因此挨了手心和屁股板。

附记：表侄张树基

关于上述张树基侄子的去向问题，一直是个谜。真是无巧不成书，在 1988 年夏季的一天，突然接到上海来的长途电话，国瑛接的，我在旁边听。国瑛问："你是张树基呀，……"我一听这名字惊喜无比，激动地抢过电话，问了他的情况。他在电话里激动地说了几句。又说："孃孃，我明年去北京见面详告。"

1990 年 5 月 1 日，我儿大明夫妇和其女儿菁菁去首都机场接他。国瑛准备拍照，我在家大门口等候。他见我就磕头叫"孃孃……"

进到客厅，他从皮包里拿出礼物，送给我、国琼、国瑛、国璋、大明、小杭、小菁以及保姆各一份重礼。礼毕遂叙别情。他详述："蒙孃孃的教导启发，当我 1936 年上海格致中学毕业后，在锦江工作一年余，就考上了中央军官学校，次年便参加抗日战争。抗战胜利后，在 1949 年调职海军陆战工作。继因我向上级要求深造，考入美国海军陆战学校 US Marine Corps School 作战科学习（学习两栖作战计划、参谋），继在北卡州大学毕业。三年后返回台湾。当时因环境碍于进展，求退后，考入美国陈纳德办的 CAT 民航公司工作。后转入亚洲航空公司继续工作，至 1981 年限龄退休。1988 年回上海，去苏州为双亲修墓。"并告诉我："在抗日战争中经滇、桂、印、缅战区，经野人山区时，因粮断之故，不知吃了多少芭蕉筋充饥，后来只能爬行了。历时三个多月，爬出山口。点名时一千多士兵仅剩下三百余人，我是幸存者。我和孃孃能再团聚，真是三世幸运！"他讲到此眼眶润湿，并出示我早年在菲律宾拍的照片及群益纱管工厂的信封一只。他说："我和孃孃离开后一直保存着，现在应该物归原主了。"我惊讶万分！含泪紧紧地吻他。想到他数十年来几经沧海桑田，为爱国抗日，枪林弹雨中出生入死，能保护它到现在，这份情义比泰山还重哟！

有关他的家室情况，他说："抗战胜利后，在东北与保娣女士结婚。婚后生一女，取名美娜。美娜与汤阿根律师结婚后，亦生一女孩名家宁（后改名家琪），现九岁，很聪明伶俐。从她入幼儿园开始早晚接送一直是我。"可见他对外孙女爱之弥笃。

他又说：女婿汤阿根是台湾高雄市著名律师，4月份曾出席在北京人民大会堂召开的国际法学会议。他回去说，因时间短促和孃孃只通了电话。

我听完他叙述的别情，深深体会他虽年过古稀，还那么需要母爱！几天的相处，国瑛、大明都喜欢他，彼此亲切交谈，我不用说更是爱他。

大明陪同他游览了北京，全国政协设宴招待，他很感动、感谢。

五十五年不见的亲人，失而复得的欢乐，真是人间大乐事！惜仅暂短的一周时间。5月8日午饭后，在他将去飞机场回台湾时，我突然感觉头晕，怕晕倒，不得已推说午睡上床。就此，在彼此依依不舍的心情下，他在床前磕头和我分手了，留下曾随他经过文武生涯五十四年的我的完整照片一张和群益工厂的信封一个。啊！这两件纪念品能保存至今，乃是一种情感的超越，境界的升华！此情此义人世稀有。我深感无比的欣慰！同时感到他虽留学外国（美国），但对中华民族传统的伦理道德观念，依然十分敬重。此后，我们经常互通音信。

注释

[1] 鸡公车：指木制独轮车，两旁可坐五六人，也可用来载货。车夫弓着腰，双手抓住两旁车把往前推，车声"唧咖"、"唧咖"，这是重苦力之一。

[2] 粗做：指做洗衣服、擦地等杂活的佣人。"细做"是收拾房间、侍候烟茶和缝补的。做这些活的人称娘姨，现称保姆。

[3] 佛教徒称和尚，道教徒称道士。和尚、道士是不可以结婚的，但某些以此为职业谋生的人，却娶了妻室。和尚、道士经常为死人念经，所谓为死人超度减罪升天。

第二章　初识人世艰辛

一、借贷无门

父病　我读书读到九岁的时候，家里越来越穷。母亲给人家做娘姨，这家去做做，那家去做做，总是做不长。原因是受不了别人的气。有个时期，工作换到堂子里，专门做粗活、洗衣等，因为堂子里出钱多，可以多挣一点钱，但是做不久。此时我们又退一步住在楼梯半腰的阁楼上，房租只要五角又可省一元。这阁楼矮得叫人身体站不直，每天总是钻进钻出。不久，父亲病倒，阁楼侍候病人进出太不方便，只好再多负担一元，搬回客堂背后。父亲生病主要是由于不管是冰天雪地、炎夏盛暑也要出外拉车而劳累过度，出汗受风，在外吃东西不小心，再加上营养不足的缘故。父亲病了许久，一直不见好，迫于生活，母亲不得不去当呀、押呀、卖呀；可就是那么一个破家，又有什么好当好卖的呢？我父亲虽穷，却很有骨气，无论怎样，有钱的人他是从不沾边的。及至父亲病得更加厉害了，母亲情绪更坏，便忍不住一天到晚埋怨这、埋怨那地发脾气："没钱买药，没钱看病，你父亲死了，你我怎么办？"母亲讲着讲着就哭起来了。我也越来越不开心。从此，我不再闹学了，早晨醒来也不再去摸床前小茶几上有无铜钱了。

父亲的健康一天一天坏下去，最后终于转变为严重的伤寒症。

父亲的重病在我幼小天真的心灵上好像插进一把尖刀似的，从此我总是闷闷不乐。父亲的伤寒病越发厉害了，母亲担心极了，虽然平时父母亲两人为了没钱买菜，为了办这办那没钱经常口角，但她极疼爱父亲。怕父亲真的去世，我们母女俩可能讨饭去，何况我除了吃饭，还要读书哩。

母亲也知道自己脾气不好，工作到处都做不长。这样便会给我们生活上增加更多的困难。

碰壁　　记得有一天母亲叫我去一处人家里替她借钱。母亲对我说："实在是没有办法了！"老实说，这种有钱人家，我们是从来不来往的。我们这个亲戚家里比较有钱，但是我父母性情较傲，平常不愿意和他们打交道。可是这次眼看父亲快要死了，没有办法，只好向他们开口。母亲告诉我，那个亲戚的地址在虹口爱尔近路。开始我有些不愿意，因为借钱不是一件体面事情，路又远，但是想到父亲病危，只好鼓着勇气去了。到虹口有一大段路，好在我读过书，还可以识别路名。那时立夏已过，人们差不多已穿夏季衣履，我呢，仍然是厚厚的老蓝布一身，并且打了几个补丁，膝盖下面还有一个洞。我怕路人看见嘲笑，就不时用手遮着那个洞。我走一阵、跑一阵地总算赶到了虹口。我找到了门牌号码，就敲门。出来一个人，也不知道他是什么人。他一开门就从上到下打量我一番，把我当作叫花子似的。我又窘又气，赶快把裤子上的那个洞眼用手遮起来，不想让他看见这个洞洞。我告诉他我父亲病了，是伤寒症，很厉害，没钱买药请医生，所以母亲要我来向你们借几个钱给父亲医病。他哼了一声"嘿"，再从头到脚看了我一眼，"砰"一下就把门关上了，根本没有让我进去，连他是什么人我也不晓得。于是，我就一路哭着回来。一来担心父亲的病，二来怕母亲骂我。

过去每当母亲要打我时，父亲总是拦住她，有的时候看我哭得太厉害了，就把我抱起来，让我骑在他肩上出外看猴子戏去了。可是这次父亲病了，母亲如骂我打我，谁来劝阻呢？我怎么回去呢？但又想母亲虽然脾气不好，她还是疼爱我的，借不到钱又不是我的过失，也许她这次不会骂我吧？我憋着一肚子冤气回来，到家已是黄昏。我一声不响，站在房门外靠着过道的墙壁，呆看着睡在床上骨瘦如柴的父亲不住地呻吟……我心痛得哭起来了。幸亏母亲只问了我一句："借到钱没有？看到人了吗？""人是看到了。"我回答。

"那么你看见的那个人是谁？"

"我不晓得是哪一个，我又不认识他。"

"他怎么说呢？"

"他开门对我看看，没有理睬我的话，根本没有让我进去。"

母亲听到这里叹了一口气："唉！也难怪你，还未满十岁的孩子，怎么会做这种事！这些有钱人啊！"这次还算好，只说这么一句就算了。我也不愿意多啰嗦，只是站在那里看着父亲，一把眼泪一把鼻涕地哭。如今回忆我仍心酸难过！我当时想："为什么我们这样苦？我父母亲都是最善良的人，可是偏偏穷苦到这种地步？"想到父亲每次拉黄包车回来时一身汗味，累得气都要断了似的，想到他有时候什么钱都没有挣到，回来垂头叹气的情形；想到拉了一天车还交不上车租；想到父亲果真病死了，我和母亲怎么办呢？母亲要骂我打我的时候还有谁把我驮在脖子上去看猴子戏呢？我难过极了。这些苦难的情景以后经常在我的头脑里呈现。从此，我就更闷闷不乐，也不爱多说话了。

母亲东挪西借医治父亲的病，后来父亲的病好了，但是身体极其虚弱，黄包车是无力再拉了。

双亲工作无路　我问父亲说："爸爸，你干吗要靠拉黄包车赚钱呢？你不能做些别的小生意吗？"他说："唉，阿媛，你真不晓得呀！做小生意要有本钱，我们哪里来的钱？没有本钱只能这样，慢慢地等爸爸身体恢复一些，多拉些生意就好了。你姆妈工作总是做不久，只要大家好好做，存点钱，就可以做小生意了。现在哪里可以呢？"我又问他："你为什么不能到工厂去？为啥要做这个？"他说："你不晓得在工厂里做工要和那些工头打交道。"我问"什么打交道？"他说："拍马屁。"他又说："工头是凶得要死的，我才不去受那份罪，他们动不动就骂人打人，你不晓得啊！同时还要先送礼、送钱，他们才肯介绍你去做工。就是进去了，逢年过节还得送礼、送钱，不然就要借故骂人、打人、开除。你不晓得啊，找个工作真不容易。"经过父亲的解释，我才明白非拉黄包车就没有出路的原因。

那时候我人虽小，但心里总是纳闷，总有一个疑问："为什么我们会这样穷苦呢？"后来我才有些明白，那时正是辛亥革命前夕，也就是清朝腐败到极点，帝国主义要吞并中国，老百姓的生活很艰难，所以，位于社会最底层的码头工人、搬运工人、煤矿工人、人力车夫……他们生活毫无保障，只有劳累、卖命才能勉强度日。

二、我的新年

辛亥革命·民国成立 1911 年即宣统三年，孙中山（原名孙文，号逸仙）先生领导革命，推翻了清王朝，建立了中华民国。这年旧历是辛亥年，故亦名辛亥革命，我整十一岁。当时上海社会风俗习惯发生很大变化，凡是男人的长发辫子一律剪掉，女人要放脚，不再缠小脚了。街头巷尾，邻居们、男女老少，出现一片喜气洋洋景象，人们满脸笑容，激动地说："今后没有皇帝了，很多封建仪式不适用于现在的新年了。"也有人说："必要的，恐怕还要保留。"又有人讲:"没有皇帝改为民国,今后老百姓能过上好日子了……"这许多事对我来说是从来没有听见过、看见过的,只是感觉到很奇怪,一点也弄不懂。

"爸爸,你的辫子剪掉了你高兴吗?"我问父亲。"当然高兴!民国了,老百姓会过好日子了。"父亲回答。"为啥会过好日子呢?"我又问。父亲叫我坐下听他讲。记得当时父亲讲了以下的大概情况。父亲说:"我也弄不懂,只看到外面一堆一伙的人,有男的,也有女的在讲,为啥孙中山要领导革命,打倒满清皇帝,成立民国等。我想听听,向人家借了一只凳子坐下,听他们讲。我才知道七十几年前,林则徐在广州查禁鸦片,英国政府向中国发动了鸦片战争。腐败的清朝政府屈膝投降,还割地赔款,签订丧权辱国的《南京条约》。后来又有第二次鸦片战争、中法战争、中日甲午战争,卖国的清政府又签订了好些不平等条约。列强在中国划分势力范围,准备瓜分中国。"我问父亲"列强"是什么?父亲说:"我也问过他们,他们说'列强'就是要瓜分我们国家的世界上的几个大国。老百姓因为对于这些要亡国的事情很伤心,多年来一直在造反,有太平天国、义和团……"爸爸说到这里,我问爸爸:"啥叫造反?""造反就是大家起来反对皇帝、打倒皇帝。"爸爸接着又讲,"老百姓又恨又气又急,很多人拼着性命要救自己的国家。有位孙文先生带头领导革命,今年秋天在武昌起义。当时全国爱国的人,有枪的、没有枪的都一齐起来,跟着孙文先生一道闹革命了。来得个快,马上就把刚登位三年的宣统皇帝打倒了。"父亲说:"又有一人讲一月一日在南京成立中华民国,今后叫中华民国了。改朝换代,现在是民国了,今后日子要好过些。这些听的人张着嘴,瞪着眼睛,盯住讲话的人。听到皇帝打倒了,就双手拍着两个膝盖,摇摆着头,哈哈大笑。讲话的人,有的指手画脚讲得起劲,有的吸着水烟袋,有的拿着长烟杆向地下笃笃把烟灰磕掉,从衣袋里拿出一个装烟丝的小袋,装上烟丝,爱听的人看到赶快拿起黄纸捻呼呼地吹燃,抢着给他点火。这些讲的人,听讲的人,从心底里开心。他们都像发狂一样高兴。他们讲了很多,可惜我记不清楚这样多,记不详细,不过也知道点国家事情罢了。并想到今后穷人再也不会这样穷苦了,所以剪掉辫子当然是高兴的!"

我听完父亲这番听来的话,既开心,又忧愁。想到像我们这样的穷苦人家,三顿饭都要发愁,啥时候这好日子会到来呢?同时,我也气愤,原来这些外国人这样凶恶,这样侮辱、欺负中国人……越想越恨,等自己长大了,谁敢再欺负中国人的话,我一定要像这些爱国的人一样拼命报仇!

一件背心 不久,旧历新年到了。我们住的是法租界,当时流行一套洋规矩。可是租界里的中国人依然坚持着自己的风俗习惯,照旧遍地锣鼓声、爆竹声,家家户户贴春联……这年过春节,还是往昔一样。初一早晨,天蒙蒙亮,男男女女都出来"兜喜神方"(每年喜神的方向不同)。有的坐在马车上,有的步行,大家都朝着喜神的方向走去,为的是讨个好运气。许多妇女穿红着绿,满身崭新,身穿绫罗缎面皮袄,脚踏绣花鞋子,有的还是小脚,有的是放大脚。头上戴着嵌满珠翠的剪刀口帽条,有的不戴帽条,后面梳个"发饼",耳朵两边戴上像手掌那么大的珠花,脸被珠宝围得只显出一点点,真是成了"珠面"。宝石金戒指满指皆是,金玉手镯一副一副地直到快戴满小手臂。个个打扮得像"观音菩萨"一样好看。她们乘着马车一批连一批,一群连一群,嘻嘻哈哈,说说笑笑地驰过去。就是不坐马车的,也是一身新装笑容满面地走着。而我呢,穿了一件罩在旧棉袄上的乡下蓝布的背心,靠着屋外墙壁,呆看这些红男绿女,往喜神方向走去。我心里想:不是说民国了,日子要好过了,为啥这些人还是这样有钱阔气,而我们还是这样穷苦?我连这件过年穿的乡下布(布名)背心,还是向母亲要了好久才得到的。原先是请母亲替我在过年时做件新衣服,结果母亲因钱不够,只替我做了件背心,套在两袖洗过的旧棉袄上。回想起来,弟妹们生病没钱买药看病,个个夭折。父亲患重病,同样无钱医治。可是这些人却为什么那么阔气?我回到屋里就问母亲:"我们这家人为什么这样穷苦?别人又为什么阔气有钱?要怎么才会有钱呢?"母亲说:"世界上穷苦的人多啦!人家是前世修来的命好,我们苦命,所以我们今世一定要做个好人,下世才可以过得好些,不然我们下世还是穷人。"

我对母亲这个回答感到不满意,什么"下世"、"前世"、"后世"的,我不懂。每当我发出这样的疑问时,母亲总是高声说:"你又去和人家比了。这有啥好比呀?人比人要气死人的!没有啥比头!跟你说我们是穷人,人家是富贵人,是前世修得的。人家命好,我们命苦。"还是这些话,我听起来似懂非懂,还是疑问一大堆。这些疑问一直在我脑海里盘旋着。

第三章　迫入青楼

一、只有这条出路

缠小脚　父亲大病以后，因为没有钱调补身体，再也不能像以前那样天天拉车了。家里生活开支只好再尽量节省。过了一段时间，母亲要给我缠小脚，我怕痛，不肯缠。"看，你不把脚缠小点，就只是半截'观音'，多可惜！"一天晚上，她用白布做的脚带把我的脚缠起来，上床后，睡在被窝里两脚发热，痛得要死。我起来偷偷地拿了剪刀，把它剪掉了。第二天，母亲边说边又给我缠上了，一边缠还一边喷些烧酒在布上。她的意思是让我的感觉麻木一些，哪知道喷了烧酒更疼。我忍不住，又用剪刀把它剪破，并且把脚带剪得粉碎。母亲非常生气地说："看你那样子，上面长得蛮好看，下面一双大脚板，难道不是半截'观音'吗？"我说："观音菩萨是大脚，爸爸带我去庙里我看到的。"母亲侧头看我一眼说："将来长大没有人要你的。"父亲在旁就对母亲说："何必一定要把脚缠小挨疼呢？让她去，没有人要我养她一辈子！"我听了心里真高兴，因为疼得实在受不了。母亲就说："好！好！那就随依你们吧！"我听完母亲的话，猜想，这下再也不会给我缠了。我想："不是说，推翻了满清改换民国，就不要再缠小脚了吗？为什么母亲还要我缠小脚呢？"这次缠脚的经过使我初次感觉到女人就是比男人更受苦，除了受穷面把局票交给了陪我的"阿姨"。

我们拿了局票坐上一部两旁有一对长方形玻璃罩洋蜡烛灯的漂亮包车，[5]由前面的车夫抓着车两旁的木车把跑。我们顺着局票次序一家家去跑，有时到别的堂子里，有时是到餐馆里，有时也到做喜事的人家。每到一个地方，陪同我进去的阿姨，看到她认识的客人，就叫我坐在客人身旁。拉胡琴的人就开始拉，我就开始唱。假使遇到不认识的客人，她就很恭敬地问："哪一位少爷先生叫的杨兰春堂差呀？""是我，是我。"于是，她就对我说："喏，你在那位先生身旁坐下。"在一桌上坐下的人不止我一个人，还有别的地方叫来的好几个姑娘。在桌上，张三叫李四，李四叫张三，大家唱唱、喝喝、吃吃。那天晚上，大家对我说："咦！这个小姑娘长得倒挺好看、挺标致的。喏，你姓什么？原来的名字叫什么？你几时到这里面来的？你几岁？"左问右问的，我真不高兴开口，也不笑。有些人说："嘿！这个姑娘脾气有些不大好啊！你怎么不说话呢？"有些人说："嘿！这个姑娘好，我也补一张局票，转过来，转过来。"有时，在一个台子上就转来转去，甚至转三四个人。就是说，我原先在原来叫我的客人跟前唱，坐一会儿，又把凳子搬到另外一位要我转过去的客人面前坐一坐，唱一唱，接二连三地应酬。有时候客人不说"转"，陪同的阿姨便要问客人——某少爷、某先生，转不转？转一次就补一张局票，就多一块钱。

我一开头就是这样，水牌上别的姑娘只有两三张局票，而我的水牌却写满了，并且每天都增加，一直加到五十几、六十几张。天天晚上唱，喉咙有时都唱哑了，幸亏有的客人只是转一转，并不唱，看我一眼罢了。我经常累得要死，而且到深夜才睡。每天上下楼梯，不知跑多少路。她们觉得生意兴隆，很高兴。我却累得两腿酸疼得下不了床。心想：那些有钱的人，大吃大喝，还要听唱、玩乐……不管别人的死活，而我们这些姑娘，当着这些人的面，装出笑容，苦水往肚里咽，谁能知道咽？唉！好在只押三年，还有个熬出头的日子。

四、孟阿姨谈底层女人惨事

有一位知书识礼、态度文雅的孟阿姨，她五十多岁，长得矮矮胖胖，走起路来有些驼背，说起话来总是笑眯眯的，从未看见她发过脾气。她每天给我梳头打扮，并且经常在这时候给我讲故事。讲《三国》、《水浒》、《西游记》、《孝经》，还讲《木兰从军》和《梁红玉击鼓退金兵》给我听。有一天，我追问她，这里到底是怎么一回事？开始她不肯讲，有顾虑，只是说："讲了你也不懂。"经过我再三诚恳地请求，我一定要她说，她才断断续续地说出了一切。她点着纸捻拿起水烟袋，边吸边讲，记得她说："这里现在叫长三堂子，在未改朝换代前原称青楼，指豪华精致的楼房妓院，亦称书寓。当时书寓里的姑娘称校书，指有才学的女子，以后指艺妓。校书的资格必须能琴、书、歌、曲者，才得称此名，因此住房名书寓。姑娘一般卖艺不卖身，偶尔情投意合者，亦未尝不有暗中入幕者。长三堂子集中在云南路福祥里、福州路会乐里、广西路杰余里、汕头路群玉坊。我们这里是清和坊。所谓'小先生'，另外有一个名称叫'清倌人'，就是卖唱不卖身的姑娘的称呼。卖淫的地方分几等：'长三堂子'是最高等的，其次是'幺二'，再则是'野鸡'、'咸肉庄'，还有'花烟间'，还有'咸水妹'。老鸨又称'鸨母'，但是，不可以当面对她这样称呼。下等妓院称这种人为'开门口的'，又称'老板娘'，长三堂子称她为'铺房间的'。长三堂子俗称'长三'，也叫'头等班子'，工部局执照上也叫它'书寓'；里面的姑娘叫'生意有高低几种：高等的是不公开的私娼，有各式各类的女人，甚至公馆里的小姐、姨太太们都有。这些小姐、姨太太们有些是因为赌钱输了，有些是想找些零用钱，她们不让亲友们知道，暗中卖淫。每宿三五十元不等。低级的'咸肉庄'暗中也领执照，每宿三元，是客人到她房子里去的。所以'野鸡'和'咸肉庄'是被人看不起的。连'长三'、'幺二'堂子里的人也看不起这一同行的，自以为还高她们一等。

"还有'花烟间'，是鸦片烟馆，又是妓院，被人认为是最下等的场所。那里的顾客大多数是码头或船上的水客与苦力，几角钱就可度一宿，多数集中在上海南市十六铺一带。

"'咸水妹'也是不挂牌的私娼，她们的对象是外国轮船到达上海码头时自己上去兜揽水客[6]的生意。"说到这里，记得孟阿姨放下鞋底站起来，似乎有些感触的神情，叹口气又说："你还年轻啊！不会很懂，再过几年，你就明白了。"

听完孟阿姨讲了这么多内幕情况，我虽年幼，却恍然大悟，明白了自己的处境。孟阿姨讲得颇详，因年久遗忘，只记住以上的大概情况。

孟阿姨颇有知识，她为什么到这种地方来工作，可惜我从未问过她的身世。

当时，我一阵辛酸泪下，心想这都是些什么鬼地方，又是什么世道啊？都是人，为什么有这么多不知道的黑暗的事？女人吃这样的苦，到底是怎么回事？难道真是命中注定吗？我开始对命运二字更加怀疑了。

后来，我才发觉这些客人里面什么人都有，而且感到很奇怪，为什么那些客人总喜欢逗人。如："嘿！你怎么不说话呢？"有的客人问我："我们几时到你那里打麻将，摆花酒去？"假如客人在我们那里摆花酒，到了开席的时候，我即使是出堂差在外面，再忙也得赶回来，拿起酒壶代替请客的客人，请大家入座、敬酒，然后，再出堂差去，弄得我又忙又累。他们看我从来不笑，就逗我笑，我就更不高兴。我问孟阿姨这些客人是什么人，她告诉我，有清朝的王孙公子，有衙门的老爷，地主、富商，也有革命党人。老老少少，各种各样的人都有，我暗想：这些人都不是好人，好人怎么会到堂子里来呢？我看不起他们，总是以冰冷的态度去对待他们。所以，他们有些人说我："这是个不笑的姑娘，她从来不笑的。"我想：你们这些坏坯子，嘴里说得天花乱坠，实际上，没有一个好心肠的。

　　生意都是在近黄昏后开始，姑娘们一直到深夜才能睡觉。我每天都累得上气不接下气，感觉生活非常痛苦。大家同样是人，为什么我要为这些老爷们玩乐，忙得团团转？堂子里的生活，正如孟阿姨所说的那样，老鸨押买了姑娘开堂子，逼她们出卖青春，老鸨们却从中渔利。那个漂亮的女人——老鸨，她是一家之主，每天像指挥官一样在那里指挥一切，大家都叫她"阿姨"。我们这个老鸨有个丈夫，但是，互不来往。她另有个相好姓陈，是洋行里的买办。他来时，经常就在后房间，靠在床上鸦片盘子旁边和她叽里咕噜地谈话。因为我在那里生意好，赚钱多，所以，这位阿姨不常对我板面孔，待我还不错，别的房里生意不好的姑娘，就常常受老鸨的冷言冷语，甚至还要遭到辱骂。骂的话很难听，如"你晓得吃饭，养你像条死猪，不会赚钱，不会做生意，弄你这种姑娘进来算我倒霉！"我听她们挨骂很难过，她们和我是同一遭遇，都是陷进这火坑的可怜人。我就请孟阿姨偷偷地把我自己的局票想法分点给她们。但是，孟阿姨说："这是不可以的。"

注释

[1] 小先生、清倌人：只卖唱不卖身。
[2] 水红花金镯：是用四股一二分直径的金线拧绞而成。
[3] 局票：叫姑娘的请帖。
[4] 堂差：即生意。
[5] 包车：式样和黄包车相同，无非装潢设备更为华丽而已。家庭自用车。
[6] 水客：即是轮船上的水手及船员。

第四章　新见闻

一、爱听国事

那时候无论是出堂差、摆花酒，从有些客人当中常听见他们谈起孙中山先生的名字，又说孙中山著书提倡"三民主义"。我爱听他们谈论国家大事。他们说，鸦片战争后签订《南京条约》，列强要瓜分中国，老百姓越来越受苦……还谈论到太平天国、农民起义、八国联军、义和团等情况。又说什么满清推翻了、宣统皇帝退位，现在民国已经成立，按说国家应该开始走向正轨，但因腐败的清王朝在危急之时，再度起用袁世凯，复任内阁总理大臣。袁世凯玩弄两面手法，脚踩两只船的阴谋，伪装赞成共和。孙中山先生辞去临时大总统职位，推荐袁世凯为临时大总统，革命党人准备以"责任内阁制"来限制袁的权力。而袁世凯接过政权后，就想做皇帝。1913年（民国二年）3月，首先暗杀了极力主张"责任内阁制"的革命党领袖之一宋教仁……其中有些情况曾听父亲讲过。我听了这些话后，觉得这些人中有的是从日本留学回来的，有些在推翻满清时打过仗的，都是同盟会革命党人。经常听客人谈论这些事，我虽不大懂得到底是怎么一回事，但是使我知道许多以前不知道的事。原来还有这么多复杂的国家大事，这么多人为国家大事在忙忙碌碌。我听了这些话，觉得这些人也许是好人，不像孟阿姨说的那些地主、老爷、坏蛋们那样,他们可称得是爱国者。听起来,推翻宣统皇帝好像都是他们的功绩。我一面听他们讲,一面观察他们,这些人和那些吃、喝、玩乐的老爷、王孙公子确实不同,他们到堂子里来似乎不是为玩乐的。每次来,不是二人坐在炕床、茶几两边,面对面,便是三五人围着茶桌,或是七八人围坐圆桌,边吃、边喝、边谈论国事。有时大概是谈什么机密吧,声音很低,还不时掉头瞅瞅周围……看上去他们是做过大事的,是爱国英雄。他们还谈到日本明治维新后的兴旺情况,又说什么日本的风景很美,旅游人不少,日本在这方面每年收入不少,等等。又有人说:日本风景算什么,人工改修的多,中国地大物博,自然风景区和古迹何止千万,当权者不爱国,不开辟,太可惜了。

二、观察来客

因为我非常喜欢听他们谈论国事,也就很自然地注意观察他们的长相、穿着、神采、举止谈吐等。可惜我已记不清楚了,总的印象是个个相貌英俊,穿着朴素,风度翩翩,谈吐高雅,但有时候也很激昂。看上去都不过三十岁左右,我很羡慕他们去过日本念书,有学问,自己若能到那里读书该多好啊!又想到他们这些人这样爱国,是否也同情我们这些穷人呢?根据他们议论的三民主义,觉得它是救国救民的好主义,是包括穷人在内的。真的吗?还要看看今后的事情才能完全相信。又想:这些人既然是爱国英雄,那就是好人,但是为什么跑到这里来呢?又觉得奇怪了。

在这个时候,有几个人曾经表示真心喜欢我。其中有个苏州人,姓陈。他排行第七,所以当他来的时候,大家就这样招呼:"啊!七少爷来了。"他是苏州有钱人家的少爷,经常摆花酒、打麻雀牌,有

1912年四川副都督夏之时（亮工）。

时候，也来"打茶围"[1]，约二十三四岁。他长得清秀漂亮，身材瘦高，穿着一件深蓝色大花缎袍，外面套一件浅蓝色、周围滚一道约半寸宽黑缎子边的背心，头戴有红丝线结的瓜皮黑缎帽，话不多。我倒蛮喜欢他的，但是又害怕和他说话。另外有个陕西人叫井勿幕，另一个湖南人叫柳聘农。还有一个四川人叫夏之时（字亮工）。他们都是革命党人,都悄悄地在背后说:"要等我做了大人。"我也不懂是什么意思,只常常看见他们在和老鸨阿姨谈话。我不理睬他们。虽然,当时我也羡慕他们中间有些人是打过仗的英雄豪杰,但一想到这些人既是好人,为什么跑到这里来,因此我又不高兴理他们了。那位姓井的,每次看见我,不说话脸就红了。他曾好几次暗示喜欢我,我却不喜欢他,有时还讨厌他。有一次我生病睡在床上,姓柳的跑到帐子旁边来对我说:"嘿!你嫁不嫁给我?不许给别人相好,你不嫁给我,我拿手枪打死你。"说着就把手枪拿出来,我吓极了,马上灵机一动就说:"好!好!嫁给你,嫁给你!"然后我立刻翻身起来,躲开他,到前面正打着麻雀牌的桌子旁边坐下来。他以为我讲的话是真心的,就息了怒。过后,老鸨和阿姨们不知跟他讲了些什么,他此后就不问了,抱着安心等待的态度。我当时心里边跳边想,这些人怎么这么野蛮,一定要人嫁给他,不嫁他就要用手枪打死人?把手枪拿出来好吓人啊!在这个堂子里面多么危险啊!这里不能久留。姓夏的那个人长得漂漂亮亮,高高大大,穿件灰色长袍,黑缎马褂,不戴帽子,有时穿洋装,很英俊大方,年约廿六七岁,堂子里人都叫他夏爷。他也经常来摆花酒,打麻雀[2]。他和其他人有所不同,从来不和我开玩笑,我还比较喜欢他。有时他反而和我讲:"听说你读过书的,有空时你应该好好看些书。你读过几年书?你父母怎么样啊?你有没有兄弟姐妹?你怎么会到这个地方来的?看你这个样子也不像是吃这碗饭的人。"本来我与任何客人都很少说话,看他问得这样诚心诚意,我就讲给他听。说我从六岁读书一直到十二岁,因为父亲母亲没有钱还债,所以才把我押到这里来的,押三年。总之,我把家境和押进堂子的经过都讲给他听了。他说:"啊!原来是这样的。"他相当同情我,之后,我们也没有再说什么其他的话。我总觉得这个人与众不同,好像真是个好人。我就从旁打听他是做什么的。人们说：他早年留学日本，后投入孙中山先生领导的革命，加入同盟会。当武昌起义时，他起来响应，在四川成都龙泉驿带兵，一昼夜冲到重庆，将镇守使田征葵活捉杀死。据人说把从田家抄来的几箱金子送交银行充公。推翻满清后，被选为四川省的副都督。后来四川有成渝两政府（成都是尹昌衡，当了都督，也成立军政府），两政府合并后，夏之时辞去重庆蜀军军政府副都督职位，又任重庆镇抚府总长，作为同盟会人在四川的阵地。但不久亦辞去，离开重庆东下，想再去日本留学深造，报效民国。出川后来到上海曾向孙中山、黄兴汇报川局情报，共商大计。当时正值各省革命党人共起讨袁，他便留在上海参与策划"二次革命"。

三、夏之时简述身世

从此，我就开始留心这个姓夏的人了。有一次我问他："人家说你是四川的副都督，你是怎么当都督的呢？"他说："说来话长；我姓夏，原名有贤，入私塾读书时改名之时，号亮工，四川省合江县虎头乡（今虎头镇河坝村）大观田人。我们的祖籍原是湖北省麻城，在明朝时入川的，父亲夏振富、母亲袁氏，生冕昭（原名夏有贵）和我。母亲去世早，继母刘氏生畴五（原名夏有福）、西逵（原名夏有禄）两弟，故亲兄弟共四人。务农为主，亦做些副业，可称小康之家。最初我哥哥要我念书，我进了学馆，总是不好好念，哥哥就把我送乡下耕田，空闲时候就学木工，后来我想这样反而更苦，还不如去念书的好，于是又进了学馆。在学馆里经常听人讲清政府如何腐败，外国人如何侵犯中国主权，人民生活如何苦，再下去将要亡国了。我听了这些话，闷在心头，很气愤，我立志救国，从此就专心念书了。不久，我和一位同学商议去日本留学，哥哥不同意，我和同学俩就私自离开学馆。跑到半途,哥哥也只好送来了去日本的路费和学费。我就这样到日本去了。在日本考进了东斌学校步兵科。1905 年 8 月 20 日,孙中山先生领导的同盟会在日本东京成立,中山先生被推为总理,提出'驱除鞑虏,恢复中华,建立民国,平均地权'的革命纲领。"这时我插嘴问什么叫"鞑虏"?他解释说:"就是满清人。""我加入了同盟会,那时我积极参加革命运动,准备推翻清政府。我边读书边做革命工作。在日本毕业以后,回到四川重庆。当时四川总督赵尔丰知道我是日本军官学校毕业生,疑是革命分子,故意派我去西藏测量,企图把我害死。谁知道经过六个月的艰苦工作,我完成测量任务回来了。这是赵尔丰意想不到的,但他并不奖励我,仅仅在他所组织的新军里委任我为陆军十七镇骑炮标步兵排长。"

"我测量西藏虽然成功了,但很辛苦的。多少夜不睡觉,有时一两个月不脱马靴,因脱马靴好多蚤子就一起出来咬你,经常熬夜,所以两眼总是红肿的,家里有照片。由于清政府腐败,辛亥革命爆发了。我配合各地起义军,在成都郊外龙泉驿带兵起义。当时驻在龙泉驿的新军一二百人,卫戍司令魏楚藩,我把他枪决以后,率领军队连夜绕道川北,途经简阳等地,直奔重庆。沿途参加响应者发展到七八百人。到达重庆的时候,革命队伍扩大了,我们就冲进衙门活捉了镇守使田征葵,把他杀掉。在重庆成立了蜀军军政府,我被选为副都督,张培爵(号列五)为正都督。"(隐约记得他曾告诉我原选他为正都督,他自觉年轻,主动谦让给张培爵的。)我问:"你那时几岁?""二十四岁。""你真勇敢。"我听了这番话和我从旁处听来的一样,所以,觉得他真是个爱国英雄,我倒有点爱慕他了。但是英雄好人怎么又跑到这个地方来呢?这个疑问又在我脑海中浮起,还是不要太相信他会真心喜欢我,恐怕不过是拿姑娘来耍耍罢了。在这段时期里，他总是对我非常好，关心我的冷热、身体和将来。见他对我很好，于是我问他："你们都是爱国英雄为什么到堂子里来？"他回答说："孙中山领导革命推翻了满清政府成立民国后，将政权交给了袁世凯，袁世凯接过政权就叛变了。同盟会改组为国民党（1912年8月），发动二次革命讨袁。谁知失败了。袁世凯下通缉令逮捕革命党人，因此我们借堂子掩护，开会商议……"我这才明白他们常来长三堂子的原因。

  他们几乎每天都来。为争夺我这个人，拼命互相多摆花酒，有时自己房间不够用，还借用隔壁的房间。有人问我："你这个小姑娘生意这么好，为什么还不开心？"我想：生意好关我什么事，看不见我的爸爸妈妈，而且不能再读书，还有什么可开心的！

注释

[1] 打茶围：喝杯茶清谈之后，留下一二元就走了的意思。
[2] 打麻雀：即是打麻将牌。

第五章　梦寻出路

一、苦　恼

有一次，孟阿姨对我说："你别想见到你的爹娘，你要晓得你是押在这里的。她们出三百元是不少的钱，能随便让你出去吗？总之，出去是很困难的。不开心没有用，在这里面就是这样。"我感到奇怪，问她说："我是押在这里以三年为期的，为什么我来了这么久都没能看见我的爸爸和姆妈？他们为什么也不来看我呢？"她说："她们怎么能让你爹娘来看你呢？看了你，你就不会专心做生意了，当然不会让他们来。"我说："那反正三年满了我就回家。"她说："嘿！三年后能不能回去还要看看再说哩！"她有时候又说："你到了这里就别想再回去了，她们在你这棵'摇钱树'上摇得还不够，要把树叶、树根都摇光。因为你的生意好，还没挨打已算不错了。"我听完孟阿姨的话，又急又气，心里非常恼火。心想：我给她们卖唱挣了那么多钱，那三百块钱她们早就赚回来了。自己每天这样劳累，唱得声音也哑了。她们要把我当摇钱树，打错了主意，我叫她们落空。我一定要离开这个鬼地方。从此，卖唱就经常懒洋洋，盘算着怎样才能离开这里。她们见我这种情况，就骂我："你是什么东西？不好好做生意，叽里咕噜干什么？"我不理睬。她们认为我是红姑娘，还不敢过分得罪我，不敢像打骂其他房间的姑娘那样凶恶。

我又想：要是她们打了我，我索性连堂差也不出，看她们把我怎么样，我才不怕呢。

二、怕玷污，求归宿

有天，孟阿姨对我说："你现在是清倌人，是小摇钱树，等你发育成了大人，就是大摇钱树了。你晓不晓得，目前已经有客人在和老鸨阿姨讲，到时让他首先摇摇，价钱多少。还有人问老鸨你以清倌人嫁给他的价钱呢。""啊哟！"我惊叫起来。把女人当作东西出卖，恶毒透顶。

有一天，我生理上突然起了变化。孟阿姨就急了，她说："啊呀！你做大人了！"我一听说这就是叫"做大人"了，马上联想到好多客人常说："好！你做大人就可以嫁给我们了。"我恍然大悟，原来做大人就是这样，心里吓得要命。我急得直叫："孟阿姨呀！那怎么办呢？"她说："你要晓得啊！做了大人就休想出去了。"我就问道："那我爸爸姆妈把我卖在这里了？"她说："你不懂，哪里是卖在这里，他们只有你一个女儿，怎么舍得卖你！但是他们是老实人，不知这里的黑幕，没办法啊！你做了大人，就是一棵摇钱树了，身上便有摇不完的钱，怎么会放松你，让你走呢？最多再拿几个钱给你爹娘就算了事。她们有钱有势，开堂子的人有后台老板支持的。"我问："什么叫后台老板？"她说："就是巡捕房喏！衙门喏！她们经常送钱、送礼、送酒席给这些地方有势力的人，打通他们。有的老板姘上一个有权势的人，有了靠山，就可以开堂子了。"我问道："那些革命党人也会支持她们吗？"她说："这些人是不会的。"我听了这些，叹口气说："那么厉害，那我一辈子也出不了头了？"不几天，她又说："我替你想想，你还是找条出路吧。"我问："找条什么出路呢?"她说:"还是找个人,出嫁吧。你已经做了大人,能够嫁到人算是好的,也许根本不让你嫁人嘞!我不是说过嘛!她们要在你身上摇更多的钱呢?"我接着又问:"那么,照你这样说,我不是要和隔壁那些姐姐们一样接客了吗?""那还跟你客气吗?"她接着说,"你成了大人,又是个红姑娘,她们在客人身上还不大大敲笔竹杠?以后你就经常要接客了,当然有时候也不会勉强你,因为这里是长三堂子,但她们会用种种手段说服你的。总要在你身上做够年龄,赚够钱,等你年纪大了,姿色衰退,生意清淡了,那个时候才允许你出嫁嘞!"我听她讲了这些话,吓得呆呆地望着她,眼泪直流。我给她叩了个头,求她赶快救我。她说:"我看你还是选中一个人,趁早出嫁吧!"我说:"你不是说过,我即使选中一个人,她们还是不让我出嫁吗?仍旧要把我当棵摇钱树吗?"她说:"如果能找到一个人,钱出得多些,能满足她们的欲望,把她们打算在你身上挣的数目,一笔付清,我想她们也会答应的。"我说:"那不是等于卖给别人吗?"她说:"你不这样就没有办法出去呀!"我又哭了。

从此,每当我晚上出堂差卖唱回来睡觉时,总是蒙着被窝哭泣。心想:这样下去怎么办呢?孟阿姨每天给我梳头理床,见我枕头底下一块湿透了的手绢。她就劝我说:"唉,不要这样,哭也没有用的,你把身体哭坏了,眼睛哭肿了,多难看,慢慢生意也清淡起来,她们会不高兴,会打骂你的。你再哭,也不会随便让你走出,回家去的。"但是,我哪里忍得住呢?每天晚上卖唱回来,经常到天亮也睡不着。有时清早起床,走到凉台,见路上行人中,有些青年背着书包去洋学堂读书;有些姑娘穿着天蓝色布衫、手提竹篮饭菜,去纺织厂上工。男男女女都是干干净净,女的大家叫她们"湖丝阿姐"。[1]上学的上学,做工的做工,这种情景真从心底里羡慕他(她)们。我想,在马路上走的这些人,无论是男的、女的,多么自由自在啊！多么开心啊！我呢？只读了几年书，此后恐怕就要一辈子陷落在这个倒霉的火坑里。

看不见爹娘，见不到天，见不到地，以后还要卖身，那我就是所谓的妓女了，就不再是清倌人了。这样我宁死不愿。

我房间墙上，挂有一张日本画，画上有一座桥，一个女人头顶上梳一个发髻，身穿黑红色长袖上装和深蓝色裙子，白洋袜，黑皮鞋，手里撑一把很美丽的洋伞，背着书包在桥上走。我几乎每天都要望它几次。想起这些革命党人都是从日本回来的，日本那个地方不知道是怎么样的？有一次，我问夏之时："日本那个地方，有没有女人读书的？"他说："有的，有各式各样的学校：中学、大学、师范学校、家政学校。"夏之时指着画说："这就是日本女学生服装，也有的头上梳根辫子的。"这时候我想能去那里求学该多好啊！多读些书，我也可以替国家百姓做事。国家强盛了，老百姓日子好过些不再受苦嘛！我的父母拉黄包车、当娘姨挣来的钱给我念书，盼望我读了书，配一门好亲，大家有个出头日子，不再受苦，不再被人欺侮，现在反而落到这里。如果夏之时能带我到日本读书的话，那才真能达到父母和自己的期望！那是多么好啊！

三、犹　豫

有一次孟阿姨说："我留心观察来的这些革命党人，这么多人当中还是那个夏爷好。他是真心喜欢你，这个人还英俊诚实，你自己注意注意。"我没有说话，她又说："你要是不拿定主意，有得受苦嘞！你好好听我的话。"她很爱护我，经常像亲人一样照顾我，所以她讲的话我比较听从。我想她的话也对，我这样下去就糟糕了。此后，我就更细心观察夏爷了。见他身材高壮，肤色白润，额宽，眉眼清秀，两目炯炯有神，姿态英俊，性格豪放，二十四岁就任四川都督，真是一位英雄豪杰。至此我就更加爱慕他，并留心夏爷是不是真心爱我，对我好。

有一天，夏爷对我说："我是真喜欢你哟！你看那么多人当中，只有我叫你读书，叫你做好人，你大概能感觉到我对待你和别的客人不一样吧？"他经常给我说些甜甜蜜蜜的话，又不断鼓励我，我当时也认为他是三个客人当中对我最真诚的一个。对镜自照，暗自喜欢，以我的相貌是应当配一个爱国英雄的。可是他的年纪比我大十二岁。但又想年纪大点也好，他比我知道的事情多，可以做我的保护人。他又是个革命党人，革命党把国家搞好了，我们穷人都过好日子了，多么好。我又听说夏爷确实是个爱国者，从不贪污，当他做四川副都督时，勤务兵余胜在军政府拿了一对搪瓷痰盂到公馆使用，就被他大大训斥了一顿，还命令他立即送回军政府。并且他还说可以送我到日本念书，这是我最高兴的。就这样左思右想地想了好多天。但当时我心里还有一个疙瘩，怕这种人对女人不过是说一套漂亮话，哄骗哄骗罢了——尤其是对我这样穷苦人家出身，又是押进堂子里来卖唱的姑娘，因此我又不敢相信。

有一次我问他："你家里有没有太太？"他说："有个太太。"啊！我听了心里便冷了半截，更踌躇了。心想，你有太太，我去给你做小老婆？听说小老婆是受气的，最不受人尊敬的。那我岂不是刚出这个火坑，又要陷到另一个火坑里受苦？我才受不了呢！不对头，我不能嫁给他，还是另外找个人吧。

我对孟阿姨说："他有老婆呀，难道我去给他做小老婆？又要受另外一种气？"她说："你弄弄清楚，再问问他。"我说："你去问他嘛，我是不好意思多问。"有一天，她说已经问过夏爷了，他家里有个老婆，是个乡下人，现在生肺病，他俩结婚是经父母做主的，生

第五章 梦寻出路

了一个男孩，才几岁。和她结婚不久他就到日本去念书了，也很少有信回家。现在那个女人肺病已经第三期了，很危险。儿子还小，没有什么关系。我说："你打听来的话是不是真的呢？"她说："我是听人说的，我怎么知道是真是假呢？要么再替你去问问他的几个好朋友，像红鼻子陈子驭，陈鸣谦，他们都是革命党人，看是不是像他所说的一样。"过几天，她又告诉我说："我都替你打听过了，他确实是喜欢你的。他们旁边人愿意做证人。他爱你，真心爱你。都说他家里的老婆是个乡下大户人家小姐，但他并不爱她，现在病得很厉害，只有一个儿子，这是真实情况。"我听到她这番话，心里安定些。有一天夏爷对我说："我和她没有感情，而且她得了肺病已经多年了，现在病危。知道这事的朋友们都在为我留心物色适当的人。"说完就问我："你怎么样？我真爱你，你怎么不回话？你这个姑娘怪得很，没有见你笑过，你到底什么心事不高兴呀？你晓不晓得，赶快和我结了婚，你就可以离开这个鬼地方，不结婚想离开这里是做梦。你以为这里是好地方吗？你在那里糊里糊涂，我是不敢跟你多讲啊！我一方面要你和我结婚，做我妻子；另一方面也是要救你出去，免得你在这里受罪。你是一个规规矩矩的好姑娘。虽然他们说堂子里的姑娘都没有情义，都不是好东西，但据我看来也不能一概而论，你美丽、老实又聪明，确实难得的。我真爱你，为什么不要你做我老婆呢？你还不决定嫁给我。我可以把一大叠的照片给你看，看有多少人给我做媒。他们都认为我的老婆病危，总是活不长了。"我说："你的老婆还没有死，人家就要给你做媒了？你老婆晓得了不要活活气死吗？好！算了！我们的事慢慢再说。"我也不明白告诉他，等以后他老婆死了再说吧！又过了一阵子，他给我看一个电报，并带着有些伤感的神色说："你看，我的老婆死了，你看是不是呢？"我心里想，谁知道你这个电报是真的，还是假的？后来我去和孟阿姨商量,她说:"死了人还会假的吗?你真是个小孩子,人死了嘛,还骗你做什么!我去给你打听打听吧。"她又去向他的朋友打听,他们都说他老婆真的死了。孟阿姨很高兴,就一直劝我说:"你和他好吧!他是你唯一的知心人了,又那么爱你,嫁给他,你又不做小老婆,你想想看,哪里去找这个机会呀?他们是革命党人,脑筋比较新,不像其他衙门里老爷们那样看不起女人。那些贪官污吏真是坏蛋,革命党人因为看不惯那些贪官、污吏、洋行买办们欺人害人,所以才把皇帝推翻。这些都是有勇气有志气的大丈夫,不是一般普通人。这几个人当中我觉得夏爷最好,我看你还是答应他吧。"当时我对夏之时确实有好感了,但是要他做我的丈夫,实在有点害怕,也觉得不好意思,并想到我是穷人出身,他哪里会真心爱我?

后来孟阿姨又说:"你还不快决定,老鸨阿姨要逼你做'大人',那你就要吃苦了,就不得了喏!"我听了她几次诚恳的劝导,便逐渐和夏爷进一步接近,感情也更增加了。后来孟阿姨因为被他们发觉在替我出主意而被调换了。我失去了疼爱我的知心的孟阿姨,非常难过。她的音容笑貌,她给我的帮助、爱护,我毕生难忘。

换来的是一个年轻女人,三十几岁。她叫三宝,身材中等,脸上有些细麻子,性格直爽善良,颇为聪明,而话不多。这人和我相处十几天后,知道我进堂子这个火坑卖唱的原因和心事,她满同情我的遭遇,对我也不错,她也非常希望我早点能和夏爷成婚,常常陪我掉泪。

四、我也喜欢他了

有好几天夏爷没有来,外面正是闹得乱哄哄的,当时听到的有以下一些消息。

袁世凯想当皇帝,遂在全国范围内大肆搜捕革命党人和爱国志士,把他们逮捕、入牢,判死刑,暗杀。还专门派镇守使郑汝成、交涉使杨小川、机要洪述祖、特务总办朱占元,在上海租界办拘捕、引渡,还出赏金进行反动活动。

另外,四川军阀陈宧也派有特务,专门对付四川革命党首脑人物。但又听说租界当局对袁政府的乱党条例执行得并不严格,所以革命党人还有藏身的地方。那些反袁的爱国主要人物或亡命海外,或大批躲在英、法、日租界里。夏爷躲藏在日本租界,形势紧张。

全国闹得天翻地覆,我虽然不太懂,但知道他们都是为了国家,要救国家。暗想:袁世凯这人是个卖国贼,又是那么阴险,总有一日会受到老百姓的审判。夏之时处在这种局面,我真有些担心他的安全。正在这个时候三宝说:"我们该去看看他!"于是我俩就瞒着老鸨阿姨,推说是上街买东西,雇了一部黄包车到虹口夏爷隐避的日本胜田旅馆(好像是这个旅馆,记不清楚了)。这旅馆一进门,就是楼梯,一直通到二楼,上面都是一间间铺席地(日文叫塔塔咪)的房间。当我一进房门,他就从床上跳起来,抱住我失声痛哭。他说:"我好想你呀!我不敢出去,因为外面风声很紧,袁世凯出价三万元要我的头。四川独立的正都督张培爵已被捕(后来他死在北京监牢里)。革命党人被迫陆续流亡日本的不少,我再不走就会遭遇危险,你今天来,我真高兴!"这时候我才感觉到自己亦是真心喜欢他了。后悔过去对他种种怀疑是不应该的。我两人谈得很开心。我又问他:"你到底是不是真的要和我结婚?你要我做你的小老婆还是大老婆?结婚后,你是不是真的会带我去日本求学?"我问了他一系列的问题,他握着我手说:"啊呀!你这个人呀,你还不相信我,你老是反复地问我这些做什么呢?难道我会欺骗你?"我见他含糊地回答，言语动作异常，气得我马上起身，把门一推"砰"地关上，就一直冲下楼梯。当时我头昏脑涨，也不等三宝回来，就叫了一部黄包车回到堂子里，蒙着头淌眼泪。我想，如果上了他的当，我再也不能嫁个好人了。孟阿姨又走了，没有人可以谈心，非常伤感，莫知所从。不几天，夏爷的朋友来劝我说："夏爷是真的爱你，他已因为你生病了。他的哥哥听说他弟弟为你生病，又不肯去日本。哥哥怕他遇害，急得从四川赶来上海了。他哥哥也同意你俩结婚，并说让他弟弟夏西迟带你去日本念书。他的妻子真的去世了。外面袁世凯捉人的风声越来越紧，夏爷要到日本去了。你无论如何要在两个礼拜之内去见他一面，不然，他就要走了。这件事如果这样下场，那太惨了。"当时我不高兴他，但又非常想念他。在矛盾的心情下接受了他朋友的这番劝告，就又同三宝去了。我一进门，他又哭了，他说："我第一次和你见面谈话时就喜欢你了，我一直在等你呀！你那天那样对待我，连开门追赶你都来不及，使我多么难过，你以为我是骗子吗？"我看一个男人这样哭，愣住了，一方面又为他担心。这时候，我觉得爱他更深了。心里已打定主意，但坐在那里不开口。他又说："我已经派人跟你们的老鸨阿姨去讲条件了。她们向我要三万块钱，我已答应一万块。她们硬要三万才肯让你赎身。你押的是三百元，现在却要三万块。我没有这多钱。"我听了又气又恨，半晌不语。心想，堂子里好可恶，把人当成东西卖，这是什么世界？人吗？妖魔吗？我不相信世界上苦难人老没有翻身日子！他见我生气，就说："怒气冲冲有何用处？"这时，我仰头告诉他："你别管，我会想办法。你即使有钱也不愿你这样做。"他说："如果不出钱，你别想逃出这个火坑。"我说："你就等我两个礼拜再说，无论如何一文也不要出。"他说："你不要我赎你出来吗？""是的，我不要，你等一等，我有我的道理。我又不是一件东西，再说以后我和你做了夫妻,你一旦不高兴的时候,也许会说:'你有什么稀奇呀!你是我拿钱买来的!'那我是受不了的。所以,我现在无论如何不愿意你拿钱赎我。大家有做夫妻的感情,彼此愿意才做夫妻,要不然多难听。"我说完后,呆呆地想着:常常听说有些姑娘,因为是客人出钱赎身做了小老婆,就被丈夫家里人看不起,有时连丈夫也不尊重她。如果我会被丈夫,不管被什么人欺负,我是受不了的,我要起来反抗。并且,民国后,大家都讲自由平等,好些人结婚都举行了文明的结婚仪式。这表示男女双方自由平等嘛!尤其是对女人,这种主张真是公平,合情合理。我这样对他说是对的,必须拿定主意。他看我在想,就问我:"你在想什么啊?"我说:"想办法脱离这个火坑,我在想,你一个铜板都不能花。花钱我就不跟你结婚。"他说:"那么,没有办法呀!"我说:"有办法,不过你答应我几件事情。第一件事,我不做小老婆。"他说:"唉!到现在你怎么还不相信?我老婆去世的电报都给你看了,大家都跟你讲过了吗?"我说:"第二件事,你要送我到日本求学。"他说:"那是没有问题的,我现在就要到日本去了,我们结了婚,就可以一道走。""第三件,就是将来从日本读书回来,我们要组织一个好好的家庭。你嘛,管国家大事,我可以从旁帮助你。一方面管理家务,愿意做你常提到的好内助。其实,这一点是你的希望。你要是答应我这三件事,我就去想办法脱离这恶魔的火坑。如果你不答应,就是你出钱给她们,我也不出来。""好!好!好!这是当然的事。"他又低声告诉我:"朋友们都觉得奇怪,我为什么会爱上一个堂子里的小姑娘,堂子里姑娘和老鸨是相互勾连的,一个唱红脸,一个当白脸,是专门敲人竹杠的。"我听他讲这些话,很生气。我说:"我听孟阿姨说过,是这样的。老鸨恶毒坏透是真的,她们依靠地方流氓、恶霸势力,并和租界巡捕房勾结开妓院。把社会上坏人拐骗来的姑娘或穷人家里出身的少女收买来，叫她们接客出卖肉体，做老鸨的摇钱树。这样的情形下被欺负而忍辱可怜的姑娘们，除听从使唤外还能做些什么？你不打听清楚，分析分析，还瞎听这些人的胡说。用这样方法敲竹杠的事情是有的，是老鸨们做坏事的一种恶毒方法，并不是姑娘们愿意做的。姑娘们自己也不好，她们懦弱，没有出息，没有勇气，听从老鸨们随意捉弄。人都是父母生的，好人与坏人，穷人与富人相差这么远？这些姑娘们离开了父母，离开了家庭，虽然穿红着绿，金银玉环，在花天酒地里生活，表面上看起来蛮好，但她们在吞着眼泪，过着得过且过的日子，谁能知道她们心境的悲惨？对这些，还要说什么红脸，白脸？实在是太不公平了。我虽只卖唱也有体会，这里是人间地狱！"夏爷说："我说了几句，你就讲了一大堆。你讲得对。"我又说："堂子里姑娘这么坏，说这些话的人，难道都是好东西吗？"夏之时笑了，他说："好！我等着你，你赶快去想办法吧！"我走时叮嘱他："你千万不要上街，外面要捉你的风声很紧，太危险。"当我和他分手时，已近傍晚，我担心他的安全，又怕回去挨老鸨的辱骂，还可能会挨打。上灯时才回到堂子。老鸨两只眼睛瞪着对我说："局票已经一大堆了。"指责我回来晚了。

注释

[1] 人们称这些女工叫"湖丝阿姐"，浙江湖州产蚕丝，清末上海创设新式丝厂，老板都是湖州人，采用湖州茧子作原料。

我的一个世纪

逃出火坑

第六章　求学日本

一、逃　跑

我回去以后，装病不做生意。晚上，有许多堂差局票，我一个地方都不去。推说没有力气，唱不出来。老鸨很惊慌，以为我真的得了什么病。后来看看不像，于是大发脾气，不仅骂我，还要打我。我虽不还嘴，但也不怕，只是哭。我开始用这个办法，好让她们看见我生气，我好几天都没有出门。她们知道了情况，就指着我责问："你干吗不做生意？你装病还哭什么？"她们时而软、时而硬地对待我。我知道她们的诡计，我根本不理睬。到后来，哄我也哭，不哄我也哭，就是不做生意。不管哪个客人来，我都不招呼，老是板起面孔。这样一来，慢慢地生意比较清淡了。这时，整幢屋里的人都开始议论纷纷，说这个姑娘喜欢一位夏爷，夏爷要用钱赎她。堂子里的人都在七讲八说的。她们看见我这副神气，晓得我不愿再为她们当摇钱树了，很气愤。于是，便开始用压力对待我，并喊了流氓来威胁，我也不理。她们骂道："你这贱骨头，知不知道你爹娘三百元押你在这里，一百块钱一年，三年还没有满期呢，你想怎样，想偷懒？那不行！"从此，她们就开始凶狠地对待我了。我恨透了，心想：贱骨头是你们自己，整天指手画脚、骂人打人，什么也不做，别人唱得喉咙都哑了，你们只会捞钱、享福、压人欺人，有什么可以神气的？不理睬，也不害怕,我仍旧哭,不做生意,打死我也不做。就这样,看她们把我怎么办。她们用软用硬皆无效果,过了好几天,晓得没有用,就说:"好!好!走!走!走!你不愿意做生意了,我们送你回家休息、休息再说。"我听见要送我回家,开心死了。我想:"咦!我这个办法想对了,要送我回家了。"哪知根本不是送我回家,而是送我到另外一个地方。在西藏路的一条弄堂里,一座石库门房子的二楼前楼,他们把我关在里面了。有两个人轮流看守着我,不许见任何人。我又急又气,又难过,想到夏爷在等着我,自己不知道哪一天才能脱离这个火坑。每天睡在床上哭泣,两个眼睛哭得又红又肿,非常想念夏爷。像这样过了好多天,没有任何人来看我。自叹命运凄惨,竟落到这种地步,暗想逃跑吧,太危险,如果一旦被抓住性命难保。那么,这样下去,怎么办呢?踌躇、徘徊、思绪万千。不!我绝不能继续做一片任人践踏的落叶了。决心逃跑了,我就想出一个办法,并且着手进行,打扮打扮,梳梳头,穿好衣服,玩玩卅二只骨牌,担任看守的那位四十多岁的男人也过来和我一起玩牌。有时,我叫他弄点酒菜吃吃。他见我情绪好转,看管就放松了一些。有一天,他说:"杨小姐,你乖乖的,大家都很喜欢你,别再这样了。"他觉得我还是个小孩子,以为一用压力就会回心转意,听从他们的话,跟他们走。哪里知道我的主意已定,什么也不能改变我心里积累已久的对这火坑的愤恨,要脱离这火坑的决心。只有什么也不怕,拿出勇气才有出头日子。

有一天晚上,窗外月光明亮,直射房里,似乎在指示我"你要跑,这是好时候"。那时正当春末,我站在窗口,望着月亮焦急自叹:我完全是为了对爹娘的一片孝心才到这鬼地方来的,现在我实在呆不下去了。月亮呀!请你救助我吧!救助我吧!过了几天,我就设计故意喝酒、吃花生米,邀那个看守我的人过来一起吃,他很高兴,到晚上11点时候,我对他说:"我肚子饿了,替我买点鸡蛋糕好吗？"我知道一出门就可以买到的，若是路远，他会疑心，不一定肯去，他看我心情好转，很乐意地去了。回来后，看我仍然在玩牌，他放心了。我再请他一起吃喝，到了快2点钟，我又装作想吃水果，水果店离开住处有两三条马路，比买鸡蛋糕的地方远得多，他又高兴地去了。这一回他一走，我就如鱼得水似的立刻把平时用来蒙骗人钱的丝罗绸缎服装统统脱掉，也顾不得冷了，只剩下一套白色的内衣裤。又把金玉耳环、戒指等首饰也都取下来，放在床面前的一张小茶几上，用一只托茶的小瓷碟把它们盖好。我就跪下来，对它作揖、叩头，盯着这些东西说："啊！我是为了对爹娘尽孝才到这里来的。现在，我要脱离你们，再也不想看到你们了。"（因此，我一生中对珍珠玉宝首饰从不感兴趣。）于是，我站起来，拿了两毛钱，哆哆嗦嗦地一口气跑下楼梯，奔到弄堂口，赶忙叫了一部黄包车给了他这钱，叫他拉到日租界虹口爱尔近路二号夏爷居住处。在路途上，我顾不得车夫的劳累，直催他跑得快些。一路上，心惊肉跳地老回头张望，看有无追兵赶来。到了四川路，我才稍微平静、放心些。到了门口那个很了解我们情况的包车夫阿二出来开门，他看见我大吃一惊："啊呀！杨小姐！……他们都在楼上整理行李，夏爷他们现在马上就要上船到日本去了！"我来不及和他多说话，直奔楼上。进了房门，看见满屋子的行李和那些经常到我们那儿去的几位革命党的朋友。我不禁呆叫一声："啊呀！若我来得晚些，你们都上船了！"从四川特地赶来催促夏爷去日本的大哥也在。夏爷突然看见我到了，惊喜地跑过来，一把抱着我兴奋地叫起来："啊呀！你真的逃出来了！"旁边一位好心人给我披上衣服，我紧张地把他推开说："现在没有时间讲这些话！我们赶快逃！快！快！他们一定要追来了。"他听了就叫车夫阿二赶紧去喊几辆黄包车，我们都走，只让他哥哥留下。黄包车只顾笔直走，真叫人着急，我就叫他们不要直走，赶快拐弯，免得后面追来看见。我们到了日租界的日本旅馆——松田洋行。进了房间，这时，我忽然感到一直被束缚在身心上的什么东西全部解除了！能向天空飞翔似的浑身轻松，乐开了花一样，这是我第一次对自由的体会。虽然，这愉快喜悦仅是一刹那，却深深地印在我的心灵中，永难忘怀！

不多时，阿二来说："啊呀！你们车子刚转弯，追兵就到了，大老爷（夏之时的哥哥）被他们追来的人抓走了。"夏爷听了这个消息，焦虑得低着头在房里急剧地踱步，一言不发。而我呢，跳出火坑得到自由的感觉胜过一切，这些好像都不关我的事一样。我那时想，他们一定报告了巡捕房，幸而我们逃得快，要是给他们发现了抓回去，我一定会挨一顿毒打，然后，还要让原来的老板领我回去照旧做生意，更毒辣的会把我卖到下等班子里。那我就会像那里面的姑娘一样，最多三四年就被折磨死了。至于夏爷呢，堂子里的人一定会到支持他们的巡捕房、会审公廨里的关炯之、金公相等那里去告他。说夏爷拐带未满法定年龄的小姑娘，应依法定罪；何况，袁世凯正在抓他，啊！我愈想愈害怕了。

后来，阿二来说："他哥哥被罚一千元，关了一个礼拜放出来了。"在这一星期内，夏爷虽然很高兴我逃出来，但是，他总觉得哥哥受了侮辱，对不起作为一家之长的亲兄长。哥哥为了他丢脸，门风也受了损伤，他很不安。当时，我觉得他虽然那样想念我、爱我，但他却为了这件事整天烦闷，愁眉不展，把我冷落在一边，使我有些失望。现在，想起来，那时到底年轻，只顾自己。

二、结 婚

他哥哥被释放后，不久回四川了。夏爷给我选个名字叫"毓英"，

第六章 求学日本

1914年于上海日租界与夏之时文明结婚照。

我俩就准备结婚。可是,当时,因夏爷是处在被袁世凯悬赏三万元捉拿的境地,加上革命党一部分人又反对他和我结婚,说不是门当户对,因此,仪式只好简单些。那时,夏之时的经济情况不好,他给我买了一套半新又很不合身的白洋纱制成的法国式连衣裙(穿时不小心在颈领处有点裂缝。法国习俗,要穿七条衬裙,使下部成喇叭形,我没穿这么多)及一双白色半高跟的尖头皮鞋,又带我到日本理发店去梳了一个法国式的发结。他替我打扮好以后,自己便穿了一套七成新的燕尾服(当时西装礼服)、白衬衫、黑领结、黑皮鞋。我手里拿一

1914年摄于上海。

束鲜花,去日本照相馆拍了一张照。晚上,朋友们来祝贺,吃了一顿便饭和糕点糖果,就这样,我们在日本旅馆松田洋行结了婚。朋友们都说:"啊!你们是文明结婚嘞!"在当时举行文明仪式结婚的人还不多。照相时我不自然地同夏爷隔有距离,面无表情,笔直站立。现在,再看此照片,既感想无穷,又令人好笑……

这里补充几句,为什么当时夏之时在我俩结婚之时,他穿西装燕尾服,给我买了法国服装、鞋子、梳法式发髻呢?记得当时,法国在欧洲是最早废除君主制而实行共和制的国家。法国较早地提倡民主和自由。这股风气传到中国,中国许多知识分子差不多都模仿法国派的谈吐、服装等。故我和夏之时结婚时的打扮亦是法国式的,当时认为文明而时髦。

从堂子火坑里逃出来到结婚,前后共两星期。这段时期内,丈夫和我都不敢出去,所以没有办法去看双亲,心里很是不安。那是1914年(民国三年)春末,我十五岁。丈夫二十七岁。

三、在日本读书时

船上·到达·开学 在上海日本松田洋行结婚后,时局越加紧张,袁世凯千方百计谋害革命党人,因此,我们婚后和其他革命党人立即购买船票,东渡日本。我在等候船票的几天里,车夫阿二告诉我说:"夏爷是位爱国英雄,除去你们那里和革命党人开会商讨国事外,在家还和天津来的张培爵(此时张培爵尚未被袁世凯逮捕)、谢持(慧生)、红鼻子陈宽(号子驭)等密商讨袁大计……"我听了阿二的讲话,想到无数英雄流血牺牲得来的辛亥革命的成果,竟被袁世凯等窃国大盗不费力地篡夺,共和制名存实亡,从此,国家又是多事之秋了。老百姓何日才能过好日子?想到这里,非常不安。

阿二把船票给我们。走时阿二帮助收拾行李,我们行李很简单,仅仅带了两只箱面有牛毛的牛皮小箱。在动身前,我和丈夫、阿二都心乱如麻。我很舍不得阿二,我同情他,难过地向他告别,阿二泪水满眶看着我说:"希望你们保重!"从那时起,迄今已数十寒暑,从未再见过他。他的形象和他的真诚、勤劳善良的品质,令人难忘!

一个云雾布满天空的清晨,我们静悄悄地离开了旅馆去上海杨树浦区金利源轮船码头。一行人为避免密探的注意,大家都小心谨慎,留心周围情况。码头上人声嘈杂,秩序混乱。大家分头行动,混入喧嚷的人群,终于都侥幸地上了船。上船后,我们躲避在船舱里,一直等到船出了吴淞口,大家绷紧的心弦才松弛下来,去餐厅吃饭,并且彼此交谈。

船上乘客大概是因为晕船之故,船甲板走廊上只有寥寥几人。有时只见孙夫人宋庆龄从东头走到西头。我不怕晕船,上下午都喜欢在走廊里踱来踱去,或在藤椅上躺下观赏海上风光。我是初次乘海船，一望无际的碧绿的海水，蔚蓝色的天空，天连水，水连天。随着轮船的行驶，船的周围波涛起伏，白浪翻腾，遥望远处，大海又显得十分平静。天刚亮，一轮红日从东方海面徐徐地升起。夕阳西斜的时候，五彩缤纷引人入迷的晚霞，一群群的海鸥在上空飞翔。海风柔和地吹着我的头发、脸面，清新的空气、温暖的阳光，这一切使我异常兴奋，身心舒畅，觉得自己不再是笼中鸟了。深深地感到大自然里海鸥的自由，花花世界里是多么乌烟瘴气，罪恶重重啊！大自然是多么的无私，多么的真，多么的美。听人说由上海去日本有两条海路：一条是由上海乘船（需一天一夜）到长崎，再乘火车（需时两天）到达东京。二是由上海乘船到神户，要两天，再换火车，需时一天到达日本首都东京。总之，无论哪条海路皆需时三天三夜。那时，美国船二等船票几十元，伙食、设备蛮好；日本船稍便宜些，但伙食、设备等较差。我们图便宜买的去神户的日本船票。

　　我在复杂的情绪下，到达东京车站。我们出车厢下车时，就有戴红帽子的几位服务员迎上前，接过行李有次序地送出车站。我们给些酒钱，表示谢意。出站叫了几部东洋车（等于上海的黄包车，不过车身整洁漂亮，车夫衣着干净，且有礼貌，不像上海的黄包车、车夫那样不干净）去旅馆。路上，我像刚进城的乡下人一样，左右张望，一切都感到新奇，心里真有说不出的高兴，想了几年的日本居然呈现在自己的面前了！日本街道都很整洁，市容华丽。日本人男女都比较矮小，行人不论男女都面带笑容、有精神、彬彬有礼。男人有的穿一身短衫紧裤、便鞋，看上去是社会基层的劳动者。有的男人穿着暗色、朴素、长到脚背的和尚服（称为和服）、交叉带的木板代鞋。妇人也是同样，不过是花绸、花布缝成的，后背腰间，捆上一个用丝绸或彩布扎结成的方形大包，头髻像中国唐朝时女人的发型。有的女人背上还背了娃娃。学生服就大有不同,和尚领、短衣裙、黑皮鞋、发髻简单。日本房屋除市区商店有高楼洋房外,居民住房是木料盖的,很矮小,纸糊的窗户和门。席地,进门便得脱鞋穿着袜子入室。正因如此,室内异常干净。

我们当时去旅馆小住几天后,在郊区代代木租到一幢美丽有风趣的小独院。居住安定了。

开始每天搭高架电车进城补习日文及其他各科。因我有了六年的中文基础,对学习日文不觉吃力。我很用功。后来丈夫怕我受人诱惑爱上别人,不让我进学校。聘请了日本人松田以及林木两兄弟、四川人夏斧师、东北人张某(名忘了)五位家庭教师,给我分别上数学、物理、化学、动植物学、史地、日语、中文。幸好那时日本生活费用低,开支不大,丈夫尚能负担(当时去日本念书的,自费每月三四十元足够了)。

就在这时候,由夏老师将丈夫给我取的名字"毓英"改为"董篁",字"竹君"。后来,离开夏家后进入社会一直以字代名。

遭人冷眼 当时,在星期日休息时,丈夫经常带我到革命党人家去应酬、玩耍。这些人家的男女都瞧不起我,尤其是太太们,一见我进去,就交头接耳,议论纷纷;有些人甚至把嘴一撇,根本不理睬我,把我冷落在一边,有时还嘲弄几句。有些人喝了一点酒,如福建人方声涛就故意叫我"如夫人",意思是指我只配做姨太太。他们在背后常常冷嘲热讽,议论我这个卖唱出身的人,怎会把书念得好?还是个正太太!每当他们嘲笑我的时候,精神上确实受到很大刺激,但我并不在乎。暗想:这些女人自以为出身好、门第高,夫妇是门当户对,享受荣华富贵,值得骄傲似的。她们中间有些女人一字不识,全依靠家庭或丈夫的权势,过着寄生虫的生活,除了给人当传宗接代的工具,此外还有什么?不知羞耻,还要骄傲,还要看不起别人，真是令人又气又好笑！当时唯有赵铁桥夫妇不蔑视我，常有往来。因此，他夫人分娩时我在旁尽力协助。后来，赵铁桥任上海招商局局长，工作认真负责，因为人正直、奉公守法，不愿与坏人们同流合污，遂被暗杀惨死。

说我不能把书念好，我非要念好给你们看看！在我的内心里常有这样的想法，痛骂她们一顿，心里方才舒畅，再想想，又何必和她们计较。丈夫因此也经常鼓励我用功，怕我给他丢脸，我自己也下定决心，要争口气，要有志气、志向，为了想做丈夫的好内助，使他安心为国家多办些事，只有靠自己现在努力读书。所以，我除了白天上课，学习家政处理家务外，常常读书和看报刊（《东方杂志》、《妇女杂志》等），深夜不息。两个眼睛经常是红肿的。

琼女出世·送信去沪　由城郊代代木迁住千驮谷的翌年春天，国琼女出世了，产后不到一周我乳部生奶疮无法继续喂奶了。孩子瘦得皮包骨，躺在澡盆洗澡时，只见她两眼凹大，脸无肌肉。我见此情景异常焦急，朋友们有人劝我喂牛奶，有人又说："牛奶质浓不消化，容易上火。"我没个主意。正在这时，承接生的女医生送了一本《产妇与婴儿须知》，我以此为指南就放心大胆地喂牛奶，孩子也日益健壮了。同时也懂得了一个妇女在婚后、经后必须每次用水将子宫颈洗干净（用管子，水内加一点高锰酸钾消毒，水现粉红色为止）及其他妇科常识。我一生从未得过任何妇科疾病，这也许是我长寿的因素之一吧！

那时经常到我们家里来来往往的革命党人和丈夫正在筹划推翻袁世凯政府。约在国琼女出生后的初夏，丈夫叫我替革命党秘密送一份材料到上海，关照我沿途必须小心，注意密探。这封信的封面盖着火印，内容不知道，但能意识到是革命的事，我很高兴去办。

我将信送到后，就买票上船返回东京，因身带路费不多，船到达长崎换乘火车，买了车票，手无分文了。车厢里乘客不多，一路上，我饿着肚子睡觉。到了东京站，当丈夫接我下车急着向我问七问八，我向他示意指指肚子，一句话也说不出。半晌，他才明白我饿了。他边带我去餐馆吃饭，边对我说："啊呀！你饿着肚子回来，饿得话都说不出了。你真了不起，年纪轻轻，冒险完成了一件爱国大事，为护国战争反对袁世凯立了一功。你走后，我一直担心，因为这是生命攸关的危险事。这事既不能用密码电，亦不能遣人口传，是一份重要文件，只好专人渡海传送。大家见你聪明能干又爱国，故决定由你冒险走一趟。"

我由于饥饿过度，一碗面只吃了几根，但很高兴，为自己做了一件爱国的好事而自豪。次日，他又称赞我。我说："为国家奔波，忍饥耐寒算不了什么。"

当时送到上海什么地方？交给什么人？全回忆不起来了。

见双亲、姨母　趁我去沪送信的机会，在上海日本旅馆内（名字忘了）乘机和我的父母、姨妈见了面。当她们见我在旅馆房门口引颈期待，迎接她们时，她们快步过来，见到我很兴奋。大家热泪汪汪，姨妈和母亲双手拍拍身上的衣衫、裤子说："阿媛呀！你不要见怪我们，只好就是这样一身来了。"我听了辛酸得无话回答，心想还是那么穷苦。

从与她们谈话的语气中，我体会到她们认为我嫁了一位在她们看来是高不可攀的贵人，永远不能再见到我了。因为忙着送信，未能多叙别情。我对她们说：待我读完书回来就可以再见面嘛，安慰了她们一阵。我们的会面就在这短暂的时间内彼此依恋不舍的心情下结束了。

努力读书　我的老师们都非常认真地给我上课，都极喜欢我，说我聪明，对老师的讲课内容很能体会。并赞扬我认真学习、努力用功的精神。当日本松田老师给我上代数课时,有的时候他叫我猜猜下面的答案是什么,我居然能猜出,老师们爱我甚笃,称赞不已。

夏斧老师教我记历史朝代的方法如下:

三皇五帝夏商周;

归秦及汉三国谋;

晋终南北隋唐继;

五代宋元明大清。

夏老师并说:"你学成回四川,可去成都师范学校任数学老师。"师生们情谊很深。有了孩子,时间更不够用,更劳累了,幸而雇到一位善良的日本老妇下女(在日本称保姆叫下女),帮助照顾大女国琼,我才得以不到四年的时间念完了东京女子高等师范学校理科的全部课程。

琼女受欺负 日本人受了帝国主义教育,多数人看不起中国人。有一次,邻居一个五六岁的男孩来我家逗着在院里玩耍的国琼女,男孩的母亲凶恶地跑过来边拖孩子边责备儿子说:"支那人,不许再和她玩耍。"我本想和她大吵一顿,可是想到我们是在别人的土地上生活,一切都是寄人篱下,怎么行呢?不禁泪下。

每当我梳着日本发型和上穿

与国琼在日本。

黑色棉布和服,深蓝色呢裙、黑色皮鞋(这种穿着是日本当时女学生服装)走去上学时也是经常被一群群孩子嘲笑,跟在我后面叫喊:"支那人亡国奴,亡国奴!"在受到这些侮辱的时候,更想到自己的国家何时才能独立自主,富强起来,在东方挺身站立!

经济困难 丈夫的大哥哥(当时是夏家的当家人)不但很少接济我们,并且还吞没了丈夫在辞去四川副都督职务时,四川父老送给他的三万元中的二万元。因此我们在日本时期,经济方面是很紧张的,常处在以押、当为生的日子里。有时丈夫一件件拿去当押,有时为了要付学费和开支挤在一起时,他就索性将整个牛毛皮箱拿去当铺抵押;有时连丈夫买香烟的钱也没有,几次在半夜里他烟瘾发了,

在日本东京读书时所摄(右为国琼女)。

我从垃圾簸箕里选些烟头拆开用练写字的水纸裁条卷几支给他吸着过瘾。

爱听音乐受丈夫指责　在日本求学几年中，受日本人的侮辱，国内形势又如此不好，我的心情非常复杂，并不愉快。丈夫待我很严厉，他从早到晚，除了和革命党人商谈国事外，很少和我谈话。他不喜欢我交友，若有人和我多来往几次，他就要疑神疑鬼。

我生性爱好文艺，更喜欢音乐，时至初夏，有天傍晚突然听到从附近随风传来一阵凄风苦雨的"尺八"（箫）声[1]，是爱尔兰民歌《夏天最后一朵玫瑰》，它确实吸引着我神思飞越。近窗遥望，隐约见桥上有位青年在吹箫。每天黄昏时候，我总在睡房窗前倾听。丈夫对此很不高兴，有时还板脸瞪眼，挖苦几句："你听得那么出神？"那种语气仿佛我在喜欢那个连面都未见过的吹箫人，真叫人不悦。他的辱骂声与这美妙的音乐多么不协调啊！我从窗前回过身来，正对着穿衣镜，镜中一位少女亭亭玉立，双目炯炯。雪白、细嫩、红润的面肤……多么美呀！但你的神情又多么烦闷不悦呀！你的丈夫并非是理想中的那个多情温柔的英雄，而是一位严厉的师长，"君须怜我，我怜君"！

四、当年我眼里的日本

下面略叙我在日本读书时期所知道的日本和自己的感想。

日本是位于太平洋东面的岛国，面积约三十七万二千二百平方公里，当时人口约五千万。风景区多而美丽，能源较少，依靠国外进口，国产大多为工艺品。

日本有武士和武士道，源于他们的民族性，后来又接受我国唐朝的文化和佛教的影响，礼法制度逐步健全，形成其独特的封建文明。武士是用汉文命名的，其精神则掺和其自由的民族性意识。其他茶道、花道、柔术、相扑、棋道等，都与中国文化有关。到桃山时代（即中国元朝时），武士有很大的势力（又与禅宗发生关系）。有一段时期，幕府掌握政权。历"镰仓"、"江户"时代到明治维新，才归政权于天皇。但武士道仍然继续在军国主义中有潜在的力量。

人民信仰神、道教、佛教，大小庙宇不少。樱花是日本的国花，故称为樱花之国。每逢春光明媚，百花争艳时节，日本人聚集在樱花最茂盛的地区，如有名的荒川地带，饮酒、歌唱、作乐，甚至化妆扮成各种模样集会狂欢。似乎借此机会将心里积压的一切酸、甜、苦、辣、喜、怒、哀、乐的情绪喷吐、发泄干净。这时期，世界各地的游客纷纷前往参观、欣赏。我亦去过。日本每年收进国际游客的游览外汇，据说相当可观。

日本也有妓院，还有艺妓。艺妓不卖身，能歌能舞，陪客人喝酒、唱、舞，价格很贵。富商、政界等人物才请得起。

日本人男性刚强，女性柔和、勤劳耐苦、有礼貌，并具有强烈的民族自尊感。

这个民族爱好园艺，喜爱花卉盆景，无论私宅、庭院、公园都极其重视。表现了东方精神文明与西方物质文明有机结合的民族特色，给人一种独特的美感，这些我都很喜爱。

日本社会比较有秩序，一切都比较正规。有一段时期，我去神田补习日文，每当我搭高架电车的时候[2]，总是看见男女工人、学生们一批一批地在车站等车，上班的上班，上学的上学，朝气蓬勃。日本教育普及，几乎每个人都有一定的文化水平。但是，一般人却又深受武士道精神和军国主义思想的影响。他们做事很认真负责，也很勇敢坚强。有些妇女入社会工作，服务性行业多数是妇女担任。无论男女，服务态度非常好，不管买卖成不成功，总是恭恭敬敬异常耐心地接待顾客。日本人精通生意经，当顾客选不中自己喜欢的东西时，还是很谦恭地向买主抱歉。中下阶层的妇女终日勤劳地操作。

日本妇女善管家务，有条理、朴素、大方雅观。特别喜欢整洁，旮旮旯旯都擦得干干净净。烹饪、缝纫都是主妇自己做。在日本还特设有家政学校，日本妇女差不多都要受家政教育。除家务外，妇女还要侍候公婆丈夫，家人之间严肃、亲切、有礼。丈夫进进出出，日本妇女得跪在地下恭恭敬敬地迎送，侍候饮食也得跪下，丈夫吃完后自己才能吃。这些我很看不惯。我认为男女应该平等，才能共同组织一个互敬互爱的美满家庭，男人为什么就应在家中享有特权？这些超过中国的封建习俗，但是日本妇女在丈夫面前听命如羔羊、奴隶似的驯服，已成习惯。可见习惯势力多么顽固、可怕！

日本人一般来说态度和蔼、说话轻声、彬彬有礼。使人感到亲切可近，特别是妇女们。但也有些人受了军国主义的教育，脑子里充满了藐视和侵略中国的思想，说我们是亡国奴。事实上，他们自己也是处在被压迫的地位，而不自知。我在那里的时候，适逢日本明治维新的建设时期。日本人民非常爱国，为国家的富强，全民吃苦耐劳，勤奋地工作，更愿忍受生活上的一切苦难。食、住等都极其简朴节省，从不叫苦。一般老百姓四季衣履，一两个包袱而已。室内家具非常简单，席地坐卧，在席地上放一张矮桌，三餐、会客、书写等都在这张桌上。吃的东西很简省，全民的早餐必须吃一碗シソ汤（译音：米梭），即用豆豉、大葱、豆腐、助味的木鱼粉末或者再放几条小咸鱼制成的。肉类极少见吃，饭毕还用开水涮碗喝下，一颗饭粒都不浪费，常年如此。老百姓的菜肴，简直说不上有油脂，幸而白米质量高，即使无菜也可吃二三碗。日本用豆量很大，豆腐、豆豉、豆沙，点心馅子几乎都是用豆沙做的。老百姓的营养以亮晶

1916年，董竹君（左）在日本东京，住在黄姓华侨家里，与房东合影。

晶、颗粒大、质量高而可口的上等白米和豆制品为主。サシミ（译音：沙西米）即粉红色的生鱼片，放些酱油生吃，这种色味鲜，入口即化，一般应酬请客时的上菜。タイ（译音：塔以）是用比较大头的鱼，撒盐烤吃。スキヤキ是用鸡肉片、牛肉片、鸡蛋、生菜、葱头、油菜，放些酱油、白糖煮吃，像我国菊花锅的吃法。这菜是富贵人们常吃的上等菜肴。

日本人爱好整洁，就是最贫苦人家也一样干干净净。每人都有爱好清洁卫生的好习惯。无论街头巷尾角落都扫得干干净净。每季度由街道警察督促大扫除一次，连室内的席地也要翻晒。可以说，这是一种强迫与自愿相结合的管理卫生的方法。日子长了，人民就自然而然地养成了清洁卫生的习惯。

日本人很懂得经商，举一小例：我在日本念书时候，三餐伙食不用上街去买，家庭里每日需要菜肴无论荤素，每晨各个商贩来到厨房门口问买些什么，把买主要的品种先分别登记本上，中午前每个商贩一定送到，每月底结账付钱。

日本男女每年情死事件很多，甚至男女双双同时情死自杀的也不少，人们并不以为奇。这是我在那里时，常听到的事。我很为这些情死的人难过。同时内心感到在世界上不平等的事情太多了。每当老师给我上课时，我总是在课外将自己心里忧闷而不能解决的问题请教老师。但是，他们从来未给过我满意的回答。

当时日本给我总的感觉是：日本人异常爱国，团结性强。唯封建思想浓厚，敬重天皇如神。在这个国家里有着封建兼资本主义两种制度的特点，这便是明治维新后所建立的君主立宪制。日本人民为国家富强刻苦耐劳，无不干劲十足，朝气蓬勃。在政治、经济、文化教育、社会生活等方面呈现出一派活跃的新气象。为国家的强盛几乎是万众一心，奋发图强的精神令人十分佩服！我联想到日本是旭日东升，而有几千年文化的自己的祖国却是军阀混战不已，国事衰颓，能不感叹！

这里顺便讲讲我的体会：

日本执政者实行法西斯的军国主义教育，并和德国、意大利的军国主义者一起发动第二次世界大战，给中国人民带来了极大的灾难，毁灭了无数被侵略国人民的生命财产，同时也给他们本国人民带来了极为沉重的灾难。由此证明，世界人民唯一的道路必须是维护和平，制止非正义的战争。

战后，日本政府首先重视教育，普遍提高人民的文化水平和科学技术水平，已进入世界发达国家的行列。日本人民虽然生活在资本主义制度下，但他们那种团结一致、艰苦奋斗、为建设自己国家的爱国精神是值得人们学习的。

注释

[1] 尺八：是日本一种箫，乐器名称。
[2] 高架电车：是日本当时乡下田坎上行驶的一种电车。

第七章　国事如斯

一、国内外形势

先是1915年袁世凯称帝后，定年号为"洪宪"，遭到全国人民的反对，革命党一直在准备二次讨袁。我知道这消息，非常兴奋，我想这回恶贯满盈的袁世凯必败，恨不得自己能和英雄志士们共同将窃国大盗打倒恢复共和国。再也不受强权恶势力的压迫凌辱。再也不遭外国人的百般欺侮，使国家独立富强，人民生活也可以过得好些。

1915年12月，蔡锷由北京经日本潜行抵达昆明，与唐继尧、李烈钧通电宣布云南独立，组织护国军讨袁。"护国战争"爆发，护国军与北洋军在川南激战。夏之时认为国内革命高潮时机已到，决心回四川参加讨袁，我很同意。

1916年春末夏初，夏之时奉命兼程由日本返川。他临走前交给我一把手枪，并吩咐我："你好好念书，这把手枪给你放在枕边，用来防贼自卫，假如你做了对不起我的事你也用它……"我看了他一眼心里很害怕。他同时以急电吩咐在上海南洋中学读书的四弟夏西逵来日本陪我一道念书，事实上监督我的行动，怕我爱上别人。我是怒火八丈，但因他回国去参加革命讨袁也就忍耐了，未和他争辩。

夏之时回国后，我经常和一些爱国人士一起谈论祖国的大事、日本的动态和国际形势。

1916年6月，袁世凯被迫宣布取消帝制。不久，便在亿万人民的唾骂声中暴卒。袁世凯死后，黎元洪继任总统。段祺瑞为国务总理兼陆军总长，采取"责任内阁制"。

袁世凯死后，北洋军阀政权内部逐步分为，以段祺瑞为首的皖系和以冯国璋为首的直系（当时张作霖的奉系尚未形成）。段祺瑞以国务总理的身份操纵政局，总统黎元洪不甘作傀儡，遂演成所谓"府（总统府）院（国务院）之争"。后因对德宣战案的争执，黎元洪将段祺瑞免职，段即策动"督军团"在各省宣布"独立"。黎不得已请长江巡阅使张勋入京调停，并按张勋的旨意解散国会。张勋乘机率辫子兵入京拥戴清废帝溥仪复辟，黎元洪避入日本使馆。段祺瑞见驱黎和解散国会的时机已到，便在天津马厂誓师讨伐张勋，迅速击溃辫子兵，重新入京就任国务总理。黎元洪辞职，段欢迎直系首领冯国璋入京代理大总统。此后直皖两系军阀的矛盾又日趋激烈。

此时正值第一次世界大战后期，英法等西方帝国主义国家筋疲力尽无力东顾，而日本在此期间反而国力雄厚，资本过剩，要向外扩张。1916年10月，日本大隈内阁以对华失策下台。寺内组阁后，高唱中日亲善论，企图以政治渗入、经济控制等方法来代替前任内阁之军事恫吓、对外讹诈等政策。决定对华大量投资，既能获利又能扩充其代理人段祺瑞的势力，使中国沦为日本殖民地。日本唯恐各国列强反对，由朝鲜、台湾银行出面秘密贷款，从五百万日元到一亿日元，日本保证维持美国在中国的所谓"门户开放"、"机会均等"权益……

1917年春天，俄国发生"二月革命"（即资产阶级推倒沙皇的革命），凶狠毒辣不可一世的沙皇，被革命人民扫进了历史的垃圾堆。这年3月，孙中山领导的中华革命党本部从日本东京迁移到上海，并准备恢复国民党的名称。

国民党议员倡议在南京或广州另组政府对抗北京政府，恢复民国元年的《临时约法》。7月17日，孙中山先生回粤（广东）请国会议员南下，召开国会非常会议，组织南方政府。会议推举孙中山为大元帅，陆荣廷为桂军（广西）元帅，唐继尧为滇军元帅，命令各组织护法军出师北伐。

唐继尧在云南组织西南护法联军，被任为川、滇、黔护法总司令。当时四川的国民党人中，川军第五师师长熊克武被任命为护法军四川总司令，石青阳为四川招讨军总司令；夏之时为四川靖国招讨军总司令；颜德基为川东边防总司令；黄复生为援鄂总司令。

有一天，有人来暗地告诉我丈夫在国内的情况：他回国后通过与唐继尧联系（夏之时在当都督时和唐继尧有深交），旋即转赴川滇黔边境赤水县。旬日后，唐就电令拨给驻黔滇军精锐一团交其节制指挥。夏之时即由黔赤水率军出师。未及一月，攻占川南合江、永川及璧山等县，作为驻防地，设司令部于合江。不久，部队扩充为三团（约三千余人），准备进军北伐，以协助完成护法大业。

听到这些消息，我心潮澎湃。想到专制沙皇被推翻，世界大战快要结束了，各国人民该过几年太平日子了。而在自己的祖国，军阀政府正变本加厉地和帝国主义勾结，把祖国和人民推向亡国灭种的深渊。国家分裂，人民无权，到处受外人欺辱，每想到这种种切切，悲愤填膺，恨透了帝国主义，恨透了卖国的军阀政客。和我在一起的爱国留日学生，都想在学成后为国家的独立富强贡献自己的力量。从那时起，我和来家的留学生们，谈论国际形势更起劲了。尤其是对于俄国能把万恶的沙皇推翻，更是百般兴奋。这时候我已听到一些马克思列宁的社会革命学说，对社会主义这个名词既感兴趣又颇为模糊。在我的脑海里，浮现的问题越来越多了。我常想：

无数英雄烈士的鲜血、生命换来的辛亥革命成果，只是昙花一现就丧失在窃国大盗袁世凯手中了。袁贼死后，中国政权又落到了北洋军阀的豺狼窝里，他们和帝国主义相互勾结，实行丧尽良心的卖国政策。若像俄国一样，把这些卖国的执政者打倒，全国统一该多么好啊！

二、扩大了革命视野

自从1916年初夏丈夫夏之时回国后，家中时常有男女留学生来串门，生气勃勃，活跃多了。我听着大家谈论祖国的大事、日本的动态和国际形势，尤其对于俄国革命形势的发展，大家都议论纷纷。他们还常谈到法国大革命的事和卢梭的《民约论》。给我上课的两位日本教师和一个姓黄的四川男学生以及一位姓张的东北女学生，谈得更起劲。我在这时期不用说异常喜欢听这些谈话，并且看到留日中国学生组织救国团体，心里很羡慕。想待我学成回国，认真料理家务、好好教育儿女，多多协助丈夫办国家大事。此外，想为男女平等、争取女权多做些事。亦想创办事业，从经济上开路。

第八章 从日本去四川

一、师友饯行

1917年（民国六年）秋，我在家读完东京御茶之水女子高等师范学校的全部课程后，本想预备补习法文，再到法国去求学，但接丈夫的电报，说他父亲病危，要我立刻回四川合江老家。

我收到这份电报，内心很是矛盾。怎么办呢？犹豫、思考之后，感到丈夫在国内努力干革命，为的是强国雪耻，我也该协助他为国家出力，这是我为国助夫的责任。何况他父亲病危，我是他的妻子，理应回去。留法读书一事，以后再说。我遂毅然回电，答应马上回国。

我的几位老师、朋友和东北的张女士突然听到我要离开他们回国的消息后，大家愕然，心里都很难过。中、日老师及友人十几位：数学老师松田，物理、化学老师林木，中文老师夏斧师，日文老师林木弟弟等（有些人都记不起姓名了）都要给我饯行。因为都不是有钱人，上餐馆太贵。大家主张，约好日子，每人自己动手烧菜，日本老师烧日本菜，中国朋友烧中国菜，在日本千驮谷我家里给我饯行，热闹一番。平时大家有事，工作、读书、上课，我则还要管理家务，照顾孩子。所以，除有些进步人士常来家谈论国事，讲些消息和老师们来给我上课外，朋友之间聚会较少，家里经常是比较冷清沉寂。可是饯行的这天打破了常规，突然变得异常热闹了。

  日本矮桌坐不了几人,大家席地围坐,喝酒、谈笑、评菜。人人都称赞自己的菜烧得好吃,松田老师却很沉默,只是饮酒不做声,好像有什么心事似的。三岁的国琼女儿,平时因邻居不让她们的孩子和她玩耍,一直独自在室内玩弄玩具和在小院里玩玩沙土。但在饯行的这一天,她也非常开心,可爱的娃娃这间穿那间,楼上到楼下跳跳蹦蹦。天真的孩子只晓得热闹好玩,哪知道师情、友情、人生别离之情?哪知道被外国人称亡国奴的耻辱!诸师友给我饯行后的第三天,是我动身的日子。这天清晨,秋高气爽,气候宜人。日本码头干净而有秩序。轮船从船顶一直到船栏杆牵满了五色彩绳。启程人与送行人都表现出一种彼此依依难舍的心情。我也颇有感触,俗谚云:"别时容易见时难。"我和夏家四小叔(夏西逵)、国琼女上船时,师友们都带着依依不舍的别情来送行。松田老师从人群中快步过来紧紧和我握手不放,轻轻地说:"想不到你这么快回国,舍不得你!"说完泪下,放手。松田和林木老师一直称赞我很聪明,突然地分手我也难过。从此未再见过面!

  船快开了,码头上、船廊上,大家招手,有些人还摇摆着手里的布片手帕,互道珍重,互祝幸福……船的鸣笛声、人的嘈杂声交织成一首离别的交响乐,虽不甚悦耳,却颇动人心弦!船慢慢地离岸渐远,人们也络绎散去。而松田老师仍然站在码头盯住我们。船开得更远了,松田老师的身影也就消失了。我在船的甲板角上沉醉于师友聚餐饯行送别时的情景里。师友们啊!别了!

  我在日本住了几年,懂得了好些人间事和国家大事。在回国的途中心情颇为复杂沉重,想到丈夫目前在做什么事?他比我大十二岁,他是否要我协助为国家做些事?老家会不会喜欢我?因而没有来时那样高兴,对海上风光也无心欣赏,终日默默无言。

二、听双亲叙别情

　　从日本东京乘轮船到达上海后,住在一家旅馆里(名字忘了),趁此机会约双亲、姨妈们来见面。她们都来了,母亲颇瘦,精神还好,动作依然敏捷。姨母大概是吸鸦片烟之故很瘦弱。父亲显得老多了。大家泪水满面。母亲边哭边说:"天啊!好容易见到你了。阿媛呀!几年不见了,一直不知道你的详细情况,我们是多么想念你!"姨母说:"你母亲常常哭,你父亲经常叹气,大家都担心你,不知道你到底怎么嘞。夏爷(她们还是叫他夏爷)待你好吗?他为什么不同你一起回国?"我说:"他早已回国了,现在四川替国家做事。我是因为要在日本念书,现在他父亲病重,叫我立刻回川。所以我们回国了,还要去四川老家。有时我汇给你们的生活补贴有无收到?"母亲说:"幸亏你寄钱给我们,不然生活更困难了。"我向母亲问起二叔、三叔、姨父们的情况,母亲说:"二叔夫妇全家还是在卖报。因为他们总是准时送到各户,所以,订户越来越多,虽辛苦些,还够开支。三叔叔还是在推独轮小车,有时推运货物,有时推送行人。不管是推货、推人,总要花很多力气,赚的钱也不多。三叔是够苦的,年纪已不小了,还没有钱讨老婆,我们自顾不暇,也照顾不了他。这些事谈起来心酸。"姨母说:"你的姨父因身体不好吸上鸦片,连我也带上了。纸扎店[1]的生意也不好,师傅的工钱经常付不出。"我又问:"马路街道还有叫花子讨饭的吗?"母亲姨母同声说:"怎么没有,缝穷[2]和带着几个孩子讨饭的到处都有。有些叫花子不让去大餐馆,在小饭店门口等客人们散了,进去向店主讨些汤汤水水。"我又问:"丢在街头路角家户门口的私生子还是满多吗?""当然还是经常有的。插根标签卖孩子的照样有。你还记得吗?有个讨饭的穿一身破烂衣服,下身用几片破布围着,连裤子都没有一条，大家叫他阿憨，多年来每天夜里总要在几条长三堂子弄里，转来跑去，放开嗓子，大声叫道：'做做好事，冷粥冷饭。'即使在严冬寒夜亦是这样叫喊。这人还活着嘞。"我听了母亲、姨母的这番讲述，很难过。特别可怜阿憨，他的形象，他那凄凉的叫喊声，现还萦绕耳际。啊！世上穷人何时能翻身？你去了日本几年，上海还是老样子，穷人还是穷，富人还是有钱。我问："外国人还欺负百姓吗？"姨母回答："当然有，像外国水兵坐了黄包车，不给钱或给少了，车夫当然要向他们讨的，水兵不但不添分文，反而提起脚狠狠地踢车夫……"这是什么世道！老百姓总有一天会见光明！我想。我们七拉八扯，父亲却眼眶润湿，沉默不言。四弟夏西遽在旁听而不语。国琼女儿很老实，在她眼里都是些陌生人。我一一指点要她叫人，她只是紧贴在我身旁，眼睛来回不停地注视着外婆她们。我们谈了一阵，吃过饭。饭后我对母亲说："你放心，待我先去四川老家看看，慢慢一定接你们到四川去，那时候大家在一起了，过些好日子吧。"我说完这句，母亲又淌泪了。姨母劝她："不要再难过，有希望了。"啊！我们在彼此的泪水中再次分离。

三、到达四川重庆

我带了孩子和四小叔乘长江轮船到达四川重庆。我们坐在轿子里，由临江门码头从下而上约有一百多梯阶才到达坡上平地马路，轿夫满脸大汗，这是我到四川的第一个不愉快的感觉。丈夫派了一位勤务兵和家里的两个丫头来接我。勤务兵叫卢炳章，生得矮胖胖的，戴了一顶作为护国军标志的灰色红边帽子，穿一身灰色军服和一双军用草鞋。这个人脾气很好，很忠厚。大丫头叫"麻子"，因为她生一脸细麻子，所以得了这个名字，身材在女子中算是高大的，很健壮，约二十二三岁。小丫头叫"梅香"，生得清秀玲珑，特别是双眼灵活，约十一二岁。这两个丫头是侍候夏之时前妻的。

我们先住在丈夫老友黄家。房屋很大，黄家老太太中等身材，瘦瘦的，双目明敏，整天手里拿着水烟袋，在里外房屋转来转去察看家务。她很喜欢我，特别对我每晨起床必须洗冷水澡感到奇怪。她不喜欢国琼女，因琼儿像男孩，太顽皮。不久，我们迁住丈夫的大哥夏冕昭的老友谭家，就是现在谭守仁医生（民革成员）家。他的姐姐聪明有志向，擅长国画。谭医生去德国留学是他姐姐培养成材的。谭守仁和我的子女算是世交关系。（谭守仁为人正直热情，解放后我们在北京的老少家人病痛他总是热诚地诊看。我永谢不忘！）以后又搬到马蹄街六十号自己租的房屋住下。此时丈夫将前妻亲生的儿子夏大谟（号述禹）和大哥之子夏大猷（号洒赓）送来重庆，进依仁小学念书。这时我初次觉得对夏家要负担责任。

四、在重庆打抱不平

重庆住一段时候，因为我刚从国外回来，对于国内社会的许多混乱情况看不惯。我生性爱打抱不平，见不合情理的事就要管，这类事情在我一生中是很多的。初到重庆那段时间，有一次，我乘轿子到市场去买东西。勤务兵卢炳章照例戴了红边帽子，穿了军服在轿子后跟着，我坐在轿子里，忽然听见前面哐啷一声，我揭开轿帘一看，原来是一个小贩挑了两箩筐瓷碗，被前面一顶轿子撞倒了。那轿夫反而骂这个挑担子的小贩："你眼睛不睁开点！你路都不会走吗？"轿夫骂声不绝，这时候我气愤极了，便马上下了轿。卢炳章也跟我三脚两步跑到前面。我叫前面轿子停下,卢炳章接着就将他拉住。我说:"你这个官老爷有什么了不起?你的轿夫把人家一个做小生意的撞倒了,一担碗都打碎了,还要臭骂人家,你在轿里一声不响。不行,非赔钱不可!"

这时候两旁店铺的店员们都从柜台里面伸出身来,直着脖子,惊愕地呆看着我们。市民们逐渐围拢来了。从人丛中,我听得有人叹口气说:"唉!走!走!走!闲事少管。"这时候那个坐在轿子里的人不得已地说:"停下来!停下来!"他看着我,又看看四周的人,只好说:"好!好!赔他钱!"

又有一次,谭家隔壁有个老婆婆,整天不停地打骂一个十几岁的童养媳。我在谭家听得忍不住了,就跑过去,一把抓住老太婆的衣襟问她:"你为什么要天天打骂她?你怎么这样狠心?从现在起,再也不许你打骂她,不然我就要送你去吃官司。"以后在我住的那一段时期就再没有听见打骂的声音了。我觉得做了一件痛快事。想到这些人太不像人了,凶恶残暴毫无人性。在日本,从来没见过这样的事,自己的国家也不像个国家。当时有人对我说:"夏太太,你真喜欢打抱不平,管闲事,亏得你是有声势人家的太太,否则,真会惹出祸事来的。"心想,可气的事太多了,有钱有势的人太可恨,穷苦的人太可怜,我不相信老是这样冷酷的日子!

五、丫头叙述夏家情况

卢炳章告诉我:"二太老爷的病情有好转了,现在合江老家大观田医治疗养。"

麻子、梅香两个丫头不和我讲话,老是偷偷地瞧着我,不时地呆望着我,很少说话。但见我打抱不平很高兴。过了好几天,

由日返渝,等待回合江老家。琼女三岁,特别调皮,新鞋几天就踢破,特拍此照为她留念。

大概她们对我有所认识了。有一天，麻子丫头开口把夏家的人事关系告诉了我。她说："夏家是合江县虎头乡大观田人，原籍是湖北麻城，明朝时入川的。开始全家靠收田租过活。上辈两房：大房夏振富与袁氏女儿结婚，生子夏冕昭，就是现在的大老爷。次子就是我们老爷。袁老太太去世后，续弦是刘家的女儿，生了夏畴五和夏西遄。所以，上辈大房兄弟共四人。上辈二房夏德富有大太太、姨太太，没有生子，二老太爷忠厚善良，二姨婆为人极和蔼，脾气也好，大家都喜欢她。因为上辈二房没有生子，把我们老爷过房给二房为长子，接香火传后代。继后二房生子名夏有铭（字缄三）和夏有文，于是上辈两房各有三子。照大排行共有兄弟六人了。夏冕昭生子夏大猷、夏大勋，生女夏国君、夏国姝。我们老爷和晏氏女结婚生一子叫夏大谟（号述禹），他虚岁十二岁，现在合江老家。太太，你就要抚养他了。还有姑太太几人，妯娌几人。大老爷的次子被土匪错绑了，土匪畏惧夏氏门第，就把孩子三转四移，让给别的土匪，大老爷因赎票价越来越高犹豫不决，后来知道土匪把夏大勋塞进阴沟洞里，撕了票（即整死了）。夏国君聪明能干，可是为人和她母亲一样阴毒。姑太太们也很厉害。各房人都有自己的男仆和丫头。夏冕昭是总管各房的当家人。"麻子丫头还说："太太你绝对不能回合江，你回去她们要整你的。她们已商量好，都准备在你到家的时候叫你'新太太'（意思是姨太太）。连亲友都关照好了。我们以前那位太太真可怜，就是被她们气死的。因为她们对她说：我们老爷到日本念书不会回来了，就是回来也不会要你这个乡下人，用这样那样的话刺激她，所以，她后来气得生了肺病。临死前她向刘婆婆要两条活鲫鱼吃，她们都没有理睬。"

我听了这番话，又惊，又怕，又急，暗想：这简直是一个十足封建大家庭。我出生在穷苦家庭，从未见过封建大家庭是什么样子。怎么办呢？去还是不去？我踌躇好久，最后决定还是回去。

注释

[1] 纸扎店：为死者做纸衣服、家具等生活用具的商店。
[2] 缝穷：是在街头小巷替穷人修补衣服的人。

我的一个世纪

在封建大家庭中

第九章　如此老家

一、回家准备

　　1918年初春接到丈夫的信，叫我们回合江老家。麻子丫头说："太太，你回了老家，就算正式媳妇了，自己和子女将来都可以进祠堂。不过你得小心对待家里人，我已经告诉你了，他们都没有好心肠。"于是，我就盘算：回去怎么对付那些家里的人呢？我想无论怎么样，她们那些人总是没有见过大世面的，一定都是婆婆妈妈、贪小利的人。因此，我就做了这样的决定：第一，买一大批中外制造的礼物。到时一撒，把她们的口封了，使得她们不好意思和我作对。第二，看她们怎样对待我，再随机应变。

　　那个时候四川市面洋货充斥，我买了一大批洋货，如搪瓷盂、面盆、洗脸手巾、手绢、花露水、红绿丝线、肥皂盒、香皂、洋袜子（即纱线袜）、印花被单、插花花瓶里的纸花、胭脂花粉、雪花膏等，装了满满两挑箱（竹编的），和子、侄、丫头启程回合江县城文昌巷老家。

二、轿夫如牛马

　　天色暗淡，正下毛毛雨，我怀着沉重的心情启程去老家。我和国琼女乘一顶四人抬的大轿，两个丫头和男孩各坐小轿，挑夫在轿后跟着，卢炳章也可怜地凭着双脚随在轿后。有时我揭开轿帘看见他跑跑走走满脸是汗，而轿夫们更是汗流浃背，为了生活竟要这样辛苦卖力，我心里感到怪难受的。轿夫们每到站口，就停下来找烟馆，抽足大烟加添力气再上路。这些可怜的轿夫，面黄肌瘦，一看上去就知道烟毒中得很深，但抬轿子的本事真大，任何高高低低狭窄的泥泞小路，都能随着押韵的接口语，很自然地抬过去。例如：前喊"踩左"，后应"踩右"；前喊"天上亮晃晃"，后应"地下水荡荡"；"天上鸟子飞"，"地下牛屎一大堆"。"左边力大"，"让他一下"，……这些，尤其是吸了鸦片烟后劲头更足。我坐在轿里不时打开轿帘，见轿夫抬轿全靠两条腿要走那么多的路程，为了活命只有听从主人的使唤，这和牛马有什么两样？但人到底不是牛马，哪来这么多力气，这些轿夫被迫吃上慢性自杀的鸦片。人，排在和牛马同等的社会位置，公道在哪里？人的起码权利又在哪里呀？我心里异常难过，恨不得立刻下轿，但遥远的老家自己走不动，除此之外，并无别的交通工具，真使我进退两难，这种悲痛的镜头，至今记忆犹新。

他们告诉我路上投宿要小心，有时会碰到黑店，听了真吓死人。卢炳章却答道："有军人护送，就是碰到他们，也不敢干出什么的。"一路上有时晴天，有时阴雨，到达有些站点，轿子刚停下就有穿着满身补丁衣服、面黄肌瘦的乞丐，或者衣衫褴褛，满脸愁容，眉眼锁紧，烟瘾大发的无赖拥上前来要钱、要东西吃。我吩咐勤务兵卢炳章给几文。他高兴就给，有时他吼几声，这些人害怕就走开了。卢炳章说："这些人给不完的。"我想同样是人嘛。

三、拜见家人

合江在重庆西南面，从重庆到合江县约四百华里，抬轿人步行了整整五天多才到达。到了合江城里，将近老家的时候，轿夫就指着说："喏！那就是你们夏家！"我把轿帘掀开，远远看见是一座旧式大平房。轿子一停下来，屋子里就出来很多人，围着我，气氛热闹紧张。我进客厅分别拜见婆婆、哥哥、嫂嫂、姑妹、兄弟及侄儿侄女们，却没有看见丈夫，觉得有些奇怪，又不好意思问。少顷，我请家人陪着出外观看周围环境，见此房全部土木结构、质量高，处于合江城内热闹繁华地区文昌巷街，面积不到一亩，进出大门，坐北向南。门两侧各有铺店二间（是夏家出租的）。由大门进入，第一进：中间客厅，二侧为客房各一间，客厅中堂有木刻的对联匾额等，显得极其华贵。第二进：为家人居住之地，中间有天井，四周都分为大小房间，约有七八间独间。最后一进，为大库房。这些房中所有家具、用具、摆饰、布置，一看而知为富贵豪华门第。当我去观看的时候，有位姑姑说："真正的老家在乡下大观田。"

我看后进屋坐下，见家人老少连丫头等人都出来围着看我，大家你言我语，都表现出新奇的神态。我趁此一面喝茶，一面观察周围的家人。

我最注意的人是婆婆（丈夫的继母）。婆婆姓刘，肤色黑黑，身材矮小，一双小脚，眯着老花眼，暴牙齿，头上梳了一个发髻，用红丝线系的芯子，横着一根金钗子。穿件半新的黑缎夹袄，手里拿根水烟袋似笑非笑地坐在红木靠椅上。大哥夏冕昭，高身材，长圆脸，皮色一般，两眼圆而有神，有些短胡须，衣冠端正、长衫马褂，白布袜子、双梁形黑色布鞋。头顶还戴上一顶大红丝结的黑缎子瓜皮帽，手执一根约二尺长的竹烟杆。态度严肃，一本正经的神态。

坐在椅子上，边吸烟边将双腿交叉摇摆。当我给他打招呼时，他只点点头而已。他独揽着六房人的大权。他的妻子大嫂，人不高，圆脸宽额，嘴形像无牙齿的老太婆，肤色还白，一双小脚，看上去颇为慈祥，实质凶毒（麻子丫头告诉过我）。小辈中年岁最大的是侄女国君，她身材中等，面相端正，皮肤比较细白，两眼有神，颇有吸引力的聪明相。麻子丫头曾告诉我说："她的性格奸恶，为人一如其母"，在第二代中她是头目。大哥大嫂的丫头叫佩琼，这孩子身材中等，五官一般，皮肤还细，门牙不齐，有些肉里眼，一双大脚，笑时带甜，看样子脾气好。麻子丫头说过这个丫头性格和善、懂事，都喜欢她，所以我亦注意了她。第三房的三弟媳身段较高还健壮，双眼皮、面部轮廓清楚。脸色带黄、半大脚，一副忠厚相貌。麻子丫头说过，她的脾气最好，从不惹是生非的。她生两个女儿。另外的人，有的是小脚，有的是半大脚，每个人都梳一个发髻，光亮油滑。有的发髻上露出来一个红芯，是用红绒线扎的发根，红芯中间也横插一根或金或银的钗子，姑娘们梳一根长辫子，辫子梢上都打个红绒线爆竹结（形状像个鞭炮）。穿着短衣，长裤，有的蓝布，有的丝绸，有的笑眯眯，有的板着脸。她们三三两两地咬耳低语，一面讲一面偷偷看我。

最后，婆婆开口了，她边吸水烟袋，边板起脸，大概是故意表示庄严吧，关照他们把我带到安排好的房间住下休息。

我进房间后，就叫麻子丫头和卢炳章马上把挑箱打开，把准备好的一份一份的礼物当场分送给他们。他们每个人收下礼物的时候，对我的态度就好些。那些没有来的亲戚，我也叫卢炳章马上分送出去。

当天晚上，丈夫回家，彼此畅谈了一番别后情况，并告诉了他送给各房各人的礼物都已分送出去。他面带笑容，颇为赞成。

四、丈夫的职位

这时,我才知道丈夫从日本回国后的详细情况。他仍追随孙中山继续革命。1917年护法战争爆发,孙中山先生委任唐继尧为川、滇、黔总司令,丈夫就被唐委为靖国招讨军总司令。

丈夫军队的驻防地和军饷来源。驻防地在合江、永川、璧山三县。永川和璧山两县,位于成渝东大路线上,地处山地,商品流通数量不大,只能征收田粮(如契税、厘金税等),收入不多。而合江地处长江边上,那时四川交通全靠水上木船运输。四川重庆下游一带各县需要食盐,全靠自流井的盐,经富顺运泸县再转运重庆供销,而合江恰是必经之地,所以,就在合江设立了征收关卡。又在合江成立了护商事务所,专办水上运输商品征税事宜,每月可收五六万元不等。其中盐税占百分之九十。当时在合江的军费开支每月约三四万元,其余全部入丈夫私囊。而整个大家庭的开支费用,除祖上遗留下来的少数田地收租米外,其余都是要依靠这笔收入,这项税款事先既未经上级机关批准,事后开支当然亦没有必要去向谁报销,征多征少,支多支少,全凭个人自由支配。

所谓护商事务所,意思是政府保护商人运货的安全,商人就该向政府缴纳一定的税款,故名护商事务所。巧立名目护商,其实是征税。但是,商人被征收的税款并不落空,因为商人可以把商品提高价格出售,这样一来,结果是转嫁于一般消费者身上,吃亏的还是老百姓。

护商事务所除总揽征税事外,还在河边要道地方设立稽征所,稽征所在沿河设置哨兵,监视来往船只,遇有商船上下驶过,就勒令停船验货,计量计价照章缴税,才能通行。若有违者就鸣枪拦截,那就要除缴征税外还要交罚金。当时,人民觉悟不高,一般没有抗税情形发生。万一有抗税者,就没收其全部商品,并要给以极严厉的处分。当时军阀任意剥削人民,横征暴敛,钱就是这样搞来的。有人搞到几十万,甚至几百万元。那时,有句俗语:"拥地自肥。"意思是统治的地区宽广,随便向人民征税,任意进入私囊,当然就能肥起来了。

在1918年(民国七年),四川军阀的防区制已经形成,无所谓什么中央及省行政机构,都是拥兵称霸一方,谁的兵多,防地多,就是实力最大。亦无所谓军政管辖系统。所有军饷并不是依靠财政拨款或通过预算、决算等手续,而是由带兵首领委托自己的亲信如县长、征收官吏、地方官吏等办理。总之,当时的财政权,都掌握在带兵首领个人手里。他可以自由向地方人民筹款,自由征收捐税,所征的款凭他个人任意开支使用外,其余作为自己的财富,购田经商,没有上级单位或者是上一级的负责人去过问。我知道了这些目无法纪、任意作为来对待百姓的做法,见丈夫的思想行为与前大不相同后,我异常惊奇,痛心不安。

五、复杂而沉重的生活

夏家这个大家庭里,正如在重庆时麻子丫头所说,人事很复杂,充满了封建气氛。所有人都是依靠收田租和丈夫做官得来的钱过活。家庭规矩颇严,像家长夏冕昭,他独揽六房大权,谁见他都害怕。我开始时也不能例外,但心里并不敬服。还有婆婆,对她不能随便起坐说话。

婆婆对待丫头很凶,不得宠的经常挨打骂,她不称心时,就去暗中揪丫头的胳膊,这算是好的。四川有些太太、奶奶们,虐待丫头,还用烟签子戳嘞!女仆们去各房面前挑拨是非,说坏话。家人之间表面上看起来亲亲热热,骨子里勾心斗角,面和心不悦。例如:有一年六房人分家(分田地各自立门户)。开始是当家人夏冕昭召集各房开会商议分法。殊不知会后各房都存私心,意见纷纭,莫衷一是。各自勾心斗角,拣肥选精,不顾一切地横争抢夺。夏冕昭目睹斗争剧烈,束手无策。后经丈夫出面,晓以大义。众怕丈夫权势,只好平息,听候分配。这类情况在有封建意识的家庭中是司空见惯的事。对有势力的当家做主的人,都拍马屁。封建家庭就是这样复杂、恶毒。夏家也不能例外。差别无非是小巫见大巫,还有更糟糕的家庭呢!

家里面虽然仆人很多,但是一切家务的操作,像烧饭,洗衣,缝纫,绣花,做糖果、糕点、蜜饯、各种泡菜、过年腊肉、酒菜等,都要媳妇们亲自带动、操持。因此,她们就冷眼观察我,看我会不会做。但又不敢当面对我怎样,因为丈夫是家中唯一做官和有地位的人。

有一次,麻子丫头告诉我:"老太太在和我们老爷(指丈夫)讲,她们不喜欢你,因为你是卖唱出身的姑娘,有伤门风,不能做正太太。叫他把你退掉,另外娶一个。还骂他太糊涂,老爷就说:'这怎么可以呢?'两个人讲了半天以后,老太太说:'那就叫她做姨太太好了。'老爷还是不肯,两个人又吵了一阵,老太太说:'你是过继给二房的,那么就一子双祧(即娶两个老婆,两个都是大老婆)吧。'老爷还没有答应她呢!"

我了解这些情况以后,感到家里的情况太复杂了,内心有说不出的忧虑、气愤。但念丈夫待我还好,于是,我就抱定这样的态度对待她们:第一,一切事情都以大公无私的精神处理,宁可自己吃亏。第二,跟着她们勤劳地操持家务。第三,凡事忍耐再说,尽量做到让人们称我是贤妻良母。这样,她们总没有话说了吧!

夏家原是中产阶级的地主，虽然各房都有侄女、丫头，做家务一切还靠媳妇们参加动手。虽在夏之时任都督之后，已成为显贵官府之家，增加了不少男女佣人，但是，家庭人员的传统生活习惯还是按照老规矩。所以，我对一切家务还得亲手参与并加指导，以迎合婆婆与家人的心理。此后，我每天早晨侍候丈夫出外办公以后，就开始学缝纫、结绒线、绣花、烧菜、洗衣，还帮助招待亲友。到了晚上，教子侄们读书，帮总管上账；给大谟子、大猷侄、国琼女洗完屁股、两脚，拍净衣、鞋、袜……上床后，在菜油灯下扎鞋底，什么都做。免得他们说我"下贱坯"、"下江人[1]好吃懒做"。这样，每天都要搞到深夜。虽然，我很累，但为了取得婆婆的欢心，取得家人们的好感，只好一切都忍耐，勤劳地干，也免得丈夫为难。丈夫对待我，有时还好，有时候使我很伤心。有一次，他生了骑马疮，发高烧，非常危险，我日夜侍候他。有一天，我正在替他烫内衣的时候，他喊要大便。生这种病若是用力，对患处很危险，并且发高烧不能透风。他又是一点力气都没有。在这种情形下，我只有把便盆送入被窝里，我连头也一道钻进去，小心地捧着便盆候他慢慢大便完。臭气闻久了，我头有些昏眩，走出室外到走廊上透口新鲜空气，正巧一个卫兵走来，他向我敬礼，并问丈夫的病情，我和他谈了几句话。进房时，丈夫开口就骂："我还没死，你就七搭八搭了。"一种突然而来的侮辱，把我气得心肺要炸裂似的。当时，我真想回敬他几句，但念他在病中，只好咬牙忍住气，眼泪直往肚里咽。心想："他太不了解我了，我对他这样一片真心实意，他竟然如此地侮辱我，唉！说明他不信任我，不尊重我，怕我变心。不是平等、互敬互爱，而是把妻子当作奴隶。归根结底因我是卖唱姑娘出身，夫妻处久，自然而然就会看不起我了。总之，这样的所谓'爱'我是绝对受不了的。虽然这次我谅解了他，仍为这件事烦闷颇久。"

在这期间，四弟结婚，我又帮助主持婚礼，布置一切。过了几个月后，家人和三亲六眷都在背后议论我知书达理、贤惠能干，所以当我每天早晚出门向婆婆请安的时候，她对我说话时才露了一点笑容，似乎有些喜欢我了。另一方面，婆婆及三亲六眷之所以对我态度转变，也是由于丈夫到底是家中唯一的有威望的人，谁都要怕他三分。

六、再次婚礼

一天晚上，丈夫很高兴地对我讲："你晓得吗？娘和大哥喜欢你了。娘说要我和你重新拜堂，她来主持。"我就问他："你的意思怎么样？"他说："算了，只要她老人家和大哥、家人大家高兴，要我们再拜一次堂，就再拜一次好了。"当时，我听了很不愉快，心想已经在上海正式结过婚了，孩子都生了，还要重新结婚，哪有这种事情？有钱有势人家，把别人的婚姻当儿戏，由他们随便摆布。可是，风俗如此，我能说什么？她们于是便开始择日，通知乡亲家族人们。家院内外张灯结彩，杀猪宰羊，大摆筵席，客堂、房内外到处摆有甜咸糕点、糖果等各种食品。

这时，丈夫的姐妹们围着我要给我开脸，把洋线套在双手大拇指和食指上，交叉地一松一紧地抽绞，将脸额上的汗毛绞光，额头要开方。我怕痛不肯。大姑太太就说："不可以的，新娘子一定要开脸。"于是，七手八脚地给我开了脸。然后，我穿件黑丝绒旗袍、丝袜子、黑漆皮鞋，梳个横的辫子头，插朵红花，带了国琼女儿重新拜堂，举行婚礼。拜过祖宗、长辈……这样的礼仪后，就算是正式成为夏家祠堂的人了。孩子们最喜欢热闹的，这天，国琼女儿，家里男女老少许多人穿着崭新的绫缎丝绸，鞋帽整齐，有些女客打扮得像观音菩萨一样。大家都是嘻嘻哈哈，吃席的吃席，聊天的聊天……老少族亲们里里外外穿来挤去。这般热闹到底是为了什么？在幼小的国琼女小心灵里是一无所知的。她开心得在室内院外跳跳蹦蹦，不停地拿糖果，不停地吃，和亲族们一连热闹了几天。

我在想：封建社会可恶又可笑，居然同一个丈夫并未离婚，只因为结婚时不是门当户对，就应再举行婚礼。我正在不高兴把我脸上皮肤抽绞得火辣辣得难受时，忽然飞来一件事，刺激得我感慨万端。事情是：拜堂后的当天晚上，大嫂子就拿出一张一千元的收条给我，对我说："这是你们哥哥在上海帮你赎身的时候付给巡捕房和堂子里的一张收据，现在你拿去毁掉吧！"我吃了一惊，没有吭声。心想，他们这样做，是什么意思呢？当初明明是我自己逃出来的，大哥是被巡捕房关禁一礼拜罚了一千元，怎么把这笔账算在我的身上呢？他们又为什么把它保留到现在？他们把我看成买进来的货物。穷人和卖唱出身的，真的那么下贱？我愈想愈伤心，这简直是侮辱人。我当时对此无比愤慨，丈夫觉得他哥在当时吃了苦，故未吱声。我很难过。

再次拜堂以后，他们承认我是家中正式的一分子了。另一方面，丈夫是有势力的人，所以婆婆和家人对我的信任与好感也逐渐大大增加了，各屋有事总要和我商量解决。从这以后，三亲六眷无论大小事情，凡解决不了的，都要和我商讨。于是，我在家庭里，无形中就成为当家人之一，地位增高了。

丈夫前妻姓晏，晏家也正式承认我是她家女儿了，并知道我为人贤惠，对待她们的外孙夏大谟很好，也来参加婚礼祝贺。因为我是正式"填房"[2]，事后特派大轿来迎接我去，大摆筵席，三亲六眷、乡邻们挤成一堂。这在当时的四川，也是一种风俗习惯。虽然如此，我对这些并不以为然，觉得新奇而已。当我在晏家大门口下轿被迎进堂屋正坐，我一声不响眼扫家人时，这些晏家的亲友们围着我像看西洋把戏似的盯住我。突然，有人近身把我穿的黑色漆皮鞋脱下一只"示众"。因和她们太陌生了，又属喜事，只好听之任之，可是，这只皮鞋终于不见再回来。晏家妈妈另给我一只布鞋，我穿着鸳鸯鞋在晏家住了两三天，心情颇愉快。这件事对我来说是非常新鲜的印象。今日看来当时中国社会是多么落后，人民的生活水平是多么低，这些人家还算是当时的富户。

注释

[1] 指长江下游的人，四川人对江浙人的蔑称。
[2] 填房：即元配妻子去世后的空房，由再次正式结婚的妻子填补，俗称"填房"，又称"续弦"。

第十章　四川局势与家庭状况

一、丈夫失兵权·川局的紊乱

这段时期川局风云又生变幻，滇、黔军会合川军熊克武部于1917年底攻克重庆后，于翌年初，又向北洋政府委任的督军刘存厚发起进攻。攻下叙州、成都，刘存厚等逃往绵阳。3月18日，熊克武被徐孝刚、刘湘、刘成勋等举为川军总司令，主持四川军政，四川军阀之间的争夺战暂告中止。

熊任川督后，军权在握，决计统一整编川军。1918年秋末（民国七年），夏之时在合江驻防地得熊克武电促，即率军西上成都，并谓"你是我上级（在夏之时担任都督时熊克武是夏手下一名师长），你的军队绝不会收编，否则川中父老认为我甘冒天下之大不韪，将会被世人唾弃，你全可放心。"大意如此。

丈夫接受熊克武这"指示"，从合江率领全军及家属连同上辈二房五弟夏缄三，六弟夏有文，大哥长子夏洒赓、长女夏国君、次女夏国姝，分乘大轿、小轿浩浩荡荡启程北上，经过十天之久，到达成都。

大哥要我夫妇带这些小辈同到成都，美其名为可以受到我们的良好抚养，实质上是要减少他当家人的经济负担和麻烦。我因生性好强，只要别人瞧得起我，谁的要求无不答应，做事也更加起劲，并且，也想到脱离这作威作福、欺人压人的封建旧家庭，总是件愉快事。因而就乐意地接受了。

我们全家到达成都后，先住将军街。这时候，我极快乐，因为脱离了使人厌恶的封建老家，从此，可以好好地重新组织幸福美满的新家庭，达到当初结婚的愿望。

到了成都，不出所料，丈夫的军队还是被熊克武缴械，免除军职，改为文职"建昌道尹"（管辖川边西昌一带的县份，西昌县为道尹公署所在地）。丈夫认为川边建昌道尹是闲职没有兵权，无意义，就没有前往任职。1919年上半年，丈夫被正式解除军职，从此就在成都赋闲。

当时广州南方军政府，全由桂系和政学系把持操纵，提出废除大元帅制，改设七人总裁制的会议制，桂系岑春煊为主席。孙中山先生愤然辞去大元帅职，离粤去沪，积极从事整党，杜绝党内产生新军阀。继后，政学系复选熊克武、刘显世（贵州）、温宗尧三人补总裁之缺。这些人，依靠从国民党分化出来的政学系了。

到民国九年（1920年），滇军重行入川，联合川军吕汉群部把熊克武打垮，吕当了川军总司令，丈夫被吕汉群委为四川护法川西总司令，并在我们所居住的东胜街成立司令部。这次事件，在历史上称为护法之役，也是孙中山先生领导的。不到三个月，熊克武从川北联合杨森、赖心辉、刘存厚等攻打成都。吕汉群失败，退出成都，滇军退回云南，从此，四川护法运动宣告结束。四川就由其他川军各霸一方，割据称雄，酿成后来祸害人民的军阀"防区"制了。

以后，各军在各自防区内各自为政，横征暴敛，剥削百姓。当时，二十一军刘湘占据重庆川东。二十八军邓锡侯霸占成都郊外各县。二十九军田颂尧割据绵阳川北一带。杨森则独占川南泸州各县，各自成为一方的土皇帝。他们经常为争防地而发动内战，致使百姓遭殃。成都省会由邓、田、刘（文辉）三军军警联合办事处来维持治安，保定系向育仁担任处长,他们打击进步人士更烈。在农村各军的田赋一年数征,原规定屠宰税为教育独立经费,但也被各军截留。知识分子从学校毕业即失业。总之,当时四川由于军阀割据,内战时起,工商凋敝,农村经济破产,教育废弛,失业众多,民不聊生,人心很乱。

当吕汉群失败时,丈夫和我化装越过邻居围墙,避难于城内太平桥法国医院。躲藏了一些时候,他又赋闲了,并且心灰意懒,闭门不出,总是闷闷不乐。记得当我回国初期,丈夫曾对我说过:"唉!当初在重庆做副都督的时候,我若像别人一样,搞上一大笔钱,有了活动费,那么,这任的督军位置就属于我了。可是,我纯粹是为了革命,为了推翻满清。记得当差余胜曾在军政府拿了一对痰盂回公馆,我打了他几棍,叫他拿回去。别人就不像我这样老实。这次从日本回川,深深体会到没有兵权,没有钱,就没有人来拥护你,什么事都做不成。"听完他这么一番牢骚话后,我想想,那时候他的确算得上是个清官。我当时便劝他:"还是这样好。做个贪官污吏,只是祸国殃民,有什么意义?我就看不惯。"他说:"你还年轻,这些事你还不懂。"我说:"我总觉得现在时代在转变,俄国十月革命成功后,多少贵族流亡上海,做了白俄;又如:北京大学学生为了反对北京军阀政府在巴黎和会把山东让给日本,以日本来代替德国在山东省的统治,因而发动了大规模的五四运动,振奋了全国人心,这些,不都是证明时代在转变吗?你该多想想这些。"但他却说:"你还是少关心这些事吧!"他已不像刚回国时那样有朝气和干劲了。这些说明了他的思想在往下坡转变,我很担心。

二、幸福的幻想·东胜街住宅

当我们全家在1919年由合江迁居成都时,先租赁猫猫巷(后名将军街）小独院一座。后因丈夫于这年被正式地解除军职，便决心寓居成都，开始重视家庭生活。嫌猫猫巷房屋狭窄，出资一万元（当时币值），向一位富绅买进东胜街大院，将猫猫巷小院作为菜园，养猪、养马之用。

东胜街大院住宅，据说原来是一富绅显宦所造，俗称四进院，已相当豪华气派。丈夫买进再改建布置，各室所用家具均以高级材料制成（即红木、柚木），陈设精致，色彩素雅，因此更为华丽。

该宅院坐北向南，面临马路，两扇钉吊着铜狮衔环的黑漆大门。第一进跨步进入见通道，通道两侧各有小院一座。入正院（即第二进），左侧是大轿厅传达室，这里门前便是从右墙根到第二进去的通道。入正院门，过通道，即见高楼耸立在绿荫丛中。楼下是宴会大厅。此厅用具别致，红木桌椅、沙发、地毯、古董、油画、字画等，配上四季不同的鲜花点缀，特别夺目华丽。如登楼远眺，则可见鳞次栉比的房屋，林树相间其中。楼西邻有一池，池水清澈，中有六角亭、假山鲜花等点缀景色。四周茂林修竹，亭前悬挂对联一副"为爱鸟声多种树，独喜清幽千竿竹"。颇具幽居之意。池北西侧有一通道，直达第三进。家人住房在此院的中部，建造华丽，好像朱门府第。正房中间供有祖宗神龛，西侧是寝室一大间，再西为书房，书房西侧有一小卧室，东侧是孩子的卧室。东侧最末一端特设有雅致奇丽、别有格调的会客室一间。室后有日本式木桶浴室。正房前，沿两侧空地的假山奇峰重叠、怪石嶙峋，四季兰草二十几盆，满园繁花似锦，柳色如烟。正房对面是书房，此室全用精良楠木结构建成。全室花格门窗都很精美别致。红豆、紫檀木的家具，羊毛地毯，四周书柜排列，藏有历代古书字画、古董物品等，真是古色古香。再加鱼缸、盆景，该房可称为全院最精华之处。正房东侧最末一间，特设雅致奇丽的女客堂。第四进沿东至西十字通道进入三

1919年摄于四川成都东胜街花园内草地上。

自右向左：大女国琼、侄夏迺赓、董竹君（怀抱刚出生几个月的二女国琇）、夏之时，上辈夏二娘、五弟夏有铭、六弟夏有文、大儿子夏述禹。

亭并立的镂空砖墙的南北白色长廊。廊前有绿草如茵的草坪球场，球场北角厨房及雇工的住房隐约可见。球场西北右角有一小门，进入菜园、花棚、马厩、猪圈……后院的正门是在将军街上。环场遍植翠柏，绕柏有一直径小道，小道旁墙栽种梅花、桃花几十株。临冬时，红梅风姿更艳，有时飘香四溢，大有"此地人家无玉历，梅花开日是新年"之概。当春季到来，红艳的桃花盛开，更是日出花红胜似火，柏树、梅、桃红绿相映。我有时偷闲在此散步，常感到别有兴味。亦常瞧着梅花，凝神沉思……人，一个女人，难道说就这样每天过着富贵荣华而并不悠闲的生活至生命的最后一息吗？

东胜街这座大院，全院大小房屋共约二十间，占地约三亩，雇工十五六人，比合江老家富丽华贵几倍。国琇、国瑛女出生于此院。

心想：有这样舒适华丽的住宅，今后真的可过些美满幸福的家庭生活，好好治理家务、教育子女，不会再像封建气氛浓厚的合江老家那样不自由了。

三、一副重担在一身

第一次世界大战后，欧洲成了世界政治、经济、文化的中心；而且在俄国十月革命成功后，在那里社会主义运动很发达。想出外留学的人甚多，尤其是留学法国的人更多。那时，我虽然爱慕独立、自主的日本和那个国家蒸蒸日上的朝气，以及温柔、和蔼、有礼貌、有家庭教养、善于处理家务的日本妇女，同时，我也喜欢法国的自由、平等、博爱和法国女人的热情、开朗、潇洒。因为以上这些原因，我也想去法国留学和看看那边的实际情况，故在四川成都平安桥法国修道院曾补习过两年法文。但因家务日益繁重，自己又接连怀孕生产，丈夫也改变了主意，说什么法国国家太自由，对年轻人没有好处，不让我去了。实际上，我不以为然。一个人若能多到一个国家，至少能够增加许多见识，有什么不好呢？法国未去成，当时深感遗憾。

家务事 关于经济、子女教育等家务事，都是在每年过了春节的元宵节，我俩商定计划，由我去按步执行的。家事很多，幸而我在日本念书时，曾学习过家政学。他下野后，正事不管，就在这座房子里栽花种竹、养鸟养马等。我每天从平安桥法国修道院学习法文回来，就陪着他一道搞这些。

后来，丈夫开始创办锦江公学（系旧制中学）于四川成都包家巷。暑期开始，夏述禹、他堂弟夏迺赓、夏有文小叔都毕业于该校。他办学，我很高兴，希望他今后能多做些社会公益事业。但不久即停办了。

他喜欢赌钱。经常装满一提包钞票带出去，多半是输得空空地回来。输了钱脾气愈来愈坏。我为了改变他的兴趣和情绪起见，特在正房对面新造三间楠木书房，希望他多购买些新书阅读，但他却仅仅装满了书画、古董。

感情裂痕　以后，他的脾气越来越凶，经常无理取闹。有时候，我没有空亲自侍候他的衣着、饭食，他就发脾气训人。衣服洗得不干净，烫得不平，要骂，在箱子里拿出来的衣服，如果多一点皱纹，他也要冷言冷语。以至到后来，我给他折叠衣服的时候，只好特别用一根尺子把叠处刮刮平服。每逢夏季，代他晒书籍字画，要放在阴凉处，要页页翻透，以免虫蛀。

民国九年（1920年）底，我怀孕（即三女国瑛）快临产了。那是一个夏日的黄昏，天快下雨了，我和丫头正在草地上收拾晒过的衣服，他忽然派勤务兵卢炳章叫我到小客厅里去打牌。我说："我在收衣服，很累，不想打牌。"但是，卢炳章连来三次催我："司令官一定要叫太太去。"我只得去了。我问他什么事？他瞪我一眼，厉声大骂："叫你来打牌，干吗不马上来？不识抬举！"我轻声地回答他："什么不识抬举？你叫打牌，又不是别的正经事情。"他却嚷道："丈夫要你做什么，你就该做什么。"我答道："是的，丈夫的话我应该听从，但是，这是赌钱嘛。"他怒气冲天，一手拿起花架子上面的一个自鸣钟迎面摔过来，我侧身躲过去了。他跟着又把花架子举起来，正要掷过来，就被旁边的房客刘腾轩等人拦住了。他们把我拖到房间里。我听见他在后面拍桌子叫着："给我滚！"我气得火冒八丈，几乎昏倒。回到房里拿起皮包就跑，外面下着毛毛雨。小脚蔡大娘（老佣人）就来追我，她手提风雨灯跟着我，边走边说："太太呀，你看在小姐面上，快些回去吧！当心，你都快要生第三个孩子了。路滑摔了跤，怎么办？"正在这个时候，我踩着路旁的青苔，脚一滑，摔了下来。幸好是向左边横跌下去的。蔡大娘慌忙把我扶起来。我还是一口气跑到平安桥法国教堂那位曾经教过我法文的老师那里。我生气，非常生气，而且伤心。心想：我和梅香俩辛辛苦苦为他晒了八九天衣服及书籍，我已是快分娩的人了，不但不体贴，为了这些小事情，却这样无理凶恶地对待我，真是太不近人情了。归根结底因为他认为我出身贫贱，才如此欺压我，幸好当年是自己设法跳出火坑的……唉！愈想愈气，蔡大娘则再三苦劝，要我看在几个孩子分上。我被说动了心，同时，也想到他平时在人们面前总称赞我：夫人这样、那样的，我也就慢慢消了气回到家里。

国瑛女出世后的翌年初夏，常年来看病的顾问医生，是法国医官，有次他来给家人检查身体。这位法国医生惊说我得了肺病，是初期，不必紧张，宜开心、多休息、多吃营养品、多晒太阳、吸新鲜空气。当时得了肺病如患癌症，难以治好的。我不忍让孩子们遭到失去母亲后的悲惨命运，不顾丈夫的允许与否，立刻硬下心肠，决心搁置家务孩子于一边，收拾日常生活用具移住到花园亭子。休养了三个月，始痊愈。在我患肺病治疗期间，我亲爱的丈夫从未来过亭子。

丈夫寿辰　他每年过生日，这件事情当时在家里算是一件大事了。他喜欢热闹，要请客，要唱几天戏，这就忙坏了我。不但要给他从头到脚做一套新的衣履，亲自给他穿上，并且还要张灯结彩，大大布置一番。要招待，监厨，安排酒席，迎送客人。还要根据亲友们关系的深浅来为他们的轿夫、女仆、丫头、孩子们封上红封套的喜钱，交给佣人去分发。我的丈夫在这几天却整天两手交插在袖子里，到处踱来踱去地看看、玩玩、吃吃、喝喝，俨然以寿星老儿自居，什么事都不管。我累得腰疼腿麻，半夜去厕所时两腿竟不能

在四川。

下地。可是,他不但没有一句温情安慰的话,如果这年的客人没有去年多,到了晚上,他就要冷言冷语地责备我,都是由于我招待不周才会这样的。当时,富贵之家做寿要如此排场,回忆过去我父亲患伤寒病时连医药费都没有啊!真想问他,我是妻子,还是牛马?但我还是叹口气忍住了。

二爷丧事 记得有一次,得到上辈二房的二爷在合江大观田去世的信,丈夫举行了隆重的葬礼。请和尚念经、放焰口[1],做了七七四十九天的功德,据说是为死者"赎罪超生"。又摆了几十桌酒席招待来吊孝的亲友。忙得我晕头转向,还要披麻戴孝,在灵堂里面候着来吊孝的人,致答谢礼。晚上,结账整理。这次丧事用了不少的钱。当时我暗想:像这样的丧事,再办几次,真会倾家荡产,把人也累死,除了劳累伤财,到底有什么意义?我把心里这种想法忍不住告诉了他,他非但不同意,反而把我痛骂一顿,说什么:"富贵人家大出丧的排场你没有见过,所以你大惊小怪。花这点钱算什么?"我恼了,但未说话。暗想:穷人家死了人,连棺木都买不起。有些穷苦人死在街头或里弄,由好心肠的人用草席裹卷埋葬了。唉!富人家死了人,就得如此排场。有钱有权势的人生前作威作福,享尽荣华富贵,死后还出钱做什么功德赎罪,希望下世仍是有钱人!穷人死后无钱做功德,下世还是穷人?这简直使人可笑、可恨!

重男轻女　还记得我们到达成都的第二年国琼女出痧疹，病情极其危险。我认为孩子出痧子和妇女分娩都是同样有生命危险的，是她一生健康的关键，这时候，认真看护、保养重于一切。因此，我当时腾出一室，消毒后放两张床，家具简单是为了便于清洁卫生、看护。那时我把家务完全丢开一边，昼夜看护国琼女整整四十天。孩子病愈恢复正常，但由于发高烧之故，喉咙全哑了。丈夫对此很不高兴，认为我为了一个女孩出疹症不应该对其他事情全都不加过问。我回答他：“耽误家事几十天，可是为孩子的终身健康哟！"除了这些生活上的事，在一些重大问题上，我们俩的分歧也愈来愈深。

我把丈夫对国琼女出痧疹不重视，讲给大麻子丫头听了。她说：“太太，你忘了，我不是告诉过你，婆婆喜欢儿子，她自己生第二个女儿的时候，就把她淹死了。后来，就连生两子（即夏畴五、夏西遽）。婆婆就很相信她的经验，把女儿处死是正确的，三、四两房媳妇连生两个女儿，婆婆命令，让把孩子冻死。她说整死了，才能生男孩。媳妇大哭、争吵，才留下了小生命！"

夏家是大家庭，六房人吃大锅饭，蔬菜多，少有荤菜。因此，各房人存私房钱或靠媳妇娘家有钱，就各自添菜。四房娘家最有钱，每餐好菜。三房是孀妇，且娘家穷苦，只好带孩子吃大锅菜，孩子不懂事，见四房吃好菜哭着跳着要吃。四房故意不理睬，于是孩子哭成一团。

我到夏家后的第三年，六房分家了。每房分得一百多担谷，带着孩子生活，生活勉强过得去。三、五房比不上大、二、四、六房。因此，兄弟间在感情方面矛盾很大，但都对大哥三分惧怕，敢怒不敢言。封建大家庭勾心斗角矛盾重重，残酷无人性的事很多呢！夏家还算是好的。

四、将军街住宅

约在1922年,丈夫要调整家庭经济收入,将改建装修完善的东胜街大院以二万八千元(当时币值)出售给杨森部下的师长白道成。全家又迁回重新翻建为新屋的将军街居住。以大院出卖所得,又在当地梓橦桥和新华街购进并新建共一百多间店铺出租,并买田地,收租米(这些钱,事实上都是丈夫在合江县任靖国招讨军总司令时,向开往合江县去的百姓盐船抽税交捐捞来的)。家人生活费用,就是依靠这些田租、房租过活。

将军街住宅面积没有东胜街大,全部拆除,改建为中西结合的房屋。大部用柏木盖造,结构讲究,式样新颖。

从将军街进大门左边是大轿厅、传达室,厅隔壁是园门,一般会客厅及雇工住房。左行沿花径登阶石前进是一幢富丽堂皇的大客厅。精制的西式落地窗门、壁炉、钢琴、红木家具、朱红茶几,环厅金漆色的方圆各式木椅、丝绸垫褥、沙发、羊毛地毯、四墙挂有古今名人字画、古董摆设、花木盆景,在厅内相互辉映,光彩夺目,别有格调。此客厅后院,有直径一米多形状如伞的白兰花树一株,清香扑鼻,我很爱它。

大客厅左侧相连是一间书房兼客房,大客厅右侧相连便是饭厅。出饭厅向北几步就是坐北朝南纯柏木结构盖建的一排二层四开间正房,上下都有宽敞的走廊。楼上中间一室是起坐室,右侧是我和丈夫的寝室。这室用具异常讲究,一对铜床,罗衾锦被,全套红木家具,鲜花点缀,布置、陈设脱俗别致。其余是孩子卧室。

楼下正中是堂屋,供奉祖宗神龛,这室都是采取糊纸老式细致的雕花格窗门。堂屋右侧是丈夫的书房,名"榕山馆",左侧是我的书房,名"竹节斋",都刻成绿色横匾装置在门额上。"榕山馆"用具精致讲究，书案上放置笔墨纸张，信笺上印着"益州都督用笺"和图章。书柜、桌椅等都是红木、紫檀木制成。式样新颖、色彩调和，加上古董字画、花草点缀，别有风格。"竹节斋"隔壁一大间是孩子们的读书室。此室向西北转弯向东是厨房、日本式浴室，浴室门前一块空地中，有白兰花树一株，树北面是三匹战马的马厩和雇工睡房。

将军街这院进门的左侧，顺墙有直达后院的通道，中横一道到客厅大门。全院遍植常青树，郁郁葱葱。两株大翠柏更是吸引人。客厅旁有桂花几株，秋季桂花盛开，异香扑鼻。桂树下陈放四季兰蕙二十余盆和四季花木。兰花清香，有时随风飘来，使人欲醉。

丈夫的生活水平颇高，无论是穿、吃、用具、陈设，在当年来说都是很讲究的。修改建造上述两院住宅，也是再三研究。围绕这些工程我也付出很多心血劳力。

这座房屋虽无东胜街的华贵，但在当时来说，也够秀美而有朝气。国璋女、大明儿出生于此。

重病·国璋女出生 1922年春末夏初，我突然月经断绝，卧床不起，经中西医治疗七个月无效。家人愁容满面，亲友们都认为这是干血痨（妇女病症），在当时是属于难医之症。此事在成都上层社会传开了，人们说："夏家的夏太太患干血痨病，不会好啦。"都以为我病危旦夕。辛亥革命时成都都督尹昌衡曾被袁世凯关押在北京监狱五年。出狱后，他回成都做寓公，从此不问政务，专心研究佛学。他的母亲尹老太太身材比较高大，半大脚，一副威严而慈祥的相貌，能干有魄力。家人见她畏而敬之。虽年已古稀，仍然精神充沛，她是女中丈夫。我很敬爱这位老人，她认我为干女。每星期日她儿子在家人前讲说《心经》时，尹老太太总是吩咐轿夫来接我去听讲。记得每次当轿子进大门时，总有人叫喊："开中门，五姑太太回来了。"因为尹老太太非常喜欢我，她待我如亲生女儿，无微不至。我怕她担忧，没有将病情实告她。有一天，这位老人知道了，特乘轿来家，在床前诊脉，她诊断说："什么干血痨，怀孕了。因连生二胎（指国琇、国瑛）加上家务劳累、气闷、血亏、胎气不足，胎儿不能正常成长，宜速服安胎药，增加营养、补血、调理。"临走还叮嘱耐心吃药。我和家人都不相信这老人的医道，但也只好死马当活马医治。接连服她的处方两个多月，果然有了怀孕的迹象，共经十五个月，国璋女安然地出世，我的命亦幸运地得救了。丈夫无一句安慰的话。

住将军街时候，有时逢星期日带孩子们出外逛逛。国璋女那时只三四岁，牵着她走，不知何故总是走不远就叫抱，不抱就哭。有天清晨，叫她站在床边，检查她两腿，发现右腿特别粗大。立刻带去四圣祠英国人办的医院，诊断病根在腰椎部，脓水从这里流到大腿集中起个鼓包。当时穿刺，抽出半碗脓水，三个月后再次抽脓，经两次后，伤口不封口了，昼夜多次点点流。医嘱睡铁板，多吃营养，多吸新鲜空气。我怀疑这样的治疗有用吗？但也只好试试。久之，孩子饭量减少了，面黄肌瘦，日甚一日，眼看危在旦夕，孩子父亲毫不放在心上，急得我暗自掉泪，日夜思索怎么办？决定改请中医。心想在西医未进入国土前，岂不都赖中医诊治吗？四川著名中医不少，对这病的医治定有高手。遂悬赏一百银元，登报聘请。不久，经造房屋的木工梅师傅介绍，来了一人，身穿长袍马褂，白袜黑鞋，手拿雨伞布包，一看便知是从乡下来的。孩子父亲和旁人一致反对："乡下人怎能治好这病？"我问医生怎么治？他说："如夏禹王治水，只要你相信，几个月我能治好。不过小姐会成跛子。"我觉得他讲得有理，便坚决求他诊治。记得国璋女服用的药多是大人都难以进口的鹅蛋、大粒药丸、酒酿及芫荽菜（香菜），每天早晚各吃一次。脓浆流尽封口的一两天,加添一次。孩子很乖,有时丫头梅香忘了,她就叫:"快把药给我吃呀,快拿来嘛!"我在半夜抱她小便时,她开口:"妈妈,你白天这样累,晚上还要照顾我。"说着眼泪汪汪。这时,我的心像被炸裂似的疼痛,忍住泪水吻吻她:"乖乖,你的病快医好了,等你完全好后,我带你去公园玩。你真乖,自己还记着吃药。"小生命得救了,可是若真的成为跛子,西医也没办法了。后来再经一位专治跌打损伤的中医治愈跛脚。孩子真乖,在每天医治过程中,常忍着痛而不让佣人告诉我。忍着眼泪让医生搀着她的手沿墙小跑。

真是祸不单行。正在国璋女病危时刻,六岁的国瑛女不知二楼铺换地板尚未上钉,她上楼玩耍,脚踩板上跌到楼底堂屋,又被弹到门外阶沿,昏迷几小时。俩孩子同时命危,我抱着她,放声大哭,去四圣祠英国的医院,治疗半年。在两个孩子这样的病情下,家务方面和侍候丈夫难能全面周到了。在两孩如此生命关键时刻,丈夫不但不走近孩子身边,尽些为父者的关心、爱护的责任,反而不高兴,我受气不少。

光阴似箭,忽经数十寒暑。执笔到此,仰望天空,啊!我和他十几年一场夫妻生活,真是"不堪回首忆当年"!

大明儿出生 旧社会的上层人士,对寿诞之日的庆贺,按习俗生日前夕要先行暖寿,次日午餐正式祝寿。

1926年旧历正月初五我的生日前晚,亲友宾客来有三四桌人,酒后打牌游戏,男女老少都准备玩个通宵。次日中午去聚丰园餐馆正式庆祝。这时候,适逢我怀大明,全身浮肿,尤其是两脚肿得穿不进鞋,既难看又觉累。我再三推谢不去,众人不同意。在无可奈何情况下,趁他们玩得热闹高兴,在半夜两点左右我就悄悄地独自乘轿躲进了四圣祠英国人设立的医院。殊不知在我生日的次晨8点整,大明儿出世了。一瞬间我失去了知觉,醒过来时已是中午11点,在自己病房里。当时,见梅香丫头在旁。她开口说:"太太,大家很着急,昨天找了好几处,才知道您在医院。老爷叫我来看看您,正巧太太在产房。"我问:"孩子、胎胞都已安然下来了,为什么他们还要给上麻药?""太太您生了个少爷,产后谢老医生检查肚腹后,向周围人说:原是双胞胎,因产妇身体太虚弱,另一个未成熟。必须把它剥下取出。否则,产妇会发高烧生命不保。在您腹部左边动了手术。谢医生、院长等五六人交替动手,非常细心地把它剥下取出的。几个医生脸上都是汗,有个医生说,只能用软劲,若用力过度,难免不破伤内脏。现在装在玻璃瓶里用药水泡着。我去拿来给太太看看。"我看瓶子里果然是一个未成熟的胎儿,有两个核桃大。梅香又说:"谢医生告诉大家,他接生几十年了,像这样的情况有三十六次。每逢孩子产后,他都要检查一遍。"我默想那晚如不毅然进医院,在家里别的医生接生,很可能我早就离开人间了。好险呀!联想到常听说妇女产后高烧死亡,不知何故。上述这二位老人早已辞世,而两老的医道高、医德好,对产妇、胎儿认真负责的工作精神令人感恩不忘!由此,我体会到:一个人不论男女应该懂些病理、医治、护理、药物、保健的常识。此后我在这方面常自留心学习。

梅香回家报喜,丈夫知道生了个儿子异常高兴,但在我住院期间一次也未来过。

因为我连生四胎都是女儿,他每次为庆祝生男孩热闹一番的准备都落了空,就很不高兴。第五胎他生气不再准备了,却生了一个男孩。乳名叫他"和尚",意思是祝愿孩子能无灾难、多福、平安长大。小名叫"泰钊",大明这名字是根据各房子女出生先后,大排行取名的。大明是大字排。满月时,请客庆贺,异常热闹,他和家人都非常高兴。我却暗叹：穷人们连饭都吃不饱，生了男孩我当然也高兴，但刚满月的孩子大做其喜事，我不愿这样花费。在这个问题上，我俩的看法也有些分歧，他又和我争吵了一场。

五、使女珮琼的遭遇

不记得是哪年，有天接婆婆从合江老家来电报说："有要事，速回合江。"我见婆婆来电如奉圣旨，立刻动身。当时，因交通不便，从成都到合江坐轿十天才能到达。婆婆见我，一把拉着我进她睡房，神态紧张地告诉我："二嫂（自从再次婚礼，加上我大公无私和热诚待人，家人亲友和婆婆逐渐都敬爱我了。婆婆也叫我二嫂了），你晓得家里要出祸事了吗？你大哥想讨姨太太，大嫂始终不肯。你大哥在深更半夜从窗子爬进丫头珮琼的房间里，现在珮琼肚子里有孩子了。你大嫂和大侄女骂珮琼引诱大老爷，要把她整死。你大哥却不管了，好像不是他的事似的。我劝过她们多次，她们表面上答应，暗中依然不听。我的意思事已至此，把她收做二房，生个儿子也好。你大哥只有夏酒赓这么一个儿子，大嫂又不会再生孩子了。珮琼虽然长得不大好看，但是，脾气好，身体健壮，再说你大哥迟早还要讨姨太太的。这样做也可以节省一笔钱，岂不是一举几得？你有见识，有主意，你看怎么办？"我听了非常惊讶，深感愤懑不平。我想：家里人本来就是彼此勾心斗角，不像样子，还要发生这样惨无人道的事情。大哥是一家之长，平时装出一副正人君子的样子，在家庭里自尊自大，家人都怕他。经常烧香念佛，有时还周济别人、做好事，原来是个地地道道的伪君子！

我把珮琼叫来，这个孤苦伶仃、命运悲惨的珮琼低着头，双手捂着脸，只是呜呜地哭，不作声。我劝过大嫂子、大侄女几次，她们还是坚持不听。硬要去做那样残酷险毒、没有一点人道心肠的事。我就火了，管你大哥不大哥，我不能见死不救、袖手旁观，必须设法把她从绝路中救出。在我回成都去的时候，我和婆婆暗中商量好，在第三天半夜用预先安排好的一顶小轿偷偷地把珮琼带上去了成都。后来，她生下孩子送给了别人。此后，她一直在我身边。

珮琼粗通文字，颇斯文、聪明、脾气好，满口重庆土话。

1929年，我离蓉去沪的同时，暗想，麻子丫头已嫁给袁伙房（家厨师），梅香丫头也出嫁了，唯独珮琼的前途怎么办？真可怜！她说重庆话，可能是重庆人，索性把她带去重庆，若能找到她的娘家，她和家人团聚多么好。我决定后，带她到了重庆。我问她："你知道家在哪里？家里是什么样？""不记得了。""你仔细想想。""只记得家里碗碟蛮多。""啊！莫非你家是开碗铺的？"我立即托人去打听。

在城内，是有一家在十八年前有一小女孩在街上玩耍丢失了。我开心极了，把她送回家去团聚，当时她父亲含泪向我作揖叩头道谢。了结这件心事，我亦快甚。

后来，我知道婆婆之所以要我救出珮琼，无非是为了救孩子。珮琼身体健壮，认为可以多生男胎，若在外面讨进的姨太太，可能不生儿女，也不能任意使唤，这些都是她的私心，并非真心诚意要救助珮琼。

这件事使我想到：丫头在封建家庭里比仆人的地位还低，和奴隶一样，没有最起码的人的权利。中产以上的封建家庭往往都有丫头，大家庭里有好几个丫头。这是封建制度对女性残酷压迫的又一证明。封建势力真是可怕。我暗想：我虽然是个女子，但是我是人，绝不愿和它妥协，我要尽自己的力量反对封建，提倡女权！

珮琼的遭遇是悲惨的，幼小被人拐骗，长大后又被人凌辱，死活由别人支配,自己只有逆来顺受,在旧社会有多少这样的女人啊!回头想到自己苦难的童年,所以每见人遇到苦难的遭遇时,我很自然地乐于助人。这,已成为我的习性。因此,我格外心疼珮琼,我恨那些陈规陋习,恨那些黑暗的社会制度。同时我觉得千千万万个珮琼,要站起来,掌握自己的命运,懂得与残酷的命运作斗争而自强不息,这是解脱枷锁的唯一出路,所以我随时强制自己要奋勇向前。

注释

[1] 放焰口:迷信习俗。由一群和尚道士念经吟唱,伴以音乐有一定程式,多在夜间举行。为死者解除生前罪恶,以免下地狱后受苦的意思。

第十一章　夫妇思想对立

一、五四运动启发了我

辛亥革命失败后，中国在北洋军阀的反动统治下，半殖民地化的程度进一步加深，民族危机日益严重。1917年俄国革命的胜利，给全世界被压迫人民和民族带来了曙光。1919年，北京学生为抗议丧权辱国的"二十一条"，爆发了五四爱国运动。革命的新思潮涌入了四川这闭塞的内地省份。

我对五四运动后旧礼教遭到冲击，新思想渐入人心感到异常兴奋。外面出版的新书、报纸、杂志很多，我就到祠堂街旁边一个新开的书店里订购了许多新书和报刊。由于买书的关系，认识了一位书店的主人姓曾的。他和我来往很密切，他为人热情、正派，特别喜欢我的孩子们，经常送给她们《小朋友》、《歌谣》以及美丽的洋画片等。他有时到我家的读书室来玩，讲些故事给孩子们听。有时还和我闲谈社会问题。但我从不敢告诉丈夫。

这时起，我对孩子们的穿着全部改为西式，头上扎了个蝴蝶结、短裤、长筒袜、皮鞋、连衣裙或白衬衫、蓝短裤的海军装。两膝盖四季露出，让孩子跳动自如，强健体质。有次某家举行婚礼，邀请国琇、国瑛去为新娘、新郎牵纱，我特地为她俩买了橘红色鸡皮绸料（当时最流行的绸料），亲自做了各一件连衣裙，还在衣服全身用小玻璃珠钉成一朵朵的梅花。两个孩子都非常高兴，穿上这件新衣马上就去客厅里，边跳边唱起《葡萄仙子》（30年代流行一时的童话歌舞曲，黎锦晖先生所作）。这时俩孩子约五六岁吧。至于我的打扮，自从日本回国到川后，一直是梳个S发结和穿着带西式的衣、衫、袄、裙，黑漆皮鞋。若走人户（外出应酬）拿着一个织锦缎细铜链的手提包。丈夫偶尔亦穿西装。因家庭的布置装饰属于西式，兼之三餐饭菜的八菜一汤的（因讲卫生后来改为每人一份）西式吃法，下午、半夜点心（一般叫消夜）亦复如此吃法。遂引起人们议论："夏家是洋派。"

丈夫认为女孩子是泼出去的水，用不着在她们身上花太多的钱，十七八岁找个好人家嫁出去就对得起她们了，所以不主张女儿们到洋学堂上学，而要请先生来家里教孩子。我就在家里搞一个能够启发孩子读书兴趣和培养孩子爱美心的读书室。布置得很新式，当中有一张长书桌，旁边是半圆的三级梯形的书架，每层上面都用红、白、黄明光蜡纸剪成的绸条铺底，然后上面再陈放各种新书杂志。天花板上还挂些五彩纸条，墙上挂着地图、彩画，还有黑板、桌椅，孩子们都很喜爱这个小小读书室。记得只有梅香丫头不喜欢，她每次进去学习，刚坐下见书就哭了，怎么劝也引不起她的兴趣。为了鼓励孩子写笔记，我给国瑛、国琇两女在日记本面上亲自各画五彩花篮一只，她们很高兴，迄今国瑛女还经常谈起它。孩子们都聪明，喜欢文艺。当国瑛女六岁时，因院内景色感染了她，她写了一副对联："白桃落下微风起，红梅开后燕子飞。"老师和家人都很惊奇。这孩子自幼就有好些哲学思想，如追问佣人蔡大娘："人为什么要死，死后又到哪里去了呢？"

二、丈夫意志消沉·戴季陶投长江得救

丈夫这时候越来越意志消沉，除了收集古董字画外，还相信佛

教。经常和文殊院、昭觉寺吃素念经的和尚们来往。手里拿着一串佛珠,每天敲木鱼打坐念经。还和在野的军政界人们打牌赌钱、吸鸦片烟,鬼混。我看他这种情况,心里真是着急难过。劝他不要吸鸦片烟,并把烟具藏着。他生气地说:"即使把房子吸掉了,也不是花你娘家的钱。"唉!这是什么话。

1923年(民国十二年),戴季陶在政治上失意,以回四川探亲为名,半途投入长江自尽。成都当局得到消息,正在筹备给他开追悼会,而他却已得救,回到成都。戴季陶经常在夏家和丈夫一起吸大烟,谈心聊天。戴季陶是佛教徒,我那时很幼稚,竟问他:"你跳江后怎么得救的呢?"他说:"入江后,头一直浮在水面,额前老有一道白光,后由渔船搭救了我。"我见他俩很知己,暗想利用戴去劝说丈夫上进,倒是好机会。不巧在这段时间,我患阿米巴痢疾。大病愈后,丈夫要我和戴季陶、阎锡山驻川代表高槐川等五六人,同行游览峨嵋(今作峨眉)山。我很高兴地答应了,想趁此机会请戴说服丈夫,改变他走下坡路的人生观。

上山路经黑龙江(地名),该地如仙境,唯有进口而无出口,大家愕然。天色快黑了,退吧怕猴子伤身,进则万丈悬崖峭壁,怎么办?最后决定冒险。于是踩上当地人为采药者在山上搭好的不满一尺宽的活动板的羊肠小路,大家将身体紧贴山面,双手紧紧抓住丛草树藤,像乌龟行路,一小步一小步地移动,过了险地。丈夫对我以前能来回走过青城山都江堰的绳索桥和这次的冒险精神,异常惊讶,称赞不绝。我趁他高兴,在次日抵达九老洞庙寺休息时,乘机与戴季陶谈了我想改变丈夫思想的希望,请他和丈夫谈谈,并托他回上海多买些新出版的书刊给丈夫,帮助他接受新思想。当时戴季陶仅淡淡一笑。我未察觉到他的这"一笑"是什么意思。

我们到达峨嵋金顶。次晨我出庙门,找戴想再次托他,却未见人。我遂站在庙门前眺望金顶景色。俯首下望，一片滚滚的云海，配合沿山一路上所看到的千山万岭，群花争艳，苍竹翠树，满山好像披上了五彩缤纷的美丽秋装，真是峨嵋天下秀！名不虚传。松弛了我绷紧的心弦，大自然给了我安慰！我正欣赏出神，忽听得庙里在嚷嚷："不得了，戴季陶不见了，恐怕又要寻短见了，快找！快下山！快！"大家嚷着慌忙下山。

峨嵋山，上山一百二十里，下山一百里，我穿着半高跟皮鞋，也只好一起步行追寻。到了山脚寺庙已是黄昏后，进庙见戴季陶躺在炕上吸大烟，把大家都气坏了。我为了转换一下气氛，问勤务兵："卢炳章，你和我们一起游览了峨嵋，你觉得怎么样？""很好，山上到处都是花，真好看。"大家笑了！

这时候我才认识到他那"一笑"的意思。这种意志消沉老想自杀的人和丈夫正是意气相投，当然不可能听我的意见。而我那时却对他抱着幻想，现在想起来，自己太幼稚可笑。

三、裂痕日深

作威作福 有一次，在入睡之前，丫头给他端洗脚水，他洗好脚要我替他剪脚趾甲。因为我整天忙于家务已够劳累，到了晚上精疲力竭，一不小心把他的脚趾剪破出血。他一脚蹬过来，把我蹬倒在地上。我真想还他一下，但忍住了，心里十分愤怒，"整天辛苦为你和为这家，内外一切独自担当，难道你没有眼睛看见？没有头脑体会吗？我不是丫头，你这样对我？"

每晚我总得在烟盘旁边陪他。他抽烟，我就看书籍刊物，他老说我："你就喜欢看这些新书，有什么用？你嘛，好好把家务管好，过问外边那些事情干嘛！"有次我在练习七弦琴《平沙落雁》，他也板着脸说:"弹好了又怎么样?"

我由于白天太累,晚上又要陪他熬夜,有时起床稍晚些,他就要说:"哼!没有看见过哪家的当家人到天亮还不起来。"而他自己呢,经常睡到上午10点、11点才起来。有一天他起床,我不在旁边,他就在楼上提高嗓子骂道:"人都到哪去了,死光了吗?"我急忙上楼去侍候,但我憋着一肚子的气。事后,我回到书房,坐在椅子上呆想:我每晨起床梳洗完,出卧室第一件事检查保姆对孩子们的护理、衣食住等情况,其次下楼检查清洁卫生和厨务。这样勤勤恳恳地做,无微不至地侍候他。自从进入老家直至今天,哪样事没有做,四季伙食烹调,夏季翻晾大批春冬季的呢、绒、棉、皮裘中西衣服以及书籍、字画;举办他的寿辰、二爷的丧事;护理他和孩子的病痛;协助建造房屋、装修布置,栽花种竹;过旧历新年还要酿酒,腌腊肉、香肠、酒菜等,还要做各种蜜饯,如冬瓜糖、米花糖、油子糖、橘饼、蜜枣等。单是四季的一二十坛干湿泡菜、豆瓣酱、水豆豉的监制和几十盆兰草花的培养,繁琐的家务事就够我烦了。稍有空闲,即缝纫、绣花(给孩子穿绣花鞋),白天整洁家务,注意子女教育,招待亲友来往、交际应酬;夜晚则登记账目,巡逻。深夜入睡,清晨起床,从不疏懒。想到孩子生下,虽有奶妈、保姆照顾,但她们缺少养育孩子的一切知识、方法,都得自己用脑考虑、计划、指点等。不是因为有了保姆或奶妈,母亲就什么都不管的。记得我每晚半夜不放心,还得起床看看孩子情况如何。唉!种种切切,无不亲自插手。而他经常横发脾气。想到此,一阵辛酸。梅香丫头进来问:"太太你怎么不开心?请吃饭了。"这镜头,如在目前!

女人争这口气作甚 1925年(民国十四年)正是上海"五卅"惨案发生不久,我有一次上法国人的私人诊所去治沙眼,医生用铜丝刷子来给我刮沙眼。当时,他问我:"你怕不怕痛?若是怕痛就用点麻药。"我想起五卅惨案事,不愿在外国人面前示弱,不要使他们感到中国人都是懦弱的,女人更是没有用。同时,我还想到昔日关公刮骨疗毒,多么勇敢,我这点沙眼算得了什么?就说:"我不怕痛,你刮好了,不必用麻药。"刮后痛得很厉害,整个头就像裂开似的。我忍痛回家后,便叫丫头梅香用一壶冷水慢慢地给我浇淋头部。正在那个时候,丈夫进房看见了,问道:"怎么回事?"我把经过告诉了他,他不但不称赞,反而痛责我一顿。他的理由是:"女人要争这口气干什么?"

双亲受到虐待 我们未把父母接到四川以前,有一次,丈夫在一个拍卖行里买了一对德国式的铜床,我睡在床上感叹低声地说:"我睡这样舒服的铜床,不知爹和娘在上海生活得怎么样?"他立刻板起脸说:"算了吧!这床又不是你娘家带来的。"我当时难忍泪直淌!在他的眼里根本没有我的父母。

后来,承他的好意,我的父母总算从上海被接到成都。我们住在一起。可怜的双亲刚到成都夏家时,面黄肌瘦,叫人心疼,每天加倍营养、侍候,慢慢地健康起来了,面庞有肉、肤色滋润、精神饱满,与初来时判若两人,我异常高兴。按习俗,趁此机会做了寿衣,双亲穿上寿衣在客堂门前走廊上坐着拍了照片,给双亲以微薄的安慰。

双亲时常被丈夫蔑视。有一次,当我从外面应酬回来的时候,看见小客房里有人在抽大烟,打麻将牌,丈夫在客厅前树下对着父亲在争吵。丈夫诬赖父亲给他熬鸦片烟熬得不足分量,一定说父亲偷了烟土,父亲含泪答道:"没有偷你的,是按你给我的分量,按你的吩咐熬的。"我就上前去劝解:"外面有客人,你们争吵什么呢?照我的意见按原分量方法再熬一次。你自己监督,熬好后就可证明偷了没有。"他不但不听,反而蛮不讲理地说,我和父亲两人联合起来整他。

又有一次，住在楼上的母亲遗失了一只金簪子。这是母亲从我多年来给她的零用钱中节省下来买的。母亲当时哭哭啼啼。丈夫站在正房花院里听了，抬头望着二楼，怒气冲天地叫仆人李二哥（他的远亲）："李老二，拿绳子把她绑起来，哭哭啼啼干什么？"当时我气得发抖，为什么穷人该这么受气、受辱，真想和他大吵一顿。他有什么了不起？但为了息事宁人起见，又只好忍气吞声，含泪对母亲说："姆妈，请你看在我的分上，不要伤心了，待我慢慢赔你。"经我安慰，母亲慢慢抬起头来，眼眶里还流着伤心的眼泪，看了我一眼，摸摸发髻，用手擦擦眼睛，边抽泣边停住了哭。啊！可怜的母亲！如今想起心还酸痛！穷人的一针一线，来之不易，这是我母亲毕生唯一心爱的一只金簪子。我不愿丈夫及其家人说我拿钱贴娘

1929年以前父董同庆母董李氏着寿衣摄于成都将军街。

家，被他们看不起，所以给父母的钱除必需生活费外，按月只给两三元零用。为了争口气，除给双亲各制一套寿衣外，始终未拿过家里钱来为母亲重买一只金簪子。双亲在夏家的几年里，勤劳、挨骂、受辱，所得到的就是各有一套寿衣而已！这时候我们夫妇间的感情越来越走向破裂了。

丫头的出嫁 丫头梅香和一位煤炭商人结婚的事也可一谈。她出嫁时，我为她备了好多嫁妆。丈夫因为喜欢她，临上轿要收她为义女，让花轿从正门抬出。我对他说："表面上不必这样做，只要对她有实惠，今后有事帮助她夫妇俩就够了。否则容易惹人背后风言风语，使她难做人，岂不是反而害了她？"丈夫不但不接受我的善意劝告，大发雷霆，把手枪往桌子上一拍，大声嚷道："你不听话，老子一枪打死你！"居然还骂出了粗俗难听的话，什么"妈的×……"我当时回嘴道："如果我待她不好，何必花钱费力给她购置这么多抬盒的嫁妆，花去这么多钱？哪家丫头出嫁有这样大的排场？你不赏识我的善意苦心，反而冤枉我，只有你们常常是假仁假义的。"我气极这样说了。气人的事太多了，我经常是委曲求全，处处忍让，总想以忍耐和感情去感化他。再说，我和他已经是儿女成行，并且总算一夫一妻，不像当时军政界的人物，哪个不是三妻四妾的。同时，看到他家里的人和国民党朋友们都改变了对我的看法，对我很尊敬。凡此种种，使我不得不再二再三地容忍下去。宁可自己受委屈，也要把这个局面撑持下去。

梅香出嫁这件事的吵闹，吓得孩子们只是哭。孩子们怕父亲，每看见父亲回来就躲到后院去了。

第十二章　我还想齐家立业

一、官场太太谈官场

我除了管理家务外，经常还要到丈夫的朋友家里去应酬。请客的人家一般总是先打牌，后吃饭，无论午宴、晚餐，总要老晚才开席。我讨厌打牌，总是算准时间去，到了就吃，吃了就走。于是那些太太们替我取个绰号叫"夏心慌"。每到那些人家里，总是看见太太们围着麻雀桌子、烟盘子，讲穿着，讲时髦，东家长、西家短地评头论足：不是谈哪户人家的太太或姨太太绸料子衣着好看，珍珠宝贝、钻戒多少和多大；就是谈哪个姨太太被哪家老爷遗弃，想自杀；还说某家小姐或某个学校的学生被谁抢走了；某家丫头又被收房做了姨太太；谁与谁打胜了、败了；某人最近发了大财，等等，这些都是她们的经常谈话资料。譬如：她们曾谈论杨军长看中了周家的丫头桂某，托人说合收了房，做了姨太太，借名把她送去上海读书，实际上是要她去学学时髦。桂姨太太去上海后和一位青年学生谈恋爱，被杨某发觉，叫回四川广安县。这学生亦追到重庆，两人暗地通信来往，互以表兄妹相称呼。杨对桂说，既然那人是你的亲表兄，可以去信叫他来广安做事。桂真以为杨不知底细，就去信叫这位学生来广安。杨表面上待他如至亲，但是暗中却在距广安县约十里的地方埋伏十余人，扮成匪徒，然后盼咐参谋长转告这位学生，

1924年在成都家庭俱乐部活动时合影。
第二排左起第三人董竹君,前排左起第二人为国琼女。
后排站立者左起第七人是杨吉甫博士。

说奉军长命令叫他去某地办事。这学生当真去了,就在路上被伏兵乱枪打死了。桂怀疑是杨搞的事,终日闷闷不乐。杨认为桂有过不改,反而这副神情,一不做,二不休,索性把桂也整死算了。他叫部下诱她到河边,用绳绑捆起来,脚下吊一块大石头,投入河中淹死了。这些太太们真谈得起劲。有一次,杨军长来探望夏之时,我问他:"你又娶了一位吗?"他说:"别说了,都是些破铜烂铁。"他们就是这样侮辱女性的。又如当时第一女中校花胡曼仙被刘文辉的干儿子二十四军旅长石肇武看中了,他便备了几十架抬盒的礼物亲自送去胡家。初次与胡的父亲见面就自称女婿,硬逼胡的父亲答应女儿和他结婚,做他的姨太太。胡父害怕石的威势,当时不敢拒绝。待石走后,胡的父亲便赶忙托人做媒,将女儿许配给师长曾南夫的弟弟曾还九了。虽然父女都不是自愿的,但到底是原配,总比做姨太太好。仓促结婚后,他俩同去法国留学了。事后石某大怒,可是见曾师长的势力比自己大得多,只好乖乖地抬回礼盒。又谈到刘禹九当军长是靠说假话上去的,说得天花乱坠,冠冕堂皇,最后一场空,完全用欺骗伎俩当了军长,所以,人们称他刘水漩。当时四川社会军政界中诸如此类的事,不胜枚举,这里只不过是略举一二。总之,妇女在他们眼里比一只狗都不如!另外,当时丈夫有一位朋友叫杨吉甫,他是美国哈佛大学毕业的经济学博士。杨吉甫是进步人士,但在四川成都军阀割据的情况下,找不到工作,只好进春熙路新明电影院担任幕前翻译员。某次,有位师长范某(据说是范绍增),看电影不遵守秩序,这位杨博士不知道他是师长,就上前干涉,师长发怒,命令卫兵赏了这位博士几下耳光,事后还要博士赔不是才算了事。成都当时流行一句话:"博士无聊说电影。"便是指的这件事。杨吉甫经常和妻子来夏家聊天玩耍,友谊颇深。关于这件事,当时我觉得一位留美经济学博士回国后,居然会找不到工作还受侮辱,很为他不平。现在回想起来,这也不足为怪。在那种社会制度下,像他这种遭遇的人,又何止万千?!当时我每天耳闻目睹的都是一片乌烟瘴气。觉得中国与日本社会迥然不同,多么落后。加上夏家六房人,大都是整天不务正业,坐吃山空的角色,子女也跟不上时代,受不到新教育,这样下去,家庭前途不堪设想。

二、办女子织袜厂与黄包车公司

由于我少年时候贫困生活的印象太深,所以十分同情劳苦人民。以后,又受了日本明治维新后"大正"年间的所谓铲除封建思想的新教育影响,加上"五四"运动后,我常在书刊上看到和听到谈起的女权、女子职业等这些问题,很是兴奋。自己也深深地体会到生活在这种男子为中心的社会里，不管是富人还是穷人，女人总是没有真正地位的。如果经济不独立，就谈不上什么"女权"。所以想办一个女子织袜厂，改变四川闭塞的风气。那时候，成都开设了几家黄包车公司。我听说黄包车的租价很高，穷人们有时拉一天都不够交车租。我很为他们不平，就联想到幼时父亲拉黄包车也受尽这种高租的苦恼，所以，我要办一个以低价出租的黄包车公司。我若能办成这两件事，为妇女、穷苦人做点事外，还可以赚钱为家庭经济打开一条出路，在旧家庭里起到示范作用；显示一下妇女同样有赚钱的本事，和男子一样可以独立创办企业。

但是怎么和丈夫说呢？我考虑再三，最后，就这样告诉他："为了增加家庭收入，我愿办这两件事，你看怎么样？"他一听，可以赚钱，居然答应了。这时，大约是1923年至1924年（民国十三年）。此后，他仍旧抽他的鸦片烟，打他的牌。我就谢绝一切无聊的应酬，开始在正屋后面，把原来的马厩、猪圈全部拆除，加上些空地，开办了"富祥女子织袜厂"，门市部设在东胜街，聘请了两位男师傅，女工都是附近贫苦人家的女子。我经常叮嘱她们：好好努力，学会本事，自己若能在经济上独立，要花钱自己有，多么自由，谁也不敢随便欺侮你们。我当时认为妇女只要有了职业，在经济上能够独立，就能男女平等了。这家庭女子织袜厂，当时在成都还是创举。记得国民党人来我家，时常赞道："你们家里前面琅琅读书声，后面一片织机声，真是朝气蓬勃，好一个文明的家庭。"心想：唯一可惜的，便是还夹杂着烟盘旁边的雀牌声。

约在1926年，我在隔街的少城桂花巷租进房子，创办飞鹰黄包车公司，由我父母协助经营。双亲虽在严寒冰冻天气，也起早睡晚，从不懈怠，出力很多。我也每天蒙蒙亮起床到公司去，把板凳放在门口，站在凳上给黄包车夫们讲话，教导他们怎样注意出汗后不受凉，避免生病；如何对待顾客，怎样使车身、车垫、制服等经常保持干净。告诉他们如能做到这样，既可吸引乘客，多做生意，还可影响别的公司改良经营，减低车租，让所有拉车人多得收入。他们因为我这家公司车租低，修理费与制服费由公司出钱；拉车的得病、负伤，由公司负担医药费；有时付不出车租，还可以免付或分期付清。因此，都极愿租拉飞鹰公司的车子，并自愿遵守规章制度。那时候，我每天的工作是处理飞鹰公司和富祥女子织袜厂的业务。仍然还要照管家中的日常事务如家中清洁卫生、三餐厨务、登记田户账册、银钱收入等账务工作、人客来往、外出应酬，还待候丈夫和孩子们的饮食起居。甚至小辈们临睡前刷拍衣履，周末洗澡我也亲自帮助，借以示范，养成大家爱好清洁卫生的习惯。对于孩子们的新教育我极为注意，从不让孩子们接近烟盘、麻雀牌。总之外交内政一人负责，每天都是这样忙忙碌碌，到晚上才有些时间看看书报杂志。好在家中兄弟，妯娌，子侄女儿，丫头，奶妈，老妈，当差，厨司，轿夫，花匠等二三十人，都能按照我拟定的家庭规章行事。我则严格监督，也常自己动手示范。所以大家生活得颇有朝气，蛮有条理。

三、四川春节的耍龙灯

最忙的时候是丈夫的生日和新年（春节）与耍龙灯。尤其是新年，在一个月前就要买很多布匹给老老少少裁做新装（有一年因布不够，国琼女没有份，她撅着嘴生气，我对她说："你是我的亲生女嘛？不要难过，明年妈妈一定给你穿上新衣服。"），还要制作种种甜咸食品，以及大扫除。所有的红木椅要换上红缎绣花椅套。院内四周屋檐下吊挂红绸红木宫灯，忙得气都透不过来。到了初一早晨举行拜年礼，按辈分依次跪拜，佣人们排在最后。新年耍龙灯的时候，也很累人。初九上灯直到十五日，这一星期内，大户人家互相请客，迎接龙灯。先是乞丐、无业游民们去各公馆请求接受他们的玩龙灯的红帖子。若是哪家愿玩耍，就决定日子准备鞭炮、花筒，以及酒席赏钱。亲友们吃完酒席后，一帮耍龙灯的人便喊喊叫叫地进院来了。一个个都是赤膊短裤，有的仅仅围着一块旧布，撑着龙灯，边抖边跳。让主人用准备好的花筒向他们身上射来，明明皮肤已被烫得吱吱响，这些可怜的人为想多得些赏钱，嘴里还喊着："来好了，来好了，再来些！"意思是不怕"火花"。因为按照习俗，愈经得起火花，主人赏钱越多，而主人花筒射得越多，也愈有面子。丈夫非常喜欢玩龙灯，而我看到这些耍龙灯的人为想多得几个钱就这样拼命忍痛受苦，实在难过。这是什么"娱乐"？多么残忍！

我的一个世纪

脱离深渊

第十三章 出 走

一、苦劝丈夫

　　丈夫还在进行政治活动，企图东山再起。我实在忍不住了，鼓足勇气再次劝他："不要和那些无聊的政客鬼混了，这些人都是想借你的力量图谋自己的出路。再说，现在形势变化，在野、在朝的人，你都是搞不过他们的。就算是有所成就，也不过是多添个争权夺利危害国家、百姓的军阀而已。与其策划东山再起，不如多创办些社会事业。目前当政要人谁都来看你，尊敬你是辛亥革命元老，只要你和他们在政治舞台上没有利害冲突，你创办社会事业，他们一定会乐于资助的。像你创办的锦江公学，不是军政首脑都协助你了吗？你做了一个社会事业家，在任何政治局面下，都能立足。必须认识清楚，时代已经转变了，否则不会有什么前途的。你二十四岁就做副都督，那时的智慧到哪里去了？快不要再懵里懵懂了。"他听了这番话，对我笑笑："嘿！你年纪轻，懂什么？"关于家庭问题，我时常劝他："我们家里也应该整顿一下。虽然六房人已经分家，但总还是一家人。我们二房的社会关系和地位方面，都在各房之上，应带动所有能够生产的人，个个从事生产，应该读书的，不论男女，就是卖田卖屋，也要让他们读到大学毕业。家中不要再维持什么都督、司令的场面，要放下架子，铲除恶习和颓废现象，生活俭朴一些。虽然我们这么多年来在成都已经被人称为有朝气的模范家庭，但只是在四川这种腐败的环境里，矮子当中称好汉而已，不能自满，应该往前看。照这样坐吃山空下去，不要十年，这个金玉其外、败絮其中的家庭迟早要垮台。"他听完了我的话说："你这个人是什么想法呀？"两眼向我瞪了一下，看他的意思，哪舍得把他的门第观念和官僚架子放下来啊！

二、国内形势概述

　　1921年7月，中国共产党召开了第一次代表大会，成立了无产阶级政党，还决定在全国各地发展社会主义青年团。1924年1月，孙中山先生在共产国际代表与中国共产党的协助下，召开了国民党第一次全国代表大会，宣布改组国民党。确定联俄、联共、扶助农工的三大政策之后，国民党内部左右派分化虽然更加明显，可是左派占上风。左派主张贯彻三大政策与共产党合作进行反帝、反封建为主的国民革命。1926年国共两党组织举行了北伐。北伐战争从广州开始，很快就进展到了长江流域，先打到武汉，后进入上海。此时，反帝、反军阀的革命斗争发展到高潮。

　　但1925年3月，孙中山先生不幸逝世后，国民党右派势力扩张。以蒋介石为首的国民党右派，勾结英美帝国主义，破坏孙中山先生坚决主张的联俄、联共、扶助农工的三大革命政策，终于在1927年4月发动反革命政变，残酷地屠杀共产党人，声势浩大、节节胜利的北伐大革命就此失败，第一次国共合作就此告终。1926年至1927年，流血牺牲者不计其数！

　　1926年段祺瑞勾结帝国主义，并大肆屠杀举行反帝集会请愿的北京学生、市民，造成"三·一八"惨案。1927年蒋介石背叛革命，在帝国主义、国内大资产阶级的支持下，经过长期准备，在上海发动反革命政变，实行"清党"，大肆逮捕枪杀共产党人、进步人士、爱国志士、工人、学生等，造成震惊全国的"四·一二"大屠杀。

在北伐战争中，帝国主义对中国人民的胜利很不甘心，英、美、日、法、意等国借口保护侨民，命令军舰炮击南京居民，死伤两千多人，毁坏房屋无数。

以上形势，当时我看到报刊登载，听到国民党人常来和夏之时谈话。啊！叹国事如此，我忧心忡忡！

自蒋介石叛变孙中山先生英明正确的三大政策后，中国军政界明争暗斗，火药味未曾停过。中国人民外受帝国主义的凌辱欺负，内遭军阀、地主、官僚、买办们的压榨、蹂躏……民不聊生。

这些令人悲痛的国事，使我的心情越来越沉重了。想到国家人民，想到丈夫子女以及自己的前途，想到整个家庭今后的趋势，常常感到自己在迷茫中度日。

三、丈夫携侄东下

1927年大革命失败后，整个中国局势起了对国家、人民不利的根本性的变化。而丈夫却认为蒋政权已巩固，三民主义能实现了，以为东山再起的时机已到。遂于1928年春去江南一带，了解蒋介石南京政府和其他军政界的情况，看看风色想活动一番。当时我也赞同他去的，原因是考虑到他在四川这个闭塞的地方住得太久了，对他的思想没有帮助，还不如下江南见识见识，看看时代风云的变化，也许会使他头脑清醒些。新的潮流或者能把他从腐败的现实生活中解脱出来，转变他对社会、人生许多不正确的看法，并打消他跟国民党那班人厮混而图东山再起的念头。我觉得在国民党讨伐袁世凯

1928年于四川成都拍摄的全家照，没有料到此照片竟成为我离开夏家前的最后一张照片。自右向左：三女国瑛、国璋、董竹君、大侄女国君、夏之时（手抱夏大明）、二女国琇、大女国琼。

第二次革命失败以后，经常和他来往的那些国民党人多数变了质，失去辛亥革命时候那股蓬勃的朝气。现在大多数人为了自身利益，满足个人欲望，所以我总劝他还是好好地多办一些社会事业，像锦江公学这类教育事业，替百姓和后代子孙造福。他到江南看看也许可以促使他接受我这个劝告。

他当时是由成都先回合江，然后到上海去的。

当他经过重庆的时候，做了一件给人们茶余酒后当作谈话资料的事情：他的大侄女十三岁的时候，就由父母之命许配给合江县商会会长兼办商团的王学希的胞弟王崇德。当时夏家认为王家和自己是门当户对的。后来黔军驻合江时，县长彭烙铁说王学希反抗官厅政令，被谋杀。王学希死后，王家破产，家势败落。夏家就开始不满意这门婚姻，但又不向对方明言退婚。王家两次三番择日，都被夏家借故改期。丈夫经过重庆，在王家请帖已发出、离婚期仅有十天的时候，托辞大侄女生肺病、吐血，要去上海医治，不能结婚。如果成婚的话，一定要王家保证大侄女生命不发生危险。王家本来也是骑人头上的人家，不是什么善良之辈。这回在丈夫势力威胁下，无可奈何只好答应。于是又推延了婚期，把大侄女带到上海去了。可见他们嫌贫爱富到了极点。虽然王家也同样是欺侮弱者的人，但我总不愿自己的丈夫做出这种事情，心里真不舒服。

四、营救文兴哲脱险

民国十七年（1928年）秋，有天，张列五的次女张钟惠带了一位在女子中学任国语教师的文老太太来看我。文老太太一进客厅就深深向我鞠了一躬。张钟惠就开口说："文老太太听人讲，姻伯母是一位喜欢打抱不平、主持公道的人，所以她来找我，让我带她来请求您做做好事。她唯一的一个遗腹子，叫文兴哲，今年十八岁，在师范大学念书，是文老太太守寡多年才把他养育成人的。今春省一中学闹学潮，因为刘文辉发表了反共分子杨廷泉接任省一中学校校长（杨廷泉是刘文辉所办的政治学校教官），学生不服，起来反对。刘等说闹事者是共产党，便叫军警抓学生，激起学生公愤，把杨殴毙。于是川军军阀二十四军刘文辉、二十八军邓锡侯、二十九军田颂尧，这三个军的军警联合办事处处长，兼二十四军副军长向育仁就大肆逮捕学生四五十人，枪毙二十人。其中有师范大学学生八名，说是共产党员，文兴哲在内。在场人告知：刑前排成一行，挨次枪决。最后到文兴哲的时候，他大声叫喊：'妈呀！妈妈呀！别了！'城防司令蓝静之闻声，见他年纪最小，就令免刑，监禁起来。逼他口供，无所收获已六个月，现可取保释放。但是，谁也不敢出面做保，所以特求姻伯母营救保出。关于这案子姻伯母也定有所闻。"张钟惠讲完眼泪汪汪，文母哭了！这次事件后来称为"二·一六"惨案。被捕杀的人有师大附中教务主任，以及成大、师大、省一级大中学生多人。

说到这里，文老太太含泪起身向我再鞠一躬。我听完这番话很难过，对惨案的罪魁祸首向育仁等愤恨极了，非常同情和哀念这批无辜牺牲的爱国青年。他们忧国忧民，年纪轻轻，竟不顾生死为国效劳，挺身而出，多么可歌可泣！我当时想：文兴哲枪下脱险，根本不是他们有什么仁慈心肠，还不是看他年纪小，可以利用他多招供一些人嘛？向育仁、蓝静之等经常来我家，他们看见我治家、救教子女有方，还能办企业，不与一般官太太们同流合污，很尊敬我，总是大嫂长大嫂短地称呼我。我可以利用他们这个心理，同时丈夫正巧南下，跟他们说情也方便些，所以就一口答应了文老太太的请求。

送她俩走后，我转身回到客厅，坐在沙发上，心情非常沉重。默默地想：向育仁、蓝静之等国民党人经常和丈夫谈论共产党，咒骂共产党这不好，那不是。但我深深觉得共产党和工人、学生、青年以及广大贫苦群众在一起，搞爱国运动，赶走洋人收回租界，使国家能独立自主。这是爱国行动，有什么不好呢？反过来，国民党人争权夺利，勾心斗角，腐化堕落，难道是正确的吗？国共合作的北伐战争正在胜利进行中，而国民党半途上又把枪杆掉过来对向共产党，使国家命运回到老路上，先烈们岂不白白流血牺牲吗？帝国主义不赶走，封建军阀恶势力不推翻，国家怎能独立自主，怎能富强起来，穷苦人民又怎能有出头日子？

民国以来国事日非，全国军阀割据，省与省打，县与县打，内战不停。土豪劣绅，地痞流氓、买办、袍哥也和帝国主义、军阀勾结，骑在百姓头上作威作福。就以四川一省来说，也是军阀林立，各霸一方。刘湘驻重庆川东一带，刘文辉驻扎在成都川西一带，二十八军邓锡侯驻在成都附近各县份，二十九军田颂尧驻在川北一带。他们都是各自划分疆域，并且在防区内卖官鬻爵，还私设关卡，大刮老百姓钱财。各军向农民征粮，已预征到民国七八十年。鸦片遍地种植，苛捐杂税，民不聊生。奸淫抢劫，吃喝嫖赌的现象，比比皆是。学校成为挣钱的场所，校长一年更换几次，失学失业，真是什么怪事都有。川局的混乱，比其他任何一省都要厉害。联甲倒乙，联乙倒甲，一年之内混战好几次。哪里是为国为民，都是图谋个人权势，称雄称霸。国家落到这样地步，真是叫人伤心。又想："丈夫不肯听取我的劝导，还想踏上国民党蒋政府的政治舞台，对国家有什么好处？不过是多增加一名军阀罢了。这个家庭，军府门第，公馆派头，家人不重视生产，游手好闲，不重视子女受高等教育，名声在外，存亡绝续；老是这样下去，我即使再辛苦操持，又有什么意义呢？"想到这许多，心里非常烦闷。次日，我请蓝静之、向育仁来家。我以温柔而严肃的态度对他们开口："有件事要请你两位帮忙。这次枪杀学生的事，我也知道。最后未杀的小孩文兴哲，他是遗腹子、独子，他的母亲依靠教书来养大他的。文母昨天来，要求我帮助求情。今天我向你两位求情……"我话没说完，他俩立刻回答："只要大嫂担保没话说。"向育仁指着蓝静之："把这学生放了吧。"我答谢后，留他们吃了便饭。

文兴哲经我保出后，怕他住在外面不安全，索性请他住在我们家里。在他与我们一起住的一年多时间，他经常和我谈论共产主义，使我对共产主义有了更多的认识，而对孙中山先生的三民主义产生怀疑。文兴哲聪明好学，通英、德文，中文也相当好，能诗能赋，因我爱才故爱护他。

文老太太身材矮胖，为人忠厚善良，和蔼可亲，在社会上独立谋生。那时，还有国琼女的钢琴女老师张景卿，中等身材，生得瘦瘦的，在成都担任钢琴教师。我羡慕她俩是社会上独立生活的女性，和她们的思想感情也就比较融合。她俩与我们家经常往来。还有文兴哲的亲表姐萧友玉和友玉的未婚夫何尔玉，他俩是左派分子，也经常来家聚谈国事。有天谈论激昂，都非常担忧国家将到亡国的边沿而流泪，我则大哭！想到国家兴亡，匹夫有责……

五、川局紊乱、暂时离川

次年，即1929年春（民国十八年），是川局最紊乱的时候，刘文辉、邓锡侯、田颂尧三军驻扎成都。全川以刘湘、刘文辉势力最大。欺压人民，抽拉壮丁，各自设立枪厂，造枪弹，招兵买马，扩充势力，逮捕进步人士。还各自设立造币厂，把真银的银元改铸成伍角"厂板"[1]和二百文铜板，通行市面，造成币制贬值、百业萧条，人心惶惶的局面。

这时候，我认为黄包车公司和袜厂都有倒闭的危险，无法再继续经营，否则丈夫会大大生气。那时怎么办？

同时，我越来越感到家庭方面无论教育、经济必须有所改革。但是，丈夫守旧，从不答应什么革新的。当时我决定把家政、财务整顿一下，然后去上海，看看丈夫到上海后情况如何？并把孩子们送去上海读书。丈夫如果再说我又受了新潮流、新思想的影响，不同意我的一切想法和计划，那么，我们根本就不可能再同走一条路。何况这几年来，我对他的感情愈来愈淡薄，还有什么可值得恋念的呢？必要时，就只好和他分开了。我的意志已定，但我还是希望他不要再固执己见。到底夫妻这多年已经儿女成行。

第十三章 出 走

　　于是，我把黄包车公司、织袜厂都结束了。当时为稳定起见，把所有的资金，暂时购置了田地。并将全部财产、账簿、折子、房地契约及现款二千五百元和一切钥匙，都交给六弟夏有文暂时保管处理。我仅拿了现金一百元及到达重庆取现金的三百元一张支票而已。

　　1929年春，我与双亲、子女等由蓉启程去沪。其动机是：1. 双亲因车公司已结束，空闲无事，趁此机会回沪探亲；2. 大儿述禹和他的未婚妻张映书及其姐钟惠去考大学；3. 国琼女去考音乐专科学校；4. 国瑛、国琇可以在沿途看看祖国的大好河山，欣赏大自然的美丽雄伟，培养他们热爱大自然，热爱祖国的感情，开阔眼界，以学习新文化；5. 国璋因病，遵医嘱吹吹海风，咳嗽就会好转，因此也一起去沪；6. 我决定协助文兴哲去法国留学，故亦带他同行。

　　当时，未带大明儿同行的原因：他才两三岁，路途不便；再则，他是过房给三房（三房夏畴五，经商，讨姨太太、吸鸦片烟、患肺病身故，有两女而无子）为长子，接香火后代（当时述禹是长子，按习俗不可过房接代，大家议定只好将大明过房），带走大明怕三弟媳难过。这件事，我表面上同意，在我内心里是想不通的，但封建习俗如此，又能说什么？暗想：去上海住一段时间就要回来的，和儿子不过是暂时的分开。这次去上海一定要和丈夫继续商谈家事，若仍然谈不通，破裂了，离婚也该回四川正式解决，届时，我将子女一定带走。

　　殊不知到沪后和丈夫谈判果然决裂。当时的情况我觉察到：如再回四川必遭谋害。在其势力范围休想脱身。在无可奈何之际，只好含泪忍痛，暂时放弃大明儿！孰料我们母子竟分别长达十几年后，才得在上海家里（凡尔登花园卅一号）见面。世事常常是不测风云啊！

　　当时，离开成都家庭时，整个成都社会为之哗然，议论纷纷。

　　后来，在我办锦江饭店时候，有位四川青年诗人王云帆来店探

1929年,从四川回到上海后第一次照相。

望。我托他回成都后,代我去看看大明儿。他回信说:"已经去过夏家,他们支支吾吾。我打听到大明在南城小学住读。我去了,看他在大树下玩沙土,我问他:'想不想上海妈妈、姐姐?'他抬起头,看我一眼,很不高兴地回答说:'她们都把我忘记了。'说完,仍然玩着。"我看了王云帆的回信,一阵心酸,欲哭无泪!大概在大明九岁的时候,我忽然收到大明儿来信,说:"我现在明白了,妈妈是个好人。今后,有人要说你坏话,我就用拳头打他。"据说,这是勤务兵卢炳章告诉了他,过去我在夏家十几年的为人。

附记一：何尔玉夫妇

有关何、萧两位，1932年我在沪，拜托庄希泉先生介绍他俩去新加坡教书脱险谋生。此后毫无消息。几十年过去了，常常挂念着他们，1988年的一天，突然由《团结报》社长许宝奎先生送来他们托该社转给我的一封信，使我喜出望外。信中叙述……在旅游欧美、东南亚、日本、上海、四川、北京的途中均未打听到您，现见《文汇报》登载有关您的文章，才知伯母在北京。人事沧桑，友玉在四川家庭的老少都完了。当年承伯母帮忙来南洋，幸免了一切灾难，一直感恩在怀，云云。接着寄来全家二十三人的照片。

1988年11月，何尔玉夫妇率子女孙与由他两位抚养成人的文兴哲的子女及其妻共二十几人，联名给我寄来一幅彩画及祝我九十生日的贺联。

这对夫妇滴水之恩以涌泉相报的为人之道，令人感动不已！

附记二：文兴哲

有关文兴哲之事：他在沪与我分手后，留法留德学成，在德国和德国一女士结婚，婚后他先行回国。妻子带遗腹子去四川寻夫，始悉文兴哲已病故。文母嘱儿媳将孩子送给何尔玉养育，以免耽误青春前途。何尔玉养育遗腹子成长。现在这位遗腹子在美国洛杉矶，是一位良医。

文兴哲的情况如此。在这里我想起一件有趣的事：当文兴哲去法国留学时，在他离沪前，文对我说："我的朋友沈××（名字我忘了），南京人，想同行，出国手续已办妥，唯缺乏路资。"我听后当即助姓沈的一笔钱，他俩启程赴法了。次年夏，沈姓突然来信说："在国外的留学生，回国后都是国家的人才、栋梁。你怎么不继续接济我呢？可见你是狼心狗肺的人。"我看完信后，哈哈大笑。刹那间，只能想到，人们常说："人是猴子变的。"在猴子进化成为人的过程中，因猴子的品种，优劣不同，以致进化的速度各有快慢，品质各有差异。现世讲"优生学"是完全正确的。

注释

[1] 厂板：是军阀为了牟利而将纯真银元私铸成含银合金的硬币。

第十四章 决 裂

一、忍无可忍

　　1929年（民国十八年）春，我们到达上海。丈夫和大侄女住在当时法租界西门路，我们也挤住在这里。因房子太小，不几天就迁居法租界吕班路（现名重庆路）大陆坊某号。当我们到达上海的第一天，一进门丈夫就很不高兴，问我带了一大帮人到上海做什么。初到的几天，他一句话不说，相反的，凡事和大侄女国君俩鬼鬼祟祟地商量，大侄女总是从中怂恿挑拨。不几天清晨大侄女进房把三十元丢在五斗柜上板着脸说："我和二伯要去杭州，留下这钱给你们开伙食。"侄女突反常态，居然敢以如此口气！我吃惊未言。丈夫从杭州回来后，我俩在家务问题的处理上有了分歧，大大地冲突起来了。首先，关于黄包车公司、织袜厂，他认为都可以赚钱的，不应该把它关门结束，把钱购置田地。又因临行前，六弟夏有文结婚没有钱，我送了一笔钱给他成家。丈夫说："我们兄弟已经分家，不该再这样照顾他们。"并说我慷他人之慨，意思是说我用他的钱。另一件事是：重庆都督张培爵被袁世凯害死在监狱里。他在遗嘱中曾请我丈夫照顾他的子女们。后来他的三女张映书与丈夫前妻儿子夏述禹订了婚。在我离川去沪前，他的二女张钟惠，则经别人介绍和成都刘亚休的弟弟刘光美说亲。刘光美要求女方去上海读书，才能答应订婚。但张钟惠家每年给她的生活费、学费只三百元，不够去上海念书。我那时因为要去上海，没有多余的现金，欲助不能。后来和未婚媳妇张映书商量，请她把她的嫁妆费一千元先给张钟惠，补足去沪念书三年的学费，助成其婚事。待她自己结婚时，这笔嫁妆费由我来承担，张映书同意了。对于这件事丈夫也认为我乱花钱，做得不对。而且马上择日催夏述禹与张映书立刻举行婚礼。因为这么一来，张映书的嫁妆费一千元不能给张钟惠就有借口了。至于我想帮助文兴哲去法国留学事，他更是反对。且指责我不该让琼女与文兴哲订婚。我说这是口头上说说笑话，并无这事。他仍然生气。主要是恨我不该营救文兴哲。国琼女投考上海音乐专科学校，侄儿夏迺赓、大儿子夏述禹和未婚媳妇留在上海继续念完大学，他也都不同意。他的理由是："读什么大学不大学，花费那么多的钱，读好书又有什么用？只要跟我三年就什么都学会了。"我一笑，耐心地向他解释，无奈他根本不听。我见他不仁不义，重钱不重情，如此自私，气愤填膺。我最恨自私的人。我叹口气，想事已至此，就着重四个女孩的前途吧。次日，我和他力争琼、琇、瑛、璋女儿必须大学毕业。国琼女爱好音乐，爱弹钢琴，老师评她非一般的聪明，为父母者，为何不培养她呢？他不理睬。我又再次劝他："要看清国内形势，蒋介石背叛中山先生的遗志，掀起内战，帝国主义侵略日甚一日，民不聊生。再说你在政治上既不满意蒋介石那帮人，但是又想重返政治舞台，打进那帮人之中，我看你的路会越走越错了。还不如现在放下官派架子，老老实实做个社会人士，办些社会福利事业，对你反而有利。家中开销尽量紧缩，把钱好好用在子女教育上，每房人都得想法生产，不能再那样依靠你的声势坐吃闲饭。至于你疑心我对财产处理有问题，以及我有无从中私藏一部分，待六弟回信就可以证明。"

第十四章 决 裂

附：夏有文的证明信

二哥赐鉴，马电[1]敬悉，即复上一电，文词甚简，未尽所怀，兹将详细情形为吾哥陈之。弟今春到省时，二嫂与谟侄、国琼三人，则有去沪说。斯时也，二嫂之意不过护送谟侄（即夏述禹）与国琼到沪入学，兼之一省吾兄近况而已，六、七、九三女[2]仍留省教读。行之前二嫂则曰：省中无良善女学，六、七、九三女单留省中实不放心，故行时一并带去。省中诸事则交弟暂理。临行前一日，则将各产业契约交弟暂管，并交有现金两千五百元，待日后华兴东街之房售后交付新买之田价。而飞鹰公司则二嫂已转售李洁民，其价共二千三百元。二嫂行时，确仅带现洋一百元及三百元渝票一张（此票系李洁民买车后现金不足二千三百元数，故出此票在渝兑取之票也）。二嫂行前未闻有汇款兑沪。此次所买之田除二嫂已付定洋一千元外，除押千肆尚欠一万二千元之谱，此款二嫂已早有预定，不过命弟收付耳，因华兴街之房无人承买，故办当价留在外借一千元（每月一分三行息），方将田价交清。弟年轻识浅，如何之处，总希时赐教言，弟决照办，方不有负重托。有铭兄在粤日行困顿，因无款之故，婚姻未成，哥嫂不弃，如有教言，请交广州司后街宏信夏缄三收。省上家人均安，惟娣常病，近仍服药中。酷暑将近，新秋又至，饮食起居尚希珍重。专此敬请暑安。弟文谨上

六月十七日
（7月23号）

"总而言之，如你再不接受我的这些意见，那么，除子女留在上海念书外，其余事情随你去决定吧！"我是一而再地苦口婆心地劝

1930年7月23日有文写给夏之时的信。

他,可是他概不听取,责备我被人欺骗,受了新文化、新思想的诱惑。他说:"这么多人在外面念书要花多少钱呀?女孩子们念那么多书做什么?让她们早些出嫁算了。你不是十几就出嫁了吗?迟早她们都是人家的人。"又说:"上海这地方是花花世界,你这样做,不害死她们才怪!"说罢,他就要我带所有的人立刻回四川,还要我今后不许与任何人来往。天天吵闹,满口胡话,真把人气得要死。从这开始,我就想和他分开。联想到多少年来,自己一直忍气吞声,委曲求全,总是想用感情去感化他,使他转变,依然成为国家有用之材。他不但不接受我的忠告，反而提出这些不近情理的苛刻条件。这样下去，做夫妻还有什么意思？此后，我俩每天争论，尤其是在子女教育问题上特别争吵得厉害。国民党人李伯申（又名李肇甫，曾任四川省议会的议长）、谢持（又名慧生），记得还有杨沧白（即杨庶堪）、唐德安等从中调解几个月，向我多方面劝解，说什么丈夫脾气憨直，一时头脑不清，才提出这些莫名其妙的条件。还劝道："大嫂，你要想到你们当初的结合是不容易的。多年夫妻，儿女成行。你暂时委屈些接受他的意见，把孩子带回四川。他气消了，让我们再劝劝，他慢慢就会听取你的劝导。他在背后也经常说你好，我们也很敬佩你。"

我经他们几次三番劝说后，心里很矛盾。想到儿子大明留在四川十分不妥当，还是把大孩子们留在上海读书，小的暂时带回去也好。如果他仍然不转变的话，带儿子、女儿再离开他也不迟。也只有这样，才有机会把小儿子一起带出四川。于是我便暂时让步，答应回四川再说。他也答应把大孩子留沪，小的带回去。

二、分　居

虐待无辜琼女　我正在准备暂时回四川再说。有一天早晨，孩子们起床后都挤在洗澡间梳洗。丈夫走进去，看见文兴哲和国琼女也挤在里面梳头、洗脸。他大怒，一把抓住国琼女的头发，拖到他的卧房，把门锁上，开口骂："你给我跪下，昨天你俩从法国公园回来，我关照过你们了。你们今后不许在一起谈话、玩耍，不然我要处罚你们。你们居然不听我的话。现在又在洗澡间挤来挤去，男女授受不亲，简直是搞得一点家规都没有了，还成什么样子！叫你不要听母亲的话，你年纪还小投考什么音乐学校，但你偏不听。"

1930年,法国公园与国琼合影。

在门外听得他这样责骂仅十四岁的国琼女,我大声喊开门,丈夫不理,只好从门缝里望进去。见可怜的国琼跪在父亲面前哭而不语,丈夫坐在椅子上指着地下的一根绳子,一把剪刀,骂道:"你给我去死,这两件东西看你使用哪样……"从中作梗的大侄女国君则站在她叔叔椅子旁边,边替叔叔打扇,边指手画脚地劝国琼女说:"三妹,你就认错吧,说下次一定听父亲的话。"这时,我已忍无可忍,不顾一切地拼命敲门……

一封信 我在当时又急又气。他又来无中生有,变本加厉地找麻烦。我未及去向李伯申等告诉这件事的时候,接着又发生一件

第十四章 决 裂

事：就是国琼女的钢琴教师张景卿去法国留学，路经香港，在船上给我来了一封信。信中提到船遇风浪，好容易才脱险等语。这封信先到他手里，他暗中拆开看后，大发雷霆，节外生枝地又重新开始吵闹。说我已经答应他不同任何人来往，为什么人家还有书信给我呢？而且，他硬说信中话，是挑拨离间我们夫妻的。我说："我答应才没有几天，就是拍电报通知别人，也不能阻挡已经在路上的邮件啊！"他就把我的信扣起来，天天吵闹，烦死了。我趁他不在家的一天进书房把信撕毁了。第二天清晨，他发现信没有了，就去楼下叫嚷："六儿（国琇）、七儿（国瑛），你们谁拿了我的信？"接连着一大串骂人的话，孩子们吓得躲在亭子间里，不敢出声。我在三楼怕孩子挨打，应声说："那封信我拿了，别怪他们。"于是他直奔上楼，边跑边说："你好大胆，偷了我的信，还敢讲是你拿的！"接着就乱骂了一阵。这时候，我正在整理衣箱，国瑛女吓得躲在屋角落里。他一进门我就回答他："你最好看看信封上是谁的名字，就可以证明是谁偷了谁的。"我话未说完，他就厉声说："什么？"冲了过来，抬起脚上锃亮的黄色长筒马靴，一脚向我胸前狠狠踢过来。我倒在地上，只觉得一阵剧痛，头脑发昏，知道敌不过他，立刻忍痛爬起来，转身往楼下跑。他接着把衣箱拿起，从楼梯口向我头上掷来。见箱子打不中，他就从楼梯追下。我直奔厨房后门，他追到厨房里拿起菜刀，我在一刹那间无可奈何，直跑到弄堂里去。他又追来。幸好这时候他侄子夏迺赓回来，迎面把他拦住，劝了回去。

再不回头 我乘车到五马路张宝记电料行表兄张燮荣家。孩子们来看我，见我被踢得青一块紫一块的，都哭了。住了两个礼拜，一直到他打电报请北京干亲陈可达来上海再三劝我回家时，我才回去的。经过这场风波，我坚决要和他离婚了。多年来积压在心中的怨愤再也不能容忍了。想到他与我在共同的日常生活里，丝毫没有温暖、体贴和共同的语言；想到他的思想、人生观与时代背道而驰，并且变得越来越暴戾、嚣张。我越忍让，他却认为我懦弱可欺，越是得寸进尺。再回到四川又有什么意义？难道再去捧着一个金饭碗做夫人、做贤妻良母？做一个辛辛苦苦操持着一个没有希望的家庭的主妇？这样下去，徒然牺牲儿女和自己前途，更谈不上什么为国为民了。于是，我就正式提出离婚，并坚持把四个女儿都要带走，不要他一文一毫，也没有其他任何条件。人要有志气，这是幼时听来的教导。这时候，因李伯申、唐德安、谢持、干亲家陈可达极力劝解，暂时回家。可是我情愿领着老少吃野菜过活，怎么也不愿再回头了。

上海法国公园谈话 经中间人的劝说，孩子接我回去了。到这时，丈夫对我不再凶恶了，用时而硬、时而软的态度和方法来说服我带孩子回川。有一天，他邀我去法国公园（现称复兴公园）谈话。只有我俩和国瑛、国瑛两女，不像往时有别人参加。孩子们坐在草地上玩耍，他带着冷笑、镇静的态度开口轻轻说："竹君，你应该仔细想想你是什么出身，我们是在怎样困难的情况下结婚的。我俩是患难夫妻，我俩在日本的年月里，当押度日。你还记得你用烟头重新卷好烟卷让我过瘾的事吗？开始时，你无论在家庭里或者亲友间，没有一点地位，没有人看得起你，后来，我在家庭中怎样支持你，在亲友中怎样抬举你，我是怎样严守了一夫一妻制，我们所知道的有地位的军人中哪个没有一两个姨太太？总之，经我的帮助，你自己的努力，逐渐转变到现在人人尊敬你的地步。在四川家庭里，一夫一妻能有几家？做一个掌权的家庭主妇，更能有几个？你放弃金饭碗不捧，偏偏要蓬头赤脚带着子女出外去捧一只讨饭碗。上海是天堂，也是地狱，花花世界，孩子又都是女的，按你心愿是想孩子们都受高等教育，到头来，如果你不弄得走投无路，带着四个孩子跳黄浦江的话，我手板心里煎鱼给你吃。我们已有十四五年夫妻历史了，有了五个孩子，经历了风波患难，这是不容易的啊！你还是快快回头，接受我的意见，赶快回川。我待你一切如旧。我爱你，才这样对待你，你该明白。你如果认为经过这次事后，不便再住成都，搬去合江乡间居住也可以。"我插嘴说："我没有做错任何事情，为什么不便再住成都，这是什么话？什么意思？"他不回答。他继续说："大观田后面蓉山风景美丽。本来我就想在那里建盖一幢房子，并待儿女们成家出嫁，我们就去那里养老享些清福，多么好。你好好想想吧。"我认为他所说的，我一句也听不进，半晌未语。

黄昏时候了，我向天空望过去，希望那无际的星空、初弯的新月，能够给我些毅力！又向那四周望了一转，盼望那郁郁葱葱的法国梧桐能给予我片刻的安宁！草地上——孩子们正在那里愉快地玩着，跳着，像小天使似的在自由地飞翔着。我低头沉思，俨然像石人。

不知此身在何处……

他再次问我："你到底说不说话？我的话，你听懂了吗？"最后，我抬头回答他说："我不是贪图物质生活的人！你说的我全知道。多年来，我对你已用尽苦心，委曲求全不知多少次。每次总想纠正你许多不正确的想法，为你的生活起居费心，为你的前途担忧，为金玉其外、败絮其中的整个家庭操心着急，起早睡晚。然而，我已唇焦舌敝，心血绞干了，你却无动于衷，怎么也唤不醒你，你已经不是当初我们认识相爱时的夏之时了。你失去了许多宝贵的东西，而增添了许多庸俗的东西。你陷于泥潭中而不自拔，还以为自己的一切言行都是正确的。而我今天所得到的是什么？包括双亲在内，侮辱、诬蔑、殴打、持刀行凶，是贵夫人，还是主人对丫头的刑法?人前夫人长、夫人短,人后就要以对待丫头、童养媳似的'恩主'自居。不管你是有意识或无意识,你对于我的'爱'不是平等的互爱互敬。在你不高兴的时候或有触动你自以为是的尊严、意志的时候,你还会想到什么夫妻之爱吗?你就居然骂、打,甚至能置我于死地!我坦率地告诉你,我害怕你,连我的双亲,偌大年纪协助我办黄包车公司,无论寒暑起早睡晚,你从无一句好话,反而受你侮辱、毒骂而害怕你。他二老因无财无势,从不敢和你争论。他老夫妻俩经常为疼我,为你不讲情理乱发脾气而忍气吞声,暗自淌泪!总之,爱情与友情是不能建筑在'恐惧'和'不平等'的基础上的!如此生活下去,对于我来说没有任何意义可言,也无任何快乐,只有痛苦,无代价地牺牲。我老实告诉你,当我为你而痛苦的时候,总是想到当初家人鄙视我时你支持了我,并且你不像军阀们任意玩弄妇女,不是三妻四妾至少有个姨太太,在这方面,你是一丝不染的,就忍受平气了。否则,我早已离开你了。但我早就和你谈过,你把事情弄绝了,总有一天你就是给我磕三百个头,我也不会回心转意的。现在这日子已经到了。(啊!我写到这里忍不住地一阵辛酸!——浪费了我多少心血、精力、时间!)总之,你认为的'爱',我再也接受不了。情意不投,对事物的见解不同,没有共同语言,大家再生活在一起又有什么意思?徒增痛苦罢了。我已立定今后一生为国为民,尤其为穷苦人民谋出路做些事情。为四个孩子谋前途、幸福,这就是今后我要走的道路!"他听了含怒说:"你为什么不听从亲人的话,反而去听信外人。希望你不要受外人诱惑蒙蔽。"我说:"想得这样简单的是你自己。"于是这次谈话又是不欢而散。从草地上叫回孩子,彼此默默无言地回了家。

理智战胜感情 他又继续找人劝我,我还是很坚决。过了几天,在半夜2点钟左右,大伭女上三楼(这时已住三楼,二楼丈夫、侄

第十四章 决 裂

女住）来给我一张丈夫写的小条子，我拆开一看："竹君！可否请你现在下楼到书房来谈谈？"我对大侄女说："好！我就下去。"但是当时浑身发抖，知道这是最后一次的谈话。他必然又是先软后硬，我不怕他硬，只怕他用感情来打动我。夜深人静，楼梯灯火一片阴森，我右手搭在梯旁的扶手上，边下楼边回忆起过去酸甜苦辣及一切难以形容的镜头，都在脑海里浮现。想到今后天涯海角，四海茫茫，赤手空拳带着双亲和四个女孩往何处去？回川吧等于再入火坑。真觉得求生不得，求死不能。到楼梯最后几梯时，理智与情感交织着，矛盾着，心跳，头昏，恍恍惚惚。猛然双腿软得像棉花一样，咚的一声坐下站不起来了。坐在楼梯上，思前想后，千丝万缕，百感交集，欲哭无泪。猛然转念与其回四川再入火坑，不如追求一线曙光！顶多苦到像双亲和从前那些邻居们似的做小工，当苦力，也得养活家人。或者到工厂去做湖丝阿姐。何况自己受过教育，有文化！必须坚决，必须再次跳出火坑！刹那间如急雷闪电，双腿忽然起立。于是，我走进书房，他已在书房后面的红木餐桌旁坐下等我了。我在他对面侧身坐下，我时而低头，时而仰望黑夜星空，尽力克制情思听他叙旧。

料他在这最后一次的谈话中，必然会从头至尾用感情来触动我，说服我带孩子回川。随他怎样婉言软语，就是向我下跪，我也同样不会再回头了。就这样，在自己的思想上做好准备。果然，他从我们认识开始谈起，一谈谈到快鸡鸣。他还提到："我们到日本的第二年，当你替革命党送一件公文去上海再回东京时，因路费短少，你在火车上整整挨饿了三十多小时。我在东京车站接你下车时，你一句话都说不出了。我从你的手势才知道你挨饿了，马上带你去中国餐馆。你因为饿过火了，一碗面只吃两三筷子。还有一次，我们在东京，因为大哥不按时接济我们，我们穷到买不起香烟，在半夜里你从垃圾盆里拣出香烟头拆开,用写字的水纸卷成二三寸长,给我过了烟瘾。这些说明我们俩如何地恩爱……"我想:"你现在晓得恩爱了。"当他谈到确实触动我感情的时候,我把牙关咬紧让它一溜过去,不让这些话在我脑子里停留,即使是一秒钟。最后,他谈完了,看我不响,便说:"你怎么连看都不看我一眼?"我说:"你的话我都听清楚了。"他说:"那么,你到底怎么决定呢?"在无可奈何的情况下免得他纠缠,我立刻回答他:"你不愿意离婚,那么暂时分开五年试试看,谁的路走得通就服从谁吧。"他如火山爆发似的猛然板脸站起来,把桌子一拍,高声嚷道:"我真想不到你变得铁石心肠了,硬到这种地步!"我未言语,站起转身回到三楼往床上躺下,双手抱着头长叹一口气,觉得愁闷的心胸像拨开乌云,光亮从白云里透露出来了,反而舒畅安定了许多。

最后,他同意先分居五年,当众位朋友面前答应我的。允诺每年给四个孩子的生活费和学费共一千六百元。看看今后各人的前途究竟谁是谁非。但是这笔款子,我从未收到分文。

不几天,他带大侄女及前妻儿子夫妇(夏述禹与张映书)回四川。我和双亲及四个孩子就从旧法租界大陆坊搬到蒲石路(现长乐路)渔阳里一号,这是一座旧石库门房子,是我二叔所租的。他把楼下左厢房让给我们租住。从此,放下了失去母爱的钊儿(大明),带着四个女孩和双亲踏上了为争取光明和为生活而奋斗的道路。然而,在精神上我如脱离苦海似的顿然觉得非常轻松愉快!记得迁居的当晚,我就吃了两碗饭和好几块母亲亲自烧的红烧肉。这是1929年秋。

三、在沪正式离婚

1934年秋(民国二十三年)五年分居期满,夏之时来上海,住

第十四章 决裂

1929年冬与四女摄于上海法国公园（现为复兴公园），其时刚与夏之时进行了分居谈判，心情沉重，思绪万千。

辣斐德路辣斐坊"沧州别墅"。有天下午约我谈话。他以冷嘲热讽的言词对待我，想要我母女回川。他板着脸问我："五年来成就如何？感想如何？"我正视他一眼说："我有感想，很多的感想。如我和一位军人结婚，如果他后来因战败成了残疾人，那我还要多花劳力多养活一人唡！"他未作声。这时候，正遇我父亲病得很厉害。由于在成都帮助我经营黄包车公司，早起晚睡寒气入肺而得的咳嗽病复发，病重卧床。他对我说："你父亲病成这样，你若是答应回川，我就拿钱出来给他治病，否则我就不管。"我看了他一眼，觉得对他已到了简直是无话可说的地步了。又看了他一眼，我回答他："我们还是正式离婚的好。如果不离婚而我又不回川，你不能没有人侍候，同时你在家人面前也不好交代。"他问我有什么条件？我说："希望你经常汇些零用钱给孩子们。不要让孩子们长大成人，只知其母不知其父。"他回答:"这当然可以。"就这样在沧州别墅结束了谈话。

　　这次他对我比较客气。谈了几天,我们终于去了李伯申(当时在上海当律师)律师事务所。我进门见调解人都在场,靠墙一排坐着,李伯申先生站在当中,我和丈夫坐桌两旁,气氛冷静凄凉……签字前,律师李伯申先生当众照例问我一声有无条件?我回答:"(一)分居时候,讲好按月汇贴孩子的生活费用,然而五年来未见分文。孩子父亲是有钱人,不要再像以前那样不汇分文,让孩子们长大成人,只知其母不知有父。(二)天有不测风云,人有旦夕祸福,我若有个意外,请求他念儿女骨肉,夫妻多年情分,继承我的愿望培养她们大学毕业。此外没有别的条件。"我见在座的人们听完我的话,无不热泪盈眶,欲言无声!唐德安先生做了离婚签字的证人。李伯申先生含泪叹口气说:"都认为你俩是一对美满夫妇,想不到今天由我为你们办理签字离婚!""那么你还有什么条件?"他又问。"没有了。"我回答。丈夫见我提出的要求与去沧州别墅时所谈的内容相同,并未增添其他要求,突然走过来和我握手下泪说:"竹君!今天才知道你的人格。你所提出的要求,完全可以办到。"我心想:"你现在知道我的人格了。这无非是因为我带着四个孩子离婚,不分你的财产,不要你的钱而已。"当时由于自己在思想感情上已完全和他决裂了,选定了一条和他截然相反的人生道路,绝不会再回到过去那种别人以为富贵荣华而我却深恶痛绝的生活中去。因此,丈夫和在座的好心人们的眼泪,丝毫没有触动我。

　　当我在李伯申律师事务所办完了离婚签字手续,并与众告别致谢后,顿时感觉自己如穿着五彩缤纷的外衣,而实是遍体鳞伤的小鸟又悲又喜地再次跳出牢笼,能按自己所选择的方向,自由地飞翔了。此时此刻的心情笔墨难书。出事务所,仰望长空,蔚蓝天色分外晴爽宜人,不觉伸伸腰叹口大气。啊!此情此景记忆犹新!

第十四章 决 裂

夏之时函戴季陶 他回川后，不但分文不汇，反而还电信南京戴季陶、李伯申、谢持等人说我隐匿款项，并叮嘱他们"勿予接济"等话。还要他们请南京政府设法逮捕、惩办共产党员文兴哲、张景卿。对于我，请他们用夏之时的名义正式将我驱逐，登报周知，并请设法把我拘禁，迫我交出孩子。他企图以这些手段来威胁我回川。幸好这几位接到信电后，并没有理睬他。戴季陶反而约我去南京，把信亲手交给了我。丈夫致戴季陶的信抄附如下：

再启者，弟返川后，详查家变之起因，由弟出省未久，即值育仁捕系成大学生。确隶共产党籍者十余人，内有文兴哲一名，年尚幼稚，母又孀居，各方均代缓颊。育仁将各生枪决后，乃令兴哲取保待释。竹君适经营袜厂，遂将兴哲保出。该母子感激之余，始到舍叩谢。因是时相过从，文母乃将兴哲寄拜竹君，自后往来愈密。竹君见兴哲聪明，隐有赘婿之意，复命兴哲随时到舍，教两幼女科学。其时文氏母子，虽对竹君仅赖保护，但文氏家素赤贫，十余年携子在外，其用度纯向各方张罗，已成习惯（查得昔年曾向席新斋、张富安、刘自乾等请求接济过），见竹君如此善遇，实已萌有妄冀。适有文母之女友张某，亦系接近共产青年，孀居，而家亦贫，十年来在省及往京沪求学，多用欺骗手段，诈取金钱（动身时尚骗取田某五百元去），习以为常，而竹君不知也。两人朋比为奸，遇事迎合，遂大得竹君欢心。复与竹君结为姊妹，亲爱有逾同胞，每遇三人谈话，均屏去左右，以防漏泄，有时三人相聚，抱头痛哭，大致以孤贫感竹君（现据家人传说），使其自动怜恤，牢不可破。此事，乃造因于是矣！复查竹君虽有纳赘之意，于去岁，致弟函时，虽盛道兴哲之好，仍言将赴法留学，不久，过沪见面后，如以为可再与订婚。殊函发后,张女士以兴哲有赴法之行,渠乘机拟偕往留学,恐弟或不赞同,则渠之计划全盘失败,乃以共党书籍使竹君阅看,并以伊党主义随时灌输,先变换竹君脑筋,使对家庭及弟均处于绝对地位,乃可施行诡计。自此,竹君一切行动,对弟及家庭完全隐避。大儿往劝,至于打骂交加,迥异常度。后经张女士多方蛊惑,竟将婚事定局,免弟将来变更。并及时举家移沪,将弟房产变易现金兑沪贸易,一则:以经商红利汇助文、张学费;二则:经营商务,挪汇较易,两者均不致败露马脚,纯属张女士之主张。盖张以自身无款留法,须借照料兴哲,以期学费有出,且尚有其他之阴谋,讵意竹君竟为所愚,一面电弟云,即来沪,免弟先行回川;一面变售房产,对弟亲友则言售房买田,易于收租,化零为整,以掩耳目。结果,将弟之房产全部及袜厂机器、货品及车子完全变售,汇沪现款在四万以上,买田甚少。继到沪后,竹君即言,兴哲婚事已定,故命张女士带其赴法留学。又因川中教育不良,始携子女到沪留学。房产因乏人照料,乃售房买田,所有汇沪现金及数目概未提说。弟彼时既不赞成售房计划,婚事亦主详加考查,意见不免分歧,而当时弟不了澈家中情形,且尚不料其孤行若此。复因张女士与兴哲常到弟处,内外竟无防闲,一切趋新举动,迥异畴昔。严加限制,遂发生语言冲突。曾劳吾兄调解,时经数月,弟纯系委曲求全。毕竟执迷不悟,弟始只身回川,盖兄等所亲见也。现弟经此巨变,不但生活不能维持,而从前之整个家庭被人破坏若此,精神与物质上均饱受痛苦,但私心犹以渠不过一时被人愚弄,稍待时日,或自知文、张利害,幡然醒悟。殊别后,反作以滥为滥,得尺进尺之想,于弟离沪时,私将弟之皮衫各物私自运出,而弟抵渝时,乘弟不明真相，迭电弟索款，大有多得一个是一个之势，竟决心不归，忍弃二十年夫妇之情感及伊之幼子于不顾，其孰不可忍耶！现弟已离沪数月，尚有数女在竹君左右。小女婚事，竹君因赴沪时，于途中发生数事，已知此子胆小，性质亦复不良，虽隐有悔意，于弟离沪时，表面上云允解除婚约，但仍爱护兴哲，望其将来成就，待小女及笄时另用手腕撮合。似此情形，以后隐忧益大。竹君如此忍心，铸此大错，本应深恶痛绝，不过终属受人愚弄，可恶亦复可怜。请兄再详加开导，晓以利害，动以情感。如渠能有觉悟，已汇沪之现洋，只要能如数汇川，决不追究。其他所有办法，如下：（1）竹君须以存沪之现款全数汇回，即率子女回川同居，请兄等代为负责（如接济文、张已有损失，亦属无妨。总之，自今日起能觉悟，文、张是骗子，我才是真正永久爱她的。毅然与文、张断绝关系，则无事不可了）；（2）竹君如愿在沪少住，则于沪款中，酌留用度，余仍汇川，其子女由弟派人到沪接回；（3）竹君如隐匿款项，子女又不送川，则是无可挽回，无可原恕，弟即以最后手段，宣布张女士与兴哲系属共党，请政府逮捕惩办（此项事须请兄等援助办到）；对于竹君，以弟名义正式驱逐，登报周知，并请兄等先将竹君设法逮禁，子女强迫交出，更为心感。此时兄等幸对竹君勿予接济。鄙见如此，留乞酌裁。心绪恶劣，语不详尽，并希谅及。弟之时再上。

〔作者注：原信件无标点符号，标点符号是作者标注的。〕

戴季陶邀我去南京 离婚后不久，有天黄昏时候，忽接戴季陶信邀去南京。什么事？我颇惊讶。不去吧，想到亲家关系，又待我不错不能推却。见机行事吧。

到了南京戴家后,戴和夫人纽有恒俩招待亲切热情。午饭后,戴向桌上丢出一信对我说:"你看吧。"我见是夏之时致戴的信知不是好事,但我胸有成竹。看完信,叹口气。他连忙说:"不要难过,我们都知道你的。他一时糊涂随他去吧,也许旁边有军师给他出了迫你回川的主意。可是今后你自己所选的道路是很长很远很艰苦的,该怎么办?好自为之。"正说到这里,纽有恒插话说:"亲家母,你是一位聪明能干的人,但上海滩上不是容易立脚的,你带着四个孩子、双亲怎么度日?你对企业有兴趣是好的,但在上海若没有权势的靠山是难以办成功的。我的建议:你应该加入国民党,有政治资本支持你,事情好办多了。你好好想想。"我心想:你们陷入泥坑而不自知,还要拖人下水。

我在戴家住了两天,谈话总是不离开要我加入国民党的这个话题。当时我既感谢他们不按夏之时的拜托把我关押起来,却又为加入国民党一事苦恼了。最后,我以缓兵之计回答:"我不懂政治,让我考虑考虑。"乘车回沪。唉!这两天的日子是战战兢兢地度过的。

谈谈戴季陶夫人纽有恒,她是浙江湖州人,长得一副凶相。她活像《白毛女》里的地主老太婆一样狠毒心肠,虐待丫头还自以为是最善心的人。我到的次日上午,我坐在书桌侧面椅上,看她坐在书桌椅上手拿佛珠,边学英文、边捻佛珠。一会儿,可怜的垢面脏衫的丫头手端着一杯茶将送到她手里时,丫头见她回头吓得魂飞魄散,连茶带杯摔落在地下了。她把丫头抓过来,在丫头的大腿上扭了几下,嘴里还骂个不停。丫头不敢哭含泪走了。她转过身来还念:阿弥陀佛,南无阿弥陀佛……

在南京出戴家搭火车回沪之前,去探望了山西阎锡山派驻四川代表高槐川先生。他见我一惊。我把和夏之时离婚的经过,简要地告诉了他。他说:"我那年在成都常去你家,后来我们一起旅游峨嵋山时，在路途船上便明显地看出你会和他离婚的。你这决心，没有人可以阻挡的。不过前途长远，靠你自己怎么去走！"我觉得他的话是有力量的，鼓舞了我。

如此长信，栽赃诬蔑 如上所述；我和夏之时在上海李伯申律师事务所正式离婚，当时夏之时并未说我变卖财产卷款潜逃，因我要孩子不要财产，签字后夏之时还突然走近和我握手下泪说："竹君，今天才知道你的人格，你所提出的要求，完全可以办到。"但夏之时回川后，不但依然不守诺言，对孩子们的生活费分文不汇，反而到处诬蔑我变卖财产卷款潜逃，居然来此长信栽赃诬蔑。我俩在上海结婚，是当亲友前举行仪式正式结婚的。第二次在四川合江老家再次婚礼，也是当亲友家属前举行仪式的。即使我拿了钱、分了财产，根据法律也属应份；何谓卷款潜逃？何况绝无此事。我对此只觉得他是在暴露自己可耻的灵魂，才会如此恶毒地破坏我的名誉，很难理解他的良心何在。啊！天下竟有如此诬蔑栽赃的毒辣书信！从此，我俩未通过音信。

不久，夏之时亦给了我一封使人啼笑皆非的长信，尤其是在信末居然也用面对面栽赃方式诬蔑我隐藏款子一层，真是血口喷人，欲加之罪，何患无词。

事实上，每逢旧历年过十五后，我和他就计划一年的经济、教育及一切内外事务，计划决定后，由我执行办理。哪笔收支账目他不知道，每天家用流水账目都要给他看的。但我当时感觉到何必与一个抱着顽固的封建思想将入坟墓的人去计较呢？同时，目前的处境，明天的事还做不完呢，明天的生活费用还不知在哪里呢！何况我是个弱者，所以听之任之，也不愿有所争辩。原信抄附如下：

竹君夫人足下：别来两年有余矣！自重庆寄书以后，至今未通音讯。每由友人处访查近况，皆碍详悉。闻之亦觉心酸。于是不闻不问，随时引为恨事而已。呜乎竹君！以十七年夫妇关系，竟至久久不通音问，其伤怀为何如乎？回忆未别之前，每次召君谈话，不是借故推延，便动出恶语，故意表示绝对，嗣到重庆，我在重病中，犹复致函略陈利害，殊君回信不惟无一语商榷，反假作痴聋，强词索款，情理良心，消灭殆尽。最后我到成都，查悉君受文、张两妇诱惑，卖产业，私汇款，造假账种种，只图事实，不顾情理之一切行为，岂能一纸劝告可望挽回乎？实非忍痛宁待我君亲自阅历身受人情险恶难以自觉自悟，此即久疏音问之原因，亦即此次奉书劝告之动机也。盖昨年遣映书到沪省询起居，归报我君东奔西驰，四处接洽，已历尽千辛万苦，身肿眼黄，四个女儿亦染重习，大有不能羁束之势，虽无悔意，已觉前非。近又一年也，谅人情险恶，世态炎凉，亦复尝试不少，用本原来关系，谨先致书奉劝，我君虽受恶潮催眠，倒行逆施，而我爱君之旨，怜恤之心，仍与当年未稍减也，君其如何？（还有一点痛苦，在此附带说明，就是年末每欲与君写信，始一握笔，而心痛几裂，肝疾复发，不得已而终止者，屡也。卒至昨年，养息数月，夜乃成寐，复得朴医生诊治，始稍能支持耳。）窃君勇力智慧，诚有过人之处，详查谋变动机，亦属为好，然不守闺范妇道，甘弃过去历史，轻受诱惑，妄冀虚荣，甚至不顾厉害，肆意胡行，亲亲相仇，认贼作父，以滥为滥，执迷不悟，为女性之所不为，实错中之大错也。查君谋变动机，约而言之，不外下列数点曰：误认过去彼此冲突，有伤婚姻美满，引为隐恨。意拟改途创造，以雪宿怨而遂虚荣；次则以大儿述禹懦弱，文子、琼女聪明可造，意即舍己成彼，以遂妄想，于是文、张两妇乘机煽惑，冀满贪谋，

第十四章 决 裂

我君不察，竟认为益友。冒险牺牲相从，并以文子宣传之共产主义果为救时良策、成名捷径，毅然挺身投入，意为女界开异迹，革命史上享美名，至过去开设车业之成功，是为副因。我在上海学法养病，失意潦倒，又为此变之导火线也。其他有谓我君根基不正，父母诱惑，蓄意拐逃，别具深谋者，我皆不信。盖果尔至此，则君自为贼，失复何论？用仍本上述各点，详为解释批评，借作最后之忠告也。

夫妇口角，本人生常事，况前后四次之中，何一非爱之过切，有以使然乎？事实上果有前后亲疏之不同乎？君竟不察，引为隐恨，举过去历史感情，以及儿女关系，终身利害，毫不思索，骤然变异，是可忍孰不可忍？言念及此，雅不欲论，惟望我君另配佳偶，抑或来世仍为女性，自有证悟之一日也。

至大儿述禹，懦弱寡能，是天性习染种种造成，家庭垂危，亦由手足间不自奋发，自然趋势，往昔岂非与君言乎？此种现象，是过去生活圆满所种之因，政治社会不良养成之果，只求因之有缺，政治社会改善，非意欲挽回即能成者。果尔，则过去英哲，谁不望其血统之繁荣，岂尚有存亡盛衰，供人叹息之历史存在耶？我君引为深虑，诚至钦佩，然无论如何，亦当本慈母良妇之心，竭力教诲；或以种种方法促其自动奋发，乃视述禹非自亲出，毅然弃之，反以此大事，望诸异姓，责及儿女，不先商之于我及家人兄弟，而谋之素无关系文、张两妇，甚至仇视自家，爱护他家，至于无微不至，种种事实，令人莫解。回忆君初到沪，告我曰文子孤贫，家庭简单，以厚恩遇之，必与女好。又谓临死呼母，孝心纯笃，尽量资助克成，将来必获我助。闻悉之下，不禁发笑。我君往昔阅人甚多，何今日为一文子速爱若是？查亲戚不过休戚相关而已，至于缓急相通，患难相助，事实上生活利害，各不相同，女嫁从夫，礼制，法律，事实均非如此不可，焉能舍彼顾此，如我君之痴鲁耶？即令有之，我尚有子孙在，又焉能受其支配？故前在沪告君曰：此种事实，世界无之。况文子天性凉薄，轻浮寡义，我在上海就其相貌行为，已可断定，考诸过去事实，犹软弱阴险，正与锦校之王、侯二生（锦校之王轼，孤儿院之侯宗域，谅君尚能忆及）一类人物，将来不惟学问事业一无所成，且必流为鼠窃狗偷，寡廉鲜耻之辈。幸婚约已解，不然，将来琼女不遭中途遗弃或忍痛以终，吾不信也。至渠之诗，与临刑之呼母，正其弱点，而君反以是器重，不惜背我擅定为婿，爱之如至宝，并为此子受谤，牺牲一切亦在所不顾，前后思维，实不解我君何以一时糊涂若是也！

至视女若男，责负重任；本现代之思潮，将来之希望，但事实上究竟走得通乎？自维新以来，巾帼中经过人才诚不可忽视，然结果徒供他人欺骗玩弄，至于悲惨不可收拾者，比比皆是。琼女老实，焉能明明令作时代牺牲者？故对此女性情如何，教育如何，以及现代习染如何危险，环境如何险恶，应如何刻成订婚，平昔皆与君讨论，详定办法，君悉以为是，分期举行，成绩显著，乃别后始数月，骤然变异，认四川读书为土朽，上海外国方为新奇，既不经我商量同意，复造伪电欺蒙，擅自变产，筹汇巨金，将五、九、十岁等三个女儿，亦统率来沪，悉反以前面目，胁我相从，并命谨敬追随，高低莫问，视我若傀儡之不如。种种不近情理，姑暂莫论，唯问高中以前，如何不应在川教读？几岁女孩如何不应重视国学？如何了解上海方言，一到上海外国，便成大器耶？四川学生通为废才耶？人才是泥塑木雕，意拟成龙，即为龙耶？读书为生存，学与环境不适用，

第十四章 决 裂

如何生存？学费深厚，而惟俗是鹜，究系爱之，害之？言念及此，我君幼小失学，今日所得一知半解，尚是中途受之于我，既无所谓学问，复少经验，何自不谅，胆敢变我方针，擅定大计，以情以理，君皆不应如此。回忆在沪，每有朋友劝告我君者，君即将事实掩藏，理直气壮而立曰：亮工不以儿女教育为重，置家庭垂危于不顾，我以墓碑潜言为惧，始力排众浪，身任肩巨，毅然决然统率儿女来沪读书，区区之志，悉不过学孟母、梁夫人而已。皇哉斯言！冤哉斯言！我苦心创办学校，不惜重金，礼聘家庭教读，是否为儿女教育？我离开家庭，使君肇此大祸，是否为谋救家庭？孟母、梁夫人有教女背夫不守夫道，损己利人，擅自妄为之一切事实乎？自身失德，犹复捏词以谋欺世盗名，受人愚弄、贻害儿女，反自鸣得意而不觉察，是皆谓愚笨而又无天良者也。

忆君未到沪前，得君一函，谓到川十余年，所交女友皆浅薄无知，唯近识文、张两妇，道德学问迥异寻常，已结拜姐妹，彼此精神关顾，不亚桃园结义。并谓文子如何聪明纯孝，将来拟招为婿云云。嗟夫竹君！料君不是安心作恶，受人诱惑者在此。至今一败不可收拾，而我尚能看君者亦在此。唯是时我在病中，虽疑之，未料其力量有如是之大，且速也。故未即奉复，殊不知以后即因此而遗下毕生痛事，刻为望君觉悟起见，对文、张两妇，亦略为论之：

文为泸州泰安场人，中年孀居，因不宜于家，始率子来沪，以守节托孤四字到处向人哀求接济。吾友张富安、席新斋曾给以款，并以所得之款在乡间私置田产八十余亩，一般人不知其行。始到荣昌，与某校长结干亲，仍操故技，复因与张瑞书作媒关系，来省任师大监学，时时设法与权贵眷属相结纳，谋骗金钱（刘二夫人今尚按年给予千元)。张为川北邻水人,亦中年孀居,因性情乖张,不宜于家,始出外读书,复得周觉生接济。到法留学,嗣即以此关系,回国任美专教员,性极贪鄙,与君同行时,尚借买车骗某某洋四百元。两人皆女中光棍,阴贼险毒,害人不动眼者。因文兴哲事与君接近,首以逢迎我君为入手,君果一见倾心,渐将隐情相告,认作知己,渠等于是进一步设题谋求接济,张则极力赞扬琼女天资深堪造就,文子之才可成大器,文则一意逢迎,极诉孤苦,使君自动发生重女招婿之谋。君本富虚荣心者,果中其计,然渠等犹恐我一觉察,必生阻碍,于是文则借订婚后始留学以相逼(文果诚意在婚姻,果为有识者,能不经我同意即允订婚者?即此可以证明其为骗术也),张则试以猛烈学说进(张之如此,贪得赴法留学学费也)。以为一成事实,君即走入极端,虽欲挽回,亦所不能(君今日果走入此路,可叹)。此时君已暗受文子共产主义之宣传,异常兴奋,一面受人愚弄,至于癫狂,焉能回顾(然彼此感情分际,及将来利害,君当稍为考虑,何竟完全抹杀,君亦可畏也)!于是决心破釜沉舟,擅专一切,君诚可谓革命首自自身起者,不知君愈走极端,我俩相反益甚,正彼等之利与希望也。在沪见张致君一函,主张我君大力冲破难关(对外突破难关则可,对自己家庭亦用突破,于君是利是害?一思便明。君竟不觉,反认我握此函是恶意,与我大大冲突,正所谓倒戈相向,言之诚令人痛心耳)。以渠曾鼓勇破浪,突破香港而到檀岛为喻,便见彼等用意之不谬。至派文子、琼女赴法留学,购买商品运法销售,诚君之计划然亦即渠等丧心病狂,尽量经营之至意也。盖共产党之坏分子专为自身利益,不惜败人家庭,离人骨肉,或诱惑他人女子供其利用,种种惨无人道事实,笔墨难罄,惜君不察,坚决否认,今则如何?凡文、张与文子与君同行之某某女士,无一非昨年汉州之变有关系人物,张今在法国,到处骗人金钱,人悉认为女痞;文则近在成都,随时引诱女生入某军公馆伴某娱乐,只求骗人金钱,不恤他人利害,至今未改。总之,凡事不外人情,假使文、张诚意在婚姻,果有桃园结义精神,尚能听君作此不情不义,有碍妇道,而误终身之事乎?即此可以一切证明,虽然文、张诚险毒,然君不妄想,讲求妇道,敬重爱情,稍一回顾,又焉能中计?正所谓物必自腐,而后虫生也。

至共产主义在吾国是否适合?二十年前即研究之,吾国始终为经济落后国家,既无此病,亦无须此药。孙先生之民生主义,即共产主义之结晶,既与吾国经济现状相合,复可防止以后共产革命,故一般凡智识阶级与赤心爱国者,无不赞成。然年来因一般军阀肆恶,民气愤极,于是失意军人政客咸思假借该党后援,以资号召,而谋打倒军阀,夺得政权,彼等精神全在求达英雄欲望与自身利益而已。我君无认识能力,纯以他人诱惑,虚荣驱使,梦然加入,诚不为怪。然君所结识者为该党次之又次分子(或为青年团,尚非共产党员),除供人利用外,君能担任何种工作以展布其志耶?该党将来果即成功,而君亦女子,又能获得若大政权,以遂君之虚荣耶?况现在世风浇薄,惟利是趋,即于国家卓著勋劳者,尚不惜多方倾轧,以谋自身侥幸,岂君一弱女子乎(谅君奔走数年,已略尝此中滋味也)?孙先生说过:无论什么主义,总于自身有利,方得行之。今君信爱共产主义,除牺牲自身利益,破坏自己家庭,背夫弃子而外,百无一利。古云英雄豪杰多出忠臣孝子之门,盖不富具悲天悯人之仁心,具有绝大同情者,不能为群众牺牲,担负重任。如我君之忍心背义,将来即果得志,恐亦难得人之爱戴,除卖国亡家外,亦难有其他建树。忆君初到沪告我曰:一般贫民异常痛苦,我当立志为彼辈谋解除。并闻动身前与文、张两妇感怀时势，抱头大哭，一种受惑癫狂之状，诚属可怜可笑。昔日秋婢出嫁，我念其贫苦，抚育女辈辛劳，拟以义女之礼从优嫁配，君则极端反对，至于与我冲突，刻薄寡情，可谓备极，何今日同情骤然及于一般贫民耶？

我与君别，三年于兹，君在沪一切情形，我概不知悉，究不识计划商业成乎？所办工厂成乎？女儿学问成乎？社会革命成乎？名誉较前优乎？娱乐较昔胜乎？生活较家快乎？文、张有以助君乎？文子果大器乎？文、张之为人如何乎？交识朋友尽如君乎？以及我君所怀之目的，有一达乎？以鄙意揣测，恐难有一事能合初意者。我君此刻尚属英年，一切困难自能勉力支持，倘精力稍衰，如何应付？故君受惑使我夫妇离散，家庭损失尤其小事，我最亲爱之四个女儿，亦因此染受恶习，贻误终身，并不知我君将来如何结局，实我痛心疾首，毕生不能释然者也（言至此，每忆我君之相，上秀下浊，殊不能无虑也）。

我君幼小贫苦，误落青楼，嗣后觉察，立志尚善，并拟从一而终，我佳其志，感其情，始教君读书，助君留学，嗣犹以此不能尽掩前日之恨，复以家政悉付与君，教以理家，教子，处世，接物之道，事无巨细，皆先为君计划规定，然后令君施行，从旁保护（过去冲突，多半为此）。间有损失，亦所不顾。种种苦心无他，冀君有所成，亦得并我而傅耳。我君亦果能领会，尽操持能事，于是凡有誉我者，我皆悉付与君，尽量宣传，区区之意，终在助君成名，并曾与君屡次说过，殊君恍惚于民十六年我回合江，即擅借巨款经营绵纱生意，以后失败，我知君素习好誉，不喜闻过，于是不唯无一语责君，反多方设法谋补损失，以为有此经验以后，自知警惕也（犹忆此时有卜者，谓我四十五岁应主克妻。我随时以此为虑，多方请人考验，处处迁就我君，我敬重爱

第十四章 决 裂

情，维护我君，自信无微不至，谅君亦尚能忆及也）。谁知我君更以过去车业成功出自自己计划，毅然卖业筹款，擅定国际贸易之谋（犹忆此时有重庆戚某论君之相，宜营商业，不知论相有准差，未识我君于此亦有关系否），以为胜算必其，如探囊取物，此诚我过于爱护之过。年来朋辈中有谈及事者，即责我不应以家政全权付予，及任其经商等事，我实哑然无以自解。然君即应本诸良心，以此猛省，急图报称，及复变本加厉，故为已甚，未免忍也。

以上是以我君变乱之因，受人诱惑，误重虚荣，评判得失，谅情奉劝，以君智慧及从我所得常识而论（因现在潮流习染，以及社会如何险恶，过去皆与君随时讨论，研究自处方法，君悉以为是。每遇青年男女，君尚引为批评，教诲朋辈中家属，有感受恶习而发生冲突者，君尚说明利害，竭力调和至于无事），以上各种利害得失，统应知道，而不为所害，何竟一时昏昧若是？言念及此，回忆我君过去与我冲突时，每有独身终老之慨，如果为此，尽可正式交涉，明白为之，又何必种种作恶，至于贻害儿女。不特此也，再以我君变乱之行言之，更令人骇异。我为君之夫也，一家之长也，以感情、法律、礼制论，凡关重要者，皆经我决定或商量同意，而君不令我知道，即擅为长女订婚，擅自变卖产业，擅率全家移沪居住，擅变儿女教育方针，私移款项资助他人，尤为怪者，吾家素行严肃，乃听异姓妇孀自由进出，至于喧宾夺主，不以为怪。辜云迁、刘豫波、林菊舟三老年高德望，徒以劝君慎行，竟欲出而骂之；述禹，君之子也，亦以劝阻遭骂，至于毁物叫天，深恶痛绝；泰钊小儿，虽出继三婶，究为君之亲出也，亦忍弃而不问；我则君之夫也，并有种种恩厚关系，竟忍一旦背弃，造谣诬毁，任意蹂躏，视作大敌；反之，文、张素无关系之人，而爱护周到，有逾骨肉，甚至私通消息；合图颠覆；文子、琼女虽属订婚，而彼此年幼，应使其各自读书，勿以受累而伤身心，君乃任其来往，及我阻之，益令其私相来往，毁誉不顾，甚至唆使女儿与父为仇，为之仗力作恶。尤为丧心病狂，不可思议者：抽我现金二万余元，合计私蓄饰品，不下三四万金，而谓一钱俱无，强词需索，到处借贷，并将逐年流水销毁，另造伪账欺蒙。临行时，尤复窃我衣物，深悔过去所拿未足，一面复正式提出条件，令我按年接济若干，视我诚木偶之不如，所行较时习为尤恶，至今思之，不唯心痛，且愤怒难遏，而莫知其忍心昧理，倒行逆施，智愚相差，一至如是耶！

我与君结婚，至今十九年矣，儿女共计五人，昔年甘苦与共，爱护逾常，我并以君父母无人奉侍，特筹款项偿清外债，迎接来川，为君供养终老，使君得全孝恩，今复一并携去，俨若仇人。我意何罪于君，君复究拟何图？我自与君别后，重庆大病（回忆君未到沪前，我已恢复健康，至于少壮，嗣为君，于十余日间即身瘦失眠，几至于死，此我修养未到之故，然君亦未免太过也），到省后即成肝疾，一病数次濒于死者屡矣。卒至昨年多方静养，始得保全至今。昨年向育仁、陈鸣谦两君回川，谓君不唯无丝毫觉悟，且以我袭军阀淫威，益加愤怒，不知此电是朋友等关心所发（前函亦赵君鼎卿为我所拟，我实不能一问此事），假使即为我意，未必君亡我家，割我头，我尚负荆请罪耶？女权倡达，即可任意作为，不受法律制裁耶？总之，君之愚谬行为，笔墨难罄，狠毒心肠，亦不愿回索。我始终痴愚，不忍置过去情感历史，我君以后困苦危险，丝毫不顾，用将过去一切忍痛搁置，平心静气奉书劝告之外，并拟亡羊补牢善后办法三则，以供我君之采择此变之结束。

（一）请君痛定思痛，以终身关系为重，儿女前途要紧，直认以往之过失,勿遑一时之意气,君能立地觉悟,我亦回思十余年夫妇之情感,不咎既往,为君格外原谅。君即立率四个女儿回川,夫妇子女团圆如常,君之幸亦我之幸也。

(二)如君不回川,复以成都不便居住,则即移住合江原籍,我并可为君另置田房以养终身,至携去之款,任君处理,我决不根究,但我之纪念品,君须为我带回。

(三)如君终不愿遽然返川,则琼女请由君主嫁,但不能仍与文子结婚;其余三个女儿,可托人带回川中,交我抚养,君何时返川悉听君便。但君在外一切行动,须另有商定,不得作轨外之行。

以上各办法,我是顾念夫妇情感,委曲求全。如君尚有其他较好办法,尽可提出,彼此商量。如君果染共产党恶习,背情绝理,反认为我痴情腐朽,提出恶辣办法,则我情义已尽,以后幸勿见责。并望念及女辈无辜,钊儿尚幼,应与之稍留将来生存余地,幸勿一概抹杀,遗害及于子孙,则幸甚也。

年来,每欲与君通函,奈一握笔,心痛泪流,不能成句,忍至此次,始以数日功夫(因念一动,即搁下笔故也),草就此函,几乎一字一泪,君非木石,岂能无情?务望俯念旧情,前途利害,详加思索,临崖勒马,甚有望于君也。要之,人生如电光石火,即终日营营,正当谋求,亦如蚕丝自缚,秋蛾扑灯,况君别寻烦恼乎?彼此只有今生夫妇,未必世世再结重缘乎?君此时精力尚可支持,倘年届垂暮,何以自处(中国习惯,靠女是受人白眼,权在他人,万勿以此为怀)?钊儿君之骨血,常唤母不已,我不忍奉闻,君即忘情于我,岂竟绝爱于钊儿乎?我以君一时受人之麻醉,为君略迹厚心,不惮烦琐而言之。倘仍不纳,则此即最后之言也。我本拟来沪,因家事羁绊,不克成行,君之意见如何,并望详告。

　　吉甫老棣并可与伊尽量商榷,只要于情理上通得去,事实上办得到,我当为君体谅也。四个女儿近况如何?徒以他人煽惑君之关系,使我亲爱父子别来数年,尔不我书,我不尔函,天下痛心事孰有过于此者?纸短情长,书不尽意,泪随笔堕,无任低徊;气候炎热,并望保重,此颂日祉,并盼赐复。

拙夫之时再拜六月卅日

　　我之皮大衣乃在日最有关系之纪念品,闻已损失,确否?并盼示及。

　　信已竟,犹忆我君平昔有一特性,即好誉不喜过,坚强任性,此在走入正道为最好,盖不如此是为懦夫。如若思想见解错误时,仍执此性,则一败不可收拾,须立时勒马回头方为丈夫。故廉颇负荆,认为美谈。孔子谓不二过,人皆引为座右铭者,即是意也。反之,韩信不听蒯通之言,以致杀身,在过去历史中有不可深述者,望君猛省,幸勿再持故性。千万是嘱!

之时又及

〔作者注:原信件无标点符号,作者抄时加了标点符号。〕

再次企图谋害　1932 年,"一·二八"事变不久,我在上海因政治关系而被捕入狱。释放后,夏之时曾对四川军长范绍增说我是共产党员,托他设法诱我去杭州游玩,把我推入西湖淹死。范绍增和杨虎商量,杨未同意,范即搁罢。这是我离开夏家后夏之时第二次企图杀害我的阴谋。

　　这件事在全国刚解放时,国瑛女从美国留学回国,去北京工作。有天,她去探望杨虎,正好范绍增也在,杨虎介绍范给国瑛认识,亲口把上述情况告诉国瑛。并说:"你妈妈是位很聪明能干的妇女,

第十四章 决 裂

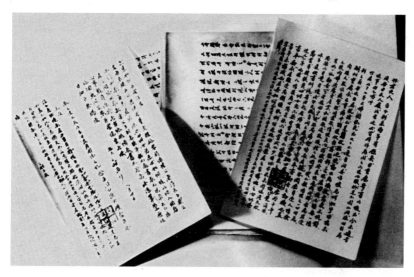

1931年6月30日夏之时写给董竹君的信。

我很尊敬她。而你父亲特别托范绍增整死她。范伯伯问我,我阻止的——你父亲,真是太糊涂、毒辣了。"

1960年底我从上海迁居北京王府大街,有天范绍增来家探望,他亦告诉我夏之时曾托他谋害我这事。

注释

[1] 马电的马字用在这里是代表日期的意思。
[2] 三、六、七、九四个女儿是按大排行次序,事实上是大、二、三、四女儿。

177

我的一个世纪

摒弃荣华 甘自奋斗

第十五章 困　境

一、进当铺

　　从上海到日本、到四川、又回到上海，这是我的一段人生历程。从四川、到上海、到日本又回到四川，这是夏之时的一段人生历程。我和他在一段途程上偶然相遇了、同行了。哪知道现在我又回到上海原来的"贫穷故家"！他也又回到他那富裕"地主家庭"老巢里去了。我们分开了！这就是我俩在历史的发展过程中必然要产生的"悲剧"！绝不是什么偶然的悲欢离合。因为我渐次明白了这个基本道理之后，我和他在感情上不但是没有任何眷恋，而且坦然地、专一地就走上自己认为理想的大路！当然我也认识到穷困之神又将降临到我的头上！

　　在挣脱了家庭的束缚后，我就一心一意投入社会活动和培养孩子。一方面努力奋斗谋求生活；另一方面是想为革命做些事。但和夏之时分开后，除随身衣着和几件普通首饰外，无其他的物件。一时也找不到职业，凡属夏之时方面的亲友，我又绝不愿前去告助，所以，生活与孩子们的读书费用，就开始当当卖卖了。平常当、押都是父亲去的。在国内进当铺比在日本的时候还要紧张，因为在那里身处异乡，谁也不认识无所谓"面子"、"里子"的感觉。而在上海这十里洋场、趋炎附势的地方就不一样。记得有一次，孩子们学费付不出，我拿了一包衣物去当。一路上濛濛细雨，走进押头店的时候，怕丢面子不好意思进去，好像偷了东西做了什么亏心事似的。心一阵跳，脸一阵红，踌躇不前，四面张望一下，趁没有人看见时，才三脚两步慌慌张张地往当铺店堂里一钻。只见里面穿着破衣烂衫、面黄肌瘦的男女老幼不少，也有穿着比较整齐的，都挤在高柜台下面，每人把东西高高举起，嚷着"当"一元、两元、三角、五角不等。也有人在争多嫌少。只要物主同意当价，当铺伙计就会这样喊叫："×字×号××东西当价××元！"账台上就照写一张当票交给物主。我边等边偷看柜台旁边隔开的敞地上，那里就像摆地摊一样，有人在拣收当押进来的东西。正看得出神，柜上人高声问我："喂，你要当吗？"我把包袱递上去，他翻来覆去看过后问我："你要当多少？""五十元。""顶多三十元。"我无可奈何，只好当了三十元。大家瞥了我一眼，似乎羡慕我居然有这么值钱的东西。这时候，我又一阵脸热拿了钱和当票就往皮包里一塞，急忙从人群中挤出来。有次缺少伙食费和另外一笔费用，临时吩咐国琼把她学习不可缺少的大提琴拿去押当，她看了我一眼穿上大衣（那时她才十五岁）去了。她回来时说："押店柜台真高，我人矮小好吃力，把琴提上去了，戴大眼镜的老头儿，伸头瞅我几眼问'小姑娘你要押多少钱？'我没吭声，给了我这十几元。妈妈，是不是太少了？"（把大提琴押掉后，看她样子很心痛，我也后悔，设法急速把琴赎回了。）父亲说："蛮好我替你们去，也许可以多当几个钱。当铺押店里的人心顶黑。"我问父亲："押头店和当铺到底有什么区别？"父亲说："上海当店分两种，大的叫当铺，本钱多，房子大，为了防火，用石头砌成大院，后面是老板的住屋，前面开当铺。一进门有座大屏风，上面写个'当'字。当铺年息一分八厘，也有一分六厘的。十八个月期满，期满还放宽五天，不起息，对东西保管也比较妥当。但是低级东西不当押。小的叫押头店，进门屏风上写个'押'字，范围小。月息二分，十二个月满期，期满没有宽放日子。但是当价比较高。同时，中下等什么东西都可以拿去当押的。所以穷人都喜欢去押头店。可是那里虽然当价较高，利息大，并满期日子比较短，期满不赎就要'死当'。"父亲说到这里皱皱眉头，叹口气，又说："开当铺、押头店可以发财，穷人则越穷越倒霉。不过，当铺的利息比高利贷总算轻多了。"父亲说完，我亦暗自嗟叹，联想到那些有钱人吃喝嫖赌，作威作福，他们的豪华生活里，哪里不浸透了穷人们的血汗！

二、紧跟真理走

从我有记忆力的一天起，随着自己生长过程和生活本身的体验，我渐渐懂得什么是饥饿、贫穷、侮辱，不公平！在政治、经济、社会方面，我亲身体会到什么是压迫、损害、堕落、污辱，以至于什么是爱情，什么是罪恶！——虽然那时候我还不明白它们内在的真正关联和规律。因此，当时在我幼稚的思想里认为只要是对穷人有害的，对富人有利的，对中国人有害的，对外国人有利的，就绝对不是正确的，不是好思想！

当我年幼的时候就恨外国人，因为我父亲常常被法租界里外国捕房的巡捕们无故"抄垫子"，打、骂、侮辱！后来我又憎恨满清朝廷，因为他对穷人迫害、逞威风，反而向洋人们奴颜婢膝地百般依顺！因此，我就同情辛亥革命，我赞成并且希望把帝国主义势力赶出中国去。我非常希望自己的国家独立自主而富强起来，希望妇女们摆脱各种封建恶势力的束缚。在家庭中、社会上能得到平等的地位，通过就业能够得到经济独立。使新思想、新知识、新文化能够普及到每个人。因为我有这样的想法，所以对于五四运动、五卅运动，从本能上起了共鸣。又因为亲身体验，亲眼看到一些军阀专横、贪污腐化、祸国殃民；无聊政客到处煽风点火、借机会当官发横财，卑鄙下贱……就热切希望北伐战争能够胜利，全国统一，出现一个新的政治局面。又因为亲眼见到并亲身接近中国共产党人，他们确是为国为民，能够以身作则，联络工农大众的进步青年、进步的知识分子，为贫苦的被压迫的劳苦人民切身利益而斗争，他们又为自己所信仰的共产主义而奋斗！多么使人敬佩！因而，我对蒋介石和某些国民党人叛变革命，清共、杀共、剿共感到深深的痛恨！从辛亥革命起到"北伐"这一系列的伟大运动，都给我很大的影响和启示，使我的眼睛一天天地更明亮起来了，头脑一天天地更清楚起来了。要走的人生道路，要去的未来方向，也就更鲜明、更坚定起来了！故当时生活虽然穷苦，可是精神上很愉快。深深体会到身体和精神上的自由，对于一个人来说是多么可珍贵的东西。回忆过去漫长的岁月里，从一个笼子跳出又入了第二个笼子。那时的年月里，我的自由在哪里？我常念着匈牙利诗人裴多菲的一首诗："生命诚可贵，爱情价更高，若为自由故，二者皆可抛！"

不久，经国琼的音乐教师张景卿介绍，认识了女共产党员四川人郑德音（又名倚虹，解放后任北京第三女中校长，1954年病故在北京）和蒲振声（共产党员）二人。通过郑德音又认识她的胞弟郑志（又名沙梅），沙梅年约二十岁，身材不高，皮肤稍黄，两眼有神，性格刚强，说话起劲时候脸红耳赤，口沫四溅，为人坦率、真诚，一位热血青年。那时候，他是靠近共产党的进步学生，在音专念书。郑德音长得身材矮小，鸭蛋脸，口才好。对人诚恳、重情义。蒲振声中等身材，扁圆脸，近视眼，戴副眼镜，她比郑德音冷静深刻。她俩都是二十几岁。她们二人理论较高，有社会经验，看问题尖锐。她们到上海蒲石路渔阳里二号二叔叔家来看我的时候,说是听说四川有位夏之时都督的太太带了儿女们离家出走,成都社会轰动了,四川小报上有登载,她们看了很惊奇,所以托了张景卿介绍来看看我。我们一见如故,非常高兴,好像无话不可说。我就详详细细地把自己的身世,为什么要出走,与夏之时离婚,想在社会上做些对国家百姓有益的事以及培养、教育儿女等,都讲给她们听。她们表示很同情我,很赞成、佩服我这种决心,给了我许多鼓励。她们对我说:"你像娜拉一样,由家庭出走,这是很不容易的。不过,要有毅力、要发愤图强,自力更生。娜拉出走后没有下文。至于你,就看你怎样选择将来的道路了。"她们还说:"你能出夏家门,这是你争取自由的第一步。你为争取自由两次跳出火坑,真是中国的好女性。"我觉得她们真可爱、可敬、真亲热,就像自己的亲姐妹一样。她们又问我看过些什么进步的书。我说在四川的时候看过些文艺书籍,如革拉特考夫著的《士敏土》,郭沫若著的和译的《三个叛逆的女性》、《落叶》、《女神》、《塔》、《瓶》、《少年维特之烦恼》,易卜生著的《娜拉》等。文兴哲也曾介绍给我一些社会科学书,如河上肇著的《社会组织与社会革命》。此后,她们就常常送书给我看。其中我能记得的有德国倍倍尔著的《妇人与社会》、恩格斯著的《家庭私有制和国家的起源》、普列汉诺夫著的《历史唯物论》、辛克莱著的《屠场》、高尔基著的《母亲》、罗曼·罗兰著的《爱与死之角逐》等。我告诉她们:当我看了高尔基的《母亲》后,才深深体会到自己母亲过去经常要发脾气的原因和心情了。我记得我看《大众哲学》、《历史唯物论》的时候,激动得夜不欲眠,深深觉得书中对所有事物的分析判断非常正确,这才是人类社会的真理,真正能够给穷人找出路的。我过去一直这样想:穷人一样是个人,为什么就该世世代代受苦受罪?人类必须相亲相爱、没有争夺,把万恶的私心斩除，以求世界大同，共同向大自然去斗争多么好。可是，回忆起我的经历，尤其是在四川的那些年，看到那个家庭周围人们的生活太不像话了，一切言行都从私心二字出发。有些人我憎恨他们，因为他们像一群豺狼虎豹；有些人我可怜他们，因为他们像无知的蝼蚁，他们不知道人应该过着怎样的生活，应该怎样才能得到真正的愉快和幸福。

我看了这些书后，证实了自己那种朦朦胧胧的理想是对的。这些书进一步深刻告诉了我，社会上贫富悬殊不均的基本原因，以及改造这种现象必然要遵循的途径。我好像得到了指路明灯一样，非常兴奋。同时，我也明白了过去倾向日本明治维新后采取的资本主义制度和后来又相信三民主义，都不是完全正确的。它们固然在整个历史发展的过程阶段中起了一定的作用，但它们都不能彻底解决人民的痛苦和求得世界大同的。于是，我也相信共产主义了。

如前面所叙，经过从幼时就开始的生活实践的体验，并从书中得到的启发，以及朋友的讲解，参加革命的思想和要求，就一天天地强烈起来了！也知道了凭自己这种单枪匹马的勇气，没有组织，没有领导，东碰西撞地干下去，是不会有什么结果的。经过一段时期，我就对她们说："我想参加共产党，和你们一起干革命。"她们俩很高兴。但是，郑德音和蒲振声再三主张要我先回四川，拿一笔钱出来。她们说："你年纪轻，拖老带小，这么多人，没有钱，前途会更艰苦危险的。"这一点，我坚决不以她俩的话为然。我说："谁要他的臭钱，再说要是回去，四川是夏之时的势力范围，他会把我整死。要是再出来也不可能，更不可能把孩子都带出来了。苦，苦怕什么？顶多苦到去做苦工，也可养活家人。我幼年时的邻居，还不多是做苦工养活一家人的吗！"她们俩听了我的这些话，没有再作声。

第十五章 困 境

在 1930 年，月份忘了，一个黄昏的时候，郑德音偷偷把我带进法租界一条弄堂，进了一座旧式石库门房子里面的一间左厢房内。室内陈设非常简单，一个三角形脸，黑黑瘦瘦，戴着眼镜的三十几岁的男子，坐在书桌前面。郑德音给我介绍，说他姓李。他很严肃地望望我，简单明了地问道：

"你家里有多少人？"

"有父亲、母亲和四个女儿。"

"小的还小吧？"

"是的，小的才五岁。"

"你经济情况怎么样？"

"我没有现金，有一些普通首饰和几件皮衣服已经卖掉了。现在还没有找到职业，我想去教书。"

"唔！你的情况，我已经知道一些了，但是你一个人教书能维持这么多人吗？"

"我也知道困难，当一个穷教书匠所入无几，所以也想经商。"

他想了想，还是很严肃地对我说："像这种情况，老的老，小的小，经济情况又不好，入党以后流动性很大，父母谁来供养？子女谁来抚养？我看你目前暂不入党，参加革命也要先解决老小生活。"

我呆了一下，他又说："你先从经济上找出路，最好先设法经商维持生活同时帮助革命，我们党亦需要经济帮助，你能从事经济发展是正确的。入党问题等你孩子们长大些再说，你看怎样？"我看了他一眼，并追问一句说："这样也好，不过我还是希望入党，入党后一样可以经商。"他微笑地说："你回去仔细考虑一下，过三天再来，我们再谈吧。"

我回去后有些失望，觉得好像被泼了一盆冷水。思前想后，两夜没有睡好。我想，生活困难有什么了不起？穷人做工养活一家老小的有的是。难道参加革命工作的人都是单身汉？所以，我第三天依约和郑德音又在黄昏的时候到姓李的那里去了。谁知有人出来把大门开条缝缝问道："你找谁？""我找李先生。""他搬走了。"还要问时，郑德音拉拉我衣袖，我明白她的意思，我俩疾步走出弄堂。郑德音说回去再谈。我好懊丧。郑德音、蒲振声都说一定出事了，他们经常搬家转移的。并告诉我目前已经失去联系，暂时没有办法。郑德音劝我，还是按照李某的意见做着再说（那段时期历史上称为革命低潮）。和郑德音分手后，回家无精打采地边喝茶边沉思，自从第一次大革命失败后，在蒋介石反共阴谋的实施下，造成革命转入低潮。这是多么叫人沉痛！此后，我就依照李某吩咐去做。不久，蒲、郑她们都离开了上海。后来蒲振声的妹妹告诉我，她姐姐已死在狱中，郑德音也入了狱。我很悲痛！此后，我和蒲振声的妹妹、郑德音的弟弟沙梅经常往来。他俩在经济上有困难时候，我尽力帮助，可是只能尽心力而已。记得有一次，我正要出门时，沙梅到家来说有困难，我将围在颈上御寒的一只狐狸皮围脖给他拿去当押了几元，这是不足道论的小事，无非是说明那时大家经济困难而已。

三、上海的"打花会"[1]

我的二叔一家老小九口，生活依靠贩卖报纸维持。二叔见我拖老带小七口人，生活困难日甚一日，因此非常关心我们。二叔和邻居们都喜欢打"花会"。这是他生活中的日常课程，也是他唯一的娱乐。每天写好打哪门或打哪几门，连钱一起包一个小纸包，送去附近打花会的小机关。二叔赢了，二婶就笑眯眯；二叔输了，二婶就唠叨、骂人。"花会"共三十六门，都以动物为代号，每样动物有一姓名，被称为神。每天开一次，得中了一赔三十六。我想："一赔三十六"暂时可以解决全家伙食开销，所以我也爱和他们一起搞。结果输的时候多。一般平民赌得入迷入魔。迷信着在梦里可以取得赌财，每天清早一见人，就相互急问，昨晚做了什么梦？梦见了什么动物？有些地方整条街，整条里弄的人就是这样赌得糊里糊涂，甚至为了想得一好梦，特意夜间睡在坟墓旁边。总是有人倾家、输光。人们为此自杀的自杀，妇女失身的失身，惨事百出。久之，我才知道"花会"赌博是以吮吸一般小市民和底层劳动人民的血汗钱为对象的。并且也了解到其中的黑幕和它的来历。它的总机关设在虹口，分机关深入各街道、里弄。大号机关叫"听筒"，小号机关叫"航船"，传达消息的叫"快马"，靠此生活的有五六千人，都是白相人。每天收入几万元，大流氓每天可以得到一千元上下，小流氓每天至少也可以分得一元多钱。花会开始起于澳门，满清末年流传到上海。先是福建帮流氓开设，后来被上海帮流氓夺取。这是虹口帮上海白相人的专利[2]，就是法租界一等流氓头子杜月笙、黄金荣也不得染指。杜、黄是专门经营烟土和大赌场的，这是上海流氓们组织分工平分秋色、各霸一方的现象。我知道它是罪恶组织和它的危险性后，责备自己不应该为了解决经济困难而懵懂一时，便停止再赌。同时，也劝阻了二叔。旧社会上海骗底层人民赌博的花样很多，还有四门滩，分抓滩、摇滩、混滩、押宝等。我未赌过，就不多叙述。

四、上海的"181"号总会

我想简单地谈谈上海所谓高级赌场的情况。1936年，锦江开张的次年，我因好奇经杨虎太太田淑君的介绍，曾在上海高级大赌场181号总会小赌过。181号总会是上流社会之总会、俱乐部，当时是赫赫有名的。老板是一些广东人（香港、澳门请来的老手），实际上后台是杜月笙。经理钱金葆（号志翔），地址在福熙路上念毋新村对面（现名延安西路），后门在巨赖达路（现名巨鹿路），后来改为申德产科医院。后又改为卢湾区产妇医院。这赌场房产是属英国汇丰银行买办姓席的。是一座大花园洋房，楼下有大小会客厅、账房间。二、三楼是赌场，设有转盘赌和大小牌九；也有抓滩、摇滩、混摊、押宝（称四门滩），还有大小点。以上是公共玩的种类。另外一些达官显贵喜欢赌得斯文一些，就到另外几个房间赌诗谜。这大赌场没有他们信得过的人介绍不能进入。

赌场排场很大，内设中西大菜、鸦片烟、各种冷热饮料，烟酒等都是英、美、法进口货。还有买卖珠宝、押珠宝、玉器、股票、房产契、地契的部分。整个赌场备有几十辆汽车接送客人，其中还有带保险玻璃的装甲车似的汽车。有几十个带盒子炮、手枪的保镖，他们分布在里里外外、上上下下。还有很多漂亮的男女招待员，穿着讲究，这些人多数是大亨介绍进来的有名的姨太太、交际花、舞女、妓女，她们有的还戴七八克拉大金刚钻戒指，根本看不出她们是女招待员。男的招待员也是西装笔挺，彬彬有礼。

来这里的赌客，多数是大亨，可谓当时社会的高官富豪。赌场守门人都熟悉他们的汽车牌子号码，因此，守门的由门洞上（这种洞眼只能看出，不能看进）一看汽车号码，知是某大亨立刻开门迎接。招待员叫一声"大亨"，引入专门招待特殊有权有势的人的精致房间。这房间不用说阔气、舒适。像这样的赌钱客人来时，设有食物随便吃外，还特别送上人参汤、燕窝汤等最贵重的食物，还有捶腿敲背的人。总之，服侍周到舒适。吃还不算还可带走，哪怕是最贵重的食物，烟酒更不在话下，但是，羊毛出在羊身上。

当时，我玩了一阵轮盘赌，未输。据说凡第一次去的赌客不会让你输的，还会让你赢些。用这种诱饵引人入迷，使人们自然而然陷入骗局。我去的目的是想知道它的内幕是些什么。了解了大概情况后，我就不再去了。

轮盘赌共三十六门，设有单双，赢了一元庄家赔三十六元。做庄家的大有奥妙，灵活的手法还有吸铁石的装置（必要时用它来变骰子的数目），他要你赢你便赢，他要你输你便输，赌客常常一掷千金。总之，你入了鬼门关就不要怕寿命短促，倾家荡产。

此外，当时上海尚有"跑马"、"跑狗"、"回力球"等名目。"回力球"，我去赌过。另外，还有小骗赌，名"倒棺材"。置一小板桌、小毛巾、雕空的小木盒，两块梅花和人牌，由同伙人冒充赌客诱人上钩。我亲戚的朋友就上当过。总之，旧上海滩骗钱的大小赌博的名目很多。上海滩小流氓敲竹杠事很多，什么"拿开销"，每逢喜丧（俗称红白）两事，附近小流氓来讨酒钱，若不给便捣乱。锦江开幕时我也给过。"讲斤头"便是有人做了违法的事，小流氓知道了要去茶馆谈判讲钱，不付钱就剥你衣服或者挨顿毒打，一哄而散。还有"吃讲茶"，上海吃讲茶的风气颇盛，人们发生口角不能解决，就邀请流氓从中调解，如能和平了事，双方都奉敬这些调解的流氓。这事就在一张桌上谈判解决，即流氓是审判员，有时他们的力量比法庭还大。还有"桥头英雄"，这种乞丐活跃于苏州河南北两岸。常常由一个"爷叔"收罗一群小鬼，占住一个桥头做地盘，小鬼们不管乘车人是否愿意，便强行帮车夫将车推到桥顶，然后向乘客索取酬报（我也经历过）。小鬼们每天所得要向"爷叔"孝敬钱的。还有"黄牛党"，其中分码头黄牛党、鱼行黄牛党、飞票黄牛党等名目。上海有一种乞丐，追在人身后索钱，絮絮不休，夏天则拿把破蒲扇跟在人后面扇风，名为"赶猪猡"，我每碰到时马上多给他些钱。还有一种"剥猪猡"，即黑夜里剥行人的衣服。还有"落地扒"，即在车站码头卷窃旅客行李箱笼。"跑细佬"，用小刀割衣行窃。"跑行风"，全凭空空妙手窃物。"跑底子"，偷窃船上货物。"快马党"，偷自行车者。"硬扒"，抢女人的皮包、首饰的行为，我曾被抢过。最厉害的叫"拆白党"，俗称"仙人跳"，仙人跳是拆白党中的一种，多为俊男靓女，勾引富室男或女，待其发生两性关系后，由同伙假装妻子或丈夫闯入捉奸，敲诈金银，得后逃匿无踪。

写到这里顺便谈谈上海贩卖烟土的勾当和它的大概情况。这事是上海黑社会里的权势者和官府勾结进行的。上海是旧中国烟土的集散地，国内云南、贵州等地的烟土和印度烟土都由水路运到上海上岸，然后再运往各地。这一买卖通常是由杜月笙、黄金荣等青帮头目包销。烟土的入港、储存、分装等活动都受到官府的保护，牟取暴利后再共同分赃。除烟土外，还有红丸、白面等毒品毒害人民，不少人因此家破人亡。据说北洋军阀时期，直系军阀齐燮元垂涎皖系军阀卢永祥、何丰林控制的淞沪地区贩运鸦片的厚利，互争地盘，是1924年爆发江浙战争的一个重要原因。这场战争给上海以及江南最富庶的地区造成了极大的破坏，成千上万的人民流离失所和死于战火之中。以上是解放前上海社会的形形色色的一角。

五、上海的鸦片烟馆

解放前上海设有大小鸦片烟馆，有上税公开的，有偷税私设的，地点在热闹区，三马路、四马路一带亦有家庭私开的。记得我曾和友人同去三马路一家参观过，店面是沿马路楼房，我们进门经过查问后，上二楼向左拐弯，见长形一大间纵横约有四十平方米，室内整洁，靠右边墙都是一组一组的，约有十组红木床。我们进入细看，见床脚有一个伸脚凳，烟具全是金银镶嵌，光亮夺目。我们走近一位正在吸烟的面黄饥瘦的年轻男人，他见到我们很高兴地起身和我们打招呼。我们问他:"有无女人来此吸烟?"他说:"有的,有些很阔气的家庭妇女。你们来早了,下午、傍晚、夜间就满座了。男女老少都有,到时这房内便是烟雾沉沉了。"他又说:"来这里的烟客都像是有钱人、像是上等社会人士。据闻他(她)们都因不称心的事吸上了鸦片烟,因某些原因不能在家里布置一套烟盘,只好来这里过瘾了。"这大烟馆用的烟土是头等货,好云南土、印度土,座场又舒适,故卖价很高,一般人吸不起。大烟馆赚钱很多,但税亦高。

其次是小烟馆和家庭烟馆,它们因偷税经常受到很重的罚款,甚至关闭。这里一切设备不如上述大烟馆,设备简陋,烟土质量差,都用本地烟土,卖价便宜。烟客男女老少都有,如店员、苦力、无业游民、中产阶级以下的男女,数量不少。

烟土的来源多半属于上海流氓头子杜月笙等和当地有关方面一起勾结统一贩卖,供应。

注释

[1] 花会:是上海中产以下的人民赌博之一种形式。"打":意是赌的意思。系上海话。

[2] 白相人:即游手好闲,靠敲诈勒索、欺骗、整人等手段发财的人。

第十六章　创办群益纱管工厂

一、苦筹资本

我首先开始筹谋我的生活出路。二叔很关心我，我和他商量。他叫我开办纱管厂。他说："这生意有前途，国内出产不多，大部分靠日本货。日货质量好，但是进价贵，成本高。如果我们厂将来的出品能够赶上日货，价又便宜，一定有销路。同时还可以抵制日货。"我觉得他的看法不错。首先可以解决生活和孩子们的教育，不致中断下来；再从发展看，使本国的民族工业能得到抬头的机会。

我们商定后，先安排孩子，除国琼在上海中学和上海音乐专科学校学习外，国琇、国瑛、国璋都送进务本小学寄读。我开始筹划资本，将从四川带沪的一根珍珠项链及其他东西共卖了八百元，再由二叔到各处奔走，邀请小康之家的友人们投资入股。他老人家还四面托人，找到不少工人和几位职员。就这样费尽了九牛二虎之力，以四千多元的合资，在上海闸北台家桥创办了不满一百名职工的群益纱管厂。这是 1930 年春末。

办厂的目的：一为生活、子女教育，妇女能办实业、能经济独立，争取社会地位；二为协助革命。故从此数十年间，我所办的一切事业所赚的钱，除扩大营业范围外，都是围绕着这两个方向花用的，从不积蓄。

第十六章 创办群益纱管工厂

1930年办的群益纱管厂,于"一·二八"为日本侵略军炸毁。

我走出夏家的第二年(即1930年)就筹备开办这个工厂,人头不熟,除了几个穷亲戚外,社会人士简直可说一个都不认识。因此,除工人班子还算齐全和姓陈的账房先生还能管账外,没有一个得力的助手。几乎全部行政工作,包括进货、推销产品在内,都由我独自担任。还要下车间检查、督工及出外接头,里里外外奔忙。家离厂又远,来回约三小时,换车三次。到中国地界换第三次车时,只有黄包车。酷暑寒冬也照样跑来跑去,有时还要往返两次,常常深夜才能回家。久之两膝冻红,得了严重的关节炎。若是回家早些,还要料理家务和亲自添做、修补孩子们的四季衣履,经常是睡三四小时。又因工厂资本不够,资金周转不灵,初办期间,每到发薪时真把人急死。工头还要欺负我是外行,挑拨我和工人的关系,以便从中两头取利。这段时间心里很烦乱。后来,我采取工头也是老板彼此合作性质的对策,工头就不但不作怪而且认真负责了。工人们也知道我与一般老板经理有些不同,大家努力和我合作了。创办这样一个小小的工厂,若在有钱有势力的人,当然是算不了一回事,可是在既没有经济支援,又无经验与人力的我来说,随时担心着怕它倒闭。

二、艰辛经营

戴季陶在 1928 年 10 月担任了南京国民政府考试院院长。他在成都时期,几乎每天都在夏家,赞扬我管理家务有方,并收国琼女为他的干女儿,我又被戴母认为干女。戴季陶离川时嘱我常去探望、照顾他的老母。大概是由于这些关系,戴季陶每从南京到上海,不嫌我们居住简陋,也没受夏之时破坏我的影响,常来渔阳里看看我们。开始不管他什么动机,有无政治作用,我都不愿见他;经仔细思量,还是不得罪他为上策。于是仍以一般干亲态度对待他。当时群益厂因为资本不足周转不灵,产品也因无落脚路(即门路)不能直接推销到获利较高的纱厂去,又因厂方支票为期四十天才能兑现,我资本少不能等待,只能推销给中间商五金字号,价格虽低但可以马上拿到现金。戴知道了这些情况,看到长此下去厂的前途确实危险,于是他好心送给我一千元添作资本,还写了一封介绍信,介绍我到无锡纱厂巨子荣德生处去直接推销。我拿了介绍信,在发三十八度的高烧下,搭三等火车到了无锡。

只重衣衫不重人的上海社会,即使穷得当卖东西也得弄出一套像样的衣履穿着,否则就被人瞧不起,更莫想有所活动。我为了要像个经理样子,穿了白衬衫、藏青裙子、黑罗缎衬绒大衣、黑皮鞋,颈项上套一根黑丝带钢笔。我拿了办公皮包和纱管样品,到了荣德生办公地点,门房盘问一阵,才放我进去。当我通过大办公室走进荣德生办公室时，两旁办公桌上的四五十个职员不约而同地把视线向我扫过来，三三两两接耳窃语。大概是由于他们认为我朴素的西式穿着，或是由于他们从来没有看见过妇女做跑街生意的缘故，把我当成怪物。我脸面顿时通红，深深感到求人真是件难事。

心里虽然有些不自在，难为情，但装着大方而镇静满不在乎的样子。穿过大办公室向东稍转就是荣德生的办公室。好些人在办公室门外过道里坐着等候传呼。我正要进入的时候，一个中年男子把我拦住，叫我在外等候，轮到我的时候才能进入。当时心里真是有些别扭。荣德生办公室很阔气，红木家具、地毯、一个大红木办公桌横斜向门放着……

荣德生约五十岁，身材中等以上，看上去很健康，态度从容，说话慢吞吞的。他看过戴季陶的介绍信和纱管样品后说："虽然是小型工厂出品，东西做得的确不错。"在这一刹那间我突然感到无限的光芒呈现在面前，觉得工厂从此有了前途，心里真是难以形容的高兴。但他又接着说："你把样品留在这里，等我们考虑后，写信告诉你。"从他的态度、语气间，我觉察到是不会向我厂订货的。又顿时感到无比的失望，几乎流出眼泪，没有和他打招呼拿了皮包转身就走了。

为了充实资本，图谋发展，我邀请某银行投资或者把厂作抵押贷款。但那时候上海女子创办工厂独我一个，人们对女子办工厂很不信任。该行负责人在参观群益，盘问一番后，终于遭到了他们的白眼。这件事本来是自讨没趣，银行家怎么会来帮助我这样的女子和这样的小工厂呢。

戴季陶诚心助我未成，我仍然感谢他的。这里顺便写几句有关戴季陶事。戴季陶有学问，学者修养颇深，信佛教，可惜在政治上陷入歧途。据闻当年他在印度、缅甸讲学受到甘地、泰戈尔等人的

1924年戴季陶与孩子们摄于成都将军街客厅门前。下排自左：国琇、国瑛、杨四妹。上排右起：国琼、戴季陶、杨二妹（杨吉甫博士之女）。

礼遇。由印度回国后住四川成都枣子巷老家。当时他的生活一切费用均由向育仁（名传义）军长负责办理照顾。1949年2月11日，解放军南下后，他不愿去台湾，在广州自杀身亡。

去菲律宾招股 办厂后，我带着孩子们与双亲分开，另租法租界麦色尔蒂罗路（现名兴安路）三德坊两间亭子间住下。二房东福建人庄希泉，进步人士。身材中上，相貌端正，口才好，性格豪放，为人极其正直、热情、讲义气。他喜欢喝啤酒、游泳。他和夫人余佩皋在上海主办曙光公学校。同住房客有两位福建人张殊明、张昭明，协助他办曙光公学（张昭明是中共党员）。还有张殊明的胞弟张楚琨，中等身材，长相英俊，皮肤白白，双目炯炯，嗓音清脆，话不多（为革命写文章、做侨务工作，解放后任厦门市长、全国政协委员，现任全国政协常委），为人热诚，重情义，当时他住别处，常来探望哥哥和我们。我和孩子们都称他小张先生。我们很亲切地交往，现在已是全家六十多年的老朋友了。我移住在这里觉得很愉快，白天去厂里办公，晚上回来得早的话，大家谈论时事和革命理论。张昭明因政治活动受到当局威胁，在政治和生活上都难以立足于上海了。经我们介绍他去菲律宾马尼拉一个小学里担任校长。第二次世界大战期间，在马尼拉不幸死于日军枪下。哀矣！

当时二房东庄希泉（做华侨工作，解放后任全国侨联主席，晚年入中国共产党）曾一度介绍我去厦门，担任厦南女中校长。我因群益厂故不能分身，便转介绍文兴哲母亲去了。文母为减轻我的负担，把四女国璋带去抚养了一个时期。1931年春，通过庄希泉他们逐渐结识了由马尼拉来上海游玩的好几位华侨，有林朝聘、陈清泉、卢玉质（号文彬）等。这些华侨都是菲律宾马尼拉香烟厂和菲律宾达沃（Davao）省麻厂的股东、经理，亦是菲律宾马尼拉社会知名人士。我和他们一接触，觉得他们很开朗、直爽、热诚，封建意识少，

1930年,上海。董竹君(左二)与庄希泉(左一)、卢玉质(右二)、林朝聘(左三)、庄太太(右一)在法国公园(今复兴公园)合影。

爱国心重，事业心强，对女子办企业、开厂敬重。和他们来往做朋友，感觉到很轻松愉快，并且我认为他们能和我在事业方面合作。

这些华侨朋友都去群益纱管厂参观过，对女子能办工厂而且办得不错，感到惊讶。于是他们鼓励我去南洋招股扩厂。我暗想女子会办厂的很多，就是因为不良的社会制度，不知埋没了多少女子的才能啊！

通过这几位华侨朋友，我就于1931年春乘荷兰爪哇轮船公司的船去菲律宾马尼拉住了将近一个月，招得近一万元的股子，回来就把厂扩大了。占地四亩，比较像一个中型工厂了。当时有职工约三百人。

第一次去菲律宾，为创办群益纱管厂招股投资。摄于在去马尼拉的船上。

我在菲时，又结识了一些工商界的华侨名流，如：许友超、桂华山、姚乃昆、施嘉谋，还有中学校长施守璧等。他们都是华侨中的新派人物。我由菲回来时，受他们中间一些人所托，协助福建人周桂林医师在上海霞飞路、维尔蒙路转角开设了华南医院。

我结交的这些华侨中，有的在政治上思想还好，有的对于共产主义虽不反对，但在思想上颇为模糊；有的只想满足个人发财的欲望。我在和他们见面的时候或在通信中，经常透露我对人生的看法，并也启发他们为祖国和人类多做些有益的事。

他们之中，陈清泉身材中等，五官整齐，唯两眼较小，皮色

1930年去菲律宾又去纳发,董竹君(右)在华侨中学宿舍楼梯上与该校校长施守璧合影。

微黄,声音清脆,他是 Davao 麻厂的得力经理,颇有才学,思想进步,喜欢阅读革命理论书籍、进步文艺作品,对共产主义颇感兴趣。陈清泉的妻子是菲律宾人。他告诉我他是被迫勉强结婚的,按天主教规定不能离婚。这次回国观光的日子里,每天找我谈论国家大事。谈到帝国主义划分租界、侮辱妇女、欺压人民等的事时,我们越谈越伤心。我趁此机会宣传我初步认识到的共产主义,他也逐渐认识到:只有共产党才能救中国的真理,也就更加不满资本主义制度和他自己的职业与天主教徒妻子的家庭生活。陈清泉说他担任菲律宾 Davao 省麻厂经理不是他的志愿,想再做几年,待经济稳定后去苏联留学。然后回国参加革命。

陈清泉很敬佩我,有一次我们聊天,他问起我的前途作何打算?我以如下的话回答:我们生于这个时代的女性,责任上不仅仅是争取自身的自由,还要为下一代做个铺路人。为此,哪怕起到一颗螺丝钉的作用也好。他听后点头说:"我能理解你,占据你整个心灵的只有两件事：事业与教育儿女成才。应该好好干一番。我慢慢加入和你一起干。"我一笑。我们从此结为好友，经常通信，并常寄些进步书刊给他。这引起他做生意的同伙人大为不满，这些人恨透我灌输他的进步思想。

前面提过的卢玉质先生，是第一次国共合作时的中共华侨代表团的团长。他曾多次资助革命。他亦曾投资群益工厂。因他思想进步，我俩成为姐弟似的好友了。他的大女儿卢惠珍人极忠厚，工作积极，菲律宾马尼拉中央大学牙科毕业、博士学位。先是菲律宾共产党员、回国后转为中共党员，现已在北大医学院离休。我俩常有往来。卢玉质先生参加第一次国共合作等事是他女儿卢惠珍告诉我的。

交往进步人士　我母女在上海三德坊居住不久，就迁往霞飞路（现称淮海路）歧斋前楼。后又搬到金神父路（现瑞金二路）花园坊九十六号。不断地搬家，在上海几乎成为我们这类生活不安定的人们共同的特点。这时候，双亲与二婶不和睦，觉得寄人篱下终非长久之计，也从渔阳里搬到霞飞路伟达饭店隔壁钱家塘平民区居住。那里房东非常好，双亲生活习惯也和他们合得来。房租又便宜，可减少我的负担，同时避免二老见着我的活动与经济困难而担心。所以，没有接到一起住。我和孩子搬到花园坊住下。

花园坊弄堂住户约几十家，是一座单开间三层楼洋房，有两个亭子间。我们住三楼的亭子间。在美专读书的华侨学生许珂（后来到延安去了，解放后任北京电影制片厂导演）住二楼，郑德音弟弟沙梅住底楼，后来沙梅搬走了。

这期间，我所接触的人绝大部分是进步青年、共产党员、左倾的文艺工作者。他们对我思想进步帮助很大，使我生活更有力，意志更坚强。对于问题的认识、分析、判断、处理，比较更准确。另外遇到比我差的人，我也尽我所知、所能帮助他们，启发他们。

三、在"九·一八"事件时

母女参加示威大游行 1931年9月18日，正当国民党连续发动围攻共产党各个革命根据地的时候，日本关东军忽然进攻沈阳。由于蒋介石的不抵抗主义，辽宁、吉林、黑龙江三省很快地全部沦陷了。

"九·一八"事件发生后，全国工人、学生抗日情绪高涨，爆发了大罢工、大示威。我一面办群益厂和协助华南医院，一面带着大女国琼参加群众大会。国琼女时常有大学生请她去文艺场所担任钢琴独奏，有时还参加乐队大提琴演奏。因此有一位暨南大学学生、浙江人骆介庵，就认识了我们。他常来我家座谈，他身材不高，但身体很健壮，也很健谈，谈起革命理论来总是面红耳赤，起劲得要命。他那时经常组织群众大会。

有一次，我和国琼女随着他参加了示威游行。我们先在旧法租界金神父路辣斐德路口，向店铺老百姓借了一个板凳，让骆介庵上去演讲。听众聚集，立刻汇成了队伍。我们就从这路口出发，由西往东向"大世界"方向走去。走到十字路口时，又借凳子演讲，群众愈来愈多，并且和南北横街的群众队伍会合约有好几千人。于是我们就浩浩荡荡无所顾忌地大步前进。带头的人一面走一面大声喊口号，群众也跟着喊。当群众队伍走到"大世界"前面京剧院"大舞台"的时候，群众情绪愈来愈高，带头人呼口号时喊声更高了。在这种万众一心反对帝国主义侵略情绪下，游行队伍冲破了爱多亚路英法租界的界线。于是英租界对岸的巡捕拿着木棍就向我们乱打了一阵。正当群众队伍向这些巡捕时进时退地反复冲击的时候，忽然又开来了两卡车的巡捕，枪上都插了刺刀。一下卡车立刻排好行列，就把枪口对着我们这边群众队伍走过来。这时候群情激愤，怒气冲天，不约而同的一片口号，吼声震天。这时候我也带头领着群众，拖着国琼女继续前进。对着巡捕们的刺刀、枪杆，人们像浪潮般地边喊口号，边向前冲去。这样一来，倒把敌人吓退了。接着又来了大批武装巡捕，把群众驱散了。当时受伤几人、被捕几人，骆介庵被打得头破血流。他是在我们群众冲过去的时候被救出来的，所以幸免遭捕。我和国琼女即刻把他护送医院诊治，包扎好后带到我们家里住下、休养。

出资合办《戏剧与音乐》 1931年冬，在上海花园坊九十六号，这段时间，我和郑沙梅（这时候他已是乐曲戏剧作家）、谢韵心（又名章泯，中共党员、戏剧工作者，解放后任北京电影学院院长）三人合作，创办了《戏剧与音乐》杂志。资金从群益工厂抽款作资本。党员刘栗一同志也曾送来百元，用"艺术书店"名义出版的，地址就在花园坊九十六号。创刊号刚刚印出发行，因"一·二八"事件时群益工厂被轰炸，我又被捕，此刊物随形势的变化而沉落。未能继续问世。这创刊号内还有国琼女一篇文章笔名夏曼蒂。

现在回忆起来，那时候无论想替国家人民做什么事情，都是非常困难的。政治上、社会上压力重重，加上不是无钱便是钱不够。即使历尽艰辛好容易办成，到中途也免不了遭到打击而夭折。

一段故事 写到这里，回忆起蓝苹（即江青）的一件事，我联想这事在她自己必认为是一生中最细微的小事吧。

章泯生活贫寒，妻子肖琨在当时是北京大学颇为活跃的进步分子。在30年代初他俩热恋着。肖琨娘家对他们的婚事极力反对。为此，肖琨决心和娘家断绝往来，毅然决然地和章泯结了婚。婚后生活精神上幸福，经济上异常贫苦，家庭开支多靠肖琨任教的收入。

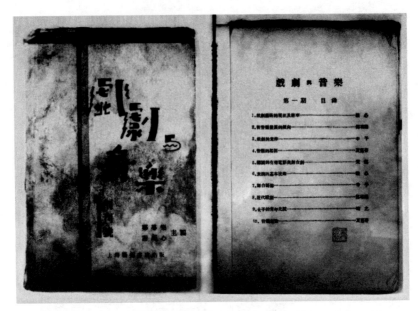

1931年,我最早资助办的《戏剧与音乐》杂志初刊。

就是怀孕近临产时期,也得从上海法租界天天步行十几里路到杨树浦(好像是这路名)上课,为补贴几文开支,就连每天看过的报纸也一张不漏地叠好成套,以便多卖几文贴补家庭开销。这样的艰苦生活连续好多年。

1937年抗日战争前夕,上海演出话剧《大雷雨》,蓝苹当主角,章泯导演。从此章泯成为一鸣惊人的人物,有了名声。肖琨的十年寒窗得到了出头的日子。正在这时候,好梦不长,波涛骇浪突然向肖琨冲击过来。章泯、蓝苹同居了。章泯提出要和肖琨离婚,同时蓝苹提出要和马季良(即唐纳)离婚。于是肖琨、马季良都要自杀。这一下震惊了上海文艺界,好心人夏衍、于伶等十几位同志一致开导章泯绝不可做出这种辜负肖琨的事。这时善良的章泯已被蓝苹的魅力迷住,他不听众劝,居然说出:"她是被社会遗弃的女人,按月贴补她三十元生活费。"最后终于离婚。

　　肖琨的儿子小克林,是我的口头上的干儿子,我又和章泯、沙梅一起创办过《戏剧与音乐》杂志,他们夫妇的事情我们都知道。我见这种情况,深为肖琨不平,为她们家庭担心,为孩子可怜!我为这事几夜未睡好,但也无可奈何。肖琨经我和王季愚(中共党员,解放后任哈尔滨俄文专科学校校长,已故)多次劝解安慰,叫她拿出当年的革命精神去抗日前线参加抗日工作,她忍痛接受了我们的劝导、鼓励,上前线去了。后来转赴延安,并入了党。解放后,在文化部党委任职。

　　当时,唐纳也经常来我家。他异常伤心,经大家一再相劝,打消了自杀的念头,后来和一位姓陈的女士结了婚,在法国开设餐馆。这二人,尤其是肖琨如不经我和王季愚的尽力劝解,两条命早就葬送了。

　　不久,蓝苹又和章泯分开,去延安了。

四、在"一·二八"事件时

　　群益厂被炸毁、横遭诬蔑　当时侵略成性的日本帝国主义者,一心要并吞全中国。"九·一八"事件后,由于蒋介石的投降政策,不抵抗主义,致东三省失守。日本侵略者得寸进尺,凶焰愈炽。在1932年1月28日夜,日军又突然进攻上海(历史上称为淞沪战役)。在这次战役中,守卫上海的主力军——十九路军英勇起来抵抗。上海和全国人民热烈支援,工人、学生、市民纷纷组织了义勇军,并担任运输、救护等工作。我也出钱捐献。十九路军约以一万多兵力坚持了一个多月,击退了敌军,打了胜仗(据闻这次战役日军投入总兵力约四万四千,我军投入总兵力约四万五千)。然而,蒋介石不但不支持，反而把各地人民的捐献扣留。十九路军处于枪弹用尽、支援断绝的情况下，只好向西撤退。蒋介石指示何应钦和日本侵略者签订了《上海停战协定》。协定规定日本军队有在上海市区和周围驻扎的权利。中国反而不能在上海驻军，抗日活动要全部取缔。这是多么惨痛的卖国史！

  两年多来，我辛辛苦苦在闸北创办的群益纱管厂，好容易在业务上刚刚有些起色的时候，就在这次"一·二八"事件中挨了炸弹，几乎完全变成灰烬。我在非常悲痛、不安的心情下，忙着处理工厂炸毁后的一切善后事务。而群益工厂被炸毁后，未看见过群益厂的一些华侨股东造谣说我是"拆白党"，真令人啼笑不得。幸好工厂各部都拍有照片以及管理参观过工厂的几位华侨股东的证明，谣言才逐渐烟消云散。当时我感到无比气愤，但我又有什么力量去抵抗呢？只好忍气吞声。可是它给我增加了奋斗的精神力量！于是我仍然努力于寻找经济出路和参加共产党的政治活动。

  当时，因战争关系市面处于停顿和混乱的状态中，二百多职工的薪金伙食和家庭开销毫无着落。双亲担心孩子会停学，变成弄堂孩子，因为我整天在外奔跑已弄得焦头烂额，无暇他顾了。

  去厦门途中 这时期陈清泉先生在厦门，他知道上海形势紧张怕我出事，邀我去厦门暂避。我就答应前去。目的是想请他设法帮助，以救燃眉之急。但当时在市民纷纷离开上海逃难的混乱状态下，根本买不到船票。我又急于争取时间想早去早回，于是就和陈清泉的弟弟陈清汶俩背上简单的行李，带了一些干粮，做"黄鱼"（没有船票的人）搭上了小船偷渡到开往厦门的轮船后身的货舱口，偷偷地爬进了货舱。见里面拥挤得水泄不通，人们都坐卧地下，我俩就混进去，选择一块比较不容易被发现的小地方，向先到的人们打个招呼请他们让点缝出来，然后把被盖在缝缝里铺好睡下。一会儿船开了，查票员来到，我俩赶快把被盖往头上一蒙装睡觉。查票人来势汹汹地嚷着："查票！查票！有票快拿出。快点！快点！没有票的自己识相点（意思是没有票子的人赶快给他们一点钱就可了事），免得扔入江去。"因为"黄鱼"不仅仅是我们二人，在极混乱的情况下，我俩算是幸运地混过去了。我记得当时拥挤得简直翻不过身来，连去厕所都要在人身上踩来踩去。整整两三天没有喝口水，空气坏到仿佛要窒息似的。我们当时的脸色也苍白了，就这样到达了厦门，住陈清泉家里。这是1932年近2月底的事情。

厦门女中演讲惹祸 到了厦门的第二天，某女子中学（校名已忘）请我演讲。我讲抗日救国，当前政府如何腐败，中国将来非得走向革命道路不可。我讲到一半情不自禁地愈来愈激昂，听众情绪也随着高涨了起来。我感觉不对怕出事，赶快收话回到陈家。傍晚有人通消息给陈家，叫我赶快跑。我在抵厦门的第三天就又逃回上海了。后来接陈家信，在我走后几小时就有人去搜查。陈家老太太受了一场惊吓，据说从此得病不起。陈家除陈清泉、陈清汶兄弟俩理解我的活动外，其他人都把我恨透了。后来陈清泉回菲律宾了。

第十七章　上海监狱内外

一、被　捕

半夜搜捕　从厦门回沪后，为了能把工厂设法恢复，家务安顿好，革命工作进行得更好些，我照常奔忙。有一天傍晚，我从群益厂回家，正和孩子们吃晚饭时，忽然外面锣鼓爆竹声大作，市民们在庆祝十九路军打胜仗。我也兴奋得放下饭碗，带着孩子们坐上两部黄包车，挂上鞭炮，一路庆贺到11点才回家。回家后，安排孩子们睡觉，正在和暨南大学的学生骆介庵谈论时事，激动兴奋的感情还未平定，突然楼下后门有人叫开门，来势汹汹。我和骆介庵知道有变，包探已经冲上三楼，直进我住的亭子间（是睡房又是书房），法国包探像根柱子一样站在门旁，两个中国包探就拿起电筒到处照射，首先照到书架，其中有一个包探哼一声说："这些书就足够证明你是反动分子。"

"这些书市上都有出售的，为什么看看这些书就是反动？"我板起脸回答他，心里真气愤，恨不得有手枪把他们打死。

"你这女人的嘴倒蛮厉害的。"他冷笑一声说。

一刹那间，电筒照射到床下，他们像找到宝贝似的狂喜起来。是一包宣传品。我心想送来的人事先不告诉我一下，藏好它。

"哈哈！这回你还有什么说的！"这时候我虽然激愤得无以复

加，但心里却很镇静。两个包探和那个法国人在门外不知说些什么话，随后就一个扮红脸，一个装白脸地对我进攻了。扮红脸的像条疯狗一样，厉声叫着："把她带走！带走！"我说："走就走。"

"你还要嘴硬？"举起手就给我两记耳光。"交出你的共产党党羽。"

"我不是共产党，哪里来的党羽？"

他转身问骆介庵："是你拿来的吗？"

"不是。"骆介庵回答。

"你们是同伙吗？"

"不是。"

"那你知道这包宣传品是哪里来的？"

"不知道。"

"你不知道，我们知道。"

"你是谁，你来干什么？"

"我是暨南大学的学生，来探望她们，她们要出去放鞭炮庆祝打胜仗，我同她们一起去了，刚刚回来。"

"胡说，你们都是同党。"

这时，那装白脸的就把我拖到洗澡间，把门关上，假惺惺地说："看你的样子，也不像是个共产党员，还有皮大衣、钢琴呢。你赶快拿出两千元，我们就把这包宣传品替你烧掉。"我说："钢琴是租来的，皮大衣就只一件还是旧的，也不值几文。我没有钱，你们喜欢怎么办就怎么办好了。"他又说："你不要这样硬，你犯的案子不小，判刑不会轻的。你的处境很危险，若不肯出钱了事，进牢后那种苦头你是受不了的。"最后，他讲来讲去，把价钱降低到六百元，并说只要开张支票就行。我仍然没有答应。一则实在没钱，再则恨透了这些奴才走狗，为什么要给他们钱呢？于是，白脸火了，把我拉出洗澡间。

我临走时，去前楼看了一下正在酣睡中的孩子；我叫醒国琼，她翻身跳起擦着眼睛，抬头恐怖地看着我和包探。我把书桌抽屉内仅有的十九元交给了她做家用并且关照她去隔壁找张殊明，一道去聘请那位在法捕房里有势力而且专为进步人士辩护的律师陈志皋做我的辩护律师。

吃了炸弹的群益纱管厂，由于重要机器都遭炸毁不能正式开工，只好做些零工来维持职工伙食和一部分薪金开支。此刻，我又即将入狱，只好留条吩咐国琼女送到五马路开设电料商店的表兄张宝记处，请他暂时代理。并让她告诉外公外婆不要担心，好好照顾妹妹。

接着，我把睡着的其余几个孩子再看了一眼，我怕自己的感情会软弱下来，陡然转身就下楼梯。骆介庵也被捕了。

红脸手持名单又去同里弄一家。这家的门锁住了。他们又打开名单，押我们上车来到另一里弄，进亭子间见沙梅伏案正在写什么，红脸包探看看名单，问沙梅："你叫沙梅吗？""是。"沙梅答。"你们是同伙。"就这样把我、骆介庵、沙梅同时逮捕到法租界捕房临时监狱。这是1932年3月4日的深夜（大约是这天）。

法租界巡捕房　来到捕房门前停住，分别关押。我被押在办公室。当夜我躺在沙发上。次日黄昏尚无动静，我走近窗口眺望长空，正是夕阳西斜，彩霞迷人。而自己身陷囹圄，真急死人。突然，门开了，红脸、白脸都进来了。

"坐下，我们谈谈。"红脸照例凶狠狠地威胁说："你们都是同党，快把党羽交出来，就送你回家。"

"我不是共产党，哪里来党羽？"

"他两个呢？"

"他二人也不是共产党。"

"那你们为什么要搞这些宣传品？"

"为了爱国。"

"胡说，你不好好说清楚，是不行的。你们这些反动分子，不打不招。"提起手来正想打我时白脸拦住，红脸气冲冲地走了。白脸假慈悲地说："我看你这种样子，也不像是共产党员，但是，你们一起搞反动活动同样有罪，明白吗？我看你还是拿出一点钱了事回家，家有老少，何必吃苦？"

"真的没有钱。"

"把你关在办公室，你该明白些，你再不同意，法国包探和刚才那个人都是很厉害的。""你们要怎么办就怎么办；钱，是没有的。"白脸包探冷笑地说："不要凶，你上有双亲，下有四孩，我给你三天时间，你好好想想，还来得及。"

三天后，白脸包探又来了，问我："怎么办？想通了吗？"我不吭声。他们没有敲到这笔竹杠，他也火了，嘱咐看守人："把她送到监狱去。"（这是巡捕房的看守所。）

那时候，当局内部正是一团混乱，摩擦得厉害，对待政治犯在表面上放宽尺度，不随便横施暴戾。大概是这些原因，没有给我上刑，但也受尽了恶言谩骂和侮辱。阴森恐怖的气氛，使人随时都感到生命危在旦夕似的。

以后，继续又逮捕人进来。除政治犯、大盗和杀人犯，不关进我这间牢房外，妓女，吸吗啡、鸦片的，小偷，赌棍等什么人都有。经常是七八人一起挤在约两个单人床面积的木台上，连身都翻不过来。三四条有虱子的被，共同搭着盖用。奇怪，我当时并不感觉痒得难过。俗云："债多不愁，虱多不痒。"真是不错。两星期洗一次澡，大家都在一口大水缸里混洗一阵。

狱中的政治犯蛮多。当看守人打开每间的铁栅放出门外洗脸时，被关押者一拥而出，相互争取时间抢着说话通气，我才知道那晚被抓进的人很多。我同情同房的这些非政治犯人，我们相处得很亲热，有时我向她们宣传些革命道理时，有人聚神听着，有人烟瘾发了盖被睡觉。

这时候，我深深体会到：同在落难的人，不管是犯的哪种"罪"，不管是哪种类型的人，到了这里很自然地便融洽起来，亲热得很。深感到"同是天涯沦落人，相逢何必曾相识"！并且在这个时候，别说一块布片，即使是一丝一缕都显得有说不出的宝贵。

大约第四天，国琼女送饭菜进狱，狱警开开铁栅递给我，国琼女站在外面，可怜的小心灵啊！她热泪满眶地对我说："妈妈，律师已经聘请好了，张殊明胆小怕事，是小张先生仗义带我去找陈志皋律师的。你多吃一些吧！这是交涉了好几次才送进来的，今后不会再让我送进来了。"当时我为安慰国琼女起见，把菜和饭都吃光了。她见我吃光了，紧握着我的手哭着低声说："妈妈呀！一定要保重身体，家里事放心吧！"我含泪点头。国琼女走后，我泪如雨下，几乎把饭菜都呕出。

默思感叹：这样小小的年龄（十六岁），迫着她就要照顾家务、外事、外公、外婆以及三个小妹妹，还要奔走我在狱中的事。一副重担落在一个少女身上，随着母亲吃苦。啊！人世间的悲痛像一把尖刀似的，刺痛了她的小心灵，而一时还不得罢休，还要捧着这创伤在乌烟瘴气的人群中为我挑着重担跑来奔去。也罢，让她早些尝尝人生的滋味，受些磨难，对她的成长也有好处。

安南巡捕　当时我裹着一件旧皮大衣躺在木台上老睡，到午夜巡逻接班的是一个约三十几岁的安南巡捕。他身材中等，皮色黄里带黑，身穿黑制服，头戴钢盆帽子，黑色皮鞋，肩挎长枪，每日半夜两点左右他上班巡逻。当他来回巡逻的时候，每到我们铁栅栏门前,他总是偷偷地细声劝我进餐,劝我盖被,并鼓励我设法脱险。他说:"太太,你怎么不吃饭?不盖被?你在这里挨饿受冻有什么用处?既然进来了,就得自己保重。洋铁罐里的一点点菜和黑米饭,虽然难吃总比挨饿好。蓝布被盖虽然有虱子又臭又脏,总比挨冻好。留得青山在,不怕没柴烧。"这个安南巡捕,中国话说得好,我听了这些话很是感动,特别是最后一句话提醒了我,我接受了他的意见,日后我饭量逐渐增加了。

我慢慢觉察到那位安南巡捕确实是个善良的人,我就隔着铁栅栏门开始和他对话,并请求他做我和家人的交通员。他答应了。每次我都是用他给我的报纸边边或者黄草纸写好条子,由他偷偷地送给国琼女。

律师的敲诈 有一次,安南巡捕给我一张小条,并且告诉我:"你的大女儿(国琼)被陈志皋律师和提你的两个包探包围在陈律师的办公室。陈的家人也在旁,说你的案情严重,要你大女(国琼)拿出三千元才肯把你营救出来。如果现在手头没有钱,可以打电报给父亲或者南洋华侨,或者南京政府里的要人戴季陶,又说戴季陶是你大女儿的干爸爸。不然,说你可能被枪毙。"他又接着告诉我:"你的女儿年纪虽小,却很聪明能干。她回答他们说母亲自从和父亲分开后,就和这些人不来往了,对于母亲这案子他们这些人不会同情的,她也不愿意去求他们。母亲如果被枪毙了,她就带三个妹妹去跳黄浦江!钱,说什么也没有!"

我听完安南巡捕的话,便拆开看他偷偷送来的小条子。这纸条是国琼女写给我的,信内这样说:"亲爱的妈妈,您好,我们都想念您,望您保重身体。陈志皋律师找我到他写字间去谈话,他和两个包探逼我一定要拿出三千元,我拒绝了。结果我在无可奈何中,答应付六百元诉讼费,签了字。他说要我们把这笔钱完全付清才能开庭，我已经设法付了他二百元，其余的钱没有办法，怎么办？"

我看完信条，大吃一惊，原来陈志皋这个人披着进步的外衣，以所谓"左倾"的面貌出现，真不知有多少人受了他的欺骗！通过这件事，使我进一步认识到看问题要怎样从现象到本质、从形式到内容，什么是阶级观点，什么是资产阶级的帮凶，什么是帝国主义的奴才和走狗。这是一次深刻的政治课。

难友义助百元 有天下午，在照例打开铁栅栏门放我们出去洗脸的片刻间，说也奇怪，我一点也不害羞地、开门见山地问那些脸面生疏的人说："你们哪一位有钱借给我，我的律师陈志皋公费不付清不肯出庭，他是捕房里吃得开的人，他不出庭开庭就会老是延期……"我话未说完，有位姓石的四川人马上慷慨答道："我有！我有一百元邮局汇票，藏在裤带里没有被抄出，拿去吧！"他说完，毫不犹豫地就把汇票递给我了。于是，我写了一封简单的信给陈志皋，内容是：公费六百元并不少，目前，我家四方设法才凑到二百元，现再附上汇票一百元，余数一俟释放就付清。我们都是知识分子，来日方长，请你帮助……这封信的目的是希望他不要再一次又一次地拖延开庭。这信和一百元汇票是请安南巡捕转交给国琼的。一方面，又嘱国琼女和友人另外聘请律师吴经熊。那时候，吴正在南京为孙科起草"宪法"不能来沪，他代请了俞承修（据说曾任过上海法院院长），这位俞律师很出力。

石某在这样的情况下，慷慨解囊将仅有的一百元帮助一个陌生人，虽然他是同情同样遭遇的落难人，但世上锦上添花者多，雪中送炭者少。何况，冒着风险助人更是凤毛麟角，这是证明一个人的品质和为人之道优劣的分水岭。石某的强烈的同情心，令人十分感动！惜因当时在仓促之间，我无法问清楚他的名字和住处。无法报答，非常遗憾！祝愿他还健康地活在人间！

有天午夜，安南巡捕偷偷地告诉我："我从内线打听到，你大概要被判五年，那你家里老人、孩子怎么办？听说孩子的父亲要把她们抓回四川了。我看你还是设法脱险吧！你如果愿意，我可以尽力帮助你。"我考虑两天后，觉得硬拼对革命、对孩子前途都有损无益，还不如设法脱险为上策。决定听从安南巡捕的建议，设法活动，贿赂内线。安南巡捕就很热心地介绍了姓刘的大块头（名字忘了），一个在捕房内很活跃的人。通过他把上自法租界捕房有权势的律师费席珍，下至各层比较重要的人，都贿赂到了，总数约二千八百元，费席珍是五百元，讲好出狱付款。刘做担保人。在这些人看来，由于我的社会关系，只要我愿意开口，这点款子是不成问题的。所以刘才愿意做欠款的保证人。

薛华立路监狱 正在这时，捕房当局忽然把我押解到旧法租界薛华立路大监狱去了。那位安南巡捕从此再也没有见面。他对我的帮助很大，他是我们全家的恩人，我到现在还铭刻在心。不知他后来有无因为我许给的贿赂落了空而受到捕房的处分。这位异国朋友，不知现在何处？当时的安南就是越南。越南在当时被法国侵略，沦为殖民地，估计这位安南巡捕是进步分子。

到了薛华立路大监狱（现名建国中路，监狱改名上海第二看守所），这里房间小得仅够两人住，吃睡都在地下，大小便都在这房间里。监狱长是女的，长相不难看，但是一副凶相。据说对政治犯是客气的。这里管束得更加严厉，从早到晚，鸦雀无声，只有吃饭的时候才听到几声"克喔咯嘟"。守狱人照例是把铁栅栏锁打开，于是大家出来坐在门前水泥地的过道上吃饭，一排人中有人吃不完的，大家不怕凉不怕脏，争着把剩饭剩菜拿过来，用布片包好饿时再吃。我也拿过两次，活像一群哑巴叫花子。这里处境比捕房还要艰苦，在捕房里有时还可以隔着铁栅栏门高声说话和另外栅栏的人通气，还可以通过安南巡捕知道一些里外的消息。此地则稍有触犯一点规章就要挨打受骂。不是贿赂了吗？为什么反而进了正式监狱。不懂！估计受贿的人有意这样做，免得让人家疑心。当时，我深深体会到：捕房就像一座人间魔窟，牢狱则活像一座人间地狱。

某天，突然来张传票，通知开庭日期。我从牢狱走到法庭，看到我那好久不见的父亲和孩子们都站在法庭门口。当时，还有中国公学学生刘良，还有小张先生和其他友人，青年们也都愁容满面地站在那里等候开庭。被一层惨淡阴云笼罩着的大女国琼偷偷地找了个机会和我讲了几句话，然后望着我不敢再作声。我因怕感情突破理智的防线而丧失意志的尊严，立即转回到"一切听便"的境界。所以，在这样惨淡的情景下，我倒沉着镇定了。

我见有关此案者共有五六人，他们站成一排。

贿赂、释放 我知道陈志皋是不会为我出力的，而俞律师是中途搭手的，怕他得到的材料不全，所以一开庭，我就滔滔不绝地替自己讲了一番。也是有意地把材料暗示给俞承修律师，让他好辩护。果然，俞律师根据我的讲话，他为我辩护得非常好。原告包探因为没有敲到竹杠，在庭上对我的句句话都顶得很厉害，还胡说八道。捕房律师费席珍则没有开口，我也就胸中有数了。不一会儿，法官宣布退庭。

退庭时，我朝着站在旁听众人间的父亲、国琼女，举手飞吻，旁听席上顿时所有听众激动得几乎哗然。事后，友人告诉我，当时国琼一进开庭的候审室，就往椅上一躺仰头久久不语。啊！十六七岁的姑娘……

过了好几天，最后判决我是"政治嫌疑犯"，取保释放。我就这样度过了从监狱到释放的四个多月不算短的黑夜。当时为我担保的是一位福建人石霜湖医师。对石先生的胆大义助，一直铭记在心。

谁料，这件事后给我带来了一连串的苦难。尤其是双亲，为我长期失业、一家人生活无着而忧愁成疾，先后逝世。

那时国民政府内部互相倾轧，十九路军仍在闸北抗日，尚未撤出昆山。蒋介石和十九路军摩擦；宁方与粤方摩擦；蒋介石、汪精卫、胡汉民、孙科、冯玉祥等闹得一团糟。南京政府群龙无首，蒋将各部院暂移西安，召开国难会议（其实是变相逃难）。蒋一方面用军队压制十九路军，一方面利用汪与政学系拉拢桂系对抗广东派，同时利用汪与政学系亲日的关系对日投降。上海警备司令戴戟是十九路军方面的人，公安局长是孙科方面的人，都是"泥菩萨过江，自身难保"。故无心去管防共的事情了。南京政府所有一二等头子都忙于鬼打架的事，弄得下面专责防共的小头目也无心"搞专业"了。对法捕房及法院办理政治犯的事，更不加以注意了。所以，法捕房人员才能随便受贿草草了事。否则，即使不被淞沪警备司令部引渡，也得吃上好几年官司。这是当时朋友们的分析推测。

二、赴杭州避风

带三孩躲杭州　出狱后才知道，国民党会同法租界捕房事先早有布置，趁庆祝十九路军打胜仗的机会，来一次总搜查。分头派人拿了名单去各里弄抓人，据说连抓几天。由于当时我所允给法捕房的二千多元贿赂不过是张嘴上空头支票。哪里来这笔钱呢？所以不敢回家，就在浙江大戏院对面小惠中旅馆楼下，开了一个小房间，换下一身虱子衣履，请石霜湖医师给我医治在狱中得的风湿疾病。并向国琼女问及家中一切和群益工厂情况。国琼女告知："妈妈入狱后不久，家就搬到福履理路（现名建国西路）资敬坊一号。因为那时再在花园坊住下去，对家人安全都极不利。妈妈委托张宝记舅舅代为结束群益工厂。他闻妈妈犯案严重,要枪决的。他就想把工厂改为其他行业,但工人们坚决不同意,反而要他把被炸的机器和余货快点出售,先营救董先生出狱后再说,工人们并说:她家里老小的生活也该接济。但是一直不见动静。家里六口人的伙食无处可求,又无值钱的东西押卖,外公、外婆和妹妹们老哭。不过妈妈不要担心,总不会饿死的。我要分出些时间,当家庭钢琴教师。"说着,母亲进来了,"阿媛啊,让你吃了苦,那包宣传品为什么要放到你有两老四个孩子的家里来呢?"她老人家喘口气,又说:"要是你不出来,我们老小六人怎么办?""妈妈!不要这样说,我不是出来了吗?让你老人家着急。"

出狱后带琇、瑛、璋三孩躲避于杭州"陶社"。此照摄于1949年与国瑛女旧地重游。

我想躲避一下受贿的人，气还未喘定，当晚8时左右，四川人张进之来告知：据他朋友赵伯中的父亲（法捕房的检察长）说，又有什么案子牵涉到我了，又说孩子的父亲将派人来沪接她们回四川了，叫我赶快躲开。我在层层黑云的重压下，当晚11点钟左右外面下着倾盆大雨，把国琇、国瑛、国璋三个孩子从务本小学校睡梦中硬请假接回来，立刻就搭火车去杭州。住在西湖凤林寺旁的"陶社"隐蔽。这是1932年夏天的事。

这张照片是在上海解放后，与国瑛女在杭州合影，现在是杭州饭店的基地，一部分便是"陶社"原址。

到杭州后，接到国琼女和友人们的信说："我们走后，法捕房来家里勒索钱的人有好几个。姓刘的大怒，说他上当了。"陈志皋律师则逼着大女交出租来的一架钢琴，抵作余欠的三百元诉讼费，幸亏国琼女的一位青年朋友谢涛（他的哥哥军界有些势力）挡住了。家里被闹得一塌糊涂。因此，又偷偷地搬到辣斐德路（现名复兴西路）桃源村了。好久以后，友人（姓名想不起了）又来信告诉我：法捕房费席珍说，关于他的五百元，叫我不必再放在心上。据我推测，这个人很聪明，我想他觉得我既已出狱，钱又逼不出，落得送个人情。

在陶社给孩子们补课　西湖"陶社"是纪念辛亥革命烈士陶焕卿（又名陶成章）的纪念馆。他是辛亥革命光复会的领导人之一，当时与黄兴齐名，威望颇高，秋瑾、徐锡麟都归他领导。民国元年，在上海广慈医院被害。传说因与陈其美（字英士）有关系，陈请蒋介石派人将陶暗杀的。

我们去住的时候，"陶社"已经破落不堪，无人过问，那里环境很幽静，可惜房子却像破庙。可是，对于我们来说，真是"世外桃源"了。

1951年,董竹君在杭州西湖边故地重游。

从我被上海法捕房关押、入狱至避难杭州陶社,共一年半时间。这时期,双亲在内全家七口人的生活费用,全靠十六七岁的国琼女在上海教钢琴维持。她按月汇到陶社三十元。在旧社会里有句俗话:一分钱逼死英雄汉。唉!当时若无国琼女的辛勤劳动维持,真是不堪设想。国琼女除在经济上维持了家庭的生活外,还照顾了三个小妹妹,老友白薇曾对大明儿说:"国琼是你们家的功臣。"我在此向国琼女敬礼!

上海狱中敬儿

晴天霹雳霍雷声,双老幼童饥寒深。

琼儿十六母囹圄,挺身卖艺助亲人。(卖艺系教钢琴)

一九三二年秋初

我们在那里的生活非常简单，伙食只要能饱腹便行。我每天除洗衣、烧饭，做些日常生活琐事外，就是给孩子们补习小学课程和阅读书报。同时自己医治在监狱里得的风湿症。还经常带孩子们到凤林寺湖边乘凉闲坐。有时候孩子们在湖边看见卖香瓜的，回头看我想买个吃，我装不知道，有时看孩子实在可怜，偶尔买几个。她们破鞋烂衫，简直像无家可归的一群小流浪者。我们虽然如此生活，却未感到有什么不愉快。因为出狱后，对革命认识更提高了一步，并想到世界上不如我们的人，不知有多少，革命不成功，穷人就无出头日子。孩子们这时倒很高兴，因为过去我天天忙于在外奔波，她们都住校（小学二三年级就开始住校，本来不合规定，是我向校方竭力请求才特许的），平时母女除周末外，见面时不多。现在天天教她们念书，教她们唱歌，和她们生活在一起，孩子们感到能和妈妈朝夕相处，很是幸福。像这样的生活，后来因我又忙于事务，再无这样的机会了。我们就这样在陶社躲避了一年多，才又悄悄地回到上海。

返沪后知当时骆介庵也获释放，沙梅被判五年。沙梅在狱中时，我曾拜托许珂同志送去音乐书籍，拜托俞承修大律师设法疏通。最后大概是他自己极力活动之故，减刑三年多释放了。后来，沙梅对我说："敌人在别人处抄得了名单，造成了——被捕的。"

我和沙梅经过这件案子成为难友，更加深了一层关系。沙梅一直是不顾寒暑努力于音乐、戏曲方面的创作。他并主张音乐大众化，令人敬佩。沙梅的成功与他的夫人季峰同志温顺、贤能的协助是分不开的，家务子女的抚养教育等一副重担多半都是夫人独担。现在亲爱的沙梅同志已于 1993 年 6 月 30 日在沪病故，噩耗传来后我全家哀痛不已！

三、火车开了，急哑琼女

从杭州回沪后，住辣斐德路桃源村，还不敢公开露面，仍然躲风度日，很长时间生活无着。记得当国琇、国瑛小学毕业时，学校规定要有件班服，我筹划几天，最后还是又拿国琼女的大提琴去押当的钱来给她们各做一件白府绸滚绿色边的班服。因赶做衣服，国琼女代我以家长身份去参加毕业典礼，成了最后到的一个人。孩子回来告诉我："妈妈，衣服老不送来，把我们急死了。"国琼女说："她俩急急忙忙穿上班服就上台唱歌了，我看到很高兴。"

为了生活前途，我开始暗中整理群益工厂。可是家务又多，简直忙不过来。孩子们的管教成了问题，不得已除国琼女留在上海继续在音专读书外，其余三个孩子只好忍心送去苏州景海女子中学附属小学寄读。记得当国琼女送她三个妹妹到车站时，火车刚刚开走国琼女一着急，嗓子立刻哑不成声，因为她知道这笔路费是七拼八凑得来的。可怜的琼儿，因贫穷而使她幼嫩的心里经常受到伤痛！

景海是教会学校，那时候的学校无论民办、国立，多以赢利为目的，一团糟。教会学校学风和生活习惯都比较好，教学比较认真，管教比较严格，清洁卫生也较讲究，但另一方面，它又是帝国主义文化侵略的工具。

四、对女儿教育点滴

孩子们进了教会学校条件比较好，但又怕孩子们做礼拜信仰宗教，受资产阶级、帝国主义思想毒害，所以，除读书和培养良好的生活习惯外，思想方面由我自己紧紧掌握。我一直把她们当成洁白可爱的"风筝"，自己是放"风筝"的人。因此，我经常买些合乎她们的程度的进步文艺作品给她们阅读，不允许她们看那些黄色书籍。每逢周末、假期、节日便给她们讲解真、善、美的道理，并叮嘱必须事事留心，以及懂得日常生活。有劳动观念、学做家务。培养她们善良热诚、助人为乐、先人后己、大公无私的崇高品德。还使她们多接近大自然，养成胸怀开朗和爱美的兴趣。叮嘱她们，要努力读书学会本事，能有一技之长才能在经济上独立，在社会上取得妇女地位，才不被人欺负。常以鸦片战争以来，国家成了半封建半殖民地的国家，百姓叫苦叫难的种种例子给她们进行政治思想教育。有次我举例说：你们知道外滩公园大门上挂牌，牌上写"华人与狗不得入内"的故事吗？这时孩子们齐声喊"打倒帝国主义！"培养她们有坚强的意志，勇敢的精神。有次我特意让国瑛从上海乘火车

1936年，董竹君和女儿国琇（左）、国瑛（后中）、国璋（右）摄于上海。

去南京送一笔钱接济一位亲戚。她回来说:"当她到达南京时下关城门已关紧,她在城门脚睡着了,天亮才进城的。"那时她才十二三岁,我听后很心疼她!

为使她们建立为人类谋幸福的崇高世界观,让她们多接近进步人士。记得在1931年7月间。有次鲁迅先生在上海环龙路(现南昌路)一幢小洋房的二楼暑期学校演讲,题为《上海文艺之一瞥》(这篇文章先登《文艺新闻》,后载《二心集》),我带四个女孩同去听讲,明知她们都听不懂,目的是让她们在这进步思想的气氛中接受些熏染。记得当时孩子们抢在最前第一排长椅座坐下,脚都不沾地。

转瞬间,鲁迅先生进来,鲁迅先生有黑胡子、瘦瘦的,穿件灰色中式长袍,在台上站着含笑地说:"这样小的孩子(当时除国琼在念中学外,其余都在念小学)也能听得懂吗?"孩子们听着乖乖地赶快退到最后一排座位。回来的路上,不懂的地方就向我问七问八。

有次,友人送来两张苏联电影票,是有名的《伏尔加河船夫曲》。我特意带国琼女同去四川路电影院看了。当见船夫们骨瘦如柴、破衣烂衫,大家驼着背,弯着腰,低着头,肩负手拉一根大粗绳,拖着大船沿着河边,迈着沉重的步子,口里不停地哼着:哎哟!哎哟!大家一起用力拉哟!用力拉哟!我俩热泪盈眶。回家后,心情难以平静,久久不安——贫富如此悬殊!

我怕孩子们不成器,对她们的教育无时无刻不挂在心上。

有时我指导她们:为人做事要有责任感,要内方外圆,即是内在要光明正直;处事宜感情通过理智,对客观事物应全面分析研究;妥善方法处理,不要主观,切忌任性……否则,效果差,甚至失败。并注意急事缓办,缓事急办,意在急事三思而行免错,缓事往往易忘,故宜急办。我又告诫她们说,古云:"我有德于人也,不可不忘也。人有德于我也,不可忘也。"俗云千里送鹅毛,礼轻情义重，虽点水之恩，亦切莫忘记。

上海是光怪陆离，万恶丛生，冒险家乐园的社会，我经常战战兢兢，生怕"风筝"断线。有时即使出门一两天，在火车上也要写一二封信，在信中教导她们。往往在半夜里睡醒，忽然想到什么，也要起床写信指点开导。

上海是人鬼社会，自有锦江后，我必须和社会人士交往。凡属进步人士欢迎来家，余皆约在锦江会晤，以免孩子们沾染社会恶习。

我亦常常对她们说："你们之中若有一个不听我的教导，走上不正确的道路，我绝不会饶恕。"我管教她们是既严又慈。

总之，我对她们的教育，就像关心她们的健康一样，只要认为可以增加她们身上抵抗毒素的，就尽量地塞进她们的脑子里，只要认为可以添补营养的，就尽量地填饱她们的肚腹！我就这样对女儿们时时刻刻地关心爱护，多年如一日。在生活小节上，绝对让她们自由发展。至于有关原则性的问题，我无论如何也不放松，总是细心严格地加以教导。常有人问我，"你喜欢哪个女儿？"我回答："谁有困难，就同情谁，帮助谁。"

第十八章 山穷水尽

一、遇翻戏党

翻戏党头子张云卿　群益厂被"一·二八"炮火轰炸，又经过我四个多月的入狱和避祸杭州一年多，它瘫在那里，元气大伤。原有股东不愿增资，反而对我产生怀疑，自己当时还不能公开露面，在这种情形下，只好设法另找门路。黄浦江边的上海滩上，三教九流，五花八门，光怪陆离，冒险家的乐园。如此复杂的社会，无依无靠、孤军作战的我，此时此地何处求援？并且对于自己的处境来说，凡事只许成功不可失败，在这种情况下，怎能不焦急呢！恰好群益工厂的承包纱管原料木商（宁波人，姓名忘了）来桃源村家告诉我："有一位浙江绍兴人张云卿老先生，是前清官府出身，七十多岁，他有个姨太太，年纪还轻，有十二岁和四岁的两个小儿子，手里有些钱，因为自己年纪大了，想投资实业，为他死后孩子和姨太太的生活做些准备。我和他谈起你的群益工厂的事情，他颇愿意投资，很想和你见见面。你的意思怎样？我觉得是个机会，你考虑考虑吧！"

我听到这个消息，如鱼得水，非常高兴。就和这位木商约好，第二天一同去见他。我们到了蒲石路的一幢大石库门房子，进门过天井入客堂，我坐下等木商先去打招呼。一会儿，这位张云卿先生

第十八章 山穷水尽

出来了。相貌堂堂,看上去像是正派人物,身材中等,目光炯炯有神,不像是七十多岁的老人,白白脸,有些胡须,头戴黑缎红丝结瓜皮帽,身穿深紫色长袍,黑缎马褂,白洋袜,黑色双梁缎鞋。见了我拱手作揖,态度很诚挚。他请我进入书房内厅。当他吩咐听差摆上茶点的一刹那间,我就眼扫室内,看见陈设布置全是中国式,相当古雅。尽是古董、字画,家具和客堂里的一样都是红木的,榻床上摆着一套鸦片灯具,烟具很漂亮,银盘、金镶绿玉头的烟枪。我们彼此说了几句客套话。

受骗 这时候,进来一人,手里提着一只约有一尺五寸长的小皮箱。这人看上去约三十多岁,戴一副黑眼镜,也是长衫马褂,颇有些公子哥派头,张老先生介绍说:"这位是我的好朋友,他是东北的一位高级军官的亲弟弟,因为哥哥去世很闷,刚来上海游玩。"他又指着麻雀牌桌椅上的那一位,介绍说:"这是我的账房先生(看样子有四十来岁),也姓张。"我和这两人也说了几句应酬话。张老先生就开始问我群益纱管厂的情况,我就详细地叙述了一番。他们表示很尊重我,异口同声地说:"一个女子能办工厂,真是了不起。"最后就约定参观群益的日子。第三天,参观厂后,又被邀去他家商谈。他嘱我拟定一个计划,群益厂到底需要增添多少资本才能初步恢复元气,至于扩充则第二步再谈。他说:"我们一定要好好办一下,使这个厂既能赢利又可抵制日货。"他说话的态度很起劲、冲动,并顺手指着那位东北公子说:"你也参加些股子好吗?"东北公子吸着鸦片点点头:"好!我也加入一份。我参观后,觉得这个厂是值得办的。"

我听他们这样讲,心中真有说不出的高兴。我按照他们的吩咐拟好一套计划送去。经过几次三番的讨论,在这过程中我们的"友谊"也逐渐增加,后来就慢慢变成像自己人一样了。每次去总是点心、茶饭，招待得很周到。我也很自然地和他的姨太太、孩子们全家一起吃饭谈天，俨然家人一样。因为我与这些人交往的目的就是要他们投资办厂，故在谈论之间很留神，不让他们看出我的政治倾向。如此来往一个多月。有一天，他们派人来叫我立刻就去。我一到那里，见姨太太、账房先生和经常在一起的两位朋友都在。他们大家都板着脸，只听张云卿老先生在那里指手画脚、大发雷霆地说："看到东北朋友来信，才知道那个东北小子简直是畜生，哥哥去世分了他的财产不算，还要侵占嫂子，这还是人吗？"

他转过脸对我说："这东北小子王八蛋，答应加入群益的一万元股子也黄牛[1]了。每天去堂子里花天酒地，你所看见的一大皮箱现钞都买了钻石戒指、金玉首饰送给姑娘们。这样乱花，不要多久会把分得的十万元财产都搞光，你们看好了。"账房先生接着说："他的哥哥既然是你的好朋友，并且还有个儿子，你该设法不让他把钱都花光才是。"张说："这有什么办法？"账房先生又说："大家动动脑筋吧！"接着视线转向我说："我们大家想到办法后，就把这款子投资群益。一方面办实业，一方面他将来有天做了'瘪三'还可以救济救济他，并且为死者儿子留下一份遗产，岂不三全齐美？"在座人听了账房先生这番话，都认为很对。我没有作声。他们不约而同地对我说："董先生，这事情对群益有利，又可帮助别人，难道不是一举两得吗？"这时候，张老先生也接着说："只要想得出办法，这倒是一件好事。与其让他把钱花光，不如这样做为好，再说群益厂本来不在乎这小子投资不投资。麻烦的是：前几天我接到东北朋友来信，在提到这小子荒唐事的同时，还告诉我，我在东北投资的工厂今年营业不好亏了本，还要各股东增资支持。上海交易所股票这几天偏偏跌价，要付出的现金很多，投资群益一事只好暂缓。在这种情况下，这小子的钱如能弄到手投资群益，确是一件好事。"接着他们就商量办法。结果确定用四门摊赌钱的办法来"抬轿子",叫我也参加,还要请一位有钱人来一起赌,才能使这小子自投圈套。

踌躇不决 当晚我回家,心里很矛盾,觉得这是整人的事情,怎么能做?但转念想想,这事若能成功群益厂便会有出路。翻来覆去,整夜没有睡好。另外两个进步朋友和骆介庵听我讲了这事,大家认为这种人的钱也未必是从正路得来的,完全可以做,都兴奋得睡不着觉。钱还没影子,大家就商量办杂志,办这个,办那个,好像这笔钱已经在手上似的。经过大家仔细考虑后,觉得张云卿他们说得有理,即或不成自己也不损失什么。于是第二天我就鼓足勇气依约前去。

入圈套 我到时红木方台已安排好了,台上有一支筷子,一只饭碗,两盒黑白围棋子。那位有钱人(是个商人,姓名忘了)和账房先生已先我到了,东北公子还没来。他们趁此时候教会我如何做庄家,把围棋子放在饭碗内,以棋子的单双来标志输赢。把筷子直搁在碗上,暗示双数,如果筷子横搁就暗示是单数,以便伙伴下赌时胸中有数。

不一会儿,戴着黑眼镜的东北公子来了。像上次一样,带着一小皮箱现钞。等他吸过鸦片,大家讲好以五万元赌注为限。账房先生、东北公子和我都坐下,于是骗局就开始了。张老先生坐在我旁边指挥,当时我内心噗噗跳,恍恍惚惚地当着庄家,照嘱咐搞了几次。但是老弄错,明明放单数开出来是双数。明明是双数,开出来是单数。结果第一场反而输了二千六百多,我急得头昏脑胀,浑身血液上涌,不知如何是好。张老先生从中解围说:"明天午饭后再继续赌吧!今天先不结账。"大家都同意了。东北公子走后,他们指责我不应该把双单弄错。明天再错怎么办?我当时表示坚决不愿参加第二场了。账房先生说:"那怎么行呢?输了这么多?"张老先生转弯说:"等明天我当庄,看输赢再说,不必着急。"

次日午饭后我再去时,账房先生对我说:"张先生当庄真灵,你输掉的二千六百多元已赢回好多,相差不到五百元了。我们都以为第三次一定可以达到目的,谁知这小子门槛精不愿再来了,口口声声说没有空,一定要先把这两场的账结掉,等有空时再来。你说倒霉不倒霉?"张老先生叹口气,吸着鸦片说:"算我倒霉,事已至此,怎么办?只好和他结账保持信用,等待时机再搞他吧,好在他还不走哩!"说着吩咐账房先生打张两百元支票,余数由我们大家想办法。当时我心里非常难过,对张先生感到很抱歉。为了群益,害得别人付这样多的钱,还有这三百元又怎么办呢?我急得要命。

戳穿把戏 回家后,我反复思考这件事,想到上海滩什么"拆白党"、"翻戏党"、"仙人跳"、"放白鸽",五花八门,无奇不有,无恶不作。觉得里面有文章,于是我就一面拖延付款日期,一面乘其不注意时闯去观察他们的行动。

记得有天上午我穿着天蓝色府绸连衣裙,白丝线帽,白色高跟皮鞋,米色丝袜,去到张宅。我看见几个不三不四的人。又一次,看到一个像捕房包探样子的家伙,桌上放着一堆钞票,大家像在那里分赃似的,并且还有人在后房间哭泣。他们见我突然进去,措手不及,非常慌张。这下我肯定这些人不是好人,其中必有把戏,很可能是骗局。

我就在一天傍晚,在他们的鸦片烟灯旁,为了不伤害张云卿的脸面,轻言婉语点破了他们的阴谋诡计。张云卿听了我的话,惊慌失色,不知所措。结果他只好承认他们的确是想骗我的钱,他叹口气说:"我们原先打听得你是辛亥革命时四川夏之时都督的夫人,想你目前虽然经济困难,但是根据你的社会关系,到不得已时,几百块钱还是有办法的,所以才打你的主意。谁知你硬不愿意和你过去的社会关系接触，这是我们没有料到的。现在我们已看出你是个有骨气、意志坚强的女子。"他说完后，便皱着眉头，求我不要声张，并表示今后有困难时他愿出力帮忙。他又回忆他的过去，说他年轻时就失业，无可奈何只好走上这个行道，以养活一家老小几口，于此行业已几十年了。他现在只有五十多岁，没有七十几岁，胡须也是假的。账房先生是他的哥哥，黑眼镜东北公子是他的侄子，有钱人是伙伴，小皮箱内一叠叠的现钞是用报纸叠起，外面纵横包上一些钞票，所以看上去活像都是真的。这行业名叫"翻戏"，各地都有。以前他去东北干这行当，因为出了事，不得已逃到上海。骗成一次，能到手一千、八百不等。每次骗局所得，先提成送给捕房、包探等有关方面，然后弟兄伙伴平分，自己所得也无几，但风险全由自己担当。受骗的人其中倾家荡产的也有。被骗后还觉得对不起他们，反而常和他们结成朋友的也有。他还说："我明知吃这碗饭害人不浅，但又有什么办法呢？再说大家已经习惯这行，要改行也不容易啊！"

我听完他的话，一方面恨他，一方面也有些同情他。觉得这些人固然是恶透了，但是归根结底，还是受了不良的社会制度的影响所致。当然，由于本身的恶劣行为，也使他们无法逃避社会的谴责。当时，我想趁此宣传些革命道理，让他们认识到社会的本质，引起他们对社会的不满和愤恨。但几次试探，感到这些人，有时虽然慷慨义气，但已经是朽木不可再雕。他们为了利益，什么坏事都干得出的。

我经过这次"翻戏"的骗局，使我更进一步认识到上海社会的复杂性，从而增加了不少认识事物、对待事物的常识，且锻炼了自己。

二、失业、母亡、债逼、父病

群益纱管厂终于因市面不景气以及自己出狱后的行动不自由，

无法公开活动找投资人继续开工，而宣告清算结束。在此时期，张云卿介绍我去无锡他友人所办的砖瓦厂担任经理。我做了几个月，因为股东意见不一致，资本也不雄厚，没有多大前途就辞职回沪。从此又失业了。到此，我的处境正如俗话所谓："屋漏偏遭连夜雨，行船正遇打头风。"

失业后，为了节省开支，从桃源村搬到甘斯东路（现名嘉善路）甘村，分租了一间房间。这时期我们的生活愈来愈困难。有钱的朋友我不愿去找，穷亲戚大家一样，革命的朋友更是穷困。至于夏家的亲友则从不往来。我常想起幼时父亲的家训："人穷志不穷。"这句话萦绕脑际，使我愈发地不愿向有钱人伸手去求施舍。一家老小七口，除二叔偶尔在紧急关头给予我们一些接济外，生活全靠典当变卖来维持。房租连欠几个月付不出，挨房东骂，受邻居奚落。我先是连进出都觉得脸红，后来也逐渐习惯了。在这种情况下，供养双亲的费用也只好减少。住在霞飞路（现名淮海路）贫民窟的母亲每隔三两天总要来甘村看看我们。每次一进门就拿着布帚子四面拍拍，打扫那些已经打扫过的房内杂物。嘴里总是叽里咕噜一大堆，边拍边说："怎么办？这样的生活，携老带小，可怜你什么时候才有出头日子？我和你父亲俩都已六十多岁了，苦了一辈子，到今天还没有出头，好容易盼到你嫁了个好丈夫，我俩以为有了依靠，老来不会再吃苦头了，哪知又弄到这般地步。不离开四川多好，大家少吃些苦。唉！不过话要说回来，你那个丈夫，表面上看待你蛮好，可是他的脾气一来，那种压人的男人的神气，确也叫人难受。"她又接着叹口气说："穷人和有钱有势的人做夫妻总要受气的。我一辈子也不会忘记那金簪子和他说你父亲偷鸦片的事情。多么侮辱人啊！"

有时她又说："过去，你父亲拉黄包车，我做佣人，你被押进堂子卖唱，弟弟妹妹因为没有钱治病，个个都死掉。开不出伙食只好挨饿，付不出房租只好挨人骂，高利贷借来的钱三五天就加一倍，把人都要逼死，卖的卖尽，当的当光，我们吃的这些苦头向谁讲？"母亲经常这样七说八说的借此发泄她满腔的怨恨。我听得难过，从不去接她的话。某天，我从家里走出去办事路上，看见骨瘦如柴的母亲穿着一件破旧不堪的广东香云纱衫，低着头，驼着背，在对面马路边自言自语，不知道在说些什么，颠颠簸簸地向甘村家里走来。本来我想招呼她，见她这副神情心里非常难过。但是转念又想到像母亲这样受苦难的人世上不知有多少，难过有什么用处，只好让她去吧！我也就没有喊她。

第二天晚上，月色皎洁，大地被月光照射得像水晶宫一样。就在午夜时分，父亲哭哭啼啼，跌跌撞撞地冲进房门。我大吃一惊，父亲喘不过气来，我急得直问他出了什么事，他好容易蹦出这么一句："你娘快要断气了！"我听了，马上拉着他就跑。在路上边跑边问他，父亲哭着道："前天你表兄张宝记去世，我们不是都去吊孝的吗？你因为有事先走了，我俩就多留了一阵。当时我在外面忽然听到你娘在灵后痛哭，愈哭愈厉害，哭得旁边人都问这位老太太和张宝记是什么关系？为什么哭得这样伤心，这么大的岁数别哭坏了。我知道你娘是借孝堂哭自己，我怕她哭坏了身体上去劝她。她把我推开，怎样也劝不住。昨天下午她从你这里回去，看她精神还蛮好，我就放心了。今天晚饭后，她去收拾碗筷，我在院子里乘凉。她洗好澡出来，已是九点多钟了。她对我说：'你进去睡觉吧！让我在竹榻上乘乘凉，休息一下。'快到 11 点了，她还没有进来睡觉。我在里面连叫好几声，她没有作声。我就起来，想出去拉她进来。等我走近推她，已经只剩下一点热气了。"父亲说着说着，又哭了。在这时候，我只好硬着心肠，眼泪往肚里吞。想起昨天在路上看见母亲那可怜的神态，想起自己未上前招呼她，心里真有说不出的悔恨。

父亲又继续哭着说道："可怜你娘，前几天她向我要几个铜板买个香瓜吃，我因为怕第二天小菜钱不够，竟没有给她。"我笔至此，能不泪流满面！

等我和父亲赶到的时候，院子里围着一大批人。有的说她是中风，有的说她是发痧。我摸母亲的脉搏，已经停止跳动了。医生到时摇摇头就走了。这时候，我的神经顿时麻木了，像木头人一样呆立在那里，望着母亲，欲哭无泪。猛然有人拍了我一下肩膀，我回头一看，是刚从法国回来的钢琴教师张景卿。她说："按一般习俗，在室外露天过世的人，不可抬进屋去的。这么热的天气，还不快去想办法寻些钱。现在已经1点多了，愈快收殓愈好，呆着有什么用？"我像梦醒似的！没时间给自己伤心了，转身出外叫了部黄包车，四面奔跑借钱。但是，因平素来往的都是些贫困的亲友，所得无几，最后在东来顺五金行的跑街严培馨先生的帮助下，总算凑了二百多元。天亮回来已是亲友满堂。我急急忙忙买棺办丧事，中午大殓。这时，我不禁抱棺嚎啕大哭！母亲逝世是在1933年夏。她享年六十五岁。啊！我没有更多的勇气回忆了！

母亲离世后，因为债务累累，不得已把三女国瑛送去北平，暂交张景卿教师抚养。在两吉女中读书。这时候，承"翻戏"张云卿慷慨借给我一张二百亩绍兴沙田地契，我凭此向一位为人直爽热心的友人郑素因女医师抵押三百元，还付清了母亲去世时的丧葬费，以及平时为生活所挪借的零星债务。张云卿还帮助了三个孩子的一学期学费，使孩子们在那学期没有辍学。

郑素因的这笔款几次到期连利息都付不出，郑大怒，在她家里叫上海商人朱某指着我鼻子逼我、骂我。父亲和孩子们当时为了这事，气得直掉泪。通过这件事，我除了更体会到贫苦二字在穷人生活中的滋味外，无他感触，不过这是毕生中难忘的一事，但我并不介意。

　　这笔债,在锦江开门后半年里才连本带利偿还清楚。在此以后,我反而免息借给郑素因五百元支持她去日本留学,并在她留学期间,经常照顾她的母亲,按月送给二十银元。从此,我们交往数十年。在此顺便提一件有趣的事:有一次,从家去锦江,在路途感觉头昏,吩咐车夫转弯到郑素因家去休息一会儿。在她亭子间刚坐下,只听得有人要上来,护士保姆拦阻的吵闹声。我估计捕房人以查吸大烟的人为名敲竹杠。不好了,我立刻协助刚起床的郑素因把烟具分散藏妥,叫她赶快从阳台越过邻居阳台逃跑(邻居阳台挨着郑家阳台)。说时迟那时快,准备完毕,我坐在亭子间门口椅上。四五个流氓上楼,首先问郑医生在哪里?老妈妈回答出去了。遂去前后房间,不管三七二十一地搜查烟具,突然在床底下查出一根烟枪,这下他们高兴得跳起来,"人不在,有了证据还能逃脱?"开始凶恶地盘问郑素因的妈妈:"人在何处,快说!"这时,我走上前去:"弟兄们不必这样,有话好说,你们还不是为了找点贴补家用生活费吗?不要吓坏了老太太。"大家嚷嚷:"你敢说话,你是她的什么人?""好朋友。""郑素因拿出四根条子(金条每根十两),就毁掉这根烟枪了事。"我见对方已表态,事情就好办了。我说:"好说,好说。"当即嘱老妈妈快准备酒菜,让我们好好吃顿午饭。我们边吃边聊:"弟兄们,我叫董竹君,是锦江菜馆的主人。大家见面不容易。"他们一听锦江主人,大家马上起立,打个招呼。我接着说:"四海之内皆兄弟,你们生活困难,想赚些额外钱,这完全能理解的,不过郑素因医生确实是小小诊所,开销大,病人也不多,月入无几,自己还要吸大烟。所以,钱少些我可替她代付,多了是没有办法。"我又说:"在上海滩上大家交个朋友不是很好吗,来日方长,不要在这件事上太认真做绝。"他们问:"那么你说吧。"结果三两金子解决,郑素因回来向我作揖感谢！上海小流氓依靠大流氓主人的势力与上海捕房的人勾结，用这种手段向人勒索敲诈钱财是常事。这亦是解放前上海社会阴暗的一角。我之所以不记旧恨，主要是因为我当初和她来往时间不久，和她交情不深，她不了解我。居然能慷慨借给那么多钱救我燃眉之急，这是很难得的。再者，当我被捕入狱，她曾一度给国琼女二十元开支伙食。我还不出债是自己的过错，哪能见怪别人呢？虽然她做得也过分了些，但是也应该原谅她，她到底还是一个好心肠的人。所有这些都是我和她始终维持交往的原因。古训"人有德于我也，不可忘也，我有德于人也，不可不忘也"。所说的正是这个道理。孩子们经我开导后，对她也有所谅解，逢年过节总是去拜望她的。后来听说那姓朱的流氓的大女儿曾告诉别人：她父亲对帮郑素因逼董先生还债一事很后悔。由此可见，流氓有时候也多少有些是非之心，有些义气。

　　解放后，我力劝郑素因离开她在上海的恶劣社会关系，将自己的妇科专业为国家建设、为人民服务，特由我和国瑛女陪同她去天津，由天津市长黄敬同志派专车让我和她去天津市找一个自己认为满意的医院工作。她选定了天津市红十字医院，也给了她聘书。她回沪后被坏友们七言八语，结果未去天津。她放弃了光荣的工作。最后据闻她在沪吃尽骗光，告终于亭子间，旁无一人。我在京闻讯异常难过。再者，如张云卿本是要坑害我的"翻戏党"，后来倒成了朋友，我困难时他还接济我。解放初期，他的妻子和儿子在上海生活困难（张已去世），我也曾多次帮助他们母子。总的说来，如朱姓流氓和张云卿一伙人，都是趋炎附势的，是旧社会的渣滓。但他们的罪恶，很大程度上是那个罪恶的旧社会所造成的。

　　母亲去世后，父亲因为孤寂，加以穷困，忧虑成疾，经常生病。我虽靠借卖尽力给他医治，父亲结果还是病重卧床。当时又没有钱请医生来家医治，每次都只好扶着他挣扎着出外就医。

有一次，我扶着他，慢慢地、一步步走到霞飞路电车站候车的时候，父亲皱紧双眉两手背着对我说："阿媛！我只要能再多活五年就够了。"我没作声，心如刀割。心想，好悲惨的人生啊！钱！钱！何处去找？夏之时方面，只有我回川他才愿拿钱给父亲医病，这是交换条件。这，根本办不到！至于那些国民党内有声望有地位的人，我又不愿向他们低头。今天还是靠典押才得到两元钱给他看病的，知道自己再也无法凑钱来满足他这个可怜的、最低限度的要求了。我含着眼泪回头望了一下父亲惨白的脸色，心痛欲裂。啊！五年！五年！在我心里这难以形容的镜头，多少年来好像影子一样附随着我！

注释

[1] 黄牛：吹了，即不算数了。

第十九章 绝路逢生

一、继续奋斗

母亲逝世，父亲病重，失业，欠债，女儿们的养育费，社会舆论，以及捕房还未完全放弃勒索款子。夏之时与国民党对我被捕事极为注意。群益的南洋华侨股东在我没有把群益工厂的照片寄给之前，有些人怀疑我并没把他们的投资扩充工厂，骂我是女"拆白党"。说我不专心办工厂搞政治活动，又恨我寄给陈清泉进步书籍报刊，人们不敢接近我。这一切，逼得我焦头烂额。现实的生活和处境就如一把把的尖刀，一条条的皮鞭，整天整夜、每时每刻，都向我的心肺、皮肉，每条神经钻刺着、抽打着。一家老老少少却张着口等着吃饭，穿衣，上学。现实啊！迫得我走投无路，重重的生活压力使我喘不过气来。加上眼看国民党接连与日本帝国主义签订卖国条约，自己又无力帮助革命。凡此种种，使我陷入极端的苦闷中。

一天晚上，夜深人静，我独自站在窗口月光下。月明如昼，而我却感到呈现在面前的是一片漆黑的夜，顿时觉得四海茫茫，束手无策。一阵心酸，一阵沮丧，自杀之念油然而生。觉得死是无比的快乐，死是人的安息，一死了百事。死吧，我再也无力生活下去了！转眼回顾，孩子们挤在一床，在月光映照下正在做着甜蜜的梦。多么可爱又可怜的小生命啊！看到她们这般情景，顿时想到：若被她们父亲追回四川，则她们的前途该是怎样的悲惨！岂非又把她们送回火坑、深渊！不！我没有权利去死！何况父亲还在病床上呢！没有权利！这些想法又慢慢地把我从绝望的悬崖上拉了回来。在这一刹那间，我又想了许多：自杀后一家老少怎么办？社会将怎样评论我？一定会说："本来是嘛，督军夫人不当，偏要去蓬头赤脚，违背妇道，自讨苦吃。到底是穷人出身，卖唱的坯子，贱骨头，下流坯，没有福气。不去想想一个女人能做得了什么事？"夏之时更会捧着肚子大笑，说："我早就给她讲过，会弄得走投无路，带了四个孩子不去跳黄浦江了事，我在手板心里煎鱼给她吃。"一些革命同志，进步的朋友们也要批评我意志不坚、勇气不够、毅力不足……想到这里，自己的勇气逐渐增加了。并想到自己过去最反对自杀的人，为什么自己今天偏偏要走这条绝路呢？死，徒然为仇者快，亲者痛而已。我怎能抛下孩子不管，让孩子们去接受她们父亲的三从四德的教育呢？我怎能不再尽力设法去医治父亲的病症呢？虽然残酷的现实令人难以过活，但是哀伤忧愁又有什么用处呢？死是自私的、怯懦的表现。一个人能有死的勇气，为何就不以这种勇气来坚强地和它斗争，活下去呢？再说自己所选择的道路本是艰苦曲折的嘛！还是沿着以往的道路继续奋斗，尽力帮助革命，能尽一分力，就是一分力，绝不掉队，绝不逃避！革命在目前虽然乌云笼罩，但革命一定能成功，人类的光明必将来到！我就这样左思右想以后，打消了自杀的念头。从此我再也不向困难低头了。再也无任何退缩和恐惧了！此后走过钱家塘去探望父亲的病时，感情克制得住，腿也不软了。

二、信心百倍　岁月苦度

在父亲病重的一段日子里，我们的生活虽然越来越艰苦，但是有革命的人生观、乐观思想支持着我，并不感到有什么了不起的困难。我们为了再节约开支，在1933年秋从甘斯东路甘村迁到巨泼来斯路（现安福路）美华里二十号。这里位于上海西区，是当时比较荒凉的地区，房子不多，房租便宜。这条里弄住了好多文化人。美华里是一底三楼、两个亭子间的、粗糙改良式的石库门房子，没有浴室。我在晒台四周围上芦席，夏季当浴室使用。房租三十二元。我们住三楼一间，其余都出租当二房东。我白住房子外，每月还落得十七元来贴补家用。

我出租的房客有四川人陈农菲（即陈同生，老党员、新四军干部。他在我离婚前曾来过成都家里，当时他好像是一家新闻日报的记者。解放后任上海市统战部部长）、四川人刘连波（老党员，一直在白区工作。解放后任重庆市统战部部长、全国政协委员），还有一位雕塑工作者，姓名忘了。四川人钟南夫（又名钟韵明，解放后任上海市五金化工进出口公司经理）和四川人李云仙（又名李复石）。李老精通中医，常来探望住在二楼的陈同生、刘连波，我和他们结交了朋友。里弄邻居有作家廖沫沙、女作家白薇、教授陈子展等。其中给我印象最深的是白薇和后门对面二楼廖沫沙夫妇俩。白薇斩断了"爱"的情丝，贫病交加，过着令人不忍目睹的生活。我俩因革命意志相投，成了好友。她很喜欢我的孩子，有时孩子们在清晨去她家里喝稀粥才去上学。她曾给孩子们好些旧衣裤。我们母女在美华里的一段艰苦生活，她最了解。后来因她病重，上海妇女界为她发起募捐治病的钱，都是由国琼女协助收集给她的。我和廖沫沙夫妇无往来，有时半夜醒来，从亭子间凉台望去（他住在对面一排房子），房间家具除书桌外一无所有。他们和孩子们睡在地板上，廖沫沙瘦削苍白、埋头在写作……生活比我们还要清苦。这里的环境对我们的孩子们的教育是有益的，比过去任何地方都感到精神愉快得多。每天清晨孩子们随着陈同生去弄堂对面马路"老虎灶"（卖开水的地方）打开水，买大饼、油条。晚饭后在弄堂外荒地上，孩子们围着陈同生边乘凉、边听他讲故事。这是孩子们唯一的娱乐。我们母女住美华里的一段苦难生活，不仅邻居、知友白薇深知，邻居沈火山（别名，正名忘记了，后来她曾在北京中央音乐学院工作）也非常清楚。1994年我侄子张树基来京探望我们时，在机上和沈女士聊天，沈女士对张树基说："你姑母董竹君是有名望的人，当年我们都住在上海美华里，她带着四个孩子，生活苦透苦透！"

　　我因巡捕房还在找麻烦，不便露面，加之本身失业，所以女儿们上了学，我就在家里操作。除探望父亲的病，很少出去。这时候中国共产党地下组织的电影制片厂"电通公司"需要尽义务的音乐工作人员，但人们害怕染上"色彩"对他们不利，无人愿意参加。我吩咐国琼女去该公司工作。她在该公司摄影棚里经常担任大提琴伴奏。她加入电通公司之后就经常和一些左翼的音乐家、戏剧家、电影工作者在一起工作。此外，吕骥、贺绿汀等所发起的"业余歌咏团"，盛家伦、沙梅等发起的"新生歌咏团"，国琼女也参加工作，并且是该两团发起人之一。

　　电通公司仅拍成几部片子，如：《风云儿女》、《桃李劫》、《新女性》、《都市风光》等，不幸仅办了三四年即被查封了。在电通电影制片厂工作时期参加者如下：

　　1. 陈波儿（女） 2. 蓝苹（女） 3. 王莹（女） 4. 吴湄（女） 5. 施超 6. 唐纳 7. 顾梦鹤 8. 金山 9. 吴茵（女） 10. 沙梅 11. 盛家伦 12. 丁里 13. 崔嵬 14. 沙蒙 15. 李实 16. 夏国琼（女） 17. 田蔚（女） 18. 田菁（女） 19. 陈凝秋 20. 吕骥 21. 赵丹 22. 郑君里。

　　当时国琼女还年轻，我很担心，怕她出事，总等她回家才能安心入睡。有时要等到鸡鸣她才回来,匆匆吃些早点又去上学。她在上海学生时代,经常和同学们参加地下工作。如示威游行(站在第一线)、秘密运送传单和进步书籍。

这段时期的生活更是穷困了,孩子们几乎辍学。承惠平中学女校长、四川人张平江(解放后曾任四川成都政协秘书)的义助,免费一个学期。致使孩子们未失学,迄今感甚!吃食方面,我个人有时用白糖、盐下饭,有时候,四块大饼油条仅够孩子们吃了上学,自己不吃早点是常事。有次卖了一双鞋,买了大饼油条。又用我仅有一双丝袜、两件蓝白色洋布连衣裙、西服和一双用两角钱在皮鞋摊上买来的白皮鞋(鞋面有些破了,我用线缝好后,擦上白粉看不出坏处了),度过了夏季。记得有一天,我们和刘连波去上海电影院看电影,到门口见晚上票价贵钱不够,大家掏空口袋凑不齐钱,只好又折转回家。有一天下午,将到黄昏时刻实在无钱买米菜,住在亭子间的张进之再三劝我去找杨虎,我坚决不去。结果我把穿在身上唯一的一件紫红白条毛衣和国琼女开学生演奏会时做的一件黑绸缎子滚边旗袍,一同拿去霞飞路金神父路(现名瑞金路)"源康"押头店押了五角钱,买回菜米。那天晚上,孩子们放学回来总算吃上了晚饭。当押东西,对我们来说是很平常的。当票一堆,当当取取。有次为付国琇、国瑛女小学的校服费,又叫国琼女把大提琴拿去临时押当。

后来,国琼女常去上海两江女子中学和乘公共汽车来回要两小时的上海江湾女子中学教琴,所得酬劳贴补家用,生活稍宽松些。

我们住在美华里很穷苦,但是每人出外,总是衣服洗烫得笔挺(当时熨斗是用木炭的),孩子们上学仅有的蓝布罩衫,也是烫得贴贴平平的。虽然这是生活的小事,我也不愿使自己和孩子们给任何人以自暴自弃,显得多么寒碜,以致肮脏的印象,要使我们坚强的生活意志表现出来。并教导孩子们帮助烧饭、洗衣、补鞋、搞清洁卫生等，训练她爱好整洁，虽然穷苦，但让她们生活得有条有理。我每天将这三层楼房的室内外，甚至三层楼梯，都用拖布洗扫得干干净净。我们二十号当时被视作全弄清洁卫生的模范，房东非常喜欢我们。当 1935 年夏，我们要迁居，房东两次送礼（其中有一张很名贵的金绛丝画，以后我把它挂在"锦江"特别间餐室，顾客们都赞赏），劝我们不要迁移。因为他们可以借我家的榜样，来要求其他房客保养房屋。

那时，生活几乎有断炊之危，可是我的情绪很高，很有劲。生活充满着朝气，不感到丝毫不舒畅，总觉得这是黎明前的黑暗，光明即将到来。我信心百倍地带着孩子们欢欣愉快地度日。

三、父亲逝世　义士临门

我们在美华里就这样生活了一年多。快到 1934 年底，父亲的病势日趋沉重。父亲临终前夕气喘痰涌，声音细微得几乎听不出来。他愁容满面地低声问我："阿媛！你告诉过我有位姓李的愿意帮助你开设餐馆，可能成功吗？"为了使这善良受难一生的老人家，在即将离开我们的时候，得到片刻的欢慰，我立刻回答他："钱已拿到手了，当然可以成功。爹！请您放心吧！"父亲含笑地点点头。这是母亲去世后，他仅有的一现笑容，也是父亲临终前我给他的唯一的安慰！

当时，我实无勇气见到他老人家的最后一口气，硬着心肠和父亲磕头分手。出来后，重托房主（房主全家和我们关系颇融洽）关照一下将去世的父亲。我在钱家塘弄堂边走边想：世界上不知有多少因为无钱就医而死的人，这是谁之罪？一定要革命！回家的一路上，吞着不停的泪水。我悲痛、怨恨、气愤！天真的孩子们见着我，一齐涌上来问："妈妈！妈妈！外公病怎样？"我未回答。整理被褥命孩子上床，可是我能入睡吗？！天刚亮，房主的男孩来报噩耗：父亲已安然闭眼。我听后，肝胆欲裂失声痛哭："啊！父亲啊！不能使您多活五年，我固不孝，这是谁之罪？！亲爱的双亲，可怜的双亲，毕生尝尽人间辛酸苦辣，没有过一天好日子，凄惨地与世长辞，与我们永别了！"啊！我写到这里！眼泪直淌！

父亲离开人间是 1934 年冬，享年六十八岁。当时因无钱，未为双亲举行葬礼，灵柩寄放上海苏州会馆。父亲病故次年春，锦江开幕后，遂在店内抽款，由国瑛女代我经办，将双亲安葬到江苏省南通县余东区六甲乡北杜梅桥（现南通市海门区包场镇闸桥村）。后来，二叔去世后亦安葬这里。以后该地政府要建造公路，遂于 1978 年 7 月上旬，三位老人墓又迁移至苏州市横塘公社黄山大队（山脚下）。1981 年夏，二叔母去世，与二叔同一墓地。1985 年秋，嘱大明、国瑛去上坟，发现墓已裂缝，即于 1986 年春动工修缮了。后因该处政府要划为风景旅游区，坟墓必须迁移，我又在江苏省吴中区东山镇华侨公墓二墓区选地重建碑墓。于 1989 年 10 月 21 日由大明儿、国祯堂妹捧骨灰盒，举行了简单的仪式，迁入新墓。这天我在北京和儿媳杭贯嘉、孙女小菁菁设立临时祭台，遥祝在九泉之下四老安息！

总算完成了我一件重大的心事，但亦不够补偿我不足孝道的罪疚于万一也。这笔新墓费用是国琼、国瑛、国璋三人共同负责出资的，是她们对我的孝道，深深感谢！

在父亲临终前曾问起我钱拿到没有？事情是这样的：在父亲逝世前几天，忽然来了一位不速之客，四川人李嵩高先生。他自称："我曾留学法国，投笔从戎后在四川领导土队伍的，这次来上海去日本添买枪支。你不认识我，对我突然来访会感觉奇怪吧？因为你带着孩子离开夏家后,四川社会舆论轰动一时,我也被这件事吸引,钦佩你,故特来拜访。打听几天,问了好几个朋友,才知道你们住在这么偏僻的地方。"他又继续说:"我看你们母女这样的生活总不是长久之计,听说你也会经商,我愿意从买枪支的款内借给你两千元,先做点生意,把生活问题解决。生活问题不解决,什么也说不上。你不必客气,既然我诚心来看你们,能见到面已经很高兴。钱算什么?

1986年5月,于苏州重建的父母墓地。

你不要怀疑我是坏人,四海之内皆兄弟。你既然有女中丈夫的气概那就直爽些!走大路,不要走小路。钱本来是为人支配的,只要用得有意义,再多些又有什么关系呢?"接着又问我:"你想想看,这点钱做什么生意比较适合?"他滔滔不绝地说了这番话,当时我又疑又喜,觉得他侠义气概很重,可是陌生人不知底细,怎敢接受。经过和党员同志、进步人士商议,认为能解决全家生活、协助党的地下工作,有什么不好,赚了钱还他好了。

补充几句:在锦江筹备时我遵李嵩高义士的嘱咐,分给他胞弟李次白六百元作为股份。一年后李嵩高由日本回沪见锦江生意兴隆。对我说:"锦江大有前途,我弟弟是噜苏人,趁早把他的六百元股份及红利都算清给他为要,以免日后给你找麻烦。"我尊重他的意见完全照办了。

过了几天,他又来了,再三诚恳地说服我,我也就接受了他的义助。这二千元就是开办锦江的最原始资本的来源(在父亲病危时,我曾把这件事简单地告诉了他,故在他临终前问起这事)。

李嵩高为了助我节省开支,曾一度把国瑛女从北平接回,由他带到日本去念书抚养。在锦江开始营业后,不到半年,据他来信说,汇给友人彭丰根买枪支的款子,被彭吞没了,他回不得四川,困留日本,望我助他生活费用。我当然按月汇去。约三个月后,他带了国瑛女返回上海,需款至急。于是,我除偿清欠款二千元外,并还接济他生活费用一年有余。他感叹地对我说:"想不到反而你给我帮助很大,难能忘怀!"后来,李嵩高回四川。约在1941年秋,我在菲律宾马尼拉接到友人来信,说他已被蒋介石枪毙了。当时得此消息,深为哀痛。我们母女在美华里处于绝境,幸而得到这位萍水相逢的朋友一臂之助,才有今日。我在这里向九泉下的李嵩高先生致以衷心的感激!同时盼望儿女们能饮水思源,永志莫忘!

我的一个世纪

风雨中创业

第二十章 锦江川菜馆诞生

一、创办动机和目的

二千元，拿了这笔钱想了几天，这是最后机会，只能成功不许失败。那么办什么呢？最后决定，开办四川菜馆。

当时上海的酒菜业闻名社会，并能得到上海各界人士、旅客和外侨等赞扬的，只有广东菜、福建菜，四川菜次之，其中尤以广东餐馆声誉最好。但是他们的经营管理方法保守，陈设、用具陈旧，格调庸俗，缺乏美感，清洁卫生也差。菜肴方面，无论是煮、蒸、炖、烩、焖、烘、烧、卤、烤、熏、腌、糟、炸、煎、炒、熘、拌，以及色、香、味、形、刀法装配也是墨守成规。"新雅"、"杏花楼"等的广东菜在当时上海可称首屈一指，但其内部的装潢格调，依然脱离不了一般餐馆的吵闹、庸俗气氛。当时川菜有"陶乐春"、"聚丰园"菜馆，但因其味过浓，麻辣又重，故座上客除少数四川人外，当地人很少去光顾，因而生意清淡，盈利不多，有时还会亏本停业。

四川菜历史悠久、品种丰富、很有特点。四川，自古以来被称天府之国。公元前约二百五十年，秦昭王任命李冰为蜀郡太守。他和他的儿子二郎，在前人基础上修建了古代世界水利工程的伟绩——都江堰。它是一座灌溉面积达三百多万亩的水利灌溉系统。在秦始皇时代就奠定了成都的农业丰产基础。

成都是平原，蔬菜种类之多为其他各省所不及。收了麦子种菜籽，收了菜籽又种稻秧，秋收之后，又种青菜、萝卜等，田地整年都有出产。成都物产既丰富，食物价格又特别便宜。于是自然而然形成民间特别着重吃。在家庭里喜欢吃，更喜欢在街头吃各种零食，因而小吃特别发达、有名。大吃，如慈禧太后的御厨四川人黄氏父子所开的有名的姑姑筵菜馆，价很高。我青年时候听了一个故事：有一位皇帝询问姓詹的御厨师，哪种菜最有味？詹厨师回答盐。皇帝说：山珍海味，飞禽走兽，鱼、鸭、鸡、肉等都无味吗？皇帝一怒把他斩了。此后，御厨每菜从不放盐。皇帝不吃盐，日久身体衰弱无力，乃大悟，遂封詹姓为詹王大帝。这虽是传说，但说明烹饪不能离开盐，盐是提味的基本调料。

四川菜以成都为正宗，有酸、辣、麻、香、甜、苦、咸等七味之分。历代帝皇奢侈，每席珍肴达一百几十味，其烹饪的技艺极其讲究。这些高超的烹饪术，都是历代劳动人民累积的丰富经验和智慧的结晶。

当时我认为川菜花色品种繁多，各菜各味，风格不同，少有共性滋味。无论大筵、小吃，在烹饪方面有它的独特之处。可惜当时上海识者不多，在酒菜业中没有获得它应有的地位，实为遗憾。我想改进川菜的色香味和改善餐馆的装潢格调以及重要的经营管理和器皿等，使川菜打进上海市场，独树一帜，驰名中外。还要逐步向国外发展，开设分店，能在远涉重洋的轮船上开设水上川菜馆，每个码头停卖两周，使其名声远扬。同时，让世界各个角落的人们，看看中国人是否如帝国主义所污蔑的无文化的国家。故我办"锦江"不仅是纯商业性为赚钱，而且是想把它当成文化事业来经营的。

至于盈利所得资助革命和培养子女，这就是我当时要创办锦江川菜馆的动机和期望。

二、"锦江"命名与店徽

记得那时有些朋友笑我说:"店还未开,计划、希望一大堆。"还再三向我泼冷水:"你为什么去搞油炒米饭?戏院、餐馆、旅馆,这些行业里的人多半是红眉毛绿眼睛的,没有老头子[1]做靠山,没有流氓做兄弟,要在上海开设这类行业是自讨苦吃呀!什么企业不好做?偏要去吃这碗饭?"还记得当时我把烧好的碗、碟瓷器样品给友人们看的时候,其中有一位说:"瓷白、质量也不错,式样大方,疏疏落落的蓝色竹叶花纹更是雅致出色,哪像是餐馆用具?可惜上有'锦江'二字,否则三个月后拿回家去使用倒蛮好!但竹叶作为'店徽'颇清雅,和竹君名字相映照含意深远,这个选择富有诗意。"我听到这些好意的冷嘲热讽并不气馁,仍然信心十足。我想:事在人为,我不相信会那么困难!

谈到"锦江"的命名,有下面一段来历:

四川成都东门外有座望江楼,景色优美,是川中名胜之一,也是唐朝女校书薛涛栖身的地方。记得曾有人题诗云:

> 望江楼上望江流,
> 人自望江江自流。
> 人影不随江水去,
> 江声不断古今愁。

诗中的"江"即"锦江",江上横架大桥,桥畔有座别有风格的木楼是薛涛晚年吟诗的地方,叫"吟诗楼"。当时成都又称锦城,以盛产锦缎得名。据说丝绸在锦江濯洗后特别光彩。鉴于以上这些原因,我在为餐馆取名时,便很自然地想到"锦江"二字,以"锦江"

为名，既富于诗意，又很响亮，用作餐馆名字甚为适宜。我认为任何生意招牌，命名须响亮才能吸引顾客。让他们觉得有美感而又易被记得。此外，又想到那位女校书薛涛和我有相似的命运——同是青楼沦落人，所不同者我是卖唱而已。把我对她的同情和怀念寓意于"锦江"，又有何不可？从字面上讲，"锦江"两字还象征着未来川菜烹饪艺术有如四川锦缎一样著名，并随长江东流入海，远播重洋异国，这些就是我命名餐馆为"锦江"的动机。并将竹叶作为店徽，所以碗碟等瓷器上都用竹叶为标志，其寓意从未向人谈过，也从未有人问过我。现在上海锦江饭店仍用锦江前身的竹叶为店徽。

三、"锦江"开幕

义士李嵩高借给我的两千元，在当时只够开设规模较小的餐室。所以必须精打细算，寻找房租便宜，又能闹中取静、位于中心区的店面房子，并且面临马路，必须宽阔，有停留汽车的场地，以便吸引社会上层顾客。于是到处寻找适当的店房。经察看，在上海法租界大世界附近的华格臬路，有一排坐南向北的很普通的店面房子，这里只有四五家店铺，其中一家是川菜馆，店名"西蜀"。对面是一大片空地，马路宽阔。但夜间行人稀少，人们去霞飞路（现淮海路）都宁愿经过青年会、思派亚电影院转弯绕道，不愿由此近路而过，可见这条马路是怎样的冷落。友人劝我说："这个地点不适宜开设餐馆，你看西蜀门前人稀生意淡。"我说："我的看法正和你们相反。此地相当理想，经商一样但方法各有其道，我不怕。"大家笑了。

于是，我遂在"西蜀"隔壁租下了一幢单开间一底三楼三个亭子间带晒台的店房，门牌是三十一号。

我把底楼作为店堂，卖客饭。隔出一小块地方做定座间。店堂后面作厨房预备室。二三楼两间以及两个亭子间，辟作雅室。会计、办公室设在三楼亭子间，厨房设在屋顶晒台上，以免油烟四散熏人。这些安排好以后，就开始筹备其他工作，如装修、布置、定制家具和器皿，跑寄售店物色价廉物美的墙上装饰品，物色厨师与招待人员等。当时人员问题是个大难题，幸而有在川菜馆工作的四川人刘青云、刘双泉（解放后二人均由锦江饭店告老退休）的帮助，找到了掌锅师、刀手、点心师，以及笼锅师等八九人，招待员几人，账房、采购由李嵩高介绍的两位四川人刘伯吾、温子研担任。经理则由我自己亲任。当时楼下店堂摆四张小桌，卖客饭。二三楼大小各一间，大小桌座仅四五张。以家庭形式化，命名锦江小餐。于1935年3月15日正式开业。

四、扩大发展

锦江是开门红。开业那天，顾客就拥挤得水泄不通，店门两旁、马路中心都挤满了顾客。店内过道、厕所旁边，无处不加添座位，客人从头顶上互相帮助传递菜肴及账单。锦江从开门红以来一直座无虚席，连杜月笙、黄金荣、张啸林，以及当时南京政府要人和上海军政界人物来吃饭也得等上很久。锦江天天是每餐每座几批顾客，门前车水马龙，汽车停满对面空地。盛况轰动全市。

由于天天客满拥挤，顾客一批批地进出。锦江的盛况一直继续着，致锦江对面的空地房产主孙梅堂把空地都新建了店铺房屋，华格臬路一带地产涨价了，税收也增加了。人们就在对面房屋争先恐后地开设餐馆，如：成都川菜馆、重庆楼川菜馆、蜀渝川菜馆，川味川菜馆、长江川菜馆，富春楼扬州菜馆，闽东园福建菜馆，章东明绍兴菜馆，新三和楼，上海本地菜馆、陶乐春川菜馆等共达十一家之多。他们相互竞争锦江座满退出的顾客。华格臬路顿时成为菜馆之街,夜晚热闹非凡,再也不像过去那样冷清和行人稀少了。这时候友人们为我担心,而我认为店多对生意只有好处,各有各的经营方法,不怕营业额下降。我经常注意市场情况、政治经济消息,以及社会风气、习俗、气候、节日……信息灵通,经营灵活。

　　卖座仍然拥挤不堪,人们说:"你可以得到的金钱像水一样流走了,多可惜!"这种盛况必须进行扩充。我因资金短少,只好慢慢来,还有房子问题。杜月笙是当时锦江的常客,几乎没有一天不来。但他每次到锦江,不能例外也得在拥挤的队伍里等上很多时候才能就座。有一次,他发火了,对招待员石子湘说:"生意这样好,人这么拥挤,怎么不扩充?你去告诉老板娘,需要房子我愿意叫房东孙梅堂设法。"

　　石子湘把这话告诉我,我仔细想了想:在上海这样复杂而恶劣的社会里,即使是小商小贩也难逃脱他们的势力范围,锦江是个服务性行业,完全不和他们打交道是不行的,况且我不是"帮会"、"道门"的人,无任何靠山,自己又是个女子,想创业难,立足更难。要想长期维持下去,如应付不好这些恶势力,确实也是后患难测。再说杜月笙这种人,虽然他为自己方便起见愿出力帮忙,说起来到底算是善意,怎么好拒绝呢?细细想想,由他协助租房,扩充营业有利无害。于是就接受了他的帮助。因为杜月笙的指示房主孙梅堂不敢抗拒,只好忍痛让左右几幢房子的房客免付欠租,再贴出一大笔搬迁费,腾出空屋租给锦江。

　　孙梅堂以为我也是"帮会"的人[2],所以杜月笙才愿帮此大忙。他敢怒而不敢言。殊不知我和杜月笙仅仅是顾客关系而已。

　　我研究决定,索性向后弄发展。这样,格调才能进一步曲折有致。不过与后弄房屋连接必须搭天桥[3],这是违背当时法工部局章程的，有钱也办不到的一个大难题。我心生一计，把后弄房屋先租下开工，来个既成事实，到那时杜月笙为面子起见，不能不进一步想法帮助。于是就开始大动土木。天桥搭好后，果然问题发生了。我厚着脸皮去电话告诉："杜先生，承您帮助锦江得到扩充范围，非常感谢您。就是工部局不许可搭盖天桥怎么办？""啊呀！当初没有想到这点。"我说："是呀！我也没想到，对不起。""我去想想办法，你等回信。"他的态度颇为和蔼。就在他的支持下，法工部局开临时董事会，发给锦江临时特许营业执照。这事竟引起了社会人士的注意。舆论界认为属于这类超出范围以外的建筑，自上海开埠以来，除永安公司天桥外，这还是第一次的"例外"。

经杜月笙帮助，租成了几幢房屋；事后，我曾赠送两桌酒席给杜月笙家中，表示诚挚的感谢！扩充了大、小雅座十几间，散座二十多桌的大小餐厅各一间，总共能容纳三百人左右，扩大了好几倍。办公室有了三四间。储蓄室、预备室等也添设扩大，工作人员增加了好几十人，改名锦江川菜馆。虽然如此扩展，顾客依然旺盛拥挤，订座牌每日上、下午满座，至少三天前订座。汽车停放从华格臬路东头，直到西面转弯南京大戏院路口。

通过"天桥"和租房扩充营业这些事，人们认为我"神通广大"，社会上开始议论纷纷。这么一来，反而增加我的知名度。上海滩上就是这样，只要从现象看认为你是有靠山的，人们就不敢随便轻视你了，反而以能接近你为荣。这是旧社会，尤其是上海人与人之间关系的特征之一。多么可笑又可鄙！

五、装修设计、室内布置

我一向认为无论是居家或办企业，在任何场所、在什么环境下，只要有起码的物质条件，就应尽可能注意整洁、美化。原则应是继承我国固有的美学传统，适当吸取日本、西方的优点，将中西方的文化有机地结合。独创我们自己的，具有民族风格的形式。所以当时我在改革餐厅内外装潢，设计家具、用具时，不仅是为了独树一帜招徕顾客，更重要的是想通过改革，来使人们对这一问题给予应有的注意。因此，从一开始到后来扩充范围，有关锦江内外部的设计、装修、色彩、用具、格调等，都是围绕着这一主导思想而亲自设计、监制的。

锦江川菜馆的后面，因为向后发展的缘故，店面始终是一开间。店面与后弄搭天桥，前后连成一起，使天桥通道和楼梯以及前后左右、上下曲折雅趣的二十几间大小房间都能连贯串通，并且在营业时又不互相干扰，保持了环境的安静。

店面上下四层全用光亮黑色瓷砖镶嵌，店面二楼口悬挂一块长方形乳白色霓虹灯招牌（当时最高雅的颜色），店堂约三十平方米，银灰色的墙壁。进店门有一金黄色的丝绒门帘。进门帘右边是楼梯，由本色柚木装置，扶手为朱红喷漆，平滑光亮，楼梯铺有红色地毯；楼梯口设一张红木琴桌，上置一磨砂玻璃灯的订座牌，侧旁放一盆鲜花，表示对顾客的欢迎；左边放四五张小方桌，专供客饭。店堂最后边，右侧设一电话总机间及订座间。位于电话间与方桌之间的顶部墙上装有二尺高的一层隔墙，隔墙前置一块木板，放一些仿古摆设，配以霓虹灯的光照，十分幽雅。这堵装饰性隔墙将店堂似乎分成前后两个部分。前店堂屋顶中央吊一盏兰花水晶大灯，正对楼梯口的墙面上，挂有一幅西洋山水油画。隔墙、吊灯、油画将小小的前店堂点缀得玲珑精致。后店堂直通后面二幢楼房。店面和房堂的布置大致如此。

上楼梯至二楼一半处有一岔口，原是亭子间的位置（上海住房

第二十章 锦江川菜馆诞生

1935年于上海锦江川菜馆门前。

锦江所用瓷器上的专用标记——竹。归公后的锦江饭店,一切用具上仍采用,以志纪念。

格式中的一个小房间,大小犹如亭子那样小),进口有一南北过道,它将前后三幢楼房连接成一个整体。过道两端,各有一间苹果绿色的小室(即是原来南北两只亭子间隔出三分之二而成,十平方米左右,故称小室),内置黑漆家具,正中天花板吊挂一只四方形、格子曲折的日本式灯罩。室内墙上开一小洞,内放盆景并装置暗灯,灯光映照盆景,别有一种趣味。在这南北过道正中,有一东西向的天顶,它与三楼的屋顶齐高。天顶是五彩宫殿式的,正中悬吊一盏圆形月光灯,灯的南北两旁是二楼雅室的窗口(此两室的顶墙全用咖啡色柚木包装)。窗外用紫金竹编成的花絮架,里面栽花,过道两端安放着与小室相同的日本式灯罩。过道正中靠西墙部位挖一洞,洞中嵌玻璃鱼缸,养的热带鱼,灯光映照,五彩缤纷。与鱼缸相对的东墙(那是位于天顶下面的东墙)上有一扇长方形民族形式的窗户,窗下设立收款处。收款人的背墙上面，有我写的两句话："君若满意，请告诉朋友；君若不满，请告诉我们。"是专为二楼、三楼服务的。这一通道和天顶部位的装潢布置与色彩好比《红楼梦》里的大观园的一角，又略带日本风格，很受顾客们的赞赏。

在这里插一节趣事：我看了 1988 年 8 月 20 日的《团结报》登载《陆久之智劝邵毓麟》（作者张英）一文，大意如下：陆久之先生是蒋介石的养女婿，任国民党第三方面军少将参议。经国民党第三方面军司令官汤恩伯的许可于 1945 年 10 月 5 日在上海创办了日文《改造日报》，而实际工作却在中共上海地下党组织的指导下进行的。

当时散在上海、天津、武汉、大连等地的日侨、战俘，因战败哀伤心理、逆反情绪，思想极度混乱。《改造日报》便针对这一情况，以批判日本军国主义思想为主旨。一方面旗帜鲜明地宣传和平、民主、进步的思想；一方面深入地揭露法西斯军国主义的罪行，并具体报道战俘们返国后的生活，以及他们为重建家园美好未来所做的努力。

《改造日报》的进步言论和报道，引起国民党某官员的怀疑。当时驻朝鲜大使邵毓麟向汤恩伯告发了，汤即警告陆。有天傍晚，陆久之邀请邵毓麟在锦江饭店吃饭。酒过三巡，陆久之指着餐厅账台前的两行字，面带笑容地说："今天我不仅请你喝酒，还要借这

1936 年，在法国公园（郎静山摄）。

锦江老板娘董竹君女士致顾客的两句名言,敬赠你老兄。"邵毓麟抬起头,不解地瞅着账台上醒目的字,喃喃地念道:"君若满意,请告诉朋友;君若不满,请告诉我们!"邵尴尬地说:"对!对!久之兄,我明白了这两句话的意思。"陆久之说:"老兄对我不满,可直接告诉我……"

据闻,后来《改造日报》未出问题。想不到,这两句话竟起到如此作用,颇有感触,遂记之。

走出二楼南口,向左转,再走几步楼梯,是一个朝南的大厅。大厅四周墙壁全是本色柚木护墙板,地板是菲律宾的沃克木地板。五彩宫殿式的屋顶,顶上悬吊三盏嵌有精致磨砂玻璃的红木雕花宫灯,因东西两个宫殿式横柱内霓虹灯的照射,光彩夺目。大厅南边是一排装配磨砂玻璃的中式柚木格子窗户,窗户前面是一排花台。厅内东墙边,设有彩色电光反照的喷水池和鸟笼架,西墙挂有张大

锦江川菜馆大厅一角和店堂一角,1935年3月15日开幕日。

第二十章 锦江川菜馆诞生

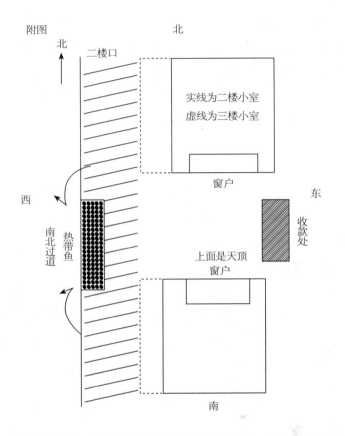

千先生画的竹子,有郎静山先生的摄影作品(30年代时著名摄影家)。郭沫若同志赠我的亲笔手书"沁园春"(和毛润之咏雪词),我也把它悬挂在此大厅里。家具是西式咖啡色。总的说来,大厅的摆设是以色彩浓厚的民族形式为主,略带西方风味,较之前述诸摆设,又是一番景象。出大厅向右转弯上楼数步是一间亦以咖啡色柚木包装、墙顶装潢精致而幽静的小餐室。出右厅向左上楼,位于大厅楼上是两间餐室,室内是银灰色墙壁,灰色沙发椅,窗上挂有白纱和蓝色呢合成的两道窗帘。花架上放有盆景,壁上有古制金色缂丝壁画。一间餐室配朱红色的西式家具,一间配黑漆家具。这两间餐室内色调明朗，富有朝气。

　　由此两餐室向前走三四步，是办公室、工作人员餐间（此处就是前后楼房相接处，普通称为过街楼）。此餐间南隔壁便是办公室，出办公室向右转弯是隔出的小过道，过道底另有一大间。它和其他房间隔离，室形格调别具风趣，分外雅静。四周墙壁及天顶都以本色柚木镶嵌、西式柚木家具，紧贴窗墙一排浅红色长沙发和浅紫红色地毯，窗帘由白纱和浅色的玫瑰红呢双道合成。室中吊一只大理石的反光灯。沙发旁有落地灯一只。壁上有中西书画和紫铜大螃蟹一对，作为点缀。在每个楼梯口，都设有公用电话。而此间设有专用电话。布置、陈设和安放家具比所有房间都舒适、雅致。这是我特地为革命同志秘密聚会，以及为我自己与有关人士联系，掩护方便而设的。因进这间房的顾客不一般和菜价可提高，且房间地位、布置都特别，故名"特别间"。特别间也是当时文人雅士以及其他各界人士应酬、吃饭、谈话时所喜爱的房间。在特别间进餐的革命同志，进步人士是很多的。夏衍在《懒寻旧梦录》中提到在锦江吃饭照例只签字不付钱。有时，他们也在这特别间吃饭开会（"文革"中要我交代"特别间"的使用，被审查好几天）。

　　以上是过道南边的各厅室。过道北面还有三个餐厅：一个是中厅，位于二楼楼梯口向左拐弯处。卖散座的叫中厅。它的顶上（三楼）是两间餐室，墙是浅米黄色，家具是浅棕色的，白纱窗帘，都有鲜花点缀。这三个餐厅与楼下店堂即是一幢一底三层的楼房。三楼东面，另租了一间，故店面三楼是两间。

　　我认为：即使是最好的陈设布置，若无鲜花点缀，气氛就会陷于沉郁。因此，我对这点极为注意。锦江是根据各个房间墙壁、家具的颜色，选择与它色彩协调的盆景、花草来点缀的。

　　这样室内就显得格外有生气。盆景、花草是为了增加美感，所

锦江川菜馆二楼过道的鸟笼和神仙鱼壁缸（嵌在墙壁内的鱼缸）。

1936年摄于锦江川菜馆内装饰部一角。上挂红木雕刻宫灯，下面是鸟笼。

锦江川菜馆室内的摆设——意大利雕塑台灯。

1940年,在锦江川菜馆办公室内办公。

锦江主人使用的砚台、文具，许多来锦江的知名人士都使用过。当时唯独锦江具有这种雅士风格，甚被客人喜爱。

谓"锦上添花"的意义。至于锦江的地板，全用打蜡沃克木。[4] 室内并设有暖气，当时餐馆用暖气的极少。总之，锦江的装修设计是中、西、日三结合的形式，风格别致，情调浓厚独特。

当时建筑设计行业的人说，用咖啡色柚木板包装墙顶，确实是别致，从装修设计的理论来说也是够大胆的创举。

锦江厨房的位置也与众不同。除蒸菜等笼锅装置设在底层外，其余煎、炒、炸等操作厨房设在屋顶，以免油烟上熏，影响各室清洁卫生和顾客胃口。每层营业口，利用边边角角设有各种器具的预备室，以便利招待员的服务工作。

此外，锦江餐桌上的用具：如台布、杯、盘、碗、碟，除以深浅蓝色竹花为标志外，还按不同性质、不同价格的酒席宴会，使用不同的碗盏和银器以及筷子、台布和其他小玩意儿。为清洁卫生起见，筷子以松木制成，外面套上纸套，里面夹着饶有趣味的各种彩纸诗条，为顾客餐前助兴。这种筷子使用时一掰成二，用后不再复用，这种一次性筷子，当时在国内是首创。碗、盏、手巾等用后必须蒸洗消毒。点点滴滴我都费尽心机。连放牙签，我都经常教招待员把双手洗净,将它倒在台布上,挑拣小头插进牙签筒,大头露外,符合卫生要求。锦江还特制有红木文房四宝匣,匣面用黄杨木镶上"双双燕雀行书案,点点杨花入砚池"。落款锦江主人制,乙亥(1935年3月),内贮精造纸、墨、笔及端砚。若干年来不知多少革命同志、文人雅士曾濡墨挥毫构思写作用过。

经过几次扩大装修后有了二百六十多座位。

六、菜肴改革、菜价

四川菜,花样品种繁多,它的特点是各菜各味,重视色、香、味。官场酒筵和民间用菜,不完全相同。前者讲究、细腻、轻辣;后者简单,重辣。锦江把两者的长处结合起来,认真加工改良,严格注意色、香、味、形的调和,轻辣,讲究刀法,美化装置,使中外人士、南北顾客的口味都能适合,不仅限于川人范围。锦江因此还吸引了不少外侨和外国顾客。这些人素来只赞扬广东菜和福建菜,自有锦江后,才知道中国菜原来如此多种多样。锦江的香酥鸡、纸包鸡、干烧冬笋等菜,经常得到中外人士的赞赏。

我很喜爱烹饪。在锦江开门后的1936年,我曾写过一篇《烹饪术概要》,登载在当时的《健康杂志》上。1955年,世界著名喜剧电影演员兼导演卓别林在日内瓦与我国人员见面时,说他喜欢吃香酥鸭子。因他来上海时就到锦江吃过这个菜的。

又如绍兴酒,一向在绍兴酒店出售,中国旧式菜馆只有"鸿运楼"、"复兴园"一两家供应,但也不注意质量。其他菜馆则根本不卖,尤其是新式菜馆更不沾边,好像有失身份体面。锦江则排除众议,备有大众化的绍兴酒(又称黄酒),且广为介绍,颇得中外顾客赞美。据说当时海关也注意把它出口了。

这里想讲讲关于菜肴的色、形和装置美化问题。在锦江以前，上海当时各行家对此仅仅是口头上的理论而已，未见实践。锦江开门后，就注意及此。记得改良第一个菜是：在一大碗雪白的燕窝当中，放入一粒蜜饯的大红樱桃。在香酥全鸭的盘边周围，镶上有色蔬菜。有些名贵菜，还镶拼些蔬菜制成的花鸟之类的式样。诸如此类，使食客有精致美妙之感，从而增加食欲。这在当时实属锦江的创举，沿行至今。我见人民大会堂的筵席上，有各种花色式样点缀席面，使人感觉美丽、隆重、温暖。在烹调学中对这个色、形问题能发展到这样高的水平，令我高兴！

锦江的菜价共分六类：（1）店堂专卖"客饭"，不计利润，按进货开销成本出售。一菜、一汤、饭、茶在内，每份五角、一元两种。这是照顾一般收入较低的顾客而设的，同时也是广告作用。（2）"定价菜单点菜"。（3）"时价点菜"。（4）"和菜"。即按人数规定，照规定的价格配菜（方便而比较便宜，唯菜质不太精致）。（5）"定价酒席"。（6）"不定价的酒席"。零菜、和菜酒席都可外送上门。酒席可外送上门，现烧，保持热度而味鲜。至于菜价如何确定、如何增减，每天该购进荤素菜多少、各种用料多少，这根据进货价格成本利润核算，还需注意同行业的定价，四季气候的转变，时鲜菜的上下市、检查日余货物，留心经济市场的信息等。锦江因菜肴优特、清洁卫生、座场雅适、服务周到……因这些独特条件，掌握了顾客心理，定价虽比任何一家同行都高，但营业额依然与日俱增。

七、培训人员与检查工作

锦江在开张前，我即对各部门工作人员交代了必要的注意事项，进行培训。开张后，我很注意和工作人员的关系，做到和睦相处。并告诉他们：同事之间要有互助、团结的精神；每人都应该有善良的品德；不要吸烟、赌博，对工作绝对负责（就是职业道德）。

教导工作人员学会鉴别顾客类型、对象，根据不同阶层的顾客代为选菜。例如：薪水阶层的顾客，应多选些肉类而价廉的菜，富贵、有权势者，荤菜吃腻了，应该选些清淡和时新（刚上市的）蔬菜，开价要高。

待顾客的态度：要求做到和蔼、耐心、有礼貌。并在任何满座的情况下，说话、举止都宜小声、轻步，动作敏捷，忙而不乱，做到整个营业时间没有噪声乱耳，只听到碗碟和脚步声，绝不允许互相瞎聊。

开张后，我事必躬亲，深入各部一起工作，——监厨、改良菜肴、烫酒、泡茶、倒痰盂、换台布、洗擦碗碟和玻璃杯（碗碟无油腻、玻璃器具透明无水珠指印为标准）等，无不带头操作示范。细致地指导工作人员如何才能使清洁卫生符合标准，从而达到高标准的水平。使它日久成习。

每晨到店处理店务。首先，去各部门仔细检查，从室内外，上下各个角落手摸无灰尘，甚至家具、用器、碗碟、陈设等的清洁卫生，和招待员的衣履、头发、面颈、口、牙、指甲等的整洁，无一不注意。在当时的锦江还有一个特点：在营业时间，为了保持经常清洁，随时还由学徒手提擦得雪亮的、长柄有活动盖的铜制簸箕（有盖是以免灰尘飞扬，柄往下按，盖开，将灰屑拨进，提柄，盖闭，这簸箕是我设计定做的，当时市面上尚无此类簸箕）轻扫堂口、座位四周、过道各处，使顾客在任何时间进入锦江均能感到环境清新。锦江的厕所有专人负责清洁卫生。尤其在营业时间，卫生员不准离开，随时打扫。

在营业时间，我手执小册子、钢笔，去上下各部察看，记下工作人员的优缺点。散座后或于次日，及时指正缺点。有时还通过开会形式或个别谈话的方法，共同商讨，研究业务。我是认真地全面地培训了所有在锦江的工作人员。经过一段时期，我选其聪明能干者，精心地培养成为骨干人员。于是，我在店务工作上的重点放在检查工作了。

八、职工福利

在旧社会，一般人谋生极不容易，就算是找到了职业，薪金也很低。当时上海各餐馆的工作人员的薪金待遇不仅很低，且不能按时发给，连客人付给的小费有时还要被老板拖欠延时，因而职工往往不能安心工作。我有鉴于此，特把锦江待遇提得比一般店家高得多，每月17日必发薪，满十天必分小费。小费的多少，根据生意情况而定，多得多分，少得少分，厨房部门，包括厨师在内，他们的收入工资高，小费少；营业部门的服务员，工资少，小费多（小费就是顾客自愿给的，一般称小账）。到年底，还发给年赏，年赏金额也是根据营业净利情况而定。分职、分成发给。夏季是餐馆业的淡季，小费收入较少，店方就额外发给津贴补助，以维持职工家庭生活。制服由店方供给。若有疾病及其他困难发生，店方则尽可能给予帮助和解决。例如：有一位做点心的李师傅，他的妻子产后子宫流血，发高烧，生命危在旦夕。我当"护士"，陪同妇科名医郑素因一起，在酷热的天气跪在病人矮床前替她动手术，从半夜直到天明。又如：一位大师傅患眼疾，几乎失明。我请名医张锡祺精心医治，直至痊愈。以上这两件事，是在1978年7月，我去上海参加陈同生同志追悼会寓锦

锦江两店工作人员于 1948 年合影。

江时,许多原锦江的老职工来探望我时,他们自己讲的。我哪能记得这么多。

  锦江的工作人员工作积极、遵守规章制度,大家的心情也比较愉快。关于发薪与赏钱的日期,锦江由 1935 年至 1951 年十六年内,始终没有失过信。即使在周转不灵或有其他困难的时候,也总是想尽办法照发工资。记得在锦江开办初期,经济周转欠灵活,有一次把友人的手表借来当押,才凑足数目发了工资。我认为做什么生意,对人对事要守信用,要有商业道德。酒菜行业人士皆知锦江是工作认真、福利待遇高、纪律规章严格、赏罚分明,若发现有犯规者,先是说服教育,不听就扣发工资、小账,或者开除、退职。多少年来,凡进了锦江的职工,极少有被退职的。对于锦江大部分职工重视它,爱护它,亦因为是他们生活的依靠处,我和职工之间的关系融洽有感情,互相尊敬。

九、一张Ａ字执照

因为锦江无论在房屋、用具、茶点等方面都非常清洁卫生，所以得到当时法租界工部局Ａ字执照。当时上海中菜馆有Ａ字执照者，只有"杏花楼"和"新雅"两家。所谓Ａ字执照的发给，法租界当局颇为慎重，这是工部局向西侨保证该店清洁可靠的标志。第二次世界大战结束时，首批美军到沪。他们选择适宜西人用餐的中国菜馆张贴记号，最先两家是"锦江"、"新雅"。这在当时的酒菜业的营业上是一件好事，亲友职工都为此高兴，我却不以为然，中国人在自己的国土上经营商业，而要得到帝国主义的赏赐发给什么Ａ字执照；这有什么可光荣的呢？不过是在这件事上争口气，显示一下中国人不是无能而已。

十、治　病

在锦江开业初期阶段，我总是每天清晨到店工作，深夜回家还要照顾孩子和家务，因日夜繁忙，三餐无定时，饱一顿、饿一阵。久之，积劳成疾，得了严重的胃溃疡。因此，曾一度辗转迁移。先后移住霞飞路（现名淮海路）荣业里、迈尔西爱路俄国老太太家临时居住、治病，稍事休息。病势越来越严重，接受朋友的劝告，国琼女陪我去日本医治，她也顺便治牙。我经治一月无效，同时惦记锦江，归心似箭转回上海。此后，我自己"医治"，即十分注意饮食，即使软食也要细嚼慢咽，吐去菜筋，忌食一切刺激食物，再用少许药物帮助，经一年多时间完全治愈。

此时，我居住的美华里因锦江的日益兴旺和地下革命活动的展开，已极不调和了，故又迁到上海蒲石路（现名长乐路）一二五弄三十一号，一幢二层楼西式洋房（房东是法国人）。

1936年,赴日本治胃病与孩子们告别于船上,温子研(右一)当时在锦江工作。

注释

[1] 老头子:这里是指流氓头的意思。

[2] 帮会:据说明朝遗老不甘明朝灭亡,用各地草莽英雄和亡命之徒,以结拜弟兄的方式组织了"天地会",在国内各地和海外,均有各种名目的分支,统称"洪门",又名"红帮"。进行反清复明的救亡运动。四川的红帮称为"哥老会",又称"袍哥"(原名"安庆帮"),也是明末遗民的秘密组织,成员多为漕运的水手、纤夫,后来被清朝招安,改为"安清帮",又称"清帮"。这两种源流的帮会,在各地社会、各阶层,有些逐渐成为反动组织、流氓势力了。

[3] 天桥:在一条里弄两对面的房子顶上,横搭过桥盖屋。

[4] 沃克木产在南洋菲律宾。

第二十一章　分设锦江茶室

一、动机、装修布置

抗日战争前的上海，中国共产党员、左派人士，无舒适恰当的联络地点，一般的社会人士也无一个适宜的喝茶、谈心、商讨事情以及休息之处。上海先施公司楼上虽然设有大东茶室，但庸俗不堪，特别是女招待员被人嘲弄，不受尊重。有鉴于此，我又决定在上海法国公园（现名复兴公园）附近的华龙路（现名雁荡路）租赁了八十二号中华职业社的房屋，并为做地下工作更好掩护起见，特请田淑君（杨虎的太太）投资了当时币值一千元。开办了约有四十几张台桌、能容顾客二百多人、工作人员约六十多人的分店。上、下午卖茶点。中午、晚上卖饭菜。命名"锦江茶室"，于1936年1月28日正式开张（这天正逢我的生日）。

对于茶室的装修设计，工程师对我提出的设想方案搞不来。我只好依据在日本时，曾学过的数理学的一点浅薄知识，自己边学边设计、监工，总算建成了不同于一般格调的茶室。

茶室开始只有一大间。半年后扩充为楼上楼下的雅室。又增加好些工作人员。后来因为1937年卢沟桥事变、上海"八·一三"战事，抗日战争开始，才停止了继续扩充。

茶室的门面是用淡黄色新式砖砌墙，横装一排大红色霓虹灯

1936年摄于锦江茶室门前。

（霓虹灯在当时还不普遍）招牌，显得朴素雅观。一进门，分左右两道边门进去，生意最好时也不显得拥挤。进大门便是大厅。面对大门，整个大墙壁挂了一幅"四川灌县索桥"大油画。有时换挂"地中海峡"大油画。由于画面的气势雄伟，为大厅增色不少。

进边门向左转弯有一大间雅座室，在右雅座室顶上建有半边楼的雅座室。楼下雅座分左右两边，沙发座椅，桌上放有鲜花，墙端装置着一盏盏倒挂茄子形的磨砂玻璃灯。正中顶上挂着一盏大圆形铁架、西班牙式的米色蜡烛电灯。左边墙上装有两盏法国式五彩瓷盘蜡烛壁灯。室的末端设有红木雕刻琴桌，摆有盆花。右角是有专人看管的卫生厕所。从左侧的座位起，整个墙壁是一幅"荷兰农村风景"大油画。

从雅座室左角开始，随着半圆形的磨砂玻璃柱转到楼上。屋顶和周围墙壁都以柚木板包装，沃克木打蜡地板。左右两边设有十四套双人沙发桌椅。左边桌墙上开了十四个圆顶小窗口，窗口下吊一盏西班牙式的绿色磨砂玻璃灯，若遇逢年过节换上红色的。两边座位桌上都有鲜花，墙上也有倒挂的茄形磨砂灯。顶上无灯。靠窗口座位的顾客，从窗口望外面，面对一幅大油画，则不致有身居斗室而郁闷之感。总之，这里活像火车间，而是世上少有的火车间。

这样小巧玲珑，玫瑰红沙发椅、五彩靠垫、暖气，美感舒适，尽管满座但不嘈杂，颇有情调，人们称它为"铸情楼"。锦江茶室成了当时上海革命人士、进步人士集会商讨国事的集中的场所，也是上海各界聚会谈论的地方。文人们在这里用茶点或吃饭，看看书、写写文章……地方舒适花钱也不多，故他们都乐意到这里来度过一天，或借此度过寒冬，成了文艺界的"沙龙"、"工作室"。

总之，两店的设计装修、布置、用具的式样，色彩及其位置的安排等，都力求优美实用，娇妍不一，各具风格。当时大家都公认锦江两店是布置幽雅整洁、安静舒适、菜点精美、服务周到，打破陈规俗套，有独特意境的餐馆、茶室。茶室二百二十座位。两店每天平均顾客有八九百人。

锦江开门后，便逐步中外闻名，凡国内社会贤达名流、文艺、教育、工商、军政等各界知名人士，无不来过锦江，有些还是锦江的座上客，甚至世界著名电影演员卓别林，美国大使馆商务参赞等外国著名人物，凡来上海无不到锦江品味菜肴。

锦江的座上客很多，其中有些我们交为朋友。还有些朋友为了交流，我们组织一个十一人生日会。按每人的生日次序，每月在锦江共餐一次。会员有：①郎静山，②卜少夫（上海申报馆副总编辑），③周干辅（上海英国犹太人，哈同的女婿），④张蓬舟（大公报编辑，著名记者，号杨纪），⑤胡桂庚（新加坡胡文虎的侄子，上海永安堂虎标万金油经理），⑥江啸淮（经商者），⑦朱金农（照相

锦江茶室大厅。

锦江茶室每日满座的盛况。

公司经理），⑧蔡建卿（上海新雅酒家创始人），⑨吴湄（上海梅龙镇酒家经理），⑩单毓如（上海梅龙镇酒家副经理），⑪董竹君。

我们设十一人共餐生日会。当时，我的想法不仅仅是增加交谊，而是想通过它，了解社会各阶层对政治、经济、社会各方面的情况和反映，从而有助于我的革命工作和改进营业。

1937年阴历正月初五轮到我的生日。十一人集会在锦江团拜，并贺我的生日。是日郎静山先生特制竹叶一帧，易君左先生作诗一首，诗曰：

> 新春第一报平安，更报乾坤改旧观；
> 随意摄来三二笔，梅花共寿拥清寒。

半个多世纪来，竹叶杰作与妙诗迄今悬挂在我客厅留念。

关于锦江两店的装饰，如此啰嗦地叙述，人们也许不感兴趣。我之所以写下它，有我的理由：

当时我认识到，仅仅将川菜改良好，不注重装修布置和改善经营管理方法，要想使锦江在上海酒菜业的竞争中独树一帜是难以获胜的。加上我生性爱美、爱艺术（在夏家经常接近古董、书画，也受到了一定的熏陶）；幼时，母亲培养的爱清洁整齐的良好习惯；青年在日本读书时，又受了日本人民爱好干净卫生的影响，使我养成一生整洁优雅的爱好。即使在日常生活中，不管环境条件如何欠缺，也尽可能使家庭生活过得舒适、不乱。因当时资金仅二千元，故选购的锦江房屋很简陋，环境较差，故不得不为锦江的稳定和发展尽心力创造有利于营业的各样条件。

当时，我的处境是"四面楚歌"，要就是束手就擒回川去；要就是干脆找条绝路。面临着断桥绝壁无路可走，既不愿就擒，也不愿

1936年在"锦江"茶室内,由著名摄影家郎静山所摄。

寻绝，想和孩子们一道活下去，还想协助革命工作，则办好锦江是我唯一的生路。多少年来，自己一直想：我是一个中国人，双亲和我出身贫穷，是被侮辱与损害的奴隶。我痛恨这半封建半殖民地的社会，我愿它早一天从祖国的土地上被铲除得干干净净！我不但应对祖国的革命事业尽一份力量，亦该诅咒世界上所有的侵略者、压迫者，愿它早一天从人类历史上被消灭得无影无踪，永不再生。我不信人世间一直是寒雪的严冬！由此种种，我万分地渴望着锦江只能成功，不许失败。为此种种，锦江的一切装饰，我不能不倾注全部心力去搞好它。

记得我经营锦江的初期阶段，朋友们邀请吃饭、旅游都不去。连不敢得罪的杜月笙有次和杨虎在锦江饭后请我看戏，当时我请杨虎代为婉言谢绝了。孩子们买好电影票，来办公室桌前等候着，而我常为店务临时不得分身，孩子失望地含泪而去。使朋友不快、孩子不悦，刺伤孩子们的小心灵。抚今追昔身为母亲者，能不遗憾！

二、女招待员

当时上海服务性行业有女招待员的颇少，老板利用她们来做广告，招揽生意，所以顾客很自然地不给予尊重，形成社会上轻视女招待员的不正风气。为了争取男女平等地位，纠正这些错误观点和改变妇女的社会地位，给一些玩弄女性的败类一个警告。在锦江茶室开幕前，我按照这样的宗旨登报招聘了一批女招待员。当时应考人很多，应考者多数是高、初中毕业生，其中有几位的双亲不放心自己的女儿从事这种被人轻视的行业，担心她们受骗、堕落，特地来店访我，经我详细解释后才放心了。她们进店后，不仅培养她们懂得怎样把业务搞好，店可以盈利，她们可以多得小账收入，还要她们在思想上认识到工作不仅仅是为了自己赚钱养家,而且要为妇女的社会职业开辟道路,提高妇女社会地位。她们都愿意听从我的教导,她们是可爱的女青年。据说有位姓高的,后来自己开设餐馆了。

锦江茶室的女招待员,服务灵活周到,态度好,作风正派,顾客方面亦未发现有轻举妄动者,博得社会舆论的好评。当然,这和当时锦江已经著名,以及管理、监督、严格,是有密切关系的。

茶室开业后,各界人士和当时法国公园游客接踵而至,营业盛极一时,若逢假日更是供不应求。敌伪时期(我去菲律宾马尼拉),歪风邪气猖獗一时,上海各茶室都以黄色歌曲和女招待的卖弄风情来招引顾客。锦江茶室因为始终坚持正派作风,营业曾一度遭受排挤和打击,但博得了社会好评。当时《大公》女记者蒋逸宵曾写过一篇《职业女子访问》的专栏特写,就是表扬锦江茶室的女招待员的。

锦江两店,无论在菜肴、服务、清洁卫生等方面,始终是保持着高质量的原则,即便是卖客饭亦复如此。我在经营的过程中,一直是未把锦江作为仅仅是赚钱的企业,而是把它当为高尚有意义的文化事业来努力的。

三、"锦江"的社会影响

1935年3月15日锦江的出现,震惊了上海饮食行业。纷纷起来和它竞争。如前所述,单是在锦江的同一条马路上,就有十几家菜馆,其他地区还不算在内。开饭店的风气如雨后春笋,连南京国民政府某些官员们也在上海暗中做东家,纷纷开设,争谋盈利!据我所知,如:"大西洋"、"清一式"粤菜馆与监察院有关;"美丽"川菜馆与张群有关;"苑庄"川菜馆与四川石青阳有关;"曲园"与湖南军政界有关，还特别聘请了谭延闿家的好厨手。当时，香港、台湾也出现了冒牌锦江餐馆（据闻曾在锦江当过会计的杜小姐办的）。法国巴黎也有锦江餐馆，美国加州洛杉矶城皮柯（Pico）大道上也有冒牌的锦江餐馆。经常有外侨争取我到国外去开设分店。美国大使馆商务参赞也曾来信，邀我去纽约设立锦江分店。当时，因为志在党的革命工作，故均婉言谢绝了。

当时，还有国民党政府机关报《中央日报》主持人程沧波，想用一块在南京新街口的五亩地给锦江建造大厦，由中央银行贷款，增建锦江饭店。

又如，1937年上半年，杜月笙愿意投资几十万元（确数忘了），在上海创办大型娱乐园、人造溜冰场，装置冷热气设备（当时使用冷热气者极稀少），包括中西餐厅、咖啡室、酒吧间、舞厅、浴室等，把它建成远东第一流综合性的娱乐场所。杜月笙特派他的财务亲信万墨林来店找我商谈，要我负责主持创办。我想为地下工作多做些事起见，有必要与杜月笙、程沧波等人打打交道，就答应了他们。继因"七·七"事变，抗日战争开始，遂未成事实。

多少年来，南京路的"新雅"粤菜曾是上海中菜馆中的头块牌子，名声颇著，它压倒上海著名的"杏花楼"、"大三元"等粤菜馆，以及上海其他有名餐馆。自从锦江开设后，生意和声誉大受影响，股东们对业务前途不再有信心，不愿增资，遂由董事会议决结束，十万元资本以一万元出售。创办人蔡建卿指定把"新雅"只愿卖给锦江，使其能继续他多年心血所创办的事业。特派其股东郎静山先生来店和我商谈。当时，我同情蔡先生的建业心血，想挽救它，约好先由"新雅"派人来锦江学习试试。经两个月无效，终于商决以一万元卖给锦江。亦因"八·一三"事变（上海大世界门前马路中心吃了炸弹）而未成功。

锦江川菜馆开业后第一次去照相馆摄影留念。(1936年)

1941年,我流亡菲律宾马尼拉时,答应菲律宾奎松(Quezon)总统府的秘书长(姓名忘了)和当地华侨赞助,在菲律宾马尼拉开设分店,因想到对革命地下工作多一个据点也好,一切都已筹备妥当,结果又由于珍珠港事件太平洋战争爆发而中止。第二次世界大战结束后,在美国的中国共产党员董必武、唐明照、徐鸣等同志也曾通过我女国瑛邀我去美国纽约设立分店,由华侨投资。当时,我迫切需要整顿店务(因为,我被阻于马尼拉时,代理经理贪污,两店元气大伤),同时时局转变,人手不够;再加上我要完成地下党给我的任务难能分身,所以未应邀前往。

第二十二章 遭波折、遇名人

一、执照问题

锦江两店,不是一帆风顺地发展起来的。自开业直至第二次世界大战前后,也曾经过几次困难和波折。就记忆所及,在这里写下几件。

执照——锦江开办之初,开业执照好多天未领到,后来由律师刘良托在法公审局当翻译的唐相英,走法公董局卫生处、救火会及警务处的门路后才领得的。未被大敲竹杠是由于刘良的面子关系,这在上海是难得的。

二、厨师问题

锦江开张刚刚一星期,领班厨师便带头不守店规,贪污浪费,不听劝告任意而为。这使我苦恼了,我才体会到,怪不得人人说厨师难对付,果然如此。

这时候,我很矛盾,换个班子吧,会使他们失业,不调换吧,店业前途危险,则影响整个计划。经过考虑再三,觉得不能因小失大,遂忍痛采取偷梁换柱的办法,并用适应上海社会的所谓"手段"来对付他们,惩前毖后,将锦江稳定下来。于是在工友刘青云的协

创办锦江川菜馆同期。

助下,暗自准备了两三天,第四天晚上,我忽然把领班厨师带来的一班人全部辞退。店内全体人员愕然,都在背后议论纷纷,说:"到底是外行,又是一个女太太,所以才会做出这样荒唐的事情。没有找好别的班子,就把这班人辞掉了,难道明天不打算开门了吗?生意这样兴旺,多么可惜啊!"照酒菜业惯例,一泄气,再开门,生意就不会像原来一样旺盛了。我装作没听见。第二天清早另一班厨师上班了,并且工艺比前者还高明。大家这才恍然大悟,惊喜不已。从此,在人事上再也没发生过什么大纠纷,因而锦江的内部局面得到稳定。当然,这是与锦江的薪金、福利待遇比当时各餐馆都高是分不开的。锦江的厨师,从开始到扩充,几位掌厨名师先后相继来任职者有童国臣、冯海庭、张敬堂、杨平章、朱志彬、胥元勋，后来还有洪凤祥等，白案点心师有汤长松、李树云；蒸笼有毛洪顺；发海货有张汉江等，其中水平最高者杨平章师傅，解放后在上海评议会评为第一名。总之，在锦江的工作人员，各部分都有高手，恕我不一一述及了。

在关键时刻，锦江的名厨多半由工友刘青云大力协助聘请来的。叙述到此，我向已故的刘青云一鞠躬道谢！并盼我的后代家人们应永记在怀！

刘青云在解放后从锦江退休，托我照顾他的独子刘忠海，这是义不容辞的事。不久他安然逝世。刘忠海这孩子忠厚，认我为师，我很爱护他。并帮助他解决了居住和工作问题。现全家五口人都安然地生活，努力地为新社会工作。

三、杨虎来锦江·田淑君

说到这里追述一下，在我离婚后，怎样和杨虎再来往的。

锦江开业后，杨虎（字啸天）闻风来店吃饭。招待员刘青云到三楼办公室说："董先生，杨司令官在二楼，他要见您，叫我来请您下去。"当时我心头顿时浮起如下的想法：1927年国共合作分裂，蒋介石发动"四·一二"大屠杀时，杨是上海警备司令，在这场大屠杀中，杨虎、陈群在上海残酷地杀害了无数中共党员和进步人士，他的双手沾满血迹，不见他。转瞬想到，今天经营这项企业，在人家的权势下度日，怎能不睬他呢？见机行事吧！遂下楼。他见了我，连忙站立，非常亲切地和我握手说："啊呀！这店果真是你办的。听说你来上海已五六年了，怎么不来找我？""不敢高攀。"我勉强敷衍了一句。他立刻说："哟！不要这样想，不要因为和亮工离婚就不来往了，大家都知道离婚是亮工的错嘛！"立刻给我介绍了座上得宠的太太（绰号小老虎，苏州人），告诉她："夏亮工就是夏之时，是辛亥革命同盟会的战友，安国拜他为干爸爸的，所以她（指我）是我们的亲家母。我每去四川成都总是要去探望他夫妇俩。亲家母是一位聪明能干、善操家务的贤妻良母，奇女子。说实话，我对女人并无好感，但对亲家母特别佩服敬重。人们都说夏亮工没有福气。"

当晚，小老虎邀请我同去看在锦江对面空地上的海京伯马戏团的表演，次日又约我去她家里共餐。对我极其殷勤。两三天杨安国的正式继母田淑君亦派车来接我去她公馆吃饭。这一下，小老虎大为不满，不理睬我了。原来是田淑君门上经常宾客满堂，田独揽家庭内外权势，小老虎虽得宠可是门前冷落，她常想为自己争夺势力，独树一帜，与田淑君比比雌雄。所以凡属杨虎的至亲好友，总是尽力想法拉拢到自己一边，但因她的群众基础和政治资本欠缺，田又是安国的继母，故她往往是失败的。这也反映当时军阀封建家庭中，太太们争权夺势的另一方面。

杨虎的内室（妻子）除田淑君正室外，尚有五个太太：即小老虎；成华老五（国民党特务机构"军统"成员），这个人颇能干，利用杨虎声势作为自己向外发展的靠山；蔡竹君老六，苏州人，她不问事，每天吃喝玩乐；还有四川重庆人绰号黑蝴蝶，此人特点：只要杨虎供养便是；最后一名陶圣安（在小老虎离开后有的），苏州人，杨虎爱之甚笃。杨虎家庭成员，相互间面和心不睦、各有一套神通，生活腐化，子女除安国留德外，其余得不到正当的教育，一切情况与四川军阀封建家庭相似，所不同者，涂上一层所谓江南文明和帝国主义侵略上海后流入的洋排场而已。这些已成为有权势的封建家庭的规律。

田淑君是国民党特务机构"中统"成员,田对此并不隐瞒。我劝她戒鸦片烟,为社会做些福利事业。她接受了我的建议。她戒烟后,为争取政治资本,曾办过"中华妇女互助会"。蒋介石就任总统的国民党代表大会时,她争取当国大代表。她担任过上海市参议员。

大概在1948年春,有天,田淑君和杨虎的学生王寄一约我去田家谈话。我到后,杨虎嘱王开口劝我加入国民党,使我所办的企业有靠山支持,不再受像中华职业教育社那样的欺负了。王说后,我回答:"不懂政治。"田说:"亲家母,不是不懂,而是对政治不感兴趣。"我笑笑。

解放后杨虎带陶圣安北上,田淑君从环龙路五十九号移住我家复兴西路前面马路(路名忘了)某公寓养病。她患心脏病,我因她帮助杨虎救出张澜、罗隆基脱险而佩服她,并想进一步启发她为解放后的新中国建设多做些事,故常去探望照顾。孰料她于1953年春(好像是这年)因心脏病逝世。田淑君身旁无人,我接杨虎从北京来电托我全权代办丧事。故田淑君的丧事是我主持的。

我怕暴露政治面貌,和他们的接触中从不涉及政治。他们丝毫不知我的政治倾向,只知我是一个办企业很能干的女性,因而多年都是彼此亲家母来、亲家母去。

关于田淑君我是怎样启发她,直到她在抗日战争开始时在上海组织了"中华妇女互助会"的。1994年《上海滩》杂志第四期有载,题为《田淑君的遗恨》。文中载有我和她的一些往来经过(林雪娟写的),内容正确,照抄如下:

在生病时,田淑君想得很多,反复出现她脑海的就是锦江茶室的女老板董竹君。董竹君和她出身相似,但经历却完全不同了,她摆脱了封建枷锁,依靠自己的力量开店办企业,事业有成。田淑君清楚地记得自从她认识了董竹君后,两人就很谈得来,还认了一门过房亲,互称"亲家"。她敬慕董竹君,感到在董竹君身上有很多值得她学习的地方。田淑君虽然钦佩董竹君,但她对这位"亲家"还是没有彻底了解。记得有一次,杨虎动员董竹君说:"你不要只知道做生意,应该参加国民党,搞点政治!"董竹君微笑着摇头说:"我不懂政治!"田淑君在一旁,赶快插嘴说:"亲家不是不懂政治,她是对政治不感兴趣!"其实,田淑君对董竹君的了解还仅仅是表面的,董竹君用托辞以婉言拒绝参加国民党这固然是事实,但田淑君何尝知道她所钦佩的"亲家"此时此刻,正在以女老板的身份为中国共产党做了很多别人做不到的工作呢!董竹君还婉言规劝田淑君,把鸦片烟戒掉,养好身体,学些文化知识,做点社会工作。但因当时田淑君正在"得宠",对董竹君的劝告一时听不进去。如今,在备受冷落的情况下,"亲家"善意规劝,一句句又在她耳边响起。她对自己作出了决定:生病一好,她一定到社会上去闯出一条道路来。

病愈后的田淑君,一面戒掉鸦片烟,一面正寻思如何投入社会工作,正逢周日濂来动员她组织妇女团体,她觉得抗日救国是正义事业,应该积极参加,立即同意出面组织"中华妇女互助会",她任董事长。由于"中华妇女互助会"是警备司令杨虎的夫人出任理事长,立即得到工部局的承认,办理了立案手续。

田淑君离婚后,在《田淑君的遗恨》中最后写道:"离婚后,田淑君孤身一人,靠人民政府每月发给50元生活费过日子,此时,担任全国政协委员的董竹君曾几次劝田淑君要她出来工作。但田淑君总是摇头,原来她有个终身遗恨盘绕着她,使她无法解脱,最后她告诉了董竹君:'我参加过中统,共产党对我那么好,我心中有愧!'1953年春,田淑君因心脏病发作,病故于上海。"

四、当时的局势

当时国内局势发生很大变化,1936年12月12日,张学良、杨虎城二将军因蒋介石拒绝停止内战和一致抗日的要求,遂对蒋介石实行"兵谏",将蒋扣留临潼华清池。这成为时局和抗日转折要点,也就是震动全国的"西安事变",又称"双十二事变"。

"西安事变"和平解决后,蒋介石背信弃义扣留张学良。对东北军及西北军采取调离、整编办法,并发表捏造的"对张、杨训话",极力掩盖事变真相。但在国内外客观形势逼迫下,对共产党红军之进攻基本停止,十年苦难重重的内战局面终于结束。当时我在锦江办公室,得此消息,异常惊喜、兴奋!张、杨二将军为挽救国家危亡命运的伟大功绩,中华儿女、炎黄子孙应永铭不忘!

1937年7月7日,日军在河北省宛平县卢沟桥发动了罪恶滔天的"七七"事变,中国军民奋起抗战,7月8日,中共中央发表通电,号召建立民族统一战线,抵抗日寇侵略。在全国人民要求下,以国共合作为中心的抗日民族统一战线总算正式成立。红军改编为八路军和新四军。国共合作一致抗日。我和女儿们喜庆全国一致进行抗日战争。

五、局票、胡琴

锦江两店的顾客惹是生非的事,频繁地发生,例如:有一次,有几个交通大学的顾客,饭后一定要用局票叫堂差和拉胡琴。先是工作人员态度温和地给他们解释再三,说这是违犯店章的。但他们不听,我只好亲自出去委婉地向他们一再解释,请他们原谅。但他们仍然不接受,还大家起而轰我。当时,我想锦江是初生婴儿,经不起风吹雨打,长期下去将不堪设想。焦急之下,不得已我就转变态度,并打算最多明天关门停业。他们问:"你的规则在哪里?""我是这店中的主人,我口里说出的就是这店的规则。"说完转身就走。我就这样严词加以拒绝了。这批人临走时,拍桌蹬脚,边下楼边说:"走!找杜月笙去!这家馆子老板这么厉害。"结果却是无事,过一阵子仍然是锦江的座上客。

接着,杨虎在锦江二楼吃饭,他的几个保镖和上海流氓头子黄金荣的几个徒弟在店堂吃饭,蛮横无理,不尊重店章,为所欲为。有两次,服务员礼貌地上前劝止无效,我火了,心想这还了得,但细想上海是很复杂的社会,对顾客应当谦恭,对有权势的顾客更该小心。但是,在这帮人面前老是忍辱退让,委曲求全,他们反而会得寸进尺,气焰嚣张,结果将是引狼入室,危害锦江的前途。索性反抗,管他是谁的走狗、保镖,这些不像人的走狗们,有些反而吃硬不吃软。于是我上前去,疾言厉色地把他们痛责一顿(在我思想上又准备明天关门),杨虎在二楼闻声下楼出面指责他的保镖,并当场向我道歉。事后,并未发生什么祸事。

从此,没有人再到锦江为非作歹、惹是生非了。也许那次杨虎指责保镖一事,起了作用。我也再三吩咐店堂负责人,切勿因胜而骄;今后凡是三教九流的小喽啰来店,仍然对他们以礼相待;有时候,也请他们喝酒招待、招待;处上海社会,必须注意心理战术来对待一切人与事。

人们晓得杜月笙帮我租房子和解决天桥问题,又知杨虎和我是儿女亲家关系，因此，可能引起外界的议论，误认为杨、杜是我的后台靠山。事实上"锦江"名誉与日俱增，是依靠"锦江"自己的努力，在上海社会逐渐有了地位的。大概是因我的经历和读过历史唯物论、辩证唯物论这些书籍，对我分析事物、处理问题帮助颇多，因而对上海各阶层人士的心理、情势比较胸中有数，遇事尚能应付自如。在这里插一句：我始终认为马列主义，不仅仅是举枪上前线干革命，而是对一切事物的分析、处理的最好的科学方法。当然上海是光怪陆离的社会，也不能说与杨、杜毫无影响。总之，此后，就少有人随便嫁祸于我和"锦江"了。这对我和锦江当时的处境来说，是很有利的，我暗自庆幸。

当时，我常想在这样半封建半殖民地的社会制度下，自己若是一名男子就比较好办事，有人合作、支持，就可做更多、更大的企业来协助革命工作，而偏偏是个女子，又是被人称为美丽的女子。因无靠山，凡人力、物力、财力必须自己绞尽脑汁创造条件才能办成。唉！

我为了想知道顾客中有无反动言行及维护店内正气，每当营业时间，总是板着脸上下巡察，已成习惯。在这里谈几句趣话。1992年有次在学习组上，曾一度是"锦江"的座上贵客沈醉委员在场，当众笑说："董大姐是上海'锦江饭店'创始人、老板。她在解放前的锦江营业的时间，总是板着脸上下巡逻，过去，我们一直想抓她，但见国民党要人也和她接近。我们不怕共产党，对国民党要人还是有顾虑的，故未下手。后来，知道她的儿女也是革命的。现在我们做了好朋友（意思，都在政协了）。哈、哈、哈！"我也笑了。

六、红人郑毓秀

郑毓秀，广东人，留法学生。身材在女人当中是魁梧的，皮肤粗黑，脸形凶怪，穿着旗袍，戴副眼镜，说话声音洪亮，举止有些像男人。性格急躁，动辄就怒。从她的态度表情间一看就知道是位个性很强，而有才干，有魄力，有政治野心的女性。可是她的政治活动是危害国家和人民的。抗战前，她任上海法政学院院长、上海法院院长、立法委员。郑毓秀是当时南京政府的红人之一。她红得透顶，据闻仅次于宋美龄、宋霭龄。她人住南京，却要喝上海租界的自来水，面包要吃上海"老大昌"的，每天火车送一次。后来，甚至用飞机送，生活挥霍、腐化竟至于此！

郑毓秀有一天上午10时左右，忽然来锦江看我，开口就说："久仰了！我经常来锦江吃饭，总听说你很忙，在营业时间不便打扰你。听说你有肠胃病，我也有这病。我每天去广慈医院推拿按摩、电疗，医治得很见效，你不妨也试试看，明天车子来接你一道去。"这真出乎我意料！她是当代红人之一，闻其名并没见过人，为什么她想接近我？当时，在她势力范围内，哪能拒绝？只要在政治上自己好好提高警惕，和她来往来往，对掩护革命活动和我个人与锦江也会有利的。因此我就答应了她的邀请。次日上午9时左右，果真开了汽车来接我。等我整理好店务后，已近11点。下楼出门走近车一看，不但不是空车，她竟在里面等着我哪！自此，她每天都随车来接我就医，而且经常要在门口等上一个多钟头，如此者达两星期之久，还代付了全部医药费用。就此相识，我们就成了朋友。她好几次接我上她海格路"范园"家中吃饭，总是暗示要我加入国民党里她们的派系。我早见她另有用意，在表面上我便装作对于政治不太懂，也不感兴趣，更不想从事任何政治活动，只想做做生意赚点钱，把孩子养大成人，受到一定程度的文化教育之外，就不再有什么想法了。以后，便推说店务忙，难以经常分身外出，不露声色地逐渐和她冷淡了。使她感觉到，我只是对政治不感兴趣。这类人是

1938年底,董竹君因创办锦江,胃病复发,在家中休息。

非常难弄的,我真怕她借故和锦江捣乱来整我,所以我在和她交往的过程中,尽量不得罪她,还表示跟她很亲热。关心她的病痛,关心她的衣食起居,时常送些鲜花、菜点给她,把她哄得甜滋滋的,免得她达不到目的时对我下毒手。当然,这些也不过是对付她的权宜方法而已。如果与她有了利害冲突的话,她能不害我?碰到这种人,怎能不担心呢?

后来,我对这位所谓有名的女政治家慢慢地疏远了。

七、可气、可笑的诬蔑

当时社会上,不论是受过西方教育或者纯粹东方文化的人士,都认为妇女在任何方面的能力总比男子差得多,管理企业更不如男子,尤其是东方女子更不在话下。我对这种论调很反感,但亦鼓励自己绝不灰心,一定要办好锦江,为我们妇女争口气。锦江开张红、继续红的情况,证明了他们这些论点是完全错误的。后来,锦江地位巩固,社会舆论改变了,承认妇女是有才能、有智慧,能办事业、企业的。当时,到过锦江的顾客无不称赞,尤其是上海沪江大学校长刘湛恩先生,在背后对我不离口地佩服敬重,但这引起了如下一场可笑的诬蔑。

1938年4月7日,国民党五届四中全会通过《国民参政会组织条例》,这是个咨询机关。7日参政会第一届第一次会议在汉口召开,参加者大部分是国民党人。也有共产党员、第三党(就是后来的农工民主党)、青年党、在野党以及无党派爱国人士。刘湛恩先生的夫人刘王立明亦出席这会。有天下午我正在锦江茶室,忽然收到刘王立明一封信。信的内容:"我要去出席参政会议,我负责的职业学校想请你担任董事,如同意请于今晚到会商谈。"大意如此。当时,我觉得虽闻其名未见过其人，这信来得突然。不过她是妇女界进步人士，要前往参政，为此，我有协助此校的义务。遂立刻作复如下："我愿意担任董事协助，你放心去吧，因我感冒发烧，今晚的会恕不参加。"次日参加这会的几位姐妹们（记得有蒋逸宵等）来家告诉我说："昨晚刘王立明拿着你的回信在会上说：'我知道董竹君是不会来参加会议的，她和日本人有关系。'大家看信后说：'信上说得很清楚，她因病不来。董竹君这人我们是知道的，你若无真凭实据，不能随便讲。'事后她依然到处传播。"

后来，我在菲律宾马尼拉时，适郑毓秀亦在那里。有天，上海跑马厅总经理谭雅声的夫人甘金钗特来告诉我说："郑毓秀知你来了，她说董竹君是有才能的女性，她和丈夫思想不一致，离婚了，她热爱办企业，对政治不感兴趣，不愿加入国民党，真可惜。听说她为日本人做事，我不相信。"当时，汉口、重庆、香港友人都来信安慰。莫名其妙，无中生有的诬蔑人，到底原因何在？我异常生气。友人劝说："一点也不奇怪，因为刘校长非常称赞你，她嫉妒、怀疑，就造谣打击你嘛。"我想也许如此。可是，我和刘湛恩校长从未见过面，素无往来。无缘无故晴天一雷。

八、房东敲竹杠

抗战开始，上海情势大变，人们趁机钻空子，想发财。抗战第二年，上海成为孤岛，市面也出现畸形繁荣景象，许多房东和律师、法官勾结起来，明说要房客迁居，其实就是想敲竹杠。"新雅"、"天发池"、"老大房"等，都被敲去几万。锦江房东孙梅堂对锦江也不放松。法租界律师许午芳代房东出面，我则托刘良律师对付他们，以其人之道还治其人之身。刘良对他们说："你们想搞她（指我）很好，你们不妨与她较量较量！法租界法院推事陈大器、张民生都要称她伯母的。文就文，武就武，你们不知她的'道行'[1]，不要弄得自己吃苦头，到那时就晚了。"这番连吓带唬的话，就此把他们吓退了，当时我们都暗自好笑。对付这帮人只能如此，他们就吃这一套，我很感谢刘良。

九、忆刘良律师

谈谈刘良。他和我家有着非平常的友谊。刘良身材中等、五官端正，皮肤白里带灰，额宽、唇薄、两颊少肉，眼睛有神，举止有些像上海白相人。一看便知他是南方人。性格刚直、豪放，对人处事有时手段颇辣，但心地善良、有情义、有正义感、有智慧，胆大心细，是个办事认真负责的人。他能说善道，话匣子一开便滔滔不绝地说个没完。有时，说些风趣幽默话，让人笑痛肚子。他动辄嘲笑人，有时连我也要损几句，我认为他是有才智能干事的人，总是容忍一笑。久之，他看出我是在容忍，他懊悔不已，向我道歉！

刘良是江苏苏北人，在家庭里是长子，故特别受宠。父亲、伯父经营山东线织台布、花边和茶叶，属富商家庭。因而刘良能进大学。后来因客观局势不断变化，家境渐次衰落，未能再深造。大学毕业后，在上海设立律师事务所为业。

刘良和夏之时的儿媳的姐夫刘光美在上海中国公学同学时，他从刘光美处听到有关我和夏之时离婚事，同情我，慕名特来美华里访问我们母女。首次见面就很礼貌地称我伯母。日久彼此了解，和我们的来往也就多了。

因为他的职业是律师，处上海光怪陆离复杂的社会，不得不结交些流氓朋友。学会了一口流利的流氓行话。他很尊敬我，爱护小妹妹们。有时他来我家，刚进门，女儿们齐声叫喊："流氓来了，流氓来了……"他总是笑笑。

思想方面，他开始对共产主义有些模糊，经常和他聊天，逐渐偏左，求进步了。1935年锦江开门后，他担任两店常年法律顾问。他曾冒险协助过我的地下工作。

解放后他求进步的心情炽热，我通过陈同生同志关系，介绍他去苏州革大（革命大学）学习。当时，他在上海市文史馆工作。生活上由文史馆及上海市统战部支给。不幸于1963年夏在上海患胃癌辞世。

1963年夏，当我和国瑛女去沪，我俩分别去探望过他的病情。当时，我见他开刀后出院自己注射西药 B_{12}，还自己动手炖鸡汤，蛮开心。不料在我回京后不久，他竟因病复发离开人间了。

事后，得他胞弟告知：刘良在临终前，手拿一寸大的照片说："我一世结交朋友不少，但以董伯母和她全家是值得尊敬留恋的，你把这张照片送给董伯母作个纪念吧！"惜此照片与我多年家藏的照片共同命运，在文化大革命中一起失去了。

回忆刘良和我们多年诚挚的友谊，他极力帮助锦江解决难题，他是曾与我共同冒过极大危险的进步人士，能不令人由衷地怀念！

十、艰苦挣持

由于自己是个女子，在当时社会情况下，人们对我居然敢开锦江是又敬又疑的，因而在经济上很难取得上海金融界的有力支持；加上自己又不是一个愿意走邪道来迎合有权势者的欢心而使锦江仰其鼻息的人，唯一的出路只有刻苦经营，自力更生。所以，每次逐步扩充，都是放胆先行打出限期空头支票，待装修完毕，扩大营业增加收入后再来兑现。这种做法，引起店内工作人员和朋友们的担心，唯恐装修扩充后，生意不好，岂不要亏本，退票就要失信关门。大家在这问题上，总是缺乏信心，我则不言语。原来只有大小共四间，扩充到二三十间，还增设了能容顾客三百余人的"锦江茶室"。扩充后，因生意照样日益兴旺，终于得到银行的信用支持，故打出的支票从未退过。

当时社会封建思想意识浓厚，重男轻女。在男子中心社会中，女子经营事业，到处受束缚。我常常为此痛心疾首。至于前述中外人士愿意投资开设分店，那是锦江已经闻名特来锦上添花而已。不过话要说回来，任何事情都是要首先依靠自己努力争取，才能有所建树。

十一、两颗炸弹

1937年8月13日，日本帝国主义继卢沟桥事变后，又进攻上海。国民党飞机不知是由于受伤还是出于误投，在大世界十字路中心交通指挥亭那里丢下了两枚炸弹，伤亡一千多人。锦江房屋震动受损，侥幸地没有被炸毁。职工中路过大世界炸死一人，失踪二人。记得那时我和职工五六人及二女国琇正在厨房屋顶观看，当时看到一架飞机从龙华飞来，愈来愈近，忽见两黑球从飞机上当头落下。我知道是炸弹，就大声叫大家快下去、快下去。当时有人马上卧倒，国琇和其他人从窗口跳进厨房，职员张学德吓得脸色苍白，浑身发抖，摆着手摇头，嘴里颤颤抖抖地念着："没有办法了，没有办法了！"语声未落，轰！轰！两下，炸声如雷，厨房立刻震动起来。我双手捧着头倒伏在天台上，像失去知觉似的。半晌清醒过来，见厨房在一片烟雾中，碗碟碎成一地，四周墙壁垮下不少。这时吓呆的职工们也慢慢地爬起来。只听得外面一片喧嚷声，才知道炸弹是落在大世界前面。大家齐声叫险，"啊呀！稍微偏向西南一点点，就连人带店全部完了！"我立刻集合职工，清点人数，缺了三人。吩咐职工守店，自己跑出去看。大世界前面，十字路中心的交通警察岗亭被炸得影子都不见了，路上遭难的行人被炸得有的只有一条腿，一只手或半边身子，有的面部血肉模糊，脑浆四溅，许多人在那里把这些四分五裂的断身残体和肉块堆积起来，活像一座小丘。救护车川流不息地从血泊里抬送就医那些奄奄待毙的受难者。死者亲属们在那里认尸，哭声震天，惨不忍睹。我站在十字路口呆着，悲愤交加。暗想这就是日本帝国主义的侵略和国民党政府所给予人民的"恩赐"！

十二、突然的一件事

锦江的座上客中有一位法租界工部局董事、法国哈瓦斯通讯社上海分社负责人张翼枢。闻这人来头颇大，直接通法国政府，连上海杜月笙都得敷衍他，蒋介石也联络他。蒋的外交部、上海市府都要送他机密费，一送就是几万元以上。前面说过的锦江搭盖接通后弄恒茂里的天桥那件事，是由杜月笙通过他，才得到法公董的临时会议的许可，发给临时营业执照的。

抗战开始时，有一天张到锦江吃饭。饭后留片嘱招待员阿宝转给我，片上写："杜先生已离沪去港，董先生今后有事可以找我。"我看过卡片，心里颇为高兴。因为，当时上海社会呈现出另一种复杂的气氛，无论是锦江或是我本人，以后会发生些什么样的祸事，是很难说的。张翼枢不是普通身份的人，他自己愿意帮助我，太好了。我就天真地这样想了。谁知不久他又来电话邀我在国际饭店进餐。这回我却很惶恐,他为什么忽然要请我吃饭?感觉到这是不祥之兆。但又怎么办呢?为了锦江的命运和迫于当时环境,不能不硬起头皮赴这次"鸿门宴",敷衍应酬一下,见机行事吧!当我到国际饭店二楼口时,问服务员:"张先生请吃饭,在哪一桌?"服务员指着对面角落,"喏!"我远远望见穿着灰色绸长衫、身材不高不壮,只有他一人,我吃了一惊!这使我的神经感到了一阵紧张,心里忐忑,犹豫一下,镇定一会儿,终于鼓着勇气走近几步,见他五官一般,但一看便知是深通世故,精明、有计谋的能人,约五十几岁。我装着自然随便的样子走上前去。他看见我,第一句话,便是一般女人最喜欢听的:"你真漂亮,风度这么好。"当时,我穿着四周滚黑边的白色SHARKSKIN绸料(此料产于菲律宾,有麻丝成分,高贵、凉爽)西服上装与同样料子的裙子,白色高跟皮鞋,未烫发,梳一个发结,如此而已。他热情地招待我,连敬我几杯白兰地。酒后露出真相。对我开门见山地说:"你的身世我全知道,很敬佩你。我很爱你。当然你是不知道的。也绝不会相信我在暗地里对你抱着如此热烈的爱情!"我说:"张先生,我们初次见面,怎么说得上这些?""我爱你已过十年了。十年前有天,你坐在黄包车上,车过杜月笙大门口,我正去杜家,就看见你了。那才是第一次。像你这样的女人,非凡的才干和智慧与经营事业的能力,要是能和我成为眷属,在事业上彼此都会有所帮助,可以干出一番更大的事业来!至于经济方面,你需要多少都不成问题。明天我去香港,一星期后回来听你佳音。我是真心的,你不要见怪。"这是个晴天霹雳。我当晚回家神经很紧张,千思万想,真不知道应该怎样去应付这道难关!想到这人不好惹,应付得不妥当,可能有祸事。张离沪后,我抓紧时间打听他的一切情况。从侧面了解到:他在法国政府的地位,确实是法租界工部局董事会的重要人物,家有老婆,儿女成行。我听到这些,神经更加紧张。前思后想,好像我的人生道路走到这里,又出现了猛虎拦住去路,已到了生死的关头,真是左右为难。我是举手缴枪投降?还是和他拼个死活?既然不愿意被歼灭当俘虏,就得想出一个高明的办法去对付他。想来想去觉得没有什么了不起,据自己的经验,什么事只要有勇气,肯想、肯做就不会是死路一条。等他回来再说。我就这样想着,等着。

张从香港回沪,送我一只手表,本想拒绝,一转念这样做反而不妙,显得不大方,遂就收了下来(后来把它给了大女上学用)。首先是我时而推病,时而推事地和他敷衍周旋,但是他依然追得我很紧。不断来电话,他越是这样我越觉得可怕。在无可奈何中,我想出了一个自以为是的绝妙好计。有天下午他在上海新新公司楼上餐厅开了房间,来电话约我去。他见我到了,很高兴!叫服务员开饭。饭间他笑眯眯地边吃边问我:"一个多星期了,怎么?决定了吗?"我平静地和蔼地对他说:"我能得到你的帮助当然太好了,你要我与你成眷属,我也同意。但你必须先和你妻子离婚。""这怎么可以呢?"他意外地吃了一惊。"那么,难道我俩租幢小房子,马马虎虎过活一辈子吗?你既然深知我的身世,又蒙你尊重,想来不忍心让我做你的小老婆吧?"

他低头半晌不语,最后他说:"像你这样美貌、聪明而事业心强的女性确实少见。但是你必须知道,没有政治和经济力量来支持你的事业,想得到发展是困难的。同时你又是女子,不是随便能在上海站得住脚的,你再仔细考虑考虑。"后面几句话分明是在威胁我。我心想:"谁要你这样的支持。"我便反问他:"那么你的意思是不肯离婚,那你也太不替我想了。"他未吭声。他喝了不少酒。我们谈话很简单。饭毕,他送我回家,在汽车里,他低着头,默无一语,呜呜地哭。到了凡尔登花园家门口下车,他和我紧紧地握手,泪汪汪地看看我，转身上车走了。此后，再也没见过他。

由于我的态度始终温和而又坚持这一条件，因而他并不疑心我不愿意和他结婚而恼羞成怒，他也许认为无非是条件问题，而这条件又是合情合理的，不能见怪于我，于是他只好知难而退，不再纠缠了。可是光怪陆离的上海滩，女人受骗受害者比比皆是，我不知张某是何许人也，在那段时间里老是胆战心惊寝食难安，随时都感到似乎有祸事临头似的。

我每遇重大的事情上身，总是告诉女儿们，让她们知道而受教育。这件事我也告诉了她们。现在国瑛女告诉我，她还记得这件事。

注释

[1] 道行：就是说有社会力量的意思。从前和尚、尼姑修道的年份越长越有道行。

第二十三章 革命活动

一、资助、掩护

多少年来锦江始终是围绕着两个"红"——一是营业"红",二是革命"红"。

支持出狱后的宋时轮同志 宋时轮(又名张子光)在广州暴动失败后被捕入狱,从广州释放出狱后他经香港到达上海。找不到党组织关系,经济又十分困难,同时又被国民党特务头子戴笠所密切注意。

约在1935年秋(详细年月日记不清了)锦江开门不久,有天宋时轮持其同狱人李堂萼哥哥的介绍信来"锦江"找我。我吩咐服务员,请他上三楼二十一号房间。他穿件中式灰色长衫,我将服务员支开。他见无旁人,即将信递给我。我拆信知悉了他的情况,并猜想李堂萼一定是郑德音介绍我去申请入党的那位联系人李同志。就请他坐一会儿,未及敬茶我就急忙去办公室取出一笔现款交给他(数目多少不记得了),他接过款子和我握手告别。我问他:"还有什么事?"他说:"没有了。"我说:"祝你顺利!"当时为防止出事,未送他下楼。我转身站在窗口伸头下望,见他出了店门,无人盯梢才放心了。

上海解放后,杨帆同志任上海市公安局局长。当年,他到沪后托田云樵同志带信要和我见面。我请杨帆、田云樵、李亚农几位同志到上海华龙路新租的公寓住处便餐,当时潘汉年、宋时轮同志是自己来的。宋时轮同志一进门便热烈地和我握手问好。入座后,他兴奋地边喝酒边说:"董先生你对我有过很大的帮助,记得吗?""记得!但是很大是说不上。"彼此把过去的这件事略谈谈。那天我们的会晤、喝酒、吃饭、聊天,大家情绪激动、高兴,有胜于久别重逢的亲人!

后来宋时轮同志亲自到锦江川菜馆来看我。我请他吃了便饭。饭间他又提起:"那年你帮助我后,离开上海参加游击队去了。"我说:"你为革命立下大功,真为你高兴,也很敬佩你!"当时,他送给我一件战利品——一把日本上将指挥刀作为纪念(此军刀在文化大革命中,被迫上缴了)。我去北京,他任军科院院长,百忙中热忱地邀请我去他家吃了饭。在饭间夫人陪坐。厨师出来时,宋时轮同志亲切地关照厨师说:"这不是普通一般的吃饭,要好好烧、做。"

宋时轮同志得到锦江的奉赠后,除用路费外,余皆用在建立游击队根据地上了。宋时轮同志当面告诉我的。宋时轮同志曾任红军、八路军高级指挥员,淮海战役时任华东野战军第九兵团司令员。解放后任上海警备司令、继任军事科学院院长、解放军上将。宋时轮同志回复张执一同志的信中提到当年我曾支持过他。

执一同志:

你好吗?甚念,请告。一月十四日的来信已收到。

关于董竹君女士所询之事,大约是在一九二九年的夏末或秋初时节,我从广州出狱后,经香港到上海找党组织关系,未找到时,经济十分困难,恰好碰着几位四川籍的同牢难友,经他们介绍,去求助于董,当时她资助了若干元。由于事隔五十余年，其他细节都记不清了。请转告董竹君女士，在那种情况下，承她慷慨支援，真是雪里送炭！我永记不忘地感谢她。祝她健康、长寿。　　　此致

敬礼

宋时轮　一九八一年一月廿四日

宋时轮同志于 1991 年 7 月在沪病故。噩耗传来我很感伤！我的悼词如下：

六十年前沪识荆，微薄奉赠奔前程。
戎马一生功卓绝，将勇风范启后生。

裱好后，由全国政协无党派秘书处转交其夫人郑晓存同志。事后郑晓存同志曾来家看望过我。

张执一同志在《革命史资料》第 5 期及《上海党史资料通讯》第 4 期里都提到："宋时轮同志在 1929 年从广州出狱后，来到上海，经人介绍到董处，就曾得到接济。"这在时间上有些出入。1929 年秋，我刚和夏之时离婚，正处困难。事情记得是在 1935 年锦江开门后不久。

锦江送餐郭沫若　郭沫若同志在 1937 年抗战前夕，从日本回国。他住在上海高乃依路捷克人开的公寓。我怕有人暗害他，担心他的饮食安全，每天三餐特派锦江忠厚的职员邓明山负责专送了一个半月。郭老因此曾写过一首诗赠我，以志纪念，诗云：

患难一饭值千金，而今四海正陆沉。
今有英雄起巾帼，"娜拉"行踪素所钦。

惜这首诗的原稿（已裱好），在十年浩劫中，被抢走了。

二、捐献抗日前线

1937年7月7日抗日战争开始，市面景象大变，环境更加复杂了。我一面集中精力经营两店，一面积极地参与活动，如：响应献金。曾在上海麦特赫斯脱路（现名泰兴路）丽都花园内开设"暑期锦江餐厅"，盈利所得全部捐献。

三、独资创办《上海妇女》杂志

自从1937年8月13日沪战发动以后，上海的刊物如雨后春笋，曾经随着战争的高涨而蓬勃风行过一时。日刊、周刊、旬刊、半月刊种类颇多。但到了11月12日中国军队整个退出上海后，便近于销声匿迹了。停刊的停刊，迁移出版的迁移出版，在马路上，在便道的书报摊上，检视一下，除了几本若干年前出版的杂志、小说外看不见什么新读物。苦闷、孤寂，这恐怕是每一个平素爱买几本刊物读读的人们共同的情绪。至于真能代表妇女呼声者的刊物更不见世。因此，我和《大公报》女记者蒋逸宵共同商量创办《上海妇女》半月刊杂志。当时惯例至少要有七名发起人，故邀请姜平（中共党员，解放后任上海市教育局局长）、许广平（解放后任全国妇联副主席）、王季愚（中共党员，解放后任黑龙江大学校长）、作家黄碧遥（又名九如，解放后任上海师范学校历史教授）、朱文映、杨宝琛、戚逸影、沈德钧等同志十人（还有二位姓名恕我忘了），连我和蒋共十二人为发起人。我负经济全责和对外事务，蒋逸宵任总编辑，姜平是副总编辑又是撰稿人，其余同志为该刊投稿人，国琼女亦曾投

1937年和《大公报》女记者蒋逸宵办的《上海妇女》半月刊。

过稿。创刊号是1938年4月20日发行的。《上海妇女》出刊后，在上海起到极其良好的社会影响。当时的南京汪精卫政府和重庆国民党政府，千方百计都要收买这份杂志，我都婉言坚决拒绝。处于恶劣的环境的双重压力下，大家支持着、斗争着，可是终于在1940年2月左右被迫而主动停刊。出版了三十六期，共十八个月。

大概在1960年前后，我有次去探望上海市教育局副局长孙兰（即姜平）同志，她面告说："这刊物在解放后已由戚逸影、沈德钧同志全部送去全国妇女联合会了。"我很惊讶！送去全国妇联是应该的，但为什么不和我通个气呢？1985年1月，读上海妇联所办的妇女运动史资料组编辑出版的第一辑（总第七辑）"孙兰专辑"，有戚逸影同志所写的一文："上海成为孤岛后，许广平大姐……另外办有一个名为《上海妇女》的进步刊物，由许广平任理事长、姜平负责主编……许广平被捕后,《上海妇女》办不下去……"根据我的上述事实,戚逸影同志写的这节内容完全不符事实,我不明用意何在?

四、支援、启发

抗日战争时期,当时的锦江两店已是各界著名人士,以及地下党员、进步人士、左翼文化界人联络、接头、开会的主要据点了。当时夏衍同志、潘汉年同志等亦常来"锦江"进餐。我尽量给以一切方便,如:让他们专用"特别间"(特别间在营业上是日无虚座的),分配最可靠的招待员,菜价也十分优待,甚至签字了事。

夏衍写的《懒寻旧梦录》380—381页里亦提到:"……一起来探望他(郭沫若)的,还有两位女士,一位是锦江饭店的店主董竹君(她和沫若是同乡,现任全国政协委员),大概是看到这家公寓的饭菜不好吧,所以常常给他送来名厨烹调的四川菜,这使沫若非常高兴。他对我们说:他在上海这个十里洋场,居然遇到了'漂母'。[1]……那时的锦江饭店还是一个不大的川菜馆,在白色恐怖严重的日子,于伶、章泯和我常常可以借她的菜馆碰头、开会乃至'挂账'(实际上这种账是不会还的)。在当时彼此都为党的地下工作之故。"这样细小事情夏老尚能记得,不忘滴水之情,令人感动!

抗战胜利后,在1946年夏天,郭沫若和我都在上海环龙路四川军人张子钊家共餐,郭老又挥毫而成"沁园春"词一首(用毛润之咏雪,原韵)赠我留念。现挂在北京我家客厅里。词文如下:

国步艰难,寒暑相摧,风雨所飘。叹九夷入寇,神州鼎沸,八年抗战,白浪天滔。遍野哀鸿,排空鸣鹏,海洋仇深日样高。和平到,望肃清敌伪,除解苛娆。西方彼美多骄。振千仞,金衣裹细腰。把残铜废铁，前输外寇，飞机大炮，后引中骚。一手遮天，神圣付托，欲把生命力尽雕。堪笑甚，学狙公芧赋，四暮三朝。

  右沁园春词一阕，用毛润之咏雪原韵

  丙戌长夏书奉 竹君女士雅正

乐山 郭沫若

其他 1935年创办锦江时，刘连波同志（中共党员，解放后任重庆统战部部长、全国政协委员）曾一度在锦江当过会计。不久，因公回川了。他的家属回川路费是锦江出资资助的。

  陈同生同志（解放后任上海市统战部部长）在1934年10月被捕入狱。1936年11月，钟南夫（又名韵明，中共党员）任上海临青学校校长时，有天他来锦江找我，愁容满面地告诉说："接陈农菲从南京陆军军人监狱寄来几次明信片说，他患病，环境困难……"我听后热泪盈眶，当即将款与药物交给钟同志转交了。回忆同生同志被国民党逮捕前，9月份时，他还带我大女国琼到上海临青学校吃午餐呢。

  四川人李云仙（又名李复石）同志，中共党员，我们称呼他李云老，他是上海中共地下党的联络员。他年纪大了，身体瘦弱多病，为人极其热诚、正直，喜爱接近青年。他依靠对外称为干女儿的王雪云同志（解放后任庐山幼儿园园长）带领着曹荻秋的幼孩（曹荻秋在解放区，孩子生下后无法抚养，托李云老照顾的），陪伴他共同居住在上海萨坡赛路（现名淡水路），生活俭朴。

  李云老特长中医，依靠半收半送的少数门诊费维持生活。我在经济上常常支持他。这位老人喜欢锦江茶室，茶室离他家又近，几乎三餐都在那里。他是被锦江欢迎的多年免费常客。他以医生身份和我接触，掩人耳目的。他也经常给我们看病。我从菲律宾回国后，才知他已去世。他是一位受人尊敬的老人，至今还想念他。田云樵同志热心地要写写他的一生，惜资料不全，未果。真遗憾！

我也曾支持过《妇女知识》丛书的经费，这是许广平同志和杨宝琛同志经手的。

此时期于伶等同志主办的上海剧艺社、辣斐剧场，我在经济方面给予支持，有几次由国瑛女送到剧场后台，交给于伶同志。记得有次我在上海贝勒路友人家时，于伶同志亦来这里取过，共几次，数目多少记不清了。

阿英（钱杏邨）同志等在沪主编《救亡日报》时，记得锦江也曾帮助过。具体事情记不清楚了。总的说来，在这一时期内，凡属于抗日救国和对革命工作有益的事，不管出钱、出力、出人，我总要尽力而为。

张执一同志在《革命史资料》第5期及《上海党史资料通讯》第4期都谈到了我。说："她早在1930年前，即与四川逃亡来沪的革命知识分子曹荻秋、陈同生、李一氓、李初梨、李亚农、李亚群（在此前叫李群夫）等同志相识，他们运用她的特殊社会关系为掩护，从事党的工作（那些具体工作因年久失忆）。她并从经济上接济革命同志（如宋时轮同志，在1929年，从广州出狱后，来到上海，经人介绍到董处就得到接济）。抗战快要结束时，解放区派田云樵同志同她联系。我在1945年夏秘密赴沪时，华中局即指定我与她接触，领导她为党工作。她曾出资创办美文印刷厂（总经理为任百尊同志）和中国文化投资公司（总经理为已故胡国城同志），印刷秘密书刊。并创办锦华贸易公司（总经理为刘逊夫同志），在台湾设有分公司，为掩护我同志出入台湾提供了交通方便。她还经常资助党的经费。对党的工作帮助较大。"

张执一所说的以上事迹，除对陈同生、曹荻秋、李亚农、李亚群四位同志记得外，李一氓、李初梨同志有过什么帮助、联系全忘了。

曹国斌同志（又名曹觉，解放后名张铭，湖南人、工人出身、中共党员，解放后任中南局武汉市委组织部部长，中南监察委员会秘书长与副主任）在锦江开门后，经钟南夫同志介绍，他每天晚上来锦江倒杂菜[2]。曹国斌同志每天把锦江剩余的杂菜加工后，挑去法租界斜桥总会附近，廉价卖给黄包车夫及其他苦力吃。他借此作为生活费用，而苦力们亦得到营养丰富而热乎乎的菜食。曹国斌同志已于1959年去世！惜矣！

李亚群同志好像是四川人。1935年红军长征时，他领导暴动失败后，到上海找党的关系时，在锦江当过服务员。找到了关系后，于1937年在张执一同志的领导下去延安了。抗日战争时期，他在四川成都、泸州、重庆、北碚历任中心县委书记。1942年在桂林时，他告诉徐鸣同志（中共党员）说："锦江老板娘董竹君有本事，人又好，对同志们又好，我很佩服她。"在锦江当服务员后的这段事迹，是徐鸣同志在1988年春来北京我家里，国瑛女在场，大家聊天时谈到的，我是忘记了。李亚群同志在1977年逝世。

我从"锦江"开门前后，一直经常接触一些青年，对他们的政治思想方面启发诱导，在经济上总是尽力给予帮助。如：

四川人杨慧琳，1934年她十五岁时，正在上海读中学。她遵父亲杨吉甫先生（即杨伯谦，美国哈佛大学经济学博士，他曾参加过国共第一次合作，与吴玉章老是好友）吩咐，常来我家。据她自己告诉我说，当时我经常启发鼓励她，妇女应自强独立，关心国家大事。并介绍德国作家倍倍尔著作《妇人与社会》一书，使她懂得更多的革命道理。她不久参加了进步学生组织的读书会和抗日救亡活动等。说我一直鼓励支持她。后来杨慧琳在1938年加入了中国共产党。解放后，任贵州文化局局长，现已离休。

杨慧琳在加入中国共产党后，被派去香港工作。在她的工作方面，我给了她许多鼓励和支持。1935 年夏，日本侵占华北，全国激愤，杨慧琳和青年们组织了学生会进行抗日宣传。秋季又组织了上海中学生救国联合会，展开了声势浩大的抗日救亡活动，我亦给以许多支持。

当时，锦江不但随时免费供应杨慧琳等工作人员的饭餐，还为她们组织游行示威和各种集会、碰头、开会，提供了适当安全的房间。当时，来锦江吃饭、活动次数最多的有中学学联主席韩素芳和另一负责人马寅。

在"锦江"工作的四川人曾挺凡（参加新四军后改名陈寄峰，后加入中国共产党）愿去东北解放区工作，我给他准备一切，并给以路费。

在抗战初期，某年 1 月 2 日，有位陌生青年突然来到上海凡尔登花园家里，在客堂交谈之后，才知道他是国琼在上海音乐专科学校同学刘振汉。是一位有志爱国的学生（解放后在上海音乐学院声乐系任教，后闻在四川成都音乐学院声乐系任教），因缺乏路费，无法去内地学习和找工作，想以小提琴向我抵押六十元。次日我给他钱，并叮嘱他把小提琴还是带走，沿途若遇困难还可派用。并启发他对社会不良的现象，要从本质上有个正确的认识。他掉下眼泪说："耶稣圣诞晚上，大雪纷飞，我在你们家大门口，老见你们的客人不走，同时，也不知你愿不愿帮助，始终未敢敲门，徘徊到深夜，冷得牙齿发抖。"当时他那种神态和心情，给予我强烈的印象。我感叹着，社会制度不改变，成千成万这样的青年是永远无出路的。

早在刘振汉这事之前，有一天国琼从学校回家，告诉我一件事，她说："中午在学校饭堂吃午饭，听邻桌饭台上的同学中，一位叹气地说：唉！不知如何是好？下学期的学费付不出，只好停学。我正在用饭，忽然听到这番话，心里很难过，饭也咽不下去，把那不相识的新同学望了一眼，又打听了他的姓名。我想妈妈一定肯帮助的。"我俩商量好：为了保持他的自尊心起见，把款子放入信封内，说明是学费而不注姓名。国琼在次晨将它偷偷地放到学校收信的门房架上。中饭时，只听得这学生高兴地和同桌上人讲："真是奇妙的事，居然有人把钱送来叫我付学费而却未留姓名，无法感谢。"

在旧社会里，求知欲强烈的青年们，念书付不出学费是极其普通的。

我同情、培养、接济、帮助过的男女青年颇多，难能一一记得。以上举例而已。

这里想起一位老人，颇为想念她，有一段如下的经过：

张执一同志离开上海局时，将工作交给张登同志负责领导。张登同志的爱人陈修良的母亲是双目失明的老人。当时这位老母亲住在上海巨鹿路八二〇弄二十二号亭子间。我佩服这位老人深明大义，支持、掩护子女的革命行动，因而我曾买了好些鸡蛋，亲自送去作为敬意，而补充她的营养。祝愿这位可敬可爱的老人健康长寿。我希望中国多有些这样爱国思想的老人！

五、女作家白薇的两三事

这里凭记忆所及，谈谈女作家白薇的两三事。有次（年份忘了）白薇由重庆回到上海，无处住，我掩护她住在家里（上海亚尔培路一二五弄三十一号，即凡尔登花园）一段时期。

抗战期间，上海妇孺援绥募捐运动，她为此不顾病痛，捧着肚子、弯着腰，日夜奔跑，已精疲力竭，她还要参加上海第一批妇孺赴绥慰问团。大家异常着急，我赶到船上把她拉下来了。大家认为若不是我这样做，可能她会送命。

1937年春末，白薇的朋友们、读者们和我都关心她身患重病，为她缺少医药费用而叹惜。为了爱惜一位进步的女作家、女斗士的生命，使她早日恢复健康，当时，大家合力为她筹款治病。发起人有：郁风、蒋逸宵、王莹、李兰、季洪、王季愚、蓝苹（即江青）、沈兹九、陈波儿、关露、国琼和我等十九人。收款处设在我家里，收款人国琼女。筹款发动后，慷慨出资的人很多，来自国内外各阶层的资助，由一角、二角到一二元。到6月中旬，总计募得六百零四元（当时的物价约二元即能买到一袋面粉，六百多元也算可观了），七十多封慰问信，一齐由国琼女交给白薇收下。国琼、李兰、还有一位（姓名忘了），送白薇上了火车，去北京治病。当时，我资助多少想不起了。

在此顺便提件事：白薇有次病在苏州，住在她的读者顾某家。白薇在作品《想、焦、狂》（上海《新民晚报》1947年2月连载）里提到我与女儿们的一段——

> 我来到苏州是生了病突然起来的。想不到女主人会这样的不欢迎。我头一晚来，第二晚她就大兴问罪之师，说我不该和董竹君交朋友，一大堆责备我的话，反正是句句怪我交错了董竹君。
>
> 董竹君是什么人，我想来大家都知道的，她是池中的莲花，她是易卜生著的"娜拉"，而有力地回答了出走后的"娜拉"，是怎样奋斗的。她反抗那缺德的丈夫，带着四个小女儿逃出家庭。她由睡亭子间起家，她由南洋募款，创办工厂在闸北，尽毁于"一·二八"的炮火，她被拉进牢里；出狱后贫苦不堪。

我看过她当捐客失败，靠十六岁的大女儿养家；甚至她们吃大饼都由小姐妹争着吃一个。我把穿过的旧衣服给她们小姑娘等。我看竹君为办锦江筹款，急得像幽灵。看着她几年工夫，一手起家，教育了四个女儿，在大学毕业后留美去了，还搭救了许多穷苦的朋友，帮忙了不少公益事业，还在刻苦工作，毅然前进。这种有伟大魄力的女性，我怎么交不得？交她，怎么怪我是没有骨气？可是，苏州这女友，要这样向我大兴问罪之师，几乎要吵起来了。

这位姓顾的女人是什么人？我从未见过也不知其名。她为何这样破坏我？真使人太可笑了！

白薇在解放后，住北京和平里十区，大明儿亦住该区，与她相隔咫尺。在她晚年时期生活颇为孤寂，大明经常去探望她，照顾她日常生活上的需要。当她临终前几天大明儿坐在她病床边，合影留念，从她仰卧躺着的神态能看出，她为此颇觉安慰。不几天，即1987年8月27日在北京首都医院不幸病故。我和家人久久不安。她爱国的坚强革命信念，不屈不挠的性格，慷慨助人、善良的人品，正如其名一样洁白无瑕。我们尊敬她！怀念她！

1992年8月，白薇的侄子来京告诉我说："白薇是湖南省资兴县秀流村人，现在资兴县政府正为白薇在该县公园内建立纪念室和塑像志念，以阳翰笙老当年在白薇作品上写的序言为碑文。"此事白薇的家属亦积极协助，我和家人异常高兴，这对九泉之下的女作家白薇是无限的安慰！

光阴似箭，30年代的著名女作家白薇同志，她一生中出版了很多革命的文学作品，当今男女青年一代恐怕知之者不多吧？为此，简略介绍如下：

第二十三章 革命活动

白薇同志是全国政协委员会第二、三、四、五届委员,中国人民保卫儿童全国委员会委员。白薇是解放前左联早期成员之一,又是剧联成员。她在五四运动前因反对封建家庭包办婚姻,只身逃往日本官费求学,毕业于东京御茶之水高等女子师范学校。她在求学中走上了革命道路。1926年在第一次国内革命战争的感召下,她放弃两年官费学习深造的机会,回到祖国投身于革命战争。她始终坚持着革命的意志,不屈不挠的精神。鲁迅先生对她非常器重。毛主席、周总理、邓颖超大姐都赞扬她说:"你在政治思想上不愿倒下去,是长期挣扎中的一个奋斗的女性。"白薇亦遭受了"四人帮"的迫害,昏迷过去九天才苏醒过来,但她热爱党的思想始终不渝。她的生活极其简朴,粗茶、淡饭、布衣足矣。家无余物,亦无余钱。她从20年代开始写作,经历了60年的创作生涯(1975年因长期患病才搁笔)。当年即使在患重病情况下,依然坚持写作。她的戏剧性的革命的一生,可以说是艰苦卓绝的。

现将其所写作品简述如下:

反映第一次大革命题材的多幕剧《打出幽灵塔》、独幕剧《革命神受难》、长篇小说《炸弹与征鸟》,分别发表在鲁迅先生主编的《奔流》和《语丝》等刊物上。"九·一八"事变后,她在《北斗》上相继发表了《北宁路某站》、《敌同志》、《火信》等剧本与诗作,率先写出抗日作品,并走向社会帮助工人、学生导演抗日戏剧。在20年代开始时,出版诗剧《琳丽》,话剧《苏斐》、《访蛰》、《乐土》、《假洋人》、《姨娘》、《昨夜》、《悲剧生涯》等。

据闻如今尚无《白薇文集》见世,深为遗憾;她曾告诉过我,竹挑箱里还有很多稿子尚未整理,好像她又说过这挑箱因上海沦陷暂寄放在苏州顾家。这些话好像是在解放前夕说的。

注释

[1] 漂母："漂",手拿着衣服、东西入水摇摆冲洗的意思。汉朝韩信钓于城下时,河边好些妇女在冲洗衣物。其中有一位妇女,见韩信饥饿,送饭给他吃。漂洗数十天,饭菜也送了数十天,后人称她为"漂母"。

[2] 杂菜:把顾客吃剩下的菜混合在一起叫杂菜。这样的菜营养颇为丰富。

第二十四章 在敌伪时期的上海

一、汉奸潘三省

国民党时期，上海著名流氓头子杜月笙、黄金荣、张啸林都与蒋介石及法帝国主义的上海工部局有着密切的关系，再凭着他们的帮会组织，他们的势力通过徒子徒孙几乎无孔不入地布满上海。1937年上海"八·一三"轰炸后，杜月笙离开上海去香港了。上海沦陷的敌伪时期，想不到又出现了一个绰号"杜月笙"的潘三省。

潘三省受过洋教育，懂英文；成为当时上海十里洋场中的头号人物。据闻袁良担任北平市长的时候，潘曾到过北平。因行为不正而被抓起来游行示众三天，驱逐出北平。后来，他投靠敌伪，当了日本帝国主义的汉奸，一步步向上爬，被称为敌伪"杜月笙"。

他曾办过内河招商局，戈登路及沪西两赌场，以及上海金子交易所，并在上海专办足球比赛。办球类比赛表面上是为了体育，实际上是为了捞钱。每场足球赛门票收入数万金，每星期两三场，每月可捞数十万元（这种骗人的赌场在国民党时期亦复如此）。潘三省在我未去菲律宾前，还仅仅是个日本人的小汉奸。1945年，我从菲律宾回来，他已一跃而变成当时上海有名的大汉奸了。

我在1940年冬去菲律宾前，他和日本人忽然来锦江找过我两次。我都设法拒见了。他们两次都是留下名片而去。从名片上知道，前者是兴亚院石桥,后者是冲野中佐。我从各方面探悉,原来兴亚院是日本军部及内阁合组的机构,是专门负责除作战外其他一切对华事务的最高机构。冲野中佐是日本海军武官府的人,在中国代表海军方面作战以外等事务,是当时上海敌伪市长的后台老板。后来,潘又只身连来几次,邀我在北四川路日本军部开办的虹口旅馆内开设锦江分店。他对我说:"我们在那里开设锦江分店后,就可逐渐和日本人搭上关系,以后再设法做内河运输生意,可以发大财。你懂日文,这样会更方便。"我一听,知道事情不妙,潘的这番话无疑是要拉拢我投入日本帝国主义怀抱。我深知当时自己和锦江的处境,只好采取拖延的对策。我装作很愿意的样子,对他说:"好的,好的,我马上想办法物色厨师。"当时我怕他怀疑,就先这样回答了他。另一方面,我又关照店内工作人员,在这段时期对待任何顾客,尤其是日本人和其亲信的人,要特别小心谨慎,不要被他们抓住任何把柄,借故生事。

过了两星期,潘又来了,问我厨师怎样?我又用了声东击西的办法,装模作样地对他说:"上海没有办法,本店人员很忙,分不出去,唯一的办法就是写信到各地再物色物色看。"我就这样和他周旋、拖延。以找不到高级厨师为理由逐渐地把这事推掉了。

二、被迫离沪

刺客 事后,日本人和汉奸虽未明目张胆地害我,但却不断暗中刁难。例如:他们也想收买《上海妇女》杂志。由于敌伪方面认为我在政治上不靠拢他们,办事情又不给他们面子,于是就开始暗算我了。

这时候,上海已变成恐怖世界,经常发现路旁麻袋里装着尸体,树枝上挂着手指等。暗杀案已不算奇闻。我也接到过两封恐吓信，显然这是日本方面干的事。

有一次我生病，睡在家里二楼（蒲石路一二六弄三十一号），突然听见国瑛女和保姆阿金两人的叫嚷声："送什么钢笔！董先生不在家！"一刹那间，脚步声已到二楼口。我知道有意外，迅速用被子蒙盖着不出声。接着听见她俩嚷着："你这个人！这样没有规矩，也不按铃就直冲到人家里，快走，快走！"接着，听到他们把这人推下楼，又听那人说："我送钢笔来的。""嘭"的一声，大门关上了。我这才轻轻地起床。这时候，她俩上楼来，说："都是我们不小心，没把大门关好，多么危险啊！这个人穿一身黑衣，衣领翻得高高的，帽子戴得低低的，脸也看不清，瞪着两只唯一看得清楚的大眼睛，一只手插在口袋里，一只手里拿个小盒子，进门直冲上楼，站在楼梯口东张西望，直往大房间里看。幸好妈妈睡在后房，门是半关半开的没有被他看见。我们拦得快，把他推下楼赶走了。送什么钢笔！明明是行刺的样子，真把我们吓死了。"于是大家哭着、吵着说："妈妈，吓死人了。日本人要杀您。您快离开上海吧，不然总有一天会倒霉的。你看沪江大学校长刘湛恩都已经被他们打死了。"

这些是在上海沦陷后，我与锦江处在人事、经济、政治的恶劣环境下，凭记忆所及遇到的事情。

国琼女在菲律宾受冤　送钢笔的人来过以后，我好几天未敢出门。觉得自己处境危险，日本人、汉奸……真是四面楚歌，再不走开，不但自身危险，锦江也难保。所以我决定暂时离开上海。

1937年1月24日，国琼女在上海兰心大戏院钢琴演奏成功。当时，福建省主席陈仪为支援抗日前线，特组织为期六个月的南洋侨胞慰问团去菲律宾募捐。团长蔡先生从厦门给国琼一再来电邀请国琼担任该团音乐指导，国琼见是爱国工作遂应邀前往。后来，马尼拉知名人士老友桂华山先生因公到沪,来锦江告诉我说:国琼担任该团音乐指导成绩卓著,但因她对团长的作风不正提了意见,该团长在事毕之后,向马尼拉当局诬蔑国琼是汉奸,并设法要驱逐国琼出境。幸好她住在莫领事太太家(当时中国政府驻菲律宾副领事,总领事是杨光孙),莫太太在驱逐国琼出境的妇女大会上证明了国琼每天的行踪,并言:"若无根据凭证,绝不能驱逐出境。"桂华山并说:"国琼将工作完成后,辞去该慰问团的指导职务,在菲律宾音乐学院进修,半工半读。经常手提药罐出外任家庭钢琴教师,并在菲律宾马尼拉最进步的华侨所创办的建国中学任教(该校校长是华侨许曼,他曾留学苏联多年返菲的)。生活极苦。"我知道了国琼女的这番遭遇异常焦虑、惦念,同时也想多了解一下华侨的情况与躲避一下日本统治下的上海恶劣的环境,所以我决定去菲律宾马尼拉住几个月。那时我怎么也想不到竟会爆发太平洋战争,把我们阻于马尼拉达几年之久。

离沪时我把锦江两店店务安排妥当,暂由四川人张进之负责代理;茶室交副经理刘伯吾、会计师陈力、食堂胡芋茹等人为辅;家务则交给保姆阿金暂管。国琇、国瑛、国璋三孩留沪。就于1940年冬,搭荷兰渣华轮公司的轮船,启程赴马尼拉。

自从1931年为群益纱管厂招股的事,曾去过菲律宾马尼拉之后,这是第二次了。转瞬十个年头。从第二次去菲律宾马尼拉到今年(1990年),刹那间又是五十个寒暑过去了。流光无情催人老,老当益壮人生道!

第二十五章　流亡菲律宾

一、到达马尼拉

我在极其复杂的心情下，到达了菲律宾马尼拉。抵码头时，看见在旁边木栅栏内关进了好多看上去不像有钱的中国人。男女老少拥挤着，扒着栅栏伸着头颈向外张望。据说，这些都是三等舱客人，因为护照来历不清楚，被当地移民局扣押在那里的。有时候竟被剥夺自由十天半月的，甚至长达几个月，像犯人似的遭受着虐待。事实上，这些乘客曾塞了不少钱给专门代客搞护照、伪造人口证的经纪人。结果，不是由于移民局和经纪人分赃不均起了矛盾，就是由于想在这些乘客身上再敲一笔竹杠，因此就把他们关起来。我看了非常不平，心想如果自己国家独立富强，中国人怎会被外人欺侮、敲诈，受这种瘟气！我因为买的是二等船票，只是找人担保一下就上了岸，没有碰到过分的麻烦和为难。有钱的方便，没钱的受罪，这种鲜明的对比，是我踏进菲律宾国门所得到的第一个印象。

我到达马尼拉的晚上，住在国琼女苦心所租得的一间吊楼上。她同学菲列浦（菲律宾人）及丁景福（福建人）告知："她本来住的是一间潮湿的汽车间，因为妈妈来，她特地为你租下这间吊楼。这里社会人士都是拜金主义者，国琼贫穷。"并告诉我，音乐团团长蔡某如何破坏国琼的名誉，诬蔑她是汉奸，等等。他们说的和桂华山

1941年,董竹君在菲律宾马尼拉旅行时留影。

在沪所说的是同样一番话。我听完菲列浦的话,颇为气愤,可怜的国琼女遭此诬蔑。

见国琼女生活困苦,形容消瘦。我一方面要改善她的生活,一方面要为她出口气,故退租吊楼,在靠近海边培培尔饭店塔夫特马路某号向两位七十来岁的孀妇姐妹(菲人,天主教徒)分租了一间房子,并让国琼女除进步的华侨中学课程不辞外,七处家庭教琴工作以及在马尼拉有名的乐队里拉大提琴的工作统统辞掉(马尼拉有个著名的交响乐队,该队指挥是位德国犹太人。国琼女在此乐队担任大提琴手工作几年,并经常随乐队外出演奏。当国琼女钢琴独奏时,乐队亦为之伴奏),专在菲律宾大学音乐院深造和调养身体。后来为了她上课方便起见,又与她的同学丁景福和菲列浦共租同马路某弄内一幢相当新式的木板楼房(公寓),配备了适当的家具住下。此时,社会人士对国琼女的看法就有所转变,再不以为她是穷光蛋了。

1941年春,国琇女放弃沪江大学两年多学业,也来到马尼拉,准备投考菲律宾大学音乐院声乐系,同住此屋。

二、美丽的菲律宾

菲律宾地处亚热带,被称为"千岛之邦"。气候四季皆热,春季是雨季,终年绿荫如盖,郁郁葱葱的岛屿宛如颗颗晶莹的翡翠,星罗棋布地镶嵌在大海之中。人们称它为"东海明珠"。菲律宾有五十几座火山,其中十几座是活火山,常有一缕一缕的白烟袅袅向天空升起,引人注目。菲律宾花木繁茂、水果丰富,最好的水果有椰子、芒果、香蕉、木瓜等,大家称它为"太平洋的果盘",又称它是"世

与国琼在菲律宾。

界椰王"。与人民生活息息相关的椰子,据说每年产量一百五十亿只,占世界总产量三分之一强(时隔几十年,现在不知了),供应世界市场需要量的百分之六十左右。椰树周身是宝:如房屋、家具甚至扫帚都是椰子做成,还有椰纸、椰子纤维衣、椰油。人民爱食椰子肉、椰汁,用椰油制成一切食用物品。椰壳有油质,人们用一只脚踏着晒干的椰壳,在地板上来回蹬踩,把地板擦得雪亮雪亮,能见人影。

当地最通行的是三种语言:即菲语、英语、西班牙语。当地社会以能说英语为时髦。上层阶级的菲律宾人士,一般都能说英语、西班牙语。未受过文化教育的菲人,只会说菲语。

三、当年我所知的菲人和华侨

当时菲律宾是在美国统治下的有名无实的独立国家。它在1935年成立共和政府,但事实上并未完全独立,仍受美国控制。直到1946年,才成立了共和国,取得了完全独立。

尽管如此,菲律宾人民并未忘记1898年6月12日经过流血牺牲从西班牙殖民者手中夺回的自由,至今还是以此年月日为独立日。但是同年美国和西班牙战争后,菲由美统治。1946年7月4日再度独立。更未忘记美帝国主义在承继了西班牙殖民者的衣钵后,以加倍的残暴手段向仅仅持有陈旧武器的起义军进攻了两年,屠杀了约六十万菲律宾人。他们知道,这血海深仇要向美帝和他庇护下的菲律宾统治者清算,所以革命的火焰始终到处在燃烧着(我在的当时)。

菲律宾独立后的统治阶级政府,依然与违背人民意志的美帝勾结一起。在政治、经济、文化等各方面实施剥夺和愚民政策。美货充塞全国市场，美国的文化侵略更是无孔不入，因而部分人深受感染、同化，资产阶级思想异常浓厚，崇拜金钱、美人，贪图物质享受，糊里糊涂地生活着。

当地有钱有势的菲律宾人，也有独霸一方的。菲律宾人民穷富悬殊：富有的菲律宾人，每天吃、喝、玩、乐，尽情挥霍、享受尚嫌不够，还借死者作乐——他们和富贵的西班牙人、有钱的华侨一样，为死者建盖漂亮的坟墓，看上去都像一幢幢华丽的大小洋房。每年大约在中国"清明节"时，美其名为扫墓节。在此节日，墓区车水马龙，人流如潮，大家借此吃吃喝喝、打麻雀牌、玩扑克牌……哈哈大笑，热闹开心好几天，这已成为习俗。他们哪知："朱门酒肉臭，路有冻死骨。"在菲律宾虽无冻死骨，确有饿死人！最近报刊还登载前任总统马科斯的夫人仅"鞋"就有三千多双，耸人听闻！这是超过历史上所有皇后的享受。

菲律宾因气候热，一般人民生活很简单。周年单衣单衫，贫穷人裹一块布片也可度日。热带水果是他们的日常食品。像中国红焖鸡（菲名：Adubo）、红烧肉那样的菜，算是最上等的菜肴了，但这仅是富人们才得经常吃到。当地人民无文化。贫穷的土人，吃饭时不用刀、叉、筷子，用手抓来吃（用手把饭捏成小团送进嘴里）。穷苦人民所居住的房屋有的简单得只用几根木料和竹子扎成，像大型的轿子，也像一座吊楼，谈不上有什么室内陈设布置。若要迁居，常常连这房子一道搬走。他们由于终年处于酷热的气候下，加上贫苦和对于现实生活的不满，于是渐次在某些人身上形成一些恶习：懒、脏、偷东西，还爱腰藏小刀，有些人相当蛮横，常用矛枪、小刀子杀人，故中国人很少敢随便上山，因为山上更甚。

菲律宾人性格比较直爽，蛮聪明，喜爱音乐、舞蹈，差不多都能弹、能唱、能舞。到处都能听见琴声。在海边椰子树下，当月明风清时,经常可以看到男女三三两两抱着"吉他"弹弹唱唱,充满了南国情调。菲律宾人擅长西洋音乐,在东方是有名的。

菲律宾人几乎人人都是教徒,以天主教为主。那些天主教徒,无论贫富,每天拂晓、傍晚都要去教堂祈祷。甚至从教堂大门外就开始跪在地上,用腿、膝慢慢地一步一步移进教堂,以此表示虔诚。我的一位菲律宾女友,大学教育系毕业,为了祈求天主赐恩,释放在第二次世界大战时被日本帝国主义者逮捕监禁的未婚夫,她每天就这样在天主面前祈祷数小时,两个膝盖常常是鲜血淋漓。

在菲律宾的华侨,多数是福建人。他们的祖先,多是在几百年前,背个包袱,拿把雨伞,从福建搭船,有的甚至当黄牛(不出船费偷渡)去那里当华工。这些人当时赤手空拳,辛勤谋生,开始时做点小生意,冒风险,受闲气,甚至遭受山上当地土人的杀害。一代一代的,经过了几十年、几百年,慢慢积下些钱,并在商业和企业方面有所成就,才发展到他们现今在菲律宾的经济地位。有些华侨很有钱了。如:当时社会上华侨界首屈一指的著名人物××,他家的坟墓,简直就是一所相当大的花园楼房,以便扫墓时表示阔气玩个痛快。

当时华侨分新旧两派。受过教育,有文化的属新派,比较开明,封建思想较少;未受过教育的旧派则非常守旧,封建、狭隘。妇女们多数是无文化的,都在家里操持家务。所谓上层华侨,一般都有几个太太,他们还喜欢买穷人家的儿子来当自己的儿子,作为经营生意的助手。太太们为了想多得一份遗产,当然也乐意丈夫这样做,相沿成习,形成了一种风气。有些华侨和菲人结婚后,子女逐渐菲化了。宗教信仰方面,天主教、基督教、佛教均有。有些华侨的家庭,还保持着封建社会的五世同堂传统。无论上下层的华侨,都承继了祖先刻苦持家的精神,非常勤俭,为着经营生意,终日奔忙劳碌。有钱的华侨多半是经营木厂、烟厂、麻厂、布店、旅馆或担任美国商品代理人及专利人。中产阶级的华侨，则多数是开设食品公司、餐馆、洗衣店、杂货店。再下一层的，则充当菜贩和跑街掮客。华侨近百年来自己也办有报馆和中、小学校。至于开办大学，则菲政府不准许的（不知现在情况如何）。华侨不论新旧派，对金钱看得很重，这是由于他们的历史条件和环境所致。当地华侨只要有钱即有势。记得我有一位朋友，他是大木商，当他发财的时候，曾被选为商会会长等职，后来生意失败，就没有人理睬他。他一气之下，请了几位专门以放火为业的人，把木厂焚毁一半，获得一大笔保险费。于是所有有声势地位的人，就又立刻前往道贺。那天他竟摆了好几桌酒席。这类事司空见惯不以为奇。

菲律宾当局很排外，在那里的华侨是一直受气的。每当有一小部分华侨吸鸦片、赌钱，或一些小商贩与菲贩竞争生意的时候，菲当局的排外行径就更为露骨。

关于华侨的政治思想。当我在那里的一段时期，有些人倾向于国民党；有些人对政治则不闻不问，只想把生意做好，赚钱发财；也有些人头脑比较清楚，不满祖国当前的政治现实，但因家庭束缚和环境关系，毅然投入革命者很少。但是他们都热爱祖国，希望祖国有朝一日能独立富强起来，则他们虽身处异乡，寄人篱下，也好扬眉吐气。这种心情和愿望，是人同此心，心同此理的。

附记：以上这几节情况是我在 1945 年回国后的忆记。

华侨捐献、琼女雪冤　抗日战争期间，侨胞们对祖国的命运是十分关怀的，发起募捐、献金等。1941 年春，马尼拉侨胞为支援抗日前方，举办了捐献音乐会。邀请国琼女及当地著名华侨的女儿黄女士参加演出节目，国琼女担任演出李斯特的《匈牙利幻想曲》钢琴独奏。国琼女的老师 San diego（散蒂雅谷，音乐院院长）要请总统府的乐队为国琼女伴奏，黄女士父亲闻讯大不高兴。音乐会主办人怕得罪她，遂改由音乐院有名教授为她钢琴伴奏。音乐会结束后，次日当地报纸纷纷报道，特别对国琼女演奏大加赞赏，报刊附照片登载，评语极佳，轰动全市。会后，国民党总领事馆大加招待。有位华侨手执酒杯，从席桌前头走近国琼，特地和她含泪握手说："夏女士，你的钢琴表演是这次音乐会节目中最精彩的。华侨在这里几百年，遭人歧视，你总算是替我们出了一口气！"当国琼回来告诉我时，我们很高兴，亦很难过。由此可见，当地政府和一部分菲律宾人，对华侨是怎样看待的；此事迄今记忆犹新！

侨胞热爱祖国 华侨热爱祖国，有史可证；在中国整个革命历史过程中，华侨们曾献出了无数的血汗换来的钱财，他们在中国革命史上是有着重大贡献的。尊敬的华侨同胞们，亲眼看到祖国的解放和独立自主，并实行改革开放的政策，则必能逐步地富强起来而感到自豪自慰！

广大华侨同胞，多少年来侨居异国，饱受着种种压迫和剥削。特别是由于过去国家软弱无能，使他们的生活、生存权益，得不到保障和支持。清朝有个时期，还把华侨当作"化外之民"、"海外孤儿"。今天为祖国的四化建设，华侨、港澳同胞出力者不乏其人。据闻在福建、广东投资建设约有百分之八十是侨胞。因此，我在此恳切地希望中国同胞们对侨胞回国旅游、观光、定居等的待遇，必须大大从优。尤其是在服务态度上必须亲切、热诚地对待，给予快慰的感觉！

国琼女通过这次演奏会，过去慰问团团长对她的诬蔑、诽谤，从此彻底乌云消散。当地华侨知道国琼不仅不是什么坏女人，还是一位艺术家。国琼在他们的心目中的地位，至此转为好感尊敬。

四、第二次世界大战前夕二三事

华侨陈清泉先生　华侨陈清泉先生在抗日战争期间，他连任四届菲律宾（纳卯）"Davao"华侨抗日战争后援会主席。

1941年10月，我在菲律宾马尼拉。珍珠港事变前一个月，陈清泉先生特从距马尼拉有一星期路程的纳卯省（Davao）来看我们母女三人。我们交谈了一个星期，他说："我已经决心在明年（1942年）春离开天主教徒的妻子、儿女和职位，去苏联观看后，回祖国工作。"大家谈得很投机。

在他启程回去的时候来电话说："船快开了，我来不及去你家吃晚饭了，很抱歉！横竖明年春天在上海见面，希望你们多多珍重！"我说："我亦盼望你们善自珍重！请安心！多看些对你有益的书刊。""知道了，谢谢你！"他答。

友人华侨陈清泉先生（中立者），在"二战"中坚贞不屈，壮烈牺牲于日军枪口下，时为1942年。

太平洋战争爆发后,当时日军占领南洋各地。占领菲律宾(纳卯)"Davao"省,日军勒令陈清泉辞去抗日会长的职务,投降当汉奸。陈清泉严词拒绝,他就在日本侵略军的枪口下壮烈地牺牲了。电话里他的最后响亮的声音犹在耳际!陈清泉先生是中华民族的杰出男儿,令人敬佩万分!

第二次世界大战结束后,纳卯省(Davao)的人士为他开了隆重的追悼会。这是在1984年2月,我老友华侨卢玉质的女儿卢惠珍来玉石胡同家里探望我时告诉的,并给我看了一本革命史书上记载有陈清泉烈士的事迹,令人悲痛、敬佩不已!啊!他是一位可歌可泣的爱国志士!

筹办"锦江"分店 我到菲不久,就想在菲马尼拉开设锦江分店,使革命工作多一据点。经过宣传,得到当地总统府人员中到过锦江的顾客们和华侨们的赞同、协助,当地移民局亦同意发给锦江一部分人入境执照。我正在为此准备一切时,1941年11月初,上海银行菲律宾分行经理吕锡麟在电话里对我说时局紧张,再三邀我一同返沪。我因放弃这锦江分店很可惜,想打听、打听时局情况。有天,我在马尼拉海滨饭店(Bay View Hotel)旁的一家有名冰淇淋店和国琼女一起吃冰淇淋,适遇菲总统府秘书长,我走过去悄悄地问他:"会不会打仗?"他用一种十分轻松的口气说:"咳!你这位太太呀!日本人怎么敢打美国人!赶快把你的'锦江'开起来吧!"他给我吃了一粒定心丸,故未与吕锡麟同行回国。

船票 谁知过了两星期,局势就严重了。我母女商定:让我先行返国。遂订购12月13日船票。殊不知12月9日晨,正在早餐的时候,原上海跑马厅总经理谭雅声太太甘金翠来电话告诉我说:"你知道吗?打起来了。"我正惊讶之际,外面报贩喊卖"号外",我即速下楼买看,才知道8日夜日本飞机突然袭击了太平洋上的美国海军基地——珍珠港,酝酿已久的太平洋战争爆发了。

我顿时一阵眼花,头昏目眩,心慌意乱,不知所从。我自言自语道:"太平洋战争爆发可能四五年才会结束。我们怎能手无几文在此异乡长期旅居?何况菲律宾是美国殖民地,必然会遭殃受害。今后的生活和遭遇将不堪设想,非立刻回国不可!"我转身回楼,拿了皮包直奔轮船公司订票处。到了那里,只见该公司正在装门窗板准备下班。我马上找经理说:"这次船票不但不退,还要请你增添两张。因为我女儿要和我一道回去了。"该公司经理睁大眼睛盯着我说:"董先生,你怎么啦?日、美已经打起仗来了,所有船只停开。哪里来的船给你们回国?上次你退票,这次你倒要走了。你快回去休息,再做打算吧。"我和他争吵,他索性不理睬我,走往柜台后面去了。这时,我迷迷糊糊地听到旁边有人说:"这人精神有些错乱了,打仗了还硬要买船票回国咧!"我垂头丧气地走出轮船公司。一路上思绪万千。我想这次战争为时一定很长,不知要伤亡多少生命,损失多少财产,留下多少孤儿寡妇。今后我母女生活怎样?何时回国?锦江怎样?国事如何?各种念头在脑海中此起彼伏,不可遏止!急得我糊里糊涂。回到家时已是黄昏。自受此打击后,视力减退了相当长一个时期。事后追想,当时因刺激过深,神经确是有些错乱了。

我母女和丁景福、菲列浦在一起商量,节省开支和在战争时期应有的准备步骤。隔日见报载:我国国民政府已于12月9日正式发表对日、德、意三国宣战的文告,我们兴奋地拿起酒瓶都喝了几杯!

第二十六章　战火笼罩菲律宾

一、日军侵占马尼拉

在 1942 年，即珍珠港事件后，日本侵略军侵占马尼拉。飞机扔下炸弹，把我们的房屋震动得要倒塌似的。大家都跑出屋外，我们母女各自奔逃，刹那间，只听得两女撕开嗓子叫喊："妈妈！妈妈！"互不知在何处。啊！真如俗云："大难临头各自飞。"事后会聚，彼此面色苍白无语，俨如木人。从此，惶惶不可终日，不知所措。

事后知道，这枚炸弹就是落在我们租住过的房东孀妇家，姐妹俩连带房屋都被炸毁而惨死！

当时每夜警报，难能安睡，晚饭后大家去海边坐坐。当地政府为防避敌人轰炸目标，有时在警报来之前，全市 **Black Out**（灯灭），平时照明如豆火。在是黑非黑的夜里，有次偶然遇见了一位锦江的座上客，儿童服装画家、周游过世界的菲律宾人油松先生，彼此谈论局势。他说："我家住在城边，离城几十里乡下亦有房屋，不用怕，必要时请到我们家来避避难，不用顾虑，战争时期嘛！大家应该互相照顾。"落难的我们母女，能有位当地人的好心帮助，真有说不尽的莫大的安慰，紧张的心情稍微松弛了。

不几天，我们搬到郊外桂华山先生家，比较有安全感。丁景福和菲列浦则各自另住。大家都在静观战局的演变。

二、我母女逃难

　　残酷的战火愈来愈逼近马尼拉。都认为马尼拉即将成为战场，市面混乱，人心慌张。许多人都准备逃难。我和桂华山先生拿着地图研究战局，究竟逃南还是逃北，我俩的看法不一致。结果他们全家去北方，我们则往南逃。我决定南逃的理由是：（一）从战争情况看，日军的军事路线是如果得胜，其大军必从南进城。（二）我们是外来人，不熟悉当地风俗习惯，不通土话，南方恰好有油松先生的家在那里，离城约五十几里，往返方便。（三）我们估计第二次世界大战结束时间，定在三五年后，马尼拉若失守，日军占领时期可能很长，则城内秩序可能相对稳定，再返回也容易。万一日军从南面进军入城，则我们那里离城仅仅几十里路，爬也爬回城了。若是太远的地方，则在日军围困时就会进退两难，那时才是死路一条呢。于是我们就开始了颠沛流离的逃难生活。我们准备了往南逃的六个月的粮食，带些轻便行李，我并且关照大家，在资本主义气氛浓厚的殖民地逃难，穿着还是干净漂亮些占便宜，大家要随时注意这点。大女的同学菲列浦也愿意和我们同行，菲人女佣横琍答和进步人士四川人张克勤，连我母女三人，一行六人便这样往油松先生家的方向出发了。途中经过一个小镇，遇见菲律宾当局训练的新兵，他们以为我母女是日本人，于是便来势汹汹手持装好刺刀的长枪，把我们拦住。幸亏横琍答和菲列浦向他们跪下，用菲语证明我们是中国人，求情解说，才算脱险。

　　油松先生全家住在离城不远的一个小村上。承他夫人的照顾，我们在他家安住了一个多星期。忽然无线电广播美国已宣布马尼拉为不设防城市，于是这小村上的人们更加紧张了，我们当然也不能例外。镇上议论纷纷,有的说:"又要逃难了。"有的说:"刚逃来这里,这回又逃往哪里呢?日本人来了,就是不死,日子也难过!"有的人说:"在美国人手底下又有什么好日子过?还不是有钱人才有好日子吗?就以逃难来说,有钱人早已逃避到安全地方去了,哪会等到现在?"人们七嘴八舌。第三天上午,不到11时,村长便派人挨户传令。那人拉开喉咙嚷着:"今天下午3点以前,全村男女老幼必须一起撤退,因为日军已从南方进城,先头部队离开此地只有三四十里路了。快离开,不要自误。我们村长也要走了。"一刹那间,全村村民大难临头,惊慌失措,村里秩序顿时大乱,一下子像海浪似的后浪推前浪,好像早离开一分钟也好。人们东奔西跑,菲人多半往山顶方向逃去。大女、二女可怜巴巴地在慌张的神态下整理着行李,我则神经麻木地站在大门口,怀着自己都形容不出的心情,像木鸡一样站在那里,观望这些难以使人相信的景象。忽然又传令,大声叫道:"两点了,你们怎么还不走?快点!快点!"这时候,留我们避难的菲律宾朋友油松太太出来了,她擦着眼泪对我说:"董太太,只好和你们分手了。"我说:"我们和你们一道走。"她说:"不行,我们逃往山顶,你们不是这里人,又只懂英语,不会说土话,装饰也不对头,被土人误会了,会非常危险的。我们自身都难保,你们还是快快打定主意吧!你看时间已经不早,全村人都快逃光了。"她在依依不舍的心情下离开了我们,连手也没有握,便带着全家急急忙忙走了。

  油松太太全家走后,我跑往公路边站着,四处看看,家家户户人去楼空,不见一个人。当时,我还未打定主意,忽然抬头看见从公路右边北方战地方向远远走来一人,头上包扎白布,半面血迹,一跛一颠地走近。我上前问他:"你从哪里来的?怎么受的伤？前面情况怎样？"他说："我中了流弹片。听说前方战斗激烈，日军离这里很近了，你还不快走？"听完话，我心乱如麻，急得头脑嗡嗡直响，感觉到走投无路，不禁凄然泪下。这时国琇女站在屋檐下大声叫道："妈妈！妈妈！行李早已整理好，你怎么还不决定？到底去哪里呀？快点嘛！"正在这时候，忽然远远看见从公路南头，从城里来的一部轿车开过来。国琇女反应灵敏地从屋檐下奔跑过来，我俩不约而同地把双手双腿摆开，站在公路中间，等车子驰近时拦住它。一会儿车子开近了，司机猛一下把开足马力的车子"吱——"刹住了。车上，下来两个菲律宾人，其中一人骂我们神经病，不怕死。我和国琇女不等他说完，便上去拉着他俩的衣襟，拼命求救。我们说："你们别再往北开了，日本军马上就到，这里全村人都逃跑完了。我们不通土话，不敢上山。请你们送我们回城去，多少钱都行。"他们说："要付现钞。"我说："到城就给，现在没有。""不行，不行。"另外一位司机插嘴，对这人说："你回去，我来送她们进城。"这位好心肠人关照：只乘人，少装东西。我们只是说："是，是。"我和国琇女听得这话，如鱼得水、如获至宝，异常开心。车子开到屋檐前，横琍答拼命向车里塞进粮食衣物。我心里忐忑不安，害怕司机发火不干。总算大家都上了车。车子则掉头加快速度开回城去。谁知开到一个小镇的河边，不料桥已被炸断。两岸挤满了人，见男女老少哭哭啼啼。我们只好下车，司机把车子停到转弯角落后，也帮助菲列浦一起跳入河中与难民们争抢小船。好不容易，总算抢到了一条，但因船小只够两人乘坐，来回摆渡了几次，才都上了对岸。但好心肠救人的司机再看不见了。我们上岸后，还未来得及决定下一步该怎么办的时候，抬头猛然看见日军摩托车侦察部队已开到对岸，跟着飞机也来了，在上空盘旋侦察。这时候难民们乱成一团，行李、食物全部抛弃了，只把儿女拖带着，像潮水般地向四面逃散。我们本能地各自逃命，我独自从难民群中挤出来，躲藏在一家无人住的空屋的大门背后。一会儿，一个菲律宾宪兵也走进来了。他一推门，转身面向外站住，手持插上刺刀的步枪，仰着头观望上空。我从门缝里偷看他一下，才发现他就是当我们从城里逃来乡下时，在镇上遇到的那个宪兵。他当时曾怀疑我们是日本奸细，差点要把我们扣住呢。这次真是冤家路窄，又遇见了他。我吓了一大跳。当时我在门后悄悄躲着，幸而未被他发现。

　　刹那间，盘旋上空的飞机愈来愈接近地面了。这宪兵不知利害就要放枪，我当时也顾不得这么多了，本能地推门上前，一把拦住了他。我用英语对他说："它是侦察机，你一开枪，敌人以为这里有设防，我们大家就完了。"这回他倒不疑心我是奸细了，乖乖地把步枪重新背上肩头，往后退一步，静静地站住不动了。不一会儿，飞机走了，宪兵也走了。外面声音乱哄哄的，我跑出去一看，难民们都在挤来挤去，惊慌失措地叫喊着家人。我从他们中间挤过去，到了河边，见对岸日军部队也北退了，河边行李、用具、粮食遍地。此时我也顾不得去找回失掉的提箱，只是张开了喉咙叫喊，找寻我的女儿们。幸好镇小，容易呼应，不多时就会合了。我们几人聚在一起商议，天已近傍晚，是在这小镇上留宿一夜呢？还是步行回城。彼此意见不一致，我想了想就说："镇上除难民外，居民全跑光了，没有掩护条件，并且又是小镇。侦察部队刚来过，今夜日军必先到这镇上停歇，待整装后明天进城，好显示显示日本皇军的威风。而且今晚必在这里犒劳三军，我们妇女也是'犒劳'的对象，这里免不了要遭难。离城仅仅三十几里，就是爬也得爬进城去。否则，太危险了。"大家认为我的意见很对。正在这时候，忽然有人敲敲我的肩背，我一转身看见一位西装笔挺的绅士向我招招手，我莫名其妙地跟着他走过拐角，见有一部崭新的小汽车停在那里，这时他才开口问我："你们有多少人？"我说："男女共七人。""男的留下，女的上车，我送你们进城去。你去偷偷告诉她们，当心勿让其他难民听见。"于是我们母女三人和女佣在万分兴奋的心情下坐进了汽车。不料车门刚开，难民们便拖儿抱女地涌了上来，哀声求救："太太做做好事，救了我们吧！带我们进城去吧！谢谢你们，谢谢你们。"我们就求车主开恩，放她们进车，边求边让她们进车，搞得肩上背上，左面右侧，大人小孩载满了一车。挤得连腰都伸不直，脚亦不能动。车主也就闷声不响地开车直驰进城。车子开走不远，空袭警报又响了，车主当然遵守命令刹车停住。我紧张地对他说："不要停！不要停！停住目标大，反而危险，还是开好。开走，就是扫射，目标不一定准确，加足马力开吧，谢谢你。"车主不吭声，果真加足马力拼命地往前开了。不一会儿，远远听见后面机关枪扫射声，可怜的难民们不知又死亡了多少。我们也十分担心着菲列浦和张克勤，以及载我们到河边的那部车子的司机的安全。

我们很侥幸，车子开到马尼拉城内油松太太的房子门口停下。这时候我的心就安定了许多，神经也好像灵活过来似的，才想到应该问问这位车主的姓名。我们下车后，就上前去向这位正在擦汗的车主握手道谢，并请教他的姓名。他说："我是菲律宾银行经理某某（姓名记不得了）。两天前，车子开到河边，见桥已炸断。我想家人如从无线电里听到了美国已经宣布马尼拉为不设防城市，他们一定会回城的。所以我在河边等候，直到眼看日军侦察部队已到对岸，天又快黑了，还不见家人影子，晓得没有希望了。飞机走后，正想开车回城，看见你们这副穿着和神情，不像是穷人逃难，怪可怜的。因此，愿意送你们进城脱险。"我们这才恍然明白，原来是车子没有接到他的家属，倒把我们这家人接来了。我暗想，幸好早做准备，关照大家在逃难中也得将衣履穿着整洁，略施脂粉，遇事会占些便宜。事情果真如此，否则的话，恐怕很难得到这位经理先生的"恻隐之心"了。因为菲律宾是美国殖民地，爱慕富人，加上有西方形式上对待妇女一套假尊重、假平等、假民主的思想，因此穿着讲究的妇女尤其貌美的女人，就会特别受人注意和尊敬。这车主愿意帮助我们，不愿意帮助穷人，正充分说明了这一点。但是我们始终是感激他的。惜未再见，无法致谢，这是我们永存的遗憾！

　　油松太太的房子，那里空着没有人住。进门上楼后，我站在窗前歇口气，俯视楼下，街道上男女老幼纷纷乘机乱抢东西，各人手里抱着的不是面盆便是碗、碟、锅、桶、食物、布匹等，成了无政府状态。在这种时刻，穷人们倒是痛快了一下。我再抬头仰望，右角上空油库遭焚，火光熊熊，烟焰冲天；左角则一轮明月高挂，一株秀颀挺立的椰子树直耸云霄，月色树影相映，十分美丽诱人。同样是在马尼拉的上空，但左右景色却迥然而异。这是什么世界？！这幅讽刺性对照鲜明的画面，至今记忆犹新。当时，大家称赞我说："幸好妈妈决定逃南方。"

　　张克勤、菲列浦等也于当日深夜赶进了城。可是，善良心肠的第一部车主在河边分散后没再见过，害得他车钱未收到，还损失了车子，真是抱歉万分。每想起这位救命恩人，就很难过。

　　次日，女佣横珋答回家去了。由于油松太太是依靠收贫民房租和出租马车，以及向马车夫放款收利息来维持生活的，故她这幢房子，位于以拉马车为业的贫民区，整条街的居民都是做马车生意的。那里满街马粪，臭气熏人。如前所述，菲律宾先后经西班牙和美国的多年统治和愚民政策,大部分有钱人和少数贫民奴化思想很浓,只重衣衫不重人,崇拜金钱和物质,还特别尊重穿着讲究的女人。我们摸透这种心理,即使再没有钱也要注意穿着。因此,竟赢得了邻居们的尊重、帮助和保护。把我们看作贵人似的照顾。每当日本军人、浪人要挨户搜查女人的时候,他们总是设法阻挡,掩护我们。这使我们非常感激!

三、困菲日子里

我们安定下来后,把这久无人住的房屋打扫干净,家具安置适当。还为防备日军和日本浪人骚扰居民、奸污妇女,把床脚取掉两只,安搭在三楼屋外瓦顶上睡觉。于是开始分工,国琼女打扫清洁卫生,国琇女烧饭,我洗涤衣服,张克勤则负责买菜和打听外面消息。我们整天躲藏着不敢出门。大家每天把三餐和生活上必须做的事情做完后,就上三楼屋顶,围坐在屋顶的床上乘凉、看书、谈论时事。日常费用赖借贷维持。这样的生活度过了一年有余。在此时期,居民们经常聊天,我们才知道:当日寇占据马尼拉后,枪毙了中国驻菲领事馆总领事(姓杨)、副领事(姓莫)等十二人,以及不愿投降做汉奸的爱国华侨亦被枪决。还关押了好多当地抗日华侨知名人士。后来听说当时的菲律宾总统夫人是福建人,她保出了一批,桂华山先生亦是其中一人。人们谈论时,情绪平静,因想到在战场上千千万万男女老少无辜地牺牲了生命,相比之下还说什么呢?

桂华山后来是香港华侨地产公司老板。1987年10月14日,九十岁的桂华山老友从香港专程来北京观光并探望庄希泉和我。他的随身保健护士陪他来看我时,适逢我有病在床,我们聊叙别情,并合影留念。当晚在我家便饭,他喜欢素食和稀粥。我俩约好在次年秋,我去香港旅游时,住在他家里,他说:"你住国琼喜欢的那间,比较舒适。"不日他回香港。不久友告:在次年新年正月,他在港参加会议后就离开了人间。唉!想不到在京彼此分手竟成最后的一面,我很难过,久久不安!

　　从战争爆发就开始停顿的工商业和不景气的市面,到这时候仍然没有起色,只有商场的买进卖出生意在逐渐地活跃着。当地不愿做日本帝国主义走狗的、有骨气的男人,有的避难各地山顶,有些人就终年闭门不出。于是造成商场上一反常态的现象,出头露面的反而是妇女占多数了。甚至对生意向来不沾边的太太、小姐们也投身其中,代替丈夫为家人赚钱,维持家庭生活。

　　我们估计战争至少还得两三年才能结束。老靠零星借贷非长久之计,也想做些生意。大家商定后,我们就搬到郊外"奎松城",在桂华山先生的住屋附近,找到一幢屋主不知去向,而有花园的宽敞空房。唯地处偏僻冷落,不很安全,只好住下再说。此后,张克勤迁居到别处,依靠补习私人日文维持生活。这时,我们得到朋友送一条警犬,叫 Buster(派司特)。它成了我们的保护者。因此,避免了多次日军的侮辱、枪杀。

　　我们不久也就开始做捎客(买进卖出的中间人)生意了。我们母女每天清晨就在房屋前面的路边等候搭乘那四方形有顶,无围布,可以挤乘九人的进城马车。我们每天都和做生意的妇女乘客们,挤坐在狭长的板凳上。马车在人烟稀少的路上和皮肤都要被晒焦的炎热气候下,蹄达、蹄达要走二三十里才能到达城边的天主教堂门前停住。对买进卖出生意来说,时间就是金钱。因此,乘客一下车子争先恐后地奔向各人联系的地方。我们做捎客生意,没有本钱租写字间(办公室),只好借别人的办公室打电话进行,有时用电话次

第二十六章　战火笼罩菲律宾

被阻于菲律宾马尼拉市，天天去海边远望七号码头，盼早日有船可归祖国。

数多了，要看室主的脸色，故每天要借好几处。在几个办公室跑来跑去，直到夕阳西下接近黄昏的时候，又加快步子跑到那些照例在教堂前面等候我们这帮人回家的几十部马车那里，挤上一部车子回家。战争时期，不用说穷人比富人更是受苦受难。在我们往返的这条路上，常有赤身裸体、仅在腹部裹着一块破布的五六岁的男女孩子，手里提着半篮子看上去并不新鲜的糕点、香蕉等，向行人兜卖。尤其是当我们马车在归途中的时候，这些菲律宾孩子不管车上我们这帮掮客有没有赚到钱，就像看到救星似的，赤着脚拼命地拖着车身，说着土话，边跑边哭地求我们买。乘客们很少去理睬他们。我和女儿每次碰到，总是叫车子停一停，把他们手里的东西整篮买过来。车上人老是说："为什么买这些东西？既不好吃，又不新鲜。"我们对他们说："你们怎么能理解穷人的苦处？卖不出钱，家里没法开伙，父母说不定要鞭打他们的。"

我们这样的生活度过了一年多。因为每天这样乘马车进城，需往返几十里，做生意很不方便。有时，一文不得，来回空跑，颇为焦急。于是又移居城内海边森林后面小巷内的一排贫民房屋，我们租下一所有楼的空房。搬来这里之后，我们除上街做掮客生意外，几乎每天都要去海滨，呆呆地望着七号码头（马尼拉船只出入的港口），隔洋遥望祖国，归心似箭。

这时，据友人告知，德国法西斯已在斯大林格勒遭到惨败，第二次世界大战的形势发生转折。国内的抗日战争仍处于相持阶段，共产党领导的八路军、新四军，在敌后与日伪军艰苦作战，国民党在正面战场上的抗战日趋消极。我日坐愁城，终日担心着"锦江"怎么样？世界大战何时能结束？国内的革命工作展开得怎样？异常焦灼。

后来，我母女所赚佣金较多，经济比较宽裕了，还清欠债后，便再度迁居到更远的海边，叫"巴赛"的居民街。这是一幢二层旧楼房。我们母女动手，把它油漆装置一新。大约不到一年，又搬进附近的公寓房子（天津人柴俊吉留学美国，回国探望父病，因战争爆发阻在马尼拉。他住我们对面，由此认识并认我为干妈妈。从此我们常在一起）。因无花园空地，Buster（派司特）很不高兴，终日吃睡。这段期间，通过做生意结识了一些青年华侨，我常常和他们聊天，把我所知的一点点革命道理和做人的态度给他们讲讲；启发他们树立为人类谋幸福的崇高世界观。其中有些人，后来参加抗日游击队去了，姓名可惜不记得了。

  1943年11月，美、英、中三国首脑在开罗举行会议，商讨了联合对日作战和开辟欧洲"第二战场"的问题。接着，苏、美、英三国首脑又在伊朗首都德黑兰举行会议，就消灭德国军事力量和一致对日作战作出决策。此后，战局愈来愈严重，谣言四起，人心惶惶，人们又不敢随便上街了。活跃了一年多的买进卖出市场也冷落下来了，我们就此又闭门不出。为了节约开支，只好再度搬家。我们找到了一家设有防空洞而屋主也不知去向的地方（据说是当地霸主）。这屋墙高院大，已住有好几户难民，我们则住在防空洞对面的吊楼上。这回派司特能尽兴活动了。后来我先行回国，两女则一直住到战争结束。

第二十七章 一个机会返国

一、乘所谓难民船离菲

一个人离开了祖国，别了家乡，更能体会到祖国之可爱，家乡之可亲。我们住在马尼拉的几年里，深深体会到这种感情！参与国内革命工作的我来说，更是眷念它！

我在马尼拉经过了太平洋战争的第四个年头。1945年元旦，这时世界反法西斯战争的形势已发生重大变化，苏、美、英的战略反攻，已推进到德国本土，英军向缅甸日军发起进攻，美军向盘踞菲律宾和太平洋其他岛屿的日军大举反攻，战争进入了最后阶段。1月2日上午，福建人张先生（名字忘了）忽然来告诉我们说，有条日本红十字会难民船要开往台湾，随后转上海，叫我们赶快和华侨协会联系。我们得此消息，兴奋无比，心想可以结束流亡生活，返回祖国了。殊不知交涉结果，只买到一张船票。大家商量结果，决定还是让我先回国。当时友人劝阻，说这虽然是难民船，到底是战争时期，总是冒险的，张克勤则锁紧双眉沉思不语。我亦想到，战争尚未结束，此后，母女的命运谁也无法预料。念国内诸事归心似箭，只好忍痛分手。我决定走！

因时间匆促，虽然听说经台湾到上海约需两个礼拜，也无法做过多准备，除身穿一套夏季白绸西装外，只向友人借了一件薄薄的秋大衣和一条羊毛毯，外带规定数额的日本军用币一千元，就在次日下午4点与同患难共艰苦达四年之久的女儿、友人分手，百感交集无语可言。临行，国琼、国琇女失声痛哭！她们既为我能幸运地回国而高兴，但又怕途中遭遇不测。

这时候，船上、船下，男女老少们的欢呼、哭笑、咽泣、愁容……混成一团，目不忍睹！船在天色暗淡时起锚，徐徐地开动，啊！终于到达我久想离开的七号码头了。

同行难民中，有广东人张女士（介绍买船票人的太太）和福建人黄女士及其三岁男孩。卖船票处人胡说什么是一张铺位，事实上，男女老幼难民们都挤睡在没有窗洞、不见阳光，位于底层的货舱里，过着沙丁鱼似的生活，谈不上什么铺位。进进出出大小便都得在人身上踩来踩去。大家都像哑巴。次日拂晓，船开出不远，中国难民就被分配做各种工作。我为了想呼吸一些新鲜空气和活动、活动身体，选择了别人所不愿做的倒垃圾、洗碗碟、饭后收拾台桌杂物的工作。倒垃圾得上三层楼甲板，洗涤碗碟要从船头跑到船尾。洗碗间位在锅炉隔壁，因而一进门就感到热气逼人，汗流如雨。船越往前开越感到闷热，臭气熏人。睡觉的地方更是热得透不过气来。大家觉得奇怪，为什么越来越感不到有丝毫凉意呢？可是整天不敢做声的难民们，谁也不敢过问这件事，被日本人知道了只能是挨顿臭骂。

二、在苏门答腊险遭鱼吞

有一天，船忽然停驶了，大家都惊慌失色，怕出事。随后才知道是到了苏门答腊海。所有的难民都惊讶起来，为什么要开到这里来呢？但也不敢多问，只好静悄悄地等待着事情的变化。因为船不开动，空气不流通，臭热益甚，传染病很快地蔓延开来。吃饭的人越来越少。我每次洗碗，跑出跑进，只听到病人轻轻地叫妈喊爹，长吁短叹。每个人的脸色苍白竟不像活人。我住的舱底里好几个人病倒了，有两个人还未断气就被抛入海中，葬身鱼腹。

后来，得传染病的人越来越多了。我在船停驶的第五天也支持不住了，上吐下泻，一天里去厕所不知多少次。为了避免在别人身上踩来踩去，就干脆睡在通道旁边。我原先怕被日本人拖去工作，所以装着不懂日语，但到这个时候，为了不被鲨鱼吞没，只好鼓起勇气开口请求医治，把命保住再说。我知道日本人的脾气，只要你能说日本话，他们就另眼看待。于是我就从通道上一步步慢慢地爬上了二楼医务室门口，正逢一个日本人开门出来，他一脚踢来，提高嗓子嚷着："你爬到这里来做什么？还不让开些？"这时候，我只好用多年不说的日语，请求医治。他一听我说日本话，马上态度转好，扶我起来进门。另外一个日本医生问了几句病情，便给我打了一针，吩咐扶我进来的那个日本人送我到传染病室。次日，日本人来盘问了我一番，他们知道我曾去日本念过书，表示很高兴，嘱我好好养病。从此，一路上我就利用日本语作为我和另外几位难民的"护身符"。

船在苏门答腊海停留了一星期后就开动了。开往何处，谁也不敢问，只能听天由命。

三、困在日本九州

约近1月底，气候转寒，我病虽好，但仍体弱无力。日本人忽然告诉我们："天气很冷，大家把御寒衣服拿出来，明天到达日本九州。在九州门司稍歇，换船后再去上海。"第二天中午，在门司上岸后，难民们分散居住，我和张女士、黄女士母子被送进一家日本旅馆，等候换轮船。各人随身带来的日本军用币，除留下少数外，其余都被收去存银行，不能随便动用。

这时候，张、黄两位哭着求我帮助。我同情她们，尤其三岁的娃娃，我就答应了。其实，我也是"泥菩萨过江自身难保"。此后，我便是她们的带队人了。我们午饭后，在日本巡警的监视下出去逛街，想洗澡，吃顿中国饭，打个电报给在马尼拉的女儿。谁知街道上所有餐馆、商店全都关门，只有一家西药店在大门上开了一个小洞，出售药品。街上到处贴着防空标语，天色暗淡气氛萧瑟，穿着和服、木屐的来往男女路人，看上去没有一个不是愁容满面的，个个低着头往前匆匆地走。从他们紧张的神态里完全可以体会到：他们是在绝望和失败的边缘上挣扎着。满街凄风苦雨，景象惨淡。虽然我在马尼拉饱尝战争滋味，但在这里看到这种景象，亦不免感到胆战心寒。

我们先到电报局拍电报，电报员带着一副死气沉沉的脸色，冷淡地对我说："马尼拉电报已不通。"我急着问他："什么时候不通的？"他说："已有三个多礼拜了。"我才恍然大悟，这一定是五号那天，船刚离开马尼拉海湾时，美军就开始反攻了。于是我又喜又急，喜的是战争快要结束，日本法西斯即将寿终正寝；急的是在马尼拉的两个女儿和其他朋友们不知怎么样了。我答应她们到了台湾就打电报的，自己还在半途中，而且偏偏又被阻留在日本九州——敌人的本土。要是一旦不幸而被炸死在这里，多么冤呢？我就这样胡思乱想地走出电报局，和大家一起去澡堂。我们一进门，刚把鞋子脱掉，一个日本服务员上来，一反常态板着面孔对我们说："请小心衣履，肥皂也请当心。"并告诉我们，每逢礼拜二、五才营业。我想日本商人服务态度素来和蔼有礼，小偷也比较少，一般小街僻巷，都有整天营业的澡堂，现在处于战争状态，社会秩序竟混乱到如此程度，诚非当初所料。

　　日本自"明治维新"后，人民辛勤刻苦地把自己的国家建成号称为世界一流强国，如今其统治阶级为了进行对外侵略，不但使亚洲人民惨遭浩劫，国内人民也蒙受如此灾难，真是令人可恨可叹！

　　我们住的旅馆，大门口昼夜有警察站岗。我们四人共住一大间。房间里面除了正中一张约三英尺见方的矮桌外，什么家具杂物都没有，方桌下放了一个炭罐。这张方桌是我们四人生活上唯一的用具，每次吃饭后，大家每人腿上搭着一条棉被，坐在席地的棉褥上，围着矮桌，整天烤火取暖。大家相对默默无语。有时我和张女士俩在室内沿着墙边跑小步活动、活动，借此抗寒。我们一直在等待换船，等了四天，还毫无音信。张、黄女士只晓得哭泣，我也着急了，就开始动脑筋想办法。第五天清晨，从送早餐进来的女服务员口里，知道这旅馆主持人是一位六十多岁的老太太。我在日本念过书，知道普通老太太思想单纯些，就下楼自我介绍和她攀谈起来。老人家一般都喜欢别人尊敬、奉承。我也就这样拍了她两天马屁。果然，她最后告诉我："你们休想回上海了，战争激烈，时局紧张，什么船都拿去军用了。他们叫你们等待换船是骗人的，你们还是自己早做打算吧！"我说："我们有什么办法可想？我们是在巡警二十四小时的监视下，失去自由的人。"我和她商量的结果，决定由九州坐渡轮，渡过朝鲜海峡到釜山，再换火车经东三省返沪。这位店主老人说："想得这样美，东北很冷，尤其今年的寒冷，是三十年来没有过的，你们穿得这样单薄，就算不被打死也会冻死。"但我们当时只能冒这个险了。当晚决定后，拜托旅店老妇主人帮助。老妇主人对守门警说："天气这样严寒，这些船客手无寸铁，又是女人孩子，怕什么？你如能和上级领导讲讲，说明理由，放行她们，既做了好事，亦免你们昼夜站岗多么辛苦，并且你如能帮助她们离开，她们还可以替日本做点事情……"这警察想了想，点点头，表示愿意替我们去向他上司说情。我们算是过了第一关。翌日下午，我穿着一套已经肮脏不堪的白绸衫裤，和薄如雨衣一样的外衣，裹着一条羊毛毯子在大雪纷飞，路断人稀，一片白茫茫，零下四十度的气温下，跟随警察踩着厚雪，哆哆嗦嗦亦步亦趋地到了日本警察厅。这里门禁森严，活像"鬼门关"。一进门，见每个人的面目狰狞，不禁毛骨悚然。巡警带我进办公室，有一个人盘问了我好久，我暗想，这是我们脱离虎口的唯一机会，无论如何不能放过。于是，我不等他问完，便抢着说："既然一时不能换船去上海，还是让我们乘火车从东三省早日回去，沿途也好替你们宣传、宣传'大东亚共荣'，做些有益于你们的事情。留在贵国，徒增你们的麻烦，没有什么好处。"我乱说一阵后，这人听完我的话，才转脸带笑地向着带我去的巡警说："好吧！你明天上午9点再带她去武官府签证。"我吃了一惊，心想，怎么还有第三道鬼门关？次晨，又随着这巡警在冰天雪地里跑。冻得浑身发抖，牙齿打战。进日本武官府，我站在一边，听候支配。开始他们用非常凶恶的语气和态度来吓唬我，还有人冷笑说："哈哈，你这女人，这样冰冻寒冷的天气，居然穿这样单薄的衣服。"我暗想：死活就在这关了。于是鼓足勇气，拿那套在警察厅曾乱说过的话，向这些人再胡说一遍。他们听完，立刻转变态度。其中有一人说："那你们回到上海，必须大大出力，好好为大东亚共荣事业做些事。"这人的话尚未说完，旁边一人便插嘴说："不行！不行！你们所带的钱不够买车票到达上海，只够到天津。"我一听这人说话，急得心都要跳出来似的，但只好装着很平静的态度回答："没有关系，到了天津，就有熟人朋友，请放心。"我故意这样说，以表示和他们亲善，这样他们才签了出口证。又吩咐带我去的巡警和我一道去银行领出钱。然后，替我们买到天津的火车票。总算冒险过了又一道鬼门关。张、黄女士听说能回沪，落下了开心的眼泪！

旅馆主老太太很仁慈，送给我们她珍藏的四片丝棉，以及费了九牛二虎之力搞来的一小罐牛肉片和一个黑面包，让我们御寒充饥。我们把丝棉一人一片贴紧背心，一片给黄女士的孩子裹在两腿上。好心肠的日本人民、旅馆主人老太太别后再没见过，未致答谢，深感抱歉！

四、险渡朝鲜海峡

次日拂晓，就由警察三人监督上船。船开后，日本人对乘客说："请大家把救生圈带上，现在是战争时期，随时都可能遭遇危险。如一听到锣鼓响，就表示有轰炸机来袭击，你们马上到楼上走廊里集合，静静地等待。如果听到二次锣鼓响，就跳入海里，待飞机过去了，就救你们起来，送回九州去洗温泉，晒衣服……"大家闻言失色，明知是番鬼话，也只好听令。上午11时，船将近朝鲜海峡的时候，真的锣鼓响了，难民们前拥后推地向那楼梯的小口挤去。一个狭窄的通道上挤满了难民，可是却鸦雀无声。有的跪在地下在默祷，有的抱着孩子在偷偷地哭泣；有的吓得面无人色，呆呆地站在那里，似乎在等待着死神的降临。我目睹这幅悲惨的景象，不由得一阵心酸，眼泪直往肚里吞，自己和这些人是处在怎样的境地啊！我鼓起勇气，咬紧牙关，闭着眼睛，裹着一条薄薄的羊毛毯子，靠紧船栏杆站着，面对风浪听任寒风浸骨，等待着大祸的临头。一秒，一分……三小时后，幸而警报解除，才安然回舱。我如今尚未痊愈的气管炎，就是这样得的。它是那次警报的虚惊中使我难能忘怀的"纪念病"。

五、朝鲜——东北——天津

　　渡过海峡，登岸换乘火车。至此，才算是脱离了险境踏上了祖国的大地，虽然这时东北三省还在日本帝国主义占领之下。火车上乘客拥挤，秩序混乱，难民、单帮、烟贩等什么样的人都有，列车员服务态度恶劣无比。我们离开马尼拉时所带的钱，除买火车票外，只剩下了二角，没有钱在车上买吃的，每餐就只能啃几口旅馆女主人送给我们的那小罐已经冰冻的牛肉和一只黑面包，一点点心而已。一路上又冷、又饿、又不能睡。黄女士的三岁男孩更受不了饥寒交迫，终日哭闹，黄、张女士也只晓得着急和哭泣。列车快抵奉天（现在的沈阳）的时候，由于饥饿、寒冷、疲乏，脚软无力，加上没有水梳洗，一身衣履也变成白不白、黑不黑，人像煤炭里钻出来似的。真是形容枯槁，狼狈不堪。但一想到离上海的路程还很远，不鼓起勇气，振奋精神怎么行？！于是，我就一面劝慰二位女士，一面四面张望有无南方人可以求助。一看离开两丈远，有两位中年男人和一位日本老人在说上海话，当时我也顾不得一般所谓面子、里子这许多了，前去开口求借。当我刚做了自我介绍，他们在我身上打量了一下，两位中年人便不约而同地说："啊！你就是锦江的董先生？大家都谣传锦江的女老板已经在马尼拉被炸死了。"言谈中很同情我们四人，当即借给我们日本军用币一万元（当时通货膨胀，这一万元到了南京后只够买张火车票的钱了），我高兴极了，如大旱之年逢甘露，更觉勇气倍增！

　　这两位中国人，一位是广东人，姓李，上海震旦大学的学生，这次是来东北跑单帮的；另一位是上海人，姓黄，是在上海、天津、东北三省之间来往贩卖橡胶车胎的商人；老人是在上海北四川路开皮鞋店的日本侨民。据车上人说，越靠近津沪路越混乱，尤其是汉奸难对付。我暗想，奉天到上海还有一大段路程，不知还会遇到些什么困难和意外，于是我就请李、黄二人和我们同行，组成一队。为了对外方便起见，把那位日本老侨民也一道拉了进来。大家选我做队长，日本老人做副队长，他专负责外交。从此，我们就有了力量，不感到畏缩害怕了。

　　车到天津是晚上 11 点左右。车站两旁睡满了人，据说都是难民，因为没有钱住宿，加上旅馆客满，房租价高，只能睡在这里。我们为换车方便起见，就由日本老人先去打交道，在车站附近的日本旅馆开好两间房间。当我们走近日本旅馆一看，大大吓了一跳！满屋煤气，男女服务员穿着漆黑，面色苍白，神态冷酷，无论是站在角落里的男人或在工作的女人，都活像从棺木里拖出来的僵尸一般。我们害怕遇到黑店，大家都不敢睡觉，肚子饥饿，咕咕作响，就都起来去隔壁夜市小街摊头上，每人站着吃了一碗热乎乎的阳春面。没想到这碗阳春面比什么山珍海味都要适口好吃，顿时感到浑身有了热力，直到今天我还未忘记它呢！一宿未睡，次日黎明起床，急忙收拾好赶去车站，由天津转车南下（这时候日本老人和我们分手了）。当我们检票进入站口时，日本人上来检查行李，我急忙叫李、黄二位带着张、黄女士等先行设法上车。我即用日语告诉检查员说："里面都是些平常的东西。"日本检查员听我说日本话，就马马虎虎在每只箱子上用白粉画了一个圆圈走了。我正要提起箱子上车，忽然走来一个中国女人，来势汹汹，提高嗓子开口就骂："你这混蛋，行李还没检查，就想上车了？搁下！搁下！"她三脚两步跑过来，嘴里不停地骂着，在箱子里乱翻一阵。我急着说："刚刚日本人已经查过、画过圈了，火车快开了，请你帮帮忙。"我话未完，她劈头一棍打来说："怎么？你不让我检查吗？"我气极了，这时也不知哪里来的力气，说时迟，那时快，我对列车方向，把箱子一脚一只踢得老远，同时再拿起一只，就向着人山人海里冲去，只听得这汉奸在大声乱骂。刚跳上车，车就开动了。我把这些经过讲给大家听，同行人说："对不起，都是我们的箱子害了你。"有几位乘客说："你塞几个钱给她便没事了。"在这些大小汉奸手里遭害的不知有多少人呢！说着，大家都叹息不已。

　　战争时期，又是旧历年边，三等车厢里拥挤得几乎没有空隙。车到徐州是半夜2时，乘客像潮水一般，从车门、窗口跳进来，一位三十来岁的男子，脚刚落地，便一个急转身把头和两手向窗外伸出，急叫："你快上车，车快开了！"只听见一个女人又哭又叫的声音："他们在推我呀！我上不了！""你踩在行李上，用点力气爬上来呀，再高一点，我就够上搭手拖你了。快点！快点！"那女人说："不行！我已经没有力气啦！"正在这时候，列车开动，那男人急得拼命叫她的名字，却不见回声。在这一刹那间，只听得外面在嚷叫："啊呀！爬窗的女人掉下车，被挤到车底下了。"这男子当即放声大哭，乘客们也都为他难过。其中有人似乎司空见惯地说："这有什么难过，这年头就是不出门也会随时有祸事上身。几年来，这条路上，像这种惨事是经常发生的。"

六、南京——上海

　　到南京时是午夜，这时候大家的钱都快用完了，我们找到一家小旅馆，很想好好休息一下。因为我沿途穿着单薄，受寒过甚，于是便发烧、咳嗽起来。大家归心似箭，都顾不得休息。翌晨，天刚蒙蒙亮，李、黄两位去车站等购上午8点的三等车票。谁知他们排了两天班，也没等到车票。第三天，清晨4时，我裹着毯子，带着病，冒着严寒和他们二人同去观察。见车站大门外满地乘客横七竖八倒睡着，星火般油灯的小摊小贩陪着做生意，其中老老少少妇女孩子，哭哭啼啼的不少。据说他们每天半夜就来等票，有的等候得旅费路资都用完，甚至把棉被都卖掉了，而票还未到手。有的好容易买到了车票，但轮到检票的时候却已经到点，车开走了，只好白白牺牲一张票。有的已挤进大门，排了班，检了票，但最后因为挤不上车，也只好眼看火车开走。饥寒交迫、哭声连天的乘客遍地皆是。当时我看到这幅惨状，想到在马尼拉时，有关在战争中遭难者的所见所闻，不禁泪下。战争！战争！发动战争者，给人类带来了无穷无尽的种种残酷的祸害、灾难、悲惨……无可讳言，这都是由于帝国主义侵略者自私心和兽性发作而造成的。

　　我们了解到车票是这样困难，我本来想撕毁的日本武官府的出口签证，这时候只好再利用它一次了。当天下午我就去站长室，凭此签证领到了六人的车票。当晚大家分工组织好。半夜3点我关照小李带着两位女人、孩子、行李从车站后面绕道偷上火车等候，动作要快。小黄等在门卫背后，等我指示；我挤进门了，于是我用日语和守门日兵交涉让黄进来，就在他犹豫的一刹那，小黄快步也进去了。乘客拼命地挤进去，宪兵像赶猪似的拿着棍子打人。车快开了，有一大串还未检票的乘客吵嚷得厉害，日本人弹压得很厉害。我在无可奈何的情况下，顿时心生一计，顾不得众人的叫骂，弓着腰、低着头，从排队的乘客当中向前钻去。当我站在检票员面前的时候，抬头一看，原来检票员就是那日本站长，我吓了一跳，他也愕然说："你该是落在最后的，怎么会变成最前面的呢？"我乘他被众人包围无暇他顾的一刹那，把事先叠整齐的六张票子迅速送进窗口，我边说："对不起！谢谢！"边就抓住他手内的剪子一轧，随即飞也似的跑向车厢。只听见他在后面叫道："这女子好不讲理呀！好不讲理！"

我们到达上海那天,是 1945 年 2 月 1 日,正是旧历除夕下午。我和张太太分手各自回家时,张太太哭着对我说:"沿途四十天的险恶日子,若没有你的种种设计、想办法和照顾,我们怎能安然回家?"后来,张太太来家告诉我,她的丈夫死在马尼拉战火中了。惨矣!说着哭着……

我回到上海,从北站打了电话回家。雇三轮车到家时,国瑛女已在凡尔登花园弄口等候了。母女相抱,悲喜交加,泪如雨下!

七、琼、琇女归国叙别情

1945 年 8 月 15 日,第二次世界大战结束。国琼、国琇两女就于这年年底从马尼拉回到上海。全家欢聚之时,琼、琇俩含泪简述:当我离开马尼拉的第二天,美军就开始反攻,轰炸昼夜不停,地毯式的轰炸,双方打得异常激烈。马尼拉城几乎被炸平,居民遭害、死亡者不知有多少人,朋友间这个、那个也被炸死了。一位友人余家,据其亲戚讲,正在午饭时一个炸弹落下,正中餐桌,全家顿时绝命。音乐界好几位名家及国琼、国琇的老师亦被害身亡。她姐妹俩也有好几次险些丧命,有一次,她们在防空洞里躲藏了好几天,实在饥饿、疲乏,国琇刚上吊楼去睡觉。不多时,又开始轰炸,幸好国琼女跑去将她从睡梦中拖走,事后查看若迟一二分钟,弹片即正中她的肚腹。又告诉我说,当美军打回马尼拉,进城那天下午,日军搜查到她们那里来了。她们在防空洞里,只听见高墙上日军在翻墙爬进,并用日语问里面有无人,派司特(警犬)狂吠。正在这时,猛然又听得屋外有枪声,这些日军还未来得及落地,便又转身翻出去了。事后防空洞里的人,悄悄地爬上大门偷看,才知道这几个日军已被美军击毙在左面转角马路上。啊!多么危险的一刹那!

又告,战争快要结束的时候,日军挨户搜人枪杀。人多的人家被排成行列,用机关枪扫死。

这时我才晓得,当我在归途中历尽艰险的时候,也正是女儿们在马尼拉受苦受难、命在旦夕的时候。啊!我母女饱经生死忧患,一旦幸运重逢,这悲喜交集的心情是难以形容的!

我很关心曾经一度共患难的菲人菲列浦、横琍答和张克勤几人的安全。女儿说:"那时因为各自奔命都来不及,谁也顾不了谁,不知他们在哪里了。"后来,据友人告诉,张克勤先生在1951年被在菲的国民党抓去,受到严刑后,引渡到台湾去了。说到这里大家片刻无声!

八、唯一的团圆照

当战争结束时,住马尼拉的居民,不论是哪国的人,只要是属于中、上阶层的人,申请去美国的护照比较战前容易领取。国琼在钢琴艺术上虽已成名,但还想去美国研究、深造。国瑛学的是声乐系女高音,她也要去美国留学。她俩去美国留学的申请批准了,还得到了芝加哥音乐学院的奖学金。我当时本想送她俩去苏联或欧洲留学,但因苏联护照不易办到,而苏联在战后恢复正常还需要一个时期。战后的欧洲更是百业萧条,科技、文艺等人才都陆续到美国找美金去了(美国在第二次世界大战中发大财)。欧洲音乐界的好些著名人物也不例外。因此,那时要求艺术深造,美国比欧洲强。同时,想到姐妹俩既然拿到了签证,就允许她俩去美国留学了。于是,国琼、国瑛、国瑛、国璋、大明我们一家只是暂短的团聚。国琼、国瑛于1946年初,乘威尔逊轮船赴美国留学,全家又分开了。幸好在她俩行前,有天清晨,《大公报》著名记者兼作家,老友张蓬舟

第二十七章　一个机会返国

1946年初，摄于上海凡尔登公园31号家院内。琼、琇由马尼拉返沪，瑛由苏北返，璋由成都返，大明由广东返。唯一的一张团圆照。（老友张蓬舟摄）

（又名杨纪）先生来家。当时我们还都在睡觉，他在楼下大声喊道："快下来，给你们拍张全家福，今后你们不知什么时候再会团圆。快下来嘛，我有事就要走的。"于是大家未及梳洗，披上冬大衣，匆匆下楼，来到小院里都互视哈哈大笑地合拍留念。

他俩走后，而这根遥远的风筝线我依然握住，随时通信教导。因为琼、琇女在美国，继后国瑛亦留学美国。国璋女在上海圣约翰大学英国文学系毕业后亦留学美国深造。随着客观发展的规律，现虽说家庭人丁已到四代，而分居国内外。岁月茫茫数十寒暑，依然仅此一张照片，挂在客堂里伴我度日！而老友张蓬舟先生竟于1991年5月8日在北京病故！他的可歌可敬的一生事迹，在《人物》杂志1992年第三期上曾有登载。我的悼词：

> 唯大学问功高心愈下
> 是真淡泊身没志益明

董竹君　率子女
一九九一年五月

九、空军送狗

反法西斯的第二次世界大战胜利结束后的冬天，一名美国空军接受国琼之托，带了浅驼色警犬派司特（Buster）和黑色卷毛长耳小黑狗葡纳克（Blackie）来凡尔登花园家访问我。两犬见我异常高兴，摇摆着尾巴争着向我身怀扑来。那位空军说："我们特从飞机上带它们来送给你，让你高兴、高兴。"我感谢后，就吃点心、喝咖啡、聊天。谈到我所乘的难民船离开七号码头事，那空军惊讶地告诉："那条日本红十字会难民船，正是当时美军极欲追捕、轰炸的大目标之一。因为据美军探悉，该船虽然是红十字会的标志，说是难民船，而实际上载有军火和重要人物。美军正在追击，但始终未能发现。"我听到这里，才明白为什么船离开马尼拉后，不直开台湾反而绕道"苏门答腊"，原来伪称难民船卖票是为了掩护作用。回想起来，毛骨悚然。真太侥幸了！

凡尔登花园是里弄名称，实际上每户门口只有一小块种花的草

第二十七章　一个机会返国

与义犬"派司特"摄于上海法华路家园。（1951年）

地。派司特（Buster）、葡纳克（Blackie）都不习惯，葡纳克早晚外出在里弄玩耍，结果遗失了。因此派司特失去了伙伴，更不开心了。后来，我家迁愚园路尤其是移住法华路有前后两大花园，它能跳、跑自如了，见我便摆着尾巴扑过来异常高兴。继后，又迁住复兴西路三楼公寓后，它的生活便一落千丈，如不带它外出遛遛，它在房门外狭窄的水泥地上，整天坐着、躺着一声不吭。日久见它逐渐消瘦，家人都很难过，不得已的情况下，含泪割爱送给对面有大花园的苏联专家了。派司特是我和琼、琇女在菲律宾逃难中的护命义犬，故记之，迄今常思念之！

十、德国犹太人

同年冬天，曾在菲律宾逃难中相识的两位德国男人，四十岁左右，特来锦江访问我。我以茶点在特别间招待他们。虽然是不同民族，因彼此都经过了残酷的战争灾难，故一见面相互感到非常亲切温暖。我们边喝茶边谈论在战争中各自的遭遇。一人滔滔不绝地谈论法西斯的残酷、毒辣、可怕，另一人谈虎色变，神情紧张地左右看看，把手捂着嘴："嘘！嘘！"意思是叫对方不要说了。我说："这里是上海，不用怕，并且战争已结束了。"可怜的这位德国犹太人，一定遭受过不知多少的险难。法西斯的侵略战争，吓得人们感到随时都会有上断头台的危险似的。啊！战争！在全世界人类的心灵里留下的是什么？！

— 我的一个世纪 —

由菲回国之后

中華民國

第二十八章 整顿两店

一、代理人的贪污

我回到了上海，就想创办瓷器厂，将盈利所得帮助革命工作。由于生病和整顿两店业务无暇他顾，筹划一阵未成。

病中，两店职工不断地来探望，含泪慰问。并汇报了别后数年的两店情况。他们大家你语我言地告诉我："敌伪时期老店（当时餐馆先开，故称老店，茶室称新店）生意依然兴旺，每天客满，赚钱不少。就是张先生对店务事不管，每天到店拿了钞票就走。他在福开森路（上海路名）买洋房、汽车、讨德国老婆、买金刚钻，在虹桥路（上海西区地名）买了地皮（购买土地），店里进货常常零买。董先生，你辛苦经营的两店，现在内部搞得不成样子了。张先生还以为董先生在马尼拉战争中已遭难，不再回来了。他还想把两店盘出（出售）。我们大家忍耐着，照样认真做不让营业垮下去，等董先生回来。"营业部人刘青云、存货库人刘双泉说着流泪了。另外几位，很难过地说："董先生呀！你如再不回来，他一定会转卖的。"又有几位说："那也没有这么容易，我们不是死人。董先生，你吩咐刘先生（刘伯吾）好好经营管理，他又软弱，不过问。大家在背后干着急。"

我听了职工们的这番叙述，非常感激！开始调查，得悉张某以

由菲律宾回国之后，整顿两店。

为我在马尼拉已成炮灰,于是便胡作非为起来,暴露了他原来的贪婪面目:囤积居奇、贪污、盖洋房、买汽车、娶德国老婆、挥霍无度。把两店盈利刮光,弄得店里外强中干,银行存款不多,没有存货,全靠现买现卖。并且,还虐待职工,甚至想将两店盘出去。职工所报事实确是如此。

我病愈后,即到店问事。两店四年多的账目难以算得清楚。当时战争尚未结束,上海还在敌伪势力控制之下,张某的老婆是德国人,我有所顾虑。因而,对于张某的处理,只好适可而止。结果,张某把上海虹桥路的四亩地皮作赔偿。虽然,这地价的数目与所贪污、吞没款子比较起来是差距太大,但我处境不同,只好就此和他结算及解除了他的职务。这块地皮,后来以四根金条廉价卖给田淑君,聊以贴补当时锦江拮据的财务开支。锦江经过一番整顿,逐渐恢复了元气。

二、五子登科·房东的麻烦

抗日战争是国共合作拯救国家危亡,前方将士英勇奋战,流血牺牲,分秒不停地还击日本侵略军,而后方国民党有些军政人物,却丧尽良心大搞贪污、投机倒把,大发其国难财。日本侵略军被打败投降,第二次世界大战结束。随着抗日战争的胜利,国民党接收大员翩然而至,天上飞下,地底钻出,大大小小的牛鬼蛇神一起飞扬跋扈,各显神通,互相争夺。演出所谓"五子登科",即房子、车子、票子(钞票)、条子(金条)、女子的奇闻。一时上海市面也随之显现畸形繁荣。房子顶费[1]猛涨,酒菜业盛极一时。房东们也趁此大敲竹杠,如南京路"新雅"、"老大房"等,都各被敲诈了好多条子。锦江两店当时生意也特别兴隆,锦江老店房东孙梅堂,此时聘请做过法院院长的美国法学博士卢兴源律师出面，向锦江敲竹杠。诉讼结果，这位博士竟没有把当时的民法条文弄清楚，一下子就输了。可是他们还是心不死，另行上诉，加了一条理由，说锦江私自搭盖房后天桥，使建筑物有倒塌的危险。我们后来出示了法工董局的许可证，他们才不得不罢休，官司总算打赢了。这案子是刘良主持的。

其次，茶室厨房的扩充部分，原是属于邻居法国人的产权。法国房东也和我们起了纠纷。我与他商谈几次之后，他们才算作罢。

一波未平一波又起，茶室房子也在这时候出了问题。房东是"中华职业教育社"，该社不顾锦江职工的职业和生活，写信来要收回房子，逼得厉害，经多次交涉，其负责人仍然态度强硬，架子十足。说什么抗战复员归来，要收回房屋做办公之用。这封信口气很大，既搬弄民法条文，又口口声声以胜利者自居，说他们在房屋问题上有优先权。我迫不得已，请律师刘良回了他们一封信："敌伪时期，你们并未停止工作，是伪政府管理下的文化团体，根本谈不上复员不复员。在战争时期，尽管茶室生意清淡，却从不欠租。目前房荒，顶费又大，迁移店址不是一件容易的事，尚希原谅。"这封信去后，双方僵持了一个时期，后经罗叔章同志出面调解，我看在调解人的情面上，同意给房东一笔款子，和在同街上另租顶几间房子交换使用（共花钱多少，确数不记得了），并重订租契，为期十年。这样茶室才算免于迁移，职工才免于失业。可是，经整顿刚刚恢复元气的锦江，因此事，又一次受到经济上的打击，资本周转又欠裕如了。

茶室房东要收回房子的事发生当时，曾引起许多友人为我抱不平。我除政治上的敌人外，对任何人素不愿采取任何手段对待。何况这文化团体的一些负责人是进步人士。我虽然在困难中支出了一大笔款子，但却换得了十年租赁期，"失之东隅，收之桑榆"，只好以阿Q的精神而自慰。

经营锦江的漫长岁月中,在法律上的纠纷全靠刘良律师义务地热诚帮助,这些我应该深深感激不忘。至于罗叔章同志当时对于这件事的大力帮助、调解,我亦深为感谢!这些事情,皆为旧社会造成的历史。

三、交易所的滋味

由于上面二事,造成了地下印刷厂经费的困难。使我后来在经济上,不得已产生了妄想,投入上海大陆商场交易所(此处是总交易所的分所)的股票市场赌博,弄得输钱负债。事后我很懊悔。股票交易所本来就是大鱼吃小鱼,黑吃黑的地方,明知故犯。怎么能在这危险的地方来赌运气呢?真是胆大而糊涂到极点。只好以吃一堑长一智,自我安慰。

人们创办股票交易所的目的,本来是为了资本的流通,发展工商业。但不少投机人物,却利用股票行情的涨落,买进卖出,赚取中间的差额利润。在一般不知内幕的人们看来,这是个能使人在转手之间发财的地方,致使交易所每天都是人们涌进、涌出,人声鼎沸……殊不知其中黑幕重重,布满了吃人的陷阱。一些达官巨贾利用他们的特殊社会地位和掌握的金融、军、政内幕消息的人,勾结起来,弄虚作假,操纵行情。有时明抛股票,操纵价格下跌,使人们怕再跌盲目地快快抛售,大人物则暗中收购;不久,他们又使价格上涨,遂就捞进很多;有时又故意大肆买进,造成价格上涨!人们因看涨,又盲目地高价收入。殊不知,大人物是明收暗抛,不久价格又下跌了。于是许多人在一夜之间破产、跳楼、投江,造成种种人间惨剧!

四、锦江险遭金圆券的吞没

抗战胜利后，在 1946 年下半年，蒋介石发动全面内战，致使第二次国共合作破裂。在这次内战中，据说国民党政府的军费支出高达全部财政支出的百分之七十以上，赤字惊人。只好增发钞票度日。在 1946 年 12 月，"法币"发行额是三万八千亿元，比抗战胜利时膨胀了约八倍。"法币"如此滥发情况下，物价以大米为例：同年 6 月 15 日，上海大米批发价，每担一千一百万元，较 1936 年每担十元，上涨了一百一十万倍。到 1948 年 5 月，上涨了六十六倍。抗战八年，一般物价平均上涨一万倍。物价上涨已如脱缰之马无法控制了。国民党政府经济已面临破产边缘。同时，共产党军队节节胜利，国民党政府眼见大势去矣，遂在迁往台湾的前夕，即在 1948 年 8 月 19 日，政府公布废除"法币"，言以有充分金银准备的"金圆券"代之。于是"法币"信用破产，大家抢购实物。"法币"三百万元兑换"金圆券"一元。赤金十两兑换"金圆券"二千元。美金一元换"金圆券"四元。政府还下令凡持有金、银、美钞而不拿去银行兑换"金圆券"者，枪毙；店铺、厂家存货超过两个月者，轻者严惩，重者枪毙。

此外，还用种种恐吓手段，说什么他们有自动指金针仪器，金子藏在哪里，针就会指向哪里。当时，人人心惊胆战，上海社会立时被笼罩在恐怖气氛下，人民怨声载道，倾家荡产，惨遭祸害的不知多少人。

银行每天按照布告故意规定的六十个号码，有门路者则可由银行内部兑换。记得当时那张中央银行兑换金圆券截至 8 月底为止的布告出来后，气氛更加紧张了。8 月 30 日那天，地下党联系人田云樵同志来家告知，有些金子、美金（详数记不得了）要兑换很难挤兑，规定限期只有两天了。指示我设法兑换。我也着急，日期逼人。我愁思之后，就去向"中国银行"内部说情，某经理（姓名忘了）说："董先生，兑换银行每天只规定六十号码，今天我们的号数全换掉了。"说后，拿起电话向中央银行问后告诉我："中央银行说今天没有号了。明天给你留个号，你早点来，明天是最后一天了。"

次日，我为要国璋女增加见识受教育，特地带她同去看看。换掉出来的时候，看见一位约七十岁的老翁，手里托着约五六寸长，三四寸厚的一只金元宝，向柜台上人员说："这是我祖上三代遗留下来的。"我们看了听了，不禁一阵心酸。

我回国后，锦江经过一番整顿，元气恢复，创办印刷厂、进出口公司等，正在需要继续抽出资金资助地下工作，又逢金圆券的危机。当时政府的法令规定：店铺、厂家只允许有两个月的存货。我从政治、经济上去估计金圆券的寿命，认为最多不过三五个月。金圆券贬值、崩溃后，通货必然膨胀，则抢购的局面必不可免，届时厂家、店铺实力不足者，不知会倒闭多少。想到锦江的前途，想到地下工作需钱、职工今后的生活、国外孩子们的教育费用等，寝食难安，锦江处于如此险境，不能不动脑筋。

当时，我的办法是：借进金圆券囤积货物，一俟金圆券贬值、崩溃，我再将存货卖出少许，就够还清欠债。这样决定后，就断然采取冒险挽救锦江的紧急措施；到处拉借友人换来的金圆券，冒险囤货，但又怕别人走漏消息，只好偷偷地将买进足够一年用的存货存放别处。又偷偷地在半夜里做好两套账目，以防万一税务局查账。记得，有天晚上，我觉察到账目某处尚有漏洞，翻身起床穿衣，再开车到店和会计李先生俩再次修改。我当时横了心，也顾不得这许多了，死活成败在此一举。说来好笑，一切准备妥当后，我遂在1948年9月12日乘飞机到北平游玩。临行，吩咐助手胡芋茹，若在

9月底金圆券有变动,即拍电告我。于是我就静待其变。就在这时候,东北人民解放军开始了巨大规模的辽沈战役,首先解放了锦州,接着势如破竹地解放了东北全境。到9月25日,接到锦江胡芋茹来的电报。当我返回上海时,上海市面乱哄哄。金圆券失败后,又开始什么银元买卖。开始有卖银元贩子,银元分大、小头,所谓大头者便是袁世凯像、小头是孙中山先生像,售价不同。搞得人心惶惶,而当局还到处抓捕银元贩子。有天,我由家出外,到亚尔培路、霞飞路(现陕西南路、淮海路)口,见一个银元贩子跪在十字路中心,据路人说挨了巡警的打……唉!谁之罪?!买卖银元到1949年5月上海解放前,倍加猖獗,直到1949年10月,上海证券交易所被打击之后,才收敛的。

至于金圆券到1948年底,四百六十元买大米一担,不久又涨到一万元买一担了。总之,金圆券出世仅几个月,就此寿终正寝。

这是国民党政府从大陆撤退去台湾前的最后一次向人民演的一场好戏留念!

今天海内外同胞们殷切地希望国共能第三次合作,从而统一祖国!而我今天却叙述这些事情,也许有人会听着不顺耳而感到不快,但这已成历史。历史是无法否认的、无法磨灭的。

由于我煞费一番苦心,两店总算是没有在这一惊涛骇浪中遭受灭顶之祸。这是锦江从创办以来遇到的最大的一次风险。

五、所谓"应变费"

其实,国民党政府在从大陆退去台湾时,向其下属们发了大批应变费,对象不是根据地位官职、交情,而是根据对其本人喜欢不喜欢、需要不需要而决定。拿应变费的人,就拼命抢购金条,有的

"中委"买进上百条；有的买进十几条；有的却连路资都拿不出。同样"中委"，却肥瘦不齐，近水楼台者，总能多捞些。当时，社会上特别混乱。记得从南京逃上海转广东的人，想在旅馆开房间，没有门路，没有大量的钱，就没法落脚，只好去和茶房、有交情的朋友设法。因为旅馆全部客满，很难找到空房，旅馆每层楼的茶房便趁火打劫，自己先吃进几间房，然后暗中高价出租，趁机发财。

说到这里我还想起一件事："金圆券"时期，我冒险为锦江两店采取了紧急措施。同时，有家承包锦江洗涤活计的"徐林记"洗衣坊。可怜的一家老、小连职工二十多人，眼看受到"金圆券"的灾难，快要停业关门。当时我把拆来的头寸（就是钱）转借一小部分给该店主持人囤积些肥皂、煤炭等。因此，当"金圆券"崩溃，通货膨胀，物价上升的时候，该洗衣店总算和锦江一样未曾倒闭。因而徐林记得以培养几个儿女成长为技术员。有的入党，做了国家干部。他们都遵守父亲临终遗嘱——不要忘记董先生的恩情。每逢年、节日总是带些礼物来看我。迄今，常有信来问好。不像有的人，我对待的恩情胜过徐家百倍，反而要整我、害我。人与人之间的不同，就有如此的差别。徐林记主人及其儿女能体会到这种虽属绵薄之情，亦如泰山之重。这是由于他们的出身贫苦，双亲教养分不开的。

注释

[1] 房子顶费：就是将租来的房子，人人可以自由出让的意思，但产权仍属房主人所有。

第二十九章 回国后的地下工作

一、和杨虎的一次谈话

从菲律宾马尼拉回沪后，在整顿店务期间，边找党的关系联系，边主动地做些工作。大概在1945年2月，杨虎亦在上海。他知我回国，有天他来凡尔登花园三十一号家里探望，我见他坐在沙发上面带愁容，神情苦闷，思想上有矛盾吧？我乘机和他谈谈局势，暗示他：该分清局势，看重自己的前途。我还说："像你这样的地位，资历名望，完全可以为国家、老百姓多做些有益的事。"当时他点点头。我未敢深谈，怕暴露自己的政治倾向。但他已经说："我只知道你对企业有兴趣，不问政治，想不到你把局势分析得很清楚。""这是由于爱国心关系，中国人嘛！"我回答。此后，我们来往较多，有机会就谈谈，他颇接受我的意见。后来有几件事是利用他的力量解决的。

二、送青年参加新四军

大概是1945年春末至冬，我按照新四军城工部的间接指示：曾送过一批男女青年去苏北淮阴解放区。经过扬州要有通行证。我请杨虎帮忙，对杨虎伪说："从大后方来有十几个男女青年学生，因为抗战胜利了要回家乡，但没有经过扬州的通行证。"杨虎当即嘱秘书签了证件。这批青年持证通过了扬州的封锁线，安全地到达了目的地，见了新四军联络部部长杨帆同志。当时，被护送到淮阴县的青年其中有面粉店的老板、职工，孤苦伶仃无依无靠的年轻舞女李美珍。

李美珍是上海舞场舞女，被一位美国犹太舞客收做干女儿，李美珍无力抵抗，含泪依从。不久，这个外国人另有新欢，便将她抛弃了。以后，我们介绍李美珍在美华服装公司当一名小职员，常来我家，由国璋女给她补习功课。我们给她精神上的支持，经济上的帮助，鼓励她，并逐渐地启发她的思想，在我们鼓励带动下自愿去参加新四军。

我家保姆阿金的十三岁女儿陈富珍（现在南京工程机械厂工程师），亦同送到苏北解放区去培养。党组织也派了好几人去。我告诉这些男女青年说："革命工作如遇困难，必须跌下去再爬起来！"

三、启发林有泉医生

在日本投降前夕，由老友桂华山的胞弟桂华岳介绍我认识一位福建人林有泉医生。他是上海宝隆医院外科主任，林在上海北京路自己开办的博济医院任院长。

我见林有泉为人正直热心，有正义感，医德好；他和我住同一里弄，彼此经常聊天，谈论国事。林医生经我启发后，他热诚地参加革命工作。我鼓励他为苏北解放区购买医药、仪器，以后一直和我保持联系。

有一次，为了让他了解苏北的情况，在一天下午，我带他到上海麦根路垃圾场去见一位姓宋的同志。当到达目的地附近的时候，怕后面有人盯梢，我俩心里怦怦跳，可是装着很随便的样子，低声地说说笑笑，脚步则自然而然放慢了。等到找到门牌号数，我俩瞻前顾后，活像两个小偷一溜烟进了大门。事后回家想想，真好笑，一下子胆子又这么小了。姓宋的是谁，为何事我俩去找他都忘记了。实在是无必要提它，因为突然想起自己好笑。人，有时会胆大包天，有时则胆小如鼠。

解放后，我鼓励他调到安徽合肥，任省立医院副院长。于1956年加入中国共产党。

四、虎口救出革命同志

张锡祺先生是日本留学的眼科名医，经白薇介绍认识他之后，我全家老小有眼疾时都免费医治。锦江开业后我送过酒席道谢。1945年初夏，有天清早，我正在凡尔登花园家里二楼卧室梳洗时，张锡祺的弟弟突然来家，告诉我：张锡祺和住在该院楼上的党员刘之光（真名吴成风）及刘之光介绍到该院挂号处当事务员的女党员黄英三人一起被日本特务逮捕了，关禁在四川路日本宪兵队。我听了很着急。突然想起林医生曾告诉过我：他有个日本病人是日本宪兵队长，叫金井，他经常去宝隆医院请林诊治，此人很感激林医生医好了他的病。我想到这点，就利用他这个关系，立刻打电话给林医生。他接到电话，即放弃博济医院门诊，不到半小时就到了。林上楼一跨进我的房门，我为引起他的注意和同情，特别大声地对他说："不得了！不得了！张锡祺是进步人士，被他们抓去了！"林吃了一惊！我再把详细情况告诉了他，我们商定办法后，决定冒险试试，我告诉他要小心些。他立刻去跑马厅宪兵队长金井的住处，请求他帮助。这夜，我通宵难眠，又怕蛮横的日本宪兵队把林医生也扣押了。

次晨，我去林医生家打听情况，林向我汇报："我对金井说'这几人是家里人，大大小小都和共产党无关系，请你无论如何帮忙。'开始金井板着脸不言语把我吓了一跳。片刻后，他问：'真的吗？''真的。'最后他答应出力。"当时，我们送给金井金币四十元，白兰地酒两瓶，并请他吃饭。经一个多月，张锡祺等三人由林医生做担保人，都搭救了出来。据闻张锡祺等三人和台盟有关。

在这时期，林医生还请求金井帮助释放另外几个人，有位在浦东游击队里工作的共产党员（姓名忘记了），这位同志装扮成做生意人的样子，在东方饭店被抓走了，因案情严重，答应了宪兵勒索的一笔钱，但给后并未释放。记得有一天，百克路发大水，林医生来我家，我俩谈了这件事后，我请他在当夜即去找金井。据林回告：他去被宪兵挡住不许进入。金井闻声大叫一声，林医生才得进入。金井并介绍给周围人说："这林医生好极了，把我的病治好了。"金井当时问林近况，林医生假说："我有位亲戚是做'单帮'的[1]。不知何故被捕了，想请你帮忙。"金井马上叫手下人把抓人的簿子拿来查，查得果然有其人。这时候，拿钱的宪兵吓得发抖，金井见他态度神情不自然胸中早已有数，但先不追问，就问是什么案子，这宪兵还未及回答，金井又说："没有什么大事，叫犯人交保释放。"次日上午由一位姓蔡的保释了。事后，我嘱林医生请金井去上海南京路广东酒家吃饭致谢。可惜，这位游击队同志，在浦东高桥游击队里仍然牺牲了。另一位郑国烟（1946年住上海长乐路某号）曾被抓到上海北四川路日本司令部（当时被捕很多人），立刻要解去日本九州开矿，亦由我请林医生求金井释放的（郑这件事是谁的指示忘记了）。这时候林医生对我说："还有一位黄玉同志，生活苦寒，在浙江路后面一条弄堂某号的房子里，和一些睡地铺的车夫一起住。他病得很厉害。"我和林商量送进医院治病（医院和路名都忘了）。病愈，我送了他一笔路费，他回游击队了。解放后黄玉同志参加了抗美援朝。

在请金井释放郑国烟的时候，金井对林医生说："日本打得不好，日本人将当亡国奴了，中国人总是有办法的，你看好了。"林医生告诉我这番话，我想，怪不得金井对林医生是有求必应，有他的想法——日本形势如此，对中国人落得送个人情，则对自己也有好处。

抗日战争胜利后，国民党知林医生是左倾分子为共产党做事，遂将他创办的博济医院关闭了。

林医生在合肥市任省立医院副院长的日子里，承担了许多医务科研工作，惜于1992年9月22日，在安徽合肥市病故，哀矣！

〔附记：张钖祺三人被捕事，是谁指示我营救已忘了。1978年，林医生来信告知，是张钖祺的弟弟到我家告诉的。〕

注释

[1]　单帮：不开店的生意人。

第三十章 抗战胜利后的地下工作

一、营救儿子大明回家

1945年8月6日,美国在日本广岛投下一颗原子弹,9日又在长崎投下一颗。苏联又出兵东北。由此,日本帝国主义者在8月15日宣布无条件投降。9月3日,正式签订无条件投降书,日本帝国主义的侵略战争至此彻底宣告失败。中国人民与全世界人民的心情一样激动、愉快、兴奋,中国八年的英勇抗日战争取得了伟大胜利。在抗战刚结束的同时,蒋介石不顾国家存亡,又要发动内战(中国共产党则称为解放战争),我非常气愤。此时,我更想为党的事业多做些工作。

我儿子大明,在四川成都"蜀华中学"读书,高中二年级的时候,正当抗日战争处于危急阶段,他作为一个爱国的热血青年,于1944年毅然投笔从戎,参加了中国青年远征军,同一些参军的同学集体分配到中国远征军新一军,军长是孙立人将军。大明儿作为一名士兵扛枪打仗,直至抗日战争胜利结束。

胜利后(1945年底)大明在香港九龙托一起参加远征军的周骏之带给我一封信,告知:他们的队伍已停留在香港九龙,不日开往东北。很想回家无法脱身。我晓得去东北是打内战,即嘱国瑛女急找杨虎,请求他写封信给大明的顶头上司孙立人军长(杨虎的学

1946年初，摄于凡尔登花园。左起：董竹君、夏大明、董国瑛。

生），请假二周，回沪探母后，再去东北。杨虎当时就嘱秘书写就，国瑛持信乘往返飞机将大明救回上海凡尔登花园家里。家人分离在长期的黑夜里，彼此经受了无数的灾难才骨肉团聚。母子拥抱眼泪湿面！后闻和大明一起参加远征军的八九位同学，在东北战役中牺牲了好几人。他们都是青年学生，为抗日未曾牺牲而死在内战中。

我和国瑛女，对大明说明了队伍开去东北打内战的性质。不久，大明入大同中学、江苏省南通农学院，先后念书学习。从1947年上半年开始，他在家庭和进步同学，其中一些是地下党员影响之下，对国民党政府发动内战和腐败极为不满，便参加了反饥饿、反内战、反迫害的反蒋学生运动，是学校内积极的组织者之一，先后两次被校方开除。同时又参加了地下党的外围组织"通院团契"，从此走上了革命的道路。解放后他一面在南通农学院念书，一面又负责该学院青年团的工作。于1950年调至南通市新民主主义青年团市委任学生部副部长，1951年调北京中央农业部进修，并转至北京农机学院工作（现改为北京农业工程大学），于1983年离休。

1957年反右时，大明儿被错划为右派，劳动三年。1962年摘去右派帽子，后在文化大革命中又因为保护干部子女被批斗开除公职，吃苦不少。在十一届三中全会后，于1979年彻底平反昭雪。

他1947年参加上海地下党领导的组织，1949年入团，1951年入党。

二、独资创办永业印刷所、协森印刷局

时间约在1945年春末，我派人去新四军找陈同生（当时任新四军联络部部长）说：我回国了，要继续找党组织接上关系。陈同生汇报军部。当时，知道我的曹荻秋（新四军行政公署主任，解放后任上海市市长）、高原（新四军敌工部副部长）二位介绍我给向明同志（新四军苏北区党委书记），说我过去曾为党做过不少工作。与此同时，李亚农、陈同生、曹荻秋又向饶漱石（当时华中局代书记兼新四军政委）汇报了有关和我联系的事。薛尚实（新四军敌工部部长）见饶漱石重视这事，于是在1945年3月左右，转达党的指示要我创办秘密印刷所，准备在新四军进攻上海之时，出版报纸、印文件、指示、宣传品之用，由我出资会同城工部来沪的任百尊协助办理。

我同意按薛尚实的指示办印刷厂，做文化宣传工作。唯当时因"锦江"两店在业务、经济上还在整顿中，难能抽出更多的款子，只好开个头。继后，约在当年夏初，我从锦江抽资，由任百尊出面着手盘入马浪路（现名马当路）三七七号永业印刷所（用原名）。未领

执照，秘密经营。

三、田云樵、张执一同志先后到沪

约在 1945 年 7 月，永业印刷所开门不久，向明、高原、曹荻秋三位共商决定：派在新四军敌工部工作的田云樵同志代表新四军党组织来上海和我联系。他住在永业印刷所，我俩见面是在锦江二楼亭子间圆桌旁，彼此虽然初次碰头却似久别重逢的老友，我们谈话是那样不拘谨，亲切而坦率。我们共同憧憬着光明的未来，对革命形势的大发展与党在人民群众中威望日渐高涨，对革命胜利即将到来，充满着信心！同时，也谈到了在革命前进的路途中，还有不少艰难险阻，还要为革命事业努力工作，争取胜利的早日到来。

我们谈起在革命洪流中，许多男女青年不顾牺牲，投奔前线参加革命。话间田云樵亦谈到，有关任百尊进入苏北根据地和入党情况时说："任百尊，上海敌伪时期是交通银行行长的秘书，抗日战争胜利后，曾去过重庆，回沪后在政治上彷徨苦闷。经国瑛多次启发，他进入苏北根据地——苏北阜宁县益林镇，苏北党委城市工作部找关系。是我首先接待他，我当时是城工部科长，任说是董竹君介绍他去的，我又同他谈了一阵，转到城工部部长薛尚实同志接待。同时任要求入党，薛部长见是董竹君介绍来的，即在城市工作部领导小组会议上讨论，决定任作为特别党员再观其今后表现。"

田云樵走后，我在小室内独自喝茶，颇有感想。为何我们首次见面就能如此亲切、无所不谈，原因是：我们有共同的世界观。更体会到，世界观的正确与否，是决定人们思想境界的依据。田云樵和我联系后不久，他回苏北。

张执一同志说：在 1945 年夏，他秘密来上海时，华中局指示他和我接触，领导我为党工作，是周总理的指示（载《革命史资料》第五期及《上海党史资料通讯》第四期）。此后，张执一同志曾一度离沪。不久，因形势转变，张执一于日本投降的次日，又来上海，把上海各系统统一起来。于 1946 年夏秋之间，中共中央成立了上海局，张执一同志是策反委员会书记，刘长胜是党委副书记。有关上海局张执一同志在《革命史资料》第五期上也讲过的。这时，我的关系就在上海局，归张执一同志领导了。这时候，我开设的锦江两店，成为地下党的秘密正式联络点了。与此同时，田云樵同志亦由于形势的变化，苏北地区改组为华中局分局的原因，与新四军城工部的决定，要他仍回上海做长期地下工作，并再与我联系。他的关系也就转到上海局了，归张执一领导（我记不清了，田云樵告诉我的）。从此，凡我做的工作，除与吴克坚同志联系一些工作外，皆属张执一领导。在实际工作中，因张执一是第一线的人，不便彼此多见面，有事张执一皆嘱田云樵和我联系，我则照办。

四、租房掩护工作与革命同志

"永业"开始营业不久，为掩护工作和革命同志起见，觉得凡尔登花园房子既不方便也不够居住。在 1945 年夏末，另在迈尔西爱路（现名茂名南路）一六三弄六号三层楼房我租下一、二层和楼底后面小间、厨房、汽车间。

任百尊为地下工作起见，不便住家，搬来这里。田云樵同志第二次由苏北来上海时，为避免警察注意，带家属亦住进这房有一个时期。美文印刷厂印书车间负责人黄鸿泉，因当时环境与他的穿着和家里来往的人不协调，为了他的安全，只好让他受些委屈住在汽车间，我出入从不和他打招呼，邻居只知他是我朋友的亲戚。另外在上海招商局工作的爱国人士蹇人鹏（后改名晓东）也住进来，我约请了几位有职业的中青年常来一起打扑克牌玩耍，起到很好的掩护作用。

任百尊自从我由菲律宾回国开始共同工作起，我一直在政治上掩护他、营救他，经济上帮助他，直到解放。三楼是"上海小姐"王韵梅住家。王韵梅是何许人也？在当时上海竞选"上海小姐"时候，四川军长范绍增加码到抛出七千银元才得胜，而使王韵梅最后得到"上海小姐"的所谓荣誉称号，实质上是侮辱妇女的一种把戏。这种妇女不自爱，自己也不发奋图强，甘心堕落。

因此，范经常上王家，在老虎口里有人有些害怕。殊不知，虎口倒反而成为最佳的避风港。

我居住迈尔西爱路期间，曾受吴克坚同志（中共党员）指示，把我家作为碰头会的地点。吴克坚领导杨虎、郭春涛（民革中央委员）、王寄一（农工党中央委员）常来我这里二楼开碰头会议。秦德君同志因送材料给他们，故每次开会她亦在场。他们商议的内容是有关策反敌人的海、陆、空军的工作。

五、邓大姐的关怀、鼓励

1945年秋，国共两党正在和谈，中共中央代表团办事处，设在上海马思南路（现在的周总理纪念馆）。当时，尊敬的邓颖超大姐曾来我家（上海亚尔培路凡尔登花园三十一号）看我。并指示我很多，让我利用我在上海的有利条件做好地下工作，包括妇女工作、统战工作，给我莫大的鼓舞。上海弄堂房子的出入一般都走后门，大姐衣履朴素，态度镇静。这天下午她走出后门，低头沿墙漫步！我站在后门口眼送大姐，心情高兴、害怕、难过——怕的是：有人盯梢；难过的是：这样受人尊敬的人物，生活如此艰苦。为国家独立、妇女解放，为共产主义革命事业废寝忘食，不顾安危地奔走工作，她的神经像绷紧的弓弦，精神上分秒不得松弛！

这时期，王炳南同志也常来探望，给我和国瑛女鼓舞蛮多。

写到此，回想在1958年间正是我更年时期、多病。在这年深秋我从上海去广州从化疗养，见疗养同志颇多，陈同生、余心清同志也在，他们都住在疗养院（陈同生同志因事不久回沪了）。

我住在一个小丘上的一座小洋房，这屋矮小精致，四周树木很是幽静，唯窗户低有不安全之感，据说这是特别疗养处。我的三餐都由疗养院派人送，继后因过分安静和夜间怕有人从窗口爬进，遂迁进疗养院了。

翌年春节初三傍晚我有几分热度，正躺在床上，邓大姐进门撩开帐子，我要起身她不让，她说："听说你病了特来看你，你好好保养，多年来太累了。"她坐下和我聊聊，即走近窗口，边拉帘子边说："这时候，还不把窗帘拉拢（意是指护士不注意）。"她回头在床边又坐了一会儿，又叮嘱："好好休养，过几天再来看你。"转身轻轻地走了。她走后我想她自己也是来疗养的，还在关心别人，不禁泪下！

老友、留美牙科专家韩文信，天津人，品德高尚，性格直爽，为人热诚，解放前他留美回国后任上海市卫生局总顾问，解放后任全国政协委员。他住上海南京中路大陆游泳池附近（门牌号数忘了），沿马路房子二楼，我们和他交谊颇深。韩老和周总理是知友，他的夫人与邓大姐在天津女子师范学校同学！他们交谊深厚。他的客厅里终年挂着周总理像。我的子女都很尊敬他，惜于1968年逝世。韩老次子韩宗琦亦是牙科专家，任北京医院院长，为人异常热诚，我的子女叫他大哥，我们彼此都很亲热。在上海有次我和女儿们去韩家，进门见邓大姐在场，大家喜出望外，异常高兴，韩老忙着沏茶，彼此坐下叙旧，大姐笑谈聊天，我们受益不少，后来大姐有事先走了。此情此景至今难忘。

后来在1984年全国政协六届二次大会时，5月18日下午，邓大姐在无党派小组会上还提到我，她说："今天还有几位委员没有来，董竹君女委员过去给我们党帮过很多忙，做过很多工作。可能因为身体的关系未出席；请秘书长代我去看看她，问候她，等她好了以后，有机会会见到她的。"尊敬的邓大姐是无处不关心人！

再者永业经营到9月中下旬，圣约翰大学生何溶（即何舍里）、陈宝森、陈鲁直、金沙（即成幼殊），"复旦"学生任阴桐、黄森、董国瑛等，联络了一批文艺爱好者（其中有的是新四军派来上海的，有的是地下党员，有的是进步青年）筹备出版综合性文艺刊物《麦籽》，成立了"麦籽"社。麦籽社的经费是由女儿国瑛从锦江抽出的资金。印刷所从秘密转向公开承印，《麦籽》主编何舍里。

10月，国共签订"双十协定"，中国有了和平民主建设的可能性。形势变化很快，盘入的永业印刷机器设备已不敷应用，旋即我从锦江抽出三十两黄金又在麦色尔蒂罗路四十三号盘入协森印务局的全部机器设备及一楼一底房屋。仍用协森印务局店名加上（尊记）开设。协森（尊记）印务局仍然是秘密经营，承印《麦籽》半月刊等。

协森（尊记）印务局主要工作人员，凭记忆开列如下：

董事长	董竹君	义务校对	蔡文源
经　理	任百尊	助理会计	田　鸣
副经理	陈信芳（私方）	职　　员	罗贯中
账　房	杨志清	排字房（Job）领班	陈蔼根
工　务	胡大章	学徒	余诚忠

营业员	陆新泉		学徒	陈林泉
营业员	王文才		工人	王耀庭

书版排字房领班工人约四十人，姓名已记不清。

周总理的秘书陈家康指派程克祥找到协森。小程用解放社、中国灯塔出版社名义出版《解放》杂志、党的七大文献。这两种书刊当时不向社会局登记，也没有发行人和社址，实际上是秘密印刷，由程克祥一人负责发送全市书报摊销售。

《解放》杂志出了三期，因被"特务"撕毁、没收，不准发售而停刊。而灯塔社连续出版了毛泽东著的《新民主主义论》和《在延安文艺座谈会上的讲话》、《论联合政府》；朱德著的《论解放区战场》以及综合新华社报道的"双十协定"国共谈判过程为内容的三十二开本《为和平而奋斗》等书，及《论持久战》、《论共产党员修养》、《评赫尔利》、《上饶集中营》。梅益同志也到协森印刷过宣传品。

这许多党的重要文献，在抗战胜利后的蒋管区上海还是第一次印刷出版。它如同黎明前的灯塔，刺破重重迷雾指明了中国革命航船的航向，成为白区人民的精神食粮。曾一版再版多次，深受各界人民的欢迎。

1945年底左右，经在益友社活动的施怀宁（党员）、大江出版公司的陆以文（即陆象贤）、成幼殊等人相互介绍，上海地下市委所属工委、职委、学委、教委公开出版的《生活知识》（主编纪康）、《人人周刊》（主编戚原）、《时代学生》（主编金沙）、《新文化》（主编周建人）与小教联的会刊《教师生活》，银行工会的《银钱报》（主编梁小民）等都来协森承印。协森因此扩充排字房、铸字机等设备，我又增加投资，此时协森的生产能力已日产三至四万字，也就是说每天可以出一本杂志与两万字的书一本。

1946年,上海地下印刷厂(协森)出版各种书刊的一部分。实物均存于上海历史博物馆。

1946年2月，中国灯塔出版社以党的整风文献二十三篇为内容出版的灯塔小丛书，以一两篇文章印成一本（共十四本出齐）打成纸型，一再再版。小丛书携带方便，售价为一张报纸的售价，起初由上海书报联合发行所代发行，后被特务干扰，发行受阻，即改由地下党组织传送。

1946年6月20日，上海人民反内战大游行前夕，沪西国毛一厂工会送来反内战传单、口号、标语底稿。要求在两天之内印成四万张传单。我们印刷只有两台四开平版机，无法完成这样大数量的印件，我们通过同行关系在天潼路找到一家停业的印书车间。用他们的全张平版机、浇铅版设备，经他们连夜赶工，只一天一夜印就四万张，雇了两辆三轮车运往沪西。车过四马路山东路口，三轮车因红灯急刹车，车上传单成捆翻落，散布一地。交通警未注意传单内容，急令快走，我们草草收拾，重新装上三轮车，送达国毛一厂，保证了6月23日大游行的需要。

协森（尊记）印务局经营一年有余，我对所有承印的杂志、书报社的支持是全面的，他们经费都相当困难，有的几乎全无着落，在这一较长的时期里，协森的经济周转全靠锦江川菜馆、茶室随时调拨资助。在协森承印的七个出版社中，协森经常代垫纸张，印工都在出版后偿付，由于杂志销售结账有困难，如《生活知识》等的赊欠账款，在协森歇业时都没有偿付，就作为坏账处理了。

生活知识社经济困难，工资都发不出，我就在暗中资助、贴补。上海书屋（主持人杨叔敏）出版销售的《新音乐》（主编李陵）在协森承印时，我们主动降低排印工价以帮助《新音乐》降低成本。

《新音乐》为《黄河大合唱》（抗战胜利后上海是第一次出版）出了专辑。《新文化》用转载的方式，全文刊出了毛泽东《在延安文艺座谈会上的讲话》，抗战后第一次登出。这在蒋管区上海传播解放区文艺、理论也是第一次。

为了开通发行渠道，由戚原和书局曹某与程克祥合作，由我资助在哈同路（现名同仁路）开设中苏文化书店。又向上海书报联合发行所投资。1947年形势逆转，国共关系紧张，当时苏联大使馆向地下市委宣传部姚溱同志提出意见，认为未经苏联方面同意擅用"中苏"名义，甚为不妥。根据当时局势与有面目不清的人常到书店鬼混等情况，我们主动收回了书报联合发行所的投资，关闭了中苏文化书店。剩余的书籍全暗藏在上海迈尔西爱路一六三弄六号我家里的汽车间里了。

1946年下半年，内战从关外打起发展为全面内战。11月国共关系破裂，中共驻京、沪代表办事处先后撤回延安。上海局势日趋严重。国民党对舆论、民主的压制，日渐公开化。

上海地下党领导张执一、张登（又名沙文汉）等，专门研究了"协森"面临的问题，认为地下党的书刊、杂志太集中于"协森"一处。一旦"协森"受到打击牵涉面太大，很不安全，为此相应采取了分散措施，《人人周刊》、《新文化》先后停刊。《时代学生》、《生活知识》都离开"协森"到"富通印刷厂"、"艺文印刷公司"等处印刷。到1947年春"协森"已只剩下一个中国灯塔出版社的"灯塔小丛书"，这时程克祥已离沪，灯塔出版社实际上成了印刷厂的出版社，小丛书印好后有人来取走，实际上转入秘密发送。

内战全面大打，"协森"处境不利，嵩山路警察局特高科长（戴笠的徒弟）借故到"协森"找经理谈话，种种迹象表明，"协森"已不宜存在下去了。

张执一同志根据得到的情况判断，经研究决定将"协森"停歇、转移，开设股份有限公司。把印刷厂办得更大，表面上为纯商业性质的企业。并以此掩护党的地下工作。

六、增资开办美文印刷厂

继后再从锦江抽资和协森卖得的五十两黄金,以及外股约共八十多两黄金,盘入福履理路(现名建国西路)六十九号育才印刷厂的全部生产机器设备。改名"美文"印刷股份有限公司,大约在1947年8月正式开业,公开经营。投资股东记得有蔡秉樵、柴俊吉、伍维武、陈文理等,田云樵代表党也投资五百元(当时币值)。在协森的骨干人员胡大章、杨志清,老工人陈蔼根,学徒余诚忠、陈林泉都转来美文任职。

1947年,美文印刷有限公司的开业典礼。
中排:右起第三人是董竹君,第一人国瑛,左起第一人田云樵,第三人蹇晓东。
前排:右起第一人伍维武,第二人柴俊吉,第三人任百尊;后排:右起第一人蔡秉樵,第二人樊仲瑛。

"美文"突出商业性质，按党的领导指示尽可能办成灰色，但我们也为张自忠将军印了一册画传，再版了鲁迅著的《呐喊》、《彷徨》、《野草》等书。为作家书屋再版了《谁之罪》、《红与黑》。这些书一般都是文艺创作，政治色彩不像协森所印的书那么红。

我们请了股东陈文理兼任经理（陈文理是上海滩上仅次于杜月笙的黄金荣的账房），管理工厂业务。"美文"的工人职员大都任地下党的隐蔽工作，有的在地下市委任策反委员。有的任省委政治交通员。有的在晚上主持工人业余夜校。都以"美文"的公开职业作为掩护。

地下党工委时常有秘密印件交来印刷厂秘密排印，在协森时期，工委纪康同志交来上海工人协会（前身为上海工人救亡协会）的《反对内战》（对时局的宣言），新华社稿《驳蒋介石》、《南通惨案真相》等。在美文时期印书车间领班黄鸿泉（即王炳坤，地下党员）代地下印刷工会印大东书局罢工经验总结等。这种秘密任务以及"三八"妇女节的宣传品，是在美文每天下班后，在夜间继续印刷的。

上海解放前夕，钟沛璋通过田云樵关系送来《告上海全市人民书》，此为迎接解放的重要传单，亦在美文印的。

《灯塔小丛书》打成的十四本小册子的纸型，在协森、美文停业后，由地下党将纸型送往香港印刷出版后运到内地，最远发送到哈尔滨。小丛书实际上是党的整风文献，其所起的作用是广泛而深远的。

美文在 1948 年初因营业不佳亏损严重，而按当时内战愈演愈烈的形势，印刷厂已没有存在的必要了，故而停业的。

在解放前半年左右，国民党淞沪警备司令部注意到了我与协森的关系。曾在内部发出通缉令，想逮捕我，未果。

美文印刷股份有限公司工作人员，凭记忆开列如下：

董事长	董竹君		营业员	戚 原
总经理	任百尊		排字房领班	陈蔼根
经 理	陈文理		学 徒	陈林泉
工务经理	田云樵		学 徒	余诚忠
营业经理	蔡秉樵		工 人	王跃庭
会 计	胡大章		印书车间领班	
营业员	杨志清		黄鸿泉(后名王炳坤)已去世	
营业员	沈 凡			

以上有关印刷各种书籍刊物的经过详情，因年久记不详细，承曾在协森任会计及在美文担任营业员的杨志清同志协助记忆写下的。

所印书刊如下：

1. 《麦籽》(半月刊)
2. 《解放》(杂志)
3. 《新民主主义论》
4. 《论联合政府》
5. 《论解放区战场》
6. 《双十协定》
7. 《论持久战》
8. 《论共产党员修养》
9. 《评赫尔利》
10. 《上饶集中营》
11. 《生活知识》(杂志)
12. 《人人周刊》(杂志)
13. 《时代生活》(杂志)
14. 《新文化》(杂志)
15. 《教师生活》(杂志)
16. 《反内战传单》
17. 《新音乐》(杂志)
18. 《灯塔小丛书》
19. 《张自忠将军》(画册)
20. 《呐喊》
21. 《彷徨》
22. 《野草》
23. 《谁之罪》(作家书屋)
24. 《红与黑》
25. 《反对内战》(对时局的宣言)
26. 《驳蒋介石》(新华社稿)
27. 《南通惨案真相》(新华社稿)
28. 《三八妇女节》宣传品
29. 《告上海全市人民书》

以上印刷有的是长期，有的是短期。

我出资开办中苏文化书店，中苏文化书店凭记忆开列名单如下：

纪　康——生活知识主编　　赵秋之——小教联春雷剧团
　　（已去世）　　　　　　胡大章——美文印刷公司会计
沈　凡——生活知识社漫画家　杨志清——协森（尊记）印务局
赵　自——作家　　　　　　　　　　　　会计
朱守恒——记者　　　　　　单意基——现任静安区委副书记
胡华清——记者　　　　　　杨叔敏——时代学生社主编
李寸松——漫画家　　　　　蔡元皓——《麦籽》半月刊发行人
戚　原——《人人》周刊主编　何舍里——《麦籽》半月刊主编
梁晓明——《人人》周刊记者　　　　（已去世）
莫文垠——《人人》周刊　　陈鲁直——《麦籽》半月刊编辑
　　　　发行人　　　　　　洪　荒——《人人》周刊记者

成幼殊（即金沙）、陈宝森、黄森，几人助编并做发行工作。

七、上海发电厂"索夫团"事件[1]

1946年1月23日（阴历新年前夕）上海电力公司杨树浦电力厂职工两千八百余人因反对公司擅自裁减工人、要求提高工资待遇，举行罢工（八天九夜）。国民党封锁电厂，并策划破坏罢工。此时正值阴历大年夜前夕，国民党利用老百姓忙于过年的心理，组织一批女特务、女流氓打着所谓"索夫团"旗号，"索夫"回家过年。同时包围工厂，任何人不得进入，并利用国民党新闻工具制造社会舆论，破坏罢工。当时，上海地下党"工委"领导上海工人运动的刊物——《生活知识》杂志，主编纪康指示要我（沈凡）化装记者身份设法进入电厂采访罢工实情揭露真相，以事实拆穿国民党破坏罢工的阴谋。当时国民党封锁严密无法进罢工区。于是在董竹君家里策划这事，由董竹君利用她与国民党的上层人物的关系，搞到一张"特别通行证"及"记者证"，我（沈凡）换了西装革履，戴上黑眼镜扮装记者，用董竹君的私人汽车（换去了牌照，司机也是地下党员）闯入虎穴，采访上电工会负责人，召集工会积极分子干部座谈会，揭露国民党特务在厂内捣乱、砸坏工会办公室，厂外组织"索夫团"破坏罢工情况。我（沈凡）将当时被砸坏的门窗、物件拍了照片写成新闻报道文稿在《生活知识》刊物上发表，题为《上电"索夫团"真相》。事后《生活知识》社为此接到匿名恐吓信，这说明国民党特务在追查怎么会有人能进入禁地，揭露此内情。由于地下党的巧妙斗争，未被抓到把柄只好不了了之。这件事是当时地下党地下区委书记陈公祺直接领导的。

此事在地下党组织、在董宅筹划时，董宅对面就是国民党特务监视董宅的一个点，此点公开露面的是一个挂牌的私人医生诊所。我们乘董竹君的私人轿车，在此眼皮下堂而皇之，从董宅开出到电厂闯入禁地，完成了这一任务。

董竹君参与此事是冒着极大风险的。董老支持党的工作是一贯的，是无畏无私令人钦佩的。时过数十年，这种事迹不可湮没，故特供此材料。

八、独资开办美化纸品厂

为在上海掩护建立地下党交通站，董竹君先生出资创办美化纸品厂。

1947年初，在地下党"工委"指导下，拟建立地下交通站，需要一家厂商合法身份公开掩护。纪康请锦江饭店总经理董竹君（纪康说的就是现在的锦江饭店的前身：锦江川菜馆和茶室）先生设法解决。董先生全力支持，通过她的社会关系，找到大世界对面合群里开设美化纸品厂掩护地下党工作。资金全部由董先生负担。设备由美文印刷厂负责。各种纸品纸张供应，日记本、练习簿等纸品制作由美文印刷厂装订工厂负责。美化纸品厂财务由纪康全权负责。业务由我（沈凡）负责。具体与田云樵同志、任百尊同志直接联系。以后主要与任百尊同志联系。实际是地下党文件发送及出版宣传党的方针政策联系群众等工作。美化纸品厂内附设图文出版社。出版《花花世界》画刊，揭露国民党统治下的"花会"黑暗面，编绘出版进步连环画，如《打渔杀家》等。秘密油印揭露国民党特务张春帆谋害著名越剧演员的《筱丹桂之死》等。通过组织分发各工厂，支持广大工人斗争。

九、印《告上海全市人民书》

上海地下党"工委"纪康要我（沈凡）与美文印刷厂厂长田云樵同志、任百尊同志联系，有地下党的文件要印刷。因此，纪康告知我（沈凡）：过去永业、协森、美文印刷厂是董竹君先生出资创办的，是地下党的秘密印刷厂。党的秘密文件由该厂印刷。富通印刷厂、《生活知识》刊物也是董先生出资创办的。

上海解放前夕，纪康通知我（沈凡）与"学委"钟沛璋同志联系，他给我（沈凡）一份地下市委《告上海全市人民书》，内容宣传党的方针政策和保卫工厂。我直接交给美文印刷厂厂长田云樵同志。有一部分《告上海全市人民书》印刷品，由我（沈凡）通过组织分发给市民的。

董竹君先生对上海地下党工作一贯热情全力支持，慷慨解囊。

做了许多对党有益的工作。这些是其中的三件大事。

上述情况"锦江饭店"主人总经理董竹君先生不仅出资创办印刷厂、刊物等，凡是党的工作，她一贯热忱，全力支持。她临危不惧，为了党的事业，不仅慷慨解囊，甚至不顾自身安危，挺身而出，冒险为党工作。不愧为党的亲密战友。一位社会地位很高，不谋私利，忠心耿耿，为革命工作出力，称得起受人尊敬的革命老前辈。这是我对董竹君先生的深刻印象。

沈涤凡（现名沈凡，中共党员）
1993年8月31日

十、合资开办锦华进出口公司

当"美文"印刷厂建成后不久，张执一嘱田云樵对我说："党中央指示：中共上海局在上海建立一条党的交通线。从上海——台湾——南洋开辟交通线，便于这些地区的党组织联系。这条交通线以经营商业形式掩护联络点及工作人员来往等任务。"田云樵又说："张执一决定总站设在上海，在台湾设分公司即分站，再逐渐向南洋发展。并要办有关的工商企业，必须有很多的资金及人事关系。但是，党在上海的经济来源是很少的，难以拿出更多的钱。上海社会的政治经济动荡不安，物价日益上涨，正常经营的工商业，都经受不住物价波动的冲击。在这样的情况下，是难能完成的。党认为你在南洋华侨中关系很多和在上海的名望，研究后，这重要艰巨的任务还是由董竹君来担任吧。"我接受了这任务。当时我认为这是党的需要。因此，不管有多大的困难，都应当毫不犹豫地去完成。

大概在1947年6月，国内战争的形势开始发生有利于革命的变化，人民解放军粉碎了国民党对解放区的重点进攻，消灭了国民党正规军五十六个旅。中共中央发出《迎接中国革命的新高潮》的指示。指出："解放区人民解放军的胜利和蒋管区人民运动的发展，预示着中国新的反帝、反封建斗争的人民革命胜利，毫无疑义的将要到来。"

为迎接这一新的革命形势，积极开展地下斗争。我奉上述指示后，就开始投资，并又公开召集少许外股掩护，外股有蔡秉樵、伍维武、林再谋（菲律宾华侨）、郑瑛、吴民孚等人。在上海南京路东大陆商场楼上，创办锦华进出口公司。由蔡承祖派来的刘永达同志（党员，原新知书店经理；生活书店、新知书店、读书出版社就是现在的三联书店的前身）任总经理，田云樵是协理，柴俊吉、林再谋任副经理，任百尊任监察，我是董事长。人事组织好，就开始营业。

十一、设台湾锦华分公司

不久，田云樵又接受了张执一的指示，要我从快发展锦华公司。故特在台湾又设立分公司，由股东柴俊吉任香港一个点的经理。任百尊介绍的林亚农任台湾分公司经理。

台湾分公司成立，由任百尊介绍他的朋友林亚农任经理。当时，我怀疑此人，并问任百尊："林亚农和你是什么友谊？""我们一起做过单帮生意。""单凭这点关系可靠吗？""我知道他，可靠的。"任这样回答，我也不再往下问了。

约在 1948 年 1 月，上海锦华总公司几乎将全部资金交台湾分公司林经理，由他在台湾收购大批樟脑运往香港销售。而这批货物经过很长时间未从台湾起运。经总公司多次电信催促，仍无消息。公司总经理刘永达和副经理林再谋亲赴台湾察看、催运、押运时，

"锦华"用的信封。

林亚农竟奸猾地玩花招,带领刘、林俩前去轮船码头仓库,将别家公司起运的樟脑伪称是本公司的货物。并劝刘、林不必押货,乘客轮舒适。待货到提货便是。刘、林接受林亚农的意见。两人到香港后,久等货不到,才恍然大悟,明白受了蒙蔽,这是林亚农的调虎离山计的一个骗局。刘、林由香港告总公司。一面刘、林再去台湾。此时,任百尊由沪追去台湾后,刘、林俩急忙回沪,向我和公司汇报说:"林不但吞没了全部货款,还利用他和台湾当局的关系,联络特务对任百尊进行陷害。任百尊现在已被暗中监视了。情况危险,怕失财送命。"要我快出主意,我研究之后提出设法先救出人,然后追回货款。大家同意。

十二、营救任百尊同志脱险

当时,我正患病住院,在此紧急情况下,我决定去找杨虎。用他和台湾当局的关系，他有个老婆叫陈华是国民党军统的人。我去杨虎家对杨虎说："……任百尊是锦华公司的一名得力助手，货款收不回，我所办的企业在经济上要大受影响，请亲家无论如何设法帮忙，先把人救出来。"杨虎想了片刻，开口说："亲家母，你总是喜欢办企业，带来麻烦……"但终于答应帮忙。当即吩咐他的学生王寄一写信给陈华，并嘱王代表他持信与锦华公司副经理林再谋一道，由上海前往台湾。

他俩到达台湾，由王寄一陪同林前去找陈华，见了面王出示杨信并将情况说明，又说："锦华"与杨虎有关系，请大力帮助。陈华当即介绍任百尊、林再谋两人与台湾警务处军统特务刘戈青见面，并取得了刘戈青的保证，任百尊才脱了险。

任百尊脱险后，去福建修理和林亚农打官司（为追回总公司的樟脑款）赢得来的一条机帆船。后来，任百尊由福建回沪说："这条船修理好后，在当地借款做木材生意。因船长失误，船开到太平洋去了，木材也抛到海洋里去了。最后，这条船被借给款子买木材的债权人没收了。"

继因上海解放在即，大家很忙，任百尊回沪对我如此告知，令人啼笑皆非。这件船事不管如何，便成为历史了。我因快解放，欣喜若狂，故对投入"锦华"公司资金的全部损失，毫未追念。

上海解放后，田云樵先后担任上海市公安局侦查、治安交通处处长。他在中共上海市委《统战工作史料》选辑第四期里，写了有关我事迹的一文，题为《奋斗一生的董竹君》。

任百尊任上海市公安局侦查处科员。蔡承祖任安徽合肥市中国科学院院长。刘永达解放后名逊夫，任湖南统战部副部长。黄鸿泉任上海市劳动印刷厂副厂长。黄森任上海市铁路局总工程师。胡大章调任什么工作不记得了。以上同志都是党员。

任百尊对此职位有情绪，因而突然消瘦惊人。我和局长杨帆商量后，杨帆说："还有一家尚未结束的进出口公司，那么就调他去那里当经理吧！"不几天，任百尊就调去这公司了。后来，"锦江"两店奉党的指示合并现址、扩大营业时，党领导又从这公司调他到锦江饭店任副经理。

附带谈谈：曾在印刷工作中做过事的黄森同志（地下党员，解放后任上海铁路局总工程师）在 1946 年约 4 月间，因他领导的田逸民的叛变，他的处境危险。我曾一面安慰他的同时给他买了火车票，我抽空掩护他同去杭州石金门饭店住了三天。当时同行人有国璋女、国璋的同学何国琼、伍维武等。

十三、"美文"、"锦华"先后停业

1948 年解放战争整个形势大好。辽沈、平津、淮海三大战役取得决定性的胜利。国民党见形势大为不利，在不可挽救的残局下，蒋介石假借下台，在 1948 年下半年，由李宗仁出面与中共"和谈"。蒋介石破坏"和谈"，于是中国共产党百万雄师过长江。

到 1948 年 5 月后，法币贬值，通货膨胀，市面萧条，物价一日数涨，"美文"天天入不敷出，亏本很大。又局势紧张，印刷厂已被军统特务所密切注意。奉党组织指示停业。"锦华公司"亦因上述原因以及解放在即，大家忙于工作，无暇他顾，相继结束。

1950 年，将"美文"厂机器出售，所得款项除付欠租等外，余款在"国际饭店"与田云樵同志一起召开股东会议，到会的有蔡秉樵的姐姐蔡月娥、伍维武等，还有什么人一时想不起来，按照投资的比例，分给各股东或其代表人（柴俊吉分得的款子我给他汇到北京）。"美文印刷股份有限公司"就此依法正式结束。

十四、投资中国文化投资公司及美化服装公司

说到这儿，我想起当我从菲律宾回国后，党组织（人名忘了）有人告诉说："约在 1944 年，张执一同志领导创办的中国文化投资公司，经理是胡国诚（党员），在 1944 年又开办了美化服装公司，经理是章蟾华（后来入了党）的哥哥（名字忘了）。这两家公司都由国瑛在'锦江'取款投资协助过。"后来在日本投降前，中国文化投资公司被敌人发觉，出了事。胡国诚同志在被押送途中跳水逃脱，幸免灾难。该公司出事后也影响了美化服装公司。工作人员周太太的妹妹小麦被捕，由章经理用金条保出。两公司都在这时候停办了。

十五、营救孟秋江、谢雪红同志脱险

正在经营"美文"、"锦华"期间，约在 1948 年初，上海党组织办的一个刊物《文萃》，被敌人查封了编辑部。逮捕了好些同志，有几位负责编辑的同志逃脱了。主要负责人孟秋江同志（当时是在吴克坚同志领导下搞情报工作的）被敌人追捕，车站、码头都有特务封锁守候，孟秋江家里及编辑部亦有特务在守候。孟秋江无处藏身，流浪街头，事情异常危险、紧急。张执一同志指示田云樵来找我：要我千方百计迅速设法挽救他离开敌人的追捕，安全地转移到外地。我接受此任务后思考再三，立刻找我领导的刘良律师商量一套精密细致的办法，并派他亲自去办。往香港去的"常经轮"（记得是这名）的船长和大副是刘良的好友，刘良先去告诉这二人说，有位朋友在上海呆不下去了（这是一句江湖话），请帮帮忙（意思是免票乘船）送他出境吧。他们以江湖义气

答应了。接好头之后，我嘱刘良回家布置。先给孟秋江安置住处，刘到家叮嘱一个小流氓听电话，指示这小流氓什么时候没有他的电话到，就电话通知他所指定的一位大亨朋友[2]出力营救。关照好后，他拿了我给孟秋江化装的衣服，就去孟躲藏的地方，适遇他的另一大亨友人手下的弟兄也在这户人家，把刘良吓了一大跳。幸好刘良知这人是专做情报生意的，哪方面有钱或钱比较多些，就替哪方面递送情报。因此，这人胸中有数，也不追问刘良，于是刘良偷偷地约好孟秋江某日某时动身。时日到了，两人在心惊肉跳的情绪下去码头见船长，殊不知船长说："因为潮水关系，要再等几个钟头才开。"这才伤脑筋！刘良觉得在船上等几小时，恐受检查出问题，很不妥当，立刻带孟秋江去咖啡店，二人对坐默无一语。数小时后，刘良再带孟秋江去江边。为了避免检查，故意等到行李检查结束，军警人员散开了，船也要开的时候才上码头。刘良在送行的人堆里找机会与船栏上的船长招手，船长看见伸出半身，指着他俩连连叫喊："上来，上来！"这样刘良才吩咐孟秋江把两口箱子一手拿一只，让他把注意力集中到箱子的重量上去，好使神经放松。孟秋江也颇镇静，一声不响地提着皮箱跟着刘良走。二人在高度的神经紧张的状态下上了船。进入船长室，一切安排妥当。刘良下船就发现被便衣特务监视，他装不知道冒险地站在码头上，直望着船开远了，才回头离岸，回到我处汇报。我赞扬刘良一番，并交给他一笔钱，请他送给前面所说的那个小流氓。为这件事，我的神经整天难能松弛，到这时才放下了一块大石头似的！

在孟秋江事后不久，张执一指示田云樵：给我另一个紧急危险的任务。事情是这样的：第二次世界大战后，国民党政府接收统治台湾之后，横征暴敛，大肆镇压群众，屠杀进步人士，激起台湾人民的反抗。因此,于 1947 年 2 月 28 日爆发了人民起义运动。当时,福建省政府手段毒辣,在军队未开到之前用和平政策应付群众,待开到两个师的部队后,立刻进行大屠杀(这次大屠杀在历史上称为"二·二八"惨案)。谢雪红是当时群众运动的主要领导人之一。"二·二八"事变之后,谢雪红和另外几位,从台湾到达上海,被敌人发觉追捕。在蒋管区发了通缉令。

党组织决定:设法挽救谢雪红等人脱险之后到香港,然后转入解放区。我接此任务后,在睡房里踱来踱去,细想研究。决定还是由刘良去办较妥。刘良有些胆寒,他说:"码头四周特务很多,上次孟秋江脱险,真是战战兢兢地办成了。若万一出事,岂不连伯母(他叫我伯母)一道倒霉?"我鼓励他要以大义大勇来做革命工作,同时关照他:"要提高警惕,冷静沉着,还要有高度的斗争艺术,千万小心。上海江湖一套你比我懂得多,又机智,你能圆满完成任务的。我有信心。"刘良沉默一阵就按我们的计划、步骤进行。护送谢雪红等四人离开上海也是搭乘"常经轮",情况差不多,只是谢雪红在码头上讲福建话叽叽喳喳惹人注目,把刘良急得要命。刘良也就不客气地板起面孔:"嘿!严肃点!你们快点!每个人拿着自己的行李跟我走!"大家看了他一眼,也不知他是何许人,只好乖乖地跟他走。刘良高兴地回来了。

约在差不多的时候,我们还安排了民主人士马叙伦离沪脱险的工作,都算顺利地办成了。每当完成一件任务的时候,我真觉得有说不出的高兴!

1948 年春,我奉地下党的指示安排中共驻沪总代表离沪脱险。接头好一艘开往汕头的"野鸡"运货船,由浦东到汕头,再转香港。后来地下党有了更好的措施,因而未用这计划。

十六、策反工作点滴

1948年协助策反工作，我派四川军官张子钊去四川活动。全国解放不久，张子钊女儿从四川到沪来家看望我，含糊地告诉我说："爸爸已去世，去世原因不知。目前我生活很困难。"我听了很难过，当即将她父亲送给我的一只约高一尺、直径十公分的雕刻精致带玉环的翠玉花瓶，给她出售贴补生活。她不肯收，我说："这名贵的玉瓶是你爸爸送给我的。"她才收下了。

林有泉医生在我的授意下，向南京空军医院的王先生、桂先生做了策反工作，这二人就离开了医院，削弱了该院的力量。

林有泉是白崇禧的私人医药顾问。当解放军渡江（南京）前几个月，林医生经常去白崇禧家，白当时对去汉口一事非常犹豫，林医生受我的吩咐，曾数次劝说白崇禧靠拢共产党。白崇禧点点头，有些动意，继因胜利在即未能成为事实。

总之，在当时只要是革命工作，不管是谁的指示，我总是尽力办成。

1948年9月后，淮海战役节节胜利，我和刘良商议，利用我在上海的关系和他在上海做律师多年的社会关系，设法进行下列活动：

1. 考虑不让国民党政府撤退前运走或破坏物资，嘱刘良暗中联络苏州河一带封建把头夏某、李维新和工头们，只要地下党一通知，随时可响应行动。

2. 我唯恐上海解放时，商人不明政策，如发生混乱，则上海粮食和副食品等会发生问题，于是便嘱刘良与鱼市场卢某、南市十六铺一带某行的朱某、黄秋生以及粮食、地货行的人，暗中经常联络，准备需要。

3. 1948年底，淮海战役更是不断胜利，蒋方在上海一面布置军事，一面准备撤退。那时有交警总队的军火库，由南京搬到上海龙华，对外称"交警总队修械所"。有一排兵守卫，所主任是詹森。我要刘良先生赶快去动员他起义。

注释
[1] 七、八、九三节，由沈凡同志协助代写。
[2] 大亨：是指有势力的人。

我的一个世纪

全国解放前后

第三十一章 迎来了解放

一、黎明之前

从 1948 年秋到 1949 年春，人民解放军进行了辽沈、淮海、平津三大战役，大量地歼灭了国民党军队，国民党的北方战线已经瓦解。毛主席发出了"将革命进行到底"的指示，解放战争胜利在即。我暗想：在如此紧急的形势下，上海滩必然是特务密布。为避免可能发生的祸事，必须调整一座排场大些的住宅，为革命同志需要掩护时使用。遂将迈尔西爱路一六三弄六号与凡尔登花园三十一号两幢房子顶出，将此款再顶进愚园路一三二〇弄一号，一幢英国式的大花园洋房居住。

愚园路这幢房子，在工作上曾起过作用。从迈尔西爱路迁居这里后，吴克坚同志、郭春涛同志、王寄一同志和杨虎他们的碰头会亦移来这里开了。有次会后，因外面风声紧、戒严，他们不敢把材料随身带走，只好留交秦德君。她也只好就在此房四层楼顶狭小的屋里躲宿了一夜。次晨，郭春涛来把秦德君保管的材料取走了。

上海解放前夕，蒋介石政府军政人员纷纷离开大陆，恐怖气氛笼罩着上海。他们大开黑名单，到处抓人、杀人。当时友人告诉我，蒋介石手下大特务毛森在临去台湾前去牢里巡查，他看到一间牢房，便问守狱人："关在那里的是些什么人？"守狱人回答说："青年学生，政治犯。"毛森就立刻命令："把他们拖出去枪毙。"一批爱国青年就这样牺牲了。大明儿和他在大同中学的几个同学（地下党员）以及黄森的妹妹黄华（地下党员），躲在愚园路家里好几天。这时候我不敢再住家里，与朋友朱桂英护士长，先后在环龙路（现名南昌路）一二五弄（即圣保罗公寓）二楼二〇三号和华山路一一二〇弄四号两处，躲避了一个多星期。由在招商局工作的蹇人鹏同志驾驶他自己的吉普车，来回护送我和田云樵、任百尊等同志。

二、上海解放

1949年4月20日，党中央发布"向全国进军"的命令，解放军胜利地进行渡江战役，于4月23日解放了南京。宣告了国民党政权危在旦夕。5月27日上海解放，当时我欢欣鼓舞的心情是难以言喻的。

此时，解放军（原新四军）同志们陆续到沪。我曾与原在新四军的陈同生、李亚农、杨帆、田云樵、宋时轮等同志欢聚于环龙路圣保罗公寓。不几天，三桌人在"锦江"大聚餐，原新四军各方面的负责同志来了很多位，有陈同生、李亚农、杨帆、曹荻秋、张爱萍、李一氓、宋时轮、潘汉年、章蕴等同志（其他同志不一一记得了）。那天，我把锦江最好的一箱洋酒拿出来，共庆上海解放！我也喝得有些醉意。我为饮酒解愁亦曾醉过几次，而像这次的开心痛饮则是生平第一次。

接着章蕴、石斌（曹荻秋的夫人）、曹荻秋、沙梅、张爱萍、陈同生等同志和我，在锦江二楼大厅共餐；餐后在该厅窗外花台上合影留念。

上海刚解放，陈毅、饶漱石在上海原名金神父路三井花园（原

1949年夏，摄于锦江川菜馆旧址。
左起：董竹君、张爱萍、郑沙梅、陈同生、石斌（曹荻秋夫人）、章蕴、曹荻秋。

是日本人占据的），主持有关上海解放后的一切事宜的秘密会议。参加者有宋庆龄、马寅初、沈钧儒。由解放军带头招待，我奉指示派厨师胥元勋（工会积极分子）、招待事务负责人史良超（又名桂生）同志（工会副主席）去工作了一周余。胥师傅和史良超俩都得到了表扬。有关此事的经过我已忘了，是史良超告诉我的。

上海刚解放，我在愚园路家里邀请党员黄森同志每周来讲一次政治课，讲解社会发展史、革命故事、马列主义、帝国主义等。听讲的人有：朱桂英护士长，体育、托儿工作者姓谭的夫妇俩，在银行工作的伍维武、何国琼，招商局工作的蹇人鹏，青年吴明德等。记得每次讲完，吃些点心后即散会，大家兴致勃勃。他们后来都做了国家干部。

上海刚解放，李亚农同志从新四军到上海后，因病我请他在愚园路家里休养过一个多月。病愈后,他担任上海科学院院长,几年后不幸病故。我和国瑛女经常谈起他!

当时的上海,因为刚刚解放人心不定,加之1950年上海卢家湾的二·六轰炸,市面比较萧条,致酒菜业生意一度衰落。锦江两店亦不例外。此时,我再将愚园路房子廉价顶出,贴补店内开支,维持两店以待市面复兴。愚园路顶出后,搬到房租虽高但不须出顶费的法华路(现名新华路)三三六号大花园洋房居住。这是一幢法国式很阔气的洋房,有前后大花园、草地,汽车通过大铁门、花园草地,才能到达客厅的房门口。有大、中、小客厅,大客厅能容百人左右;大、小两套餐间;后房有大画室、精致雅静的书房;不同颜色的四套浴室;家具全属红木、柚木,格调新颖舒适大方。这房原是汪精卫手下红人曾仲鸣刮民脂民膏自建的,因为局势变化让给陈纳德夫妇。上海解放,陈家离沪后便成空屋。我家迁住这里,当时锦江有些工作人员认为我房子越住越大,颇为不满。他们哪知我为了维持两店,特意顶出愚园路,而愿月付美金二百元租进此房暂住的苦衷。在十里洋场的上海,居住条件越好则越被人看得起。因而,社会舆论对此反而称赞。这对我当时的处境却有益处。

上海在当时是世界四大城市之一,上海解放对全国解放更有其重大的意义。我根据自己所知及其他同志讲述,在此顺便简述一下上海解放的过程。

1949年4月20日,解放军百万雄师横渡长江,首先包围了国民党统治的首都——南京,4月23日解放了南京。解放大军以"宜将剩勇追穷寇"之势,于5月3日又解放了杭州。采取对上海大包围,以防止蒋军南逃,切断敌军退路,孤立上海残军的战略。解放军大部分力量兵分几路继续南下,向华南地区进军,仅用少量部队围攻上海。

第三十一章 迎来了解放

解放上海的战役，兵力分东西两路，以钳形攻势强攻吴淞口，切断蒋军水上交通线，以利于全面包围上海守敌，予以彻底击溃。解放军包围上海后，未急于攻进市区。因考虑到上海市区是工商业中心，人口密集，若强攻进城，势必使人民生命财产受损失，工商业受到破坏。为了保全上海市区的完整、人民的安全，决定包围上海，在郊外战斗中消灭蒋军。上海被包围十多天国共在争夺吴淞口的战斗中极为激烈。十多天在外围战斗中，消灭了绝大部分敌军。在西南两线的蒋军，已无正规部队了。5月24日夜间，解放军从西面虹桥路一线攻进市区，将市区武装警察、保安队、武装特务队伍全部解决。然而一夜之间浦东蒋军的残余部队渡过黄浦江，占领了苏州河以北地区，在苏州河北岸沿线设立了防线。解放军战斗了一夜，到拂晓打到苏州河南岸，准备冲过河去。而蒋军已占领河北仓库高楼大厦和各个桥口，布置了密集的火网，阻止我军过河。当时陈毅司令员命令：一定要保护市区人民群众生命财产不受损失，进入市区的部队一律不准用重武器，所有炮兵全部留在后方。因此，苏州河南北两岸国共双方形成对峙局面。

5月25日上午，上海地下党策反工作委员会成员田云樵，在小沙渡路（现在的西康路）劳工医院内，与解放军八十一师政委罗维道同志联系上了，共同商量如何解决苏州河北岸的残军问题。在沪西苏州河北岸沿线据守的蒋军是国民党五十一军。田云樵提出：派人过河策反五十一军，阵前放下武器。罗维道同意这个意见，前线指挥部聂凤智亦赞同，并要求即速进行。田云樵立即找来原国民党国防部少将部员王中民，派他过河策反五十一军。王中民过去，见到国民党淞沪警备司令部副司令员、五十一军代军长刘昌义（刘与王过去都是东北军，既是同乡又是老朋友）。通过王的说服动员，刘昌义接受了阵前放下武器的办法，罗维道、田云樵陪同刘昌义到解放军前线指挥部，由聂凤智出面谈判，一直谈到深夜结束，并报陈毅司令员。陈毅即下令接受刘昌义起义，指定由刘将国民党残留部队，于26日中午集合待命。解放军顺利地过了苏州河，从此，结束了上海战役，上海全面解放了。

解放军进入上海城，秩序井然。八条安民布告，解放军的三大纪律（一切行动听指挥，不拿群众一针一线，一切缴获要归公）、八项注意（说话和气、买卖公平、借东西要还、损坏东西要赔、不打人骂人、不损坏庄稼、不调戏妇女、不虐待俘虏），以及他们不占民房，睡在老百姓的屋檐下，老百姓的一口水都不喝，深得人心。5月27日，解放军举行了入城仪式，宣布了上海的新生！

上海解放过程中，全市水、电、煤气、电话、公共交通、公用事业等因得解放军的极力保护，以及上海地下党的配合（上海解放前夕地下党就秘密组织了地下保安队和宣传队，主要是工人、学生和职员中的党员和积极分子参加），故从未中断。不久，重要商业区先后开门营业，秩序良好。这在上海历史上甚至在世界大城市的政权变动的历史上，亦属罕见的。多年后，我和田云樵同志一起回忆这段历史，仍感到激动不已。

三、终于迎来了全国解放

上海解放后，我回想起1946年初，正是中国人民政治协商会议召开时候，国共两党正在和谈，美国马歇尔来华，借口调停实际支持国民党。蒋介石撕毁重庆"双十和平协定"，发动了内战，受到全国人民的反对，而拥护共产党建设新中国。

内战又开始，国民党蒋介石宣布六个月内消灭共产党和八路军、新四军，按当时的兵力对比，国民党部队四百多万，共产党军队不到一百万。武器装备及经济方面,国民党都有美国提供援助。解放军是靠战场上缴获的武器武装自己,而根据地及兵力都是分散的,经济上也非常困难,全靠人民群众支援,所以叫"小米加步枪"。在蒋强我弱的形势下,在三年半的解放战争中,共产党采取了依靠马列主义理论、英勇奋战的解放军和统一战线三大法宝,以及"三大纪律"、"八项注意"的铁的纪律;加上广大群众在政治上、经济上不断斗争:工人罢工,学生罢课,游行示威此伏彼起。职员和进步民主人士向国民党蒋介石强烈地提出了反饥饿、反内战、拥护和平建设的口号。在军事上,共产党又采取了不计一城一地的得失,以游击战结合运动战,以消灭蒋军有生力量为目的,艰苦战斗着。尽管蒋介石不断地抓壮丁补充他们的部队,敌我形势还是有了根本的变化。从1948年,解放军举行了大反攻,接连取得了辽沈、平津、淮海三大战役的胜利。

推翻了三座大山,如拨开云雾而见青天。新民主主义革命得到胜利。红旗在天安门广场高高飘扬!

我久盼着的国家要独立,民族要解放,人民要自由,人民再不被剥削、凌辱的时代终于实现了。现在将要开始进行社会主义建设,多么令人兴奋!

解放后,邓大姐、刘晓、潘汉年同志等在锦江三楼东厅会聚、畅叙痛饮,这是毕生难忘的一次最愉快的时刻。

上海解放不久,抗美援朝之前,秦德君、张凤君、李知良合办了生产教育社,地点在上海环龙路(原名)。初步有缝衣机几十部,我亦投入了几部。秦德君因事北上北京。该社由我及李知良、张凤君负责。我原想扩展为全为妇女的大厂,后因政策关系合并给上海市民主妇女联合会统办了。

1950年10月下旬,抗美援朝开始,爱国人民发起了捐献飞机

1949年董竹君（后排右二）和梅兰芳（前排右二）一起欢迎郎静山（后排右一）的女儿郎毓秀（前排右三）从法国留学归国。

大炮的号召。锦江在法国公园（现名复兴公园）设立了临时分店，盈利所得响应了捐献的号召。

四、劳资纠纷

1950年初春，因锦江职工不知道我的政治面貌，盲目地大闹劳资纠纷。有天，职工来办公室，突然叫我到二楼大厅。我进厅，只见靠近厅西有一张长桌，职工们正对长桌一排排坐着，我则坐在长桌中间面对他们。围墙贴满标语和八条布告，气氛严肃。我不知什么事，坐下未语。顷刻间，有些青年职工嚷起来了，指着我说："你靠我们赚钱发财，现在要和你算账了。老实告诉你，今后的'锦江'要由我们来经营管理，你得听从我们的。""你们要和我算账，很好，把两店送给你们吧！""我们不要财权，没有这个权利。""那是不行的，你们还不会经营管理，几个月后'锦江'关闭，你们失业，有什么好处？"他们面红耳赤地和我争论了一阵。另有几位青年职工站起来："明天请工会出面，我们派代表，你可请酒菜业公会主持，同去市劳动局解决。"

当时上海酒菜业约有一万多家，对劳资纠纷这问题，舆论认为"锦江"的董竹君若谈不好，我们就休想了。众目注视着"锦江"劳资纠纷的发展情况。

我左思右想，若"锦江"的劳资纠纷不能妥善解决，不但影响酒菜行业，还涉及各行各业，正中国民党谣言——共产党是要共产的。我决定本着党的保护民族工商业和统一战线政策的精神及职工利益，每星期至少二三次，抱病去市劳动局力争我的主张。酒菜业公会的代表们已被吓倒，出席而不说话，我只好靠自己独自谈判。争论得激烈的时候，我暗中去找过上海市副市长潘汉年两次，请他协助。他竟未支持。情况反而变本加厉，更紧张了。我琢磨、怀疑、不懂。我沉思后再次决定：为党的保护民族工商业和统一战线政策以及职工利益，本此两项原则愿单枪匹马坚决争执到底！

在争论的过程中，合约被对方否而决、决而否者好多次，时经六个月。有一天，我捂着肚子（腹泻）去劳动局，严科长说："工人们还是不签字。"我说："你们劳动局也不按政策行事。"这天，我再也不能忍耐，拍拍桌上合约说："这么点事六个月不能解决，只有大家买票上北京，让中央去解决了。"我转身便走了。还未出大门，只听得里面桌、椅、茶杯"乒乒乓乓"一阵乱响！次日清晨，酒菜业公会刘主任在电话里说："啊呀！董先生，你昨日怎么在国家机关劳动局里吵吵闹闹，把桌、椅、茶杯都推翻了呢？"我大吃一惊，这明明是对方用计来压我屈服。我明白后立刻回答："好的，我做检

1951年,董竹君病后摄于凡尔登花园。

讨。如口说不行,用书面检讨好吗?"刘主任听我认错,很高兴,说:"书面就不必了。我马上打电话去告诉他们,你愿做检讨。"最后,这场不必要的纠纷官司,终于我是合理的胜利者!可是事后我病加重,服药数月。

三个月后,上海工会负责人在"锦江"茶室见面时,以亲切的态度对我说:"董先生,我们学习后,现在才知道当时你的立场、观点是正确的,我们错了。尤其在你病中更不应该。"我说:"也不能完全责怪你们,因当时我还不能暴露我的政治面貌。"

五、任　职

解放后，我当选为上海市妇女代表，1952 年，我当选为上海市民主妇女联合会执行委员。

1954 年至 1958 年，我当选为上海市一、二、三届人民代表大会代表。

1957 年至 1991 年我担任中国人民政治协商会议二、三、四、五、六、七届全国委员会委员。

在这些年里，我在政协大会的书面发言有：《加强人民思想教育，进一步发扬民主作风》（载于 1957 年 3 月 26 日《人民日报》）、《成就的本身就是铁证》（载于 1957 年 8 月 29 日《新闻日报》）。在十一届三中全会以后，我的提案约二百几十份，五届政协第三次大会上，我写了有关四化建设和人民生活问题的提案三十九件。当时得到会议组织的表扬说：不但数量多，质量亦高（小组组长程思远同志在小组会上讲的）。当时《北京日报》有载，并在 1991 年 11 月曾获得全国政协委员会"优秀提案证书"奖。

1992 年被选中提案一份，案名：卢沟桥头应建立七七事变纪念碑。

另外想起一件事在此谈谈：1957 年春，陈同生同志来复兴西路我家里说："上面决议委任你为上海市服务局局长，不日公布。"我说："我一身病，胃溃疡亦厉害，精力不足，难能胜任。"他着急说："不要推辞啦，即使做三个月也好。"我觉得话中有意，且是组织上的指示，就答应了。他走后，我仔细想必须把上海的服务行业大大地整顿好，配合新中国的建设，拼命也要干好它。多病的我也许会一命呜呼，届时没有任何值得给孩子们留念的东西。突然想到拍张照片作为遗物纪念吧！遂在当天下午就去苏联犹太人开的沈石

1957年摄于上海苏联犹太人开的沈石蒂照相馆。

蒂照相馆拍了一张照片。

次日，上海妇联主任赵先和王辛南同志来家告知："北京来电话要你立刻动身去京，出席全国政协二届二次大会。"陈同生同志说："那么局长事只好等你开完会回来再公布了。"会后病倒在国璋女家一个月。返沪立刻参加大鸣、大放，继之反右，局长一事因而搁浅了。

六、夏述禹来信

全国解放时，我住在上海法华路，有一次正病卧在床；陈同生同志特来告诉说："夏之时在四川合江县犯了罪被处决了。"他说完便急急忙忙地走了。这事约在 1951 年春。

我自与夏之时离婚后，几十年来和他家人之间彼此从未有过书信往来。在 1951 年，有一天，忽然收到夏述禹来信，叙述夏家变化很大：大伯父、四叔、堂兄都因犯罪处决，父亲亦不例外；我妻张映书被判无期徒刑，我则失业。先是扫地出门，人民政府查实我无罪，特予照顾命令回屋挤住下房。现在我一贫如洗。我和显达、显扬、显瑛、显杰、显斌、显谟、显华，男女七个孩子的生活、学杂费等毫无着落，坐而待毙，不得已特求母亲资助……

我看完来信，真是生气。想当初，我可怜他失去生母，很疼爱他，养育他成人成家。可是我和他父亲离婚后，他竟从未给我一字！我把信往书桌上一丢。但这事老在我脑中盘旋，夏述禹是怕父畏妻的忠厚人，七个无辜的孩子可怜……我若能帮助一把，既可解决其一家老小生活，亦为今后国家建设培养人才。转念之后，当即汇去三百元（好像是这数目）。此后，每年照汇生活费、学费达三年多。继因述禹已有工作，长子显达已读完大学，彼此商决停止协助。

现在这些孩子早已大学毕业，在国家各部门分别担任各种工作：

夏显达　62 岁　专业：土木工程、计算机。重庆建筑工程学院
　　　　　　　　1952 年毕业，高级工程师，已退休。

夏显扬　59 岁　专业：汽车保修机械。西安交大 1957 年毕业，
　　　　　　　　高级工程师。现任交通部成都保修机械厂总工程师。

夏显瑛　57 岁　专业：中学物理。四川师范学院 1959 年毕业，
　　　　　　　　高级教师。现退休。

夏显杰　55 岁　专业：汽车电气、机电。重庆大学 1961 年毕
　　　　　　　　业，高级工程师。现任成都汽车制造厂副总工程师。

夏显斌　54 岁　专业：中学数学。重庆师范专科学校 1961 年
　　　　　　　　毕业，高级教师。现任成都 39 中学教导主任。

夏显谟　52 岁　专业：建筑学。重庆建筑工程学院 1966 年毕
　　　　　　　　业，美国哥伦比亚大学访问学者。现任云南工学院建
　　　　　　　　筑系系主任。

夏显华　49 岁　专业：医务。成都四中 1965 年高中毕业，主
　　　　　　　　治医师。现任铁道部电化局建筑处医务室大夫。

他们都已成为国家有用的人才。达到我当初帮助的目的，暗自心悦。七个孩子都诚挚地尊敬我。显华爱人于永梅，有好吃的东西自己不吃，送给我吃。夏述禹亦很敬重我。有年他八十岁生日，我送他一件羊毛衣，他在席间站起来，边揭开衣服边高兴地向孩子们笑着说："这是母亲给我的。"他的二儿显扬暗笑爸爸偌大年纪像孩子一样的高兴。

下面是夏述禹给我的一封感谢信：

敬爱的母亲：
　　二儿显扬前不久由京带给我的母亲自撰写的《我的一个世纪》目录（1—42 章），我早已细读完毕，认为写得切实完善，

可作为一部家史保藏天地间。事总要作一分为二的看法，总是相对的，决无绝对的，历史总是历史，决不能随意变更，这是理所当然！所以我对母亲挚情地对我，确是我一生难以忘怀的。

前不久，我记得我自从看过目录、自序和诗后，我曾写信说过：我认为这些都是历史，全是实事求是而真确的史料。在解放初期，当时若无母亲的援助，其后果将不堪设想也！后来又再三叮嘱要注意诸儿女教育。今日诸孩能勤勤恳恳服务于祖国社会主义事业，皆赖母亲教导之所致。父亲出生时代、背景不同，封建意识较浓厚，可谅之！

谨此　敬祝

福安！

男

述禹敬禀

1994年9月5日

在夏述禹来信求救事后的二三年，又接到夏家大房长子夏洒赓的女儿显群信，并附其父一封遗信，此信主要内容："妈妈！您好！我几次三番想收拾行李投奔您的怀抱，终于未决，现在是中午11点多，妻子杨氏和十一岁的女儿显群来狱中探望，我在明晨离世。妻、女今后生活教育费请妈妈慈颜救助，来世变犬马报还。"

我看信后，深觉自我离开夏家后，他亦从无音信。念其妻女无罪，连续协助生活教育费三年多，直至显群高中毕业。显群发奋图强，婚后艰苦地培养成两女两男。1992年7月23日，显群和夏家子孙来京探望我时，进屋见我含泪叩头道谢！还送给我一块名贵的衣料。

见1988年9月17日《团结报》载《沉冤三十七载，今日得昭雪——辛亥功臣夏之时的遭遇》。笔者张海鹏。当时，夏家的子孙亦来告诉我:"他们的爷爷夏之时彻底平反了,现在政府要给他重建墓碑。全家欢慰!"

张映书在特赦那年释放的。有人告诉我,当她回家后家人告诉她:"我搭救了七个孩子时,她不但无谢意,反而说:'那还不是家里的钱。'意思是当年我拿走了夏之时的钱。"我听了一阵眼黑……唉!血喷心!

现在我忽然回忆起:约在 1962 年夏,有天我正冲着大门坐在院内竹椅上,进来一位男青年,我问他什么事?他说:"我姓潘,在北京大学刚毕业,要回四川老家了。夏家唐婆婆(夏之时的第三夫人)嘱我转告婆婆您几句话。"我问什么事?他说:"唐婆婆说夏之时在世时,经常说她这也不如您,那也不如您。夏之时还说过他总算享了您十几年的福。唐婆婆说您俩不应该离婚的。"我听后笑笑。我对这位潘青年说:"问候唐婆婆。"

七、百思不解的诬告

在 1935 年 3 月,"锦江"开门前,李嵩高介绍了两位从四川来上海的学生,刘伯吾和温子研。李先生的意思要他们二人在"锦江"当营业部店业的服务员(过去称茶房)。我见他俩聪明、忠厚、勤俭,收做我的学生。最初,刘管出纳、温当采购。后来,刘升为茶室副经理。温离开"锦江",自行开办企业。我爱护他俩如亲骨肉,无论从衣、食、住、行、病痛到成婚,以及其家庭有事,我总是尽力照顾,协助解决。尤其是我对刘某的爱护,是店员公认为无微不至的。记得他曾病住院四十天,我无日不去看他。有天他接四川家信,告父亲去世,一家七口人生活无着,有断炊的危险!他哭了。我问他:"怎么办呢?""最好买一百亩田地耕种。"我当即设法筹得

第三十一章 迎来了解放

一笔款子给他，兑汇四川家买地了。后来，他结婚顶进的新房，是我交付的（二十两黄金）。当我从菲律宾回国时，患伤寒症。刘、温二人在某天深夜来我家。刘伯吾急说："子研想在北四川路开设纽约舞厅，缺乏资金。"要求我资助温子研。国瑛站在房门口，眼泪汪汪地说："妈妈在发烧，时间已两点，太晚了，你们明天来好吗？"我对刘某说："我现在病中，并且两店目前自身困难很多，我怎有力量帮助他呢？"他二人再三要求，我看在李嵩高面上答应了。次日，我在床上写信给几个友人，暂时拉借了一笔款子（详数记不得了）给了温、刘二人。

温子研有了钱，在上海北四川路开办了纽约舞厅。温子研的舞厅开张后，营业很兴旺。温妻见丈夫每天总是深夜回家，老与舞女在一起，还会有什么好事？！于是有天在营业时间，居然在音乐台上和丈夫大吵大闹。因此，纽约舞厅兴旺半年，就停闭了。这时候，温子研写给我一封绝命书，大意："老师，我已到如此地步，无法再活，请你将舞厅和我住房一起顶出，由你出面和债权人清算。至于我欠你老师的部分，待下辈子变牛变马还你。"我收到此信后，立刻请人把他找回，藏在茶室楼上治病（肺病），一面找律师刘良、会计师陈力，请他们将住房留给他妻子，仅将舞厅出顶。依法清算后，请债权人到"锦江"吃饭，按各老板大小来分摊数目多少（对资本大的老板折扣多打些，资本小的老板折扣少打些），大家满意，签字收款，结束了此事。温子研的肺病日益严重（当时也算是不治之症）。他要求回四川，我给他路费、药物。回四川后，不久就去世了。由其父亲来信向我道谢，并向我要照片留念！

上海刚解放不久，刘伯吾竟怂恿温子研的妻子王小姐，并做他的后台，向法院起诉，告我一大状，说我谋财害命是恶霸。法院送来开庭日期的传票。狂风暴雨突然袭击，我吃惊伤心百思不解。这温子研给董竹君的绝命书。

传票引起"锦江"全体职工的公愤，尤其是老职工，他们都知道刘、温二人在"锦江"未开张前就进店的人。又亲眼看见我是怎样对待、照顾他俩的；纽约舞厅又是怎样开、闭的。友人们和店里职工都觉得哪有如此以怨报德的人？！都很气愤。他们派了代表到我家，叫我不要去法庭，愿意代表我上法庭作证。对此，刘伯吾的妻子很明大义，对刘说："董先生待你这么好，你怎么做出这种事？"刘说："董先生有钱。""人民银行更有钱嘞！"他的妻子回答。

我异常感激职工们的正义感。后来，我找出温的绝命书，有关舞厅盘出、债权人分摊款子收据，以及律师、会计等签字的一大堆证件送交法院。初判对方败诉。刘某又再煽动温妻上诉，结果上海高级人民法院批示："此案证据属实，不许再上诉。"这件事至今，我难以理解。

刘某于1985年在上海去世，追悼会寄来讣告。我念其在1935

年"锦江"开门营业的一段时期,他和温子研二人的工作积极,故发了吊唁电报。刘的妻子是位通情理有正义感的女性,我尊敬她。1986年初夏,她有事来京顺便来家看我们,我见了她,并嘱大明儿陪她吃了便饭。

八、两店奉公,扩为锦江饭店

1951年初春,上海市公安局副局长杨帆和上海副市长潘汉年,派高萍同志、还有一位(姓名忘了)来法华路家里,对我说:"上海市公安局及市委决定:要在上海设立一个招待中央首长、高级干部及外宾们的安全而有保卫工作的高级食宿场所。目前政府还不能公开出面办理,认为锦江这块国内外著名的牌子和你在上海的名声以及你培养成熟的业务人员,这任务只有你担任才适当。希望你同意,并迅速把两店迁移到十三层楼(长乐路八十九号,原名华懋公寓,英国犹太人沙逊的大厦)扩充发展。"

在锦江两店的全部人员,及其他一切设备的基础上,迁移扩大成为饭店。当时我的心情异常激动。心想多年来一贯本着当年(1935年)向李某申请入党时,李同志所指示的——以经商来维持七口人的生活、孩子们的培育和帮助革命工作的宗旨做的。今天要建设新中国了、对孩子们教育亦已尽到责任,她们已留学美国、都学有专长、精神境界都很高尚,他们有志向,从来没有继承遗产的观念。所以,大家一定会同意将锦江两店奉为公有,以助国家的事业发展,我也不需要再有此企业财产了。现在需要"锦江"来替党做更多的工作,多么好啊!故我十分高兴!便无所顾忌地毅然将十六年来含辛茹苦经营,价值当时十五万美金(折合当时黄金三千两,这类企业的招牌值钱)的"锦江"两店全部是甘心情愿、双手恭奉给党和国家。当时上海市委潘汉年拨款四万元（当时人民币），作为清理、迁移的费用。遂即迁移，我仅留下郭沫若同志为我写的诗一首，及著名人士曾挥毫过的红木"文房四宝"一具。

迁移筹备顺利完成，改名"锦江饭店"，店徽为"竹叶"。我任董事长兼经理，任百尊、宣铎、应竞任副经理。以锦江川菜、茶室两店为主的一百几十名职工亦分别任职（当时还有一部分解散了的上海酒楼的职工）。1951年6月9日，我主持了隆重的开幕典礼。锦江饭店遂成为新中国成立后，上海第一家可供中央首长、外宾们食宿和召开重要会议的安全场所。因锦江两店的工作班子业务水平高，很顺利地扩大发展了。

记得开幕那天，应竞同志在旁还说了一句趣话："到底是董先生的面子大，有这么多人送礼祝贺！"我的情绪激昂，异常兴奋，因为对"锦江"来说辗转十六个年头过去了，它对革命事业曾有不少的贡献，但毕竟是微如大海一滴水，现在开始它新的历史任务，走上更光荣的大道，这确实是一个非常值得纪念的历史日子！对于多年共事的职工来说，从此也有了坚实而幸福的依靠和走上为社会主义建设的光荣工作的岗位。对于我个人来说：在整个革命历史进程中，亦曾起过一颗小小螺丝钉的作用。为公为私，心里都觉得有无限的欣慰！

至于早已名著中外的"锦江"两店，在经营的十几年里，曾经受过狂风暴雨、惊涛骇浪，因我始终无人力、物力、财力的靠山支持，确实是绞尽脑汁历尽艰辛，故它的成长、开花、结果，非一帆风顺的。不客气地说，这一切都已成为光辉的历史了，亦正因有此历史，它才能在解放后，有条件担任迁移、扩大的政治任务，今后有党和政府的大力支持，它定将开更茂盛的花、结更大的果！正如我定名——锦江——它是五彩缤纷，光芒万丈！

追 忆

历尽艰辛创锦江，
革命志士荟萃场。
盈余源源入洪流，
鸡鸣两者奉民掌。

高 兴

川菜茶室并蒂莲，
扩为饭店五一年。（两店扩大为锦江饭店）
食宿安泰沪首名，
誉著中外古今庆。

一九五一年冬于上海家

应该谈谈"锦江"迁移的经过：

1. "锦江"迁移之事，当时两店职工不明内情，在当时形势下，我还不能公开说明党交的任务。他们吵闹，坚持不愿搬入大楼。他们的理由是：市面还未恢复，生意不好，收入已经不够维持职工的家用开支，店也亏本，还要扩充，岂非冒险？经我两星期的苦口劝解，也不能说服。无可奈何，只好执行行政命令，才迁入了这座大楼。

关于职工不愿迁移一事，话要说回来，锦江两店的职工毕竟重视店务尊重我的意见，最后，还是顺利地迁移了。像南京路十五层的国际饭店，老板离沪走了，照例应由政府接收，而工作人员连电梯都不开，反对交出饭店。当局经六个月的周折，才接收过来的。

当时，上海社会对我将"锦江"两店迁移，组织有限公司，完全相信为了扩大营业，丝毫未暴露是政治任务。

2. 1952 年初，我生日那天，因头昏在家休息。上午 11 时左右，保姆孙韵梅（又名顺宝）进房告诉我说："锦江送来十桌酒席，人也来了好多。要给董先生祝寿。"我大吃一惊，从未有过的事，怎么会呢？当即下楼，见大客厅里果然摆满了。酒至三巡，职工代表起立说："今天我们大家特别来庆祝董先生的生日，同时，也是来感谢董先生多年来对我们的培养引路。现在，别的餐馆饭店人员还在徐家汇区，我们已走到了南京路（亦名大马路）近黄浦滩了。因此，我们怎能不来向董先生祝寿呢？！"最后，我明白了他们如此热诚、亲切的动机——见"锦江"迁移扩大后的生意，有出人意料之外的兴旺，亦知道这些迁移的内幕了。我起立举杯道谢，深感快慰！

　　解放前"锦江"两店的厨师及其他工作人员共有一百几十名。在解放后，迁移扩大营业后仍在"锦江饭店"工作。继后有些人调派到上海其他大饭店，分别担任一级、特级厨师与行政工作的重要职位。

　　这张照片上的全体工作人员是锦江两店于1951年6月9日迁移长乐路扩大的锦江饭店的奠基人。因紧缩家庭开支，正要搬住复

锦江川菜馆全体职工合影。（1949年）

兴西路一四七号公寓时候,陈同生、何以端两位同志来说:"你的企业越做越大,而居住条件缩小到如此,会引起社会舆论怀疑,对工作不利,绝不能搬,这笔房租二百元美金应由市府代付。我们去和潘汉年副市长讲,你等几天。"两天后,陈同生、何以端来,神态不安地说:"看今天晚上最后一次会议如何决定,今晚会后我们来告诉你确实的回音。"到晚上 8 点后,他俩来了,陈同生进客厅躺在沙发上,只是叹气。何以端则倒在椅上不言语。我见状,知道不成功。少时,陈同生对我说:"潘汉年还是不同意。"于是,我就迁住复兴西路一四七号公寓了,房租当时人民币六十几元。

顺便谈谈我的经济情况:

当时"锦江"两店奉命迁移扩大发展时,党和政府曾给过我当时人民币四万元,作为因市面不景气而亏损的贴补和迁移费用。这笔款子尚余一万余元,加上出售女儿们的结婚戒指与其他物件的钱,贴补了当时几年全家的生活费用。亦曾向企业家(民革成员)章荣初借过人民币二千元(后来以灰鼠大衣抵偿的,此大衣由刘忠海亲

自代我送去的）。

"锦江"两店归公后，我任董事长兼经理时，工资三百单位（折合当时人民币一百六十几元）。1957年，我任全国政协委员后，工资由全国政协支付了。

1983年春，田云樵主动向上反映了我的经济情况，"锦江"汇来人民币一万元。

几十年来，依靠国外女儿、外孙女们的劳力所得贴补。我从无任何不动产业，且除旧手表外无任何值钱物件，迄今社会上还有人认为我是富翁。哈哈！

九、突然被排挤

我是"锦江饭店"的创始人，开始就任首席董事长兼经理。在1953年秋，有天，我召开会计会议，上午8点多，我到店进办公室说："开会了，人到齐了吗？"任百尊一变常态说："会已开过了。"我愕然猛觉得晴天一雷，黑夜又复呈现在面前似的，转身便走。回到家里躺在客厅沙发椅上，前思后想：这会是我召集的，为何我本人未到会已开过。他们对我为"锦江饭店"的经营管理所提出的一百多条建议，总是阳奉阴违，到底是何缘故？其中必有文章。在室内踱步沉思通宵难眠，向上反映知个究竟呢？还是算了？最后痛定思定：（1）"锦江"这块招牌早已中外著名。（2）"锦江"一百几十名工作人员十几年来在业务上已精练成熟；各项工作发展的基础已奠定，业务已进入正轨，加上今后有党和政府的大力支持，有这些优越的条件，"锦江"发展前途必然宏伟，无须顾虑重重。再说现已解放，何愁无事做。故当时不计得失忍耐让步，未向有关领导反映。就此莫名其妙地被退到第二线。此后，改任董事长兼顾问。

第三十一章 迎来了解放

1955年肃反运动时,我在青岛疗养院疗养。有天,突然见《人民日报》头版头条消息:登载上海市副市长潘汉年是反革命分子。[1]我大吃一惊。心想怪不得在劳资纠纷和房租问题上潘汉年很不支持,原来如此。几天后,接国瑛女从上海来信告知:"妈妈,任百尊特来家告诉说:'当年为锦江饭店人事一事,我得罪了你妈妈,这是潘汉年的指示。'"我又吃惊,心想自己和潘汉年既无直接工作关系,又无私人往来,他多年来来锦江开会、吃饭热情招待,签字了事。无冤无仇,为何要如此对待我?百思不解,能不难过。接国瑛此信,原想向上级反映,得知确情,但想时过境迁,无须追究。故在1953年在京拜见周总理时,我忍痛未告诉总理,我这锦江的创办人是怎样莫名其妙地被排斥的。关于此事我闷于心,实不明白。

1959年,董竹君在上海复兴西路147号的阳台上抱着外孙女小宏留影。

十、割断锦江前身历史·上海市委的三条决议

1986年我在北京，锦江饭店举办纪念会，纪念成立三十五周年。明明是五十周年，割断锦江饭店前身的历史，我很吃惊。但为顾全大局起见，写了两全其美的一篇祝词，店庆办公室回信说："已将董事长祝词寄香港印入纪念册了。"后来见纪念册上，仅有祝词的最后一首诗，未将我的祝词全文载入。

我原是锦江饭店创始人首席董事长兼经理，因上述原因退到第二线，任董事长兼顾问。我未收到任何通知，亦无人和我谈过话，居然在纪念册上将我的职位全部取消了，且在原来工商行政管理局发给的执照改为1953年3月24日中央行政管理局发给的执照，在此执照上我名列第四，即负责人：任百尊、吴克强、陈志兴、董竹君、戴浩明，并且割断了锦江饭店前身革命贡献的历史，对此竟一字不提，一百几十位工作人员的辛劳亦等于付诸东流！

我敢不客气地讲一声，没有1935年3月15日诞生的"锦江"，就无解放后的现在的"锦江饭店"。割断它的历史是不可能的。

到此，我无勇气再为它忍受了。因而向中央有关部门如实地反映了。不久锦江饭店办公室派陆子平、乐翠娣两人送来人民币一万元、火腿、蔬菜，我将食物留下，一万元退回了。与此同时上海市委在江泽民同志主持下，对恢复"锦江"历史问题做出了很公正的"三条决议"。当时江泽民任上海市委书记，此事由他主持办理的。

（一）锦江饭店由董竹君创业的历史及其对革命的贡献和与党的关系，补充在锦江饭店的发展史上。

（二）在锦江饭店内建立一个"锦江"陈列室。将解放前后创业、发展历史的资料放入陈列室内，永远陈列，扩大影响，使之起到良好的宣传作用。

（三）恢复董竹君的职称，每月给车马费。

对方对此三条决议的做法：①未和我联系合作，他们独自进行，影册上仅有锦江前身的四只菜盘照片和从报刊上摘下了不完全真实的我的事迹，以及几张无关系的照片；②将陈列室设立在职工宿舍楼（能起何作用？）；③聘请我任高级顾问。聘书封面上是锦江集团出面，而内容是锦江饭店出面签字盖章。锦江饭店的前身和锦江饭店都是我创办的。我被莫名其妙地先后取消了全部职位，并割断了"锦江饭店"的前身历史。现在只能说是恢复我原有的职位，或按上海市委的决议精神办。但对方一再敷衍应付。我的子女们见我年迈，为此事受折磨烦心，她们提出简单的建议：将锦江饭店在解放前后的历史简单地写刻在木板或石板上，安置在醒目处，所有费用由她们担负。我认为这是最简单可行的办法，然而对方说："难弄呀，要树碑立传呀。"令人啼笑皆非。

1991年6月9日，锦江饭店开第二次纪念大会时未通知我，仍然割断了锦江前身的历史。我已深知为"锦江"多年经营含辛茹苦和职工们的贡献早已随时光的流逝而消失，这非稀世之事；事虽如此，唯我更不能理解的是：上海江南造船厂在1990年开纪念会时，从清朝末年开始算起，纪念一百五十周年。北京饭店公开纪念是八十周年（前几年开的）。《新民晚报》原名《新民报》是陈铭德、邓悸惺创办的，它在解放后改名的。一年前召开纪念会，是从1936年创刊起算的。上海音乐学院，原名国立音乐专科学校，是蔡元培、肖友梅创办的。这次建院纪念大会是六十周年。以上所指，都保留了它的前身历史及其创办人的姓名。"锦江川菜馆"、"锦江茶室"、"锦江饭店"都是我一手创办的，何况锦江饭店的前身历史，无可讳言它在革命的洪流中，从开门日起，自始至终竭尽了全力！

关心此事的中央和上海市领导同志，在百忙中能为恢复"锦江饭店"前身的历史和我的姓名、职位操心，做出此三条公正的决议，虽尚未落实而我仍异常感谢！

以上有关锦江举办的纪念会明明是五十周年而被改为三十五周年，并在纪念册上将我的职位全部取消等一切事迹，与在1987年直至现在的调换的新领导同志们无丝毫关系，特此说明。

1996年6月9日，锦江饭店召开庆祝四十五周年的大会上，总经理贾智勇讲……向从30年代始就致力于锦江的初创开拓工作并作出巨大贡献的董竹君女士和饭店老领导、老职工致以最真诚的敬意！我闻而慰甚！

至于，不能割断锦江饭店前身的历史一事在国内外报刊都有登载，如：

《团结报》1986年11月29日题为《董竹君与上海锦江饭店》一文："……新一辈人知董竹君者不多了，然而耸立在黄浦江畔的锦江饭店，虽无一个字，却以一个庞然的实体实在地记录了前辈创业的艰辛，记录了这座著名饭店前后五十年的历史。"

美国旧金山《大公报》于1986年12月26日题为：《董竹君是中国的阿信》。历史是严肃的、历史是永恒的、历史是不可磨灭的……

香港出版的《桥》杂志第七期：……历史是严肃的、历史是永恒的、历史是不可磨灭的……

1990年5月出版的《中国企业家列传》第四期载有《上海锦江饭店创始人董竹君》一文，亦说明了现在锦江饭店的前身历史。

1995年11月28日锦江饭店的陈雪明经理及现任领导贾智勇、陈国元等同志派乐翠娣同志给我送来补发的聘书："聘任本店首任董事长董竹君先生自1987年7月始为本店常年高级顾问"，并送来了车马费。

第三十一章 迎来了解放

1951年锦江川菜馆和锦江茶室合并为锦江饭店（当时称十三层楼）。

附：想起"锦江"

"峨嵋"开张大吉，宴客席上俱是蓉城名菜，其中尤以"樟茶鸭"、"棒棒鸡"为出色，在大快朵颐之下，不免又联想到旧日上海的"锦江"了。

"锦江"坐落在那法租界华格臬路，"大世界"的附近，初开时大家以为只不过是普通一般的小馆而已，并未加以特别的注意，谁知开到后来，竟把同时期内之不可一世的粤菜酒家都给盖过，成为当年上海饮食业里最著名的去处，那是一般人万万没有想到的。

"锦江"售川菜，主持者是一名某太太，那里的菜式确做得精巧而别致，在数十年后的今日回想起来，还能记得那又脆又辣的"干炒牛肉丝"，与色香味俱全的成都"素什锦"。但菜好还不完全是"锦江"的号召力量，那里面布置之幽雅、设计得饶有情趣，更是吸引顾客的主要原因。

"锦江"里没有散座，全部是大大小小的房间，木框纸窗，一尘不染，很有点室雅何须大的日本味道，所以才能到宾至如归的最高意境。当年上"锦江"去吃饭，有时要排长龙的，并非虚构，确属事实。

熟客们都可以得到"锦江"的特别优待，就是把你给让到那间上高下低、曲折离奇、曲径通幽、人迹罕至的"秘密室"里去。那处所在，普通客人找不到，侍者不待按铃不到，假如座有鬓丝的话，酒后放浪形骸之处，绝不会被人看了笑话去焉。

《洋场燃犀录·微儿》

一九八〇年三月六日香港报载

这篇短文亦说明了现在"锦江饭店"前身历史情况的一角。

附：1986 年我给锦江饭店店庆写的祝词

我为顾全大局两全其美的祝词是：首先请允许我代表我自己以及家人们，向诸位表示由衷的敬意和祝贺！祝贺我们"锦江"的事业，在党与政府的支持和"锦江"领导与同志们的共同努力下，发展到如今有了三十六周年的历史，和它的前身算起是五十周年。并有了如此庞大的基础和宏伟的规模，竟成为国家在上海经营的企业中不可缺少的组成事业之一。这是我个人在"锦江"的前身迁移时的"设想"，果然成为事实！怎能不令人兴奋！将来它又会发展为怎样的面貌呢？我是难以"设想"了——我以为我完全可以不必"设想"了。总之，它会"一帆风顺"地进展下去。

其次，借此机会也请同志们允许我把这"锦江"前身的历史说一说，对比较年轻的同志们也许有些参考的用处。

1929 年秋我带了四个孩子，陪同双亲从四川回到上海。那时候可以说"一无所有"。后来，承几位经济并不富裕的亲友相助，在上海闸北创办了"群益纱管厂"。不久，即被日本帝国主义侵略上海的"一二·八"炮火炸毁了。

1934 年底，承一位四川友人李嵩高先生慷慨借助二千元，遂在上海华格桌路三十一号，租用一底三层，就此在 1935 年 3 月 15 日产生了"锦江"。"锦江"是开门红。在精打细算地经营下，不断扩充。次年，在上海华龙路又开设了"锦江茶室"。

所喜的是：我和上海当时的地下革命组织始终保持着联系，同时也借"锦江"的力量，做了好些有益于革命事业的工作。

今天，我遇到扩大发展的"锦江"三十六周年及锦江前身历史十五周年,共五十周年纪念日,不能不引起我无限的激动和感慨!

  对于那些已谢世的老同志,表示衷心的怀念;对于还健康的老同志们表示尊敬并祝他们长寿;对于正在"锦江"工作的中青年同志们表示我由衷的希望,希望"锦江"的前途像满园春花,不断地盛开!顺祝同志们健康长寿!

注释

[1] 潘汉年同志属冤假错案,后来平反了。

第三十二章 到北京看看

一、周总理、邓大姐招宴

1953年秋，我乘火车到北京。住礼士胡同二十八号国瑛女家。有天国瑛女告诉我说："总理秘书何谦同志来电话，总理要请妈妈吃饭，还叫我同去呢！星期六晚上派车子来接我们。"车子到时，我正服药（更年时期），匆忙整装，我俩迟到了。进中南海西花厅总理家客厅时，尊敬的邓大姐迎上来说："啊呀！你们怎么迟到了呢？总理从来不等人的，但是他今天一定要等你。饭菜已备好。"我们四人在客厅里吃饭，一开始，总理走近餐桌就拿起酒杯对我说："多年来，你为党在各方面做了不少工作，我敬你一杯。"总理放下酒杯又说："身为都督夫人，抛弃荣华，单枪匹马，参加革命真难得。"此时，国瑛女插嘴："总理曾问过我，你妈妈健康怎样？总理还说一个人革命不容易，一个女人革命更不容易。一个女人要做成功一件事（指锦江等）就更难了。那天，我还随总理一道去划了船。"大家笑了。我和总理在饭间交谈，其中谈到我想办旅游事业。我说："日本、瑞士每年旅游收入，占国家收入的很大一部分。日本风景区人力加工的不少，我国天然风景比比皆是，稍加整修便行。这是一项一本万利的事业。"总理很赞成。但认为刚解放，时间早了些。我们又交谈了些别的事。饭后，总理和我们都去怀仁堂看了戏。总理的亲切交

1948年，董竹君摄于北京故宫。

1962年，与国琼在长城游览。

谈给我们鼓励很大！

我特从上海带来赠奉总理的几件礼物——1×3（寸）最好的鸡血红图章一对、银器食具六大件。总理全部收后归公了。总理廉洁、一丝不苟的情操，令人敬佩万分！

总理啊！向您致崇高的敬礼！您为国、为民、为党的事业牺牲自己，作出了伟大无比的贡献。人民怎能没有您？您走得悲壮。我笔至此，能不泪下！

二、杨虎离婚、复婚

约在1953年春末，我从上海来北京，住国瑛女礼士胡同家。国瑛女对我说："我应该常去杨虎家看看，也想知道他的身体怎么样？可我哪有这么多时间。妈妈您来了，正好，您去他家住几天看看。他

1957年全国政协会上同周总理握手。

家里很舒服,有人照顾您。妈妈您去住他家里,他一定很欢迎的。"

我住杨虎家一星期,见杨虎来往人依然是些旧交,气氛还是老一套。杨虎接受了我的建议——多看看《毛泽东选集》。每天上午,他在走廊上很认真地翻看,情绪也不错。唯他老婆陶圣安不满现状,天天闹着要和杨虎离婚,嫌杨虎待遇(部长级)虽好而无职位,年纪大了,解放了,诸般理由。杨虎不同意。陶圣安遂一再恳求我说服杨虎。我和王寄一同志商谈后,由我和杨虎谈谈。我对杨虎说:"解放了,陶圣安既然不愿和你再做夫妻,年轻女人应该让她去找寻合适的对象,你也该物色一位贤德的老伴侍候。这样,你俩各得其所。"经我多次劝说,最后杨虎接受了我的建议,与陶圣安离了婚。离婚证书上,我和王寄一是证人。

陶圣安离婚后居住天津。次年春,王寄一来上海告诉我,陶圣安又再三要和杨虎复婚,杨虎正有人介绍某人快要成功了,现在看来陶圣安会占上风。我听而吃惊,我和王寄一认为:天津过去称小上海,同样是五花八门。很可能是陶圣安和坏人勾结在一起了。她拼命要和杨虎离婚,时间仅一年多又要复婚,不是好事。我为挽救杨虎起见,立刻提笔写信说:"……陶圣安再三要求离婚,时间不久,又要求复婚,其中必有阴谋,千万勿上当。中共中央认为你对革命、解放上海有过贡献,不追旧恶,待遇颇高,千万不要为山九仞,功亏一篑。盼多学习,思想要跟形势走。"我晓以得失、利害。此信是王寄一回京亲自送去的。但杨虎始终未回只字,终于和陶圣安复了婚。

三、杨虎自投罗网

1955年开展肃反运动。6月底,我从青岛疗养院出来,到北京探亲,住北京东城东总布胡同十九号国璋女儿家。我到的次日(7月2日)吴克坚同志(全国人大常委会第一副秘书长)来国璋处,态度冷静地对我说:"你来得正好,由你出面请杨虎夫妇吃饭。"我说:"你怎么不自己出面请呢?""去过三次电话,他不去。"我察觉吴克坚神色异常。吴克坚是领导干部,在解放战争中,他曾一度领导杨虎工作过,为何三请杨虎都不去。联想到杨虎和陶圣安复婚事。我问吴克坚是否杨虎出事了,吴克坚说原想和他好好谈谈未成。于是吴克坚想了一个办法,叫我做。他有事急忙走了。次日开始,我按照吴克坚指示办了。即在5日请杨虎夫妇在颐和园吃午饭,大家一起谈谈,但杨虎未到。当天晚饭后,正是倾盆大雨,一位蒙面黑衣人突然进门,把我吓了一跳。正要问:"你是什么人?"他站在门内,把雨衣脱去说:"吴秘书长叫我来,请您明天到他家去有话说。"次日午饭后我去吴家。吴克坚告诉我:"杨虎被捕了。"后知,杨虎被捕原因：夫妇俩复婚后就进行叛变活动。陶圣安和杨虎离婚后，在天津勾结特务做杨虎工作，搞反革命活动。陶在天津和日伪时任北京市长大汉奸潘毓桂之子潘铁铧医生夫妇，交往密切。潘医生的老婆是日本人。杨虎借她回日本探亲的机会，写了一封信给蒋介石，托她带出国，她到深圳受检查时，因害怕交出了信。经调查属实，而且杨虎家藏有武器。吴克坚原想请他吃饭时，开导说服他，哪知三请不去。

杨虎被捕后，不久患胃病，政府特别优待他，转送医院治疗，后在医院病故。

在杨虎住院治病时期，范绍增（解放前是四川军长，解放后任郑州体委副主任）曾来家告诉我："我去医院看过杨大哥两次，劝他写份检讨就完事。他怎么也不肯。"我说："我曾诚恳地写了一封信，劝杨虎千万不要和陶圣安复婚上当。吴克坚又三次约他吃饭想挽救他，判刑后安排他住院，你又去医院两次劝他。这些，党和政府对他已仁至义尽。"

四、迁居北京

北京是中华人民共和国首都，过去有几个朝代在北京建都，现在是全国人民的政治文化中心，是全国人民和全世界爱好和平人士向往的地方。过去我到过北京，当时所见印象最深的是人烟稀少，尘灰满城，晴天脚下地便一阵烟土，雨天则满鞋是泥浆。真是无风三尺土、微雨一街泥。妇女们上街必须用纱巾盖面，小胡同多如牛毛数不清，因而交通工具只有能坐一人的、狭窄的小三轮车才能通过。居民住房，除东交民巷有外国人盖的洋房外，整个城内几乎都是矮的、小的、旧的、破烂不堪的平房。甚至商店门面房亦复如此。

1964年,北京大觉寺,与国瑛合影。

北京城的今昔相比天渊之别。所以,现在我爱北京。因想到我离沪后,对所担任的职位无甚妨碍,且子女又都陆续由沪转来北京工作。迁居北京,对工作生活能相互照顾,遂于1960年底,我由沪迁往北京。我到北京站时,全国政协特派联络处赵公勤同志来接我到金鱼胡同和平宾馆住下(当时无合适的住房,暂住这里)。记得小赵为我拿行李,他进房靠里面床沿坐下,累得说不出话,直喘气。那时,赵同志还是一位亲切活泼的小伙子,光阴似箭转瞬间他已退休,我则耄耋老人矣!

五、上海招商局陈天骏先生

1961年春的一天，见天气晴朗正想出外散步。不料原上海招商局船长陈天骏（号肃亮）先生突然进门。他放下拐杖坐下，满面愁容，并不寒暄，直截了当地说："董大姐，我有件事想了好几天，只有求您帮助。"我暗想：他原在上海是锦江座上客、知名人士，可是我和他素无私人交情，何以来求我？我问："陈先生您家住在何处？""住东华门孔德东巷六号，几间小平房里。""您有什么困难事？请说吧！"他说："我在交通部远洋局任总工程师，月薪二百八十元。1957年鸣放时，我说错了话，被划为右派，下放街道了。从此，一文不入，生活发生困难。一家老小八九口人，最小的女儿只八岁，全靠长子每晨去街户人家送牛奶，与我爱人每天去皮鞋摊上修鞋，月入十八元补贴开支。爱人双手经常磨出血，带着血迹回来，这样的生活已过了三年多。现在可卖的都变卖了，仅靠母子二人这点收入，怎能过活呢？已到了山穷水尽无路可走的地步。闻您到京，特来求您。"我说："您是上海招商局的船长，航海界有名望的人，解放后，怎么会到交通部工作的呢？"他说："说来话长，我在香港时，在中国共产党的领导下经过斗争，于1950年11月，从香港将招商局的十三艘轮船和船员起义回来后，被分配在交通部远洋局工作的。报刊有登载、周总理有书面表扬。因此派任此职。"我问："1957年鸣放时，你说了什么呢？""我说原在香港时候讲好的待遇，如子女读书、居住、工资等都未兑现。""右派是敌我矛盾作为人民内部矛盾处理的，每月应有三十元生活费，你有吗？"我问。"从未给过。"听完他的一番话，觉得如此有功之人这样对待，有损统战政策。我俩彼此沉默片刻。我说："陈先生，您的问题，首先要摘掉右派帽子。但是您的关系已落到居民委员会了，比较困难。"当时，我边做他的思想工作，边劝他勤劳街道工作，改造自己，按毛主席讲的——做有劳动观念的知识分子。同时告诉他在街道上应做些什么。如每天清晨扫街，主动地按办公时间到居委会帮助她们做些文书工作。"叫你做什么，就做。只要勤劳，群众眼睛是雪亮的。我想这样，一年之后居委会会给你摘帽的。那时，请您将十三艘船起义的所有证件和周总理的表扬照片统统带来。我代您向上反映。"我们谈了多时，并提醒他保重身体。他说："我一定接受您的建议。"他含笑地走了。

一年后，他来我家里，异常高兴地说："董大姐，按您的劝导，我回去后都照做了，每天清晨扫街道，每天去居委会协助她们搞文书工作等。因为接受了您的启发，想通了，反而越做越高兴，因此人们对我的印象不错，右派帽子在前天宣布摘掉了。现在，我把起义的一切证件都带来了。"当时我也很兴奋。我立刻向中央统战部如实地做了反映，统战部工作认真迅速，只两周就恢复了他的原职，工资定为二百一十元，比以前少七十元。但他也很满意。全家如鱼得水，对党不胜感激！我们两家从此也做了好朋友。

陈天骏先生恢复工作后，在他兴高采烈继续工作的岁月里，曾写过和翻译过有关航海的资料，并翻译了《航海大辞典》。

附述：我顺便介绍一点陈天骏的简况：陈天骏先生原籍浙江省海盐县人，身材不高，经常手持拐杖，神采奕奕，走路颇似英国绅士派。出身不富，靠自己发奋图强。为人和蔼，秉性坚而仁，早期毕业于上海吴淞商船专科学校。中英文程度极高，又是位书法家，无论篆、隶、楷、行书都写得极好。他在航海界有一定名望。国民党政府时期，他曾任驻墨西哥领事。后来对国民党政府不满，加入了农工民主党。在抗日战争胜利后，他担任上海商船驾驶员总会秘书长。他发动驾驶人员同当局多次斗争。因他的言行惹怒了上海警察局特务毛森。毛森要对他下毒手。经招商局船务处长黄慕宗、总船长马家骏的帮助和总经理徐学禹的批准，将他调往香港招商局。陈天骏脱险到港后，和中国共产党连贯、吴荻舟等取得了联系，在中国共产党的领导下，他和香港招商局副经理汤先生、船员、员工一起秘密地活动，并和台北招商局巧妙地周旋，经过几个月的斗争，将十三艘招商局轮船聚集香港，台北当局虽察觉已无可奈何。此后，又经他带动几次斗争，于 1950 年 1 月 15 日，香港招商局船员和十三艘停泊在香港的招商局轮船，同时升起了五星红旗。此后，他又带领船员经过十个月的斗争，十三艘轮船终于驶到上海黄浦港。

陈天骏先生在北京交通部远洋局恢复工作后，在十年浩劫中被抄家、批斗，含冤得病而离开了人世。右派问题，于 1978 年予以彻底平反了。他的家属子女分居上海、北京、香港、台湾等地。

六、上海商务印书馆黄警顽先生

黄警顽先生是浙江人。解放前，在上海商务印书馆工作，社会人士称他是商务印书馆的交际博士。秉性善良、热心助人，是一位爱国进步人士，曾在革命中出过力。他认识的新加坡华侨颇多。他是锦江座上客。

1930 年，庄希泉托他介绍我去南洋教书。因我创办群益纱管厂而未去成。我迁居北京后，有天早晨在景山公园遥见他衣衫褴褛在做运动。我走近和他握手问好，他见我异常高兴，并告诉我住在东四本司胡同十三号（好像这号）东屋。因在公众场所不便多谈，次日我去探望他时，适逢他外出，我进屋观察见约五平方米一间小屋，除小床外有一张小桌，书架是用砖块砌成的，真是赤贫如洗。我出屋问邻居，黄同志哪里去了？邻居回答："黄同志每天清早就去图书馆,晚上回来。冬天因无钱买煤,白天就去图书馆过冬,一直如此。"之后,我将他的情况,告诉了他的老友庄希泉。庄希泉和我请他在王府井大街萃华楼吃午饭。他吃饭速度特快。饭间他告诉:"解放后,来北京在中央美术学院工作,反右时戴上了帽子。从此,一直无收入。"我说:"应有三十元生活补助。"他说:"没有。"饭后庄希泉给我钱,我俩合买了两套蓝布衣裤。次日他来我家,我把新衣和人民币十二元送给他时,他动作快捷地把衣服和钱包好,一言不语地和我握手微笑、高兴地拿走了。

事后,我和庄希泉老商量,如何进一步帮助他向上面反映。庄希泉老说:"右派帽子未摘掉之前,不便反映。"我见他生活无着,实在可怜,我忍不住,便向中央统战部详细地反映了有关他在解放前后的情况。统战部先是给他三十元生活费,继后摘帽平反,给他换房。接着他回沪与夫人、孩子团聚。上海统战部又安排了他们适当的生活费用,并分配了一套单元房子。

黄警顽先生业已去世,他的孩子分散在上海、北京工作。

我的一个世纪

牢狱五年话沧桑

第三十三章 史无前例的文化大革命

一、运动前夕

1966年5月25日，北京大学哲学系聂元梓等七人的一张大字报；6月1日《人民日报》社论《横扫一切牛鬼蛇神》；6月2日的社论《触及人们灵魂的大革命》；6月4日的《撕掉资产阶级自由、平等、博爱的遮羞布》……我连日看到这些内容异常激烈的社论，感到一场运动已经发动了。我虽然不了解这次运动的性质、目的、作用，但不管怎样，读过这几篇文章可以粗浅地体会到，这次运动来势汹汹，与过去的运动大大不同。新中国成立以后，已开展了多次政治运动，如果是为了教育人民，历次的政治运动已经做了不少，取得了很大成绩。正如1950年6月29日周恩来总理在《关于中国的民族资产阶级问题》一文中提到的："三年来，由于我们进行了抗美援朝、土地改革、镇压反革命三大运动，在国内把帝国主义、封建主义和官僚资本主义的势力基本肃清了。"是的，在新中国成立初期开展这三大运动，巩固了新生的政权——中华人民共和国。

从1951年底到1952年中还开展了三反五反运动。

1953年在教育界搞了全国性的院校调整，对知识分子进行了思想改造。

1954年反对胡风分子。

1965年，董竹君摄于北京玉石胡同家中。

1955年开展了全国性的肃反运动。

1957年开始整党整风，接着开展了反右斗争。

1958年初开展了大鸣、大放、大字报、大辩论四大民主运动。在鼓足干劲、力争上游、多快好省地建设社会主义总路线的指导下开展大跃进、人民公社、大炼钢铁、深翻土地等。不幸地在三面红旗万岁声中迎来了三年自然灾害（七分天灾三分人祸），出现了城乡人民吃不饱，甚至饿死人的灾难。

1959年工农业生产开始进行调整。

第三十三章　史无前例的文化大革命

1960 年至 1962 年生产恢复，各条战线有所转机。

1964 年在农村进行"四清"运动。

1965 年在文艺界批判《海瑞罢官》。

通过上述每年每月每日的运动，对人民的正反两方面的教育确够深刻了。现在又发动了轰轰烈烈的史无前例的无产阶级文化大革命，刮起十二级红色风暴，横扫一切牛鬼蛇神，这是空前的，到底这是什么运动？什么教育？我不能理解。

二、一封上海来信

7 月 14 日我接上海刘忠海（其父即为"锦江"物色名厨师的刘青云）的来信说："运动开始了，我替您看守的这幢房子，如果群众有意见就麻烦了，怎么办？"我意识到这次运动不平凡，顿时决定买车票南下，决心把上海复兴西路一四七号三楼公寓房子退掉，免受批评。于是，按常例打电话给政协总务科，请代购车票。接电话的人说："等一等。"过了一会儿，又在电话上回答："大家要学习，没有人给你去买。""啪"的一声，把电话挂上了。说话态度反常，更使我对这次运动的不平常有所领会，遂立刻自己买票，17 日离京赴沪。

18 日到了上海，我去复兴西路一四七号租住处。一进屋，小刘见到我，异常高兴地说："老师，你说要来上海已好久好久了，现在真的来了。"但又紧张地告诉我："居民群众在讲话了，说：'房子空关着，叫人看守。'意思是老百姓还没有房住呢！""群众说的对，我也想到了这点，所以接你信就立刻来上海退房来了。"我说。

抵沪的次晨，我去武康路一〇六弄八号探望陈同生同志，当时他是上海市委统战部部长，是我的老友，也是领导。我看见他一身病痛，只和他谈了半小时，告诉了他我来沪退房事，就告辞了。他要去华东医院看病，送我到楼下大门口。平时陈同生同志细白的脸上常带着笑容，讲一口抑扬顿挫的四川话，声音清脆，思路敏捷，说话风趣，话匣子一开，古今中外就说不完地说。他待人诚恳、和蔼可亲、最关心人，总是喜笑颜开、满面春风，给人以愉快的感觉。今天见他，除病容外，神态异常忧郁。为什么呢？我有些担心。啊！谁能料到，这竟是我和他的最后一面！他消瘦的病容和忧郁的神情，至今犹在眼前。

陈同生和夫人张逸诚俩的生活向来朴素，虽然是上海市统战部部长，所住房却只是两间一套的公寓，室内布置也极简单。在蒋介石统治时期，他曾被捕入狱达四年之久。他以不屈不挠的坚强革命意志战胜了敌人。谁知陈同生同志竟惨死于"四人帮"手里！他是值得我们永远怀念的！

下午，我又去看望了老战友田云樵。第三天上午，就去市委找曹荻秋市长。因他正急于准备当晚去北京开会，吩咐秘书和我谈。我对秘书说："从我迁居北京后，承市委关心我身体不好，来上海住锦江饭店不安静，坚决留下复兴西路一四七号房子并代我付房租，我很感谢党对我的照顾。但现在运动起来了，群众若提意见于公于私都不好，希望退掉，换一间给看房人刘忠海四口人住。"秘书同意我的意见，即指示房管局照我的建议处理。约一个月时间，换到武康路三九八号一大间，给小刘一家居住；淮海西路一五二八号二楼一间一套的公寓，给我备用。

我在沪换房期间，知道公布了毛主席8月5日《炮打司令部（我的一张大字报）》，以及8月18日首都百万群众举行庆祝无产阶级文化大革命的大会。会后，百万群众的游行队伍通过天安门广场时，接受毛主席的检阅。8月23日起，新华社连续报道首都和各地红卫兵走上街头,横扫"四旧"(旧思想、旧文化、旧风俗、旧习惯)。还听到关于《无产阶级文化大革命的决定》(即"十六条")。我感觉到运动已确实轰轰烈烈地开始了。但是,为什么这样搞,它的目的是什么?依然不明白。

三、上海红卫兵起来了

大概在8月23日,当我从复兴西路准备搬去淮海西路前两天的中午,我正在吃午饭,妇产科女医生、老友郑素因面红耳赤、颇带酒意地闯进屋来,大声说:"啊呀,你还在吃饭,你不出外看看,市面上各街道、各商店,连路牌都是一片红色了。还有人围着男女青年们剪小裤脚、剪长发。"我问:"什么事?"她回答:"谁知道,你快去外边看看!"我搁下碗筷,急急忙忙梳洗了一下,拿了车钱,下楼叫了一部双人三轮车,要车夫东、南、西、北地跑了一圈。在回家的路上,确实看见好几处在剪裤脚、剪头发。就在离家不远的路上,我自己突然也被人群叫停了车,被包围着。上来一男一女抓着我的脚,气冲冲地叫喊:"你们看,这不是尖头皮鞋吗?"说着,便勒令我立刻脱下。"这哪里是尖头皮鞋呢?你们仔细看看!"我笑嘻嘻地对群众说。正在彼此争辩间,另外一个年纪较大些的男子,把检查我的一男一女拉开,看了我的鞋,说:"不太像。"又冲车夫说了声"走!"就放我走了。这时天近黄昏,我也不想回家了,直到女友徐淑君夫妇家(我称他俩王公公、王婆婆)。她家人正在楼梯半腰的窗口挤看外面的热闹,我也挤进去眺望。这窗户对面的马路就是上海长宁区区委办事处。我们看见群众敲锣打鼓,红旗飘扬,有些人唱着歌,有的人叫喊口号,队伍整齐地向区委办事处一批批地鱼贯而入。马路上,一群群的人围观着剪发、剪小裤脚的现场,人越来越多，吵吵嚷嚷，当时大家目瞪口呆，莫名其妙。但我却凭着纯朴的革命信念，对这种景象产生了一种兴奋，而又带着几分迷茫的激情。

四、在上海的遭遇

被红卫兵抄家批斗　晚上回来就准备搬家，决定次日迁入新居。忽接国瑛女从北京打到上海的长途电话，她在电话里颇为激动地说："妈妈，家里已被红卫兵抄了，打破、砸烂、烧毁了好些东西，还抢走了一卡车物品，搞得一塌糊涂！"我答道："好，很好。这样，今后免得再为保管它们操心了！"国瑛女又说："妈妈，你现在不要回来。回来时要把头发剪短！"女儿再三叮咛。次日上午，复兴西路住房邻居来探望，我把国瑛女在电话里说的和我怎样回答的告诉了她，她惊讶地说我真乐观。第二天晚上11时左右，我和堂妹董国祯（小名根娣）刚刚入睡，忽然有人"咚咚"乱敲门，大声叫"开门！开门！"从紧张的声音中听上去不止一人。我和堂妹急忙起床、穿衣，我俩面面相觑，不知会发生什么事。我急步前去开门，只见来势汹汹，进来男女六七个人，除一人年纪较大外，其余看上去都是些初、高中学生。他们恶狠狠地说："怎么慢吞吞地不快开门？！"并且齐声说："我们是红卫兵，来清四旧。"我看清每人左臂上都扎上一块红布，上写"红卫兵"。那几个青年红卫兵，手执大木棍，翻橱倒柜，问我："有无'四旧'？快说！""没有。"我答道。一个拿着大斧头的红卫兵厉声说："这不是'四旧'嘛！"顿时将一把精致的、全部雕花的乌木靠椅砸成几块（这把椅子工艺精美、古雅，足以进博物馆展出）。还有些人，从壁橱内拿出徐淑君、王震寰夫妇俩托我带回北京给他大儿子王培德保存的几幅有名国画和王家的两本家人照相本,连同我的几幅名贵国画及衣物用品。这一下,他们立刻勒令我和堂妹低头,不许动,责问我"你说没有'四旧',这些是什么?"要我把照相本上的人逐一说明是谁?是何关系?以及几张画的来源。堂妹机灵诡谲,这时候她反而指责我:"你说没有'四旧',不老实。"这一来,红卫兵便叫她"走"!把她放了。转身又继续逼我交代。我不愿连累物主双老,就回答说:"画是家藏,照相本上的人都是家人和亲友。"红卫兵继续盘问,我也顺势给他们胡乱解说一通。正在这时候,有人突然翻出一本书,随即捶打我的肩膀,大声骂道:"你从北京来上海,不带《毛主席语录》,却带这本反动的《燕山夜话》,居心何在?快说!"他们如获至宝似的,纠缠不休起来。我辩解道:"这本书在北京,是当作反面教材用的,北京新华书店排队挤买,我未买到,来上海临行前朋友送给我路上翻看批判学习,没有别的意思。""你胡说,不坦白!"红卫兵一窝蜂似的叫嚷起来。"要坦白交代,坦白交代!"又有人叫:"后果要你自己负责!"于是一个女红卫兵顺手"嚓、嚓"一下子撕毁了两张国画。准备再撕第三张时候,那位年龄较大的红卫兵说:"好了,行了,带回去再说,我们还要赶去别处呢!"大概这人是这批学生中的头头吧,对方很听话,把已经撕破了的画和尚未撕扯的字画,连同照相本、衣物、杂物用我的红、黑方格子布面提包和同样质料的一口箱子装好。这时,又有一个穿着便装的人,态度较好,翻着手中的地址本,把本内的姓名逐一向我追问。忽然又有人插问一句:"你这次到上海来干什么?"帮腔人同样又问了一遍,并说:"我们已去过复兴西路,你的房子里什么都没有!东西到哪里去了?"我回答道:"不是告诉过你们吗,我已搬去北京。你们要查'四旧',到我北京家去。我来上海是为退房子的事。""你真会说,你嘴好凶,复兴西路看房子的是谁?""是锦江饭店老职工刘青云的儿子刘忠海。""你为什么要他看房子不叫别人？""他父亲嘱咐我照顾他儿子，我们感情好，像家人一样。""他现住何处？""住武康路三九八号，刚搬进去。""走！你带我们去！"说着把我押在他们中间走。一路上连骂带踢，嫌我走慢了。有位女红卫兵把他们叫开，由她督促我走，小声对我说："走得快点。"

我们走到刘忠海家，只见门锁着。他们用脚死劲地踢门。小刘的邻居出来说："他们全家都去岳父家，今晚不会回来了。"这一来，这批年轻人气坏了，有几个主张把我关进厕所，殊不知厕所门也锁着。问邻居要钥匙，邻居女同志说，钥匙被值夜班的邻居带走了。气得这批红卫兵大发雷霆，叫我"滚！走！走！"又把我押回到我的住处，沿途对我又骂又嚷。回到住处时，天已将晓，几个男女红卫兵厉声说："为什么你要带本《燕山夜话》？好好写份检讨！写不好，不放你过关，知不知道？下午再来。"说完，就把我所有的东西全拿走了。

房门离床不到三米，天热，门是半开着，我整夜未睡，写完检讨很累，穿上大花布做的又宽又长的夏衣躺床上歇口气。

这是中午的时候，一个约十七八岁的男红卫兵走近床边，我未及起床，他把大木棍一摇一晃，指着我痛骂："看你这一身，洋不洋，中不中，你们这些资产阶级反革命分子！检讨写完了吗？"我答："写完了。"他说一会儿来看，就走了。下午4点，这些人准时来到，看了检讨，气势更凶。"呸！这是什么检讨？不行，重写！明早8点来拿，再不行就和你不客气了。"有的插嘴说："快写！"其他人也都跟着嚷了一通。红卫兵走了，我正坐下歇气，小刘来了。我把情况告诉了小刘，他闷坐着。接着郑素因医生又是酒喝得脸通红，醉醺醺、气冲冲，进门就急叫："不得了，把我房里的红木家具、椅子、台子连床都搬到门口屋檐下了，用什么？今晚睡什么？

你快去给我想想办法。"我和小刘俩面面相觑，无话可说。郑医生见我不表态，她生气地说："你不同情我，算了。"转身就走。

次晨8点，还是这批学生，进门就查看我写的检讨，看完，更加严厉苛刻了。"你这人不老实，不肯坦白交代。"说着一把拖住我，命令"走！"不容我反驳。跟着他们下了楼。我心想：要把我押到哪里去呢？到底是为什么？殊不知到大门口，就叫我站在台阶上，面对路人，叫我九十度低头，不许说话。带头的红卫兵似乎唯恐嗓子不会嘶哑，死劲放声大喊："革命群众们，你们看，这是锦江饭店大老板，资本家，反革命！我们叫她检讨，她不坦白交代。她是全国政协委员，现在她要上北京去，我们把她这案子移交全国政协处理。革命群众同不同意？"马路上行人群众齐声回答："同意！"然而，从声音中知道，回答的只是寥寥数人。

我趁带头的红卫兵学生和马路上群众讲话的时候，偷偷地抬头向前窥视，见到路上行人已经围满，像浪潮般地越来越多。公共汽车、自行车停驶，交通阻塞，行人拥挤得水泄不通。有些人在嚷，有些人在议论，有些人不做声，张口呆着像看西洋把戏似的。事后我想：这许多路人的心里一定是很复杂的。

马路上群众回答"同意"后，红卫兵叫我上楼。我回到室内，百思不得其解。这一天是1966年8月24日。

暂得自由 得到自由的次日起，我连续出外探望为我着急的亲友们。我先去曾帮助过我家务的孙韵梅处，她见我后很兴奋。我为了不要惊动年老怕事的王公公家人，请她告诉王公公夫妇，约好同他们在襄阳公园门口见面。次日上午，我在公园门口等候，见他俩从西面跌跌撞撞走来。王婆婆首先看到我，老远就合掌不停作揖，我体会到：她在感谢我未向红卫兵说出国画和照相本的物主是他们。白发双老走近时，王婆婆满面愁容，紧张地说："啊呀！董先生，真急死人嘞！万分感激你没有说出东西是我们托你带京去的，否则，也来我家抄查，还得了吗！会把我吓死！"王公公说："这些画是明朝文徵明、唐伯虎的真迹，我保存它几十年了。照相本，尤其是孩子们的一本，孩子从幼时开始，每年每人拍一张贴上，花了一番心血，原想留给孩子们做纪念的。"两老你一句我一句，神经始终没有松弛下来。

此后，因国瑛嘱咐暂勿回京，我连日上街看大字报，大字报上尽是某某人被斗，某某人自杀的消息，据说著名京剧演员言慧珠也畏"罪"自杀了……形形色色的大字报，几乎贴满了整个上海市主要的街头巷尾。看大字报的人，争先恐后，男女老少到处都一堆堆注意地看，彼此传着会意的眼神，细微的声音在议论纷纷。我也去过统战部、市政协，想进去找人谈谈，只见门口人群拥挤，闹哄哄的不知为什么。看到苗头不对，便转身回来。路上边走边想：这次文化大革命到底是要干些什么呢？心神不定，决定北返。

北京红卫兵上门了，抄家了 我买到了9月17日的车票，在临回京的前两天，整理行李。由于连日的劳累，精神、身体都感觉疲乏，中午躺在床上歇一口气，松弛一下紧张的神经。为了让空气流通，我的房门半掩着。万万没想到就在这时又出了新的麻烦，猛然进来一批人，约七八个，听口音是北方的红卫兵。不吵不闹，其中一人约二十三四岁，面对我坐下，态度还和蔼，开口说："有点事打扰你。"我说："什么事？请讲！""你认识章荣初吗？""认识。"我回答。"你有没有送过钱给他？""有，前几天送过三十元。因为我托从前看房子的小刘去探望他，小刘回报，章家已抄家，现金全抄走了，目前一家几口人连伙食钱都没有。我想他是民族资产阶级，也是民革的成员，不是反动分子，全家断炊会给党带来不好的影响，所以送这笔钱去的。"他听后提高了声音说："你怎么知他不是反动分子？希望你老实些，把知道他的事情告诉我们。"

"你知道党的政策：坦白从宽，抗拒从严。"

"解放前在杨虎家认识了王寄一。1952年由王寄一介绍认识了王裔孝，由王裔孝介绍认识了章荣初的。"我答。

"这两个姓王的是什么人？"

"王寄一是农工民主党中委。王寄一为了掩护自己才做杨虎的策反工作，在形式上做了杨虎的学生。王裔孝是在抗战时期国共合作时，曾任张治中所属部队的少将参议。1948年农工民主党要求参加竞选，任国民党南京市政府参议员等职位。当时学生反饥饿、反压迫、反蒋家王朝时，学生们都住在国民党中央日报主编、参议员卢冀野家时候，王裔孝夫妇俩买了二十担大米、四吨煤球，接济他们。1949年国民党特务毛森逮捕爱国人士时，要抓王寄一，王裔孝夫妇俩以参议员身份掩护了王寄一全家住在自己家中。1949年还利用他的身份，每天给王寄一、陆大公（吴克坚领导的）提供在上海国民党警察局的消息。1950年，由刘子文介绍给华东统战部部长桂参林（笔名杜宪），桂部长派王裔孝去香港，担任统战工作。在抗战时期，为了掩护自己曾一度参加过国民党中统局外围组织，但无行动。为此，在镇压反革命时被捕入狱，三个多月交保释放。后在街道居委会工作。我知道一些，并看过他的材料所以晓得。

"1953年第一次选举时，工作队李蓬和我向上海统战部部长陈同生反映了王裔孝工作的情况。经统战部调查清楚后，给王裔孝每月生活费四十元。他于1956年参加了民革，为民革成员。有关王裔孝事，上海统战部有档案可查。王裔孝在协助中共地下党工作时，经济上全靠他的爱人周佩珍（国棉五厂工人）的积蓄全部资助。她在目前的生活上是有困难的。"

红卫兵又问："王裔孝为什么要介绍你和章荣初认识呢？"

"事情是这样的,王裔孝是直爽热心人,见我在1953年后和国琼、国璋女连同孩子,一家七口人,生活上经常卖东西贴补开支。有天,他突然对我说:'你们的经济情况不好,我认识一人,是湖州人章荣初先生,他是民革成员,在湖州办有丝厂,还开有大典当铺,很有钱。章先生本性善良豪放,乐于助人,经常施舍。有次他竟吩咐下属,通知所有典押的人,凭押票取回押物,不收分文。因此,湖州人都知其名,他也知道你。我若告诉他,说你们的经济困难,他一定慷慨乐助。'过几天王裔孝果然送来人民币二千元,要我收下,不无小补,以后有钱还他便是。有次国瑛女需钱,一只手表不易脱手。章荣初知情后就买下了。我去过他家两次,时过几年,这笔欠债未还,心甚不安。这次来上海,把我最喜欢的一件西伯利亚产品灰鼠皮大衣带来了。日前,嘱咐刘忠海送给他的夫人,借以了件心事,并吩咐刘绝勿收款。不几天闻他家被抄了。红卫兵未留分文,全家十几口人的伙食顿时停火。我当即吩咐刘忠海送去人民币三十元。章荣初当时对刘说:'那天你送灰鼠大衣来时,我叫你带给董先生一千元,你怎么也不收。不然,现在她可以分给我一些救急,多么好。'我记得的便是这些。其他事情确实不知道。"

他板脸瞪眼说:"好吧!你不肯说,对你没有好处。"我们再来问你:"听说,你就要回北京?"我点点头说:"是。"他忽地把两手往腰间一叉,很严肃地命令道:"不准走,等我们通知你才许走。不许出去,等着!"我说:"车票买好了,北京有事。"他又把脸一板:"退票。"厉声一句,起身就走。其余的红卫兵也一窝蜂似的都走了。于是我也就只好老老实实地等红卫兵允许北返的命令。我在室内踱来踱去苦思,这些红卫兵为什么这样对待我?总也想不通。

还是那句老话,"既来之,则安之"。我于次日开始安静下来,不外出。一日三餐均麻烦看守大门的王金喜老大爷,请他清晨外出买菜时带些给我。善心的邻居刘广桢（后来才知道他的姓名的）亦隔日偷偷地送给食物。终日吃、洗、睡、看报，倒也够忙的。独自一人也还安静。对外有事找人，亦是刘广桢帮助联系。

有天晚上，丁济南医生来看我，说傅雷夫妇接到红卫兵的信，要向他清算稿费账。傅雷惊吓过度，决心自杀，问丁医生有何良方致命，又不太痛苦的药品。我立刻请丁医生快去劝阻他夫妇俩，告诉他们不要怕，不会有什么危险的。次日晚上，丁医生又来告诉我，傅雷夫妇俩在昨晚深夜开煤气自尽了。傅雷是著名的翻译家，不甘屈辱而死，闻此，不禁黯然神伤。

丁医生再来时，我对他说，红卫兵不让我回北京了。看门人告知，三楼有"眼睛"监视，要小心。我急忙叫他走。"保重！保重！"他回头看我一眼点点头，快步下楼走了。我的心情异常难过。第三天表弟李金坤来了，我照样告诉他一遍，并请他通知其他亲友不要再来。直到1976年因唐山地震，去上海避难时才和丁医生及其他亲友再次重聚。转眼十年恍如隔世，不胜感慨。

以后，外面不断地锣鼓喧天，不知什么事。我起床到凉台眺望，见彩色公共汽车驰过，灯光灿烂，青年男女红卫兵伸头车窗外，不停地叫，唱革命歌，喊革命口号。彩车一辆辆不断来往行驶，一直延续了好几个日夜。

这样不平静而又似乎安闲的生活，度过了好多天，心情烦乱起来。回京的事毫无消息，等着，等着，一天一天地熬。这样等不行，要想办法。于是我写了一封信，通过刘广桢同志带给小刘，嘱小刘送交上海统战部部长陈同生。小刘在夜间像小偷似的溜进屋，轻声告诉我："信已送到华东医院了，陈部长有病躺在床上，他看完信没说一句话。旁边有一位，好像是他的秘书吧！看情况，陈部长对此人有顾虑。"（后来明白，当时陈同生也已经被监视了。）我又按照前中央统战部副部长张执一同志吩咐，让女儿国瑛把我为党工作的情况写了一份材料，向上海市委报告。让他们明白，我不是反动分子。我照做了，但亦是消息杳然。我束手无策，奈何！只有再忍耐，等待红卫兵的指示。终日除生活琐事外，就是看报，学习邻居给我的党中央为文化大革命制定的"十六条"。

外面似乎平静些。我每天都想到凉台眺望，看看外面情况，但又不敢。唯恐亲友们为我担忧而在马路对面朝窗探望，一旦看见我，定会哭哭啼啼，如给三楼那两只"眼睛"发现，惹出祸事，非同小可。这样的日子又度过好几天。忽闻外面闹哄哄的一片嘈杂声，凭窗眺望，是马路左边斜对面，搭了二米多的高台，男、女三四人低头跪在台上，红卫兵手执皮鞭、木棍边斗边骂这几个人。斗些什么，骂些什么，一点也听不清楚。有些路人围观，有些则怕惹事上身，迈步快走。我像患神经麻痹症一样，乖乖地等候红卫兵允许回京的指示。有时还自言自语："群众革命运动嘛，就得忍耐些。"

苦闷的日子过了将近一个月，依然音信全无。我内心波动很大，焦急万分。有一天清晨，看门的王金喜大爷给我带菜来，把菜篮搁下，问我："董先生，你不是说已买了回京的票子，怎么这么久还不走，也不出去？"我告诉他要等红卫兵的指示，才能动身。他问："哪批红卫兵？""第二批。""啊！第二批来的红卫兵是北方来的，好凶狠！他们和上海的红卫兵意见不一致，早已被赶回北京了。三楼两只'眼睛'也已经撤掉，你还等什么？""原来如此，白等这么久。"我这才恍然大悟。此时已是10月14日，我就赶紧去成宝处，托她去请王公公夫妇来商谈。彼此再次见面非常高兴。托成宝帮我买15日火车票北上。买到票后，嘱成宝在常熟路红玫瑰理发店门口公共汽车站等我，直接送我上火车。我们就这样商妥。回到临时住所的当晚，小刘得悉情况来看我，并向我痛苦告别。接着二婶母也来了，根娣妹以为三楼的"眼睛"还在监视，未敢上楼来，站在对面马路上。只是二婶母独自进屋。我俩都怀着紧张而又悲伤的心情，彼此的话语都是未经思索脱口而出，不知所云。二婶母慌忙地帮我整理行李，边做边细声地说："我平常一直说，我死了不愿火葬，要你给我买口棺木，现在我不要了，随便你们给我怎么安葬都行。我看穿了，有什么意思！我亲眼看见红卫兵用各种刑具整人啊，几棍子就可打死一个人。人被打死，无人敢收尸，家属也不敢上前收埋。听说北京还要厉害，打死后，一个个装在卡车上拖去城外，混成一堆地埋葬了。人死了连猪狗都不如，还要什么棺木呢？所以你不必替我准备了。"说完叹口气，热泪夺眶而出。当时，我的心情也很复杂，不知该怎样安慰她老人家。我只说："别说这些了，给你这些穿用东西，请你快拿走，回去休息吧。根娣妹在下面久等要着急。后会有期，彼此保重吧！"我情不自禁地抱住她，紧紧亲吻，眼泪强自咽下，彼此依依惜别。她走后，我心想：倒也好，打破了对棺木的迷信，二婶母受到刺激后，不久得病，终日无语。1981年夏，逝世于上海。我实无勇气回忆我和她老人家在沪的别情！

五、仓皇返京

次日拂晓，天色朦胧，好心的邻居刘同志偷偷过来送我。刘同志代我拿些不被人注意的东西。我俩细声轻步下楼，看门王大爷问我："你上哪里去？""去医院看病。""这么早？""要排队挂号的。"我说。他又问刘同志说："你今天这么早就去上班了？""有事要早点去。"刘回答。我们一出大门如鸟出笼，似鱼得水，我俩加快步伐小跑，到了上海妇女联合会斜对面的公共汽车站，彼此喘了口气。其实，看门王大爷已告诉我，北京的红卫兵早已回北京，还怕什么！但我们还是心惊肉跳。深深地谢过刘同志后，我从这里乘车到常熟路红玫瑰理发店等候成宝，等了一个多小时也不见她到来。正在焦急怕误车点的时候，忽然多年不见的徐静龙（曾受我搭救过的洗衣店老板的长子）迎面而来。他惊诧地问我："董先生，你怎么？这么早一个人在这里，有什么事吗？""我在等成宝送我去北站回北京。"我说。他立刻说："时间不早了，我送你去。"遂叫好一部双人三轮车。沿路上，他问我答，把这次在上海遇到的事，简单地向他叙述了一番。他说："早知道，你住在我家就没事了。"意思是：他家是工人家庭。

到了北站，也不见成宝。后来知道她听错了。幸好有徐静龙帮忙，否则真无法上车站。车站人群拥挤、混乱、嘈杂。整个车站比第二次世界大战时的车站和难民还要乱。未上车头就昏了。我挤在乱七八糟的人群里，坐在别人的行李上，徐静龙给我买了蛋糕，护我挤入，检票进站，进了车厢。我在窗内，他在站台上，互相挥手告别。他的一片热忱令我感动。他没有辜负他父亲的遗嘱——不要忘记董先生，不要忘记在蒋政权面临崩溃、滥发金圆券的时期，董先生搭救我们全家的恩情。

车厢内秩序混乱，肮脏，臭味熏人，随便吐痰，屑片废纸丢得满地。好些乘客低头接耳在偷偷地议论着文化大革命，你一句，我一言，轻声交谈，不知说些什么。坐在我对面靠窗的一位女青年，突然大声唱起毛主席语录歌："领导我们事业的核心力量是中国共产党，指导我们思想的理论基础是马克思列宁主义。"还唱了其他革命歌曲，人们唱起来，我也跟着唱。为什么？自己也不知道，但当时的气氛却使人感到应该同声和唱，不唱不行。有位解放军走近这位女青年身边，称赞她，认为她是革命的积极分子，女青年则得意洋洋。广播里也不停播出"颂扬"文化大革命的歌曲，车厢里乱哄哄，有的乘客睡不好、休息不好，表露出不耐烦的神态，但也无可奈何。

恩人刘广桢，因在当时形势下彼此的处境无时不在紧张的状态中，故彼此只知姓名、不知身份。他对我亦复如此。从那天清晨他冒风险送我上公共汽车分手后，已二十五年，一直不知他在何处？惦念他的康乐。突然于1991年5月前后，好心的绿衣邮使送来了消息，我收到他的两封来信真是喜出望外。原来他曾在国内搞了四十年的技术工作，担任工程师，总经理职位。于1989年去美国洛杉矶探望病危的大姐，大姐病故，被亲友留下，现任美国雀士顿股份有限公司顾问兼中国总代表。他在信中告诉我有关他的家谱：他的表哥是李赣骦、李赣驹，叔叔叫刘永叶，叔公是刘崇佑（已故），姑父是李烈钧，舅舅是邹韬奋、舅妈是沈粹缜，曾祖父刘攻芸（是林则徐的大女婿），祖父是刘瀛，父亲刘含章。据他信中所谈都是曾任过国家要职。原来刘广桢出于将门之子，致有侠义风格助人为乐。刘广桢对我的冒险义助，我与家人永铭五中！

我在此亦谢谢叶尚志同志，将我北京的住址告诉了他，使我在二十五年后又能与这位有着侠义心肠的将门后代取得了联系！

第三十四章　回到北京

一、回到家中

次晨，即 10 月 16 日，回到北京。天气晴朗。在 10 月"小阳春"前，北京的天气是最好的。天高气爽，满城翠绿，郁郁葱葱。以往国内旅游人士多数在这季节来到北京观光，游览名胜古迹，一览新中国首都风光。可是今年异样，似乎有什么力量在扭转着乾坤。

上午 10 时左右到达永定门车站（当时因北京站仅准外宾出入）。我走出车厢，见下车人都是自己提着、抱着、背着行李，无人言语只有脚步声，急急忙忙往前挤。我则放眼四面张望，见无人来接，只好也拖着行李颠颠簸簸走到出站口。只见人涌如潮。家人国瑛女、大明儿和未婚儿媳杭贯嘉拥挤在接人的人丛中，满面激动、喜悦和紧张的神态在等候着我。但我们一见面已心领神会，很自然地彼此无言。他们急忙替我接过行李，像小偷似的，立刻转身，本能地放开步子快走。我也自然地跟随在他们后面，一步也不落下，向人群里蹿去。我边蹿边将视线四扫周围，观察情况。目睹川流不息的人群中，好些红卫兵、解放军掺在里面，都是铁板着脸，从四面八方在认真地盯着旅客，不知执行什么任务。拥挤不堪的男女老少们，脸上流露的表情是紧张、惊恐、阴沉，听不到欢笑声，听不到哭叫声，也无人吵吵嚷嚷。每个人都按照自己的行动节奏奔走着，犹如有一种什么力量在威慑着人们的心。人们在旅行中应该有的欢笑喜悦，全被这样难以形容的情景湮没了。

出了车站大门口，街上仍然是同样情景。家人给我准备好一部小汽车，这是在车站门前唯一的一部。我们急急走近车身时，许多人围上来，红卫兵睁着两只大眼盯着瞧。国瑛女动作迅速，把我连拖带推地塞进了车座。大家也恨不得一闪钻进，恨车门太小。事后，我问家人，为何如此慌张，他们说：怕有人拦车问出身，若回答不对，就要被扣住或挨打骂。

我们在车内，彼此还是不言语，互相传送眼色，意思是注意开车司机。回家的一路上，我呆望窗外，无处不是乱哄哄的。在火车站看见的满墙标语，同样在马路两旁也贴满了。到处都有人前拥后挤地看大字报。路牌、商店、橱窗，以致自行车上，都有红色语录牌；到处都是大幅大幅红漆墙，上面标语、语录形成了一片"红海洋"！行人灰白的脸上，呈现着紧张的表情……到此，我对运动的性质、目的，国家的形势，全然无法想通，头脑似乎处于一种僵化状态。

到胡同口下车，我们怕人看见盘问，大家就不作声地急步到家门口，儿媳小杭按门铃，赵阿姨听铃声响出来开门，她带着激动的心情笑脸迎我："董先生呀！你回来了！多担心你啊！"进家院，觉得虽经一场狂澜，而院内景色依然，似乎柳树、花木也在含笑地说："主人，你竟回来了！"走进客厅，这时候家人们久别重逢，喜笑颜开地跳起来了。个个抱我、吻我，国瑛女含泪首先开口："妈妈！好担心你啊！"贯嘉、大明、小琪沉默不语，两眼注视着我。"好了，好了，大家该高兴了。"我叹口气说。

赵阿姨早给我们准备好了丰富美味的饭菜，大家共餐时，争叙别后情景。国瑛女把家里抄家的经过详细地叙述一番。她说："8

月22日，我在厂里（北京电影制片厂）时，红卫兵对我说：'你赶快回去清理家中四旧的东西，然后带来。如有武器，快来电话告诉我们去取。'我急忙回家，发现整个家已被抄五次了。赵阿姨被关在后面小屋里，我当即放她出来。客厅里满地都是碎片……院子里火焰浓烈，赵阿姨说：还拉走了一卡车东西。因为那两把日本指挥刀（一把宋时轮送的，一把大明在青年军时缴获的），我立刻打电话告诉厂里红卫兵。厂里红卫兵很快到来，不一会儿街道红卫兵又来砸东西，我厂红卫兵见这情景，劝阻他们没有动手。他们吩咐拿纸笔，我手忙脚乱中找不到较好的纸。红卫兵说随便什么纸都可以。终于找到了几张画纸。他们赶快写了好几张封条，把大门及各屋门都封贴，并在大门的封条上写上：此家已抄过，不必再抄。弟兄们有事可打电话北影红卫兵总部。第二天早上抄过的街道红卫兵又来了，齐声说：'糟了，封了，来迟了！'其中有人说：'我说抄完搬走了事，你们偏说再来！'幸亏厂里这一男一女红卫兵顶住了这件事。"还说："我们怕妈妈难过，把屋里屋外都打扫收拾了。"我静静地听，但无动于衷。觉得：事已过去，劫后余生的重聚，是多么难得的啊！大家平平安安就行了。欣慰和感触交织在一起，迄今思之记忆犹新！

二、骇人听闻的消息

友人们、小辈们得知我已从沪回京，纷纷前来探望，并告诉我北京红卫兵在抄家高潮时怎样借口清"四旧"、搜查黑材料，搞抄、砸、抢、打、抓等骇人听闻的恐怖情况，又说人们又怎样趁机报复私仇等一大堆事例。街道居民委员会（当时的居委会已被造反派控制了）或马路行人，只要指点揭发某某是地主、资产阶级、反革命分子、特务、坏人……红卫兵就不问青红皂白，不管男女老少，抓起来就打。我们有位女朋友住在某胡同楼底，她有天听得外面叫喊声，她近窗偷偷看看，被红卫兵发现了，立刻上来问她："你看什么？你是什么人？你是什么成分？"她吓得哆哆嗦嗦地回答："我是工人。"这才免了一场灾难。我儿子大明住在和平里，这幢楼房的楼下右室是间空房，有天红卫兵连续拖进二人，不一会儿，听到几声惨叫就再无声响了。宣武门外菜市口往南牛街，这是一条回民聚居有名的大街，红卫兵强迫回民吃猪肉。在一天里竟打死了好多人……还说：高潮时，路上打死的尸体像猪狗一样装上大卡车，运往郊外挖坑集体埋葬。又说：新华门东的二十八中学的一位看门老工人，被人指是地主，结果遭受酷刑，被红卫兵用开水从头浇及全身，接连几次，这位老人终于断了气。另外友人告诉我说，北京8月的天气最热，竟然在国子监院内空地上，燃起了一堆大火，让文艺界著名作家、演员（都是六十几岁和七十几岁以上的老人）——如老舍、萧军、荀慧生、白云生、侯喜瑞等几十人席地围跪一圈熏烤。然后由红卫兵出示名单，提一名，打一名。首当其冲的是萧军。可怜的萧军，他纵然锻炼有素，身强力壮，也难抵得住皮鞭、木棍的残酷抽打，周身伤痕血淌，背心嵌进肉里，昏死过去，被拖进传达室丢在水泥地上。他的儿子萧鸣，因"反动子女"罪名，也被打得死去活来，送去火葬场待焚，轮到他的时候，亏他忽然清醒过来，得以再生于人间。萧军的女儿萧耘为找爸爸，结果是白衣进入血衣出来。老舍则在这场酷刑的第三天，投湖弃世。被称为"四条汉子"的田汉、夏衍、阳翰笙、周扬，每天下午戴上高帽子，挂上黑牌，跪在王府大街全国文联的大门口行人道上示众，一跪几小时，跪了很多天。全国人民代表、全国政协委员中也有许多人被关禁，剃"阴阳头"，跪在院中用皮鞭抽打，有的整死，有的忍受不了批斗自杀。那么多的老革命、老领导,过去出生入死为革命打江山,而今顿时变成了反革命,被抄家、坐牢、酷刑、整死。又告诉:友人谭守仁夫妇俩在家院里跪着、被批斗。王寄一、王裔孝亦被迫害而死。我听到这样令人发指的暴行,实在难以理解,这难道就是所谓"革命"?有一天,我出报房胡同东口,往南去东单买东西,见一辆大卡车,车身周围写着车上每人的姓名,因有张执一同志我才知他们是中央统战部的部长们和全国政协负责人等高级干部、老革命。每人头戴一二尺高的纸帽,胸前挂上纸牌,牌上写着每人的罪名,个个低着头,两手下垂,笔直不动地站在车的前面。车上两旁男女青年敲锣打鼓,通过扩音器广播每个人的罪名,说什么"反革命分子、叛徒、特务……"沿路车辆、行人稀少,马路两旁商店的人各管自己,谁也不去理睬。喇叭传出阵阵呼喊声,尽管没有人过问,但他们还是一个劲儿地嘶叫着。我心惊肉跳,马上折程回家。触景生情,非常难过,想到:这些老干部革命多年,在战争年代,曾出入于枪林弹雨之中,九死一生,而今天却……唉!

回到家里,看见三四个常来我家的年轻人,围着客厅的餐桌,也在谈论社会上人心惶惶、红卫兵惨无人道的暴行。我也把刚才在路上看见的事告诉了大家,他们都摇头叹息。有个小辈叹口气说,这有什么稀奇,每天都这样。即使曾参加过长征的人也受到同样的"待遇",上街游行示众。总之,不管职位高低,老干部、知识分子……要统统打尽杀绝。又说,红卫兵抄家劫来的东西,包括文物和金银财宝等,大部分缴公,一部分吞入私囊。毛主席在天安门检阅红卫兵时,从一个红卫兵衣袋掉出了金条。大明儿家的斜对面大楼顶层成了仓库,堆满了抄家物资。他们在西郊还设有俱乐部,每天就去那里喝酒、跳舞作乐,跳舞时竟以受害者的惨叫和哀啼声的录音作为伴舞的音乐,还乱搞男女关系。简直丧失人性，天良尽泯。

我正皱着眉头，黯然不语静静地听他们的讲述时，一位好朋友来看我，一进客厅就把帽子从头上取下向沙发上一丢，问我们谈什么？我说在谈论红卫兵怎样凶狠毒辣，无恶不作。他一下子紧张起来，两肩一耸，右手捂着嘴巴，瞪着两眼，四扫一下后，也插嘴进来告诉我们说："你知道吗？他们还私设公堂，搞逼供信，备有各种刑具，对人随便审问、关押、监禁、拷打、酷刑整死。听说某部长年已七十左右，却被他们用长钉钉入头顶心而惨死。男女老少上吊、跳楼、投河自杀者不计其数。有的夫妇带着孩子全家服毒或开煤气自杀。这些人一定感到死了比活在人间强。人们整天整夜，甚至每分钟都浸沉在朝不保夕的恐怖气氛里。"他说完叹口气，便在餐桌旁坐下，左臂搁在桌面，手托着下巴，仰头望外沉思。

每天来探望我的朋友，无论男女老少，当谈到红卫兵的时候，无一不是两眉锁紧，左右张望，唯恐别人听见。他们带着激动、失望的情绪，小心翼翼地轻声叙述。我知道了这么多残酷的人间惨事，想到自己在沪时虽然也挨了批斗，还算是不幸中之大幸。又想到中国是人口众多的大国，革命的成败、曲折会对整个世界产生巨大的影响。中国的解放，为全世界和平运动起了鼓舞促进作用。同时，进一步推动了全人类的解放事业——共产主义。现在呢？难道目前这些行为叫继续革命？需要这样做吗？我怀疑，我不懂！

一段时间，虽然人们的表情仍是紧张、惊慌、严肃、失望，似乎丧失了什么，但从表面上看平静多了。我的心情也安然多了。殊不知在10月下旬，朋友传来消息说，不得了外面又乱起来了。当时有好几位来探望我的小辈们在场，其中有一位是从天津特地来京看我的。大家问，什么事？朋友说，由高干子弟组织的红卫兵称"联动"出世了。大家问："什么叫联动？"友人说："'联动'就是'联合行动委员会',分东城区纠察队和西城区纠察队,不知他们的目的何在?听说有些人趁火打劫,搞打、砸、抢,他们身穿草绿色全新的军装,戴着军帽,佩着新式手枪,有的骑着崭新的摩托车,有的是崭新的自行车,排着队,整天在大街、马路上横冲直撞,显示威风,行人见了避而远之。交通警察见此情景也像僵化了的木人,不敢过问。"

三、避居和平里

"联动"上市,这使我又在紧张的气氛中,将钢琴和几幅书画(张大千、齐白石原作,后来都被北影红卫兵抄家取走开展览会吞没了),几件喜欢的家具迁移到大明住处。冬衣和生活用具捆成几个包裹,在大家沉重的心情下,互相告别祝福,带着包裹跳上三轮车。将三轮车的帘布挂上,包裹盖好,仅露出头顶,出报房胡同西口直拉和平里大明家。这时已是黄昏后,天色暗淡,下着毛毛雨,忽然觉得一阵寒意。路上店门严闭,街灯如豆,行人绝迹,阴暗恐怖。车到宽街时,只见前面一串绿衣车队在寂静的濛濛雨夜中迎面而来。三轮车夫声音发抖、轻声对我说:"啊呀!'联动'来了。"我也很细声地告诉他:"不要害怕,蹬快些。"事实上,我也吓得心只是跳。一方面从帘内伸头向外窥探情况,另一方面打算遇到意外怎么对付。幸好他们并未注意我们,飞驰般地过去了。不知谁给他们如此作威作福的权利?车到达大明住处的大门口,我和车夫俩解除了紧绷的心弦,互相含笑,透了一口大气。此时,已是晚上8点多了。

后来听说"联动"组织的东西城纠察队,在师范大学被一网打尽,真相到底如何?不得而知。但老百姓都认为又刮了一个多月的

第三十四章　回到北京

1967年5月12日摄于北京家院太平花下，逢大明结婚日，数日后入狱离家五年之久。

1967年5月14日，儿子夏大明与杭贯嘉结婚，在玉石胡同家中留影。
左起：董国瑛、董小琪、夏大明、董竹君、杭贯嘉。

第三十四章 回到北京

妖风。

1967年春，我在和平里大明处住了一个多月。趁此机会，把他室内调整了一下：连家具在内油漆、粉刷，布置一新。我的干劲十足，和瓦匠一起，跪在地上将红砖地上溅满的水泥细细地磨掉，做了好几天，也不知累。可见人若抱有希望，就能产生动力。我将大明的房子收拾得焕然一新。恰巧1967年5月12日，大明结婚，这里便成为新房。大明和杭贯嘉在报房胡同家里举行了婚礼，参加婚礼的只有男女双方的家属和少数朋友。鉴于当时形势，一切从简，仅仅两桌酒菜是承陈恩凯、柴俊吉二位掌厨的。记得为大明结婚，我去东单花店买了鲜花，乘三轮车在回来的路上怕"联动"看见惹祸，不知何故自己成了鼠胆。现在回忆起大明儿的婚事正是在林彪、"四人帮"上台的混乱形势下插缝举行的，在他婚后五个月，我就被关押了。

7月中旬，正是盛夏酷暑，见局势如此，人心不安，大家都很纳闷。我邀大明、贯嘉、贯嘉的同学李承清等好几个人同去颐和园游泳，我们租了两条船，贯嘉及其他人在龙王庙下水，我和大明摇船到昆明湖中，湖内水深可以游个痛快。当时大明儿称赞道："妈妈，你的仰游真不错。"

我最爱好游泳，当我仰望蓝天慢游，脑海里所有的烦闷皆随着两手的摆动和"哗哗"的水浪而消逝，内心充满清新、舒适、自由之感，令人忘记一切。在解放前，有时自己像孩子一样，边游边嘀咕指责大自然："大自然哟！你为何不赐些恩惠给在深渊苦难中的人们！让每个人都能享受你的恩惠而不愁吃穿，也不挨恶魔的侵袭？！"这年我六十七岁。万没想到那一次游泳是我一生最后的一次。而今我已是九十有七的耄耋老妪矣。忆及此事，心往神驰，故记之。

四、大祸临头

北京的深秋，天气晴朗。香山的红叶和往年一样地美丽。但每日早晚已有寒意。1967年10月23日这天，我和保姆俩打扫卫生，仅仅穿着棉毛裤、细毛线衫、橘红色粗毛线背心和蓝布衫裤。我俩把家具书柜等从屋的四边向中间移放，书籍、报刊堆满在客厅中间地上。到中午的时候，忽然有位朋友来访，对我说："你老还有兴趣打扫卫生？局势并不安定，在不断抓人，全国政协委员秦德君和她的大女儿也被逮捕了，还有其他人……"我听了大吃一惊。

打扫完毕，天已快黑。上灯前，保姆说："我有些头痛。"我说："你快回家休息吧！太累了。"她走后，我独自把自己能搬动的一些家具挪回原处。国瑛和她的女友去东屋厨房烧晚饭。大概在7点多，我觉得有些冷飕飕，正要换添衣服，忽听大门有人按铃，我出客厅，经过院子，把门打开，见是全国政协的人。这人带笑地说："董委员，有件事情想问问你，你有空吗？"我想正在运动中，政协派人来，调查什么？我当然要高兴地回答："有空，有空。请进来。"于是我带他进客厅，在餐桌南头近窗处坐下。他问："你在大扫除吗？"我说："是。"我将椅子移近他，面向窗外，我问道："你有什么事问我？"他遂针对杨虎、田淑君、秦德君三人事东拉西扯地瞎问一阵，我当初就以为这人水平低，我说："请你等一下，让我先去吃晚饭，吃完就来。"他说："好的，好的。"待我吃完饭，从东屋厨房向客厅走来时，见他从门房过院进客厅。当时我未察觉到他做什么。我俩又按原位坐下。我说："杨同志，若无具体题目，无从答起。再说，他俩在政治上搞些什么我并不知道。至于秦德君事，昨天任富春（政协保卫科）同志和另外一位同志已来调查过了。我曾告诉他，在上海解放前夕，秦德君是民革（国民党革新派）中央委员郭春涛的妻子。当郭春涛、杨虎、王寄一在吴克坚（中共党员）同志领导下，到我原住上海迈尔西爱路家里二楼客厅开秘密会议时，秦曾随其丈夫一道来的。后来我移住上海愚园路时，他们也来开过会。秦德君在会后还在我家四楼借住过一宿。她早年就是进步人士。任富春同志等听了认为满意便离去了。"政协这位不速之客两眼看着我，微笑地细心听我讲述。我正要往下继续讲时，忽然听到大门被打开，我抬头一望，霎时如同天崩地裂，满院尘沙飞扬似的，不知从哪里来的人不人、鬼不鬼的一群，好家伙！只见他们两脚三步地走进来，约二十多人，瞪着双眼、凶神恶煞地向屋子前后左右分散察看。这时候，来调查杨、田、秦事情的人，站起来归入这一群队伍之中。我这才恍然大悟，原来他是作为前哨来探路的。"好一个阴谋！"顿时，整个家沉浸在黑暗恐怖的气氛中了。转瞬间，一些人闯进客厅搜查。另有好几个人包围着我说道："你干了反革命勾当，好好交代。坦白从宽，抗拒从严，这条规定你是知道的。"另外一些人则连声说："快交代，快交代。""我做错了什么事？"我反问。这些人说："她不交代，把她押到西屋去。"说着就把我押出客厅，与此同时，就开始抄家了。胸有成竹的国瑛女，向我要了开大柜的钥匙给抄家人开柜，端了一碗面条，边吃边进客厅坐在旁边随时回答他们要她回答的问题。

西屋站着好几个人，有些是在政协经常见面的，男男女女拉开嗓子厉声嘶叫："站住不许动！听着！赶快坦白交代，低头认罪。"你一句、他一语地指手画脚，向我头上、脸上、身上乱指、乱推、乱敲，强迫我"交代罪行"。"交代什么？"我问。"你这人不老实，知道吗？你是两面派、特务、国际间谍、汉奸，是地地道道的反革命分子。""有无证据？"我问。"当然有。"他们还要继续诬蔑。我说："好了，好了，不必再说了，算我把世界上的坏事做绝便是。""你还要狡辩，还要嘴凶，还不认罪。"其中一人说："把她抓走。"众人都跟着说："对，把她抓走。"于是，三五个男女将我从西屋推出。我出西屋，听得客厅里还在嚷嚷。我快步走上台阶，靠墙高声喊道："他们说我是特务、汉奸、两面派、国际间谍。"我是示意给国瑛女，让她晓得我所蒙受的不白之罪。国瑛女同时也从客厅内放出高声："妈妈，毛主席教导我们要相信群众，相信党。"我穿着一身单薄衣服，连洗脸用具也未让带，被他们带走了。母女从此告别五年之久啊！我写到此处，不禁一阵心酸，热泪直淌！

五、被押去公安部

这时，几人揪着我走进大门洞，有一个女的用白色手帕塞进我口里。我用右手狠劲地把她推开，说道："不用这样，我不会叫的。"她也就放手了。被押出胡同口时，见一部小汽车停着，于是几个人推我进车，车上连司机共四人。我心想，不知要去何处？汽车快速行驶。沿途因车窗罩着帘子，什么也看不见。我的神智依然清醒，低着头沉思：这样对待我，到底为什么？问号在脑海里旋转。唉，不管它了。听国瑛嘱咐，相信群众，相信党，听之任之。车开到公安部下车。由任富春带头进入办公室的外面一间房，有些人是骑自行车来的。三四个人看守着我。任富春和另外几人进办公室。不多时，任富春和公安部的人出来，几个帮凶站在旁边不开口。任富春指着我，对公安部人员说："我们是全国政协的，这是我们的委员，她的历史我们搞不清楚。特地押她来，请你们配合我们搞清楚。"公安部人员听她如此讲后，就问我："你叫董竹君吗？"

"是。"

"你做了什么，快交代！"他问时态度温和。

"我没有做过反党反人民的事。"

"那么为什么群众把你恨到这样？"

"我不知道。"

"那么，就拘留你，好吗？"

"好。"

"那么，你在这纸上签个字！"

我拿过六寸长方形印好的一张纸，上写拘留二字。我按印好的规定，填好姓名、年龄、籍贯、住址、职业和年月日。他接过纸，看了一下，说："好，现在送你到别处去。"他当即关照下属准备车子。

第三十五章　秦城监狱四个月

一、秦城监狱的"号子"里

我自问于心无愧，心情平静。出公安部大门，押上车，车上是五人。沿途气氛阴沉死寂。几个押送者没有一个说话，有的在打瞌睡，司机态度严肃，一本正经加足马力在黑夜里行进。我则一无所思，只感觉到秋深夜寒、衣衫单薄！

车行约一个多小时，才到达他们所谓的目的地。大门口哨兵盘问来意，押送人出示证件后对方放行，一直往里开去。在黑暗的天色里下车，一幢约三四层的楼房呈现在面前。我知道这是监狱。仰头眼扫四空，猛然感到宇宙霎时变黑了！大地在呜咽！

几个押送人一声不响，一人引路，两人左右押着我。进了楼房大门后，将我移交给一个五十来岁、身材矮瘦、穿着一身黑色衣裤、面露凶相而目无表情的女人。全楼鸦雀无声。她带我到楼梯后面，问过我的姓名，命令我脱去外衣和毛背心后，从头到脚搜查了一遍，换上曾有人穿过的黑布棉袄、棉裤，并将我的手表、钢笔、眼镜、头发叉子、两块白手绢都拿去了。发结也被剪掉了。她的嘴像被封条贴住似的，板着一副毫无表情的脸，转身带我上楼。我跟在这女人后面，故意放慢脚步，边走边观察。看清楚这楼是新建成的，进大门左手是楼梯，两旁是长过道，有好几扇铁栅门，全楼梯的右侧钉上密密的铁丝网，直到最高一层。这是预防犯人沿楼梯边跳下自杀而设置的。带我进二楼的一间小房（约有五平方米）后，这女人回头就要走，我问她："请问现在几点了？"她两眼瞪我一下，"快 12 点了。"后来才知道，这种回答是对刚进来的犯人的特殊照顾，否则对犯人问话根本不回答的，或者干脆来一通臭骂。房间叫"号子"。这间小房的右边角上隔了一间三角形的厕所，里面设有洗脸盆、抽水马桶，马桶背后墙上有个比青豆稍大的玻璃小圆洞，这洞里面看不出去，外面望进来却可以看得清清楚楚。有条新的洗脸毛巾，一只旧的搪瓷漱口杯，没有牙刷，没有肥皂，也没有梳子。这房有二道门，一道是铁栅，一道是木门。木门上如厕所一样有一小圆洞，木门的下端离地约有七八寸高，亦有七八寸见方能开关的一扇小门。门的正对面有扇小窗，怕犯人从窗跳楼，所以装置得很高。窗下靠墙安置了一块木板当床，又低又窄，一条带有臭味的黑布薄棉被，幸好有暖气，没有枕头，也无垫褥。我将被子一端卷叠两层当枕头，半叠半盖和衣躺下。心想，到底是解放了，建造这样新式的监狱，还有暖气，家里还没有暖气呢！就是床差些，缺少书桌、椅凳。回想 1931 年"一·二八"日本侵占上海，我曾被国民党政府逮捕（虽是法租界捕房逮捕的，事实上租界当局无不和国民党政府有勾结的）入狱，比起过去，这里的监狱好得多了。那时，是在铁栅门的斗室水泥地上吃、睡、尿……后来，才知道，这里叫小汤山秦城监狱，是专门关押中央高级干部而建造的。当我冲墙向左侧卧时，刚睡着，忽听"托、托、托"的急剧敲门声。我立刻翻身，望见门上小洞有只眼睛在闪射着，吼我一声："喂，头要露在外面，身子冲门，知道吗？记住！"我方知是巡逻人。睡觉时，电灯通宵不关闭，方便巡逻人检查。天晓，听得号角声，我不知是何事，未理睬它。巡逻人又来，从小洞里喊道："喂！还不起来，吹号声听见吗？晚上听到便是睡觉，记住！"我赶快起床，叠好棉被，进厕所洗完脸，转身上马桶时，见小洞里又有眼睛探察，把我吓了一跳。出厕所后，正在室内练操，做运动，小洞里又有人大声喊道："站住，坐下，不许动！"不一会又厉声来一句："对着门坐端正！"这才知道，随时都有人监视行动。从此，我就很小心。巡逻人都是男的解放军。

这里监狱的伙食，早餐是玉米粥、萝卜丝、咸菜；午饭是窝窝头，顶多两个，或黑馒头一个，有时糙米饭一盅碗。菜是半碗，有几小块肥、瘦肉和蔬菜；晚饭亦复如此。每天上、下午各一杯开水。吃完饭将碗筷洗净。每次送饭来时，伙夫在过道里大叫一声"开饭了"，我赶快到门下小洞蹲着等候。一会儿送饭人来到小洞前，彼此动作很快地从洞里递出，接进碗、碟、饭菜，若我手脚慢些就要挨巡逻人骂。

当时，自己深感在解放前哪能有这样的监狱？在旧社会时候，我常和人谈论监狱的非人生活，有朝一夕中国解放了，一定会出现文明监狱，现在果然有了。可笑的是，自己却在这史无前例的文化大革命中进了监狱。

每天从早到晚，除三餐外，我老坐在床边面对小洞，两腿交叉，左右摇摆活动；脑筋麻木无所思想。这样的生活连续三四天，腰酸背痛，唯一的办法多去厕所，可以借此活动自在一下。但又怕马桶后面的小洞内有眼察看，怎能呆久呢？俗云：坐牢，坐牢，原来如此。一周后，开始思索到底是为何把我押到这里？也许是要我写材料，那么写自己的，还是写别人的呢？写材料又为什么非来此不可？这运动到底是为什么？自己在反复思索着。《人民日报》社论《横扫一切牛鬼蛇神》不讲职位，不分阶层，全面开花，目的何在？百思不得一解。我只能自慰道："顶多一个月就会放回家。既来之，则安之，等吧！"每天就是这样吃、睡、尿、坐，傻瓜似的等待！一周过去了，两周过去了，什么动静也没有。

二、隔离审查罪何来？

直到 11 月 29 日上午 8 时，忽然"哗"的一声，铁栅开了，木门也开了，见一解放军，他大声道："提审！"我怎么听也不懂这名词，便问："你说什么？""提审！"他答。"什么是提审？"我又问。他火了，两眼瞪着我说："提审，就是去受审讯，快走，不要啰嗦！"我于是立刻起身，跟在他后面下楼，经过来时曾看见过的好些铁栅门的长过道，解放军边走边回头瞧我。到了审讯室，解放军说："进去。"他转身就走了。入审讯室，见右边不到两米有一长条桌，桌子后面墙上挂有毛主席像，桌上放了一大堆纸张，一男一女坐在那里翻阅这些纸张、材料。离桌前约有一米多，有只圆凳。女的约四十岁，穿黑咖啡色衣裤，身材矮小，黄皮小脸，一副鼠目转来转去。她双手麻利地掀动纸页，似乎是个机灵女人。见我站着，她板起脸，边整理一堆纸张材料，边用右食指指了一下圆凳说："向毛主席鞠躬！"我向毛主席像行了礼。她又说："坐下！"男的看上去有三十多岁，穿一身解放军服，板着一副讨债的脸，瞪起两只圆眼，开口说："你过来！"我站起来走近条桌。他给我一张和公安部同样的拘留证，叫我在上面签字。我接过来看了一遍，要在印好的"犯人"二字格内签名。当时，我冷笑低声自语："犯人，犯人！犯了什么罪？"他见我不满的态度，就说："明天再签字吧。"他把单子拿过去了。同时也叫我坐下。于是，正经地开始问了："你知道这里是什么地方吗？"

"不知道。"

"这里是监狱！讲讲你的经历，从你有记忆力开始，直到你进来那天为止。"我大吃一惊！

"怎么讲得完几十年事情的经过呢？"

"非讲不可，不用啰嗦，快讲！"

当即讲了些，天快黑了，男的揿了一下电铃，解放军进来，男的对解放军说："带她回号！"次日上午又去审讯室。男审讯员给我一张印好的现成单子，我一看仍然是拘留证，但上面没有"犯人"二字了，我签了姓名，填了年月日后，继续再讲。于是每天上午、下午，由解放军押去审讯室，叙述经历和回答他们提出的问题，共一周时间。最后一天吩咐："把你所谈的写成材料交上来！""既然已说了，为什么还要写呢？"我问。那女的马上把笔往上一戳，抬头瞪我两眼，说："这里的规矩，你晓得吗？"男的又揿铃，叫解放军带我回号。次晨，另一解放军送来一张小茶几、一把椅子、一支钢笔、半瓶墨水、十张纸，说："钢笔、墨水，晚饭后要收走，若未写完也可在睡前交。早晨再要，再给。纸张用完可再要，废纸碎片要上交，不许扔丢，给多少张纸，要交回原数。"板脸说完，锁上铁栅走了。

从此，每日整天审讯，还要写成材料，十分疲乏。因为归心似箭，狱吏又催，心想越快写完越好。白天受审，夜间在暗淡的灯光下写呀！写呀！一直到深夜才睡。头昏眼花地写了两星期多，总算交上去了。其后，我依然呆呆地闷坐床板上，摇着两腿看望门上的小洞，脑子真空，似乎变成了有动作而无灵性的机器人。又过了好几天，有一天，忽然铁栅锁"咯噔"一声，随即两道门左右大开，解放军靠门站，右手一挥说："提审！"我一听这二字，惊喜交加。喜的是，也许可以放我回家了；惊的是，未知还要审些什么？这次我走前面，解放军在后了。到审讯室，解放军照例转身关上门走了。

这回审讯情况变了。审问条桌坐了三人,右边多了一个半白头发的老头,有六十几岁,身材高壮,面孔铁青,虎视眈眈。如果是胆子小的人,见了他真会毛骨悚然。我刚要坐下,老头大声吼道:"不许坐,站着!"我想这是主审员。原来一男一女是副审员。副审员埋头翻阅材料,一声不吭。气势汹汹的主审员一下子站了起来,左脚踩在椅子上,左手往膝盖上一搁,右手向腰里一叉,两只眼要吞没人似的瞪着我,大叫一声:"你这人不老实,给你这么多时间,让你好好想想,但你一点也不坦白交代。说的、写的都不认错,不悔过,谁要你这些没有罪行的材料?快交代!你知道'坦白从宽、抗拒从严'吗?"一面说着一面气势汹汹地拍着桌子。"你们要我说,要我写,都做到了,还要交代什么呢?"我说。这时主审人大概感到累了吧!身子转向椅子左边,用另一只脚踩在椅子上,换了左手拍桌怒吼:"你们这种货色不识抬举,非要吃些苦头才认错。"审讯的情况和以前是一百八十度大转弯了。但他一下子又放下那要吞吃人的神态,故作和蔼微笑地说:"不要这样顽固,自己讨苦吃,有什么好处?还是尽早坦白,早得自由不好吗?"我站住不吭声,眼看他像孙悟空七十二变似的,感到又好气又好笑。主审叫男的副审员揿铃,解放军进来,他照例一句:"把她带回号去!"我正要转身开步时,主审老头说:"你回号好好想想,把问题想通,这里不是什么好地方。"——一句充满威胁口吻的警告!

我回到号房,照例坐在床边摇摆两腿,望着号门心乱如麻!怎么也想不通,到底为什么问题被拘留!为运动吗?谁在害我呢?左思右想,始终得不到答案。这些人哪像共产党的干部!说不清,讲不明,究竟要把我搞到什么地步?体弱的我受得了吗?又想到家里孩子不知自己的母亲在何处,她们一定比我还要焦急哟!越想越火,唉声叹气有何用?自己不是没有经过沧海桑田和大风浪,何惧之有?！何况扪心自问,又有何愧?人,往往因为对事物没有正确的认识和坚强的意志,失去信心和希望而消沉。我就此灰心吗?向困难低头吗?不,我应该像过去一样,跌下去,站起来!鲁迅先生有句名言:"敌人要你死,你就偏不死!"话虽如此,但不知往后还会发生什么?我该怎样去抵挡这股逆流,渡过如此凶险的难关?怎样保护自己呢?唯一的办法是将自己的大脑"真空"起来,一如以往所遇,任凭它浪涛滚滚,冲击淹没,听之任之!静以待之!

过了几天,解放军又叫"提审"了。审讯还是原来的三人,原样的位置。那女的依然低着头在翻阅材料,见我进入便说"坐下",态度平常。这时主审开口了,"怎么?想通了吗?""要说的说了,要写的写了,再也想不出什么了。上次就回答过你们,一点也没有了。"主审眯着两眼,吞人似的问道:"那么你和杨虎、田淑君、杜月笙、上海青红帮等的关系?还有锦江每天来些什么吃客?锦江的特别间设置的目的?为什么离婚?为何去菲律宾等一系列问题,必须交代清楚,要坦白。""你们所问的这些问题,我都已一一写下交代清楚了。至于青红帮,我从未加入过任何党派、帮、社、团、会等组织。1929年秋在上海和夏之时离婚后,我相信共产党才能救中国,因而靠拢党,结交进步分子、党员,做了党的忠实朋友。离婚后不久,曾由共产党员郑德音介绍我去李某(名字忘了)家联系,李某说你上有老、下有少,入党缓一步,还是先解决老少的生活为重,现在是革命低潮,嘱咐我经商来为党工作,为老少谋生计。我接受了他的意见。后来陈同生同志,他是新四军政委、联络部部长,解放后是上海市统战部部长,和我联系过程中也嘱咐了同样的话。并说在白区做一名党外布尔什维克,对工作有利。"

"上海刚解放,陈同生对我说:现在解放了,你可写入党申请书,由他和杨帆做介绍人。我将申请书写好正要送去杨帆处签字的时候，杨帆上北京发生了问题。因此，又搁浅……"说到此，主审打断了我的话，拍桌大骂道："呸！你够得上入党？做党的朋友都配不上！"然后，他又勒令我接着讲下去。"关于杜月笙如材料所说，'锦江'第一次扩大房屋是杜月笙协助的。'锦江'对杜月笙协助的答谢，就是每次他来吃饭优先给他好座位。杨虎和杜月笙在'锦江'吃饭时，杨曾请我出来和杜月笙见过几次面，此外，并无往来。总之，我和杨虎、田淑君、杜月笙的关系在材料里已交代清楚了。关于青红帮人物仅仅闻名而无任何来往。至于'锦江'每天来些什么客人，'锦江'是餐馆，只要有钱谁都能进入叫菜、吃饭，全世界也没有例子要问清顾客的姓名才允许顾客进餐。""你真会说话，"主审插嘴说，"我们问你的是主要顾客，如国民党人、社会名流、帮派头子等人物。"我答道："营业时间，川流不息的顾客进进出出，即使有认识的，我坐在办公室里也不会知道。"主审又动肝火了："谁来'锦江'难道你一个都不知道？""的确不知道。"我说。"那么，你刚才提到杨虎和杜月笙来过，你又是怎么知道的？""那是因为杨虎叫服务员来办公室，请我一起吃饭，才知道他们来了。"

"你这人很狡猾，不老实。今天到此为止，回号去仔细考虑一下吧！"主审就这样又结束了这次审讯。

次晨8时，又被提审。主审问："你考虑得怎样？想通了吗？"我没有作声。主审老头说："接着再往下讲！"我说："有关'锦江'特别间的设置，纯粹出于生意上的动机。设置特别间等于做广告。这间房间的装修、设备、用具比其他卖座房间讲究些，还装有电话，位置又在走廊末端，颇安静，顾客都喜欢。订座要三四天前。如此而已。""胡说，你这房间是专门用来搞反革命活动的，你还瞒什么？我们已经调查清楚了。""你们既然调查清楚了，还问我做什么？""看看你老实不老实。"我听了暗自好笑。主审说："你所讲的与事实大有出入,你的问题很严重,你到底想怎么办?""我已陷在这样一个不容许人说真话的境地,失去了自由,随便你们吧!"我说。"你很坏,那么厉害。我再问你,你周围和你经常来往的老老少少、男男女女,你常带头和他们开会,到底干些什么?""他们都是我的小辈,经常和他们聊天是有的,从未和他们开过什么会。"我说。"听说你很会用人,谁都服你。"我九十度弯腰低头,暗笑会用人亦是罪。你们不研究研究为什么我能用人呢?真好笑!于是这凶恶的主审没完没了地问及日常来往者的情况,同他们之间的关系等。他是分别提名盘问,并要我揭发、交代。我说:"无论是过去和现在,凡和我交往过的人,材料里都写明了,我不知道的不能胡说。""你材料里没有揭发任何人。""没有,我怎能随便冤枉瞎说呢?我若瞎说一通,既对人不利,也增加你们的麻烦。要调查研究,浪费时间和精力,消耗国家和人民金钱。毛主席不是指示要'实事求是'吗?"我说。主审大怒:"你这三寸之舌好凶,好厉害!"吩咐男的副审员揿铃,带我回号。

因为审讯时间太长,回号总是过了开饭时间。饭菜在铁栅门地上放着,凉饭、凉菜带尘吃下。这天晚上我头昏眼花,再不吃安眠药睡觉,怎能顶得住明天的凶狠审讯?我敲门,巡逻解放军一只眼从门上小洞里盯着我问:"什么事?""睡不好,不能想事交代。谢谢你们给我几颗安眠药。"本想只要说是交代,也许可以通融一下,殊不知解放军叫来一个护士模样的女人,她骂道:"你已要过几次了,告诉你,监狱里没有安眠药。你们这些人真不识相,脸皮厚!"板着脸瞪我一眼,走了。我只好回头坐在板床边,深感审问频繁,逼供蛮横,脑子真空受得了,而身体受不了。

从次日起,审讯时不准坐了。每天上、下午,有时一天连审三次,直到夜晚十一二时。每次都是纠缠以上那些问题,审不清问不完，继续好多天，态度对我时而硬，时而软，软硬兼施，变幻无常。恐吓威胁之后，突然改换"闪电"战术，把问题集中到我和杨虎、田淑君的关系上了。气汹汹的主审员说："已经告诉过你多次，你的问题是严重的，若不调查清楚，怎能随便拘留你。你放聪明些，不要顽固，敬酒不吃吃罚酒。把你和杨虎、田淑君的关系如实交代吧！""已经说过，也写过材料了。"我说。"你没有如实坦白交代事实的真面目，重新交代！"我忍着一肚子气。

"关于杨虎的问题，我在材料里已经作了如实的交代，需要补充的是：1952年，杨虎的填房田淑君因心脏病在上海五原路某公寓去世，身后凄凉。杨虎从北京来电嘱我代劳协办他妻子的丧事，我看在他的情面上，主持了丧仪。关于杨、田事我已说完了。"主审老头听完大发雷霆，说："你总是避重就轻，说了一大堆都不在点上。杨、田有个'兴中会'，田还办了'中华妇女协会'，这两个会干些什么？你协助干些什么？快快交代！"我说："这两个会我都未参加，他们的这些组织和我实在没有关系。""田淑君和杨虎除夫妇关系外，还有什么关系？""她是'中统'的人。""那么你知道她在'中统'干些什么？""我是听说的，有些什么事实我确实不知道，我和她们往来接触，从不谈政治。因为怕暴露自己的政治面貌。"老头大喝一声："别人是一问三不知，而你是一问八不知，回号去！"老头揿铃。我回到号房，坐在床沿上，我的内心由紧张而麻木。巡逻人见我不吃饭，从小洞里说："怎么不吃？"把铁栅、木门打开，叫我拿进饭菜，我吃了一半。

次日，不待吹号，天亮便起床了。心潮起伏，难以平静。觉得暴风雨即将来临。吃了半碗玉米粥，又被"提审"。这回经过通道末端左边空角地上，忽然发现一大堆刑具，刹那间，只看见绳子、木钉板……暗想：这是故意威胁，还是给我上刑呢？啊！吊桶落在井里,由人打水吧!

三、残暴逼供

　　进审讯室,主审老头见我便怒气冲天,大声道:"站着,低头!"我愣了半晌不语。"怎么,叫你低头,听见吗?"我心想唯一的办法,只好听从了。"低得不够,还要低!"于是仍然在"兴中会"、"中华妇女协会"的枝枝节节问题上没完没了,纠缠不清。老头又说:"你昨天交代的,说得好光荣、好漂亮,难道你和杨、田没有做过一点反动事?那么干净?他们的反动活动你也一点不知道?干干净净?反而对党是功臣似的。"这时,女陪审员也把钢笔夹在指缝里站起来,整个脸变成了蜡色,道:"已经审讯你好长时间了。你还不老老实实交代,你想想,如果没有真凭实据,能抓你进来吗?你这样顽固,只有自讨苦吃。"年轻的男陪审员也插话骂道:"你们这种女人,只配陪男人睡觉。看你这样子,人不像人,鬼不像鬼,混蛋!"女的又接着骂:"不老实交代,带着花岗岩脑袋去见上帝有什么好处?"我一语不发,低头弯腰,由他们辱骂。可是心里怒火燃烧得像要爆发的火山。这样的侮辱,这样的九十度弯腰,连续了好几天,腰酸如裂,站不住,一阵头昏,突见滴滴鲜血落在地上,初以为是鼻血,用手指一抹没有,擦眼,方知血是从眼里流下的!

　　有一次,晚饭后,在另外一间屋里提审,一直审讯到深夜。我忍不住开口:"一日三次提审已好几天了。夜已深,可不可以明天再审?你们也累了,大家安息吧!"这下惹了大祸。主审拍桌大怒,"你好大胆,讽刺我们,叫我们去死?!"我说,绝无此意。老头说:"'安息'二字指的是死人,你还赖?以为我们不懂,你这混蛋赖货,你敢如此猖狂!"我说:"四川人嘱旁人睡觉谓之'安息',

这是一句带敬意的客套语。""你还要强词夺理？胡说，狡赖，你这赖货，枪毙你！"我暗想，他们抓不到错，就在这两个字上大做文章。骂完揿铃。一个约二十几岁的狱警进来。老头将刚才经过的事，向这个狱警叙述一遍。狱警伸手一把抓住我胸脯，拉到了太平间，开口一声："妈的！"给我一耳光。骂道："打死你这赖货、反动分子。"举手又向我胸脯一拳，正中曾经患过三个月肺病的左肺，立刻疼痛难受，眼泪直淌。我将手抚摸着胸慢慢揉摩。他还用脚死劲踢我，看我倒下后，他突然停手，像豺狼似的对我说："我没有打你，是吗？"我瞪着眼，望着他。见我不作声，他想举拳再打。我怒火冲天，但心想，好汉不吃眼前亏。"是的，你没有打我。"我忙回答。

这夜，我就躺在这太平间停放尸体的板上。说也奇怪，平时我怕听"太平间"三字，而这夜却无所畏惧，抚揉着痛伤处胡思乱想了整夜。最后还是以"脑子真空"待天明！

次晨，将我押回号房。不一会儿，"格嗒"一声，两门大开，进来六七个解放军，问我昨夜为何咒骂审讯员"安息"，我将原话介绍了一遍。经再三盘问后，警告我今后不准再猖狂，说完就走了。第三天打我的那个狱警带医生来给我检查。医生像机器人，只有动作，无言语，无表情。问他什么，皆无反应。我以为他是聋子。后来知道狱里工作人员，尤其是医生与病犯人接触是不准说话的。下午护士送药来，她把两道门全开着，站在门口指着我，拉开喉咙辱骂："婊子、反革命分子……"骂完把药递给我。令人哭笑不得。

四、暖情一丝重泰山

过了几天又提审了。还是那一套低头、九十度的大弯腰，叫我交代。每天如此审问，当时我已受不了、站不住了。暗想：死在这里是太不值得的。心生一计,说道:"你们不要这样,让我再想想。"这一下,他们如获至宝,高兴了,笑了。那女人细心对老头说:"让她坐下,坐下。"主审老头一反常态地问:"想出来了吗?""哪有这样快,以往的事是要慢慢想的。"我答道。老头又说,"到时候了,再不交代,可要对不起你咧!"一会儿男的说:"放她几天,让她回号去,再想想。"老头点头揿铃。这样,我竟然得到了休息。回到号房,见饭菜放在床板上,我没吃。"格嗒"门开,一个约十七八岁的青年巡逻警站住说:"饭菜在门外地上放着,是我替你拿进来的,趁热快吃,冷饭冷菜吃了要生毛病的。"心想:上次那人也关心我的饭菜。唉!乌鸦窝里却有一两只凤凰。骤然觉得是雪中送炭,无比温暖,不禁泪下。迄今犹难忘怀!

过了三四天,又提审。"实在想不出来。"我说。老头就大发雷霆,喝道:"你到底想干什么?你等着瞧吧!我们有办法对付你。"回到号房细想,这些人如此凶恶,哪有丝毫共产党员的气味!明明是穿了共产党员的外衣在作恶。这运动到底是怎么回事啊?从此好多天没有动静。

第三十六章　功德林监狱九个月

一、功德林印象

1968年2月下旬，一天凌晨忽然铁栅又"克啷"一声开了，一个女狱警进来，把来时被扣留的衣物交还给我，吩咐我换上来时的衣、裤、背心。我说："外面正是三九寒天，这棉衣裤借给我穿穿，一定还给你们的，请放心。""不行，别啰嗦，快换上跟我走！"我叹了一口气。暗想，这回又不知去何处，命运是操纵在别人手里，奈何？！

到了楼下大门口，一个男狱警接换，押我上车。车里用黑布将玻璃窗罩住，漆黑一团。车开了很久，我单衣薄裤，一路上冷得浑身发抖。忽然车停下了，让我下车，回头一看，是一座荒凉的大院，一幢未经维修过的大平房。进入小间，有一桌、一椅、一人、一只小火炉，皆很旧了。狱警向此人将我交代了一番，走了。

此人叫我填好姓名、年岁、住址后，只允许留下一条手帕，余皆被没收。这时，进来一个解放军，此人对他说："你看守着，我领她进去。"出大门，向左转，彼此一声不响，经过两条弯曲小路，到了另一座同样破落的平房。进厅有几个穿着解放军服装的女人，围着桌子在聊天，见我们进来，一起站立，同声叫审讯员，我这才明白此人的职位。他以平静的态度对我说："这里是监狱，你要守规矩，要服从这里的规章制度，不可乱说乱动。"用右手一扫："她们是管理员，你叫她们队长，有事可找她们。"说完，他喊她们到一边，不知在说些什么。我则乘机眼扫四周，观察一下。这是一间不大的圆厅，也是办公室，一张旧桌，桌上有简单的笔、墨、纸，还有电话机，几把旧椅、几个凳子，一只中号的火炉，墙上挂着毛主席像。四面墙上好些毛主席语录。此厅为便于管教犯人之故，整个建筑像放射状设计，围绕圆厅有几条犯人号子胡同与圆厅相通，每条胡同左右有六七间"号子"。后来知道，这里是德胜门外功德林监狱。整个监狱气氛肃杀。

二、笑寒无薪火

审讯员走后，一个女队长给我薄而旧的黑布棉被一条，又薄又脏的毯子一条。没有棉衣、棉裤。带我进入一间很小的"号子"，小到地下铺块板外，仅有一尺余的空地。没有窗洞，吃饭时把门开着，透进些光线，狱监站在门口督吃。我冷得浑身发抖，整天在此板上，披着臭被坐卧，度过了三夜。第四天，换了一间约有十二三平方米的"号子"，同样铁栅木门。门上有约五六寸的长方形的小洞，装有能左右移动的玻璃和黑布小帘。"号子"小门斜对面的窗下安置了离地二三寸高的木板，这就是床，也是多用板。吃、喝、睡、写一切活动都靠这块板。一条又薄、又臭、又脏的泥土色的垫毯，一条臭味冲鼻的黑色薄被。进门的左墙角有一个没有盖子的铝皮便桶。便桶左边一堵支离破碎的墙壁，如此而已。房间不小，而在这样寒气刺骨的大冷天，"号子"内外全无取暖炉子。我心想：这也是处罚的一种手段。唉！够毒辣的！此时，我再一次想起鲁迅先生曾说过："敌人要你死，你偏不死！"我想自己没有做过丝毫对党、对国家、

第三十六章 功德林监狱九个月

对人民的坏事。寒冷！寒冷！人间地狱般的生活逼不死我！

这里同样按号声起、睡，一天两餐，到时送饭人喊叫"开饭了"，女队长开门，犯人自己跑去胡同口将饭拿回"号子"。上午玉米粥一碗，咸菜少许（多抓几根就挨骂），下午规定两个玉米面窝窝头。而我开始时，只能吃半个，还有一碗带几根蔬菜不见食油的酱油汤，偶尔有一碗糙米饭或者黑面馒头一个。每顿饭后，由另外一个工作人员送进十五厘米直径大的一小盆开水喝，同样不准向家里要衣物、用具。

这里，每天上午、下午去厕所倒两次马桶。有次，我在厕所里边刷桶、边咳嗽，队长在门外故意敞开喉咙（让大家听见）骂道："妈的！你不知道监狱里不许作声的规矩吗？你在放什么信号？快说！""没有，咳嗽罢了。我不懂什么信号。"我答。"你还在撒谎，不老实，快滚回号去！"又骂了几句走了。

有一个女队长非常恶劣，每次见着她难免不毛骨悚然。有一次，她突然打开铁栅，大声叫："快出来！快出来！"我以为发生了什么事情。她指着门背后墙上问我："这是什么？"我一看原来是条大毛虫。我火了，立刻用两指夹着它往地下一掷，踩死了。我气愤地问她："还有吗？"她觉得吓不了我，低声说："没有了，进去吧。"我暗笑她自己像毛虫一样而不自知，恶作剧能难倒我吗？说实话，在平时我是怕毛毛虫的，但人到这种地步也就什么都不顾了。

天气严寒，既无取暖设备，衣被又单薄，昼夜寒气刺骨，无法睡觉，如此长期下去，必然会有冻僵得病的危险。于是，我沿着墙边悄悄地开始小跑运动，借以增加热力抗寒。累了，将臭被裹身，坐在板上歇口气，打个盹。觉得冷了又跑，跑了又息，日夜好几次地跑。这时候真怕一旦被巡逻人从小洞里发现，又将遭受责骂。狱里规定任何时候都不允许说话，不许有声响、小动作等。故除了开饭,倒便桶和叫提审之外,余皆一片寂静、阴森……活像鬼窟。当我在小跑时,自己的心里是战战兢兢。由于这样的起居和饮食,加上寒冷,不久,我这不争气的肚子像浪潮似的起伏,滚滚作响,虚恭频出,每天接二连三拉稀粪,顿时四肢无力,肚皮皱扁,骨瘦如柴。一摸头发,一绺一绺地掉下,无一根黑色,自己才发现已是白发老人矣!

换　狱

吹号起床刷便桶,
餐餐窝头酱汤供。
冷冻无暖板一块,(水泥地上放一块板)
沿室颠跑御严冬。

一九六八年春初

正在这时候,队长送来笔、墨水、纸,命令我再重新写材料。我又有什么办法?只好捧着疼痛的肚腹蹲在床板沿下写呀!写呀!

材料写完,约3月天气,仍然寒气逼人。有一天,好久没有听到的铁门声又"咯啷"一下,一个彪状大汉站在门口,高声喊:"提审!"我比较平静的心情又波动起来,跟在他后面经过一片荒地,转弯抹角,到了一间并不太大的办公室。进屋后,因为我将脑子真空了,就很自然地迅速扫视四周,见墙上挂着毛主席像,张贴好些彩色纸写的语录。进门靠右墙,约有二三十解放军,铁板的脸,挺胸笔直,一排排严肃地坐在梯形凳上。中间一张大审讯桌,桌上有纸张、笔墨、材料、茶杯、暖瓶、电话机,四个男审讯员,依次坐在那里翻阅材料,阵容严肃如临大敌。一个高大、肥胖、长着一对凶神恶煞眼睛的人靠右墙的条桌末端坐下,两腿交叉在吸香烟,看样是主审人。其模样真是令人难以琢磨。我照例站立，心想：真金不怕火炼，人活在世上，活得有意义，死得有价值，一生就算没有白活！我站了半晌，主审员开口："你写的材料和事实不符！你本来属于秦城中央级的牢狱所管，现在把你送到市级管辖，这说明什么？如再不从实交代，我们会如何对待你，你认真想想！""我已说过、写过好几遍。实在是想不出什么了。你们觉得该怎么办就怎么办吧！"我镇静地回答。这一下，四个副审员都火了，一齐伸着脖子，恶狼似的眼睛一起盯着我，连骂带问，什么"娼妓、赖货、破鞋、反动分子"等，用尽了侮辱人的词句。主审员则时而硬时而软。他们一时扮红脸，一时扮白脸，把戏耍尽。这幕情景迄今忆起犹难以忘怀。

每天如此审讯，上、下午两次，一站便是几个小时。有一次问我："你认识一个姓周的吗？""有两个，一个是家庭妇女，一个是上海哈同花园老板犹太人的账房先生周管辅。"主审又火了，说："你总是避重就轻地回答问题。真狡猾。"骂完又问："你有几个名字？""我原叫毓英。后来改名董篁，号竹君。"

我回到"号子"后静静地思索，为何要问我有几个名字呢？是否他们仅抄到一百八十元（这款系当时从吴秀峰处借来二百元，用去了二十元）向银行查无我的存款单据之故。如此反复又审问了好几天。我像木头人一样，脑袋真空，无所触动。从此，除外调外，不再听到"提审"了。似乎审查已告结束。

三、梦寻自慰

停止提审后不几天，曾恶作剧勒令我捉毛毛虫的女队长不知何故，忽然打开门上的小洞，瞅我一眼，递给一块"灯塔牌"洗衣皂和一把缺口的梳子。自从进此监狱后，大概有四十几天没有梳、洗用具，每晨喝水、洗脸、刷牙都靠一条手绢、一小盆（像汤碗大小的铝盆）热水。内衣裤、手绢脏了，趁冲马桶的机会，抓紧时间在自来水龙头上搓洗，用手甩干再用。因此，突然见到这两件梳洗物，如获珍宝似的。尤其是那块无法形容的洗衣肥皂的香味，给我那不沾五味已久的胃肠提供了活力。我将它放置在床头、枕边。每当临睡前，总是拿它来贴近鼻孔，深呼吸几下，说也怪，立即觉得胃里充实而舒服。在这刹那间，清除了脑海里许多凄风苦雨。随意记下：

一块洗衣皂

支离破墙何足道，
板床便器亦堪笑。
山珍海味固佳肴，
肥皂胃开香更超。

一九六八年春

无报章书刊阅读，终日无所事事，冷酷的生活是会令人疯狂的。为自救起见，以下便是自己立下每天的生活日程：除了两餐饭，两次洗刷马桶和沿室小跑几圈运动锻炼外，剩余时间，坐在所谓的床板上，先是精神会餐，想着什么回锅肉呀，香酥鸭呀，松子桂鱼呀，干烧冬笋呀，棒棒鸡呀，粉蒸肉呀，芙蓉鸡片呀，鱼香肉丝呀……继则坐在床板上盯注着对面破壁上的裂纹斑渍，心驰神往地想象出几幅有趣的画面。一幅是"庙会"，在一条南北走向的不太宽的马路北头，有座高耸的古庙，东西路旁搭盖了竹棚，不少摊贩出售各色各样的食品、衣物、手工艺品和用具等。老老少少红男绿女川流不息地来来回回挤看,有的女人搀着孩子走向古庙,有的人从古庙出来,有的兴高采烈地买各种东西。在左边小摊后面斜土坡上的楼房窗口,男女伸头窗外争看热闹。人们来来往往,兴致勃勃地欣赏盛会。另外一幅是"赴舞会"。离古庙不远,有一舞厅,人们在舞池里跳舞。在此舞厅附近,有幢普通洋房,室内布置一般,一位年近五十的高大肥胖的男人,看上去像位绅士,穿着白衬衫,正对着穿衣镜在系领带。隔壁过道里一位胖女人,手拿熨斗埋着头,认真地在熨衣服,想赶快熨好,让这位绅士穿上赴舞会。看他们俩的神情,也许是夫妇关系吧!每次我都看得出神。就这样在人间地狱里消磨光阴。

这段时间有好几个月,一直延续到1968年5月,曾随意记之:

自得其乐

凝眸残壁画二幅,
庙会欢歌戏于途。
妻急熨衣夫趋舞,
囹圄独影人不孤。

四、狱中新友

1968年5月,总算允许我填单向家里要衣服和生活用具了。我被批准获得内外裤一套、洗脸巾一条、肥皂一块、牙刷一把和《毛泽东选集》一套。这些东西都放在板床枕头旁,房里顿时有了些生活的气氛。从此生活日程上多了一个读《毛选》的节目。我想趁此机会把《毛选》通读一遍,从此精神上有了支持的力量。

8月10日左右,铁门"格啷"一声,女队长进来叫我把东西收拾收拾跟她走。她带我到了另一个"号子",就走了。这号房里,一位女犯人见我进去一声不吭,立刻站起来主动热心地帮我铺床,刹那间,送我来的女队长转回来,见她在帮助我,将她痛骂了一顿。犯人之间不能有互助的关系,否则就要被怀疑。这位被称为女犯人的就是前煤炭工业部部长高扬文的妻子李蕴。她悄悄地告诉我说:"你的案子放松了,否则不可能离开审查的单独号子,到集体号子来的。"说着又先后进来了三人——日本女犯人、某部长妻子姓余,还有曾任故宫博物院副院长彭炎的妻子阮波。我被隔离审查十多个月,忽然有几个人同住一个"号子",真是如鱼得水,心境活跃很多。但虽是集体"号子",却有规定:互相不许说话,不准彼此互问案情、在生活上互助,等等。即使开饭时,值班人也只能接耳细声问每个人吃多少。若不小心声音响些被狱警队长听见,不是挨骂就是被处分。事实上,我们总是以一人作眼哨,其余的照样彼此轻声谈论国事、聊天。

有一次,我和李蕴同去厕所,刷完便桶回来,号里二人不知为何都面向墙壁罚站,队长见我俩,便大声喊:"快去墙壁站住,不许动!你们这些反动分子不识抬举,今后一个人犯了错,就像现在一样,都要受处分,知道吗?"过了一小时才叫坐下,事后晓得:姓余的不知为何事和女队长回了几句嘴。不几天,日本女犯人走了。"号子"就剩下四人。我们四人共餐,同样饭菜,一小盆酱油汤。每次吃完后,四人轮流用指头刮吃盆边一圈的残油。

这"号子"较小,有扇小窗,终年晒不进阳光,冬季又从无火炉,寒气入骨,夏季阴湿。我们四人白天各自裹着棉被排排坐,夜间挤着睡觉。时过十月小阳春后,气候逐渐转寒入冬。我体质虚弱,怕冷不怕热,只好厚着脸皮说:"队长,天气越来越冷,请给我一套棉衣裤。""你不好好交代,棉衣给别人就不给你。"女队长站在门口毒骂着。李蕴见我这白发老人衣着单薄，便悄悄地打开自己的包裹，将多余的一件棉背心慷慨地借给我穿了。真是雪中送炭，异常感激！出狱后，虽已还了人情，但此情此义，永不忘怀！

功德林是所寺庙，坐落于北京德胜门外关厢西侧。据说建于金代。当时曾有僧人设立济养院救济贫饥，传说凡死于此者，尸棺内放四个碗、一把绳，代表马蹄和尾巴。意要死者下世为皇帝效犬马之劳。清朝时设粥厂，施茶、粥、衣、药。光绪二十年成为习艺劳改所。民国二年起军阀政府改为监狱，可容纳一千余人。1928年后关押过大批革命政治犯。新中国成立后，国民党不少将领在功德林受改造出狱。

第三十七章 "半步桥"监狱四年

一、押往"半步桥"监狱

1968年12月6日，天色阴沉，令人烦闷。傍晚，狱警队长开门进来，板着脸吩咐每人把行李整理好。大家愕然，不知何故。彼此你看我，我看你，猜不出将发生什么事。我心里忐忑不安，打开行李把李蕴借穿的棉背心谢还了她。我的行李最简单，狱中的被盖和一个小包裹而已。一会儿，狱警队长进来说声"走！"我把行李搭在肩上和大家一起跟在她后面走出大门，见一大堆人将行李背的背，提的提，抱的抱，也有好些人把行李搭在背上。我们排着队，埋头开步鱼贯向前走去，经过几条弯曲的小径，到了一座楼房的大院，院里停了两部大面包车。领队人叫我们把行李放下，脸对墙站着，不许看院内动静。只听得："快上车，快上车！你们这些人怎么搞的？快拿着行李上车，上车后坐下，不许说话，不许乱动、乱看。听懂吗？"叽叽喳喳、乱乱哄哄的声音。12月寒冬，我仅穿着离家时候的薄毛衣裤、毛线背心、蓝布衬裤一套，面对墙站着，周身哆嗦，牙齿打战。约一小时多，领队人叫声："转身！把行李拿好，上车！"车上无灯光，四周用黑布遮盖。我坐在行李上，车厢挤得满满。大家都像停止了呼吸似的，鸦雀无声，等待时间的过去，静听车子的行驶，任从管理人员的摆布。忽然车停了，像赶牛似的，有人大喊:"快些下车,快点!"黄昏过去,天色漆黑,约晚饭时间。下车后,已看不见什么,只觉得是一大旷院,领队又喊叫:"排好队,拿好行李,不要说话,按次序往前走!"每人提携行李,两旁有人押着。在无灯光的黑夜里,大家低头默声在黑路里一个接着一个地走着。走不远,只见百步前面有人影,到我走近时,才知是电筒的光亮。一人大吼一声:"站住!"另一人出示一大张名单,恶狠狠地问道:"你叫什么名字?快说!""董竹君。"我答。他用手指在名单上挨次点看后,用手向左一指,大喊一句:"放行,过去!"我立刻回想到,当年在上海和大女国琼同去北四川路看苏联电影《伏尔加河船夫曲》,电影里"贵族"们被俘虏时,挨次受检查的情景。绝未想到这镜头而今呈现面前,轮到了自己。我当时一阵心酸,难以克制。接着进入楼房办公室,一个女搜查员,像欠她债似的板着脸叫:"站住!把内外衣裤全脱光!"接着仔细地翻看行李。搜查完毕便给我一套犯人的黑布棉衣裤,受此人身侮辱已几次了,忍不住老泪直流,此情此景终生难以忘怀!

犯人们各自急忙向指定的"号子"走去。这个"号子"的床板北京人称为炕床,连我四人各占一角,夜间正好睡满。次日又添新犯二人,挤得我们只好轮流坐夜。白天大家面面相觑,各想各的。我则反复思索:"为什么要这样大转移?外面到底在搞些什么?情况是怎样?为什么逮捕大批干部?横扫一切牛鬼蛇神,有无一定的范畴?或是无边无际?否则,又出现了极左路线。党在历史上犯过极左路线的错误,曾有过惨痛的教训。社会主义革命没有先例,谁也难免不再犯错误。因此,革命的道路是曲折的,但是我相信前途是光明的!"我彻夜难眠,冥思通宵,随意构成:

失　道

经庙原是极高超，
方丈一时失遵道。
木鱼声乱经搁浅，
庙门香火信士少。

牢笼毁尽

碧血丹心染战袍，
红旗永竖万代豪。
坚信大地春会到，
牢笼毁尽有一朝。

一九六九年春初

不两天，每到深夜总是听到从大门方向传来阴森森手铐、脚镣"克啷"、"克啷"的铁链声。这样接连好几天。我们"号子"里好奇的年轻人，不怕犯规，偷偷地爬上窗户边看边回头告诉我们说："隐隐约约是有一个男的被押过来了！"有时也有女犯。本来大家挤得睡不好，此刻索性都不睡了。彼此轻声细语讨论外面到底在干什么？为何天天都有新犯进来？刚进来的两个人侧头转身紧张地看一下门上小洞后，放低嗓门说："林彪说和苏联要打仗了，他下一个号令就要大迁移。"另外一人说："什么大迁移，还不是想趁此机会大抓人吧！"大家听了，叹口气，不知所从。

次日又偷偷地谈论，但都讲不出什么道理。一个新犯坐在炕板上，两手往膝盖上一搁，脸上居然露出微笑。有人问道："你进这里来倒似乎蛮高兴。""当然，你们不知道，在外面二十四小时内，任何时候都有被抓走挨整、挨斗、挨打，不让你睡觉，逼供信、疲劳轰炸的可能。这里像保险箱,至少没有这些担忧了。"不几天,这人被调到别的"号子"去了。监狱调动"号子"是常事,怕犯人共同住久了会合伙做坏事。

二、新"号子"与大演习

这监狱位于陶然亭邻近的半步桥,是北京市公安局看守所。我们关押在东小楼二层楼房,有暖气设备。进大门不几步便是圆形的大办公厅,厅里贴满了毛主席语录和标语,家具设备简单,围绕圆厅,有好多条"号子"胡同,胡同内两旁有好几个牢房。圆形放射状的格局,便于对犯人监督管理。大门对面空地上另盖有八间放风间,周围砖墙,铁丝网盖顶。

我们的这间"号子"面积约三平方多米,冲铁栅门对面有一扇小窗。离地约半尺高,有一块板床,紧靠三面墙壁,这板床用途很广,凡生活需要的桌椅等都能代替。床前空地约有二尺宽,板床左角,有一只无盖铝皮桶当马桶使用。睡时必须头冲门,嘴露被外,灯不熄,以便巡逻人从门上小洞里监视。每周"放风"一两次,犯人进入"放风"间后,队长"克嗒!克嗒"将门锁上。集体放风回来时,队长便会像赶牛羊一样在后面叫喊:"快走!快!快快!"放风时间是二十分钟。

这里监管比较宽松,生活管理也比较正规。允许犯人彼此说话。伙食也较好些。早餐玉米粥、咸菜少许,多拿要挨骂,事实上,犯人总是设法尽可能多抓些。午饭、晚饭窝窝头,每顿顶多两个。一周有三四次细粮吃,一顿一碗粗米饭,或者黑面大馒头一个。每周有几次小肉丁加蔬菜。逢年过节有大肉包两个。拿饭菜、洗碗、倒马桶,都是犯人自己轮流做。按月一次集体洗澡,每周一次缝缝补补，可以向队长借用针线，每次最多两根针，早饭后发给，黄昏时收回，犯人为争取时间抢着做，颇为紧张。允许每月一次填写单子，向家里要衣物用品，但无一次如数收到的。有时望眼欲穿也收不到。我在狱中五年，由监狱转给家里送来的极其简单的衣物和人民币二十元。这二十元用来买草纸、肥皂、牙膏……漫长的五年仅花用了二十元，这是真够节约了！犯人们非常节约，一块肥皂用三个月，一筒牙膏用六个月，草纸则叠成约一寸半见方大小，因为每次填单要看队长的脸色，经常受气，因而只好这样省着用。

衣服越破越难补，同号人互相供给零星碎片。曾有两次，姓余的难友送给我的一件白绸旧背心和自己的一条千疮百孔的内裤，已到收回针线的时间还未补完，我为此挨过队长责骂。

幼时的一件背心，现在的一件背心，时隔六十余年，春秋有异，感慨不已！

入狱五年所穿的唯一的一件背心。

去厕所里倒马桶是几个"号子"的犯人聚集的唯一机会,有一次,一个老犯人对我们说:"旧公检法自由多了。吃得好,还有电影看,只要有钱,还可请服务员去外面买水果、罐头、烟卷,什么都可以。现在所谓'新公检法',实行的是法西斯一套。"

我们左邻"号子"有一个女犯,据说因案情严重,隔离审查很久了。每逢过年过节,总是听她提高嗓子在喊:"向毛主席拜年!拜节!毛主席万岁!"在我们楼上又有个女犯人,每天唱歌,歌声清亮悠扬。每听到前者的叫喊、后者的歌唱所传来的令人断肠的音调时,我们"号子"里的人无不泪下!几个月后,再也听不到了。我们偷偷地问劳动犯人,据说,早就经过太平间出去了。

有时,听到圆厅里队长的惊慌失措的声音,嚷着:"发疯了,发疯了!"有时听到"完了!完了!没有气了!"有时听到男犯在大哭又大叫,有时听到黑夜里的脚镣声。这些都是屡见不鲜的事。我当初还感到心惊肉跳,久则麻木无动于衷了。

1969年12月气候严寒,万木凋零,监牢内外气氛萧瑟。某日,突然又叫收拾行李走。原来是调换到另一院的一幢大楼。这楼不像东小楼有暖气,房间大,十二人共住还很宽敞。虽然人多,到底无炉火还是受不住寒冷。白天每个犯人背着棉被,在左右两张床间的空地上轮流踱来踱去。有一天,深夜2时左右,忽然队长吩咐起床准备行李。大家唉声叹气,不知又有何不测之事,立刻起床将所有东西收拾好,坐在床板上,鸦雀无声地等候命令。一会儿,女队长来了。问:"行李收拾好了吗?""都收拾好了!"同声回答。"那么等着不要乱动!"十二人都静悄悄地在紧张的情绪下规规矩矩听候下一步的指示。刹那间,听到窗外一次又一次"切切擦擦"快步的声音,如战争来临的景象,直到拂晓脚步声逐渐消失。队长开门说:"大家睡下!"谁还能睡觉!后来知道这是一场军事演习,试验我们的警惕性高不高，是否服从命令。大家议论，瞎猜一阵，有一人插嘴说："恐怕要打仗了。"另一人说："难道苏联要和我们开火了吗？所以要试验演习。"在这些日子里，每天叫我们到没有取暖设备的过道走廊里蹲在地上搓煤球，还要督促我们，看谁做得又多又好。几天后，我的脚麻，手也肿了。但我还是觉得比坐板床挨冻好。

三、频繁换"号子"

冬去春来，又调回东小楼，这回我被调到十三胡同"号子"，都是不认识的。一个是未毕业的大学生，她的特点是：刷起牙来至少二十分钟，大家讨厌她挤在马桶边刷个不停，但她并不在乎。一个是农村公社的年轻人，年纪约有二十三四岁，身体强壮，长得还不错，两只乌黑的大眼睛，在"号子"里肯揽事做，大家对她印象蛮好。因得队长的宠爱，每天被叫去打扫圆厅的卫生。"号子"里人都羡慕她，每天能出去劳动，活动身体。同时也羡慕她的案情转轻了（一个犯人一旦被队长叫出去劳动，标志着案情转轻，这是老犯人偷偷地告诉我们的）。另外一人年约四五十岁，据说姓李，满脸横肉，笑时皮笑肉不笑的，两只眼睛总是东张西望，注意"号子"里每个人的言行。后来知道这人是管理员队长的"特派员"，专门监视犯人的动作言行，打小报告"立功赎罪"。

我们睡的位置，按规定秩序是：从进门左起，大学生、"特派员"、农村公社来的年轻人和我。有一天半夜，这年轻人突然把我的棉被揭开，死劲拖我到她的被窝里，口里叫喊着黄什么名字，两眼睁得老大瞪着我。我从睡梦里醒来，吓得我用力推她推不开。我趁其他两人上来拼命按住她时，便一步跳下床，急急敲门，叫："队长！队长！快来！快来！"丁队长来了，一面问什么事，一面急忙开铁门。见这年轻人赤身裸体站在板床左角冲着大家撒尿，大家按不住她。这里的女队长都经过训练的，丁队长踩上床板，飞步过去，用手铐"克嗒"一声把她锁上押走了。她走后，搞得我们拆洗衣被，忙了一阵。大家嘀咕说："真倒霉，和这样的疯子睡在一起。"埋怨了半天。队长的"特派员"告诉我们："她是北京郊区某公社的妇女干部，蛮聪明能干。群众对她印象不错，因为她和丈夫的父亲通奸，把婆婆杀死了，才抓来的。老董（指我）年老发白，她误以为是公公，她喊叫的名字就是公公的名字。花痴了。"大家恍然大悟。我低头沉思：原来每夜挨着我睡的，是一个现行杀人犯。唉！

花痴走后，换来一人，也是农村妇女，约四五十岁，瘦长身材，一双小脚，初看面貌还和蔼，但说话动作，确是妖气十足。我们经受了抓走的年轻花痴的折磨，对此女则暗里议论，队长的"特派员"又告诉我们："这也是杀人犯，她有丈夫，子女各一，姘上一个年轻人，共谋把丈夫杀害了。""号子"里一个是杀人犯，一个是队长的奸细，因而，我和大学生俩老是战战兢兢。

有一天，又忽然把我调到同胡同另一个"号子"。这里有两个人，一个是疯子，整天喊骂林彪和唱解放歌。队长尽管责骂，她根本不理睬，视若无人。她每次被戴铐（有时是背铐）时，梳头、洗脸、洗衣、吃饭、大小便、扎裤子等都由我和另外一人帮助她，这是管理员队长命令的。过了好几天，疯子的背铐解除了，另外一人也调走了。"号子"里剩下便是我和这疯子二人。我和她各睡左右，面对墙角，我非常耐心地迁就她，怕她发疯打我。因此，我日夜提心吊胆，寝食不安，幸而过了一星期我也被调换到同胡同别的"号子"，依然四人共住。又度过了好几个月。大概是1969年底的一天清晨，圆厅里闹哄哄，一会儿，医生进我们"号子"，叫一人填写单子，并关照把我们"号子"里的东西和自己的都填上。我拿过单子要填时，医生说："你们不用填。"大家心惊肉跳，不知又将发生什么事了。后来知道是大调动。我们见填单子的人被叫出去后，从窗口偷看到一批一批、一车一车开走了。一连几天都是如此。当在厕所里倒马桶时，犯人告诉我们：这些人都调到外省去了。大家将信将疑，出狱后才晓得这次大调动是按第一号战备命令采取的行动，是林彪搞的阴谋。

出狱后，才知难友李蕴和大批人被转移到山西临汾县的各监狱，还有调到别处的。林彪死后，监狱对政治犯的看管放松些，待遇有所改善，有些"号子"的门不锁上了，犯人可以自由去厕所，但不准互相来往，不准离开"号子"。

四、我的七十岁生日

我又被换到依然是十三胡同另一个"号子"，这是从外边押进来的一般市民，案件性质同样不允许讲，大家也不愿多嘴。一个青年学生不守狱规，经常受监狱队长的指责处罚。1970年2月初即阴历正月初五，正是我七十岁的生日。我在这"号子"里度过了这值得纪念的一天。这天正巧，年饭有五六块肉丁的荤菜。"号子"里难友都举起这碗荤菜为我祝贺生日！此情此景，每逢生日便浮现在我的脑海。

几年的狱中生活，已使我锻炼出头脑"真空"化的能力，培养了平静的心情，今天饭后盘坐在板床上，却心潮澎湃，思绪万千，所有的往事涌上心头，泪水直淌！更思念国内外两代孩子们。他们无时无刻不在想念我，担心着我的安危，尤其是国内的孩子们，自顾不暇还要挂念我。我痛苦愁思，度日如年的心情非笔墨所能形容。我很担心国瑛女、大明儿是否能顶得住这次运动的惊涛骇浪？七岁的外孙女小琪受到这样的遭遇,她的小心灵将蒙受难以愈合的创伤!新婚后儿媳妇以及亲友们又不知情况怎样?"号子"里的人说:"今天是你满七十的生日,怎么这样难过?平时从没见过!"这几句话使我猛然转念,对!这是大时代的小悲剧,不论男女老少人人挨到。这就是严酷的现实。我在这样的情绪下度过七十岁生日。啊!难忘的回忆!当时饭后回原位坐下沉思,随笔写下如下一首:

狱中生日

辰逢七十古稀年,
身陷囹圄罪何见。
青松不畏寒霜雪,
巍然挺立天地间。

五、学习、劳动、难友情

林彪事件以后,狱里的生活比较正规些。这时候,我在床板前地下,每天总要原地小跑八百多步锻炼身体。同号人打趣地问:"怎么?跑到天安门了?"我笑而未答。集体学习开始,每晨起床洗脸、刷牙、早饭后,四人共同背诵"老三篇"、《毛主席语录》,下午几个"号子"的犯人约二十几人,一起学习,一周三次。因其中三教九流什么样的人都有,倒也蛮有趣味。大家叽叽喳喳、热热闹闹地讨论学习"老三篇"、《红旗》杂志和《人民日报》文章,因为水平关系,无一次不是不欢而散。有时还得被队长臭骂一顿而结束。有次二十几人集合在另一个"号子"里,叫大家发表感想,我也发了言,大家说我讲得很好,对我起了敬意。此外还有项劳动任务,也是一周三次,三四十人共同拆洗翻做其他"号子"里犯人的棉袄、棉裤。

这些衣裤又脏又臭还有虱子、血迹，拆时队长发给每人一个口罩，讲究卫生！我接过手，暗自好笑，什么肮脏污秽的环境都呆过了，还在乎这个？我和大家一样，在严冬冰冷的水里洗净这些拆下的棉衣、棉裤。见我年岁大了，大家好心劝我不要洗，我很感动。

我在这具有综合用途的床板上翻做棉衣裤，每到翻铺棉花时，我总是在这板上跳来爬去团团转，以致腰酸背痛，犯人们都称赞我做得好。我和犯人们还经常外出扫雪、扫地。

无论劳动、学习，有不少犯人都互相打小报告给队长，互相伤害，企图邀功赎罪，梦想早出狱门。

我们在厕所里是有限定时间的。同"号子"难友吴世良（著名戏剧艺术家英若诚的夫人），每晨在厕所里往往过了规定时间，大便还解不出，监狱队长狠狠地催着回"号子"，她弯着腰捧着肚子哭着回"号子"。我突然想到一个方法，在每晨起床前仰卧平躺，用右手在肚子右边上端往左下绕一百次，手掌少许用力。她照做了两次，就便出了，解决她一个苦痛，她非常高兴。难友吴世良是聪明善良的女性，她还年轻，可惜出狱后于1987年不幸因癌症病故。

有位难友冯亚春，她是好心肠，趁和大家劳动的机会，拾拣垃圾中的彩色碎布、纸片，用窝窝头做浆糊，做了四十几个不同样式的小盒子，好心地分别送给共同劳动的犯人。有人打了小报告，说我们"号子"违背规章，搞小动作，做纸盒。凶恶的队长大发怒，恶狠狠地到"号子"总检查，勒令我们把衣服脱光，连裤衩也要脱掉，我们件件脱，她们件件搜。搜查毕，大家赤身裸体站在一旁等候指示。我想，过去在功德林时同号人犯了狱规，大家都被责骂攻守同盟，狱监下令要我们面对墙壁，罚站一两小时，这次竟如此大搜查。唉！一会儿，狱监突然一声："穿好衣服去防空洞等候！"黄昏时回"号子"，我仰望上空，恰是日落鸟啼的景色，泪不自禁！进

"号子",见被褥、衣物整个被翻查得乱七八糟。何罪之有!该受如此人身凌辱?唯有忍气吞声,以待光明降临!

我们这"号子"里,犯人除我外,有冯亚春(北京第二外国语学院政治理论教育部副教授,已退休)、李永惠、陈宝林。冯亚春性格豪放、直爽、热情、富有朝气。李永惠是天主教徒,陈宝林相信基督教。她们都是三十来岁人。李、陈二人不是政治犯,她俩喜欢唠叨。我们四人相处和睦。我在狱中共五年,以后的两年,到了冬天因衣、裤太薄,腰腿行走更是摇摆。好心的冯亚春先从李永惠那里借来一条棉裤给我穿上后,又向看守的队长那里要了些棉花,她嫌太少,又在棉花堆里偷了一大把,用了几个中午休息的时间,把我脱下的薄棉裤絮厚了,给我穿上。为此,她受了狱监队长的辱骂,但她毫不在乎。此后,又从我的棉被里撕出些棉花,给我絮了棉背心的后身。冯亚春难友助人为乐极其慈善、诚挚,是位令人尊敬的女性。她给我以雪中送炭的难友感情,使我铭感五中!祝她健康长寿!李永惠难友不仅借给我棉裤,且有天,我在"号子"里的便桶上因头昏起不来了,承她给我擦了大便。她见大便黑色,把她吓了一跳。她扶我上床,说黑色大便不好。我从她的神态上觉察到:她疑心我快死了,可是我并不害怕。过几天,我照样读书看报。李永惠难友现不知在何处?我对她这番热诚助人,深深感激永不忘怀!并祝她健康长寿!

第三十八章　又悲又喜

一、泪贺我国入联合国

中国在 1971 年 10 月进入了联合国，出席了联合国大会。我在"半步桥"监狱看见报载这条振奋人心的消息，异常激动，兴奋不已！思前想后感慨万千，止不住热泪盈眶！祖国——伟大的母亲，自从鸦片战争以来，一百多年漫长的日子里，中国在国际上一直抬不起头来。即使是弱小国家，也看不起中国。无论在封建时代、军阀时代，还是国民党时期，统治者对帝国主义都是低头忍让，卑躬屈膝，卖国求荣，对内却残酷剥削人民、压迫人民，中国人民受尽国内外统治者的凌辱、欺侮。

现在我们国家终于加入了联合国，少数大国想无视中华人民共和国的日子已一去不复返了。我国的国际地位大大提高。从此在国际政坛上，有了中华人民共和国的席位，中国将日益发挥重要作用，这能不令人感慨兴奋吗！

二、忧国事——大哭

狱中犯人是阅读过时报纸的。1972 年初，见《人民日报》，始知陈毅同志已于 1972 年 1 月 6 日逝世的消息，看见报上的照片，毛主席看上去像未及换衣，穿件晨衣参加追悼会，这里定有文章。我敏感地产生疑问、感慨。"国难知良将，乱世见忠臣。"这两句话形容陈毅同志的坚定信仰，光明磊落，忠心耿耿的性格和作风是当之无愧的。中国千千万万的儿女，为中国人民解放献身，他们都像陈毅同志一样，是后代子孙学习的楷模。陈毅同志却在晚年，心怀悲愤地患了癌症谢世而去。当时我为陈毅同志惋惜，更为国事忧心忡忡。我不禁放声大哭，中国的解放是来之不易呀。

感慨泪

神州风雷血铺地，

哀鸿遍野寒暑继。

囹圄忧稷嚎啕泪，

英杰舍身红旗起。

一九七二年春

当时，忧国而大哭一事，同狱人冯亚春在写《半步桥女监札记——"文革"中和郁风、董竹君一起坐牢的日子》一文中，亦有提及。载 1988 年《人物》杂志 6 期。

三、出了什么事

1971 年 10 月中旬，从小窗外望，正是秋高气爽。某天下午，集体"放风"，圆厅里所贴的标语、毛主席语录全都不见了。次晨，林彪的再版前言也不背诵了，并嘱咐在语录上把这页撕去，查出不撕毁者要受处分。平时严督认真背诵，突然又要取消，大家奇怪。这一来，犯人的思想情绪大波动。有人猜测说："这回也许出大事了。"有人插话:"林彪是毛主席指定的接班人,党章已规定。"另一人气冲冲地说:"这根本不符合社会主义民主集中制度,退回到封建传统去了。"又有一人说:"过去坐牢的犯人反抗性很强。列宁曾说过:'监狱是革命的学校',确实是对的,那时的一些犯人是因对敌人斗争而坐牢的,而现在被关押进狱的人,除了刑事犯外,皆曾参加过革命工作,为何反而被捕呢?什么民主、法制?"大家各执己见,议论纷纷。我则觉得外面形势是在经历一场大变动,脑海沉浸在沉思中,一言不发。

集体学习、集体劳动,这样的日子过了相当一段时间。一天轮到洗澡,我走了几十步,右腿竟然难开步了,同"号子"的人扶着我进了澡堂,不能入大池子,在池边淋浴,洗完后,腿已不能站立了。好心肠的同"号子"两位难友搀扶着我,跛跛颠颠地回到"号子"。其中一个年纪较大的见我着急,便说:"不要急,你知道,你已关押快五年了,这是自然现象,不会瘫痪的。"回到"号子",她们告诉队长,要求叫医生。此后,总算有医生每天给我吃药、诊治了。号里老犯人说:"你快放走了,不然不会给你医治的。"

有一天,下午2时左右,队长叫我跟她走。到了圆厅,见到原来带我进来的审讯员。他对我说:"随我去!"到了一间照相室,见一些人在拍照、打手印。见状,我顿时怒火冲天,这是惩罚犯人的,我有何罪受此侮辱?又想:大丈夫能屈能伸,照吧!印吧!照完相,打完手印,在回来的路上,心里异常悲痛。万料不到自己落到如此境地!.回到"号子"有感,写下:

除私心

孤叶一片谁问津,
世间穷富不公平。

人类乐园非蜃楼，
私心渊源有时清。

爱真理

少时孝亲苦卖唱，
中年扶幼奔四方。
爱国爱民爱真理，
摒弃荣华志向刚。

一九七一年冬

四、悲喜交集

　　1972年10月13日午饭前，队长神秘地对我说："你跟我走。"到了圆厅，比较和气的审讯员手一指说："走！"我跟在他后面，转了几个弯，到了另外一院。那里是刚刚刷新维修过的平房，他带我进了客厅。脑神经已麻木的我，像刘姥姥进了大观园似的，东张西望，颇为新奇。但也感到莫名其妙，为什么到这里来。审讯员指着沙发对我说："坐！"我呆坐着，胡思乱想，摸不清他们要干什么，突然进来五六个穿军装的人坐在沙发对面。约半小时多，另外一个审讯员看看表，突然告诉我一个令人惊喜万分的消息："今天让你接见家人，等一会儿就来。"我悲喜交集，不知如何是好。然而，我依然是将信将疑地等待着。刹那间，国瑛女、杭贯嘉儿媳、严维德、外孙女小琪，特从四川重庆赶来的大明儿，他们喜笑颜开，一哄而进，争先恐后地拥抱我，吻着我。国瑛女首先说："妈妈呀！五年来一直不知你在何处。"我们在高兴的心情中彼此不约而同地叙述了分别五年的健康和学习情况。在谈话间，我们不时眼扫监视员们的神色,他们似乎对我们的谈话颇为满意。当时百感交集,千头万绪不知从何说起,彼此感触万千,但在监狱严格监视的压力下,大家都忍着眼泪,吞着苦水,装着笑容。约一小时后,管理员吩咐回"号子",临走,彼此含泪带笑依恋分手。大明儿在厅门口大声叫道:"妈妈再见!妈妈再见!再见!"……声音越来越小。我笔至此不禁辛酸含泪!回到"号子",难友们抢着问:"叫你出去干什么?""见到了家人。"一人听而不语,另外二人高兴地说:"你真的快出去了,恭喜你。"我笑笑,盘腿坐下,沉思刚才的情景,是做梦呢?还是大家演了一场讽刺性的滑稽戏?这难道说是人世间应有的事吗?

五、回家监外就医

就在见到家人后的第十天午饭前,"克啷"一声,铁门打开了,队长脸上不见凶相,吩咐我把行李收拾好等着。一会儿叫走出"号子",到了对面胡同第一间,里面只有一把椅子,别的什么也没有。她叫我把行李放下,指着椅子说:"坐下!"我感觉很蹊跷,坐在椅子上左右摇摆,颇为自得其乐。大约两个小时后,姓邓的审讯员进来,叫我拿着行李跟他走。弯弯曲曲的小道走了一阵,他开口说:"你回家了。"我几乎愣住了,突然而来的这句话,使我心弦跳动,惊喜交加。接着他又吩咐:"出去后,千万不要把在狱里的情况告诉任何人。否则,对你不利。记着!""晓得。"我回答。到大门院内,吉普车停在那里。他转身叫我进传达室,拿回了进来时所有存放的东西,以及家里送来而队长未交给我的衣物、照片等。姓邓的和原来的审讯员一起出传达室,我向比较善良的丁队长握手告别,即使那个满脸横肉、凶险的队长,我也和她握手道别,她脸红了,没作声,只轻声问我一句:"东西都拿齐了吗?"我点点头。我知道她

第三十八章　又悲又喜

1972年10月22日，从北京半步桥监狱回家，次日清晨国瑛女为我拍照留念。

们不过是唯命是从的工作人员而已！何必与之计较。

　　三人上车，车上有围布，回家路上看不到已五年不见的社会新景象。车开到我家胡同的南口，曾到狱里探望的亲人早在胡同口等候，见我下车，皆怀着欢乐而忧伤的心情拥上来，"妈妈！妈妈！你回来了！你回来了！我们已等候你好久。"刚进胡同几步，胡同邻居小脚老太太摇摇晃晃加快脚步迎面上来，握着我的双手，张大眼睛带着惊讶的表情看着我问道，"你是小琪的外婆吗？""是的，老太太，你好！"我问。"啊呀，你怎么啦？老了二十年了，天呀！"

　　我们进大门入客堂，我见墙上有毛主席像便行了三鞠躬礼。两个审讯员此时很客气地吩咐我好好休息半年，先给生活费五十元，医药费照样供给。又问家人："有问题可以提出。"国瑛提出要将大明从四川重庆调回家，以便协助家务，照顾母亲。他们答应考虑去办（结果无消息）。他们走后，当晚家人烧很多菜。黄鱼头原知不可吃的，经过狱中生活，深觉弃之可惜，殊不知吃后腹痛，又吐、又泻，立刻送进协和医院急诊。卧床半月，经急诊主治医生邵孝铚治愈。在病中，由杭贯嘉儿媳的同学张蓓蓓护理侍候我大、小便，整整十二夜。在此回忆之时，向她致以衷心感激！

啊！五年！五年！一场噩梦初醒，重见光明。回家后，家人告诉：前几年，小琪才十岁，差点受里弄泥瓦工的侮辱，故随舅舅去了四川重庆，也到过上海外婆家避难。又讲述无数老干部的惨痛遭遇，以及李承清如何受牵连事。这场十年文化大革命中"四人帮"的罪行是集罪恶之大成！感慨万分！我写道：

集罪恶之大成

普天同审古无例，
寒冬霜剑袭忠贞。
生而赤心别何憾，
是非自有史来证。

红旗万代崇

岁月漫漫黑夜朦，
忠良自古难受宠。
前仆后起有人继，
真理红旗万代崇。

　　　　　　一九七二年冬

我出狱后，逐渐地明白了史无前例的文化大革命及"四人帮"的本质——它和中国几千年的封建历史是分不开的。毛泽东主席讲过，革命的道路是曲折的，前途是光明的！言不虚传。这是千真万确的真理，但人为的曲折又增加了曲折的曲折，道路更曲折、更艰难了，唉！

六、家人受害　友人受株连

在十年浩劫高潮时期，国瑛女在北京电影制片厂任编导工作，她曾遭受过罄竹难书的批斗、折磨、侮辱、审查。儿媳杭贯嘉在北京石油部工作，亦遭审查，并下放湖北五七干校劳动，我则被关押狱中。家中仅有十一岁的外孙女小琪和余鸿英阿姨及儿子彬彬共三人。小琪在我家胡同口的报房胡同小学念书。小琪经常用手指擦学校的窗玻璃，有人问她："你为什么要用手指擦呢，不痛吗？""家人的情况这样，我只好忍受些。"小琪回答。"文革"中，为备战指示："深挖洞、广积粮、不称霸"。到处挖防空洞，当时报房胡同街道也挖防空洞，余阿姨每次去参加这项工程时，因家无人照顾两孩，总是带着小琪、彬彬同去。有天，两孩和其他孩子去防空洞玩耍，彬彬和其他孩子先出洞，余阿姨见小琪不出来，便和群众一起叫喊"小琪、小琪呀！"小琪出洞，余阿姨见小琪满身灰尘，带她回家，给她洗澡时，小琪告诉她说："那个姓李的瓦工是坏蛋，对我动手动脚，还要脱我的衣裤，我拼命打他。把我吓死了。他听到你们在叫我，才放我出洞的。还吓唬我说，不许告诉人，不然要我的命。"余阿姨听了很是后怕。事后，余阿姨向居民委员会和房管所报告了，他们对这瓦工坏蛋进行了批判，停止了他瓦工的工作。

1968年大明儿工作的农机学院按林彪的一号战备令，迁往四川重庆。大明参加建盖学院校舍的劳动。同时，要他交代我的资料，亦被批斗。1970年大明儿首次回家探亲时，余阿姨告诉他小琪几乎受辱的经过后，大明为安置小琪有个安全住处每天奔走，超过假期一个多月。他单位特派人来京，押大明回重庆。大明不放心小琪，带孩子同回重庆了。大明单位的革命委员会，不认为大明儿超假是为了保护外甥女，而认为他无纪律、无组织。遂被开除公职，留校察看、劳动改造。大明在1957年整风运动中，曾被错划为右派，批判、重体力劳动改造三年。于1980年10月28日，中共北京农业机械化学院委员会，予以彻底平反。

经过小琪的遭遇，联想起国瑛的大女小昭幸好在1962年由她母亲忍痛托姨母国琼带出国了。国瑛生小昭时正忙于创建"八一"厂，她再忙每天总要抽出时间抱着小昭在窗下日晒片刻，每天给孩子亲自洗澡等。孩子日常需要的一切，总是在早晚按书上说的想好安排妥当，叮嘱保姆昭花（名字）照顾孩子，我见她那时工作、弄孩子真是够辛苦的。光阴似箭，现在小昭已在美国大学毕业并亦有了可爱的男孩了。

1973年接大明电告病重，我和国瑛女着急，立刻买机票。当国瑛女飞抵重庆时已是黄昏，雇车难，她设法以一桌酒席酬劳，雇到一辆卡车。赶到山地农学院时，见大明惨卧宿舍病床，国瑛女转身直奔二楼，党委正在开会，她向党委请假，党委说："等等。"国瑛女见天已黑，机警地将大明连同行李拖上卡车。到城当即买机票，大明安然回京就医。这是第二次国瑛女协助大明儿脱险。

关于我们和余阿姨的情况：小琪现在美国，她每次回国探亲，必去探望她，送些礼物表示心意。她的儿子彬彬结婚，我也赠了礼物。大明儿为她的大外孙介绍了他们认为很满意的工作（汽车驾驶员）。不幸余阿姨已于1991年秋末去世，哀矣！当余阿姨去世时，她的女儿们来报信，我当即帮助二百元安葬费用，次年清明节出资请其女儿代买鲜花为余阿姨祭坟。

李承清是浙江宁波人,生长在上海,是我儿媳杭贯嘉在上海同济大学的同学,因小时候比较胖,大家叫她"胖胖",日后便成了她的代名字了。"文革"期间她任中央民族学院生化系化学教研室主任。李承清为人善良、正直,待人热情诚恳,聪明勤学,明事理、重情义,工作认真负责,做事绝不苟且的一个女性。我和孩子们都很喜爱她、尊重她,她亦很了解我们,高兴与我家交往,对我特别尊重。1967年5月,杭贯嘉与我儿大明结婚后,她经常来探望我,日久如家人。

1967年10月,我被政协红卫兵抓走时,她正住宿我家,因此,她也难免遭受一场灾难。

1972年10月,李承清闻我释放回家,高兴得不敢相信,即时来家看我,久别重逢彼此双手紧握,她激动地对我说:"董妈妈呀!您老人家真的回来了,我还以为再也见不着您了呢?您老人家脸色苍白,消瘦得皮包骨头,同以前相比俨然两人了!"她泪汪汪地环顾四周,见空荡荡的客厅,便叹口气说:"这客厅过去是那么雅致、温暖、富有艺术感,如今却是空荡凄凉。原先北墙上挂有周总理和您握手的大照片不见了,郭(沫若)老亲笔书写的沁园春词也不见了,张大千、齐白石的画也不知去向。"那天晚上就我们俩在一张长餐桌上吃晚饭,她朝南坐,我朝北坐,我们俩边吃边谈。我说:"胖胖,听说你为我也受了牵连。"说至此,她带着不悦的神色,断断续续地讲述了她的如下一段经历:"伯母被揪后,因我与您家的关系,也被单位军宣队隔离审查半年,对我进行了逼、供、信,迫我交代如何参与伯母的反革命活动,并勒令我按一个王某某[1]揭发伯母是大特务、老反革命的诬陷材料为依据,并出示王某某的诬告材料,也要写一份同样材料作旁证。我怎么能按她瞎说的材料照抄一份呢?于是威胁我说:'现在还是阳春三月,你说了还不算晚;到了寒冬腊月可容不得你说啦！'"李承清又说："更有甚者，是在一次批判我的大会上，竟有人要我老实交代与王任重吃吃喝喝的黑关系。想通过我与王任重联系起来构成一条黑线。一时之际，我愕然；怎么也想不到会蹦出个湖北省委书记王任重来。在百思不解中，我突然想起了，于是我说：'想起了，想起了。'主席台上顿时如获珍宝似的满面笑容。我说：'董竹君的儿子叫大明，他有个同学是上海人，常去他们家吃饭、聊天，我也在；叫王仁中大家叫他小王。我和他就这样认识的，别无其他往来。'于是一场严肃的批判大会，主审员满以为可以钓出一条大鱼，现在大家面面相觑。"自此之后，叫她干最重最累的活，进行"劳动改造"，她因此得了腰肌劳损病，至今经常腰酸，不能干弯腰的活。

听完她一番叙述，我十分难过，只是由于认得我，常来我家走走，就要受此牵连，我紧紧地握着她的手说："我就不信老是风雪刺骨的寒冬，风和日暖的春天一定会重新来到人世间的。好好保重身体。"

此后，我们的情谊更如家人，往来更是密切频繁。近几年来，因我女儿多在美国，她就像我的女儿一样，与她爱人、孩子每星期六必来探望我，或协助办事，或聊天助兴，节假日更是如此。使我备感深情厚谊之可贵。

后来，聪明、善良、乐于助人的李承清，竟于1989年10月患肺癌，于次年7月不幸与世长辞，享年五十岁。我全家悲伤！经常悲思想念！挽联：

    聪明热情音容常伴友好
    正直善良倩影永留人间

第三十八章 又悲又喜

1973年5月，摄于北京家院。逢太平花盛开，国瑛女为我拍摄。

七、正式释放、平反结论

1973年5月10日,政协造反派和公安部的人来家,宣布我被"释放",恢复原职(全国政协委员)、原薪,并补发五年工资。"四人帮"被打倒后,凡受迫害者陆续给予平反,我在1979年3月29日平反,书面正式结论。牢狱五年幸得此一纸,感慨万分!

关于对董竹君同志问题的复查结论

(79)公审发字第77号

董竹君,女,现年七十九岁,全国政协委员。因特务嫌疑问题,于一九六七年十月二十三日经全国政协群众扭送被拘留审查,一九七二年八月三十一日监外就医,一九七三年五月十日宣布释放。

经复查核实,怀疑董竹君同志的特务嫌疑问题,查无实据,予以否定。董竹君同志的历史是清楚的,对革命曾做过一些有益的工作。文化大革命中被关押审查,实属冤案,应予彻底平反,恢复名誉,由全国政协安置,恢复原工资待遇,补发在押期间的工资。受株连的亲属由有关单位消除影响。

一九七九年三月二十九日

这份平反结论,是在文化大革命的极左思想影响尚未消除下做出的。

八、难以理解的政治学习

5月10日,全国政协来人告知:(1)恢复原职;(2)补发五年工资；（3）暂时按月贴补生活费五十元。并告 5 月 15 日，政协直属组开始恢复学习，问我参加否？我一口答应"参加"。

过去的学习都是提高政治思想水平和马列主义理论水平的有益学习。现在的学习是批判这，批判那，还要加上学习什么三十三条等。今天批判刘少奇、邓小平、陶铸，明天批判林彪……批判了活人、批判死人。一会儿要学习已死千年的法家王安石，一会儿要批判公元前的儒家老祖宗孔子、孟子。今天是法家、明天是儒家，折腾了活人、折腾死人，这是全国通学的，真有意思，不过也增加些知识。

当时全国政协直属组学习先是规定一周两次，后改三次。我年逾古稀，出狱后健康一直未恢复正常，但不论风雨雪落，挤乘公共汽车，每次都按时参加。学习时发言积极，又怕再扣帽子，故经常写发言稿到深夜。记得国瑛女常在夜里轻轻敲窗说："妈妈呀！现在快 3 点了，您还不睡吗？"

直属组的学员们男多女少，每次学习除有人病假外，不论气候如何，几乎全到，学习认真，讨论发言积极。我的座位对面是梁漱溟老，他从不缺席但不发言，一本正经地低着头打瞌睡，偶尔有人提他名请他谈时，他很简单地说两三句，说完再打瞌睡。在批孔时他是我组被批斗的唯一对象，大家想方设法，放大嗓门批他，要他回答问题，要他看看专为他写的几张大字报，他竟然一概不理睬，照样低着头打瞌睡。当时，组长王芸生老指定程思远和我批判梁漱溟认为中国未经过奴隶社会一事。散会后，程思远站在会议室门口谦虚地对我说："董大姐，我刚从国外回来，情况不清楚，还是请你起草吧。"次日，我凭稿子批判了梁老。梁老仍然无所表态，真有意思。于是政协直属组及各党派学习组成员，专为批判梁漱溟，组织了联组会，会场在全国政协礼堂第二会议室，听众有两三百人。我的座位在过道的中排左边第一位,梁漱溟在右边后我一排第一座,我俩恰成斜角线。一位一位上台批斗他,我不时回头,见他依然照例打瞌睡,直至散会。

有次,我笑问溥仪:"您幼时当宣统皇帝时,把人当马骑,您还记得吗?"他笑着摇摇手说:"别提了,别提了。"

参加全国政协学习委员会直属组的,在1976年前后凭记忆所及,有如下的学员:

召集人:于树德　王芸生　赵朴初　王克俊
组　员:董竹君(女)　秦德君(女)　米暂沉　梁漱溟
　　　　朱洁夫　　　　胡庶华　　　　杨公庶　刘品一
　　　　赵君迈　　　　杜聿明　　　　宋希濂　范汉杰
　　　　溥　仪　　　　溥　杰　　　　李建勋　陆殿栋
　　　　郭有守　　　　黄　维　　　　仉礼容　张西洛
　　　　申伯纯　　　　马松亭　　　　张学铭　翁独健
　　　　唐生明　　　　刘芸生(女)　杜建时
　　　　班禅额尔德尼　程思远

九、美国和平战士

一件严肃有意义而又动人的回忆事情,从未向政府有关方面汇报过。我往往主动地做过的事,没有习惯向上报告,这也许是我组织观念薄弱之故。但我教导别人却要重视它。

美国有位著名人物,被人称为和平战士:斯蒂芬·爱伦(Steve Allen),他是戏剧家、作曲家、乐队指挥和独唱家。他创编了"今夜节目"、"斯蒂芬·爱伦节目"和四千多首歌曲;他是作家,著书二十一部；同时，他又是著名的自编、自导、自演的电视工作者和制片人，并获得过多种奖励。美国有名电视公司 CBS 的首创节目人之一。

斯蒂芬·爱伦先生是无党派人士、社会活动家。他在第二次世界大战和反越南战争时，是自由主义者。他和夫人珍尼·墨朵（Jayne, Meadow）并老岳母都是反对朝鲜、越南战争的积极反战者。他的夫人告诉我女国瑛说：当时美国全国大中城市的人民每到星期六早晨，都出来参加反战游行示威，他夫妇和母亲也加入游行，连续多年。又说："九十三岁的母亲很勇敢，每次都是自己主动排在队伍最前面。"斯蒂芬·爱伦当时到处活动反战，故被社会人士称为和平战士。

斯蒂芬·爱伦先生一直重视、研究中国的政治情况变化。他搜集了很多有关中国情况的书籍。

1975 年春，他和夫人珍尼·墨朵来北京以经商名义取得签证随国琇女来华观光，住北京饭店。当时，除美国驻华联络处布什（即前任的美国总统）招待他夫妇吃饭，我和国琇女做陪客外，中国方面无人理睬他。住北京饭店无聊，每天在饭店过道里踱来踱去。有一天，忽然被一位知道他身份的美国人发现了，就请他同去听中国国际旅行社主办的一批美国人介绍中国近况的学习组（在北京饭店下面小厅内）。两人到门口被主持学习组的中国国际旅行社工作人员查问，带他去的美国人吓坏了，不敢作声，于是斯蒂芬·爱伦被轰走了。这使他大怒，一气之下返回房间，把大衣往床上一扔，对夫人说："立刻买票滚蛋！明天就走，永不再来！"当时，国琇女正住在他们房间对门，当晚，国琇女来电话，焦急地将以上情况告诉了我，并说他们买了明天下午 4 点的机票。我和国瑛女都着急，怎么能这样对待这位美国著名人物呢？真糟糕！此时已是晚上 10 点多。我想以我的政治身份，又是国瑛女的母亲也许可以挽回，急中生计：先打电话和中国旅行社社长萧明取得联系，另外叫国瑛去中国国际旅行社报告这件事。旅行社决定在他们夫妇离京前特邀他们再来中国旅行观光。同时我又打电话给国瑛女，要她去邀请他俩，明天下午两点在北京饭店我以茶点形式亲自送行。放下电话，我立刻给国画大师李苦禅先生去电话，说明情节要张画，李老慷慨应诺，不多时孝顺能干的李燕（李苦禅儿子）送来了。内容是一幅一窝小鸟向太阳光明飞去。上款是爱伦先生及夫人，下款是李苦禅、董竹君赠。我又找出友人从峨嵋山带来送给我的一根刻龙头拐杖，一块手织台布（外国人重视手工品）。将这三件礼物准备好了，次日午饭后，我和国瑛、外孙女小琪去北京饭店。

在茶点室门口等候，片刻间，由国瑛女陪同他夫妇俩进来，他夫人见我，就哈哈笑着说："国瑛，你的妈妈真像我的妈妈，模样也一样，我妈妈九十岁了还参加游行。"听上去他俩很爱这位老妈妈，我原意是想把拐杖赠送斯蒂芬·爱伦的，遂一转念，说："这根拐杖送给你老妈妈做个纪念吧！这方台布是手工织的，送给夫人，这幅名画送给您二位留个纪念。"他们要我解释画的内容，我随机应变，说："苦禅二字是贫苦和尚。李老在解放前，曾摆过地摊卖画，拉过黄包车度日。解放后，他的画受重视，生活也好转。正如小鸟向太阳光明飞去。表示新旧社会对比。上款爱伦二字是和平战士热爱人类、大家庭的意思。"他夫人听了，感动得放声大哭，爱伦先生也泪下，我立刻劝他们入座。

在茶话间，爱伦先生问我："您希望我回美国去替中国做些什么？""你是著名的和平战士，希望多做些中美人民友好工作及为世界和平事业多多出力。""当然！当然！"又谈了一阵告别，我吩咐国瑛母女俩送他夫妇去飞机场。国瑛女回来告诉我，爱伦先生在机场感动地说:"听了您妈妈的一番话,深觉昨夜不该因小事生气,我错了。回美国后,一定要为新中国宣传!我们会再来。"

他们走后第三天,萧明同志来电话询问情况如何?国瑛女将经过告诉了他,萧明知道已如此圆满解决非常高兴。并说别看你妈妈年纪大,实际她脑子清楚得很。

爱伦先生真的在同年(1975年)7月又来北京,做第二次访问。为了替中国写书特带长子同来的。这次中国旅行社发给他们能去许多城市的签证。父子俩参观回京后,我和大明儿请他们在晋阳餐馆以海参酒席招待,席间和平战士见海参形状、颜色害怕,不敢动筷,大家笑了。我抱歉了几句。

1979年2月又与妻子同来北京。这位著名人物毫无架子,这次来京在临走前,深夜亲自送来好多食品、礼物。当时,我已入睡,他嘱保姆转告我。次日清晨飞回美国,我在次晨5点去电话,致歉、道谢!

爱伦先生从中国回去后,就忙于进行宣传中国的工作。曾经在电视台上演讲,宣传中国情况三个月,听众达八百多万人。又写了很厚的一本书,书名 *Explaining China*(《认识中国》)。

1981年1月,我赴美探亲,特去访问他夫妇,他俩亲切地以家宴招待我们。席后,在三楼他的工作室放了他自编自导的电视片给我们看。

多才多艺的斯蒂芬·爱伦先生,主持正义,思想进步,心地善良,为人正直。斯蒂芬·爱伦先生极受公众尊重和敬佩。

斯蒂芬·爱伦夫人,是一位著名的极有才华的电影、电视演员,她的为人也颇受人们赞许。

据在美国家人来信告之,爱伦先生患癌症开了刀,目前身体尚可,遥祝爱伦先生暨夫人珍尼阁府健康长寿!

通过这件事我和家人对李苦禅老的尊敬、友谊更加深了。惜老人已辞世，哀矣！喜者，李老毕生伟大艺术创作皆由儿子李燕努力整理完成，示范后人，可谓孝子也！

注释

[1]　写诬告材料的王某某是家庭妇女，她儿女成行，若能知过而改则善莫大也。

——我的一个世纪——

历尽忧患 祖国重光

第三十九章 难忘的一九七六年

一、敬爱的周恩来总理逝世

1976年1月8日上午,收音机传来了震惊心弦的哀乐声,报道了人民敬爱的周总理逝世消息,这一噩耗令人心肺炸裂,万万人泪下,哭声不绝。我和家人愕了、呆了、傻了,也蒙了,哇地痛哭起来,泪水不止地倾淌。我被捕坐牢五年多,从无这样悲痛过,而是信心百倍地活着——有党、有党的政策,总有一天,自己会重见光明!因此,在狱中一切都能忍受。今天我的哭,一是哭人民敬爱的总理;二是哭为革命不顾生命而牺牲的英烈;三是哭红旗升上天安门并非易事;四是哭逃不脱封建历史的影响。中华民族的命运真苦!但我坚信大好山河绝不会被极左路线葬送。

泪设小小灵堂 我和孩子们含泪忙着在客厅里为总理设立了一个精巧的小灵堂,摆了供果,点了蜡烛,总理的照片上披了黑纱。国瑛女儿专请了北京师范大学张弦教授用银纸扎的特艺花朵,摆在灵堂前。我们的挽联:"敬爱的周总理永垂不朽!董竹君率子女敬挽。"灵堂按习俗设了七七四十九天[1],每日三次祭奠。像丢了魂似的。家人默言沉思,家里气氛沉寂、悲哀。

这期间亲友、来访者,进客厅见灵堂,无不热泪盈眶语不成声。

人民哀悼周总理 总理,我们的好总理,人民需要您,党的事业需要您,我们思念着您,您走得太早了些!

总理这样的伟人,离开了我们。天悲伤,地悲伤,千山万河在悲伤,举国上下都悲伤,世界友人都难过。首都人人都向总理告别,全国人人自发追悼。我得全国政协的通知,参加总理的遗体告别。当时"四人帮"不按国定规格为总理办丧事,竟将遗体放在北京医院的极小的停尸间,为总理举行遗体告别。我心痛如裂,泪水湿襟。追悼会是在劳动人民文化宫举行的,难道总理无资格进人民大会堂?

送总理遗体火化的那天晚上,从文化宫、天安门、西长安街一直到八宝山火化场,几十里的街道两旁,站满了送葬的人群,有老人、小孩、青年、学生、工人、农民、干部、军人、各界群众。他们在寒风中流着泪,沉思哀悼,目视西方。阴沉沉的三十里长街,几百万人民的送葬行列中,灵柩车所过之处,除缓缓的车轮擦地声外,只有不断啜泣声,呈现出旷古未有的肃穆场面。夜茫茫,雾茫茫,长夜难眠长恨天,何时鸡叫催黎明!

在劳动人民文化宫开追悼会。"四人帮"下令不准机关团体开追悼会,不许送花圈,不让臂戴黑纱、胸佩白花。但人民群众不答应,自发扎花圈、戴黑纱、胸佩白花,连街道、店铺门面上,都披上黑纱、扎上了朵朵大白花。

为悼念总理,首都各行各业工、农、商、学、兵,一行行,一队队从首都四面八方来到了天安门广场英雄纪念碑前默哀。连出差来京人员,还有郊区百里以外的老人,捧着鲜花步行来到天安门,向总理告别。参加悼念的由几十人、几百人、几千人、几万人,最多约达七八十万人。川流不息,通宵达旦的人群在哀悼。有的默哀;有的流泪;有的失声痛哭;还有的号啕大哭;还有的人站在英雄纪念碑前低头默默地哀思,一站就几个小时。这些人,不仅追思

1976年天安门英雄纪念碑前哀悼周总理。

周总理的丰功伟绩，同时，亦在忧虑着国家的未来。

英雄纪念碑前的花圈，开始是个老人带孩子送了个小花圈，接着是一个比一个大的花圈、花篮、挽联。花圈摆满纪念碑周围，悼念的小白花、大白花挂满纪念碑周围的柏树墙，远看像银装裹了纪念碑，庄严肃穆，是个天然的追悼大会场，整个北京城和全国都在悼念总理。

我和大明儿、国瑛女、孙女菁菁亦同在纪念碑前深深地三鞠躬默哀，并拍照留念。

二、七件大事

1976年，在中国的的确确是大灾大难大变化之年。我们是唯物主义者，但那些发生的事情，怎么那样巧合。在同一年里，先后发生那些惊天动地的天灾人祸。那些被人尊敬的人物偏偏都在这一年里先后离开了人间，那些辛勤的劳动者无辜地被大地吞没或残废了。这些都是最大的不幸和悲剧。但是，1976年也是最幸运和胜利之年。

（一）1月8日，中国人民敬爱的周总理，因患本可治愈的膀胱癌，带着未完成的历史使命向人间告别了。这是中国人民最大的损失。

（二）3月4日15时，在我国东北吉林市郊区金珠公社上空，降落了一次世界历史罕见的陨石雨，据说仅一块陨石就有一千六百多公斤。

（三）7月6日，尊敬的中国人民解放军总司令朱德元帅逝世。他纵观了文化大革命十年，忧国忧民郁郁而逝。

（四）7月28日，河北唐山市大地震，城市顿时变成一片废墟，据闻死亡人数约二十八万两千人，为20世纪全球最高纪录。

（五）同年4月5日，清明节，几十万人在天安门广场悼念敬爱的周恩来总理，发生"天安门事件"。这是中国历来没有过的规模最大的群众运动，在天安门，群众手拉手臂挽臂高呼呐喊，像巨雷似的声音震破了长空，也震破了"四人帮"的肝胆，成为中国历史上有名的"四五"运动。

（六）9月9日，伟大领袖毛泽东主席逝世。一般称毛、刘、周、朱为中国革命四大领袖。

希望毛主席长寿万岁，但毛主席不到百岁就离开了人间。我得到全国政协通知，去人民大会堂参加毛主席遗体告别时，也不禁痛哭了。但同时，不由得想起，在参加敬爱的周总理遗体告别时，却是在那样狭小的房间里的情景，脑海中思潮起伏十分困惑，更是泪流满面。

（七）10月6日，以江青为首的反革命"四人帮"集团全被抓起来了。10月21日，全国庆祝粉碎"四人帮"大游行。从此结束了长达十年的所谓"文化大革命"。

1976年发生的桩桩件件，使全国人民悲喜交加，无不含泪微笑，感到曙光即将到来，幸福降临！

三、"四五"运动大悲剧

1978年，双亲与二叔夫妇在苏州的墓地年久失修。今年清明节前，由国瑛女出资，大明儿出力协作，在苏州东山，买地添碑重建。在这个时候，怀念周总理的情绪涌上心头，联想起"四五"运动事件有感，故就所知记下："四五"运动事件发生在首都天安门纪念碑前，所以亦称"天安门事件"。

建国以来，各次运动都是由党发动和领导的，唯有1976年的"四五"运动是群众自发的运动。

1976年1月，周恩来总理逝世后，全国人民处在极大的悲痛中，群众用各种形式悼念，寄托哀思。"四人帮"不许人民为周总理开追悼会，不许挂周总理照片。"四人帮"把全国人民压得透不过气。这年清明节，北京悼念周总理的活动达到从未有过的高潮。从3月30日开始，在纪念碑周围，陆续陈列大小花圈，数量急剧增加。清明节这天，人民如潮水般地去人民英雄纪念碑，向周总理致哀。"四人帮"千方百计阻止群众纪念活动，每天深夜收走花圈。因此，激起了群众更大的愤慨。你收，我送！大小花圈、小白花越送越多、越大，花圈式样亦新颖百出，有的竟用钢材焊接几吨重的大花圈，用吊车送到英雄纪念碑前。花篮、花圈、横幅、挽联、诗词、条幅等竟达八千有余，挂满人民英雄纪念碑周围的汉白玉栏杆的台座。花圈堆积如山似海。群众的呐喊声震动天安门，冲入云霄，群众继续涌向天安门，几十万人民的愤怒和脚步声吓坏了"四人帮"，他们诬蔑群众这次自发的追悼活动中有反革命分子。当时，正在批判右倾翻案风，指邓小平同志是这次群众自发运动的总后台。

在清明节下午，他们说：群众烧毁一辆汽车，是反革命行动。于是在当天午夜左右，从天安门两旁的公园内突然出来好几万民兵（据说这些民兵是受了蒙蔽）包围天安门广场，并逐渐缩小包围圈，用大棒残酷镇压手无寸铁、尚在纪念碑四周哀悼的群众，血染英雄纪念碑周围的石板，残暴之极。"四人帮"爪牙们，连夜开来洒水车，冲洗血迹。举着共产党旗帜镇压群众是"四人帮"的创举。但是天安门的血唤起了全国人民！也震破了"四人帮"的肝胆！建国后，经党教育的工人、农民、学生、知识分子、干部觉悟更高了，是非更明，在国难关头，他们会站在关键的地方，为国家兴亡而不惜生命去斗争！"四五"事件再次说明：忠诚、勤劳、有智慧的中华儿女是勇敢的，为了捍卫真理，坚持正义，是不怕牺牲的。"四五"事件虽然过去了，但群众那种惊天地、泣鬼神的革命精神是炎黄子孙所永志难忘的！

四、大快人心

气候极不正常　政治气温不正常，给人们生活带来不正常，打破了人们的工作、生活规律。喜怒哀乐全不正常了。这种不正常的天气，自1966年以来已连续很多年啦。在那种年月里，不论大人、小孩都像吃错了什么药似的，只忙着去开大会、小会，批斗会、斗私批修会，大串联、小串联，有的人还上蹿下跳。无论在什么地方，什么情况，该说的不说，不该说的大说特说；该笑的不敢笑，不该笑的要装笑；该哭的不敢哭，不该哭的要大哭。形成在人多时说假话，不说话，人少的地方讲悄悄话；回到家中也不敢讲真话，或者不敢说太多的真话，人人害怕，处处猜疑，这就叫阶级斗争，骨肉间划清界限，六亲不认。阶级斗争要年年讲月月讲，年年讲月月讲还不够，还要以阶级斗争为纲，纲举目张，最高指示满天飞，人人互不信任，已成社会风气。

久风要止，久雨要停，这是自然规律。盛极必衰，乐极生悲，这又是一条规律。当风止雨停，晴空万里，雨后的晴天特别清新。10月的北京秋高气爽，蟹肥菊香，西山的红叶迷人，正是艳阳天，一切全换了人间！

10月上旬的一天清晨，天气晴朗，难得的好天气。我起得很早，发动全家人大搞卫生，清理垃圾。7时许电话铃响了，阿姨要我去接电话，我很累，让国瑛女代接。她接完电话，一阵风似的跑来，眉开眼笑，高兴得都合不上嘴，这是十多年来从未见过她这样的神态，这一高兴，我也轻松多了，但不知何故。她一头扑到我怀里，紧紧地抱住我："妈妈、妈妈。"不住地叫我，叫得那么甜、那么动听，接着说："朋友（李又兰）在电话里讲，你妈妈最担心的问题，已彻底解决，夜里零点把'四人帮'都抓起来了。"这真是爆炸性的大好消息，天大的喜事。我们拥抱得更紧，笑得把眼泪都挤出来了。我抬头深深地呼了两口气，身体上下立刻都畅通了，天哪！真舒服，真开心啊！犹如二十七年前上海解放，顿时一切都明亮了。

10点来钟，常来看我和帮忙的极其善良的吴占一同志和王一中同志等都来了，见面的第一句话还是小声悄悄说："'四人帮'完蛋啦！垮台啦，夜里零点抓起来的。"下午，我儿大明一家、张蓓蓓夫妇都来到。大家知道后，先惊后喜，一直谈论"四人帮"的倒行逆施到深夜。最后，国瑛女决定，我同意，明天去西郊展览馆莫斯科餐厅，喝一杯庆祝酒。

痛饮几杯　第二天一清早，吴占一去餐厅排队，回来说天阴小雨，但排队的人却比往常多几倍。今天排队的人，都面带一种神秘的笑容，人人窃窃私语，有两个身着半旧军装的年轻人大声说："今天这个日子里，不多喝两杯，对得起谁呢？"又面向大家："这事使人太高兴啦！"要是往日一定对这种大喊大叫的人给以白眼，而今天，不但喜欢他大声说，还希望他再大点声喊才好呢！今天，他们喊出了大家的心里话。

在漫长的惊涛骇浪的黑夜里，即使是父母子女、兄弟姐妹或是三亲六眷等，都像被斩断了关系似的，互不通气，人人自危，说话轻声细语或沉默不语。而现在，餐桌上的人，有窃窃私语的，有小声讲，有大声笑的。总之，每个人的话都是那么多，心情那么欢畅，是十多年未见的气氛。我们每人三道菜，我多年不喝酒，今天也破例一醉方休！

我们餐桌上的人，话一引头，就像河堤开口滔滔不断地流呀！讲呀！说呀！又传出，北京市的白酒全卖光，这又是有史以来没有的趣事。还讲了两个有趣的事：一个人买了四只螃蟹，特选了"三公一母"绑一起，边走边敲打着说：看你还横行霸道不！把行人逗得哈哈大笑。用四只螃蟹说出大家心底的共同语言。又有人讲：天安门前树上挂好多个小瓶，意思是"树小平"。这，很明白，大家都殷切希望小平同志赶快出来抓工作。树上挂小瓶，形象地说出了全国人民的内心话——国家民族兴旺的光辉前程充满了信心，希望这一天早日到来。

注释

[1] 习俗：认为人去世后，灵魂每周回来一次共七次。这无非在万分悲恸的哀思中，悼念逝世者而已。

第四十章　春回大地

一、鼓舞人心的大游行

使我终生难忘的日子是1976年10月21日。10月21日的前几天，全国政协通知：10月21日要举行庆祝粉碎"四人帮"的大游行。论我的身体本来很好，人人都说我不像年过古稀。被"四人帮"关押在牢狱五年多，把我的身体折磨坏了，风湿性腰腿病、浮肿、严重气管炎、心脏也出了毛病，行走十分钟就得停下来休息。大家劝我不要参加游行，我哪能克制得住，去，不去是终生遗憾！我一定要去参加游行，我的决定大家不放心，经再三商量：叫国瑛女儿陪我同去，让吴占一同志推着自行车一道去参加游行，一旦走不动时，就坐自行车游行。

全国政协庆祝游行队伍是下午1点在沙滩工商联门前集合。一大早，我就准备行装、衣、鞋、袜都穿试一番。吃过中午饭，我们高高兴兴地去工商联门口集合点。我住玉石胡同，一出报房胡同西口，就看到举红旗和拿小红旗的队伍，他们笑容满面地走向自己的集合点。人们这种自然的笑，当然也是多年不见的。看到这些鼓舞人心的队伍，心情激动，自己觉得脚步轻松，不知不觉来到工商联门前。举目往南一看，已是满街红旗、满街人流，行行队伍欢声笑语。我上工商联二楼会议室稍休息，队伍集合了，我们下楼，来到队伍中，我也成了欢声笑语的一员。国瑛搀扶着我，占一推着自行车在后边。下午1点，我们队伍向大队伍汇集，红旗万万面，像万万条冲破"四人帮"枷锁的洪流。这股洪流的气势，比排山倒海更壮观、更伟大。游行队伍中鞭炮声不断，口号声此起彼伏。不知怎么的，现在人和人之间的距离近了，虽然互不相识，每个人的眼光送来的都是亲切问候，我也以同样的眼光回敬对方。我们边走边谈边哼"五星红旗迎风飘扬"的歌曲。十年来没有敢说的话，就像游行的队伍一样滚滚而至，谈不完、说不完。不知怎么，话多，笑多。不知不觉跟着队伍来到东长安大街，宽大的街面，人满了，红旗满街，好像又来到一个新世界。我们的队伍也汇入长安街的大洪流里，游行人说我：这白发老人走得真带劲。又有人小声讲：那是"四人帮"压迫的反作用。你看，后边跟着一辆自行车在"保镖"呢，话语声，人笑声，口号声，鞭炮声，汇成了特殊的交响曲。红旗标语旗的舞动，把长安街装扮得更加壮观、美丽。另外，加上10月的阳光，使人分外温暖、舒服。长安街、天安门，您好！祖国自由了，人民解放了！

　　太阳西下，夜幕降临，东西长安街上的路灯、照明灯全亮了，队伍到天安门前，周围的灯光突然像闪电似的大亮而特亮，不禁泪流满面，我哼一声："日照大地万物生。"国瑛转身看我，她也热泪盈眶。我写到这里难以自禁，又掉下了喜悦的泪花。

　　这时候，人们喜悦的、激动的欢呼声是无法用文字形容的。红旗如海，人群如潮，旗帜飘舞。老人、青年男女和母亲抱着儿子，父亲肩负着女儿，大人孩子们都是发自内心深处的欢呼、跳跃、欢笑。每个人都笑得那么可爱、那么甜、那么美，这种欢腾的场面使我这年老之人也年轻多了！和他们一起挥舞旗帜、招手、欢呼！从现在起，祖国开始了新纪元，祖国得救了！从现在起，封建残酷的时代应该说是结束了，幸福的时代开始了吧?

下午7时多，我们游行队伍来到府右街中共中央统战部门前，到此宣布解散。这一解散，我就感到了累。回家，一进屋，往沙发上一躺，深深呼吸——真累呀，真开心呀! 很多年来，这一天是最愉快的一天，也是最高兴、最幸福的一天。

二、十一届三中全会

十一届三中全会，是扭转乾坤的伟大转折。

十一届三中全会，对各项政策路线的决议是伟大的、英明的。拨乱反正，改革开放是有历史意义和现实意义的。但国家基础差，尤其在"文革"中被"四人帮"破坏得千疮百孔。人们在阶级斗争中，思想里亦被弄成了一片混乱，一盘散沙，如脱缰之马，迷失方向，不知所从。总之，问题成堆、成山，百废待兴。加之，爆炸性的人口猛增，在这样棘手的现实面前，任务是异常艰巨繁重。但我相信中国共产党是有智慧、能力、勇气去克服一切困难，坚持为人民的幸福，为人类解放事业而完成这个历史赋予的伟大使命!

三、出席公审"四人帮"

审判反革命集团主犯十人。

中国有句成语："善有善报、恶有恶报，不是不报、时间不到，时间一到、一切都报。""四人帮"从1966年到1976年，十年的时间，把我们国家从上到下搞了个乌七八糟，各级干部靠边、打倒、打死、关进牛棚和监狱。很多人妻离子散、家破人亡，毁损的国家财物文物不胜枚举，整个国民经济将近崩溃，集罪恶之大成，"四人帮"之罪罄竹难书。

我只是个自愿跟着中国共产党走了六十多年的人，做了些应做的事情，起了一颗螺丝钉的作用。

我生长在上海，了解上海，事业也在上海，为党的地下工作，主要部分亦在上海。同时，也是当年妇女运动上海妇女界人士之一，莫名其妙地把我关进监狱，隔离审讯，折磨五年多。人比黄花瘦，白发老人矣！

公审"四人帮"是全国人民的要求。1980年9月29日，第五届全国人民代表大会常务委员会第十六次会议通过《关于成立最高人民检察院特别检察厅和最高法院特别法庭检察、审判林彪、江青反革命集团案主犯的决定》，并于1980年10月20日至1981年1月25日对江青、张春桥、姚文元、王洪文、陈伯达、黄永胜、吴法宪、李作鹏、邱会作和江腾蛟十名被告人进行了公开审判。这是建国以来激动人心的大快事。对他们的审判是全国人民的心愿。

我得到政协全国委员会出席反革命集团主犯公审大会的通知，异常兴奋！开庭那天，北京天气晴朗，但有些寒冷。我和许多面带微笑、愤怒、含冤、沉闷的直接间接的受害者鱼贯而入公安部大礼堂——临时最高法院特别法庭。法庭正面挂着国徽，庄严大方。法庭座无虚席、秩序井然，人人神情严肃，带着痛快的心情静待开庭。我坐在前排左面旁听席上，思绪万千，十年"文革"陷害迫死无数忠实勇敢的革命战士和无辜的人民。今天，我能亲眼看见江青反革命集团的受审，不禁含泪而高兴！

特别法庭第一审判庭开庭了，对被告江青指控诬陷周恩来、邓小平等策划的阴谋活动提起公诉，审判长曾汉周宣布开庭，传同案犯王洪文出庭对质。证人王海容、唐闻生出庭作证。但江青对罪行百般抵赖。江青像条断了筋骨的癞皮狗，被揪上来、拖下去，受害者的家属无不愤怒地指着江青厉声质问。有人还高声叫，"蓝苹，你也有今天？"旁听席上大多是被害者，都用愤怒的眼光鄙视着她。不管她怎么耍赖，在铁的事实面前，是以事实为根据，以法律为准绳，最后判处江青、张春桥死刑，缓期两年执行，剥夺政治权利终身。王洪文判无期徒刑，其余依法判刑。

四、见锦江新老职工有感

1978年7月，我和儿媳杭贯嘉特去上海参加被害于"四人帮"的陈同生同志的追悼会。我们寓"锦江"，承过去在地下工作时，共事的同志和有关的同志们，在"锦江"为我设宴，欢聚一堂。

这次在"锦江"短短的十几天里，每天从早至晚不断地接待来探望者，除亲友们外，有"锦江"在职与退休的厨师、职员、司机、保姆，以及外面有过联系的同志，连日排队等候见我。又承在"锦江"的新老同志们，在生活上无微不至地照顾。我临行时，又送两大盒点心，并附祝词纸片，皆不完整的条子。我深刻体会到劳动人民的纯朴、诚挚。对他们深厚的情义不胜感动，永难忘却。回京后，随意写诗二首以表谢忱！裱好，寄锦江办公室。现抄录于此：

勉　励

三山压顶倾华夏，
众志成城壮怀同。
叠经烽火共舟济，
四十余年锦江红。
归来旧雨情深厚，
继起奋发见群英。

更喜除妖兴大治,

携手共勉新长征。

〔注:从1935年3月15日起到解放,与职工们共同克服了时局的变化,使锦江的经营有所成就。〕

在我和儿媳杭贯嘉回京时,在机场上承市委、政协几位同志热诚地特来送行,记忆所及,在此一并深深感谢!光阴荏苒,转瞬已多年了,祝愿他们健康长寿!

1978年书法家赵家熹录,惜此书正排版时他突患脑溢血逝世。享年49岁。

五、赴美探亲

赴美探亲一事,先追叙一下有关女儿们的概况。

女儿们出国留学 第二次世界大战结束后,国琼、国琇女于1945年底从菲律宾马尼拉回到上海家里,1946年1月初她俩赴美留学深造。国瑛在香港岭南大学、上海复旦大学、沪江大学肄业后,于1946年底,经华东局同意、中央批准去美国学习电影技术。国璋在上海圣约翰大学毕业后,于1947年,两人相继去美国留学。国瑛认为教育对中国最重要，故学的科教电影。国璋由西洋文学系转学了图书馆学系。

国琼在美留学期间，有家专为音乐艺术人才演出筹划赚钱的公司，邀请国琼到世界巡回演出，名扬四海。她不愿做对方的商品而未同意。且当时正是解放战争，她的心情渴望着祖国早日解放。

1952年留美学生罗维东（现在香港有名的建筑设计工程师）追求国琼，曾写过两厚本的情书；有天，他向国琼求婚，国琼说："妈妈培养我们学成回去为祖国工作，现在国家已解放，我们将回国了。""我是广东人。"罗回答。国琼领会意思，遂成眷属。

她们都怀着雄心壮志要为新中国的建设干一番事业。回国心切！奈当时中美两国尚未建交，回国阻力很大。

女儿们回国工作、再去美国 全国刚解放，国瑛首先冒险潜逃回国。回国后，要求创办教育电影制片厂写了一个计划由王炳南交周总理批准。在总政文化部部长陈沂和政治部主任萧华领导下，她担任副秘书长（这时她是准团级干部），奔跑约二年多建成解放军教育电影制片厂，后改为"八一电影制片厂"。抗美援朝时，她在朝鲜战场上拍摄了《慰问最可爱的人》一片。风景片《西湖风景》（曾在捷克布拉格之春电影节上得最佳风景片奖，并替国家创不少外汇）、《苏州园林》，以及好些科教片。她早年参加抗日战争，走上革命道路。多少年来，她在工作上，一贯努力积极的表现是无可指责的。举一小例：有一次，她参加干部下乡劳动时，她听大家在叫喊，她问什么事？都说："一头猪掉下粪坑里去了。"她说："把猪捞上来就是了。"说着，她跑过去，把大衣脱下，跳进粪坑，把猪拖上来了，还把大衣往猪身上一盖。在文化大革命中，她遭遇到难能理解的折磨、侮辱。但她经得起组织的审查和群众的冲击。

第四十章 春回大地

国璋毕业于美国哥伦比亚图书馆学院，获硕士学位（1951年）。

　　1978年她离休后，往返于中美之间，做些力所能及的外贸工作，为国家创收外汇几千万元，亦曾做过文化交流方面的工作。曾得过乳癌幸而治愈。她早已离婚。两个女儿，小昭、小琪由她培育，在美国成长，获得了学士、哈佛硕士学位。

　　国琇夫妇当年未得逃回，至今侨居美国，生一男，名小笠。

　　国琼女于1953年秋，身怀七八个月的身孕，因不愿孩子入美国籍，不在美国分娩。夫妇俩设计，得到蒋介石派驻美国纽约"大使馆"发给去台湾的入境证。他俩持此证明离美，未去台湾却冒险绕道欧洲巴黎转赴日内瓦找王炳南。因为国瑛告知周总理此事，周总理通知王炳南（当时任波兰大使、中美谈判首席代表）帮助他俩返回解放后的上海。他们回到上海家不久，就生一女孩子取名小华。

国璋女亦于1953年冒险逃回上海，婚后生一女孩名小宏。这时期我们都住在上海复兴西路一四七号三楼两层公寓。这段时期，人丁兴旺，三代家人团聚，笑声满室、喜气洋洋。虽然孩子们在经济上入不敷出，而大家全心全意为新中国的建设，乐融融地努力工作着。我难忘那段家庭的快乐。

国琼的小孩满月后，任上海音乐学院钢琴教授。罗维东在上海同济大学建筑系任民用建筑教授。国琼与罗维东进校任教后，工作积极，成绩显著，受到学生们的敬爱、同事们的赞扬。可是他俩因关心校务建议颇多，触怒了校方，遂在1955年肃反运动时，夫妇俩遭受不同程度的折磨作弄，一级教授降为二级。两人顿时消瘦。罗维东在工作上不受重视反被靠边站，什么会议都不让他参加。国琼则忍辱上班，仍然认真教课。

俗云："福无双降、祸不单行。"肃反运动过去，鸣放开始，夫妇工作之余，还得参加鸣放运动。这时三岁多的孩子小华患严重的气喘咳嗽病症，每天靠床半躺着，小手捧着一只搪瓷漱口杯咳吐。孩子哭着不让父母上班。双亲急得焦头烂额，白天不得已，将可怜的幼孩交给保姆看护，依然早出晚归不停地工作。夫妇俩下班回来后，孩子的父亲罗维东给小华煎药，国琼就给孩子做这、做那忙个不息。为使孩子减少咳嗽气喘，夜间她跪在孩子床前，抚摸孩子胸部，让孩子舒服些，经常到天亮。我每问孩子病情时，国琼总是流泪不说什么。我住二楼，每天半夜还听到他们夫妇的脚步声，我知此情景，能不心痛、难眠！夫妇俩隐瞒家人（怕家人难过）将订婚戒指、照相机等出卖给寄售商店给孩子治病及贴补生活开支。后来孩子的病经中西医治疗无效，病情日趋严重。夫妇对小华爱之甚笃，束手无策。

经中西医说：上海气候无常，最好去广州或香港医治。最后，为救孩子小生命起见，遵医嘱罗维东向同济大学请假带孩子去香港治病了。

国琼送父女俩到广州。临别时，国琼在广东海关出境处站着，当罗维东抱着小华出境时，极其聪明的小华边跳边哭地叫喊："妈妈呀！妈妈我们就是这样分开了吗？！"她母亲国琼边招呼，边泪如雨下、心如刀割。后来国琼回到上海和到北京工作时，每见路上有人抱着孩子，她总是上前去摸摸那孩子的小手并吻吻。我能体会到国琼是多么思念小华哟！那时候国琼在每晚入睡之前，总要走近挂在墙上的小华照片看一阵才上床。当时保姆告诉我的。我写至此，联想起他们仨后来的变化，能不落泪！

父女俩到达香港，因其手头缺钱，经济上相当困难。此后，罗维东给人设计了一张建筑图，得报酬十几万港币！从此，生活好转。不久，他母亲由台湾到香港，分别二十多年的母子团聚。母亲指责儿子不该回大陆，认为这都是因为国琼之故，恨透了国琼。

一年后，国琼在沪突然收到罗维东要和她离婚的一封信。晴天霹雳，国琼悲伤沉默，仍然每天去校上课。从此，每日深夜，我在二楼睡房总是听着她在三楼卧室，轻步踱来踱去。日见消瘦，我很着急，向中央统战部副部长张执一反映，并要求将国琼调京工作，免其触景悲伤。继后，由文化部夏衍老同意，国琼遂于1959年由沪调京，在中央音乐学院任一级教授。当时正好我在北京，为她租了东城东总布胡同福建司营十九号，并亲自给她设计布置舒适的一间厢房来安慰她。

尽管对方催促，国琼坚决不离达三年有余。后经众人相劝与校方同意，遂于1962年秋去香港，先行了解情况。国琼在临走前一天下午，由学校回家，路经天安门时掉泪了，轻呼一声，祖国！（她泪面告诉我）我听了心酸。写此泪下！

国琼到港后，罗维东对待她除三餐外，不给一文。罗总是早出晚归，母子俩不与国琼讲话，极其冷淡！国琼冷静地观察，如此三年。三年后的春节，有天，友人邀约她去解闷玩耍，她在麻雀牌桌旁，听得玩牌女人在谈论：罗工程师和某航空公司工作的女人……国琼惊讶万分。次日她去劝阻航空小姐，对方不承认，罗维东则一口承认了。最后决议双方分居，孩子属男方抚养（那时男方有钱了）。当时国琼在菲侨桂华山老友执笔的分居单上签字后，昏倒了。

继后承桂华山好友接国琼住他家养息好久。那时，她想回国，正逢国内文化大革命。她在港教授钢琴，工作了一个时期，名著港地。但她既不习惯香港社会，又是触景生悲，不得已再去美国独自侨居至今。曾得过乳癌开刀治愈。当她到美国后，小华由港去美国念书，母女重见互爱互敬。现在小华夫妇俩对其母很是敬爱。

国璋逃回国后经吴克坚同志安排（当时吴克坚同志是全国人民代表大会秘书长），在全国人大常委会编译组担任英文法律翻译。1955年肃反运动中，主持运动的工作人员硬说她是美国国务院特务，把她关押在工作处，日夜用逼、供、信的方法审问达两月之久。我觉得时间太长，怕她经受不起，遂和中央统战部副部长徐冰同志通了电话。徐冰同志立刻去电话吩咐她单位即速释放，对方不理，继由彭真秘书长电话催放，五天后国璋回家，如呆子一言不语。我问她查问些什么？她说，"关照不要说的。"我说："我是国家干部，应该协助弄清楚，你别怕，说吧。"她说："我在美国纽约读书时，当时国内与美国汇款已中断，家中不能兑款，我的生活费是靠半工半读，加上联合国给的补助费每月美金一百元。这钱所有中国留学生都可领取，通过在读学校发给学生的，完全是无条件的对留学生的帮助。组织上硬说我是拿了帝国主义者的钱，一定替他们做事，并怀疑我带着任务返国的。"我听了遂将多年家书一小箱送去协助审查，后经弄清楚国璋无任何历史和政治问题始告结束。从此，国璋得了严重的神经衰弱症，但工作仍然积极，当时派国璋为首长做口译工作，以示信任。首长有周总理、刘少奇、彭真。国庆节招待外宾宴会及在中南海宴请外宾时，国璋均在座翻译。后来连升三级，工资由四十元增至九十元。继后，调北京大学任教，再去北京图书馆任要职，工资不变。

国璋因有幼女小宏和看护孩子的保姆，入不敷出时卖物贴补，有次将西服上装拿去东单委托行卖了五元，带回五角钱一块小蛋糕给小宏吃。国璋女生性好强，生活艰苦，从不求人。在漫长的岁月里，经济困难，苦度生活，养育小宏的成长是很不容易的。那时我手头亦不宽裕，有个时期我按月补助她四十元。

她响应干部下放劳动的号召，从 1958 年 2 月大跃进起至 1960 年秋，她曾参加过三次，共约一年时间。她腰脊有病，我怕她不能胜任，但她病发回来后依然兴致勃勃。

继因婚姻问题，于 1963 年秋，带小宏女去香港与当地钢铁公司总工程师、广东人陈德健结婚。陈德健疼爱小宏如掌上明珠，几十年如一日，养父品德如此，世上稀有。可敬、可佩！

因当时国内文化大革命难以返回，在香港大学图书馆任馆长，工作了一个时期。终于侨居美国任洛杉矶图书馆馆长。继后工作和研究文物至今。

当时，国璋带女儿小宏走时，事先我并不知道。有天下午外孙女小琪午睡醒来老哭，我哄她说："小宏姐姐上学就要回来了，别哭。""她妈妈带小宏姐姐坐火车走了。"我惊讶，立刻打开五斗柜，见小宏的抽屉果然全空了。我又气、又疼，病倒了两周。在病中张执一同志来家劝说:"国璋母女去香港是为婚姻问题,经统战部批准的。想开些吧,健康要紧。"并给我一封国璋女留给我的信。我无勇气拆看。

女儿们再去美国时,正是文化大革命前夕,我在"文革"中被"四人帮"关押狱中五年余。我和女儿、外孙女们像断了弦的乐器,十几年彼此无音声!在此漫长的岁月里,除在狱中五年里我将脑子真空外,经常为想念孩子们而梦醒。尤其是梦见国琼女弹练贝多芬《第五钢琴协奏曲》,她把曲子的内容、情节弹得烂熟流畅,扣人心弦,当她弹到主旋律时,我就边哼边流泪,甚至哭醒坐在床沿上泪流满面,有时离床,在室内踱步、喝水沉思……

音乐是意识形态最高的表现,我喜欢它,唯国琼女离国后,多少年对钢琴独奏的曲调从未听取欣赏了。时光飞逝,上述我和孩子们的情况都已成为历史!

感 想

昔日此琴中外誉,
今日此琴冷冰冰。
琴声不知何处去?
随着西风飘渺影。

国瑛女创建八一电影制片厂　前文提及有关周总理支持国瑛女创办"八一电影制片厂"一事,现补述其始末:这厂开始时取名"解放军教育电影制片厂",后因不仅是拍科教片兼拍故事片改名为"八一电影制片厂"。

国瑛于1949年秋在美国纽约大学电影技术学院毕业后,在联合国电影部工作了半年。祖国解放,她是第一批回国的留学生,通过封锁线（由香港到天津），乘英商太古轮船公司的货运船经黑水洋偷渡（国民党军舰巡逻地带）到达天津。当时黄敬市长亲自接待第一批由美、法、英国归来的留学生共五十人。住在天津镇南道招待所。她到北京后，即找当时任外交部办公厅主任王炳南同志接上了关系，到电影局报到。当时的第一任电影局局长袁牧之。袁问她："想干些什么？"她说："我想办一个教育电影制片厂。"袁嘱她写份计划书。她遂由京返沪，在火车途经徐州时，遇国民党飞机轰炸，几乎送命。那时，我们住在上海法华路三百三十六号，她在家拟好一份计划书后到京，交给袁牧之，此时已是冬天，解放后的第一个冬天。袁牧之吩咐她先筹办幻灯及幻灯制造所（当时名叫电化教育工具制造所）。后来发展为北京幻灯片厂，属科学普及局袁翰青局长领导。她的计划书送上去后，久久无消息。袁牧之很忙，她告诉王炳南同志。王炳南替她交一份给周恩来总理，同样无消息。继后，在王炳南结婚典礼上（外交部街外交部大厅里），王炳南教她向刘少奇主席提起这个计划，正好总理在旁，刘少奇对总理说："这件事她很着急。"总理笑着说："她妈妈是多年来为党工作的人，父亲参加辛亥革命，四川独立时副都督，后来不革命了。陈老总（指陈毅同志）知道她父亲的。"事后不久，有天晚上，总理派车接她去中南海西花厅，在座有袁牧之、阳翰笙（当时中央文化部计划委员会主任）、沙可夫（当时中央文化部办公厅主任）、袁翰青（当时科学普及局局长），国瑛当时任科普局电化教育工具制造所科长。总理说："你们五人负责这个教育电影制片厂的筹备工作，由阳老（翰笙）总负责带头，经常将情况向我汇报。"

1950年10月朝鲜战争爆发。袁牧之召集会议，在会上宣布："由于朝鲜战争爆发，地方文化部没有经费办这个电影厂，但军委文化部陈沂处有经费，可是没有懂电影技术的人才。陈沂向我要人，那就派夏国瑛（那时尚未改姓董）同志到那边去吧。"因此，国瑛筹备工作由地方转到部队，筹备委员会是在军委文化部部长陈沂、刘白羽、李兆炳和政治部主任萧华领导下成立的。当时国瑛定为准团级干部，任副秘书长。电影厂一切工程的设计、订购器材、建材联系、培训技术人员等均由她一手努力经办。厂址在广安门外六里桥，八百亩地上动土开工。她不坐吉普车骑自行车在东西城建筑设计处和营房管理处，一天来回四五次。有时去上海、天津来回跑购买器材。

她一开始就干劲十足。为了美化厂区，接受马勋超的建议借了几十辆平板车，几十名解放军，把清华大学专家教授培养了几十年的六百亩桃树移植到八百亩厂地中间一条小沟两旁，成为小桥、流水、人家之外，还添上无数桃花朵朵。这庞大的美化工程，完成迅速，未费一文。因为当时清华大学为清出空地建盖大楼。这些可爱的桃树直至反右后也被反掉了。八一电影制片厂，从她买进八百亩地皮开始，直至厂建成，她的建树是不小的。

1952年，她带三十位经过培训的技术人员进厂。这厂录音楼的设计是当时亚洲最先进的，北影厂罗静予工程师和捷克斯洛伐克专家到厂参观时，大为赞扬。

1953年，她被派去朝鲜战场拍摄第二届赴朝慰问团第一部战地纪录片《慰问最可爱的人》，借此，用胶片到实地战场训练摄影师。在罗盛教纪念碑揭幕典礼会场上，遇美机轰炸，几乎牺牲。她带队的三十人中，青年摄影师高庆生同志本已逃出轰炸地，为保护公物摄影机，在转回途中被炸牺牲了。高庆生同志被评为"八一"厂烈士。

当时，国瑛将厂建成后，在人事关系上遭受宗派主义的排斥。国瑛见电影厂已正式开始生产片子，同时部队允许复员转业，她主动要求转业。遂于1954年，在冷落的气氛中独自肩负行李，手提皮包离厂。当她步行到公共汽车站时，转头回看这一座庄严可爱的

第四十章 春回大地

国瑛女在赴朝慰问前摄影赠我留念。

"八一电影制片厂",她悲喜交加,流下了眼泪。

当她离开"八一"厂时,总政文化部副部长李兆炳同志和总政文化部部长陈沂同志异常吃惊地问国瑛:"为何你要离开自己生的孩子(指'八一'厂)?"国瑛回答说:"我是为人民的事业工作,现在能生产片子了,就不需要我了。"有次总理在北京医院盲肠炎开刀,国瑛去探望时,总理亦关心问起此事说部队复员关你什么事?国瑛亦同样地回答了。她始终不愿吐露一句自己是被排斥的实情。当时我认为她这样对待是正确的,顾全大局。

1992年7月29日,见《人民日报》载八一电影制片厂集会庆祝建厂四十周年。国瑛女在北京家里,我们虽未接到任何通知,但亦为之欣慰!

国瑛从"八一"厂出来由部队转到地方后,她在上海科教电影制

1955年我特意摄于国瑛女创办的八一电影制片厂的桃花树下。

片厂任编导工作，共七年。以后进北京电影制片厂任导演工作至离休。

国瑛在上海科教电影制片厂任编导工作时，曾编导摄制过三部影片：《篮球基本技术》、《西湖风景》、《苏州园林》。这部《西湖风景》片曾在捷克首都布拉格得过国际奖。全国政协委员、侨务工作领导人之一张楚琨同志曾对国瑛说过："国瑛，西湖片子在国外很受欢迎，赚了很多外汇。"有次在上海我们去探望韩文信老同志（全国政协委员）适见邓大姐在，大姐和国瑛握手说："西湖片子拍得很好，真美，我和总理都看了两遍。"周总理对当时任电影局长的陈荒煤说："以后应该多拍些像'西湖'这样的影片。"

风景片解说词极少，国瑛聘请些杭州采茶姑娘在片尾唱了歌，以助气氛。那时正是反右运动，国瑛因"西湖"片被批为右倾。正巧苏联拍风景片专家去上海科影厂看了这部片子，他偏要见编导国瑛和摄影师郭奕耀。厂长室很为难，因为厂内正在大字报批判此片。但苏联专家坚持要见，只好转电影局决定。当电影局通知国瑛和郭摄影师去锦江饭店客房中见面时，专家向她说："我听说你这部片子受到批评，你记住我们是创作人员，就像在我们面前的这瓶粉红的康乃馨花，你是插花人。观众由各个角度看它，肯定有不同的看法。但你是插这瓶花的人，你有权按你自己的设计去插，不要去管他们说什么。"国瑛告诉了我，我默想这不正是正在批的修正主义吗？我一笑。

我和小辈们欢聚一堂　我对国外二三代的思念之心，急切如火，再者想详细地告诉他们"四人帮"垮台后，全国人心大快！接着十一届三中全会胜利闭幕，国内形势好转，面貌一新。我为让他们解闷高兴，决定赴美探亲，遂于1981年1月15日乘日航机，飞旧金山转抵洛杉矶。

因小华在泰国航空公司工作之故，可以进机室接我。出来见小昭、小琪在等候。她俩见我，便大声喊我，吻我……出机场，进入一部漂亮的头等汽车，约二十分钟到了最著名的 CENTURY PLAZA HOTEL（此饭店屋顶直升飞机可直达直升）大饭店门口。出车门，见家人们整装排成行列隆重地迎接我，大家同声喊叫妈妈、婆婆涌上来抱我、吻我……我激动得不知该说什么是好。当时美国友人 Gary Bobo 给我们拍了好多照片留念。进饭店房室，家人老少就争着问七问八，又叙别情，热闹一室。记得在傍晚，全家的好朋友大律师大卫·卡根夫妇及其律师事务所送来了最好的水果和大花篮。我在此大饭店住了三天，即从洛杉矶去圣塔芭芭拉市国琼家住宿。此市是美国西部加州最有名的美丽海港，西班牙建筑的豪华休养城市，四季温暖花草独异。不许建高楼大厦、不许商业化，就为了保存古代西班牙建筑的美丽。市府经常要和商业集团打官司。

过后，大家来国琼处团聚聊天，老少都很关心国家大事，问了许多问题，经我一一告知说明，大家听了很高兴！并说："祖国有望。""中国老百姓太苦了，现在慢慢好转……"

国琼女的生日 到美国后不几天，便是国琼女的生日。我带头，大家买好礼物，各烧一菜，诚挚地为她祝寿！祝贺时，寿星含泪说："这是我二十年来第一次能这样幸福快乐！这将在我心灵深处扎下根的多么宝贵的纪念日子！万分感谢妈妈！感谢两位妹妹、妹夫、外甥女们！"生日这天晚上，大家兴高采烈地热闹了一番，寿星则高兴得嘴都闭不拢了，我亦含泪快慰！

餐后，涌上心头的回忆：国琼女异常忠厚善良，少时遭受父亲的虐待："九·一八"事件时，与我共同抗日游行示威几乎送命，我在上海被捕时，她为此受苦、受难地奔跑和照顾家里老小和自己七口人的生活。我带了她三个妹妹在杭州避难陶社时的年月里，她到处教琴维持上海、杭州一家人的生活，后来曾参加钢琴、大提琴伴奏的地下演出工作,以及抗日战争期间捐献演奏及社会演出伴奏等工作。自己还要发奋图强。那时,她的三个妹妹对家里许多生活的困难、遭遇的一切情境,虽亦刺激了她们的小心灵,但毕竟年幼天真烂漫,体会不深,还有些懵里懵懂。联想到她的婚姻,以及在音乐艺术上的抱负与弟妹们同样有志未展。在这房子里与艺术、学生、教学、花木,共度了十几年。多么遗憾!想到王炳南同志曾对国瑛说过:"这几个弟弟姐妹都是好苗子。"可惜未能得充分发挥,这一切确很遗憾!

我的生日与回国 两星期后便是我的生日,在圣塔巴布拉市国璋、德健家,小辈们有的忙着烧菜,有的在二楼争先恐后、热情洋溢地布置寿堂。黄昏后,在光辉庄严的寿堂前,先是依次一一向我鞠躬、磕头祝贺;然后,我就拆收礼物。礼毕上楼进餐厅入座,大家不约而同地举杯向我祝贺道:"祝妈妈生日快乐,健康长寿!祝婆婆生日快乐,健康长寿!"此时,深感儿孙们对我如胶似漆的敬爱,笑声充室!酒后,我们老少跪着、爬着……在地毯上玩游戏直至深夜。天伦之乐莫过于此?!啊!这样的盛况如在国内多么好!

记得我生日这天:

国琼烧的红烧猪蹄;小华烧的烧鸡;小宏烧的红烧鱼;小昭烧的红烧豆腐;国璋烧几样荤蔬菜;国瑛做了四川臊子面的浇头;德健煮白面。

如今回忆,心往神驰。

"爱"应该公平,我在每家轮流食宿,她们尽量抽出时间陪我出外访问了全家的亲戚友人,如大卫·卡根夫妇家和和平战士斯蒂芬·爱伦夫妇,国际友人林医生家……(我这次去美纯属探亲,不接触当地政府、社会人士。)她们还陪我参观了名胜古迹、大娱乐场、农村等,观察了美国家庭。去了纽约、华盛顿、旧金山。女、孙们在

1981年赴美，在圣塔芭芭拉城，逢我生日和孩子们团聚。

旅游中，总是给我买这个买那个。她们平时省吃节用，而对我却花钱如水，很过意不去。

这次赴美探亲，家人老少对我无微不至，不胜感慨喜悦，谢众儿孙随笔写成二首：

亲人欢聚

远涉重洋逾八十，儿孙笑声充满室。
去时春风归是菊，天伦乐聚几何时？

儿孙孝敬

儿孙欢腾义爱重，劳累薪俸倾囊供。
莫羡前朝老莱子，愧感能不铭五中。

1981年10月,政协全国委员会召开五届四次会议,我于10月15日由美国起程回北京,赶上开会。

这些年来,二三代陆续回国探亲旅游,他们无处不看见男男女女、老老少少穿红着绿,商店货品琳琅满目,人民生活显著改善,水平也在提高,见祖国蒸蒸日上的形势,都很高兴!还说:十一亿多人口能基本上吃饱穿暖就不容易了。

六、祝贺国庆三十五周年

1949年,在中国共产党的领导下,解放了全中国,成立了中华人民共和国,光阴流逝,现已三十五周年。我在病榻上思前想后,淌下了喜悦的眼泪,兴奋地随笔草就:有感

1983年6月10日,在第六届政协小组会上。

1983年北京，中共中央政治局委员接见第六届全国人大、政协代表、委员。

（一）

三山压顶倾华夏，
众志成城壮怀同。
前仆后继英烈血，
天安门上红旗升。

（二）

任它妖魔千般术，

江山依旧气势宏。
更喜斩妖兴大治,
炎黄子孙舞欢腾。

（三）

三中全会英明策,
经济改革中华兴。
三十五岁青春际,

日照红旗万世荣。

注：以上三首拙作，于1984年国庆三十五周年时曾载《团结报》。

七、有意义的音乐会

1981年1月15日，是我赴美探亲的日子。由北京临行前姜椿芳同志来家，交我一封信（内容是邀请雅谷来中国演出），希望我在美国探亲期间，与国琼女共同打听在20年代曾为中国民族音乐、歌剧、舞剧作出贡献的俄国作曲家阿隆·阿甫夏洛穆夫的儿子雅谷·阿甫夏洛穆夫。雅谷继承他父亲遗志，现在亦是乐队指挥者，不知他在美国何处？多年来，未和他联系，若找到他后把信转交他。

姜老把作曲家阿隆·阿甫夏洛穆夫的事迹，给我作了介绍，他说："阿隆·阿甫夏洛穆夫是我的好朋友，他是犹太人，俄国籍。1894年生于乌苏里江畔的乌苏斯克（它是沙俄与清政府签订《北京条约》之后，被割去的一大片中国土地中的一座城市）。阿隆青年时期生活在中国居民环境中，他从小就受到中国民歌和京剧的熏陶，因而产生了浓厚的兴趣和爱好。他第一部创作音乐剧《观音》、交响诗《北京胡同》、舞剧《琴心波光》、《钢琴协奏曲》、《小提琴协奏曲》，以及《长城》、《孟姜女》、《古刹惊梦》、《晴雯逝世歌》等在上海相继公演，引起鲁迅、聂耳、郭沫若、夏衍、周信芳、沈知白等几十名文人的高度赞赏。著名艺术家傅雷先生对他在上海大光明演出的中国音乐会高度地赞扬，说：'这是对中国音乐和戏剧的前途具有奇特的重要意义。'

"1910年，青年的阿隆去欧洲专修作曲，学成返回中国，先后去河北、山东等地，深入民间采风，实地考察中国民间音乐和民歌，力求中西结合的作曲技巧……他还和卫中乐先生创作了二胡曲《夜曲》、《贵妃之歌》等。他还采用《诗经》、唐诗谱曲，还研究琵琶、箫、笛等中国民间乐器。

"阿隆的热情顽强的精神，得到上海进步人士和中国共产党的支持和帮助。

"上海沦陷时期，他生活无着，依靠与中共地下党的特殊关系，去苏北根据地，为发展中国民间音乐而奋斗。他说'只要能为中国民族音乐做工作，再艰苦条件都能忍受。'可惜的是：受当时客观条件限制未能一一如愿。解放前夕（1948年）阿隆赴美后改为美国籍，筹划上演自己的作品未成，结果流落在美国，但他仍然继续创作具有中国风格的音乐作品。

"他创作第二、第三交响曲，在他逝世之前，完成了歌剧《杨贵妃暮景》。花腔女高音歌唱家孙家馨演唱了老阿隆献给梅兰芳先生为宋代佚名词人谱曲的《柳堤岸》。他还曾想谱有关西施、王昭君、苏武牧羊、白蛇传等题材的舞剧、歌剧，惜未能如愿即于1964年在美国纽约逝世。"

我细细地听完姜老介绍这位热爱中国民族音乐的俄国作曲家的这番艰苦创作事迹，内心产生无限的敬意，而又难过他的志愿未全部完成而大自然已夺走了他的生命啊！

我到美国洛杉矶，转去圣塔巴布拉市（Santa Barbara）国琼住处，把姜老信给国琼女看了，我俩都认为事关重要，只好花钱寻找。由国琼女打电话，开车出去多方打听。幸好她熟悉当地音乐界人士，费心一番，得知雅谷·阿甫夏洛穆夫住在离圣塔巴布拉很远的一个小地方。本想乘飞机去找他，又恐事先未经联系扑空。经几次长途电话，方与他联系上了。他在电话里异常高兴，说了很多。

我们把信寄给他后，他来电话说："看信后很高兴。多年来，一直想去中国开音乐会，以实现父亲生前的愿望，苦于找不到门路，无法与中国有关部门联系上。现有姜老的信,你们带来了好消息。"他当下表示非常感激。

此事,经我与国琼女牵线挂上钩后,于 1985 年 5 月 13 日下午 3 点在北京对外友协礼堂,由文化部、对外友协、音乐家协会主持,召开了纪念中国人民的朋友、作曲家阿隆·阿甫夏洛穆夫诞辰九十周年音乐会。出席音乐会的有:司徒慧敏、周而复、赵沨、姜椿芳、赵朴初等。我和国瑛女临时知道的(姜老临时告知的),但去参加了。并带去一个小花篮以示祝贺。我们到时见姜老致词,后周而复同志发了言。休息时间,我亲自将小花篮递给主席台上的雅谷·阿甫夏洛穆夫先生(台上除我们送的一个小花篮外,无一个祝贺的花篮。我认为不符合国际的礼貌,何况我国素来被称礼仪之邦)。我向他作自我介绍,他很激动。此时,听众欲起身离场休息、进餐,他兴奋地走向扩音器,举起双手,请大家坐下。然后,他向大家介绍,此次能来北京开音乐会,主要是全靠牵线人董竹君女士和她的女儿夏国琼两位的奔走努力,并谈了事情的经过。

纪念会结束,大家去隔壁房间进餐,我们和舞蹈、音乐学院的听众在最后一桌,周而复同志招手示意我去主席台人的第一桌,我喜欢和青年人聊聊,遂未遵命。饭间,我认识了芭蕾舞团总指挥卞祖善同志,他说:"在会后要写篇报道,并要把国琼和我促其成功的这点亦要写进去。"我很同意。

次日,在海淀影剧院举行纪念阿隆·阿甫夏洛穆夫九十诞辰的纪念音乐会。节目:《孟姜女》、《贵妃之歌》、《夜曲》、女声独唱《柳堤岸》,为李白诗谱二曲,交响诗《北京胡同》及钢琴协奏曲。乐队指挥是雅谷·阿甫夏洛穆夫。全场充满了中国民间与宫廷的情调和中国民族音乐特点。他成功地完成了他父亲的宿愿。听众鼓掌欢呼,我和国瑛女不用说更是使劲鼓掌。

不久，卞同志来我家出示他在《人民音乐》杂志第七期上写的文章，他说："有关雅谷先生当众介绍了这次能来京开成音乐会的原因，未能登载，且未经过我本人的同意，竟随便把这节删去了。"我看过杂志和卞同志的原文，真如其说，未加登载，深感惊奇。难道说，这样有意义的音乐会，不该助其成吗？国琼和我做错了吗？真令人莫解？

我读了卞祖善同志于《人民音乐》杂志第七期的有关雅谷先生这次指挥的音乐会文章《良师益友》后，更知阿隆先生如何艰苦努力而获得丰富的创作成就。我对阿隆、雅谷二位先生更是备加敬重！

下面是雅谷·阿甫夏洛穆夫写给我和国琼女的感谢信：

马丽（即国琼英文名）：

此次去中国前，Santa Barbara（圣塔巴布拉）我试图打电话给您，但是您已经搬家走了。

这个节目单将向您表明我的计划全部实现了。见到您的美丽的母亲，很愉快。

诚挚的

雅谷·阿甫夏洛穆夫

1985 年 5 月 15 日

国瑛同志：

这是美国音乐家阿甫夏洛穆夫指挥要我们转交给令堂的信和一件为 Mary（国琼英文名）签字的节目单，请查收。

敬礼

唐健文

一九八五年十月九日

注：唐同志在中国人民对外友好协会工作。

美国作曲家雅谷·阿甫夏洛穆夫5月31日离开厦门时，来函致谢。全文如下：

姜椿芳先生请转
董竹君先生，我亲爱的朋友：

在我中国之行的最后一天，我要为您对这次纪念阿隆·阿甫夏洛穆夫诞辰九十周年活动做出的努力致以诚挚地感谢。

看到他的部分音乐作品已经被介绍出来并得到承认，这是对于他的具有中国特色的创作成果在中国得以复活的良好开端。

请转达我对所有为这次纪念活动做出努力的工作人员的谢意，感谢对我的热情接待。

忠实于您的

雅谷·阿甫夏洛穆夫

1985年5月31日

我的一个世纪

吃手板心里煎的鱼

第四十一章　兴奋的眼泪

一、国琼钢琴演奏成功

阿甫夏洛穆夫的音乐会是成功的。我回到家里更衣后躺坐在沙发上，回想当年国琼女在上海兰心大戏院钢琴演奏成功前后一系列的情景。尤其是 1937 年 1 月 24 日，上海法租界工部局乐队，在上海兰心大戏院举行音乐会，她受这乐队的邀请参加钢琴独奏，该乐队伴奏。那天，她演奏成功的情景犹在目前。

这个音乐会我在场，工部局乐队指挥者是苏联著名的 A. FOA 先生，当国琼演奏完毕时，听众异常兴奋，连声叫喊："encore"、"encore"（意思是再来一曲）。国琼的台风极好，她边退边鞠躬，接连出谢三次，最后又演奏一曲，又深深地向听众鞠躬、谢幕。但"encore"之声，依然不绝。我热泪盈眶，想当初，她的父亲坚决不允许她学琴。

国琼在兰心大戏院演奏出名之前应日本音乐界主持人的邀请，决定在 1937 年樱花节时去日本演出。日本《每日新闻》及某报（报名忘了）均有登载，题为《中国丽人来朝》。继因全国抗日情绪高涨而未遂。

这次上海兰心大戏院音乐会，会前一日（即 1 月 23 日）上海《大公报》曾有报道，原文抄录如下：

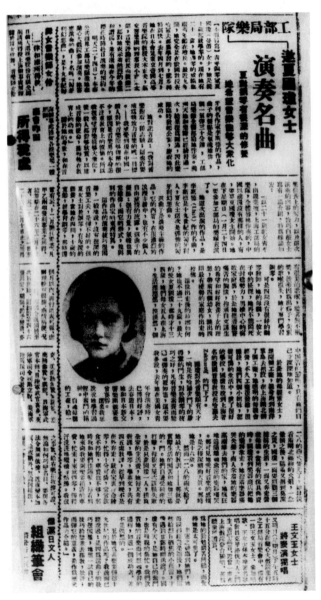

1937年1月24日,上海工部局乐队邀请夏国琼女士演奏钢琴。《大公报》在演出前的报道。

工部局乐队邀夏国琼女士演奏名曲

夏对钢琴有很深的修养,她希望音乐能够大众化。

〔本报特写〕青年钢琴家夏国琼(曼蒂)女士,她是从十岁起就学琴的。现在她有二十一岁,她弹琴的成绩也跟着年龄在增长。最近几年间,她完全是在俄国教授查哈罗夫那里学习的,进步得特别快。去年4月到7月,她在日本会见东京帝国高等音乐院的教授大木正夫,新交响乐团的理事长小森宗太郎,音乐评论社长山根银二,都对她表示着热烈的希望和赞扬;并有邀她在今年的樱花时节赴日演奏的预约。

明天(24日),本市公共租界工部局乐队邀她在兰心大戏院参加演奏。她答应演奏的曲子,名叫《匈牙利幻想曲》,是19世纪匈牙利名作家李斯德的作品,曲子的优点是气魄雄伟,须一气弹三十分钟,工部局乐队全体给她伴奏。前两天她和乐队已经练习过一次,结果很为圆满,因此乐队临时发起公宴,庆祝她的成功。

她对记者说:"我对音乐抱着一种志愿;这也许要成为我致力音乐的唯一目标。我感觉到现在中国一般人对于音乐能够理解的很少,原因是音乐界的本身忒不注重教育上的价值。所以我很希望音乐能够大众化,使一般人都能够欣赏,以达成音乐的使命,获得它在教育上的功效。"

关于她的身世,和在音乐修养上的努力,以及这次演奏的内容,恰巧白薇女士写有一篇介绍,特为录志如下:

以二十一岁的女青年,出现乐坛,上海工部局的乐队,全体替她伴奏的,中国以前还没有那样的人,有,要算夏国琼女士开始。她在下星期日(1月24日)要参加工部局的乐队表演了。

她这次出演的作品,是李斯德(Liszt)作的名曲,李斯德是19世纪的匈牙利人,夏女士这次是弹他的《匈牙利幻想曲》。

这曲子是浪漫主义的作品,它的内容,在很浓烈的浪漫主义中,也有不少个人自由感情的流露。这曲子的优点:很有力量,气魄也异常雄伟;而它的形式,也与别的作曲家的东西特异。

这作品的演奏技巧很困难,一般地说,没有很深的音乐工夫,是弹不好的。但夏女士对于钢琴,有很深的修养,当她在四川,十岁的童龄,就学习钢琴,那时还有很美的歌喉,听者无不称奖,后来因为出痧子,美丽的歌喉损失,她才专门学习钢琴。

可是四川没有很好的钢琴教师,她的母亲,一位女子中的怪杰,她再不能闷死在封建势力,男权中心的腐败家庭里,于是她挺着饱尝痛苦的胸怀,抱着自立谋生的希望和好好教育子女的理想,带着四个幼女,跳出四川最有权势的家庭做出走的娜拉。

这位出走后的娜拉如何?她不过二十九岁,最大的爱女夏国琼,那时才十三四岁,她们母女五人在上海,生活漂漂然,漠漠然,个中困苦的滋味,只有她们自己才深深地知道。

于是她的母亲董女士,想开办工厂,亲身跑到南洋群岛去招股,在上海闸北办了个工厂,她聪明的母亲会经营,不久工厂很发达,很赚钱,她们四个小姐妹,都从可怜的生活中,进了很好的学校,国琼也投到上海著名的俄国音乐教授查哈罗夫(Zaknazoff)的门下了。

国琼对于音乐颇有天才,一向是查哈罗夫门下的最得意的门生,对于钢琴的技巧之好,凡有音乐素养而听过她演奏的都知道，这不要我多说，去年她在美国女青年会演奏时，已博得好评，去春游日本，她和日本新交响乐团竞赛也曾获胜。

这里我想说说她学习过程中奋斗的精神。

自她母亲的工厂，给"一·二八"的炮火焚光了，她母亲看着闸北熊熊的火焰，一急晕倒之后，随着又招到莫测之灾，国琼一面要照顾三个妹妹的生活，一面又奔走营救母亲。当所有的家具典卖时，国琼看到乐器商店把她的乐器拿走，她抱着乐器痛哭失声，商人拿着她的乐器渐渐离去她们的家，她疯狂地追随离她愈远的乐器痛哭。那可见她爱好音乐的感情，是怎样深刻而天真。那时她是十六岁。

然而"一·二八"的炮火给了她最大的教训——那就是实际生活的困苦和她加三倍的奋斗。她们自遭受破产的打击，母亲又屡次谋职失败，于是只靠国琼一人，担负全家的生活费，她每天奔走教课、学琴、学英文，共有四五处教课，从早到晚不是在外奔走，就是家里拼命练琴，忙得十分可怜，常常饭食不得饱，车费也不够，那时我和她们住隔壁，每看到她来向我要粥吃、要稍许的车费，忙走下来就弹琴，弹得汗洗洗地继续几点钟。我很为她的勤勉刻苦所动，而觉得她是太可爱了。

幸运之神临到她们，她母亲得经营菜馆后，她们这些给烈日晒焦的小蓓蕾，才像遇到甘露时雨活泼了。国琼有今天，是她自己的奋斗，也是母亲的帮忙。我们欣赏她的音乐而回想她学习的过程，知道一个成功者，并不是偶然的。

至于她为什么要弹这19世纪的作品呢？我前面已经说过：是因为这曲子的技巧困难，她想一试自己的技巧给听众去指教、批评；而弹它的意义，是作为历史作品的介绍。

1937年1月25日,《大公报》特写报道工部局乐队音乐会,夏国琼钢琴演奏李斯德(Liszt)所作《匈牙利幻想曲》与全体乐队合奏。

音乐会后，次日（25日）上海《大公报》特写，原文抄录如下：

兰心大戏院
中西合璧的音乐会
王夫人高音独唱惊四座
夏小姐钢琴演奏极成功

〔本报特写〕工部局乐队昨天下午举行的第十五次星期演奏会，可算是乐队本身历史上值得纪念的一节，因为这次的演奏，不但技巧上表现了该队的雄厚实力。同时能够很纯正的以艺术为前提，打破了狭小的国度成见，而请了两位中国女音乐家来参加唱、奏，无论在哪一方面说，都是值得我们称誉。

偌大的兰心大戏院，昨天下午5时前已经告了客满。这种盛况，在风丝雨片的黄昏时分是不能多得的。从楼上楼下看起，听众是以西方名族占绝对的多数，这固然可以证明艺术无国界。而在统一向上的现阶段中华民族中，音乐家努力所造成的地位，更是值得我们钦敬、感奋！

时针是指到五点半了，三四十人组成的交响乐，奏出〔序幕〕的曲子来。在管弦综错的音响下，我们听着各种表情的演艺，使我们时而觉着置身高山，听鸟啼瀑落；时而觉着泛棹流水，与波澜沉浮；时而觉着驰马乱军，精神奋发；时而觉着坐对美人，热情奔放。……描写不尽的情感，在那乐队指挥者的动态和乐器发出来的音响上，把我们全部感情支配了。

接着：我们所期望的歌唱家王文玉夫人穿着黑色旗袍出现在大众的面前了，一阵热烈的掌声后，王女士操着最高的女声，初试她的从 Pagliaccl 歌剧中所摘出的 Nedda's 俗歌，和 Dell'Acqua 所作的 Villanelile。乐队全体给她伴奏。她的声音的旋律，压倒了许多乐声，惊动了四座听众。要用"玉润珠圆"、"音节铿锵"这一类的老调，实在都不能形容她的优点！从眉飞色舞的听众神情上，继续不断的鼓掌中，充分证实她的歌唱的成功。

第三节，那是乐队合奏的"儿童游戏乐"，中间共有七节："序幕曲，夜舞曲，慢舞曲，太阳的舞，神仙的鱼声，假寐的景象，神仙和巨人。"这些小插曲，趣味都很浓郁，演奏也极优美。这一节后，便休息了十分钟。

第四节的开始，这是全会的精华，听众以休息过的听力，一致聚精会神来鉴赏这古典的、浪漫的、诗一般的、梦一般的，19世纪匈牙利音乐家Liszt所作《匈牙利幻想曲》这一节是以钢琴为主乐和乐队全体合奏的交响乐，是由二十一岁的夏国琼小姐（四川人）演奏钢琴来担当这重责的。她是一位身段苗条而含着庄严神情的女郎，银灰色旗袍的色彩，映上黯淡的灯光，从手法的移动上，反射出一种闪烁形色，已把那《幻想曲》的精神给观众留下一个优美的印象。加以她那彬彬有礼的风度，和熟练有力的演艺，造成国人参加工部局乐队最大的成就！

曲的空气的发展，是由松到紧的。一弹半点钟，她没有看谱。从指挥的Wand疾徐，始终领导着管弦乐在发展。她奏出的音响，其初似春风和煦，后来就如火如荼，繁音翻到不能计算的多少分之一秒，使人感觉到这真是一个"时间的艺术"！曲中所表现的迷离，憧憬，奇幻，渺茫，各种难于形容的情绪，她都能克尽厥职，发挥尽致。一曲既终，掌声雷动！虽经她三次出谢，掌声亦未停止，而迎人欲笑的花篮，此时亦满布台面，庆祝她的成功。终于她因听众再三要求，再独奏一次《序幕曲》。

最后，是 Arrigo Poa 教授指挥乐队，奏了一次送客的尾声。曲终人散，已是七点敲过了。

事实说完以后，对于音乐演奏会还要贡献两个意见：①既然是工部局的乐队，为求普及一般市民起见，以后票价不可再售那么高。②从这次中西音乐家合作的成功，希望以后多多举行这类有意义的集会。

国琼演出后在家中的纪念照。

二、国琼在四川学琴情况

在此，我补充当年国琼女在四川成都家庭时，学琴的经过：她幼年时，喜欢在钢琴上模仿流行歌曲的曲调弹着玩，我见她在音乐艺术方面很有兴趣，说明她在这方面有潜在的聪明智慧。我开始物色老师。她的启蒙教师是一位留学法国的张景卿女教师，后换陶又点男教师，陶教师说："国琼能成器。"陶教师又吩咐说："孩子白天不会心静好好学习，练琴宜在半夜里。"于是，我每天晚饭后使她稍为休息，便督她上床睡觉，到半夜三四点钟，就叫醒她。她很乖，一声不响，揉揉眼睛，揭开被窝起床穿好衣履、擦把脸。这时，梅香丫头拿煤油灯（当时电灯到晚11点就不供电了），照着我俩下楼，沿着花园饭厅走廊到客厅。梅香把灯放在琴旁花架上，琴上点着蜡烛，琼儿坐上琴凳，开始练琴，我在旁督候。为培养她的节奏感，我按老师的吩咐，每夜严格地督促她自己拍板一、二、三、四……这使她吃力。夜夜如此，经过一段时间，确实大有进步。后来，出川到沪，考上了萧友梅先生任校长的音乐专科学校，在俄国人查哈罗夫教授教导下，努力学习，进步特快。演出成功以后，她说："我的音乐感、节奏感最强，确实是妈妈的认真监督打下了很好的基础，谢谢妈妈！"

后来，她自己在教学上异常认真，经常三餐不准时进食。学生们敬爱她既师如母。经她教授，成就很大的学生现都在香港教琴工作。下面是她的讲话：

最近大明和妈妈来异国探亲，有一天我要给学生上课，大明弟弟看到我准备这样、那样，他说三姐好紧张。我说不是紧张，我是在准备情绪，做什么工作没有高度集中，是得不到成就的。在上课前，高度集中就是学生和我二人，不见别人，不听电话。

我上课非常严肃认真，上面已说了，学生和老师的感情为什么那么深，因为在教学过程中，许多困难只有老师才能了解，二人共患难，共同解决。

三、普希金音乐会国琼钢琴伴奏

俄国大诗人普希金1837年2月8日与人决斗受伤，2月10日去世。普希金的逝世震惊了全俄，也震惊了全世界，因为他的许多诗篇是全世界闻名的杰作。1937年2月10日是他逝世一百周年纪念日。上海文化界（包括中外人士）发起普希金逝世一百周年竖立铜像音乐会。宋庆龄是这个建像筹备委员会的主任，委员有蔡元培、法国总领事、苏联总领事以及许多中外著名人士、中苏文化协会等。负责筹备音乐会的具体负责是中苏友协在上海的分会。

负责筹备音乐节目的，苏联方面是乐队指挥如鲁茨基，中国方面是任光（《渔光曲》的作曲者）。任光联合了冼星海和塞克一起筹备。请哪些人歌唱，唱什么等问题，曾在福履里路（现名建国西路）鸿安坊冼星海家召开几次会议商讨。中国方面负担半场节目，除合唱外，有郎毓秀、李丽莲等女声独唱。《老丈夫、狠丈夫》，根据普希金的诗篇谱曲，由塞克赶译成中文。

苏联方面，有著名男低音歌唱家苏石林等担任。

这次音乐会最大的特色是任光当时的夫人安娥（《渔光曲》词作者）别出心裁地撰写了一首通俗的唱词，预先印好，散发给参加音乐会的群众，唱词的调子很简单，当场由指挥者教唱，每唱两句，用锣鼓敲打一下，每句唱词则用钢琴伴奏。与会者都是文化界人士，大多数是青年，一学就会，全场齐唱，情绪激昂，而且带有沉痛哀悼大诗人普希金的气氛，既歌颂大诗人的杰出创作成就，又斥责沙皇迫害诗人，抨击法国外交人员阴谋陷害普希金。全场气氛热烈、悲壮，效果很好。而夏曼蒂正是这次音乐会的一个活跃分子，做了主要的钢琴伴奏。她也从此更加出名了。

会后放映了苏联电影制片厂根据普希金作品拍摄的电影《复仇

奇遇》(原名为《莫斯科陀勃罗夫斯基》)。

参加纪念音乐会的有宋庆龄、蔡元培等人，苏联方面鲍格莫洛夫大使也出席了。

普希金铜像设立在上海旧法租界贝当路（现名衡山路）东岳阳路某岔路口。

普希金一百周年音乐会是在上海北四川路经常放演苏联电影的上海大戏院举行的。

以上是姜椿芳同志提供的材料。姜椿芳老还写了以下的话：

> 再者，活跃上海的钢琴家夏曼蒂又名夏国琼，三十年代中期，在上海文化界，特别是音乐界，大家都知道有一位钢琴家夏曼蒂，也就是说，她以夏曼蒂为名，更为知名。她的名字又往往和她的母亲董竹君的大名连在一起。人们在介绍她的时候，很自然地要提到：她就是锦江女老板董竹君的大女儿。后来，在"八·一三"抗战，中国军队退出上海地区，上海租界形成周围广大沦陷区中的一"孤岛"时，剧作家于伶以《女子公寓》为题创作并上演了这部颇负盛名的话剧后，文化界人士一提到这个戏，马上联想到锦江及其创办人董竹君，接着又会很自然地说，钢琴家夏曼蒂就是董的大女儿，因为那时谁都知道，《女子公寓》就是写的锦江和董竹君。
>
> 不过，就在那个时候，夏曼蒂离开上海，去南洋了。传到上海来的消息，说她已用夏国琼的名字，而且这个名字渐渐地更出名了。

四、国琼解放前参加开封市救灾音乐会

解放前，国琼钢琴、郎毓秀女高音、刘振汉男高音三人同去开

一家人其乐融融。

封市合开了救灾音乐会，受到极大好评。国琼女在国外菲律宾演奏成功的一切情况曾已叙述，在此不再重复了。

五、我的第三、第四代孩子们

外孙女小昭　美国加州大学伯克利分校人类学系毕业，学士学位。

外孙女小华　美国南加州大学旅馆管理系毕业，学士学位。

外孙女小宏　美国加州大学洛杉矶分校东亚研究系毕业，学士学位。

外孙女小琪　美国加州大学洛杉矶分校数学、电脑系毕业，学士学位，再由美国哈佛商学院毕业，企业管理 MBA 硕士学位。

四世同堂（1995年11月）
前排：国瑛、我、外孙女小琪（手抱重孙锦雄）
后排：大明和儿媳贯嘉（抱着的为重孙女锦华）

外孙小笠　美国耶鲁大学建筑系毕业，硕士学位。

孙女小菁　北京信息工程学院，信息管理系毕业，学士学位。现工作于美国加州电脑公司任电脑工程师。

重孙潘伟松　重孙潘伟柏　重孙黄家卫　重孙女张锦华　重孙张锦雄　重孙张锦瑭　重孙董嘉明　现均居住、学习、工作于加州旧金山、洛杉矶。

六、国璋贺年片中的附言

国璋女在 1991 年元旦之际，给我邮寄来贺年卡中附言说："永远感谢您带我们离川，在沪艰苦奋斗，培养我们成人，不然在那闭塞封建的地方长大，后果不堪设想……"

我的一个世纪

尾声

第四十二章 感 想

一、哀悼邓颖超大姐

1992年7月11日晚饭前，打开电视机突然听到低回的哀乐声，见到邓大姐遗容。噩耗传来，我心跳泪下，起立默哀。啊！这是令人心碎的消息。我和国瑛女含泪忆起：6月22日北京医院韩宗琦副院长曾告知：大姐病情欠佳。26日她见我送的盆景很高兴。7月8日赵炜同志来家时未曾提及大姐病况。想起和大姐的一切往事，彻夜难眠。次晨在沉痛的哀思中，我们用客厅的琴桌，设立了小小的灵堂。国瑛找出过去她和周总理、邓大姐合影照片，只显出大姐的遗像，配上框子，披上黑纱，插上白花、鲜花，点上蜡烛，我们在灵台前沉痛地哀悼！

中午，承赵炜同志（大姐三十年的秘书）派车来接我们去中南海西花厅吊唁，大明儿双手捧着大花篮，我们进厅见大姐的灵台遗像，我和国瑛女哀不自禁，跪下失声痛哭，大明儿亦跪下。啊！热爱人民的邓大姐与世长辞了。不！大姐永远活着！永远活着！永远活在人民的心中！

全国刚解放，我和国瑛与周总理见面时，在西花厅大姐也在。当年的西花厅，此时的西花厅，一喜一悲。啊！西花厅！

在邓大姐长期病中的岁月里，每逢春节，她总是派赵炜同志带了礼物来探望我。1991年春节,赵炜同志对我说:"您送给大姐的玉器玩物,她看后很高兴,并吩咐我,在她离世后原物还给您。"当时我对赵炜同志说:"你照顾大姐几十年,亲如母女,应该给你留念才合适。"这是件微小之事,但说明大姐的无私,正如她的遗言朴实无华,多么感人!

哀悼邓颖超大姐悼诗

(一)

神州风雷久识君,
无我无私为人民。
革命征途肝胆照,
巾帼英雄代代钦。

(二)

羊城病榻慈颜临,
今拜遗容心碎尽。
辞离中华万众泪,
伉俪光芒史册新。

一九九二年七月十八日

1992年9月30日中午,邓颖超同志遗物处理小组,按邓大姐生前遗嘱,小张同志送来三件,我收后感甚泪下!

董竹君同志:

遵照邓颖超同志"我个人的遗物、服装杂件,交分配合用的及身边工作同志,有来往的一部分亲属留念使用"的遗嘱。

经邓大姐生前委托的处理小组成员杨德中、李琦、赵炜、张佐良、高振普、周秉德等六同志商议，将此遗物赠送给您，留作纪念。

邓颖超同志遗物处理小组
一九九二年九月二十八日

附送遗物：
1. 铜龟一个
2. 羊毛拖鞋一双
3. 健身球一对

我已将这些东西及大姐历年送我的寿星均转赠天津市的总理、邓大姐纪念馆了。

二、诗六首

庆祝中共十四次代表大会成功

（一）喜悦（二首）

浴血志士创红旗，
锦绣江山披新衣；
经济中枢入人心，
九泉英豪笑嘻嘻。
刷新历史五千年，
遍野哀鸿影不见；
华夏江山日月兴，
近代史上新纪元。

(二)勉慰

儿心明镜素质高，

立志爱国赤心照；

昔日劳绩非尘土，

八千里路灯火宵。

于一九九三年夏北京家院

(三)思乡

落日汪洋相映照，

海鸥飞翔白浪滔；

游子几思归故乡，

两鬓霜白幼童笑。

于一九九三年夏北京家院

(四)思亲(二首)

秋风习习柳枝飘，

窗前闪闪竹影摇。

夜半小院月色明，

依帘思亲泪拂晓。

神州烽火密密封，

遍地红花迎东风。

满树欢腾鸟语笑，

双亲入世不时逢。

一九九三年九月北京家院

三、接受"东方时空"采访

今年3月8日中央电视台播放了记者温迪雅对我的采访。我们谈得最多的还是女性问题。现将我们的对话,摘要记录下来。

记者:董老,您曾连续担任七届全国政协委员,据说每次会议您的提案特别多,而且还得过优秀提案奖。那么您每次都关注什么方面的问题呢?

董:我最关心的问题,重点当然是放在妇女方面。

记者:意识到自己作为女性,自己在社会中的地位是不公平的,要改变它,是在什么时候?

董:我是苦出身。我的苦不单是本身苦,小时候住在贫民区,周围的环境都是苦的,苦得不得了。从小对我的思想影响是很大的,但当时还没有意识到女性如何如何,只认识到男男女女、老老少少都为什么这么穷?对它不满意。女性问题是后来在思想上慢慢认识到的。

记者:据说锦江茶室是第一个公开招聘女服务员的。

董:锦江茶室的服务员都是女性,当时(1935年)轰动了上海。

记者:您当时怎么想的呢?

董:我就是要提倡女权,当时我是锦江茶室的创办人,有权,所以能做到这一点。在那个时代,我想妇女要独立,首先就是要经济上独立,经济上不能独立就别想独立。

记者:您在上海还创办了一份《妇女杂志》,您是不是想用它作为一个园地为妇女做一些事情?

董:是呀!我在思想上不完全是为了经商赚钱,赚了钱干什么用,要用在有意义的地方嘛!所以当时《大公报》的记者蒋逸宵来同我谈,我们认为上海已经沦陷,应该有一份杂志才能抓住人心和

1992年春逢家中太平花盛开时留影。

1992年家中芍药盛开。

宣传抗日工作，为革命做点贡献。

记者：您十几年辛辛苦苦创下的一番事业，您把它献给了国家，当时是怎么想的？

董：当时我的想法很简单。我想解放了，我一生参与和支持的革命，就是为了这个大的目标。我从来没有把这个东西当成自己的财产，没有这个观念。我把锦江交出来的时候，很多朋友都不赞成。我告诉他们解放了有很多事情好做，不怕你不做，就怕你做不来。

记者：您的儿子夏先生说您非常刚强，有时很像一个男人的性格。

董：我有时候是像一个男人的性格，总之一句话，我不向无理取闹低头，对人生坎坷没有怨言。

记者：要让您回首走过的近百年的人生经历，您觉得最让您感到伤心和高兴的是什么？您能回答得出来吗？

董：非常高兴的事，我也没有高兴得不得了，只是高兴就是了。有的人高兴起来喝酒狂欢，这样那样的，我没有。至于伤心得不得了的事，要哭它一场的，我也没有。我认为人生必然要经过许多坎坷磨难，对它一定要随遇而安。随遇而安这几个字，对我是有很大好处的。

四、结束语

笔行至此想到没有中国共产党就没有新中国，近一个世纪的风雨血泪，我所走过的道路，就是一个铁证。回忆我与子女们相依为命、共同走过数十寒暑，种种切切的苦难现已成为历史的陈迹。我现年九十七岁，能看到国家如此蒸蒸日上的大好形势，尤其是中国共产党第十四次代表大会制定了承前启后的路线、方针、政策，为

1997年春，97岁生日在北京家中。

第四十二章 感 想

董竹君在北京玉石胡同家中撰写《我的一个世纪》。

建设有中国特色的社会主义强国开创了历史的新纪元,它的前途光芒万丈!真是毕生无比的欣慰!

当前国际风云变化多端,民族、民主斗争迭起。对此,我认为这是人类在"进"不是"退",毛主席说:"不破不立。"当 20 世纪初期,地球上仅有六十几个独立国家。后来被压迫的民族、国家陆续站起来了,现有二百六十多个独立国家了。国家独立了,民族自由了。不得人心的国家制度迟早要垮台的,人类历史的车轮是永远向前转的,马克思主义的理论真理是人类历史发展的必然规律。人类社会不会永远是冰天雪地的冬天,必将有鲜花芬芳灿烂的春天!

附带说几句:海峡两岸同胞都是炎黄子孙,都盼望祖国早日统一。台湾在经济上是亚洲的四小龙之一,科技也有一定的成就实力。我恳切地希望台湾当局行大义之道,顺海峡两岸的同胞愿望,早日实现祖国统一大业,团结一致,按一国两制的原则共同努力,为炎黄子孙建成一个国强民富的现代化国家。香港已回归、澳门不久即将回归祖国,届时九百六十万平方公里的祖国大地都统一了,十一亿多人民逐渐安居乐业了,岂非大孝大道哉!

以上这些话就作为我的粗浅的结束语吧。

董竹君

一九九七年

后 记

一、因为我的一生与子女血肉相连、患难与共，故在回忆录里叙述了有关子女们的一些经历事迹。为了教育后代"教育点滴"一节写得多些。

二、我非诗人，未按韵律，无非是选些适当的文句表达我当时的思想感情而已，故我自称它不成诗的诗。

三、回忆录业已草就，唯张执一、徐冰同志以及关怀此事的有些亲友被无情的时光夺去了生命，未能看到，深为遗憾！萧军老友曾深切地关怀，他异常盼望它能早日见世，不幸他已病故，多么地遗憾！

1982年冬张执一同志患癌症进北京医院，次年正月初五我的生日之时，他嘱纪生送来神龟四枚、寿面一大盒、祝贺信一封。自己在严重的病情中和夫人俩还记得别人的生辰，我深为感动。

这份回忆录确因事过年久，许多事情难能逐一记得。1992年10月17日，国瑛女和程季华同志去北京医院探望阳翰笙老时，阳老很高兴地对国瑛说："你的妈妈过去帮助过很多同志，我是在30年代时，由沙梅带我去你们家见你妈妈的，她那么早就有革命的新思想，难能可贵。当然应该拍成电影。"

关于我的生平事迹的一些情况，曾在《中国企业家列传》第四册，以及《东西南北》、《人物》等多种杂志有所评述。

我的一个世纪

附录

送董竹君远行

范　用

但愿今年最后一次去八宝山，最不愿意走这条路。今天去给九十七岁高寿的董竹君先生送行。

在我前面，谢晋把鲜花一朵一朵轻轻地放在董先生身上。她，睡得多么安详。

十多天前，五日深夜，中央电视台"读书时间"播放访问董先生，介绍新近出版的她自撰的传记《我的一个世纪》。

第二天早晨，我忙不及打电话告诉国瑛，电视很好看。我还开玩笑，说董先生是个出色的电视明星，想让老人家高兴高兴。没等我说完，国瑛要我"沉住气"，然后告诉我："妈妈走了！"时在电视节目播放完后五十八分钟，电视播放时，医院正在抢救。

我一下转不过来，董先生走了？昨夜还在电视里看到，精神那么好，侃侃而谈。讲辛亥年间，跟革命党人从上海到日本，后来去四川，讲在上海滩闯世界，办事业；讲接受共产党影响和领导，支持参与革命……一句接一句，一点不打顿，思路十分清晰。讲到她几次要求入党，党要她在党外，这样工作更方便。她以为入党要履行签字，"没有让我签字，我就做个不签字的党员"，"咯咯咯"笑了。

记者问她："要让您回首走过的近百年的人生经历，您觉得最让您感到伤心和高兴的是什么？"董先生说："非常高兴的事，我也没有高兴得不得了，只是高兴就是了。至于伤心得不得了，要哭它一场的,我也没有。我认为人生必然要经过许多坎坷磨难,对它一定要随遇而安。随遇而安这几个字,对我是有很大好处的。"

一个多月前,和电视台一起看望董先生,老人家还拉着我的手谈了近一个小时,心情十分愉快。她说今年春节,国外的孩子孙子要回来团聚。好,今年拜年,我还是带一条金华火腿给她烧小菜用。董先生喜欢我的外孙女双双,每年都派人送给她礼物。

我还告诉董先生,现在才晓得国瑛看上去年轻,其实还大我三岁,是阿姐,她老叫我"范老",怎么可以。老人家说:"是咯,侬是老阿弟。"

她的声音还在我的耳边,怎么说走就走了呢?这是董先生都不会想到的。

我是"文革"以后才认识董先生的。解放前在上海,有同志告诉我,有约会,有两家饭店尽可以去,那里保险,一是梅龙镇酒家,再就是锦江茶室,只知道这两家饭店是"我们的朋友"开的,更多就不清楚了。我从未去过,倒是在杏花楼吃饭开过一次会,那天,其他同志都穿西装,我穿的学生装,还吃了批评。

七几年,潘际坰、邹絜媖夫妇住在东厂胡同居安里,离董先生家很近,带我一起去。头一次见面,就知道她在写回忆录,我说董先生只要写出来,一定出版。

董先生就把这件事托给我,就这样,我有幸成了第一个读者,得读这部自传的手稿。我惊异这样细腻流畅的文笔,出于九十多岁的老人之手,而内容之吸引人,简直像看传奇故事。

现在书出版了,董先生了却了一个心愿,把宝贵的人生经验,奉献给读者。听说谢晋先生已经着手改编拍摄电视剧,也是董先生高兴的,可是她看不到了。

董先生还有一个心愿:办一个幼儿园。她在中央电视台"东方之子"访问时说:"这件事没有做成,很遗憾,我还要再活十年。"她要毫无遗憾而去。

评论说是"奇人、奇事、奇书"。其实她是一个平凡的人,一个普通的中国妇女——黄包车夫的女儿、青楼卖唱女,处在不平凡的时代,成了都督夫人、红色资本家、"不签字的共产党员"、秦城囚徒,这才有不平凡的经历,谱写了一曲丽歌。

《我的一个世纪》这样的书,我认为凡是读过的人,尤其是年轻人,都能够从中受到教育,得到鼓舞,增加做人的勇气。董竹君的道路,是一条艰难的道路,辉煌的道路,走这条路,要有毅力,要有信念,路摆在你的面前,就看你怎么走,有所为,有所不为,董竹君在这方面给我们树立了一个榜样。

周恩来同志在对她的谈话中有这样的话:"多年来,你为党在各方面做了不少工作……一个人革命不容易,一个女人革命就更不容易,一个女人要做成功一件事(指锦江饭店等)就更难了。"这样评价,董先生当之无愧。

董先生认为,妇女要独立,首先要经济上独立。而赚了钱,又是为什么?"要用在有意义的地方嘛。"所以,她一生支持革命,辛辛苦苦创下的事业,"我从来没有把这个当成自己的财产,没有这个观念"。在她看来,做事才是最重要的,她以为解放了,有很多事情好做,所以她把锦江献给了国家。当年,她的很多朋友都不赞成,没有能够说服她。而董先生最后几年因年迈想换一个住处,多方奔走,解决不了。我写信向有关方面反映,也一无结果,连我都有点想不通。

我们做出版工作的,要十分看重《我的一个世纪》这样的书稿。一些前辈,在晚年勉力写作,留下的著作,是不可估量的财富,尽力出版,是对前辈的尊重。要让他们看到自己的著作出版,对于他们，是最好的安慰。一个作者，最牵挂的事情，莫过于看到自己著作的出版。敬老是我们的传统美德，出版社最好规定一条：风烛残年老人的书稿，优先安排出版，专人办理。我记得，谢国桢先生是在病床上看到他的《江南访书记》样本而瞑目。许涤新同志却没能看到他的回忆录《风狂霜峭录》，成了憾事，只好把书送到八宝山放在骨灰匣前。我对不起涤新同志。李一氓先生去世已经七年，他的《存在二集》，在一个出版社先是不见了原稿，后来又不见了校样，至今出版无期。还有一位九十七岁的老人郑超麟先生，一个早期党的历史的见证人，晚年写了几十万字，十分珍贵，稿子在我的手里，仿佛捏着一块红炭。我相信，它会有问世之日，一定会有热心人给它接生。

  我从不因被曲解而改变初衷
  不因冷落而怀疑信念
  亦不因年迈而放慢脚步

  这是董竹君写在《我的一个世纪》封面上的几句话，她郑重写下的遗言，值得用金字刻在她的墓碑上，刻在一切求上进、不甘心虚度一生有志者的心上。

1997 年 11 月 17 日
（1998 年 1 月 8 日《大公报》）

我和董竹君女士一起经历的狱中生活

川边爱子

首先，让我做一个简单的自我介绍。我叫川边爱子，中国名：方爱芝。我 1914 年 3 月生于日本东京。高中毕业后在一家日本著名的三越百货公司的图书柜台工作了十年左右。1942 年和当时在东京供职的伪华北政府驻日办理留学生事务专员方纪生（同时任东京大学文学部讲师，教现代中国文学史等）结婚，1946 年丈夫先回国。解放后的 1950 年 12 月，我带着七岁的女儿来到北京。1964 年起在北京对外贸易学院教日语。"文革"开始，1968 年 9 月被抓坐了七年的监狱，1975 年 7 月出狱。1978 年得以平反，回外贸学院工作，并在中国社会科学院任教。1980 年 4 月回到日本。

"文革"中的这段经历是我迄今九十多年的生涯中最痛苦最难以忘却的，它给我留下了深深的创伤。我被扣上了莫须有的罪名被关押在监狱七年之久。然而，在这无比的苦难之中唯一使我得到安慰的事情，是在狱中结识了董竹君女士，虽然我们在一起的时间仅仅三个月，但是在这恐怖的狱中生活里，是她给了我一线光明，同时给了我无比的温暖，给了我活下去的勇气。

那是 1968 年 9 月 12 日。当时，我丈夫被关在他任教的河北北京师范学院（当时在和平里和平街北口，是现在的北京中医学院旧址）"隔离审查"已有两个月之久。这天上午，学校"专案组"的人和几个没见过的中年人突然来到我家叫我写关于几个人的交代材料，说是下午来取，我以为我丈夫由此可以回来了，就照他们吩咐的拼命地写。下午他们来了，同时带来几个红卫兵，蛮横地宣布要把我带去"隔离审查"。那天在中央美术学院念书的女儿正在家里，他们先叫她立即离开家回学校去，然后叫我打好铺盖卷，自己抱着跟他们走，当时那种委屈的心情，现在想起来还记忆犹新。如此，我被他们带到学校。第二天正是9月13日星期五，我永远忘不了这一天。傍晚，几个穿军装的突然来到学校，宣布逮捕我，我莫名其妙地被戴上手铐，被推上一辆黑色的汽车押到了监狱。没想到我们母女从此离别七年之久！和丈夫也断绝了音信（实际上他也被关进了牢）。

下了车，只见眼前是一座很大的、颇为破旧的灰色建筑物（后来才知道这是功德林监狱），我被拉进去走了一段路，进入一个大厅，前面一张桌子前站着一个穿军装的人，他给我解开手铐并命令我把身上戴着的手表、戒指和钱交出来，全部没收。然后领我继续往里走去，昏暗阴森的牢狱展现在我的眼前，就像走进了曾经在外国小说里见到过的古老的监狱里，我感到一种恐怖，自己竟然也成了那些悲剧里的主人公，不禁一阵心酸。

当啷一声，狱警打开一间牢房门把我推了进去，锁上门就走了。这间牢房大约有十二三平方米，一进门的地方铺着木板。我一进去，面对门坐着的三个妇女不约而同地站了起来，她们个个庄重文雅，顿然使我感到一种安慰。等狱警走后，我按照日本人的习惯向她们深深地鞠了一躬，她们也轻轻地向我鞠躬，并让出位子招呼我坐下。我坐在最靠里面的一位年长的妇女旁边，她就是董竹君女士。我是有生以来第一次来到这种地方（谁都一样吧），一直以为这是用来关囚犯的地方，所以很纳闷，不知这些难友们为什么被关在这里。她们虽然都没有说话，但那充满善意的眼光使我安心了些，过了一会儿，我鼓起了勇气，悄悄地问她们："你们都是被判了刑的吗？"话音一落，她们便摆着手势，异口同声地答道："不！我们都没有任何罪！大家都一样的！"似乎都在极力安慰着我。

我在这里度过的第一个夜晚是难忘的，我就睡在面对房门左边第二个位置，左边是董竹君女士，右边是阮波女士，再右边是李蕴女士（前煤炭工业部部长夫人。关于她的名字、身份，我是以后读了董女士的自传后才知道的。在狱里，只知她是个老干部，过去在东北参加抗日游击队跟日本人打过仗。阮女士的名字、身份也是如此）。整整一夜我都没有睡着，我只想着女儿的事！她这会儿在哪儿？在干什么呢？她是否知道我在什么地方？然后就是最近这个动乱的、搞不清楚的世道，整个像地狱一般在我脑海里面团团乱转。我合不上眼，不由自主地扭过脸，却看到我左面睡着的那位妇人的侧脸，她是那样地美丽高贵，如同一个女王！（就是董竹君女士。）又回过头往右边看过去，那也是一个清秀的脸庞，像京剧里的旦角似的。再看过去便看到有一双锐利而善良的眼睛在望着我，似乎在安慰着我。这是李蕴女士。……我在黑夜中，但我却极力使自己相信：黑夜总会有尽头的。希望是这样。

天终于亮了，当然还是在牢房里。开饭了，我们一个个地被叫出去领早饭，一个人两个发黑的窝窝头和一碗漂着老白菜帮子的酱油汤（这是最外层的白菜帮子，本是应该扔掉的），她们三个不吭声地默默地吃着，我却伸不出手去拿起来吃。过了不一会儿，我看不能不吃了，就拿起一个窝头掰成两半送进嘴里，但是干干巴巴的咽不下去。见到此情景，坐在旁边的董女士就教给我怎么吃：要掰成一小块一小块的放进嘴里这样嚼，然后这样使劲咽下去。她非常热心地做出样子给我看。我就学着她跟她一起吃了几口。这时其他两个人也关心地看着我。就这样，一天一天，一点点地开始吃了，但是还是吃不进多少。有时还能赶上吃顿米饭，但是硬得不得了，我的胃本来就不好，狱中的伙食把我弄得经常胃疼，向看守要胃药吃。这种时候董大姐总是非常担心地看着我。有一天，她对我说："哎呀！你身体太弱了，这样吧：从现在开始我每天给你按摩吧，做一个星期！你快躺下来，我来给你按！"从此以后整整一个星期，每天趁着看守不来的时候（看守每隔三十分钟左右过来撩开黑色的布帘子从小窗口监视我们）她就为我按摩，她很内行，就像专门学过的一样。我实在感激她。现在想起来还是一样，我是永远不会忘记的。

其实，从那以后我和董大姐之间的对话，都是用日语讲的。这真是巧遇。我本是日本人，虽然那时已在中国生活了十几年，但是，去外贸学院教书前基本上在家里，没有参加过工作，而且后来在大学教书时教的又都是日语专业的高年级学生，也只需用日语，所以讲不好汉语。到这个牢房后不久，一天，我和董大姐坐在靠里面的角落聊天，她悄悄地用日语对我说："我会讲日语。"我非常惊奇地看看她，她冲我点点头。我非常激动，像找到了救星似的。她一口流利的日语，而且是标准的东京语音。她告诉我她曾经到日本学习过，在日本生活了好几年，曾住在东京的新宿、代代木等地方。东京是我的故乡，所以感到格外亲切。监狱里有规定：不许互相说话，不准互问案情，也不许在生活上互助。事实上我们几个总是由一个人做眼哨，其余的人照样彼此聊天，或互相帮助着。所以我们俩就坐在最靠里面的地方，小声地用日语聊着天。

随着我和董大姐关系越来越亲密，我也就更想了解她，她究竟是谁呢？我过去在日本时学过一点"姓名判断"，有一次，我悄悄地告诉她我会做"姓名判断"，并问她的姓和名的笔画各是多少？她就一边数着笔画，一边用手指在自己的大腿上写了个"董"字，然后又写了"竹君"二字。我按照"姓名判断"的算法算了算，问她："你是不是幼小时不太幸福?"她一听,略带惊奇的眼光点点头说:"对呀,对呀!"然后,她便开始一点一点地给我讲述她的身世。几年前看到董竹君女士写的自传,其实,她的经历我大致都听她讲过。我女儿比我先看了这本自传,她说我讲的和书上写的基本一致。连许多细节我都记得。(其实,关于董竹君女士的事情,我出狱后已给她讲过无数次了。)因为和董竹君女士一起度过的那些日子,是我终生难忘的。

回忆那些日子,觉得自己从来没有和任何人这样紧紧相依过,近三个月,天天坐在一起,睡在一起,真可以说是形影不离,当时我觉得她就像自己的母亲,就像亲姐姐一样。监狱里大约两三个星期洗一次澡,都是两个人挤在一个一米见方的小格子里洗淋浴。我常轮到同大姐一起洗,我们互相搓背时,她总是双手抚摸着我的背,叹着气说:"哎呀!你又瘦了!这怎么行呢?"她非常体贴我,还告诉我每天早晨一睡醒就要用手揉自己的肚子,要顺时针方向转一百下。还教给我很多保健知识。她问我多大岁数了,我告诉说是五十四岁,她就对我说:"我像你这么大的时候,那正是最活跃的时候啊,你可要注意身体,坚强起来!"

记得正是在她给我讲述自己身世的那几天前后,当时她正在写材料,跟狱方要了很多纸,用很小的字写了很多。写完后交给了看守。不几天她被叫去,回来时特别伤心的样子,一下子趴在对面的墙上痛哭起来,虽然声音不大,强忍着不放出声来,但看上去非常痛苦。后来她告诉我说:她已经被关了整一年了,以为这次写了材料后,问题可以解决,可以出去了。但没想到还是不行,太失望了。记得当时其他两个人也时常在写材料,但是同样没有结果。我看到此情景,才明白要想出狱是如此地艰难,我也感到非常失望。

我现在还时时想起我们号子里的一些琐事,如:墙角放着马桶,大便时大家都感到很难为情,但有什么办法呢。特别是我,总爱便秘。

可是当我使劲时她们几个人也看着我跟着一起使劲，为我鼓劲。现在看上去好像在讲笑话，但当时大家都是非常认真的。记得李蕴女士也是一个心胸开阔的人，她有时还给我讲起抗日战争时在东北跟日本人打仗时的情景，还竖起一条腿的膝盖用手比划着怎么拿枪打等。虽然我是个日本人，但对我非常亲切。我刚进监狱时因为只给了一条毯子，睡时只能一半铺在下面另一半折过来盖在身上，跑风，冻得睡不好。见此情景，李女士就毫不犹豫地从自己装衣服用的大口袋里把衣服全部倒了出来，就隔着一个人把口袋扔给了我，叫我从脚底下连同毯子套上来睡。多亏了她，从此我能不受冻地睡了。我真感谢她。

在功德林监狱关了将近三个月。记得那是12月7日，那天，天色昏暗并且寒冷。傍晚，狱警进来盼咐每人赶紧收拾行李出来。紧迫的样子，不知发生了什么事，我们分别抱着、提着、背着各自的行李出来，外面人很多，都是从各号子里被赶出来的，大家排着队走着，我紧紧地跟着董大姐唯恐和她离散，走了一会儿，被带到一个大院里，那里停着两辆大面包车，我们被赶上车，里面没有座位，很拥挤，不让互相说话，窗户挂着黑窗帘。我紧挨着董大姐坐在自己的行李上。车开动不久，我透过窗帘和窗户之间微微漏出的缝隙隐隐约约看到了外面的一点灯光，啊！这里不是西单吗？我多么熟悉的地方！我们现在却成了悲惨的囚犯，被与世隔绝，可是外面的世界却依旧！外面的行人是怎么看着我们的黑色车队呢？我这样想着，过了一会儿，车开到目的地，这就是半步桥监狱。我们被赶下了车，一阵乱哄哄的嘈杂后，我们被塞进了号房。

这个号子非常小，只有八九平方米，开始四五个人，后来又增加了几个，越来越拥挤。晚上睡觉时一个挨一个，只能侧着身睡，不能翻身，挤得简直透不过气来。在这里我还是和董大姐在一起的，挤得两个人几乎是拥抱着睡，后来干脆一人头在上，一人头在下，互相抱着对方的腿睡。因为我呼吸道较弱，半夜里，我被挤得实在难受，就偷偷地把被子拉到门口仅有的一点洋灰地上，睡在那儿了。清晨，看守打开牢门，瞪着眼冲我们嚷道："是谁昨晚睡在这儿的？"我恐惧地小声答道："是我。"那看守就命令我立即收拾行李出来。这来得如此突然，我吓呆了，一动都不能动。看守发火了。这时只见董大姐惊愕地"啊"地叫了一声，立刻帮我收拾我的行李，动作是那样地敏捷，很快就包好交给了我。我们就这样被迫分开了。连一声道别的话都不容说。以后就再也没有见过面。我当时真难过，一下就失去了所有的温暖和安慰，从此开始了孤独的狱中生活。

我被带到另一间牢房，和另外一些人关在一起。进进出出什么人都有。记得有小偷、骗子，甚至还有杀人犯！当然，有时还遇上大学生被关进来，还能有一点小小的安慰，还能说上几句话。在这个号子里，我总是感到恐惧和不安。又过了一段时间，我便被关进单人牢房，从此更孤单地度过了近七年的漫长的牢狱生活。忍受了难以形容的痛苦。

1975年7月，我终于被释放出狱。但是，仍然被扣着"敌我矛盾按内部矛盾处理"这顶冤枉帽子，没有真正得到解决。心里仍旧很痛苦。我知道董竹君女士后来已恢复原职，在报纸上也见到过她的名字。我多么想念她，多么想和她重逢啊。可是想到自己的处境，怕给她添麻烦，我还是打消了这个念头。虽然后来彻底平反了，仍然没有去和她联系。但是，就是回到日本以后，我依旧时常想念着她。岁月流逝，三十八年过去了。可是，和她一起度过的短暂时光，她给我的温暖，我是永远不会忘记的。

整理、翻译：方斐娜

2006年12月24日于日本京都

主雅客来勤

张浩青

在北京首都剧场附近，有一条很短的南北走向的小胡同——玉石胡同，里面有一处四合院，那里是董竹君老人居住了四十多年的地方。庭院并不大，却布置得清新雅致，处处可以见出主人的蕙质兰心。

清风明月本无价

我的父亲与董老是多年的朋友，在革命战争年代不止一次得到她的资助。第一次见到董老是1951年，我只有六岁，还住在上海的华东保育院。后来我才知道，因为爸爸病了，妈妈陪他去了外地疗养。他们委托董先生（我的父母一直这样称呼她）星期天接我出来玩玩。因为星期天小朋友们都回家了，他们担心我一个人留在保育院里会想家。当时，董先生还住在上海法华路一座很大的花园洋房里。上海的董家不仅豪华气派，而且精致脱俗。房子前面有一个大花园，草地上有一条大狗，听说那条狗和董老在菲律宾的战火中共过患难，后来女儿委托美国的飞行员用飞机带到了上海。这是我第一次到她家里，走进客厅，一个皮肤白皙的贵妇微笑着站了起来，指着旁边的沙发招呼我坐下，又叫保姆去给我拿茶点和饮料。她化了淡妆，一头黑亮的长发盘在头上。小孩子不懂什么是雍容华贵，只觉得她像电影里的美人一样。我当时身上穿着保育院的"制服"——专为儿童定制的蓝色套装，和机关干部的服装相似。每次，保育院的老师带我们出去看电影，马路上的行人都会对这支穿着干部制服的小孩队伍驻足观望。她家里保姆一看见我就忍不住笑了。她没有见过这么小的"共产党"，还是干部模样的。我虽然是个小孩，但也是客人。董老向她摇摇手，她自觉失礼，赶紧转身离开了。吃饭的时候，厨师端菜上来偷偷地看我。我走到花园里，花匠远远地看我。董老大概发现我被看得不自在了，下午就拿出一套白色绣花裙子给我换上。双层的裙摆上镶着漂亮的花边。我从来没有穿过那么漂亮的衣服，好像自己突然变成了童话里的公主，站在镜子前面，转来转去地欣赏。美丽、优雅、待人和善、体贴入微，是董先生种在我心里的第一印象，直到今天，她在我心中仍永远保持着贵妇人的形象。

上个世纪60年代初，董先生迁居北京。1977年，我在北京再次见到她时，家里房子已经是中国风格的四合院了，那是一座普通的民居，没有了以往的气派。锦江饭店早已交给国家，她既没有资本家的定息，也没有饭店工作人员的工资。每月的固定收入就是全国政协委员的200元车马费。当时的200元不算很少，但是她要维持这样的家庭开支是不够的。一个四合院租金，加上两个保姆的工资占了很大一部分。家里经常宾客满座。在外人看来这里还是很排场的，墙上挂着名家的字画，桌上放着子女从国外带回来的小物件，但是老人家处处精打细算，几年不买一件新衣服。在"文革"中，董老被关押在秦城监狱达五年之久，出狱时已72岁高龄，满头的黑发变成了银丝。女儿国瑛、儿子大明都去了干校，小院里一度只剩下了年幼的外孙女小琪。被抄过的家中满眼破败的景象。1976年的大地震更是使小院成了危房，唯一可以安慰她的就是儿女都还活着。

但是无论贫富，董老对美的追求是不变的。

北京的小院大门朝西，正房朝南，还有东西两个厢房。正房中部是客厅，客厅的东侧是董老的卧室，西侧是厨房，西厢房是餐厅，小院南面是一道围墙。董家的小院子不大，却是一步一景，处处都能看到主人的匠心独具。董老对布置房间乐在其中。隔一段时间，家里的陈设就会有些变化，就连那架巨大的钢琴也从客厅到餐厅，又从餐厅到客厅搬动过好几次。随着季节变化，窗帘的颜色也会变化。在北京，很多住四合院的人家都用白色的纱布遮住窗户的下半截。董老家里也一样，但是她在白色的纱布窗帘下端加上了两条咖啡色的带子，这种普通得不能再普通的窗帘顿时有了轮廓，变得生动了。

在客厅的一角，常年放着一个精致的水晶玻璃大花瓶，上面有漂亮的花纹，尽管花瓶是空的，也是很好的点缀。有一次，我看见花瓶里插上了几支白色的马蹄莲，走近了，才看出花是假的，但是花瓶里有水，远看和真的一样。董老看见我发现了这个小秘密，笑着说："我叫小妹（董家的保姆）在花瓶里放点水，再把花插上。她自言自语说：'假花，还要放点水在里面？'她就不懂了，花瓶里有水，假花才像真的。鲜花太贵了，时间不长就谢了。布置房间，这样就行了。"

1976年大地震以后，这座古老的四合院很多地方都被破坏了，董老利用修房子的机会，在正房和东厢房之间加了一段连廊。从她的卧室到东厢房就可以从室内走过去了。西厢房和正房本来就是连着的，有了这段连廊，正房和厢房就都通了。遇到雨雪天气，住在东厢房里的人就不必穿过院子去餐厅吃饭，方便多了。有一次，我去看董老。她对我说："走廊布置好了。你去看看吧！"我想不出来一段只有几米长的走廊能布置成什么样子。我走进去才发现，两边的墙上挂了几幅画家朋友赠送的小画，房顶上还悬挂着一排小小的宫灯。小宫灯虽然是塑料做的，但很精致，各部分的比例都和真的宫灯一样，每一面都有一张手工绘制的小画，八个角上都挂着鲜红的流苏。这个连廊的作用远不止用来遮风避雨，而是家中的艺术走廊。

自从有了连廊，方便多了，美中不足的是小院子东北角被隔出了一个七八平米的小天井，成了死角。小天井一边是北边的院墙，一边是连廊的墙，里面堆着一些冬天取暖留下的煤渣。一到秋天，从连廊的窗户里看出去是飘落一地的枯枝败叶。有一年夏天，我又走进连廊，从窗户看出去，突然眼前一亮，天井变样了。墙角出现了一座小假山，中间有一张砖头砌成的小桌，还有两个矮凳面对面放在小桌两边。小桌上还画着一个棋盘。假山下面沿着墙根种了几根竹子。别有洞天啊！自古以来文人雅士对竹子情有独钟，有道是"宁可食无肉，不可居无竹"。从连廊的窗户看出去，还能看到白色粉墙上镶着一块灰色的砖雕和隔墙外的大树投下的绿荫。这真是个神仙下棋的好去处。怎么想出的？！一问才知，这又是董老的新作。老人家指着那座小假山，笑着对我说，这是用煤渣加上水泥堆成的，外面涂上灰色的油漆。谁能想到，冬天取暖剩下的煤渣还有如此妙用。

再次拜访的时候，院子里又多了一景。南墙重新粉刷了，墙上多了几块砖雕。砖雕虽然很精致，但并不完整，有的缺角，有的是拼起来的。我问："这是怎么回事啊？为什么都是破的？"董老说，去协和医院看病的时候，经过金鱼胡同，看见那里正在拆房子，拆下来的破砖烂瓦里有一些砖雕。工人们说这些垃圾夜里才能运走，白天市中心不能走卡车。董老觉得很可惜，就捡了几块比较完整的，运回家，再拼起来，嵌在墙上。单调白墙上嵌入了几块灰色的砖雕，让人想起粉墙黛瓦的江南民居。砖雕残缺不全，更显古朴。

现在那家大饭店早已建成开业，就是著名的王府饭店。眼前的景色让我不禁感叹。在北京的市中心，一座深藏了无数往事的旧王府消失得无影无踪，在王府的废墟上矗立起一座豪华的五星级大酒店，这也许是改革开放的一个缩影，或许是社会的进步的一点代价。而在不远处的地方，一座无名小四合院里，几块被打碎了的砖雕却被深爱其美的老人顽强地保存下来，演绎着新的故事。董老是上海锦江饭店的创始人，她曾告诉我，有一家外国的大饭店提出要与她合作，在北京办连锁店。她说："这样的国际性饭店让他们自己去做吧！如果我来办，一定要办一个与众不同的中国式的饭店。饭店可以就设在大的四合院里，或者一条胡同里相连的几个四合院里。里面的布置全部是中国式的，但是管理和设备要符合国际标准。外国人到中国来旅行，不是为了住和他们那里一样的饭店，而是为了感受和他们不一样的生活。这样做还可以修缮很多好的四合院，保护北京的文化古城风貌。他们到北京要看的就是这些中国特有的东西。不要把北京弄得和上海一样。北京也可以盖有高楼大厦，但是要盖到城外去。"现在的北京，奇形怪状现代化建筑已经超过了上海，像样的胡同和四合院越来越少，古城风貌不复存在。每当听到人们说"鸟巢"、"鸟蛋"、"大裤衩"，我就会想到老人家的话，重温她的先见之明。

正所谓：清风明月本无价，近水远山皆有情。在董老的身边我体会到了什么是雅致。雅致是一种品位。清风明月是不用钱买的，有人花巨款买来了一屋子的俗气，而看似平凡的东西经过了她的手，就有了不凡的韵味。这里的点点滴滴都体现出女主人的品位和智慧。

景美人雅客来勤

1976年以后，我到北京工作了。董老让她的儿子去上海看望了我的妈妈。我父亲已经在"文革"中不幸去世，董老对我们一家很关心，知道我在北京，就让妈妈把她的地址告诉我。后来，我到家里去看了她。以后每隔几个月就会接到电话，节日、生日、假期她总是叫我去参加她的家庭聚会。她家中的客人来来往往，听他们聊天是很有趣的。那时"四人帮"刚垮台，各种小道消息、街谈巷议都可以在那里听到，消息非常灵通。老人总是以她的微笑欢迎客人。在这里不管地位高低、年轻年长都受到欢迎。我每次去，她都会给我介绍家里的客人。我渐渐知道了一些客人的身份，许多是社会各界的名人，像画家李苦禅、黄永玉，音乐家赵沨，还有一些是名医，也包括北京医院的副院长韩宗琦……

家庭聚会一般都是晚上，但是有些年轻的熟客下午就到了。他们聚在餐厅里高谈阔论，还会主动地招待后来的客人，不用主人操心。到家里来的客人很多是全国政协委员。全国政协每周有几次例会（我的印象中是三次），他们是在这些活动中和董老逐渐相熟的。在会上还没有讲完的话或者不便多说的话，就在这里畅所欲言。我觉得这个家不仅是董老居住的地方，也是她工作和社交的场所。董老作为全国政协委员，从不忘记自己的责任。她是提案最多的委员之一，对每一个提案她都要多次修改。一些经常到她家里来的年轻人自然成了她的助手，帮她誊写抄清，有时还会提出自己的意见。对于一些重大的问题，她事先要征求周围群众的意见，比如，"提倡每家只生一个孩子"的提案，她就请周围邻居——那些普通的市民到家里讨论过，修改过多次，才提交给全国政协。

每次去董家，都会碰到一些年轻的常客。那些年轻人有些是董老的朋友的子女，有些是她的子女的同学和朋友，来过这里的人会被一种气场吸引。董老的儿媳，毕业于上海同济大学，和她一起分配到北京工作的两个女同学是董老最喜欢的。她们平时住在集体宿舍，吃在集体食堂。休息日会来到这里。许多和她们一样从上海到北京来工作的年轻人周末常在这里聚会。他们一来，小院里就热闹起来。社会热点新闻，各种小道消息，还有内部电影故事，有说有笑。董老常常坐在窗边的红木椅子上听着年轻人的议论。有时客人太多，保姆忙不过来，常来的年轻人会去厨房里做几个自己的拿手菜。因为这些客人中上海人最多，常能听到上海话，游子听到乡音，更是宾至如归。上海人说起上海的事如数家珍，表达的方法也和外面不同。比如，香港回归，董建华当选为香港特区行政长官。这事到他们嘴里就变成了"董浩云的儿子做了香港特首"。显然，在上海人的心里，董建华是一个新面孔，有点陌生，名气远远不如他的父亲、位居世界七大船王行列的董浩云。我从小在上海长大，20岁才离开，但是对上海的了解远远不及他们。我只知道曾经住过的淮海中路是法租界的霞飞路，却不知道日寇占领上海后，把上海的租界全部占领。抗战胜利时，租界已经没有了。解放前那几年，这条路的名字是"林森路"。中华民国的国家元首是林森，而不是蒋委员长。他们的谈话中一些闻所未闻的往事引起我很大的兴趣。后来我也成了这里的常客，成了他们的朋友。

　　有一年的年初五，我去参加董老的生日Party。一到那里，只见贵客如云。在东厢房里，那两个上海小姐在做一个大拼盘，边做边说要摆出什么样的图案。我问董老要不要去帮忙，她说："她们为了这个拼盘已经商量了两个礼拜了，都是能干人，都有自己的设计。她们不要我管，你也不要去了。那边还有几个会烧菜的，几天前列出菜单，还买了好多东西。今天早就来了，都要露一手。"

晚宴开始了，一个直径两尺多的粉色大盘放在餐桌中间，盘子里各色食材拼出了美丽的图案。旁边放满了各种冷盘热炒。每个人拿着自己的盘子取菜和饮料。人多，餐厅里坐不下，正房的客厅和东厢房小客厅也都摆上了桌椅。取完了菜和饮料，自己找地方和熟人坐在一起。这种自助餐的形式现在已经很普遍，但是在上世纪80年代，很少有这样的家庭晚宴。更有趣的是"八仙过海，各显其能"，还有人从家里带来音响设备，趁下午人少，进行安装调试，为晚会做准备。会写字的朋友，带来了笔墨和红纸，现场写了大大的"寿"字，挂在客厅的正中。饭后，撤掉客厅里的餐桌，晚会就开始了。这里人才济济，有会说的、会唱的、会写的、会画的。送上的寿礼有自己的书画作品，也有自己表演的节目。客厅里的钢琴，独奏、伴奏都可以用。除了钢琴，还有人表演自己带来的乐器。这些表演有不拘形式的自由，还有熟人相见的喜悦。董老是举办大型宴会的行家，对于小型的家庭聚会可谓驾轻就熟，每年都会办几次，每次都有新意。她让每一个客人尽兴而归。参加过的人都会留下很深的印象。

董老1997年去世，我和她相处的时间前前后后有20年之久，回想往事至今历历在目。现在她的后人住在那里，我每年仍会多次走进那个小院。虽然他们对小院子也做了精心的维护，但是每装修一次，我觉得老人离我又远了一步。尽管房子仍然漂亮，但是老人再也不会回来。有时我想，要是有另一个世界，也许会正因为这样的人去多了，而变得更美好。

董竹君年谱

1900 年	阴历庚子年正月初五，出生在上海洋泾浜边上矮小的平房中，双亲唤为"阿媛"。
1913 年	父母贫病交加，为了孝道，年仅 13 岁的董竹君被迫进入青楼，顶名"杨兰春"卖唱，父母答应只让她做"小先生"，三年期满就接她回家。
1914 年	董竹君终于逃出火坑，在上海日本松田洋行与夏之时举行了文明婚礼，正式结为夫妻，那一年董竹君 15 岁，丈夫 27 岁。丈夫夏之时是革命党人，婚后东渡日本。
1915 年	长女国琼出世。
1916 年	夏之时奉命由日本兼程返回四川。
1917 年秋	董竹君在家读完了东京御茶之水女子高等师范学校的全部课程后，本想留法读书，但公公病危，毅然回四川。
1918 年	回到合江老家，开始封建大家庭的生活，并带着国琼女与丈夫再次举行婚礼。
1923—1924 年	董竹君开办"富祥女子织袜厂"，在成都算是创举，她当时认为妇女只要有了职业，在经济上能够独立，就能男女平等了。

1926 年	在少城桂花巷租房子创办了飞鹰黄包车公司，由父母协助经营。
1929 年	到达上海，与夏之时感情破裂，分居五年。
1930 年	创办群益纱管厂。
1931 年	乘船去菲律宾招股，并与庄希泉等进步人士交往，如桂华山先生，陈清尔先生。与郑沙梅、谢韵心合作创办了《戏剧与音乐》杂志。同期在上海经郑德音同志介绍，申请加入中国共产党，但由于家庭负担过重，怕影响革命工作，未获批准。
1932 年	"一·二八"事变后，群益厂被炸毁。是年，因私藏革命宣传品在上海被捕入狱，国琼女小小年纪被迫承担起家庭重担。后法庭判决董竹君是"政治嫌疑犯"，取保释放。出狱后带瑃、瑛、璋三孩躲避于杭州陶社。
1934 年	正式离婚，董竹君一心一意投入社会活动和培养孩子。她只提出了两点要求：其一，不要断绝抚养费；其二，一旦她有不测，请夏之时培养四个女儿直至大学毕业。
1934 年底	父亲病重去世。也正是这一年，李嵩高先生义助 2000 元，命运出现转折。
1935 年	锦江小餐正式开业。开门便是满堂红。杜月笙、黄金荣等人以及当时的军政要员常出没于此，这为锦江掩护革命活动起了很好的作用。
1936 年	创办"锦江茶室"，作为上海地下党的联络点，支持夏衍、于伶、章泯、钱杏邨等同志开展地

	下工作，又资助李美珍等上海进步青年到江苏北部参加革命。
1938年	董竹君和《大公报》记者蒋逸宵为发起人，出资创办《上海妇女》杂志。刊物在上海起到良好的社会影响，但迫于环境压力，于1940年2月左右停刊，出版了36期。
1940年	敌伪时期的上海，日本人和汉奸不断刁难，为了躲避这一恶劣环境，同时也想多了解一下华侨的情况，董竹君于1940年去菲律宾马尼拉，打算住几个月。但没想到太平洋战争爆发，阻于马尼拉达几年之久。
1945—1949年	回上海之后，整顿锦江。同时直接接受中共地下党上海局吴克坚、张执一同志的领导，与田云樵同志相互配合开展地下工作，独资创办永业印刷所、协森印刷局、美化纸品厂。集资开办美文印刷厂，作为党的秘密印刷机构，出版进步刊物、印刷秘密文件，如《告上海全市人民书》。合资开办锦华进出口公司，作为上海地下党与台湾地下党的秘密联络渠道，期间还营救任百尊、孟秋江、谢雪红同志脱险，帮助张澜先生、罗隆基先生秘密离开上海。
1951年	董竹君遵照上海市公安局和市委的指令，将自己含辛茹苦经营十六年、当时价值15万美金的"锦江"两店交给党和国家，扩为锦江饭店。只保留了郭沫若同志书赠的诗一首和一套

	文房四宝。
1952 年	当选为上海市民主妇女联合会执行委员。
1953 年	乘火车到北京，得到周总理和邓颖超大姐的宴请。
1954—1958 年	当选为上海市一、二、三届人民代表大会代表。
1957—1991 年	担任中国人民政治协商会议二、三、四、五、六、七届全国委员会委员。
1960 年	迁居北京。
1966 年	在上海被红卫兵抄家批斗。
1967 年	被关押在秦城监狱四个月。
1968 年	被关入德胜门外功德林监狱。
1968 年	迁入半步桥监狱，一直到 1972 年 10 月，长达四年之久。
1973 年	政协造反派和公安部来到家里，宣布"释放"董竹君，恢复原职、原薪，并补发五年工资。
1979 年	正式平反，得到书面正式结论。牢狱五年，得此一纸，感慨万千。平反之后，更加积极地参政议政，在历届政协会议上提出一系列议案，例如开发国内外旅游业、发展公共交通、保护历史文化等。
1997 年	董竹君先生的《我的一个世纪》在生活·读书·新知三联书店出版，引起了很大的社会反响。
1997 年 12 月 6 日	因病在北京逝世，享年 98 岁。